中国古典文学名著丛书

醉醒石 石点头

[明] 东鲁古狂生等 著

华夏出版社
HUAXIA PUBLISHING HOUSE

图书在版编目（CIP）数据

醉醒石 石点头／（明）东鲁古狂生等著. —北京：华夏出版社，2013.01（2024.09重印）

（中国古典文学名著丛书）

ISBN 978 – 7 – 5080 – 6413 – 0

Ⅰ. ①醉… Ⅱ. ①东… Ⅲ. ①章回小说 – 中国 – 明代

Ⅳ. ①I242. 4

中国版本图书馆 CIP 数据核字（2011）第 074488 号

出版发行：	华夏出版社	
	（北京市东直门外香河园北里 4 号　邮编 100028）	
经　　销：	新华书店	
印　　制：	永清县晔盛亚胶印有限公司	
版　　次：	2013 年 01 月北京第 1 版	
	2024 年 09 月北京第 2 次印刷	
开　　本：	670 ×970　1/16 开	
印　　张：	26	
字　　数：	387.3 千字	
定　　价：	52.00 元	

篇 目 目 录

醉 醒 石

前　言

　　《醉醒石》是明末清初拟话本集中较著名的一种。全书十五回,每回一篇,每篇一个独立的短篇小说。时代早起明太祖朝,晚到明神宗万历年间。作者是抱着劝忠说孝等目的著此书来垂教训诫的。

　　《醉醒石》一书,署名东鲁古狂生。作者真实姓名无法考证。从小说的语言及内容分析,作者似是一位在北方生活过多年的南方人。从小说反映的时代和小说写作的年代,可以推测作者是生于明、卒于清的人。

　　产生于明清之交的《醉醒石》以醒痴世、达世道、垂教诚、为大千世界说法相标榜。其题材内容包括三个方面:揭世道,戒人生,倡伦理。这三个方面集中体现了作者对世道人性的见解。作者在书中提倡孤忠,反对"犯上作乱"。宣扬天命有定、因果报应,鼓吹读书做官等思想在书中亦很突出。

　　《醉醒石》的作者为了宣示自己所主张的为人处世之道,在小说中一再搬出明太祖的前述遗训,鼓吹天命有定,告诫人们要安分守纪。为提倡妇人忠贞节烈,宣扬"饿死事小,失节事大"的观念,就不惜笔墨渲染美化姚指挥妻妾舍命救孤祀,而奚落改嫁妇莫氏。为戒人贪、淫,而有第七回吕主事五个儿子尽行败落的故事。如此等等,不一而足。

　　《醉醒石》作为明末清初白话短篇小说林中一部具有代表性的作品,不仅因为它具有一定的规模,作品题材涉及比较广泛的社会内容,而且在写作艺术上也更胜一筹。其对明末社会现实的广泛描写更使其书极具独特的历史认识价值。《醉醒石》论理恰当,丝丝入扣;人物生动,形象惑人;描写细腻,颇具生活气息以及语言简洁明畅等,使其所达到的高度艺术成就,成为同时代文人拟话本小说极富特色的一部,在白话短篇小说创作史上占有一席之地。

此次再版,我们对原书中的笔误、缺漏和难解字词进行了更正、校勘和释义,对原书原来缺字的地方用□表示了出来,以方便读者阅读。由于时间仓促,水平有限,其中难免有所疏失,望专家和读者予以指正。

编　者
2011 年 3 月

目　录

第 一 回

救穷途名显当官　申冤狱庆流奕世

《画堂春》①：

从来唯善感天知，况是理枉扶危。人神相敬依，逸豫无期。

积书未必能读，积金未必能肥；不如积德与孙枝，富贵何疑。

《易传》曰："积善之家，必有余庆；积不善之家，必有余殃。"此言祸福唯人自召，非天之有私厚薄也。然积善莫大于阴，积不善亦莫大于阴。故阴骘②之庆最长，阴毒之报最酷。至于刑狱一事，关系尤重。存心平恕，则死者可生；用意刻深，则生者立死。况受赇骩法③，故意陷人；人命至重，何可以供我喜怒，恣我鱼肉也！古语有云：当权若不行方便，如入宝山空手回。士大夫事权在握，而不辨雪冤狱，矜恤无辜，不深负上天好生之心乎？汉之时，有于公者，为狱吏，持法公平，能明孝妇之冤。尝自高大其门道："吾子孙必有显者。"后子定国，果为廷尉，如其言。唐之时，有何比干者，与徐有功、来俊臣、侯思止同为刑官。比干宽恕，多所平反。时人为之语道："遇来、侯必死，过徐、何必生。"一日，有老妪过其门，持筹九十余枚，与比干道："君有阴德，子孙为公卿郡守，佩印绶者，当如此筹。"后果累世通显。宋之时，有张庆者，为狱官，扫除狱舍，必使洁净；饮食狱囚，不至饥寒；有病者，医药之无少缺。虽未能申冤理枉，而子孙亦登科第之报。至若周兴、吉颈之徒，钳网为号，罗织成经，倾陷平民，流毒缙绅④，终至身首异处，妻子宗族并受斩戮，其视善人之报为何如哉！因缀俚言，聊以志感：

---

① 《画堂春》——由牌名。

② 阴骘（zhì）——阴德。

③ 受赇（qiú）骩（wěi）法——受贿枉法。

④ 缙绅（jìn shēn）——即"搢绅"。旧时官宦的装束。此处代称官宦。

丹笔无轻下，苍黔①系死生。

稍忘矜恤意，便就鼎铛②烹。

所责宽仁吏，奉法持公平。

不望桃生稆③，奚堪鬼泣庭。

皇帝犹清问，廷评可恣情？

扫墓近屠伯④，索瓮请周兴⑤。

何如于定国，高门世所荣。

报施应不爽，敢用告司刑。

　　已前所说，还是事权在己，出入由心，即能雪冤申枉，犹非难事。今且说一个官卑职小，既无事权，又不爱钱沽誉，乃能明冤枉，出系囚，岂不是个极难的事么？

　　嘉靖年间，有一人姓姚名一祥，乃松江上海县人。少而无父，家事亦饶裕，为人倜傥不羁，轻财尚义。曾习举子业，能诗文，考几次童生⑥，时数不遇，不得入学，乡里之间，未免有诮笑他的光景，他亦怡然受之，不在心上。但其母守寡育孤，一心指望他以功名显。乃收拾家中积蓄的东西，约有四五百金，教他往南京纳监⑦。

　　一祥奉母之命，别了妻子，带了两个仆人，即便启程。南京古称金陵，又号秣陵，龙盘虎踞，帝王一大都会。自东晋渡江以来，宋、齐、梁、陈，皆建都于此。其后又有南唐李璟、李煜建都，故其壮丽繁华，为东南之冠。王介甫⑧《金陵怀古》词可证：

　　《桂枝香》：

─────────────

① 苍黔——百姓。

② 鼎铛——古代烹饪器。

③ 稆(lǚ)——谷物不待种而生。亦作"稆"、"旅"。

④ 扫墓近屠伯——屠伯，屠夫。喻酷吏。扫墓，扫劫坟墓，挖坟。

⑤ 索瓮请周兴——周兴，唐武则天时刑律官，陷害数千人。后被告谋反，放逐岭南，死于途中。索瓮，佞臣来俊臣曾以周兴本人提倡瓮贮犯人蒸烤的酷刑唬其认罪。

⑥ 童生——秀才。

⑦ 纳监——买官。

⑧ 王介甫——北宋政治家、文学家、思想家王安石，字介甫。

登临送目，正故国晚秋，天气初肃，潇洒澄江如练，翠峰如簇。征帆去棹残阳里，背西风酒旗斜矗。彩舟云淡，星河鹭起，画图难足。

念自昔豪华竞逐，恨门外楼头，悲恨相续。千古凭高，对此慢嗟荣辱。六朝旧事随流水，但寒烟衰草凝绿。至今商女，时时尚唱，《后庭》①遗曲。

及至明朝太祖皇帝，更恢拓区宇，建立宫殿，百府千衙，三衢九陌。奇技淫巧之物，衣冠礼乐之流，艳妓娈童②，九流术士，无不云屯鳞集。真是说不尽的繁华，享不穷的快乐。虽迁都北京，未免宫殿倾颓，然而山川如故，景物犹昨，自与别省郡邑不同。一祥行至城中，悦目赏心。心下自忖道："起文纳监，便要坐监，不得快意游玩，不如寻个下处游玩几日，再作区处。"遂同二仆到秦淮河桃叶渡口，寻了一所河房住下。南京下处，河房最贵，亦最精。西首便是贡院③，对河便是衍子④。故此风流忼⑤爽之士，情愿多出银子租他。一样歇息了一日，次日便出游玩，一连耍子了两三日，忽然过了武功坊，蹀过了桥，步到子里去，但见：

红楼疑岫，翠馆凌云。曲槛雕栏，植无数奇花异卉；幽房邃室，列几般宝瑟瑶笙。呕哑之声绕梁，氤氲之气扑鼻。玉姿花貌，人人是洞府仙姝；书案诗筒，个个像文林学士。不愁明月尽，原名不夜之天；剩有粉香来，凤号迷魂之地。做不尽风流榜样，赚多少年少英才。

一祥向来无有宿娼之意，但一入其门，见此光景，也觉有些心动。况子衍里的旧话道：只怕你乖而不来，不怕你来而使乖。故此再没有闯寡门的。便极吝啬，也须歇几夜，破费数十金，方得出门。又且有一班帮闲子弟撺掇起来，冷凑趣，热奉承，纵有老成识见，一时也难白走出来。一祥又是风流洒落，不惜钱财的，一时间便看上了两个妮子，大扯手作用将起来。哪有一个不奉承他？过了几日，竟叫仆人把行李都搬到衍中住了。衍中，凡嫖客的管家，却有粗使的梅香来陪睡的。故此两仆人，也落得快活，把

① 《后庭》——《后庭花》，唐教坊曲名。本名《玉树后庭花》，南朝陈后主制曲。

② 娈（luán）童——美少年。

③ 贡院——科举考试乡试、会试的场所。

④ 衍（yuàn）子——衍，行院。此指妓院。

⑤ 忼（kāng）——同慷。

正经事不提起了。

姚君把争名夺利之心,变作惜玉怜香之意。这些纳监肥资,都做缠头花费。不多时,也自消耗了一半。算来纳监不成,不如纵心行乐。况有帮闲之人,日夜和哄,吹弹歌舞,六博①投壶②,不由不醉卧其中,撒漫使用。囊中之物,看看消索了。一日,帮闲辈请他到雨花台游赏。左娇右艳,丝竹满前,假意儿趋承热络,实俗罄竭资粮,打发蛮子上路也。看官,你道这个所在,可是轻易去得的?这伙人可是相与得的?姚君不察,尚然痛饮高歌,又复援笔题诗,以志其乐。诗曰:

昔日谈经处,今为游冶③原。

莫愁④曾系艇,灵运⑤亦停辕。

分练澄江色,飞青木末轩。

从来佳丽地,得意肯忘言?

题毕,众人齐声称赞道:"如此高才,哪怕龙门万丈!"个个把酒预贺。大家正吃得热闹,忽然一人,敝巾破衣,形容憔悴,殆无人色,贸贸而来,望姚君施礼求乞。姚意是个丐者,亦不在意,叫仆从以酒食与之。其人酒亦不饮,食亦不吃,对姚君道:"某乃河南秀才,途中被劫,资尽身伤,不能返乡,故求济助资粮为行李费耳。岂为酒食小事!"两个帮闲的,便接口道:"姚相公,不要睬他。我们这里,这样人甚多,却都是假说被难,骗人财物。哪里去辨他是真是假,哪里去查他是秀才不是秀才!"那人便老大不快活起来,道:"我因被劫濒死,窃恐流落异乡,故不得已而求济。今既为俗人所疑,何可复在此间求济。但我非脱空脱骗之流,没得济助罢了,何可当此不肖之名,亦须要一明其非伪。"遂脱衣示之,果然刀疮未平,血痕尚沾衣上。一祥乃立起身,揖而谢之。就叫仆人拿行箱过来,简看囊中,只有白银十两,并纻衣⑥一领、绸袄一件。即尽与之,且酌之酒而送之。

---

① 六博——古代博戏。共十二棋,两人相搏,六黑六白,每人六棋,故名。

② 投壶——古代一种游戏。以酒壶口为目标,以矢投入,以多少决胜负,负者罚酒。

③ 游冶——即"冶游"。野游。春天或节日里男女出外游散。后专指狎妓。

④ 莫愁——《乐府》诗中所传女子。此指南京金陵美女卢莫愁。

⑤ 灵运——南朝宋诗人谢灵运。开文学史山水诗一派。

⑥ 纻(zhù)衣——纻麻布所做的衣服。

其人感泣拜谢,问姚之姓名而去。而姚君不问也。今人些小资助,便要夸恩居德,况途遇之人,助之如许,不询姓名,盖真施恩不求报,故置之若忘如此。即此一端,已不可及,况尤有大于此者。姚君此时,即转一个念头道:"资囊已罄,料无助我之人。倘我再在此,或被老鸨①絮烦迫逐,不成体面。不如别了回家,尚不露出马脚。于是酒也不吃,遂起身回到衙中,取了行李铺盖,即时作别。两个妓者苦苦留住,又宿了一夜。次早,教仆人叫了一只船,急急起身。两妓者虽然哭哭啼啼,说盟说誓,要都为银子面上。见他银子完了,便不免假手脱放出门了。姚君是个忼爽男子,绝不为他两个牵情,一竟下船。不数日,到了家中。其母闻得子回,不胜欢喜。问及纳监之事,一祥半晌不敢做声,没奈何只得以实告。其母艴然②大怒。

平日一祥最孝,奉母之命惟谨。一时高兴,费了四五百金,没了银子,殊不在他心上;只是有违了母命,宿娼费业,大不自在,追悔莫及。从此以后,再不敢他出。过了一两年,思量不是个了局,因就近纳一县吏,图个小小前程。

看官,你道如此豪爽的人,可是看得衙门中这些龌龊银子在心的么?一味只是济难扶危,宽厚接物。衙门里也有赞他忠厚的,也有把他做阿呆看。他全不在心,任人说笑而已。

光阴荏苒,倏忽间过了六七年,看看的两考满了,例要入京效劳。那时遵依母命,在京三年,再不敢一些花费,选得个江西九江府知事。到任不多几时,本府司狱司缺官,上司就令他带管。他却悉心料理,周济诸囚,无论轻犯暂监者,不加苛虐。即重因牢中,亦亲自往看,污秽者洁净之,病疾者医治之,饥寒者衣食之。人人戴德,各各感恩,至于诬陷扳害,及上台不公不明、屈打成招的,彼皆一一详察。若遇便可言,亦肯为之解释。自恨官卑职小,明知枉屈,不能申理,每每抱愧。是以衙斋中,一清如水,蔬食布衣,淡如已。尝题小诗一首于壁上,诗曰:

世道非淳古,人无画地③风。

---

①　老鸨(bǎo)——旧时对老妓及妓女养母之称。

②　艴(fú)然——恼怒貌。

③　画地——画地为牢。传说上古时民情淳厚,刑律宽缓。民有犯罪的,官吏在地上画一圆圈,当作牢狱,令立其中,以示惩罚。后引申为只允许在一定范围内活动。此指厖意。

　　何时得刑措①,令彼贯城空。

诗以言志。观他诗意,与邵尧夫愿天常生好人,愿人常行好事,大同小异,便可知他平日的存心了。过了半年,有一新按台到任。大小官员,个个要去参见。他也不免随班逐队,去走两遭。你道察院衙门,何等尊严,这些小官儿,哪里有他的说话分。但是事体如此,不得不去。一连去了三日,参见已毕,众官俱出。一祥却已转身走了,忽然里边传叫姚知事。

　　一祥不知何故,未免吃了一吓,又自忖道:"我在此做官,并不曾做一些不公不法的事,不取一毫不公不法的钱,料来没甚干系,便进去何妨。"遂急急地跑将进去见。

　　察院问道:"你便是上海姚一祥么?"对道:"小官正是。"又问道:"到任几时了?"对道:"到任十个月了。"又问带管司狱司事几时了。对道:"才得五个月日。"察院又道:"你是个风流旷浪的人,如何做得这样的小官?"一祥听得此话,心中大是疑惑,只得勉强对道:"不敢。"察院又道:"某年月日,在南京雨花台上,挟妓饮酒的,便是你么?"

　　一祥听了这两句话,不知是何缘故,心中突突地跳,慌做了一团。就如一盆冷水,从头上浇下,浑身颤抖个不了。即便除下纱帽,磕头如捣蒜,口里只是"死罪,死罪,求老爷饶恕"。察院笑道:"不要慌张。我且问你,你在雨花台时,有一秀才,被难落魄,求你周济,你与他衣服银子,是有的么?"一祥到此,心中又觉得安稳些,连忙应道:"是有的。"察院道:"你还认得那人么?"对道:"一时偶会,相别已久,却又认不起了。"察院又道:"你曾晓得他姓名么?"又对道:"小官偶然资助,不曾问他姓名。"察院道:"即本院便是。"便叫道:"可起来作揖。"一面叫皂隶掩门。一祥方才放心,站了起来,作了揖,站在侧边。察院体统,一应小三司及府经历、县丞等官,并没留茶之理;或特典留茶,也只是立了吃的。故姚君虽然有旧恩于察院,也只是站着吃茶。

　　茶罢,察院道:"本院自得君周济还乡,幸叨科第,常思报恩,未得其便。今幸于此相遇,是天假之便也。只是尊卑阔绝,体统森严,不便往来酬报。君有济人利物之心,甚于狱中情由,必知其详。其间倘有真正冤枉,情可矜恤者,君可开几名来。人得千金,本院当为释放,以报君恩。"

────────────

　　①　刑措——措,搁置,谓没有人犯法,刑法搁置不用。

　　一祥领命，谢茶而出。只见衙门中人，伸头缩颈，在那里打听，是何缘故留茶，那些府县间抄日报的，即将此事报与两司各道府县各官去了。府县官也有送帖来的，也有送礼来的。你道是奉承这司狱司么？总是奉承察院的相知。

　　姚君一到衙门，快活不可胜言，即唤本衙门书吏，把察院的说话，一一对他说了。书吏皆赞道："恭喜老爷，得此一桩大钱。"姚君笑道："你们这些痴人！若是我这等要钱，何不日常里也索搜赚几文？我只因官卑职小，不能申雪冤枉，时以为恨。今幸得上台老爷有此美意，我正好因风吹火，了我向来心愿，岂以得钱为喜！若是要钱，那没钱的冤枉，毕竟不能出了。"

　　书吏听这说话，口头虽称赞，心里都暗笑道："哪里有不要钱的人？这是人面前撇清的话儿。待他做出来，便见分晓。"遂说道："老爷既不要钱，老爷知狱中有几个真冤枉？"姚君道："我一来管事，就存此心，故此时常访问，牢中有七人真冤。"就把七人名字事迹，数将出来。又道："你们可将前因后迹，备细开述，叠成文卷，去开释他，我自不要一文。其间有三四个富家，出得起的，你们可对他说，要他一二十两一个，也不为过。"

　　狱吏登时到监中，与那七个人说了。七人感谢不尽，即时着人到家，通了消息，斗起银子，与了吏书。那班吏书又算计道："本官虽说不要银子，哪里便是真心？况且他既晓得三四个是富家，察院老爷又说一人要他千金，不如叫他几个斗二三千银子在此，待送文卷与他。他若真不要时，一定即刻把文卷送上去；若假不要，必定迟延两日，那时便可送进去与他。"大家商量已定，银子已斗端正。

　　过了数日，文案已成，吏书送与姚君看了。拿了文案，即忙去见察院。那时书吏方知其真不要钱，人人喝彩不已。

　　及至察院前，等候开门，传将进去，这番却不是前边见的体统了。一祥一边进去，察院便叫掩门。一祥将文卷呈上，禀道："知事平日体察狱情，其中重辟囚犯，有七人实系冤枉，蒙老爷钧谕，敢斗胆开呈，望老爷开天地之恩。"察院看了文卷道："君曾有所得否？"答道："已约定释放之日，共谢知事七千金矣。"察院道："既如此，足以报君之德矣。君将此银归家怡老，逍遥林泉之间可也，何必为五斗粟折腰？"一祥领命而出。

　　察院登时批准文书，七人登时出狱。七家家属，扶老携幼，焚香顶礼，涕泣膝行，到衙拜谢，不必说起。

但是姚君既对察院说已得七千，其实不曾得一文。若在他人得些银子，申他冤枉，也不为过。即不然富者得银，贫者白说，也便是贤人君子了。其最上者，不得银子，亦须与上台说明，以见我真实申雪之意，此更是不可及的。而今姚君不得银子，竟说得了七千，谁肯如此冒空名失实利，既能雪人之冤，又不利人之财，又不邀己之誉，以讨上台的奖赏。岂不大圣人、大菩萨的心肠？只怕这样人，古今来不多见的。

次日，姚君即起文书告致仕①。察院只道他实实得了七千金，即准了文书，挂冠而归，由是轰动一城。司道府县，无人不钦重道："些些小官，能不受贿赂，雪冤理枉，诚有司②宪臬③所不及。"于是皆厚赠优礼以归。

七人族中纠集朋友，到三院动呈，叙其申雪冤狱，不受分文，盛德清风，可为世表，应入名宦祠中。察院起初准他致仕，只道他实得七千银子，便回去已够了。及见三学公呈，方知他不曾得银，真心释冤出枉。大惊异道："如此好人，真是有一无二！但是我原思报他，叫他回去，不想倒是我误了他的前程。"即时批准，送入名宦祠中。

看官，你道知事入名宦，从来能有几个？此已是为德之报了。及归至家，清风两袖。孙虽入泮④，而家业却是萧条。家中大小，多埋怨他无算计，既不赚得银子，又赔了他一个小小前程，岂不是折本的事么？姚君怡然而已。

年至九十余岁，忽然一日，梦见五六个人，青衣小帽，跪在前面禀道："某等来迎接老爷。"姚君梦中，也还认得是前曾救他死罪的人。因问道："你们为何到此？"那些人道："小的们蒙老爷救命回家，凡七家的祖宗父母，均上请于天帝。天帝命司命真君，增老爷寿考，仍令老爷子孙世世贵显。今老爷寿数将终，小的们前来服侍老爷。外边有轿，请老爷便行。"姚君听罢，便上了轿。

———————————

① 致仕——即交还官职；辞官。
② 有司——古代没有分职，各有专司，因称官吏为"有司"。
③ 宪臬(niè)——官称。宪，驯顺，御史台别称；臬，臬司，按察使。
④ 泮(pàn)——泮宫，学宫。泮，为学宫中前水池，半月形。

　　众人抬了，走到一衙门前落轿。只见司阍①人报将进去。里面一位官员，出来迎接。姚君仔细一看，不像官府打扮，却是带冕旒、穿衮龙袍，方才悟道："是阎罗王了。"阎王便与姚君作了揖，同走到厅上。却是先有一位尊官，坐在那里。阎王却揖姚君坐在那尊官之上。姚君推逊不肯坐。阎王道："君曾闻黄承事坐在范文正公上的事么？此间论德，非论位也。"姚君乃上坐了。阎王道："君有阴德。昨日天符敕下，请君为太山刑曹。君可归家，料理后事。不久即当奉迎。"遂送了出来。众人仍旧抬了转回。

　　姚君欠伸而寤，乃是南柯一梦。次早起来，对家中人道："我昨得一梦，殆将死矣。但你们平日怨我不知作家②，昨夜梦中见前时所救冤狱的人来接，说已请命于天帝，令我子孙贵显。"因指其孙道："兴吾家者其在此子乎？你们可不必忧贫了。"又备述梦中事体。又道："阎王对我说，不日来迎，一定死期将至。你们可具汤，待我沐浴以俟。"家人如言具汤。姚君浴毕，又道："迎我者已在门矣。"合家都闻得异香满室，顷刻已逝。

　　其孙名永济，登万历戊戌进士，后官至浙江左布政，予告归家。云礽俱有盛德，擅其世业，簪缨正未有艾。七人请命天帝之言，毫厘不爽。德行于阴，报食于显，确确有验。当权君子，能不广行方便，诒厥孙谋③乎？诗曰：

> 尝闻积德胜浮图④，况造浮图不胜书。
> 数级已成四十九，积功应准百千余。
> 真称有谷诒孙子，哪不高门建戟旟⑤。
> 寄语当途⑥诸达者，好将丹笔换缨裾⑦。

---

① 司阍(hūn)——守门人。

② 作家——治家。

③ 诒厥孙谋——遗送后代好谋略。引自《诗·大雅·文王有声》。诒(yí)，通"贻"，遗留，送给。厥，其。

④ 浮图——即"浮屠"。佛教名词。此指佛塔。

⑤ 戟旟(jǐ yú)——显贵之家。戟，"戟门"，门外立戟。旟，旗。

⑥ 当途——当道，当权。

⑦ 缨裾(yīng jū)——官服。缨，系在领下的冠带。裾，衣服前襟或衣袖。

第 二 回

恃孤忠乘危血战　仗侠孝结友除凶

时危兵甲满天涯，载道流离起怨咨。
山折不周①谁柱石，血浑溟海尽苍黎。
平戎不见将军令，雪恨唯搴孝子旗。
俯仰令人生景注，节旄真也愧须眉。

不遇盘根错节，无以别利器；不值时危国乱，无以识忠孝。国事之败，只缘推诿者多，担当者少；贪婪者多，忠义者少。居尊位者，以地方之事，委之下寮。为下寮者，又道官卑职小，事不由己，于是多方规避，苟且应命。古人有云：不敢以贼遗君父。其谁知之？为文官者则云：我职在簿书，期会而已，戎马之事，我何与焉。为武将者则云：武夫力战而殉诸原，儒生操笔而议其后，功罪低昂，不核其实，徒令英雄气短耳，朝廷误人，何苦以身为殉。古人有云：文官不爱钱，武官不惜死，则天下太平。又谁知之？"至于共履行间，同趋上命，或奋勇前驱，或恫怯退缩；明为掎角之势②，实怀观望之情。一人有功，则云我实牵制某营。故某进薄其隘，我实分贼之势，故某得捣贼之虚，全师取胜。万一不幸，众寡不敌，覆师亡躯，则云某人不度彼己，孤军深入，以致丧身辱国，唯我知难而退，得以保全。把那丧败，一肩卸在死者身上；自家失援不救之罪，都瞒过了。又有全躯保妻子的文臣，媒蘖其短，以自解其御将不严，攻取无术之责。文武如此，寇盗如何平，百姓如何宁？要太平，除是不论官之尊卑，人怀必死之心。被害的，都有报仇雪耻之志，贼自易除了。故古来偏有黄金横带，不

---

① 不周——不周山，传说中的山名。《淮南子·天文训》："昔者共工与颛顼争为帝，怒而触不周之山，天柱折，地维绝。"

② 掎角之势——作战时分出一小部分兵力，以便牵制敌人或互相支援。掎角，同"犄角"。

能为国捐躯，而临难不屈，反出一卑官。高牙大纛①，不能出奇灭贼；而殪②敌擒将，反出一孝子也。可为当时规避恫怯之臣，发一愧耻。

据史传所传，明朝太祖高皇帝，削平伪汉，剪灭伪吴，北取中原，劲兵强将，日在行间。其余新定州县，只有些守御官兵；兼几个文官，也只混账而已。这也是初定天下，照管不及之故。以此处处尚有贼寇。

江西有桃源诸山，各有山洞。贼众盘踞其中，或时窥伺州县，或时剽掠乡村。罗源县有两个贼头，一个叫做陈伯祥，一个叫做王善，最为凶狠。部下有张破四一干剧贼，横行无忌。

其时有个连江巡检刘浚，意气英爽，颇有才略，是要为国家干一分事的人。有个儿子，唤名刘璇，为人有胆有智，熟习弓马，好结交豪杰。随父在任。凡地方有些才识的，都倾心结纳，弓兵中有膂力机变的，都收为腹心，也要思量为国家干一分事。但其时国家制度未定，文官未免图私，征税增耗，问事罚赎，一味搲钱。城池坍颓，人心涣散，也不甚顾惜。武官恃着重武时，又未免横肆了一分。兵不整练，器不精锐，也不甚在心上。正所谓：

贪婪镂肺腑，羸弱中膏肓。

厝火当薪积③，啾啾燕处堂。

那刘巡检看了这些光景，与他中心不合。唯□□□④或有疏虞，却甚是认真。申严保甲，使那为匪作歹的，先是不容。禁赌博游手，道是人穷必为盗贼。禁妓，道他是娼妓，乃盗贼寓家。又在自己部下，老弱尽情汰去，道他不任训练，生事指贼作人，养贼分赃的，都察访重处，所以镇上盗贼肃清。部下虽不多，都人人敢勇。上下也都笑他，道这官想是要望行取了。不知：

官有卑尊异，输忠谊则同。

抱关击柝⑤者，亦有扞圉⑥功。

---

① 高牙大纛(dào)——古时军队或仪仗队的大旗。此处指代武将。牙，牙旗。纛，大旗。

② 而殪(yì)——致之于死。

③ 厝(cuò)火薪积——即"厝火积薪"。危机潜伏。

④ 在古籍版本中，此处缺字。

⑤ 抱关击柝(tuò)者——守关巡夜的人。比喻地位低微的小吏。抱关，守关。柝，打更用的梆子。

⑥ 扞圉(hàn yǔ)——保卫边疆。圉，边疆。

部下有个弓兵姚虎,平日与一木匠妻通奸,夜去明来,碍着这木匠。

一日,邻家失盗,遗下梯子一条,却是木匠做了要卖与人的。到官起赃,家里床下,起出埋藏铜锡器数件,却是失单上所载。妻子到官,始初抵赖,后来认说,俱是丈夫盗来,她埋藏的。但木匠苦称其夜在人家上梁,伙伴凿凿可据。巡检疑心里面有弊,又见妇人要答应时,俱侧着脸看那弓兵。弓兵喝"还不招来",妇人便死咬定丈夫。巡检叫且带在门外,再拘邻佑究问他平日为人。

妇人与丈夫带在门外,却叫姚虎道:"我衙门虽小,也有体统。你怎在我跟前弄法,惊吓妇人!"大发恼,打了十下,定要捕了。却带妇人进来道:"你与弓兵做得好事,排陷丈夫!他已招了,你从实说来!"惊得这妇人呵:

> 疑是属垣耳①,神人暗底窥。

半晌出口不来。巡检叫取拶②子。这木匠急扒上来道:"爷爷,小人情愿招。偷也是我,埋也是我,与妻子无干。"巡检道:"痴奴才,你倒为她,她不怜你哩。"妇人见巡检说话,是个知情,真道弓兵已招了,只得说出梯子是弓兵背去的,铜锡器也是弓兵背来,与妇人同埋的。巡检道:"怎么弓兵与你熟?"妇人道:"是表兄。"巡检道:"毕竟还有缘故。"又要拶。妇人只得又将平日通奸,怪他碍眼,欲行害他缘故供出。木匠方才叩头道:"青天老爷!不是老爷,小的性命几乎被他害了,还道他是好人。适才打点衙门,还与他八百铜钱。"正是:

> 谁料衾裯共,玄黄③战欲腥。
>
> 若非炳秦镜④,那得见妖形?

巡检又叫取弓兵出来,巡检道:"妇人已招了。你奸人害人,为盗诬盗,怎么说!"姚虎也闭口无言。姚虎、妇人其情虽重,但姚虎律止从盗拟徒,妇人和奸拟杖。木匠发放宁家。一镇都道神明。

---

① 属垣(yuán)耳——以耳贴墙,窃听人言。

② 拶(zǎn)——旧时酷刑的一种。以绳穿几根小木棍,套入手指用力紧收,叫"拶指",也简称"拶"。

③ 玄黄——天地。

④ 秦镜——传说秦始皇有一面镜子,能照见人的五脏六腑,知道心的邪正。

又一日,府间差他协同应捕拿强盗,恰是一个染铺,一个银铺,也搜出些首饰衣服。巡检看他饰无重制,衣无重色,把与他家人穿,俱与身相称。巡检力辩他非盗,不肯起解。上司殊不以为然。未几,真盗已得,人都服他明白。不知明白人也有的,以卑官能如此执持,却是少有。真是:

　　不仅澄心明如月,还钦强骨劲如山。

其时恰已为人所忌。忽一日,行省有牌来,道王善等猖獗,著巡检刘浚,会同守御千户所正千户周章、副千户徐玉,前往剿捕。刘浚道:"这干武官,要他作甚?胜则争功,败则先溃,反致坏事。但上司差来,还须与他同往,壮一壮观。"点了一百弓兵,一百乡兵,前往会齐。却值这两个千户领兵已到。巡检注目一看,却也好笑:

　　请缨强半是终童,荷戟偏多善饭翁。

　　介胄不胜行偃蹇①,屈身疑似不弦弓。

看他带来军器,更是稀奇:

　　枪折已无锐,刀钢不见锋。

　　二三柳木棒,虫蛀欲将空。

两千户要巡检行属官礼。巡检道:"文武官不相统辖。"彼此以宾客见了,商议进兵。

周千户道:"我闻贼势甚大,山又险峻,陈、王二贼,足智多谋。若还与战,一挫锐气,后便难振。如今不若顿兵山下,截其樵汲,软困此贼。此贼内无粮草,外无救兵。不降则死,这却事出万全。"徐千户道:"这山极大,我兵甚少,如何截得他住?还是杀到山口,胡乱得他几颗首级,回报上司。不然,旷日持久,上司见怪。"刘巡检道:"兵法:兵多则大征。堂堂正正,先谕令归降,后剿其不服。兵少则雕剿。出其不意,直捣贼巢。今止得兵千余,说不得围他截他,听其自毙。出兵一番,也不得图几颗首级,混杀良民。为今之计,莫若先差人谕降,以懈其心。一面火速进杀,掩其未备。擒杀这两个渠魁,永绝地方后患。"周千户道:"依我只软困为上。"徐千户道:"依我只扬兵耀武一番,等他后边不敢出来为是。"总为:

　　才庸怯敢战,力怯喜逗留。

　　筑室临衢路,纷争正不休。

---

①　偃蹇(yǎn jiǎn)——困顿貌。

刘巡检道:"软困耀兵,终无结局,我闻二贼,陈伯祥最悍,盘踞老寨。我如今一面诱降王善,一面轻兵深入,掩取伯祥。擒取此贼,他贼胆落。"周千户道:"自古战为险着。"徐玉道:"如刘巡检要去,大家且试一试看。"议定进兵。

探得陈伯祥老寨在山北,王善在山南。东西小路,各有小寨把守。刘巡检道:"陈伯祥老巢在山北,倚山南为屏翰,东西为羽翼,必不十分提防。东山小寨,山路险峻,毕竟他欺我兵不能前进。不若乘夜先拔东寨,直薄山北。老寨一破,众自溃散。"刘巡检率本部为头敌,徐玉为二敌,俱向山东;周章向山南,牵制王善。且着人于山西张旗放炮,以为虚声。一个文官侃侃议论要战,两个千户也只得唯唯。他也只办:

胜则分功,败则自守。

岂敢茅前,甘为镎后①。

五鼓发兵。巡检父子率领部下,攀藤涉险,直取贼寨。果然贼恃险不防,被他父子当先砍入,杀死贼人无数。刘巡检叫把寨焚了:"一来使外边知我已破贼寨,二来使各路贼知东寨已破,先寒其心。"又率士卒,直向老营。

甲染寒溪雾,戈挑峻岭云。

誓将驱虎士,一战剪孤群。

沿路又放铳炮,以作虚声。刘巡检仍旧当先。不期老寨闻得东寨喊声大作,知是官军掩袭,急发兵来救应,恰好迎着。两边砍扑,杀做一处。刘巡检兵虽少,却都精勇,杀个相当,只期徐千户兵来接应。又不料徐千户见了东寨许多金帛子女,委弃在彼,且叫将士搬送回营,不急前进。周千户在山南,也只摇望着山寨,摇旗呐喊而已。以此南寨知他无能为,分一半拒守,一半来救老寨。联合西寨,共是两枝生力兵,又加东寨溃兵,一起围裹上来。眼见得刘巡检已在垓心,不得出了。

楚歌声遍野,垓下已重围。

力尽骓难逝,英雄气力微。

此时,部下战死十之四五,巡检犹叫奋力杀贼。贼也怯他死战,却远

---

① 镎(chún)——镎于。古代乐器。青铜制。形如圆筒,上圜下虚,项有钮可悬挂。槌击而鸣,多用于战争,指挥进退。

远围着，以矢石来逼。巡检正战时，不提防刺斜里飞一箭来，正中左颊，坠下马来。刘璇急来扶起时，贼已争向前来拥住。贼众蜂攒蚁聚，将他父子及几个带伤军士，送入寨来。两上贼人，早已坐在上面。陈伯祥道："你是什么官儿，敢来捣我寨栅？"巡检道："我奉命讨贼，惜无同心戮力的，为你所擒，只有速死。"陈伯祥道："如今迟速也由不得你了。只你什么大官，有甚大力量，来撩亮须？"巡检道："乱臣贼子，人人得而诛之，问甚官之尊卑！可惜后军不至，若来，汝辈已成齑粉矣。"王善道："只怕我还齑粉你！且监下。"巡检骂道："你这伙叛逆贼奴，我可杀，断不受辱。可速杀我！"千贼万贼这样骂，恼了这贼头目张破四，道："我们在此攻城掠地，不损一人，他自来杀我弟兄百余人，断容他不得了。"刘璇见光景不好，道："我父亲朝廷命官，你们不可杀他取罪，我情愿代死。"抱定不放。巡检道："我断无生还之理。你去报与上司，叫他作急进兵，剿除此贼。"张破四道："这厮留他无用，我且砍了你，看你上司如何来剿除我！"也不待陈伯祥吩咐，将刘巡检一刀砍死。

愁云四野生，碧血洒蘼蘅①。

习习松风起，犹传骂贼声。

此时刘璇哭晕在地，也将贼人大骂，愿同死。张破四也还要砍他。亏了数个贼人道："既害忠臣，不得又害孝子。"刘璇与几个被掳部曲，将刘巡检藁葬在山中。

刘璇就要在彼守墓。倒是乡兵一个头目吴健、弓兵中一个陈力道："公子，如今外边全不知老爷死节消息。公子在此，也急切不能报仇，不若依老爷吩咐，见上司讨兵复仇。我等在此做内应，以报老爷、公子抬举之恩。"三个人又附耳低声，说了一会。

义重心无异，仇深意不平。

卧薪期雪恨，探穴斩鲵鲸。

当日计议已定，第二日竟见王善、陈伯祥道："我父已死，愿与同死，断不偷生于此。"王善对陈伯祥道："此人留在此无用，出去料不能为害，饶他去罢。"以此就不拘管他。

刘璇又与这两人商议定了，向父亲葬处，痛哭了一场，道："父亲有

———————

① 蘼蘅(mí héng)——香草。

灵,当使孩儿得复此仇,与棺木同归乡里。"

　　无缘荐一卮,洒有千行泪。

　　不晦孝子心,艰危期必遂。

　　刘琏出山。那两个千户,早已申文:巡检刘浚,贪功违令,轻入贼巢,未卜存亡。本所军丁单弱,乞撤回以图再举。行省信了,准令回所。刘琏先见本府。知府道:"你父亲轻进取败,如今据你说,不降死事,可以自赎。报仇一事,自似私事。我这里怎敢为你起兵?"次日,又去恳求。知府道:"兵凶战危,我断不敢挑衅取祸。我这里助几两搬丧银子,与你回去罢。"刘琏道:"不孝只愿报仇,岂敢借亲为利?"

　　罔极亲恩重,千金一掷轻。

　　肯教共胼①覆,泉下目犹瞠。

　　再去,知府不理。恳不过,再打合两千户,出些折祭助丧。把个孝子题目,都认差了。

　　刘琏只得又向行省控理。行省道:"刘浚损威误国,我这里正要题参,如今姑不究罢。"一片火意,遇着水了。刘琏道:"父亲已破东寨,后军若继,可以捣灭老巢。止因无援,以致死节。"行省道:"这也是你一面之词。"刘琏再求发兵。行省道:"出兵一事非细,怎可以千百人性命,徇你一人私情!"哭恳不已,也只得一个"该府查议"。一议一覆,便停数日,这事竟搁起了。

　　遇民如狼吞,见事若龟缩。

　　如此当事何,辜负秦庭哭②。

　　刘琏道:"看此光景,我父亲仇便干休罢!"只得又到连江,哭诉与这平日相交豪杰。果是平日认得人真,所以都义气勃发道:"这些盲官老军,料也做不事来。若与他同事,反受牵制。只我们在此,务要与公子报仇雪恨,碎剐这干贼奴!"

　　气吴日月昏,孝感天地动。

---

①　胼(píng)——覆盖;埋葬。

②　秦庭哭——春秋时,吴国进攻楚国,楚臣申包胥奉命到秦国求援,在秦庭倚墙恸器,历七日夜而声不绝。秦王终出兵援楚。后因谓向别国请求援兵为"秦庭之哭"。

尽扫鲸鲵穴①，以雪神鬼痛。

孝子倒身在地，拜谢众人。各各暗里结聚，待期举发。

那厢陈伯祥、王善，自杀了刘巡检，看得官军如儿戏，料道不敢正眼看他，放心劫掠。

陈力、吴健，都投顺了。陈力从了陈伯祥，吴健从了王善，都效了些小勤劳，做了腹心，拨引他道："近村百姓贫苦，不若乘官兵退去，分投抢掠远地水陆营贩客商。得来货物，便与近村百姓平价交易。使近地百姓，都成为我耳目，外边消息，我都知得。"两人倒说他有识见，所以时时差遣心腹贼目，带人远掠；招集附近百姓，许他来买卖生理。

刘琏先着吴、陈两家亲族，扮作商人，入山与吴健、陈力潜通音信。正是：

商贾皆精卒，舟中伏白衣。

笑伊狐鼠辈，何计脱重围。

此时十月秋成时候，两贼腹心，并有勇力的，分路出劫，营内空虚。陈伯祥新得了一个美女，正在快乐。张破四是刘琏定了计，着几个有力量的，多载货物，投他做主，央他发换，看了他门户。其余相助刘琏，各于竹笼中带有硝黄利刃，分投四山寨左右。

到了相期这日，刘琏与几个豪杰，扎缚停当，各挎短刀，仍由东路。刘琏竟奔张破四家中；这边分奔陈伯祥、王善大寨。只听约摸二更，一片喊起，四山皆应。各稻堆、竹房、草屋，火光齐起。

浓烟昏月窟，密焰皆霞光。

顷刻貔貅②地，者为瓦砾场。

张破四听得喊起，忙起来唤众人同救大寨。刚启大门，刘琏喝道："泼贼哪里走！"一刀搠著，倒在地下。众人正来协助。刘琏道"要留活的"，众人自抢入他家。不期先在他家安宿客商，已将他妻、子杀尽。这是：

往复皆天道，凶徒只自灾。

更遗千载臭，碎骨有谁哀。

①　鲸鲵（ní）穴——恶贼窝。鲸鲵，即"鲸"。喻恶人。

②　貔貅（pí xiū）——猛兽名。喻指勇猛的军队。

陈伯祥在寨中,正捧着美人酣睡,被陈力从梦中捆起。王善急披衣将出寨前,只见数人持着刀扑进来,急转寨后,见吴健立在火光中,急叫:"救我,救我!"吴健道:"我来救你。"赶近前来,劈头一把,将王善摔倒地下。后边人赶到,也捆缚了。吴健与陈力大叫:"寨中多是胁掳良民,不要混杀!"却也杀死三分之一。

天明,刘公子叫将陈伯祥、王善两个贼头,听这干豪杰与陈力、吴健将去请功。金帛子女器械,将来上册解官。各寨尽行焚毁,以断后人啸聚。只有张破四,刘琏将来藁葬①父亲处,剖腹剜心,祭献了。

> 尽泄生前愤,以安泉下魂。
>
> 鞭尸夸伍氏②,千载诵无谖。

又做一口大棺木,将父亲盛了。自己斩衰,各友人皆缌服③发丧。载出山中,拜谢众人。得他同心怜悯,复了父仇。众人要他同见行省,他道:"我的事已尽了,更见他做甚!"竟自回乡。

倒是众人,将他前日父亲死节,与近日刘琏设谋擒贼,写了呈子,申呈本府。本府前日不敢挑衅,到此敢于居功。就出文书转申,带一句"又得本府凤练乡勇协力",扯在自己身上。行省具题,也带句道:"本省严饬守御,贼已潜处山林,不敢猖獗。"后边道:"此皆圣上天威,诸臣发纵,而该府县训练之功,亦不可没也。"这也是积套。

> 血战驱士伍,论功皆大僚。
>
> 英雄难一命,庸懦易金貂。

当时明朝太祖高皇帝,赏罚最严明。奉圣旨,将刘浚赠了同知,所在立祠致祭。刘琏授知县。其余县佐、巡检,爵赏有差。行省、本府,因他平日不能剿除,只因人成事,不准叙功,还加训敕。周章、徐玉,临阵退缩,致陷刘浚,具行勘正法。陈伯祥、王善,谋叛杀官,即会官处决。可见:

> 误国无轻贷,忠贞有必伸。
>
> 日星明法戒,为语各求仁。

---

① 藁(gǎo)葬——草草埋葬。藁,藁本。野草。

② 伍氏——伍子胥。春秋时吴国大夫。其父被楚王杀,乃佑吴代楚。至郢都,虽平王已死,掘平王墓鞭尸三百,以报父仇。

③ 缌(sī)服——缌:细麻布,此处指披麻戴孝。

就此节看来，为臣的舍得死，虽不能保全身命，终久有光史册。为子的舍得死，终能报仇雪耻，哪怕海宇不宁。总为人爱惜躯命，反不得躯命；惜身家，反不保身家。若使当时为官的，平日才望服人，临难不惜一己，自然破得贼，守得城。百姓轻财好施，彼此相结，同心合力，也毕竟杀得贼，保全得家资。只是明季做官的，朝廷增一分，他便乘势增加一分；朝廷征五分，他便加征十分。带征加征，预征火耗，夹打得人心怨愤。又有大户加三加五，盘利准人，只图利己，所以穷民安往不得穷？还要贼来，得以乘机图利。贼未到先乱了。若能个个谋勇效忠如刘巡检，武将又协力相助；人人如刘孝子，破家报仇，结客灭贼，贼人又何难殄灭哉。只是有榜样，人不肯学耳。

第 三 回

假淑女忆夫失节　兽同袍冒姓诓妻

　　错嫁休生怨,贞心托杜鹃。若将隐事向人言,便有偷香浪子暗生奸。　　为甚随人走,知同若个眠?纵然遂得旧姻缘,已受几多玷污恐难湔①。

——《南柯子》

　　却说女子许了人家,中间常有变故,不能成亲又改适的。若还不肯改嫁,守节而死,其上也。

　　如万历年间,讹传要点绣女,一时哄然起来。嫁的嫁不迭,讨的讨不迭,不知错了多少。其时青田县有一人,出外方回,闻得此说,即于路中将女儿许与一农夫之子。路中无物为聘,以衣带一条作定。及至家中,又有富家来说,其母应允了。至晚,富家将轿来亲迎。女子以父许在先,不从母命,身带小刀,刺死于迎亲轿中。县官闻知,嘉其贞烈,立祠祀之,遂命其夫为庙祝②。此是千中选一的,惜乎忘其姓氏。

　　其次,不得已而再嫁,终念其夫而死。

　　如梁国女子,已许人家。其夫作客在外,经年不归,父母强她改嫁。虽嫁了过去,却是终日思念其夫,郁郁病死。夫还,闻得她念己而死,竟至女子墓所,掘坟开棺,女遂复活,因与同归。后夫闻之,到官争讼。官曰:"此非常事,不可以常理论断。"乃归前夫。

　　至于不能即死,又动心于老少贫富,虽不忘父命,而失身于人。即有恋恋原聘之心,此亦未足多也。

　　当初,溧阳③县西门,有一官人,姓汤名坤元,号小春。年纪不过二十来岁,生得清秀洒落,全无俗气。东门头有个财主,叫做冯玄,没有儿子,

---

　　①　湔(jiān)——洗。
　　②　庙祝——旧称神庙管理香火的人。
　　③　溧(lì)阳——县名。在今江苏省西南部。

单生一女,名唤淑娘,却也将及二十岁了。冯老看得汤小春人物齐整,日后料不落魄,一心要把女儿招赘他。当时央媒人去汤家说亲,汤家父母因是贫富不相当,不敢应承。媒人往来几遍,致冯老之意,方才允了。但是应便应承,只好口里说着,却没得出手就去完姻。

过了一年,冯家又叫媒人去催促成亲。汤家道:"承冯亲家美意,偏生年来手头不从容,不曾送得聘礼,难道空双素手,可做得亲的么?"媒人道:"令亲家有言在先,只要宅上肯把令郎就赘,财礼不要说起,还有礼物送来,盘搅令郎过去。"汤家父母听得这话,喜欢不杀①道:"如此,听凭冯亲家那边择个日子便了。"媒人回复冯老,遂拣定九月十五日成亲。

这却是六月里的说话。不期到得七月间,冯老时疫起来,不多几日走动了。至闭灵之后,外人见冯家有家势有妆奁,纷纷央媒人去说亲。其家因为冯老在日,许了汤小春,不好更改,只是不肯应承。汤家见冯老死了,想来贫富不对,又不曾下得聘礼,料来必有变更,一径也不提起。

又过了几个月。淑娘有个叔子,叫道冯奇,见侄女儿年纪大了。没有亲人倚靠,一力专主,将他嫁与南门头一个秀才填房。那秀才,姓钱名岩,字观民,年纪四十光景,却是家中一贫如洗,日常靠着肚里几句文章,教书过日。

嫁去得三朝②,钱岩闲问淑娘道:"娘子,你令尊在日,也是一个财主,怎的把你放到这样年纪,才嫁出门?"淑娘见问这句,一时间翠蛾频蹙,玉箸偷垂,一面点头,一边叹气,却不做声。钱岩见他这个光景,不知为着何来,迎着笑脸,亲亲热热的叫她几声,道:"娘子,有什么心曲话,难道告诉我不得么?或者我为你分忧也好。"淑娘又叹口气道:"我这句也不该对你说。就是对你说,也枉然了。说他则甚?"钱秀才听了这一句话,一发摸脑袋不着,千娘子,万娘子,越要他说了。淑娘道:"你道我有什么心曲话?只因当初爹爹在日,原将我许东门汤小春,六月间拣定日子,在九月十五日成亲,不料七月间爹爹病故。汤家因不曾下得聘礼,一径不来提起。将一段姻缘,都付了东流之水。说将来不由人不添凄楚。"说罢,从新点点滴滴掉下泪来。

你道这话虽是淑娘的好心肠,然只该放在心里。一说出口,便是二心

① 不杀——口语。"不得了"。

② 三朝(zhāo)——旧称结婚第三日。

妇人。钱秀才还是直肠的人,若把那刁钻的,便有许多疑心,许多不快活。钱秀才却笑道:"这话原不须提了。总来该是夫妻,颠来倒去,自然凑着。不该是夫妻,便说合了,端只要分张。所谓凤世前缘,不由人计较的,哭他何用?"说之未已,冯家送三朝盒子来。淑娘拭了泪,把愁颜变做欢颜,立起身来,去打点盘盒,分派送人,当日无言。

到了第五日,有一班同社朋友,及几个相从的学生,拈了份子,整酒与钱秀才暖房①。饮酒中间,众朋友道:"钱兄,闻得尊嫂妆资甚厚,想是不下千金,老兄可谓一朝发迹矣。"钱秀才道:"光景自是有些,哪里得到千金。敝房又有些隐衷,不曾出手,未知的实几何。可便言发迹?"众朋友笑道:"头婚女子,有甚隐衷? 要不过为兄年貌不相当耳。‘只怪奴家生太晚,不见卢郎年少时。’钱兄将何以答之?"钱秀才道:"倒不为此。"众朋友道:"既不为此,却又为着何来? 五六日间,竟以隐衷相告,料非不可对人言者,兄何隐而不发乎?"钱秀才见众人问不过,又取笑不了,只得把淑娘的话,一一对众人说了。众朋友觉得这话有些难说,大家都不做声。内中有一个余琳,年纪不过二十五六岁,日常做事,专一鬼头关窍。他一边听钱岩说,一边就在肚里打算。这个却是钱秀才太疏虞的所在。此话淑娘对钱秀才说,已觉得其心不在钱秀才身上;一说与众人知道,岂不被人看破了,如何不引起人勾骗的心! 这分明是钱秀才自己引狗入寨也。

当日酒罢,各人散去。恰好过得十多日,是端阳节。余琳晓得钱岩处馆②的东家必有节酒,故意午饭边踱到钱家,悄悄地走将进去。探望一回,果然钱岩不在,才低声问道:"可有人在么?"淑娘在里面,问说:"是哪个?"余琳道:"我是西门住的汤小春,要见钱先生说话。"淑娘闻说汤小春,兜底③上心来,连忙丢开了手头事,到中门首张张看:果然好个人品,年纪又不多。见此翩翩少俊,便觉钱岩年貌可厌矣。就道:"请官人坐一坐,看茶吃。"余琳听得这个风声,可知前言不谬,便一屁股坐下了。

淑娘只道果然是汤小春,他便一步走将出来,道:"官人,你可真个是汤小春么?"余琳假笑道:"汤小春有什么大名头,要冒认他不成?"淑娘

---

① 暖房——旧俗。入新房或迁居,亲友送礼饮宴祝贺的称谓。

② 馆——书塾。教书的地方。

③ 兜底——一下子。

道："官人与东门冯家,曾有甚亲么?"余琳假意道："不要说起。当初那冯老在日,承他好意,要将女儿招赘我。不料拣得日子,冯老没了。至今结亲不成,空做一场话柄。"说罢叹了一口气。淑娘道："我便是冯淑娘,你正是我爹爹在日得意的女婿了。"便哭将起来道："冤家,我爹爹在日,你为何不来完亲?"余琳道："家事不从容,一时间通不出这块银子,故连聘都不曾下得。若下得聘,也不至有今日了。"淑娘道："可怪我的叔叔,没来头做主,把我嫁这个老穷酸,耽误我终身大事。"余琳道："钱先生虽然是个穷儒,后来定有发达日子,我们如何比得他。娘子既嫁了他,夫人奶奶在手里的,比嫁我们田舍翁好万倍哩,为何倒苦苦念着我?"淑娘道："说哪里话! 夫妻们要年貌相当,情意相得。我自爹爹许了你之后,念念在你。哪里晓得有此变报,埋没我在这老穷酸手里!"看官,你道这两句话,便是看钱岩不中意的缘故,肯随余琳逃走的根由。"

　　余琳见说得入港①,也假意掉下泪来道："这样说,多是我耽误了你。但事已至此,说也没用,徒增人悲伤。"立起身,便要走。淑娘一把拽住道："我无日不想着你,今日才得与你相见,你忍得不顾我便去了?"余琳又坐下,便扯淑娘坐在身边道："既承娘子这样坚心,不忘记我。我如今有一计在此:不如约个日子,与你同走了罢。"淑娘道："这个计策倒好,只是走向哪里安身? 须得稳便的去处方好。"余琳道："出东门五十里,木家庄上,是我舅舅家里,尽好住得,再没有人寻得着的。"淑娘道："事不宜迟,好歹今夜五更时候,你到后门来,咳嗽为号,一同挨出城去罢。"两人计议已定,余琳遂把淑娘搂了,亲嘴一回,起身回去。

　　淑娘错认的是汤小春,自谓遂心愿,连忙将妆奁细软,收拾两个大包。一夜不睡,直等到三更光景。只听得后门咳嗽响,只道是汤小春来了,轻轻焠②起灯,开门出来,只见一人困倒在门边。仔细一照,不是汤小春,却是钱岩。你道他这时分,怎么还在后门咳嗽? 原来他在东家吃酒,原也有些酒量的,想因新婚,未免事体多些,不胜酒力,遂烂醉了。撞得回来,不省人事,倒在后门外,已是大半夜。若使不咳嗽睡到天亮,余琳来时,倒也不敢做事,只索散了。只因咳嗽这声,淑娘开门出来,见他还不曾醒,扶他

---

①　入港——入圈;符合心意。

②　焠(cuì)——把金属烧热后浸入水或油中。

进去睡了。不多一时,将近五更,后门头又有咳嗽声响。淑娘晓得今番的是那人。连忙携了包裹,出来开门,果是余琳。两人快活得紧,也无话说,各人背了一个包,一道烟径奔东门去了。有诗惜之曰:

旧日芳盟不敢忘,贞心日夜思归汤。

可怜轻逐奸人去,错认陶潜①作阮郎②。

钱秀才睡到次日,虽然酒醒,还走不起床,不住口讨茶吃。叫了十多声的娘子,却不见娘子走来。只得跳起身,四下一看,妻子的影也没有。再走到后门看时,见两扇门大开在那里,地下撇下一个油盏,才晓得是乌飞兔走了。连忙叫起东邻西舍来。那些邻舍们,听得说钱秀才逃走了新娘子,却说是异事,一起来问缘故。钱岩道:"我昨日在东家,吃醉了回来,跌倒在后门头,还是她开门来,扶我进去睡的。不知什么时节走了。"内中一人道:"钱先生,你既倒在门外,曾敲门么?"钱岩道:"不曾敲门。"那人道:"既然不曾敲门,大娘子如何使得知,出来开门?一定有约在前,故此当心,料来就是那时节走了。"又有一人道:"钱先生千不是,万不是,是你不是。人家夫妻们做亲,纵有天大的事,且要撇开在家,相伴个满月。哪里像你不曾到三朝五日,就去教诗云,念子曰,把个新娘子丢在家里,冷清清,独自个如何挨得过,自然要逃走了。"钱岩一时没了主意,问众邻舍道:"列位高邻,你道这女人还有个来的日子么?"众人笑道:"读书人说出来的,都是古板话。他若肯来,不如不去了。"钱秀才道:"借重哪一位做个证见,等我趁早当官去告张状子。"众人也有说告一张状的是;若不告,恐怕冯家倒有话说。也有说,秀才们不见了妻子,有何面目还好去告状,只出张招子罢,也有说,出招子也不像样,只好暗暗的访个下落再处。钱秀才见众人说话不一,回道:"据众位意思,论将起来,还是出张招子为是。"登时写张招子起来,竟不是如今的格式,却是十多句话儿:

钱岩自不小心,于今端阳之夜,有妻冯氏淑娘,二十一二年纪,不知何物奸人,辄敢恣行拐去。房奁不利分毫,首饰尽皆搬讫,争奈孤子寒儒。欲告官司无力。倘有四方君子,访得行踪去迹,情愿谢银若干,所贴招子是实。

---

① 陶潜——东晋诗人陶渊明。

② 阮郎——刘晨阮肇入山遇仙女故事。

正写得招子完，要寻个人往前后一贴，恰好间壁有个老妪走将过来，道："钱先生不要着忙，拐骗令正的人，老身倒也知些风声在这里。"钱秀才道："妈妈既知风声，委实是哪一个？"老妪道："人是我不曾认得。只是昨日午间，老身在家畺解粽，听得有个人来寻钱先生，说是什么西门住的汤小春。你家大娘子见了他，告诉一通，哭一通，两个说了半日。方才回去。多分是此人拐了去哩！"钱秀才听说，把手向桌上一拍，道："是真的了！她原说父亲在日，许嫁汤小春，至今念念想他。一定两下里原有往来，故此乘隙而去。待我到西门头，访个消息来，与众位商议。"老妪又吩咐道："若是得见大娘子，千万不要说老身说的，省得回来时怪我。"

钱岩别了老妪；一口气走到西门，问着汤家。问左邻右舍，逐细访问，并没一些影响。钱岩又问道："怎样一个是汤小春？"不曾问得住口，只见里面踱出一个后生来。邻舍道："那个便是汤小春。"钱岩仔细看时，见那后生：

眉清目秀，齿白唇红。虽不傅何郎腻粉①，皙白不减陈平②；未尝学董子③妖娆，风流略同宋玉④。戴一方时式巾儿，前一片后一片，颇自逍遥；穿几件称身衣服，半若新半若旧，甚为济楚。固难比膏粱子弟，气象轩昂；亦不失文物家风，规模秀雅。无才折桂，何敢偷花。

钱岩暗想道，这样个小伙子，看他走路怕响，难道有这副胆量？况且他若做了这事，未免得藏头盖脸、缩后遮前，有许多慌张情态。哪得如此自在闲适？看来还不是他。自古道："事宽则圆。"且回去访个实落，再来和他说话。只得纳了闷，走将回来。

恰好老妪接着问道："打听得有些消息么？"钱岩摇头道："这事虽然有因，还有些不明白，两边邻舍都回说不晓得。"老妪道："你该走到汤家去探个动静。"钱岩道："我正要走去，恰好那小春出门来，仔细看那人，不像做这样事的！"老妪道："你如今趁早去，说与冯家族长知道，省得明日

---

①　不傅何郎腻粉——何郎，何晏；三国魏玄学家，字平叔，何进孙。少以才秀知名，面白如搽粉，人称"傅粉何郎"。

②　陈平——汉初阳武（今河南原阳东南）人，官到丞相。

③　董子——东汉末董卓义子吕布，字奉先。善弓马，号为"飞将"。

④　宋玉——战国时楚辞赋家。

费嘴。"钱岩道:"讲得有理。"折转身便走出门。

正所谓"好事不出门,恶事传千里"。冯奇又知道了,劈面走到。钱岩就把老妪说的话,告诉一番。冯奇道:"妆奁可留得的些么?"钱岩道:"一些也没得留下。"冯奇道:"这样光景,要晓得不是一时起见的了。如今不难据老妪的口词,做张状子,当官告出汤小春,着落在他身上要人便了。"钱岩道:"秀才家的妻子,被人拐去,告下状来,只怕倒被别人笑话。"冯奇道:"虽然不像体面,然也没有个妻子被人拐去,竟置之不问的道理。还是告张状的是。"钱岩依言,随即做起状子来,把冯奇做了干证。次早就向本县告了。

县尊登时差人拘拿汤小春到案。小春父母并不知什么缘故,只得邀了十牌邻人等,同去见官。县官问起前情,汤小春把冯老在日许婚事,一一说明;今日逃,却不知情。县官板了脸,说道:"从前既有此事,则今日拐带是实。"竟把一个粉嫩的小后生,生生的扭做拐子,夹将起来,要在他身上还人。那些牌邻们,都替他称冤叫屈,县官只是不理。

他父母见儿子受这冤苦,管不得把天庭盖磕碎,口口声声哀告道:"望老爷宽限几日,寻出人来,就是天恩。"县官听了这句话,就把汤小春着落十牌邻保起。正还要吩咐几句,只见巡捕典史上堂参见。

那典史行礼毕,便问道:"大爷这一起是什么事的?"县官道:"是拐骗人口的。"典史把汤小春看了一眼道:"还是这小伙子拐了什么人,还是什么人拐了这小伙子?"县尊道:"这人名唤汤小春,年纪虽小,一副好大胆子。初五夜间,把钱生员的妻子拐了去,以致钱生员具词在这里,尚未审决。"典史低着头,想了一想道:"大爷,这件事典史有些疑心,未必便是此人。"县尊道:"贵衙莫不知些风声么?"典史道:"典史也不曾的知风声。只是初六五更时,典史在城外巡捕回来,将入东门,见一男子同着一妇人,肩上各背一包裹,劈头走出城来。其时典史把他两个仔细看两眼,他两个觉得有些慌张,急急走了去。典史心下有些疑心。但见他人物斯文,不像个盗逃的,故不曾拿得。如今看来,那个一定是钱兄的令正了。但那同走的男子,与这厮面貌,大不相同。"县官听说,也自狐疑不决起来,暗想道:"这事倒是我认错了?便回说道:"缉捕逃亡,原是贵行的事,而今便劳尊上心缉捕一缉捕,就可松了这个无辜的人。"典史满口应承,当下作别出来。县官遂把汤小春保在外边,着令五日再比。众人叩谢而出,不提。有诗赞典史曰：

晓角初吹匹马来，匆匆犹解识奸回。

片言辨破无辜狱，更获逃人可当媒。

典史回到衙中，却有些懊悔起来。在堂尊面前，应便应承了，一时间哪里去缉得着人？正在那里思想一个方法，只见堂上有人走来说道："大爷在后堂接四爷说话。"典史暗自道，刚刚吩咐得出，难道就要进去回话？连忙穿戴起来，走到后堂相见。

县尊道："我衙里有个朋友，精于《易》数。适才进去，把那桩事央他看一数。他说，走夫人口，不出东南上五十里近木的所在。有一门子说道："离东门五十里有一个木家庄，莫不他两个藏在那里？敢劳贵衙火速一行。今日出去，明日转来，便好归结这一桩事。"

典史领了堂尊之命，换了便服，带一班缉捕人役，扳鞍上马，出了东门。不多时，将近木家庄。那些耕田的农夫，有几个认得是典史老爷的，连忙丢了锄头铁耙，近前磕头，问道："老爷今日何事下乡？"典史道："我奉堂上明文，到木家庄来拿一起人犯。工夫各自忙，此时正是耕种的时节，不要妨你们的农业，各自去罢。"为中有两个是木家庄上的人，便问道："不知老爷到本家庄上捉哪个？"典史道："要捉一起盗逃的。"那两人道："莫非是木庄的外甥余大郎么？"典史道："正是余大。他初六日带一妇人同来的。"两个回答不及道："果有一个妇人同来，不多年纪，都在庄上。"

典史就着他两个指引到木家庄。庄上人见典史亲来捉获，不知一件什么天大的事，生怕惹火烧身，连忙把余琳并冯氏都送将出来。此时天色已晚，典史把两人着庄上人收管，便借庄上歇了一夜。庄人杀鸡宰羊，盛设款待，自不必说。

次早，着人役带了回来，送到堂上。知县见典史拿了人来，老大欢喜。登时出堂，叫原差唤钱生员、汤小春一干人听审。知县先将余琳带起了，叫钱岩上去，问道："这可是你的妻子么？"钱岩道："正是生员的妻子。既获着了妻子，那拐去的人，老父母也曾获得来么？"县尊道："也获在这里了。"钱岩道："求老父母把生员见一见，看是怎样一个人。"

县尊教带余琳过来。钱岩见是余琳，顿足捶胸，口中乱叫道："原来倒是你！原来倒是你！"余琳自揣理亏，低着头不敢做声。县尊道："这厮可与你有什么相熟？"钱岩道："老父母不要说起。这余琳元是生员同社朋友。

生员娶妻得五六日,承众朋友们整酒来贺喜。生员那时,哪里提防这衣冠禽兽在座。饮酒中间,偶然谈起妻子婚姻一事,不知这厮怎地就把妻子拐了去。"县尊一面嘻嘻地笑,一面叫余琳问道:"朋友家你也不该做这样事。且问你,你将何说话,哄骗得冯氏动? 那冯氏为何一面不识,就肯跟你逃走? 从实讲来便罢,若是支吾遮饰,先取夹棍夹了再说。"余琳道:"小的因钱生说他妻子,原议与汤小春为妻,虽未成亲,于心终不忘。小的于端阳日,有心走到钱生家去。不料冯氏出来问起,小的遂托说是汤小春。冯氏就认真了,欲遂前盟,甘同逃去。一时即起短见,约定于是夜五更同走。"说话未了,汤小春跪在旁边,把余琳大头乱撞道:"是你托我的名拐了她去,到连累我在这里吃敲吃打!"县尊道:"不要啰唣,少不得与你报冤。"钱岩道:"老父母,这也怪不得汤小春,就是生员心下也过意不去。"

县尊问冯氏道:"你怎么一时间听他奸谋,遂随他逃走?"淑娘忍著羞,含着泪,把父亲在生时,曾许汤小春入赘一节,细细说了。

县尊对钱岩道:"钱生上来。据冯氏口词,莫非是你当初强娶她的么?"钱岩道:"生员家徒四壁,又没钱,又没势,如何敢行强娶。是她叔子冯奇做主,情愿嫁与生员填房的。如今也不要说是妻子了,这冯氏一心欲归汤小春,生员留她在家,日后终有他变。不若老父母做主,将冯氏与了汤小春,以完他两人旧议。"县尊笑道:"虽是这样讲,只怕你口然心不然么。"钱岩道:"生员虽是个穷秀才,却也有些气节。一言已决,再无变移。况且妻子既已失身,于理亦难再合。"县尊道:"这也说得是。但是人既归汤,财礼自宜还你。当着汤小春处还财礼,然后领回成亲。"钱岩道:"生员当初? 娶冯氏时,原不曾有什么财礼。今日若教汤家出银子还生员,是以妻子为利了。日后朋友们得知,只说生员穷极活卖妻子,反为不美。只求老父母当堂把冯氏着汤小春领回成亲,于生员反有体面,又得干净。"县尊道:"这样事,甚是难得,足见兄之志节。余琳奸骗良妇,律有明条,决难饶恕。"喝令左右把余琳拿下,打了三十大板,发配岭南驿,摆站三年。冯氏许令汤小春领回,配为夫妇。两个叩谢了。出得大门,就叫了乘小轿,抬了冯氏回去。钱秀才竟自回去了。

过了两三日,钱岩又去禀县尊道:"冯氏妆奁甚厚,都带到木家庄。虽属潜逃,然非赃物,理合归之冯氏。乞着差人到彼取回,给还原主。"县尊准了呈词,着两个公差取了转来,已不上什之五六。此时县尊却重钱岩为人,吩咐书吏,叫官媒替他寻一头好亲事。又作成他说了几件公事,倒也赚得百十两银子。钱岩比前气色便不同了。

又过几日,汤小春青衣小帽,来谢县尊。县尊道:"不要谢我。前日不亏捕衙看见,险些你身上要人,哪得出头日子? 今日还该去谢捕衙。"汤小春连声应诺,转身就来叩谢典史。典史笑道:"这件冤枉,日前若非学生目击其事,可不扭兄问枉了? 兄回去,带要着实叩谢那钱朋友。哪个的老婆肯轻轻的送与别人? 这是世上少有的。便是那余琳,虽然带累兄受些刑罚,若不是他了了出来,如何得与兄完聚? 这亦罪之魁、功之首也。还有一说,学生巡了一夜,不是获盗,只当得与兄做了一头媒,却是做亲酒不曾吃得。学生改日还要奉贺,索喜酒吃。"汤小春已自欢喜,连忙道:"尚容,尚容。"深深唱两个喏,别了回家,预备了两个尺头、四两银子,送与典史。典史和颜收下,这也是礼之当然,受之非过。有诗为证:

> 捕盗从来分盗赃,此番辨枉最为良。
>
> 况兼撮合婚姻约,四海朱提①哪足偿。

后来,闻说冯淑娘与汤小春齐头做得二十年夫妻,两人甚是相得,又生几个男女。只是轻意信人哄骗,失了身,又出了丑,虽说是不负前盟,也当不得个纯心淑女。况又有"嫁个穷酸,误我终身"之说。若使钱秀才少年豪富,却便不念汤小春了。钱秀才亦失于检点,轻意对人说出妻子隐事,便构这场辱没。幸得还是硬气,不收逃妻,不要财礼,得蒙县尊看取,不至挫了锐气。且挣些家事,不至落魄,这还是好心好报。若余琳衣冠禽兽,固是可恨,倘淑娘无此段情惊,钱生不漏这番说话,没有破绽,他如何钻得进来? 夫人必自侮,而后人侮之。钱生之谓欤? 武则天曰:"卿后请客,亦须择人。"看官们看至此,不可不慎言语、择交游也。当时有诗嘲之曰:

> 淑娘春恋旧姻缘,一月之间三易天。
>
> 钱子新婚如夜合,余琳发配当媒钱。
>
> 托李夸张难失行,从奸弄正亦非贤。
>
> 可怜破罐归原主,纵是风流也赧然。

---

① 朱提(shú shí)——古县名,在今云南昭通。境内有朱提山,产银多而美。后世因以"朱提"为高质银的代称。

第 四 回

秉松筠烈女流芳　图丽质痴儿受祸

威富等鸿毛,盟言不受挠。

守贞持月籍,犯难固冰操。

女士在巾帼,狂夫羞节旄①。

乌头②悲未表,我特倩霜毫。

孔融③藏匿张俭④,事发,弟兄母子争死。一家义侠,奕世美谭。后来竟有贪权畏势,不识纲常节义,父子不同心,兄弟不同志。况在贾竖⑤之中,巾帼之流,凛凛节概,出于一门,虽事遏于权力,泯泯不闻,我正不欲其泯泯也。

尝纪闻见的事:一女子夫死不嫁,常图亡夫之像,置之枕旁,日夕观玩。便有人看破,道此非恋夫,恋其容貌,有容貌出他上的,毕竟移得他的心。因看自己所狎的一个龙阳,容貌胜似其夫,因画成图,遣一个老媪与她。果然,此妇挈资改适,龙阳舣舟相待,凡三宿,则原娶人出矣,固一虬髯中年人。时龙阳避席此妇竟归此人。会前夫家讼其窃资诱奸,此人亟以此女归一贵人,以息其讼,则已历四夫矣。此不足言。

吴江一妇,富而寡。族叔利其财,赚嫁一豪。妇脱身诉县,县不为直,至自到直指前。楚中一妇能文,曾为夫代作社艺。同社一贵公子知之,因鸩其夫,复为治丧,极其丰厚,妇人还不觉。及至百计欲妇为妾,劫之以势,妇乃觉夫死可疑。因曰:“吾以才色杀夫,更事夫之仇乎!”因自杀。

① 节旄(máo)——即旄节。节上用牦牛尾所做饰物。古代使者所持的节,以为凭信。泛指信符。

② 乌头——多年生草本植物。

③ 孔融——汉末文学家。

④ 张俭——汉末人。任山阳东部督邮时严劾宦官侯览及其家属的罪恶,为太学生所敬仰。党锢之祸再起,他逃亡所经之处,重其名行,皆愿藏匿。

⑤ 贾(gǔ)竖——旧时对商人的贱称。

此两妇足称烈矣。

浙中却出一女子,守未嫁之盟,以死相殉,更令钦敬。这是:

一诺已定,何必以身。

一死相殉,卓哉硕人①。

此女姓程,家居衢州府开化县郭外,原籍婺源。其父程翁,是个木商,常在衢、处等府采判本植,商贩浙西南直地方,因此住在开化。妻吴氏,也是新安巨族。生一子唤名程式。九月生此女,唤名菊英。程翁做人朴实,与人说话,应允不移。如与人相约在巳刻,决不到午刻,应人一百两,决不九十九两。且自道是个贾竖,不深于文墨,极爱文墨之士,家中喜积些书画。儿女自小就请先生教学,故此菊英便也知书、识字、能写。长大又教她挑描扣绣,女工针指。看将来不独修眉皓齿,玉骨冰神,婷婷袅袅,态度悠扬,媛媛姝姝,性格温雅,是个仕女班头,只才艺也是姬人领袖。程翁夫妇常道:"我这女儿定不作俗子之妻。"

赋就凌霜质,嫣然发古香。

只宜兰作伍,枳棘怎相将。

先为程式娶了一个儒家之女,又要为女儿择一儒家之男。

同里有一个张秀才,他儿子叫做张国珍,生得眉目疏秀,举止端雅,极聪明,却又极肯读书。只是家事极其清寒。程翁见了他人品,访知他才学,要将女儿把他。倒是张秀才力辞,道:"如今人只图娶妻攀附富家,希图她些妆奁,平日照管。不知这女人,挟了她家豪富,便要凌铄丈夫,傲慢公姑。况且不习勤苦,华于衣食。我要如她的意,力量不能,不如她的意,毕竟不安其室。不要攀高。"可是:

松柏姿凌云,女萝②质苦短。

引蔓自相依,所虑中途断。

程翁道:"即他这一段议论,便是高品。我女向来知书达理,断不同他富家之女。不论财礼厚薄,定要与他。"

正将行礼,却遇青曰一个大户,姓徐。家里极富,真是田连阡陌,喜结交乡宦,单生一子,教做徐登第。自恃是财主,独养儿子,家中爱惜,虽请

---

①　硕人(shuò)——旧称盛德之人。

②　女萝——植物名。即松萝,缠于松柏。

个先生,不敢教他读一句书,写一个字。到得十三四,一字不识。这边钻馆,那边荐馆,作做一个大学生。今日做破承,明日做起讲,择日作文字,哪一个字是他做的?先生只贪图得个书帕,不顾后来。只僭半阶的摇摆,是其所长而已。一开口,俗气冲人。人会藏拙,他又不会藏拙。之乎者也,信口道出,人为他脸红,他却不红。到得十五六,花街柳巷,酒馆赌场,无处不到。一到考,家中为他寻分上,先生为他寻作头。明使暗使,不知使去多少钱。及到不进,又大言的道:"老提学不识我新文字,贪提学取不着我真文才。"不肯改这张狂妄嘴。这人真是:

肚中黑漆漆,却不是墨水。

脸上花斑斑,却不是文章。

嫖赌场中状元,不通榜上案首。老徐又道:"我这样一个好儿子,须要配一个极标致极能干的女人。"不拘远近,访人家好女,去求他。一访,恰访着程家女子。访得他家请先生,请绣娘,不消得说,是会得书写、针指的了。着人混着媒妈子,到人家相看,都道天姿国色。着人来说,程翁不肯。这老徐定要,道:"若肯,便以五百作聘,妆奁但凭。"

程翁道:"我不是卖女儿的。"又不应允。竟叫媒人去对张秀才说,行了些将就礼,预先定下。这乃:

凤则配凤,兰则友芷①。

嗟彼蒹葭②,乃图玉倚。

此时老徐连见程翁不允,倒动了气,道:"我央个有势力的去,怕他不依!"平日交结得一个老乡绅,姓王,是个举人知县,却曾在本省督抚那厢做过父母的,一向搭黕③。这番因督抚,仍旧振刷起来。徐家特去请来起媒,用四表里④。银台盏、十二两折席。这王乡宦不辞,尽皆收下。

择了日,去见程翁。带了斑斓乌纱、赭黄员领,张着把凉伞,来拜。程翁一见骇然。分宾主坐了,开口就说亲事。程翁道:"小女已受张家聘了。"王乡宦道:"岂有此理!若已受聘,怎徐宅又求学生来?这媒须是学

① 芷(zhǐ)——香草名,即白芷,也叫"辟芷"。
② 蒹葭(jiān jiā)——没有长穗的芦苇。
③ 搭黕(zhěn)——帮衬。
④ 表里——即"表礼"。旧指赏赐或送礼用的衣料。

生做。"程翁道："实是受聘了，礼书现在。"叫拿出来看。王乡宦看了道："老翁仵么这样贱卖了？也算不得聘！学生包你五百两，妆奁①但凭。"程翁道："婚姻论财，禽行之道。实是定了，语言难改。"王乡宦道："什么难改！穷秀才老翁加上些还他，他巴不得。老翁再备些回徐宅的，还剩四百金。这是他求你的，便落些不妨。就是学生侥幸时，三个女儿，倒定出了八个，都是些侄男外甥，足数三百两一个。我一家与他一虚套头，不消一百余金，泄不尽平日利钱哩！老翁不要拘执。"程翁哪里肯听，王乡宦弄得索兴而去。

空劳月下老，难得春冰泮②。

蹇修③虽善合，无奈石转难。

此时老徐父子正在家中，说王乡宦这一去，不怕不成。只见门上报王老爷来。王乡宦来到，也不张伞，也不着公服，走进来道："老夫做了二十年举人、二十年乡官，分上也不知讲了多少，不似这人执拗。"老徐道："难道不听？"王乡宦道："竟不听！我想天下女子最多，怕没好的？等我另寻罢。"说毕，起身就走。老徐父子死命扭住，道："还求少坐。"王乡宦道："无功食禄。"坐定，王乡宦指着徐登第道："似令郎这样一个伟材，便驸马也选得过。恨学生没第九个女儿。"老徐道："愚父子穷蠢，见拒应得。只老大人金言，不该不听。就是家下薄有体面。如今央老大人求一亲事不得，被人耻笑。还要老大人张主一张主。"王乡宦道："学生也没甚张主，只老翁出题目来，学生便做。"

红颜每基祸，千古叹知之。

只恐蛾眉美，酿来雀角④悲。

老徐道："我闻县尊极服老大人。私求不得，官争罢。"王乡宦道："难道告状？"老徐说："正是。学生告个程家赖婚，张家强聘。求老大人一讲，听官明断。"王乡宦道："学生托着督抚见爱，小分上再不去讲。这婚姻小节，

---

① 妆奁（lián）——嫁妆。奁，古代盛放梳妆用品的镜匣。

② 春冰泮——做媒。

③ 蹇（jiǎn）修——旧称媒人。

④ 雀角——引自《诗·召南·行露》。原意比喻强暴的男子，引申为与人诉讼时的变故。

老翁还另央人罢。"徐登第道:"争气不争财。只要事成,便是百金,家父不出我出。"王乡宦道:"破靴阵不要惹他,只告程家赖婚私聘罢。"

果是徐家出了状,王乡宦一百两银子,包管到底,准了状。先是两上差人到程家,程翁不知是甚来由,说起是徐家告赖婚,可恼可笑。程翁只得置酒相待,差人讲六十钱,不然还要令爱出官。程翁也没法,前后手直打发到二十钱。这是:

> 雀角能穿屋,狐威惯攫金。
>
> 祸来如有翼,安坐也相侵。

临审,张秀才也央几个朋友去说一番。县官先听了王乡宦人情,道:"兄也是个不知情,我如今追财礼给兄罢。"张秀才再说:"徐家从不曾聘,强婚。"县尊道:"那事兄莫管他,只不折兄罢。"审时,老徐不知哪里寻出一付衫襟来,道:"小人当日与程翁同为商,两下俱妻子有孕,曾割衫襟为定。后边小的生男,他生女,小人曾送金镯一双、珠结二枝、银四十两,谢允。后来他妻嫌小人家隔县路远,竟另聘张家。"叫程翁,程翁道:"小人虽为商,并不曾与徐某相见,如何有割襟之事?并不曾收他金镯、珠结、银两。"知县道:"天下岂有无影之词,一至于此!"叫中证:是老徐买出来的光棍,道:"小人是牙行①。十七年前,他两人做木商,都在小人家安歇。不知他两人吃酒后,割甚衫襟,立小人为媒。后边送甚礼,小人闻得不见。以后有十年,不到小人家生理。三年前,徐某曾央小人见程某,要行大礼。程某道,路远要赘。徐某独子不肯,以致耽延。另受张秀才聘,小人不知道。"知县指着程翁道:"这样欺心奸狡!你赖婚重聘是实了。"程翁道:"小人从不曾到青阳生理,也不曾有这牙行,立他为媒。都是虚言买来光棍。"这光棍道:"我来说亲时,你还留我吃酒。我说亲,你说待与房下计议,一连走了几次,怎说与我不相识?"这是:

> 造谎欲瞒天,诳以理所有。
>
> 纵使苏张才②,应为缄其口。

知县听了大怒,要打要夹。竟差人押出,追还乡家财礼,取领。令徐

---

① 牙行——以做买卖中人收取佣金的商行。此指牙商。

② 苏张——苏,苏秦。战国时东周洛阳人。张,张仪。战国时魏人,为秦相。两人均为纵横家,游说于各国。

家行礼回话。

出了衙门，走到程家，差人寻了张秀才来。张秀才怕累程家，倒也肯收。程翁道："岂有此理!"不肯发出。及至徐家行礼，徐家送进，程翁甩出。混了月余，没个结局。

徐家要禀官，差人急了，将程翁结扭道："你这样违拗官府，我拿你到官，打上几十，这亲事才得成。"拖来扭去。程翁一时气激，痰塞倒在地下。里边妻子女媳，一起出来，灌汤灌水。程翁刚挣得两句道："吾女不幸，为势家逼胁。我死，吾儿死守吾言。我九泉瞑目。"言罢，痰又涌来，一时气绝。

　　一诺死生持，相期共不移。

　　视他反复子，千古愧须眉。

此时合家大哭。县差怕人命，一溜风走了。

程家将徐家财礼盒盒，尽行打碎抛出。叫张家乘丧未开，来娶亲去。张秀才怕县官怪，不敢来。程家自收拾殡殓，开丧不题。只是徐家道："一不做，二不休。程翁死了，儿子嫩，我先告他赖婚。他纵告人命，也是搪抵。"定要王乡宦包到底，送银十两作盘费。王乡宦认作外甥，在督抚告状。督抚批："赖婚抗官，殊藐法纪。速仰该县严提究结，仍取成婚日期缴。"知县先听得王乡宦上省，也就着急，及至见了宪批，忙差人将程式拿到。程式也就挺身出官。母亲又吩咐道："儿子改不得父亲的口。"程式道："父骨未寒，我怎忍违了父命?"其妻又来道："这事断要死争，二三不得的。"

　　取义有同心，姻盟矢不侵。

　　道言相砥砺，古道尚堪寻。

程式到官。知县道："上司限日与徐家成亲，你不可违拗。"程式道："父亲实不曾许他，不曾收他财礼。"知县道："你也这样胡说! 放着富家不嫁，去嫁酸丁。天下有这样痴人! 便是我这个媒人，督抚这个主婚，也做得过了。你若再强，我解你到督抚，身家都齑粉了。"程式道："死生有命，若是毁行灭节，这小人断不做。就是老爷子民，正要正风俗，明纪纲，怎好叫人小做这样事?"知县听了大恼："这痴奴侪①倒来说我!"将程式

---

　　①　侪(chái)——辈。

来打上三十板,鲜血交流。叫徐寡将财礼来当堂交收。程式大叫:"老爷!"要小人死就死,财礼是不收,妹子是断不嫁他的!"知县道:"有这样强奴侪!"叫掌嘴,又打了四十个嘴巴。程式只是不服。县官想一想,我也痴了,督抚取成亲日期,我只要他成亲,管他收财礼不收财礼!将程式收了监。掣两根签,差了四个皂隶,要程氏立刻到官。

　　月老烦官长,冰人①遣卒徒。

　　借将一纸檄,用作取亲符。

　　差人到家。吴孺人忙到女儿房中,道:"此事如何区处?你忘不得父亲临死的言语!"程氏道:"儿有处,母亲勿忧。我不难一死以报二亲,断不失身于强暴之徒。"从容梳洗了,开箱取出些鲜衣服穿了。外边这四个皂隶,叫嚷如雷,程氏只如不闻。将里衣都缝了,外边把带拴束甚牢。母亲道:"见官须青衫。"他罩了一件青衣,又在自己书桌上,研了墨,取一幅纸,写了几个字,收在袖中。到灵前哭别了父亲灵柩。又拜母亲,母亲哭得不能言语。又向嫂嫂道:"累了哥哥,又累嫂嫂。妾不幸,不能终事嫂嫂,命也。《诗经》道:'岂不夙夜,畏行多露。'妾不忍偷一朝之生,贻千古之笑。家有老亲,幸善视之。"嫂嫂也哭道:"婆婆的供奉在我,公公的遗言在你。"走到轿前,差人暗地喝彩:果然好个女子!怪不得徐家要谋她。一路前簇后拥,奔向县前来。

　　巧计穷骊②穴,沉谋剥蚌胎。

　　明光烛日步,夺取夜珠来。

　　这边徐家知得拿出女子,料道知县毕竟当堂发领做亲。着人回家,整备筵席,邀请亲邻,雇倩鼓乐人夫。徐家郎洗头刷面,里外都换了鲜洁衣服,要做新郎。巴不得轿夫一口气抬到县前,县官立刻送到家内。探头望脑,惹了许多笑。

　　时日正近午,天气晴朗。程氏在轿内问一声"到县还有几里",轿夫大家笑道:"想等不得要到哩。"众轿夫也信口嘲谑道:"我前日曾抬一新人,在轿里哭,极哭得苦。我听不过,我道:'姑娘,我送你转去罢。'那新人却住了哭,回我道:'我哭的自哭,你抬的自抬。'"说罢,后边那轿夫又

---

①　冰人——媒人。

②　骊(lí)——古谓黑色的龙。

道："我也曾抬一新人，正抬时，因是轿底年久坏了，一时落下，甚没摆布，有的道将索子络，有的道叫铁匠钉、木匠修，只怕误了时辰。只见新人道：'不消。你们外边抬，我在里边走罢。'"彼此嘲笑不休。哪知：

雁不再配，鸨乐于淫。

贞淫各别，莫烛其心。

正说间，忽然一阵风，吹得天日都暗，飞沙走石，对面不见。这些人只得停下轿子，在人家檐下避风，将有半个时辰。这想是：

雨落天流泪，雷鸣地举哀。

西方诸佛子，同送女如来。

徐家郎没缝要张斋人，还为她用钱，叫门上皂隶不要啰唣。县前人如山似海，来看这节事。到得县前，一个差人先跑去禀："程菊英拿到。"这几个来催女人出轿，只催不出来。差人嚷道："老爷正在堂等，还这自在！"揭起帘来，却吃了一惊。不知甚时，女人已缢死轿中了。颜色如生，咽喉气绝。

誓言严不二，治命更谆谆。

敢惜须臾死，偷身愧老亲。

这差人又赶进去禀官道："程菊英已到了。"官叫带来，不要惊吓她。

差人道："死了。"官道："胡说！到得决不死，死了如何到？还不说个明白！"差人道："出门上轿时，活活的，叫她出轿时，已是死了。"县官道："想是娇怯女子，你们惊坏了，快着人救，"差人道："缢死已久，不能救活。"县官顿足道："是我没担扶，误了这个女子。快于监中取出程式，叫他领尸收葬。"一面写文书回复督抚。

程式出监，见了妹子尸首，抚膺大哭道："好妹子，好妹子！似你这样贞烈，我为你死也不枉了！"

节义重山丘，忘身忍事仇。

纷纷甘玉碎，袅袅愧花柔。

命逐悬丝断，名图彩笔留。

娥江有圣女，应许步清幽。

县前闲看的人，内中有几个抱不平的，道："徐家逼死烈女！"要寻她父子凌辱。连徐家人都躲得没影。众人发喊，县官听了，鼓也不打，竟退了堂。

俗例,死在外边的,叫"冷尸",不抬归家。程式道:"这是烈女,不辱吾门。"竟抬在家内。母亲、嫂嫂都来抱着尸痛哭,为她解去带子。身上穿的都是鲜洁衣服,况且小衣俱相连缝着,所以连衣服也不更换。在袖子内简出她原写的那幅纸,却是:"尸归张氏,以成父志。"

　　有夫犹未字,同穴窃心盟。

　　为有严亲志,兢兢矢必成。

程式即差人往报张家。张家父子,感她义气,都来送殓。张国珍也伏棺痛哭,如丧妻一般,服了齐衰,在材前行夫妻礼。择日举殡,把棺材抬上张家祖坟。

后来,张国珍进了学。人来说亲,都不肯就。张秀才道:"我止你一子,如何执小谅,绝我宗祀?"劝谕年余,止蓄一婢。年余生有一子,便不同宿。一书室中,唯置烈女一神主相对。与程式如郎舅,往来不绝。就是后来中了举,选官出仕,位到同知,究竟内无妾媵,外无娈童,道:"蓄婢,尊父命也;不娶,不欲没程翁父子之义也。"

但县中人碍了县令,只有私下吊挽诗文,不能为她立碑立匾。县官碍了督抚,不敢申文请旌。且又因疑成病,悔此一节杀程家父子二人,常见一美女,项有线带,站在面前,得了怔忡病①,不一年告病回籍。督抚为军需浪费,纠劾逮问。王乡宦一厘不得,也受了许多唾骂。徐家以豪横武断,被访问军,家产俱破,其子流为乞丐。程烈女虽不能旌表,却得屠赤水先生为她作传,这便与天壤不朽。正是一字之褒,胜四字之匾了。他父亲兄嫂。都一门节义,都得附见,堂堂照映千古。至于豪横之徐氏,没担当奉承乡绅上司、要做官的知县,好说分上乡官、信请托的督抚,如今安在哉!犹能笑冷人齿颊。这节事,若在没见识的人,毕竟道:痴老子、痴女子,放着富家不嫁,反惹官非。徐家好财势,官都使得动。秀才都对他不过。只到末局时,评量一评量,也自明白了。

---

① 怔忡病——呆滞忧郁症。

第 五 回

矢热血世勋报国　全孤祀烈妇捐躯

情胶连理,比目□□□□□□□儿女□影曲垂□□□□□□□□□余又见奇贞。剩取一□□□□□□□□①馨。

——右调《清平乐》

明朝花东丘,夫忠妇节。至于孙氏,间关忍死,婉转存孤,上格天□雷老默助,真古人大奇也。盖忠臣临难,视死如归,一□□□,□顾甚家、甚子孙? 不知天心正不绝之。□□□□□时,举族殉义固多:若浙江按察使王□□□□子于同僚之妻,然后同夫自焚。盖臣死国、妻死夫,乃天地间大道理。但祖宗之血食,不可不□□□□□于其□以留忠臣一线的。又如方正学□□□深,所以□祸取□夫妻俱死,死及十族。当蔓□□□得个魏□□□□在天台作曲史,悯他忠义,□□□□□□不□多有脱的,还救全他一个幼□,□领得逃至嘉兴,夏逃至松江,至今后裔终存,得归故里。这是存祀于友朋,以存忠臣一脉的。这虽天福忠贞,亦借人力。你看那孙氏,不是郜夫人恩谊预结于平日,忠义又感发于临时,身为军掠,子寄渔父,两下各有所归,这事可以丢手,如何复自军中逃来,复从渔家盗子? 何以扶浮木同沉,不肯放手? 何以吃莲子同饿,不肯独生? 盖天道忠臣有后,人力舍死存孤,亦是花东丘恩谊有以致之。不然一个女流,不读书,不见事,晓什么是名分,什么是节义,看得存孤这样重,一身这样轻?

　　恩深知命浅,谊重觉身轻。

　　不令存孤谊,公孙②独擅名。

　　这三节,见是明朝异事了。还有一个姓姚,是个世职。他始祖曾随信国公取福建,取两广,历有战功,所以得这个兴化卫指挥佥事。平日是个有些气节,有些识见的,大凡世职中最多□人,拿定是个官,不肯读书通文

---

①　在古籍版本中此处缺字。下同。

②　公孙——古时对官僚子弟的敬称。

理,所以满口鄙俗,举止粗疏,为文官所轻。况这官又不坏,不习弓马,不修职业,剥军冒粮,考察时,不过捱两板,革事不革职,仍旧有俸吃,所以容易怠情了去。他却是个曾读两句,兼闲弓马,留心职业的人。

> 丙夜简龙韬,轻弓每落雕。

> 雄心时击楫,自许霍骠姚。

承平将官,高品学文人做作,谈文作诗。他道这不是武夫勾当,不过读些《武经》、《百将传》,看些《通鉴》够了,要赋诗退贼么?下品只贪婪淫酗。他却极爱恤军士,少饮寡欲。娶一个武恭人,也是将官之女,却性格温善,做人和柔,待姆娌犹如姊妹,待奴仆犹如儿女。夫妻之间,真是鱼水。十余年来,两边没一毫声色相加。

> 喁喁笑语出窗纱,笔染春山初月斜。

> 调合求凰琴瑟协,如宾不啻汉梁家。

但两个都年已三十余了。姚指挥不是惧怕,也只是个相爱,再不把子嗣提起。倒是武恭人,要与他娶妾。姚指挥道:"这是什么时节,说个娶妾?如今人都道太平,那文官把我们武职轻渺,武职们也不知自爱,不知我管下有几个军,也不识得哪一个是我的军。少一个军,我有一石粮,不去勾补。在的不肯操练,军器硝黄,还要偷卖。说起勾补操练,遣我多事。又有那贪利不知害的缙绅富室,听说这边线绵绸缕,拿到日本,可有五分钱,瓷器玩物书籍合子钱,就有这些光棍穷民求他发本,求他照管。他就听了打船制货,压制防海官兵不许拦截。不知我去得,他来得,可不是把一条路径开与夷人么!一日就把我这边船装了倭人,突入内地,变起不测,如何防备?况且有了这条路,商船来往,就有那穷民奸宄①思量打劫,这便是海贼了。海上便已多事,还又地方连年少熟,官府不时追比,民不聊生,是内变也不可保。若是内外勾引应合,这沿海腹里,都不得宁戢②,岂是我武官安枕之时?说甚娶妾!"

> 时事危厝火,智人忧寝薪。

> 肯溺闺中乐,忘他海上尘。

武恭人道:"这果是国家大事,你一人忧他不来。只是你三十无子,

---

① 奸宄(guǐ)——犯法作乱的人。
② 宁戢(jí)——安宁。

终不然把你祖父传来金带,留与族人?"姚指挥道:"我你极是相爱,年尚少,安知无子?"若说要妾,无论宜子与不宜子,未知性格何如。纵你素性慈和,知必不妒。傥那人不知安分,便已多事。且我与你,一夫一妇,无忌无猜,坦然何等快活。有了一个人,此疑独厚,彼疑偏疏,着甚来由处两疑之间? 故不娶为是。"

独则无兢,两则生猜。

白头罢吟①,庶绝怨媒。

武恭人道:"你自说你的话,我自做我的事罢。"她自吩咐媒人,到处寻妾。又想道,人情没个不爱色的,若使容貌不胜我几分,他必还恋着我,不肯向她,毕竟要个有颜色的。有了颜色,生性不纯,他这疏爽的气质,也必定不合,还得访她生性才好。所以她寻得虽多,中意极少。就是自去看了相貌,又访了她性,还又与她算命,去求签,是宜子不宜子。故此耽延几时,费了七八十两银子,为她寻得一个妾。

冶色同花艳,芳心拟柳柔。

稚年方二八,态度足风流。

未曾进门时,武恭人已为她觅一个丫环,把她房中收拾得清洁。铺陈什物,与自己无异。倒是姚指挥道:"不要太侈靡了,也要存个妻妾之分。"在亲友中内眷,都道:"如今倒好了,好得到底才是。"又有的道:"会妒忌的,专会妆体面,使人信她好,毒在肚里哩。"到将进门,她把锦衣绣妖、翠钿金钦去包裹将来,似个天仙一般。姚指挥道:"太艳,是个尤物了。"却已喜在肚里。更喜这女子是个旧家。姓曹,叫瑞贞。年纪虽小,却举止端重,没嘻嚯之态在。做人极静穆,有温和之性。事恭人极其小心,恭人极喜她。每晚姚指挥觉道有碍,不敢遽然到房里,恭人都自张灯送他进房,似待孩子般。早间,叫人不要惊醒他睡头。那曹瑞贞又甚守分,姚指挥在她房中歇一夜,定不叫他歇第二夜,要他在恭人房中。那武恭人有心,打听曹瑞贞经次届期,必定要推指挥,以便受胎。瑞贞稚气,指挥武夫,到情痴处,也不免有些疏脱。恭人略不介意。家人媳妇丫环,有看冷破挑拨的,都付之一笑。

寸心渺江河,两耳坚金石。

---

①　白头吟——汉乐府《楚调曲》名。

巧言虽如簧,静定则自失。

姚指挥的种子丸,曹瑞贞的调经丸,常与她吃的。却也不半年,瑞贞已有孕了。恭人好生欢喜,预为她觅奶母,料理产事。到临月,却喜生得一个儿子。恭人道:"姚氏今日有后了!"姚指挥也不胜喜欢。

芳兰夜入梦,生此宁馨儿①。

行见提戈印,辉煌谢氏芝。

恭人初生望满月,满月望百日,巴不得一口气吹他大来。

不料海上果然多事。浙有汪直、徐海,闽有萧显,广有曾一卿,或是通番牙行,或是截海大贼,或是啸聚穷民,都各勾引倭夷,蹂躏中国。沿海虽有唬船、沙船,哨船,都经久不修,不堪风浪。信地虽有目兵、伍长、什长,十人九不在船。就是一个要地,先有卫所,所有千人,加二十个总旗,一百个小旗,十个百户,一个正千户,一个副千户,一个镇抚,不为不多。平日各人占役买闲冒粮,没有一半在伍,又都老弱不知战,也不能战的。一卫统五所,上边一个指挥使,两个同知,四个金事,一个镇抚。有一个官是一个蠹国剥军的,都无济于事。道是军弱,养了军又增饷养兵,又没总哨备倭。把总、游击、参将,也不能彼善于此。船中相遇,也有铳炮、火砖,见贼船影就放。及至船到,火器箭已完,他的火器在,反得以烧我船。岸上防守,山上或岸上呐喊站立。及见贼一到岸,一个上岸,各兵就跑,将官也制不定。所以倭子、海贼,先在沿岸杀掠,渐渐看见官兵伎俩,也无所忌惮,直入内地,竟至兴化。

世界承平日,人无战守心。

长驱从寇盗,空自侈如林。

姚指挥在家,见外边兵戈日起,常时对妻道:"姚氏幸有后人了。只我一腔热血,洒于何地?"到倭寇来,府县官慌张,与卫官金点军民,分城防守,出文书求救。其时请得一个总兵,姓刘。带领三千步兵,离城十五里驻扎。也只期把个"救兵到"三个字恐吓倭人,使他别去。这倭全不介意,仍在城外掳掠。拿着男子引路,女人奸淫,小孩子搠②在枪上,看他哭挣命为乐。

---

① 宁馨儿——晋宋俗语,犹今语"这样的孩子"。
② 搠(shuò)——刺戳。

劫火遍村落,血流成污池。

野哭无全家,民牧亦何为。

刘总兵也是个名将,但晓得倭人善战,善伏兵,所以不敢轻进挫锐。又在野外,怕倭人劫砦;饷靠城中给,怕倭人截运。发一角文书,期会以烟火为号,移兵进城,城中开门接应。差下五个健兵,藏在身边,至城投下。不料将到城,遇了倭子,寡不敌众,被他拿去。到营中搜出文书,问了备细,把五个杀了。那倭酋便计议赚城。在中国人向来倭营效力的,又能干有胆会说的,选了五个,叫穿了五人号衣,顶了姓名,赍①了文书,故意慌慌张张,赶到城下叫喊。先吊上文书看了,后把人吊上。各官看了文书,见说总兵进城协守,无不欢喜。

孤城惧不支,吊伐有王师。

禾渴方将槁,弥空云雨垂。

只有姚指挥道:"不可。齐总兵兵在城外,倭子要攻城,怕他从后掩击;要去与刘总兵战,怕城中发兵救援,腹背受敌。今日是个相倚之势。若一移兵,贼无所忌。今日进城,明日就围城,是个引贼入来。这断不可。"武官言语,文官不大作的;就是武官中,见个会说话的,也怪他相形忌的。就有人道:"城中单弱,正要兵来。若拒他不容,设或城中有些差池,他便有词。又或粮运阻绝,谁任其咎? 还放他来守城,担子同担一担。"

兵士贵犄角,唇齿不容寒。

共向孤城守,苍鹰折羽翰。

姚指挥又道:"客兵强,主兵弱,强宾压主,日久恐至坐吃山空。"众官又道:"只要他协守得住,便吃些,便骚扰些,也罢。"与了回文,只待城外烟火发,城上也举烟,相应开门。此时姚指挥,也只说个进城不宜,不料到有赚城之事。

到了次日晚,刘总兵处不见人回,不敢轻动。倭营中早计议:先把些中国人充官兵在先,倭兵大队在后,积些草,放上一把火。城中见了,也是一把火。兵到开门,进得二三百,一声海螺响,只见前队官兵,拔刀把守兵砍杀,倭兵已到了。

---

①　赍(jī)——送人东西。此指"递送"。

袖中出蜂虿①，见者无不惊。

何须杵血流，唾手颏名城。

城中鼎沸，道刘兵就是倭兵，已进城了。姚指挥在城楼上，也不及披甲，叫："军士快些随我拒敌！"军士已各跑下顾家。姚指挥拔刀当先，两个家丁后拥。其余相随的，也不多几个。沿路大呼："军民齐心杀贼！"望火光迎来，正遇倭兵。挺身砍扑，也砍倒一两个。后兵不继，竟为倭子所杀。

怒气死犹厉，身孤力战难。

横尸报明圣，热血共心丹。

武恭人在家，听得倭子进城，尚在将信未信，只见一个家人跑来道："倭子进城，老爷挺身去厮杀了。"恭人道："此去必死了。他是命官，我是命妇，与他同死。"倒是曹瑞贞道："老爷此去必然尽忠，但奶奶今日还以存祀为主。"这句倒把恭人点醒了。恭人道"是，是"，连忙收拾些银两金珠，换了些旧布衣。瑞贞自抱儿子。家中家人，都在城上，两个随指挥厮杀。来报信的，恭人叫探指挥信，又去了。只与得几个家人媳妇丫环，随人捱出城。两个丫环已不见了。挤得出城，行不上二三里，就是同逃的难民。有穷的没有甚东西的，故意喊一声"倭子来了"，一阵跑，一阵抢，把个奶子与个家人媳妇背的衣包抢去。家人媳妇也混失了。

乱离起奸究，流劫遍道途。

仅免一身死，遑复顾金珠。

曹瑞贞鞋弓袜小行步不前，况又抱着儿子，越走不上。这时候哪里去作娇，叫轿叫生口？恭人只得自与奶子，搀着她走。不一里，当先又来了一阵倭子，把人乱赶，却不杀人，不掳妇女，只抢包裹。乃是地方无赖假装了抢劫人行李，故此不掳人，不杀人。不知道，哪个不逃不躲？武恭人带来行李，这番抢尽。人已赶尽，只留个瑞贞与孩子三个了。武恭人道："这个光景，前路怎生去得？不如只在城中寻个自尽，与老爷同死倒好。"瑞贞道："奶奶，婢子也非贪生。但这点是老爷骨血，姚氏绝续所系。奶奶平日爱惜婢子，也为这点骨血。到如今若老爷死节，这小儿关系越重了。奶奶、婢子若死，此骨血托之何人？勉强偷生，只为活得一时，还可管

---

① 蜂虿(chài)——蝎类毒虫。

他一时，总为存孤。"

　　　　不谓裙钗女，能存程杵心。

　　　　嘤嘤凄语处，清泪几沾襟。

　　两个又揿着走。不多路，只听一声喊，赶出几个人来，却是官兵拦住去路。见她两人行李虽无，却有颜色，道："不要别处去了，前面有倭子，有贼，到我们营中去快活去罢！"把她两个推着叫走。曹瑞贞道："你们是官兵，怎敢如此无状！这是姚爷奶奶。"官兵道："什么姚爷奶奶！我们陪睡的，那一夜不是奶奶小姐，营中尽多，不作。肯走便走，不肯走拴了走。再无礼，刀在这里，不学砍你这一个人。"便拔出刀来。武恭人道："你砍！我朝廷命妇，在城中已拼死了。"官兵叫且拴起来。只见曹瑞贞从从容容的道："你们不消性急得，这位是位夫人，她断不失身的。不若你放她去，我随你去。"众兵道："怕她甚夫人，偏要拿她去。"一个道："只怕她随我们去快活得紧，赶她回不回哩。"又一个道："这个儿年纪小，人儿好，说话也软款，等她随我们罢。要那老货做什么！"

　　　　军中无阿蒙①，纪律渺如风。

　　　　战怯惟工掠，纠纠虎豹雄。

　　只见这些军士，把武恭人推上几推道："去，去！饶你这老货！"那曹瑞贞道："我还要与奶奶说几句话。"向前把这怀中孩子，递与恭人道："这骨血交与奶奶了。奶奶快去，我断不辱身负老爷，负奶奶。"就在地下，把恭人拜上一拜，又道："奶奶快去，同死无益。小子无人看管。"恭人早已知她意了，两下各洒了几点眼泪，恭人一步一回顾的去了。

　　　　此别岂生离，还恐成死诀。

　　　　洒泪着草间，点点尽为血。

　　瑞贞故意坐下道："倦了，少坐一坐。"众兵士见她年少标致，也爱惜她，任他少歇，不遽催促。坐了老大一会，恭人约摸走也有三五里远，且不知往哪一路去，不可追赶了。兵士立的立，坐的坐，也久了。有一人道"去罢"，来催瑞贞。瑞贞道："去哪里去？"众兵道："随我们营里去。"瑞贞道："我不去了，死只死在这里。"众人道："你说的，放她去，你跟我们。

————————————

　①　阿蒙——即吴下阿蒙。三国时吴吕蒙少不读书，后努力向学。后人以"阿蒙"或"吴蒙"喻人学识尚浅。

怎么变卦，性命不是当耍的！"瑞贞道："你道我恋性命么？我只不欲三个同死。如今我死甘心的了。"一个向前道："不要胡说，快走！"那瑞贞倒剔双眉，竖着眼道："朝廷养你，要为朝廷守城池，救百姓。如今城池已失，不能救护，反在此掳掠百姓，王法何在？我今日有死，断不从你！"众人做好做歹地道："这等道学话，没人听你。去是决要去的。"便来推扯。那瑞贞拼定一死，也就出口道："奴贼！焉有命官之妾，随你奴贼走么！"

殉节乃吾分，狂夫毋妄图。

拼此血一腔，化碧溅长途。

这干兵，恋着她的色，只要迫胁她，从没个杀她之意，却当不得她千贼万贼，骂得不堪。放了她去，小的不得，连老的不得，空混了半日。一个陡起凶心，劈头上一刀，可怜瑞贞竟骂贼而死。

玉骨不受涴①，宁向秦柱②碎。

身碎名则完，千秋有余美。

武恭人自己抱了孩子，不知往哪厢走，只得向人问路，寻个没倭子没兵处去。又怕人胡哄他，道老人家还老实，公公、婆婆也不知陪了多少口。孩子未曾周岁，失乳，哇哇的哭。拿出身边金珠，向人家老妪，或是小孩子，换些饭，自嚼了喂他。还藏些救他路上饥。在路纷纷的听得人说个不知兵不知倭子，杀了一个女人，极标致，小脚，上穿什么，下穿什么。恭人晓得是瑞贞了。满眼垂泪道："罢！你真不负我夫妇。你倒了了，只是你舍了救我，却把这孩子丢在我身上，叫我死不得怎好！也说不得，瑞贞道的活一时，管你一时。"抱不得许多，把来拴在背上行走，没个行李，背了个孩子，似花子光景。所以路上没个人看想她。

褴褛同行乞，嗟嗟失路人。

风霜枯绿鬓，无复旧精神。

东撞西撞，混了几日，天不绝人，忽然撞到一个村里。只见竹屋中一个妇人，恰似她家人姚鲸妻子。待去认时，那妇人已赶出来道："这不是我奶奶么！"两下相对痛哭。

---

①　涴（wò）——为泥土所玷污。

②　秦柱——战国末年卫国人荆轲被燕太子丹派去刺杀秦始皇。未成。愤而以头击柱，后被秦王所杀。

　　贫贱一身轻,安往不贫贱。

　　富贵今何如,相看泪如线。

　　姚鲸妇人道:"且喜奶奶与公子平安,老爷委是战死了。"武恭人却又哭丈夫起来。恭人知指挥拒战,虽料他必死,还在疑信之间。这信却是真了,哪得不哭,因问这信从何得来。道:"姚鲸家来时,奶奶叫探老爷消息,去时老爷已死。姚鲲、姚豹因救老爷也重伤身死。他回复奶奶时,奶奶已出门了。沿途赶来,恰遇着我。教我暂到娘家、他自来寻奶奶,要收葬老爷去了。"又问:"小主人在,小主母何在?"道:"路上遭兵劫掠,要拿我们营中,我誓死不从。她见势不好,把儿子交与我,自愿随去饶我,我因得放。后闻得一个妇人骂贼被杀,年貌衣服,像似她,大约是死了。"姚鲸媳妇接了小主,道:"还剩得这条金带。"正说,一个女人出来,是姚鲸媳妇母亲,邀了进去。

　　昔来处华屋,今日寄茅檐。

　　惹起沧桑恨,愁眉蹙两尖。

　　她家中无甚人,一个六七十老子,自别宅而居。姚恭人叫姚鲸妻挑些野菜,买坛村酒,祭奠指挥与曹瑞贞。且喜姚鲸妻虽在草莽,不失主仆之礼。

　　又过了几日,却是姚鲸来,见了妻子道:"一路寻奶奶不着,倒见小奶奶尸首。说道是兵要掳她,不从,还骂她,被杀。我已与附近人,草草埋葬。城中倭子已退、老爷署县官已经殡殓。正来此同你回城。闻得奶奶已在此间,小主也在,这还是姚门之幸。"

　　大树将军殒,犹看萌蘖①生。

　　宗祊②喜有属,天不负忠贞。

　　进门,叩了奶奶的头。次早收拾回家。路经曹瑞贞坟,又痛哭一场,道她舍死全主,却又舍身全节。到家且喜房屋幸存,家伙③十存一二。武恭人又在姚指挥殡所,哭了指挥。到家甚是凄楚不堪。

　　蛛网封檐四壁空,虚窗寂寂起悲风。

————————————

①　萌蘖(niè)——萌芽。

②　祊(bēng)——宗庙门内设祭的地方。

③　家伙——家什。

闲阶尽日人踪绝,风雨连朝生短蓬①。

姚恭人当日逃难,匆匆的身边藏带数百金,金珠真宝。遇着兵时,只要掳她去,却不曾搜她的,于路又不曾用得,带回。残破城市,谁人还要金宝?着姚鲸往别府县,兑换得些银两,去将曹瑞贞另行棺殓。与姚指挥棺木,移到祖坟上一同合葬。又著姚鲸,将姚指挥拒战死忠,姚鲵、姚豹死主情由,并曹瑞贞死节情由,具呈府县,要行转申题请。凡一应孝子顺孙,义夫节妇,用几两银子,可以朦胧假得。独有死忠死节,是假不得的,却也是掩不得的。

实实一个将官,死在战场上。实实一个女人,杀死在路上。这是什么缘故?姚指挥是不消说得的了。曹瑞贞,县官怕刘总兵体面上不好看,着里递做遇倭骂贼,不屈死节。道兵与倭原不差一线,累累结勘②相同。抚按会题,下部议:姚指挥升指挥使,建祠春秋祭祀,还升荫一级。曹瑞贞建坊旌表,赠孺人,从祭。奉圣旨俱允行。姚指挥子优给,武恭人还为他尽心抚惜,大来从师授学,到十六岁,起文入京,荫指挥同知。把那武恭人为姚指挥畜妾,后来间关背负,这段光景,才结得。小指挥也问安侍膳,养志承欢,无所不至。武恭人寿至八十而终。

中心淡无营,猜忌了不扰。

福寿具康宁,良为硕人报。

这节事,姚指挥事,足与花将军比。若说他失城,花将军也不曾守得太平。孙氏存孤的事,却是武恭人做,艰苦不相上下,而不妒若恭人居胜。郜夫人事,是曹瑞贞做,其死同;瑞贞又多得一个委曲以全主母。这两事,均是明朝之大奇也,俱足照耀为千古法程。若使恭人有猜忌心,畜妾不早,则姚氏嗣绝;若不能背负喂养于乱离之中,则姚氏嗣亦终绝。是恭人为尤足法。不妒一字,其造福为无穷已。

---

① 蓬(péng)——草名。飞蓬。

② 结勘——结果,后果。

第 六 回

高才生做世失原形　义气友念孤分半俸

造物无凭，任东君倒横直竖。便江①花粲②笔，李③囊险句，不遇柳④神将汁染，难期锦字机中注。纵一朝得意宴江头，宁奇事。

那便可，轻肆志，做僚友，蔑当世。看从来佻佻⑤，荣华难据。况复一腔凌轹⑥意，高旻厚地无容处。至变成异类始灰心，向谁诉。

——《满江红》

大凡人不可恃。有所恃，必败于所恃。善泅者溺，善骑者堕，理所必然。是以恃势者死于势，恃力者死于力，恃谋者死于谋，恃诈者死于诈，恃才者死于才，恃智者死于智。势力谋诈，自是罟⑦获陷阱，驱而纳之，所不必言。至若才智者，人之宝也。上以治国家，平天下；下以致富厚，取功名。却为何说他不可恃？孟夫子说得好：盆成括，小有才，未闻君子之大道也；则足以杀其躯而已矣。在下且把从来恃才傲物者，说几个看看。

唐时有杜舍人，弱冠登科，名振京邑。尝游至一寺，禅僧拥褐独坐，问杜姓氏，又问修何业。旁人以联捷夸之。僧笑曰："皆不知也。"杜叹讶，因题诗曰：

家在城南杜曲旁，两枝仙桂一时芳。

禅僧都未知名姓，始觉空门意味长。

---

① 江——江淹。南朝梁文学家。

② 粲(càn)——王粲。汉末文学家。

③ 李——李贺。唐诗人。

④ 柳——指北宋人柳永。

⑤ 佻佻(tiāo tà)——轻薄；戏谑。

⑥ 轹(lì)——期凌。

⑦ 罟(gǔ)——网；法网。

　　你道兄弟两个中了进士，俗人何等趋奉，而不足以惊黄面瞿昙①。此时自视，亦不见有甚荣耀，然亦不过是人不得知耳，未有讥诮之者。

　　又有郑礼臣，初入翰院，矜夸不已。同席诸人，皆不能对，甚减欢笑。有佐酒妓下一筹，指礼臣曰："学士言语，无乃德色，然学士一时清贵，亦在人耳。至如李隙、刘承雍，亦尝为之，岂能增其声价耶?"诸人皆笑。礼臣因引满自罚，更不复言。夫以学士之贵，至为妓女所面斥，受罚而不敢辞，可见傲之一字，用不着了。然犹止于讥诮耳，未有所害于我。

　　至如萧颖士，恃才傲物，常自携一壶，逐胜郊野，独酌独吟。会风雨暴至，有紫衣老人，领一小童，亦来避雨。颖士见其冗散，颇肆凌侮。少顷雨霁，车马猝至。老人上马，呵殿而去。问之左右，则王尚书也，明日具启造门谢。王命引至庑②下，坐责之曰："子负文学，踞忽如此，止于一第乎!"颖士因不敢再赴词科，遂终于扬州功曹。此却以傲物之一字，有碍进取了。然犹不过是宦途淹蹇耳，未至于困顿死亡也。

　　又如陈通方，少年登第。同年王播，年五十六。通方戏拊其背曰："王老，王老，奉赠一第。"王颇恨之。通方值家艰归，王累捷高科，已判监铁。通方穷悴，求同年李虚中为之汲引。王不得已，署江西院官赴职，未及到任，又改浙东院。至半程，又改南陵院。往复数四，困踬日甚，退省其咎，谓所知曰："吾偶戏谑，不知王公遽为深憾。"及王拜相，通方怅望而死。此直并身家性命，败于傲中了。

　　可见傲慢之人，无好收场。人人读书，人人知道，而又多蹈之者，唯恃才智之过也。诗曰：

　　　　奇才虽是世间稀，卖弄矜夸便不奇。

　　　　若使孔颜生此日，诸君面目亦难施。

　　却还有一奇绝的事，出人意料之外者。有一人以恃才傲物、愤世嫉俗，变为异类。既变异类，犹复人言，以自明其悔恨之意。待在下慢慢细述一番。

————————

① 瞿昙(tán)——梵文乔达摩的另一音译，古天竺人的姓，亦代表释迦牟尼。此指佛教徒。

② 庑(wǔ)——廊屋。

唐明皇时,陇西人李微,是皇族之子。家于虢略①。少年博学,诗词书翰,无有不工。真是下笔千言,倚马可待。他却恃才傲物,眼底无人。即他同时的才子,如李白、杜甫、高适、岑参之流,他也不肯逊让一头。便把那功名二字,拿在手里,谓卿相可以立致,终日猖狂放恣。当时之人,也说他是个才子,不敢与他抗衡。他越发自尊自大起来。

未弱冠时,便领了乡荐,贡至京师。不意走了十科,不得一第。只因他恃才过甚,不肯俯就这科目的程式,又或躁率差误,以此多不合式,常被剥放。但还有一件好,唐时却是一年一试的,不比如今三年一试。故虽十科,亦不过迟得十余年。李微一次不中,便骂一次试官,道他眼瞎,不识文字。又骂这些及第的道:"黄口孺子,腐烂头巾,都中了去。我辈如此高才,沦落不偶,看他们有何面目见我!"便是那愤懑不平之气,放诞无忌惮之言,心中口中,怨天尤人个不了。

及至第十一举,方才得一第,名次却又不高。唐朝资格:凡进士及第的,前边几名,选七品京官。其余高者县令,次者县丞,又次县尉、丞尉之流。做得好,便取为尉史,甚至取为西台。不取的,再赴词科。连试高等,便入为翰林台省。故此李微虽中进士,却选得一尉,又调补河南商丘县尉。自以皇族高才,屈迹下僚,与俗吏为伍,常郁郁不乐。益为倨傲,轻底狎侮,无所不至,僚伍皆不能堪。

一日,与同舍会饮,多吃了几杯,便以酒发言道:"我皇家子,才高迁、固②。君等虽喙长三尺,而手重五斤,是为何物,乃竟与我伍邪!"僚友皆侧目恶之,不欢而散,然亦无如之何。

及微任满,当补选,以当事者恶其傲放,不肯为之荐拔,不得即赴京调补,因此退而家居。益复傲慢,不与人通。时作诗赋,总只是牢骚不平,毫无屈原忠君爱国之忧,剑有杨恽③诽谤不堪之意。把平日食牛扛鼎那些才气,都变做了吞声饮恨一副肚肠。时时思量那些目不识丁据有高位的,及那些当权用事不提挈他的,恨不得一口水都吞在肚里。自有了这个意

---

①　虢(guó)略——宋地名,在今河南灵宝。

②　迁、固——指西汉司马迁和东汉班固。均为史学家、文学家、思想家。

③　杨恽(yùn)——西汉华阴人,字子幼。司马迁外孙。曾封平通侯。后以过失免为庶人。在与友人书中表示不满,被认为大逆不道而遭腰斩。

思,便种下后来变成异类的根子。诗曰:

> 画马犹应入马胎,怨愤如何不作灾。
>
> 从来佛性只平等,便离六道①坐莲台。

李微家居岁余,宦囊已空。迫于日用无资,只得思量出游,打知交的抽丰。冀有所获,半为妻子衣食,半为入京调补支费。打算已定,设处了些路费,整顿行李,别了妻子。带了两个仆者,一个叫做应荣,一个叫做宜禄,从虢略取道而南,至于湖广地方。其时府县长吏,虽不多几个是他同年故旧,然他平日原有才名,人皆敬重的。况他又傲放猖狂,人又多怕他的。你道傲放猖狂,人如何倒怕他?大凡有才的人,出口成章,凡有所讽刺,或作赋,或作诗,或作传,人便传颂开来。若有不好事体,未免取讽当时,遗笑后世。是以人多怕他。古人有云:避才士之舌锋,避文士之笔锋。正为此等人说也。此时这些官长,人人开阁相延,宴游欢饮。有所请托,无不听从。及将别时,又各各厚赠,以实其囊。

微犹以为未足,又游到金陵地方。金陵是古帝王之都,胜迹甚多。微便到处题咏,人人称赞。彼处官长,相待之厚,亦与湖广一般。将及一年,所得赠遗,竟有二三千金。微意稍快,谋将西归虢略。一路行时,又想起做官时事,忽忽不乐。向来那些怨恨愤懑之意,又复形之言色。

一日,到了汝坟地方,觉得身子困倦,叫仆人寻了下处,正欲安息几日,慢慢再走。不意忽然的发狂起来,咆哮叫跳,如虎如狼。两个仆人,竟不知是何缘故。上前又打,落后又打。去服侍他,见了便脚踢口咬。不去服事他,却又喊叫如雷。不拘门闩、扁担、扒棍之类,拿着便打。打得两仆,日里不成日,夜里不成夜。将近十余日,狂跳更甚,披了头发,脱去衣服,绝没一些体面,只要往街上走。两仆哪里拦挡得住。

突然一夜,把店门开了,直头便跑。天色甚是黑暗,两仆哪有胆气去赶他,只得听他自去。次早起来,两下找寻,并没影迹。打听往来的人,也并没人看见。河边井里,都打捞一番,哪里有一些下落。只得在店中,呆呆地等了一个月日,杳无消息。两人料来是死了,便黑心将起来,也不顾

---

① 六道——佛教名词,一称"六趣"。意即从生世界中天、人、阿修罗、地狱、饿鬼、畜生六类,因各自所作善恶业因不同,于此六道中升沉轮回。阿修罗,古印度神话中的鬼神。佛教采用其名,列为六道轮回之一。

家主,也不顾主母在家,小主人又小,一径把这些银物、行李分做两开,各自得了一半,一道烟桃之夭夭了。李微妻子坐在家中,望人人不到,望信信不来。其子才得十五六岁,要寻父亲,又没胆气远出。坐在家中,又无所依靠,真是苦不可言。

　　旅行唯恃仆相亲,义仆从来有几人?

　　背主挈资图利己,不思觥略计程归。

　　却说李微自那夜走了出门,一径走了二三十里路,到一山间,竟把两手来据①地而走。此时心中倒觉得有些明白,看见自家臂膊上生出毛来。却走到个溪边,照一照看,竟自变了斑毛老虎。试叫一声,真是惊天动地。试打一跳,真是旋转风生。自家又恨又羞,然已无可奈何,便自吞人吃兽。那时商於界上,相传道:有只异虎食人。往来商旅,早暮俱不敢行;只于巳午未三时,结伴而过。

　　闻说牛哀曾化虎,岂知文士亦牛哀。

　　无缘得有从龙遇,且作山君泄愤怀。

　　从来凶恶之人,或有变为异类者。如郗皇后以妒忌而变蟒,新郑妇以逆姑而变狗,某官以贪狼而变牛,封邵以暴虐嗜杀而变虎,理或宜然。至若李微文士耳,恣肆狂放,遂至于此,岂不哀哉!

　　将及一年,陈郡人李严,以监察御史,奉诏使岭南公干,乘传至商於界,暂宿驿中。以敕命有限期,不敢迟缓。次早凌晨,便要起身。其驿吏禀道:“界边岭上,有异虎暴而食人,将及一年。凡行旅往来,必待日高而后发。今天色尚早,恐行人尚稀,虎必出而噬人。请且暂停,待日高了,方可前进。”严不信道:“如此大道,哪得有虎,不过是盗贼吓人,故意妄传耳。”驿吏再三上禀,严怒曰:“我天子使,前有导,后有卫,骑从之人,不下数百,山泽之兽,宁能为害耶!”遂立刻起身。驿吏不敢多言,听之而已。

　　及行未尽里许,平途之中,林莽茂盛。果有一虎,斑而猛,从茂草中突然而出,适当严之马前。从人不及防备,纷纷奔窜,马亦避易。严正惊惧之极,无可为计,只见那虎把严看下一眼,连忙转身,依旧向草中躲了。严方带得马住,只听得虎作人言道:“异乎哉,几伤我故人也!”严闻得说,心下惊疑,道:“宁有人而变虎者?他道我是故人,却不知他是谁何?”正踌

----

①　据——俯。

躇间,虎又道:"李君,李君,子竟忘我耶?"俨聆其音,酷似李微。俨与微向来同登进士第,又是同姓,极相亲厚,却也别了几年,不曾会面。忽闻其语,不胜惊异。若是李微,何以有此奇怪,但其声酷似。乃问虎道:"子为谁? 岂非故人陇西李微乎?"虎呼吟数声,若嗟若泣,久乃答道:"我正是李微。别来许久,君犹知我声音,君真不忘故人者矣。"俨乃下马,问虎道:"君何为至此? 记昔时,俨与君同场屋十余年,情好甚笃,不啻同堂兄弟,嗣是得附骥尾,为同年友。不意吾先登仕路,夺走王事;君亦继出佐郡,各为功名。天南地北,睽问笑言,历时颇久。正不知君之踪迹作何状,今幸因出使得与君遇,而君匿身草中,不与相见,岂故人畴昔之意耶?"虎又吁嗟数声,乃发道:"吾已为异类,状貌狰狞,使君见吾形,则且畏怖而恶之,唯恐其去之不速,其肯念畴昔之意耶? 虽然,愿君少留。吾有隐情衷曲,无可诉告,今幸遇故人,方欲尽布衷款。不识故人肯为我听否?"俨曰:"我素以兄事故人,似不妨以形相见。今既不可,愿展拜礼,后听故人之嘱。"乃向虎再拜。

虎道:"我自与足下别久矣,音容旷阻,不知足下宦途何如,今又何往? 适见君有二吏,驱而前,驿隶挈印囊以导,呵殿之人,前后簇拥,喧阗于途,声势赫奕。得无为御史而出使乎? 不然,何驺从①之伙且都也!"俨对虎道:"向时履历,足下所知。近蒙圣恩超擢②,得备位御史。今衔命奉使岭南,故道经于此。"虎又若笑若悲道:"吾子以文学立身,位登朝序,可谓荣矣。况宪台清要,分纠百揆③,圣明慎泽,尤异于人。复有皇华之命,以子高才,自能了此。心喜故人得此显贵,但我不复为人,不得与君相见,徒增悲涕耳。"俨又道:"往年吾与执事,同年交契深密,异于他友。君竟不幸,化为异类。故人之分,岂以形骸为间,而必坚匿于草木中?"

俨与虎絮絮叨叨,言之不已。随从人役,都站在两旁。初时惊惧,渐闻其言颇有文理,大家悉悉窣窣,以耳语耳,议论其怪。虎便对俨道:"故人词意恳切,欲见吾形。吾亦为不妨一见。但君之吏役,在旁窃议。我露其形,必致惊恶。我既不得为人,而复为人所憎恶,又何苦乃尔。"

----

① 驺从(zōu zòng)——古时达官贵人出行时,前后侍从的骑卒。
② 超擢(zhuó)——破格提拔。擢,选拔,提升。
③ 百揆(kuí)——古宦名,犹冢宰。此指宰相。

伊又道:"君既不肯见形,然则请详其变虎之事。"

虎又吁嗟悲泣说道:"言之不胜痛心,然亦不得不为故人详之。我因谢任家居,寥落无聊。因往吴楚之间,干谒当事,将周一岁,得馈赠二三千金,拟归鬻略,安顿妻孥,挈余资往京补官。道次汝坟,忽得狂疾,颠呼喊叫,若不省人事者。忽一夜,闻户外有人呼吾之名,我遂应声而出。路甚黑暗,走了一程,至一山谷间,不觉以左右手攫地而步,殊觉快便,欣然自得。此时心愈狠,力愈倍,纵横跳踯,无不如意。及视髀①间,见斑毛种种若兽然,心甚惊异。意欲挺身以行,不可得矣。疾行至一溪边,照影观之,俨然猛虎,中心悲怆,几不欲生。又思既已至此,无可如何,只得隐身草泽。腹中颇饥,然尚思不食生物,或可复形为人,遂忍饥不攫生物。既久,饥不可忍,乃取山中麇豕獐兔以充食。又过几时,诸兽畏为我食,皆远避而去,无所复得,饥益甚。一日,有妇人从山下过,时正馁迫,意欲食之。又思彼人也,我不幸而为虎,奈何复食人以重其罪?让彼已过。又思饥饿无所得食,此天赐也,失此不食,又不知何时得物,可充我腹。欲前欲却,徘徊数回,不能自禁,遂取而食之,其味甘美殊甚,与诸鹿象又大不同。今其首饰犹在岩石之下,可取而证也。自是以后,便念念欲思食人。不论贵贱老少,徒行负担,凡过我之前,力之所能及者,悉擒而嚼之,不尽不止。率以为常,不复有获谴畏罪之念矣。非不念妻孥,思朋友,直以行负神明,一旦化为异物,有觍于人,故分不可见。嗟夫,我与君同年登第,交契素厚,相期白首登朝,后先焜耀。君今口衔王命,手执天宪,荣妻子,耀闾里;而我匿身林薮,永谢人世。跃而呼天,天不我怜。俯而泣地,地不我惜。身毁不用,是果命耶!未有天之付命于人,始人而终异兽者。罪孽深重,以至于此,夫复何道!"因呼吟嗟泣,悲不自胜。

俨又问道:"君既为异类,则有咆哮而已,何尚能人言耶?"虎对道:"我形虽虎,心犹人也。往昔之事,念念不忘。自居此处,不知岁月,但见草木荣枯,亦时时泣下,沾草被木。恨无人可与言,亦不得与人言也。近日绝无过客,久饥难忍,忽见驰驱,故挺身而出,冀②得一饱餐。不意唐突故人,惭惶无地。"严道:"君既久饥,我有余马一匹,留以为赠何如?"虎对

---

①　髀(bì)——股部;大腿。

②　冀——希望。

道:"此又不可。食吾故人之后乘,何异伤吾故人乎? 愿无及此?"俨又道:"然则食篮中有羊肉十余斤,以食君可乎?"虎若喜道:"此则受故人之贶①矣。然吾方与故人道旧,何暇言食。若对故人而啖肉,有失应对,不亦无礼甚乎。君去,则留之以待吾食可也。"俨顾左右,命取羊肉。虎又止之,道:"且迟之,尚有言。我与君真忘形之友也,将有所托,不知故人肯诺之乎?"俨曰:"平昔故人,安所不可。但不知所事云何,请详示之,当不负所托。"

虎乃谢道:"君不许我,我何敢言。今既许我,岂我忘耶。忆昔在汝坟逆旅之中,为发狂疾,痛笞僮仆,不顾行装。既而走入荒山,变为异类,不复可入市井,亦已忘其来路。虽心尚明悟,而自揣如此面目,见人,则人皆慌避,何处可觅僮仆资囊。不意二奸仆,竟驱我乘马衣囊,悉□□□妻与子,尚在虢略,不见我归,又不见仆归。□□□悬想,岂知我变为异类乎! 君如王事已毕,自南回京复命,乞命仆赍书,访吾妻子。但云我已死,无言我今日之事,以骇人听闻,彰我之丑,是所望于故人者也。"俨拱手道:"谨奉教。"虎又道:"吾于宦时,与僚友不合,伉很②自高,颇无所得。任满而归,并无资业。有子尚稚,未能自立,谋生之计,不知若何。君位列台阶,素尚信义,昔日之分,如同手足,今谅不以异类,变其初心。必望念我稚子孤弱无依,时赈其乏,无使殍死道途,是真莫大之恩也。"言已,又大悲泣,若人之号咷者然。随从之人,闻其言泣,亦觉酸心堕泪。俨亦不禁呜咽道:"俨与足下,誓同休戚,足下之子,犹吾子也。凡有所委,自当力副尊命,不敢有违,又何虞其不至哉。"

虎又道:"既蒙季诺,吾无复挂念矣。然犹有所托,我有旧文数十篇,一生精力,毕萃与此,未及行世。虽有遗稿,妻愚子幼,当尽散落。君苟为我传录,诚不能列文人之户阈③,然亦贵传与子孙,使知祖若父虽无显仕,犹有文人也。"俨即呼随行吏人,听虎所言,命笔书之。近二十章,文理甚高远。俨阅而叹之,至于再三,道:"君文诚高美矣。然许久时,何以犹不忘于心?"虎又道:"此吾生平来极得意之业也。在吴楚间,时时念想;即

---

①　贶(kuàng)——赐予。

②　伉很(hěn,音很),骄纵毒辣。很,毒辣。

③　阈(yù)——门栏;界域。

今在草莽间,亦时念想。又安可寝而不传乎!"

俨又问道:"君之所命,止于此欤,抑尚有所未尽也?"虎乃道:"吾欲为诗一篇赠君,以表吾外虽异,而中无所异,亦欲以道吾怀而抒吾愤也。"俨首肯道:"愿闻尊教。"复命吏人,以笔授之。虎朗吟道:

　　"偶因狂病成殊类,灾患相仍不可逃。

　　今日爪牙谁可敌,当时声迹共相高。

　　我为异物蓬莱下,君已乘轺①气势豪。

　　此日溪山对明月,不成长啸但成嗥。"

俨览之大惊道:"君之才行,我知之久矣。今在异形之后,尚犹如此高迈!慧业文人,当生天上,今不生于天而沦于兽,当必有遗行,以至于此。君试思生平,得无有自恨乎?"

虎叹道:"二仪②造物,固无亲疏厚薄之间。若其所遇之时,所惠之数,吾又不可得而知也。因君之言,提醒我心。若反求所自恨,则吾亦有之矣,吾犹记少时,于南阳郊外,与一孀妇通,情好殊密。后来往返频数,形迹渐露,其家知之,尝有害我心。我与彼妇,由是不得再合。吾愤恨之极,因乘风纵火,一家数人,尽焚杀之而去。始虽快之,后亦殊悔。生平之恨,此为甚耳。但以杀人之故,受此孽报,又复为虎食人,孽益日深,又不知报将何如也,可为拊心疾首、痛哭流涕者耳!"

俨叹息道:"君之今日,大都以此。然君既知悔,当不以恶道终其身,可无过自悔伤也。"虎又嗟吁而言道:"已矣,无复望矣!然尚有一言相嘱:君若使事已完,回京复命,幸取道于他郡,无再过此途。吾今日尚悟,认得故人,然胸中不了之事,无所告诉之情,既得一泄于君前,则我之事毕矣。自此以往,无复人世之念矣。便恐迷却本性,茫无知识。则君过此,吾既不省,将碎足下于齿牙之间,终成士林之笑。此吾之所切祝也。君从此去里余,有一小山,登其上,尽见此地,将令君见我焉。非欲矜勇,欲令君见我猛恶之状,不复再过于此,则知吾待故人之至意也。"俨悉唯唯领诺。虎又道:"君还都,见吾友人妻子,无言今日之事,以彰我丑,则感庇

---

　　①　轺(yáo)——轻小便捷的马车。

　　②　二仪——天地。

深矣,是以不惮再三叮咛。君奉命有期,吾恐久留使旆①,稽滞王程,愿与子诀。珍重故人,相见无期。"俨再拜上马,回视草茅中,号咷悲泣,所不忍闻。俨亦向之大哭一场,然后策马而行。

不里余,果有一岭。登其上,顾视岭下,则虎自林中跃出咆哮,岩谷皆震。俨想其言之不诬,遂去抵岭南,将所命公事一一料理。及事毕,亦几半载。忆虎之言,不敢复由故道,乃求他道,纡其途而归。亦不知虎之所终也。

至京复命一完,即遣人持虎所授之诗文,又自作书一封,及赙赠之礼,若李微真死者然,以讣于微子。月余,微子自虢略至京,诣俨拜谢,求先人之柩,欲扶归葬。俨无可为对,不得已将微往游吴楚,及回至汝坟变虎,相遇口授诗书,嘱托妻子之事,自颠至末,一一告之。其子痛哭而返。俨念故交,且已受虎之托,遂以己俸均给其妻子,免饥冻焉。其子亦有文名。俨官至兵部侍郎。

古今才士,不为少矣,而变虎者,曾未之闻,乃竟以傲放一念致之。世之非才士者,侥幸一第,便尔凌轹同侪,暴虐士庶,上藐千古,下轻来世;其又不知当变为何物耶! 至于李俨,以异类之所托,而不负约言,分俸赡子,其视贫贱之交,漠不一顾,死亡之际,视若路人,其贤不肖又何如邪。在下懒作落场诗,听唱《黄莺儿》一只:

摛藻②薄卿云,恃才高,每丧身。古来多少遭奇困,於菟③快心。
蚡伦④有文,现身说法殊堪信。再沉吟,若无谊友,妻子定飘零。

---

①　旆(pèi)——旌旗。

②　摛(chī,音吃)藻——铺张词藻。摛,传播;铺陈。

③　於菟(wū tù)——虎的别称。

④　蚡伦(fén lún)——鼢鼠。

第 七 回

矢燕翼①作法于贪　堕箕裘②不肖唯后

贪淫作法已先凉，燕翼何堪鲜义方。

狗狗贪名唯好径，蝇蝇学诟只循墙。

从来悖入终须出，自古荒淫必惹亡。

道是像贤③还得笑，羡他五桂日芬芳。

《左传》云："爱子教以义方，弗纳于邪。"教子是第一件事，盖子孙之贤否，不唯关自一生之休戚，还关祖宗之荣辱。这所系甚重，可以不用心教诲么？俗语道："爱在心里，狠在面皮。"除了虎狼，哪得无父子之情。但一味爱惜，与他吃，与他穿，养得肥头胖脸，着锦穿绫，且是好看，却是一个行尸坐肉。愚蠢受人轻玩，软弱受人欺凌，已是为祖宗之玷。还有，强暴的刚狠惹祸，狂荡的放纵破家。只是为父母没见识，没教养。愚蠢的，不能开发他，使他明白；软弱的，不能振作他，使他决断；强暴的，不能裁抑他，使他宽和；狂荡的，不能节制他，使他谨饬④。这叫随材器使，因病与药，纵不能化庸碌为贤哲，还可进驽下⑤为中材。但这教法，在古人有胎教。这理极是，却难行。独是父严母慈，还责在父亲身上。

家有严君，斯多贤子。

肯构肯堂⑥，流誉奕世。

父之教子，有身教。身教是把身子作个榜样，与儿子看。自己事父母

---

① 燕翼——指周武王以安敬之谋传子孙。引申为善为子孙计谋。燕，安；翼，敬。语出《诗·大雅·文王有声》。

② 箕裘(jī qiú)——之喻祖先的事业。箕，指以柳条编制成箕等物品；裘，指缝制皮衣。

③ 像贤——能效法先人之贤德。

④ 谨饬(chì)——谨慎。

⑤ 驽(nú)下——比喻才能低下。驽，能力低下的马。

⑥ 肯构肯堂——以盖屋比喻子能承父业。堂，立堂基；构，盖屋。

孝,承颜养志,没个不尽心竭力;待弟兄友,同心急难,没个不笃爱致敬。夫妻和,相敬如宾,绝无反目;朋友信,切磋砥砺,久要不忘。至于一做臣子,便忘身殉国,不顾身家。至做人正直,却不是傲狠;做人谦厚,却不是卑谄;处家节俭,不是鄙啬;处家备整,不是奢侈。大智若愚,大巧若拙,也不为世所轻,也不为世所忌。子孙肯像贤者,做去自没有过差。还有言教。言教是把言语去化诲他,指引他。道理不明白的,为他剖发;世故不通晓的,为他指点。有好事好人,教他学样;有不好事不好人,叫他鉴戒。不惮再三,勤勤勉励。

以身作典型,训诲复不惜。

贤愚转移间,木借绳而直。

若是自己既不肯做好人,说好话。那子弟中,能不假教诲,盖愆干蛊①的,有几个来?这也只落得家破名灭,为人所笑。

明时,中州有个缙绅,姓吕。自己是个孝廉,做人待胜我的极是小心,待以下的极其倨傲。要人钱不顾体面,到钻营也肯用几分,因两句书,得一个举人。做举人便把书撇脑后,只是吃酒好色。人有好田地,百计图谋他的来。人有好妇女,用心要令他到手。百姓怕他如蛇,连上官怕他如蝎。

到四十余岁,料道登不第来,就去谋选。还用了千金,讨得一个仪真知县。一到任,乡绅举监生员来见,满面春风。送礼只回盘盒;征钱粮,兑头火耗,准准只加一五。问词讼,原被干证,个个一两三。买食用,一两也给三四钱,还要领他一载。给钱粮,十两定除一二两,何妨预借一年。拿着强盗,是他生意到了。今日扳一个,明日扳一个,得钱就松。遇访土豪,是他诈钱桩儿,这边拿一个,那边拿一个,有物便歇。奉承乡绅,听他说人情,替他追债负,不顾百姓遭殃。搪抹生儒,要他颂德政,要他留朝觐,总只黎民出血。待衙官,非重礼不与差委,非重赎不与批词,个个都为挣子。待吏胥,曾打合便多承行,善缉访即多差使,人人尽是用神。上司贪的与钱,不贪的便寻分上。考语上常是以瑕作瑜,考察混得便朦胧,难混便极钻营,每次捉生替死。

共叹天无眼,群惊地少皮。

①　盖愆(qiān)干蛊——喻儿子能承担父亲所不能承担的事业。干蛊,干父之蛊。蛊,事。盖愆,克服前人的过失。愆,过失。

狼贪兼虎暴，全邑受灾危。

至于考较生儒，是件正务。一等头，乡绅子弟；一等尾，自己钱神。这些吃荤饭送节礼的，布在又一等，把些孤寒有才的都剩下。到童生案首决进的，又得个名，决要三百。三十名内，可望府取，定要三十两。禀进学，禀科举，都是得钱。真是乡绅口是心非，士民积怨深怒。八差地方，似这样做官，是一日安不得身的。但奈他钻刺不过，凭着这说不省道不省毒心，更有那打不怕骂下怕皮脸，三七分钱，三分结识人，七分收入己，上台礼仪不缺，京中书帕①不少。混了五年，也在科道中，寻个送他千两做靠山。又去吏部中用他几百两，寻头分上，也得个部属。

金多誉重，财旺升官。

排门入闼②，只是能钻。

在部冷坐了几时，用了个分上，谋得个九江抽分。关门上，已养了许多包揽的光棍。又有这些白役巡拦，已是够了。他又差出家人缉访长江大船，重载报税，他都要起货盘验，刁难他，揞他倍税，若到搜出夹带，好歹十倍，还要问罪。把货白送与他，还不够。弄得大商个个称冤，小贾人人叫屈。

牟利及锥刀，搜求不惜劳。

谁怜负贩者③，辛苦涉惊涛。

长江风水大，他要留难诈钱。把这大船千百炼住，阻在关口。每遇风狂，彼此相撞。曾一日淹住客船，忽然大风锚缆都管不住，至于相撞碎船，死者数百余，只为他贪利诈钱。至于客商，不唯不能图利，抑且身命不保，他也全不在心。但人都道他不祸于身，必祸于子孙。一年任满，也得银十余万。自倚着肯奉承人，有钱舍得钱，再捱两年，可以捱个知府，是黄盖了。不期公道难昧。离任时，也毕竟寻几个游花百姓，脱靴挽留。那无辜受害的，自嫉之如仇。离任时，也毕竟寻几个歪老秀才，立碑建祠。那高才受仰的，自恨之入骨。乡绅说分上，与他八刀，一时也像相厚。到后来

①　书帕——即"出帕本"。明代官吏刻印的书本。刻工拙劣，校勘粗疏。当时习俗，奉使出差回京，必刻一书，以一书一帕为馈赠礼品。
②　排门入闼（tà）——即"排闼"。闼，小门。
③　负贩者——贩卖货物的小商人。

事过人去，也就不肯奉承，以非作是。

弥缝有时露，秽迹无不彰。

名实每相副，贪人誉怎长。

所以士绅把他秽状，做笑柄，以资笑谈；小民把他恶迹，编歌谣，彼此传唱，不免传入人耳朵里。

下次大计，他到八九日，也差人送礼与守巡抚按、本府刑厅，要他盖护。只本县下首知县，恨他工食得头除，预放两年；钱粮要火耗，预征几限。远年已征未解，尽行抓去；各项预备无碍，尽行拿回。还又将库中要解钱粮拿了，把些纸赎抵补，还补不来。竟是与他白做半年，还揩不够，所以恼了。他送礼，也收他的，有书求照管，也应他。却将他用事书吏，时时送访，也揭出他平日赃私。临大计也从公出个事实。升任的人，不在面前，终久情面少。他平日夹人、打人、监人，诈钱贪酷，是并行的。如今只用一个贪字，也是上台人情了。大察照例，也得个为民。

家资共山高，民怨似山积。

一黜谢苍生，犹恨不诛殛。

闻报时，恰又谋得个好差。也说没我前任，不没我见任。但这话是说得行不得的，只得收拾回家。可恨是带不得这顶乌纱，穿不得这领圆领，称京官、见上司、吃乡饮，只好家中纳闷。后房姿多，生下五个儿子，道是五凤，大的叫做凤味，二的叫做凤翼，三的叫做凤趾，四的叫做凤翎，五的叫做凤毛。他又自己解嘲道："我有这五个儿子，做乌龟忘八的也有，做官做吏的也有。我如今一人分与他二三万两，使他各人造所大房子，前园后池。我老人家带了些歌童清客，五日一转，轮流供给，尽可以乐余生，做个陆贾了。"有那相爱的亲友道："你是该快乐的了。但这五个贤郎，该请名师良友，叫他潜心读书，以取上第。"群妾们也有劝的。

堂上虽朱紫，膝前犹布衣。

好因焚刺力①，万里试鹏飞。

他仰天大笑道："读什么书，读什么书！只要有银子，凭着我的银子，三百两就买个秀才，四百是个监生，三千是个举人，一万是个进士。如今哪个考官，不卖秀才，不听分上？监生是直头输钱的了，乡试大主考要卖，

_____

① 焚刺力——喻刻苦攻读。焚，焚修。

房考用作内帘是巡按，这分上也要五百。定入内外帘①是方伯，无耻的也索千金。明把卖举人做公道事。到后边外面流言得凶，御史将房官更调，他两下又自行打换，再没个不卖的，只要有钱。起初用了三千，又是一万得了出身。拼得个软膝盖谄人跪人，装了硬脸皮打人骂人，便就抓得钱来。上边手松些，分些与上司，自然不管我。下边手松些，留些与下役，自然寻来与我。

打开幸路，跳入名场。

当今之时，只有孔方。

"到那时，一本十来倍利。拿到家中，买田置产畜妾，乐他半生，这便是肖子，读什么书！若要靠这两句书，这枝笔，包你老死头白。你看从来有才的毕竟奇穷，清官定是无后。读什么书，做甚清官！"

家中还沾名，一个经学，一个乡学。经学先生在馆里，学生在嫖场赌场里。乡学先生在馆里，学生在奶娘房里。大的次的年纪大些，趁着自己做京官，一半银子，一半分上，也进了个学。到科举时，正考有优劣的，不敢惹他，遗才出去不取得。直到大收，一人用了八十金，去钻房考，买题目关节。晓得儿子来不得，寻拟题，要先生改，要儿子记，图个撞着。

那大儿子知机，晓得记也不曾记得，撞也料撞不着。自用了六七两银子，自向供给所去进场，点进头门，自有人招接。进去高卧一日，两个半夜。也有粥饭粉汤，还有题目纸，馒头果饼。监军相随，三场喜得完名全节。

二郎不识嗅，进了三门，落了号。记出文字来等题目，不期不对。他道题目差，文章是，也写了两篇。到后来记的忘了，没得写，只得歇手，弄个墙上先揭晓。害这房考，在里面寻个头昏，还去别房搜不得。

鸿飞正冥冥，弋人何所觅。

到场后，买主赖他关节不灵。卖主说他误事，没科举哄我。一个查不出朱墨卷②，一个明是贴出，难说个不误事。虽赖得些，也费了四五千金。

敲剥聚脂膏，浪把科名觎。

原从空中来，自向巧中去。

---

① 内外帘——科举乡试、会试的阅卷考官叫内帘；做具体工作的叫外帘。

② 朱墨卷——明清科考为防考官认识应试人笔迹而设的措施。即应试人的原卷（墨卷），须交由誊录人用笔誊写一遍送考官批阅，此卷称朱卷。

到底大郎识嗅，道："父亲原不叫我读书。道三千举人，一万进士。如今做不来，只拣省些的做做，一千七百，弄个中书罢。"吕主事道："这是没择钱的生意。还是举人，本钱多些，后来弄个知县通判，所得还大。"大郎道："这使不得。要到下科，还要捱个岁考。你又费钱，我又吃力。若说中书费重，便四百两纳个儒士，弄个简较，就是有司。有钱的只是中书，还有体面。你若不依我，定要买举人，你买成了，到临时只不进去考，你自折银子。"拗不过，只得纳中书。喜得改换头角，在缙绅中走了。

第二个仍前干科举。怕他来不得，用了二百两，买编号书吏，联号，七个同号。每篇百金，中出再谢。还又用钱与誊录书手，加意誊，用钱派在关节房官房内。不知遇了个撞太岁，拿个假关节来，竟撮了几十两去。场中不中，早已破费千金。吕主事气得紧，将来把做废物。他也巴不得丢手，且喜书上笨，盘算上清，且自去放债经营去了。

> 封侯自有骨，田舍人可为。

> 何若事毛锥，尝添沦落悲。

喜得第三个儿子，是他爱妾所生，小时极聪明，生得秀雅。他自不肯把书去苦他。倒是其妾上紧要他读书，厚供先生叫作文字。到十四五岁，也写得两句出，先生盛称是个奇才大物。涂得篇文字、凑了个铜钱，也早早进了学。他就恃才做物，见刻文不直便义，见先辈便道腐物滞物。季考堂考，他拿定魁解之才，自然前列，不需人力。那父亲母亲放下心下，暗里为他请托。取得个前列，就认做自己的，越发夸大。从此不从先生了，只是结社。这社中夙弊，只是互相标榜。有那深心的，明怪他狂，却肥拱景他。他又认真刊了两篇胡说文字作赘，厚礼去求某老先生某老名公作序。每日披巾玉结，大轿高盖，毡包俊仆，跟拥拜客，送礼请酒。结交名士，都是厚往薄来，勉强亲热。

> 结交须黄金，金尽名乃起。

> 还愁轻薄儿，以我作玩具。

家中见他交游多，又大言不惭，认做有才。有时不来衬副，自然失利。

他却大骂瞎眼主司，全不自愧。家里要替他买廪，他道："就中了，要廪做什么！以我之材，决不至打破鼓田地。"父亲不相信，用了百金，弄个科举第二。他道这我分所当得，还暗里埋怨父亲，错使了银子。

> 一片狂奴态，其中未必有。

大言不惧人,颜甲十重厚。

到将进场,他道两个哥哥每次折银数千,我不要你买举人,只拿几千与我供出场嫖资。父亲也与他千金,还自己随他到省。道官办圆领不经穿,自己的他不屑穿,在家寻了一套京屯,一套怀素备用。又带了许多尺头、犀玉、杯、银器玩物,备送座师外,几百银子听用。到省头场出来,对父亲道:"稳稳还你一个解元①。"三场喜得苟完,就带了清客陪堂,寻些娈童美妓,自去玩耍去了。

揭晓这夜,吕主事与几个陪堂,痛饮彻夜,开门待报。他也在妓家,吃通宵待报。家里有人知他家是历科弄手脚的,都先来报。有恨他家的,故意以报为名,将他窗户什物打碎。及榜挂出,并没大名。

富贵虽有命,勋名也仗才。

君家固谫②劣,岂易上金台。

在妓家,把主试大骂。父亲邀他回去不去。道:"无颜归故国,只有银子可留几千,我暂在外边解闷。"吕主事只得将原带银两尽行与他。他却在外边求名妓,落馆场。银两用尽,便写票转借。九折五分钱都不论,惜来随手用完。吕主事与其妾计议,急与他成亲,要收拢他。不知习与性成,竟收不住了。

第四个儿子,是吕主事做官时生的。看见银子容易,看惯骄侈,读书不曾有成,单学得些摇摆。每日饮食,只图个丰盛,也不论钱。穿衣服只要新,也不论价。父亲见前边三个儿子都不能成功,意思要他读书。他道:"三个哥哥都不读书,偏要我读书。"特为他请先生,供给先生,落得读书。他只不去,还要捏先生陪游山吃酒。那先生也是有人心的,觉得虚糜他馆谷,心甚不安。请他来讲书作文,他便发话道:"吃我家饭,收我家束脩罢了,苦苦来逼人做甚?"父亲来查功课,先生遮掩不来,也只说令郎是个堂堂乎张也,只习夕貌,不甚留心书上。他知道了,竟绝了先生供给,饿了两日。先生也竟就辞了馆去。

醴酒已不设,穆生安可留。

---

①　解(jiè)元——唐时举进士者皆由地方解送入试。故相沿称乡试第一名为解元。

②　谫(jiǎn)——浅薄。

所惜不学儿，襟裾①而马牛。

他的癖是在房屋衣饰上。他每日兴工动作，起厅造楼，开池筑山。弄了几时，高台小榭，曲径幽蹊，也齐整了。一个不合意，从新又拆又造，没个宁日。况有了厅楼，就要厅楼的妆点；书房，书房的妆点；园亭，园亭的妆点。桌椅屏风，大小高低，各处成样。金漆黑漆，湘竹大理，各自成色。还有字画玩器、花觚鼎炉、盆景花竹，都任人脱骗，要妆个风流文雅公子。起初吕主事也要把园亭池沼，恰悦老景，也来指点帮衬他。到见用银子，也觉心疼。要他收手，已收不住了。

原是好嚼的，喜得不自吃，好请客。却也不是正客，是些狎客之流，却也每日烹宰。还又征歌选伎，做起梨园服色来。在席看了，也眼热，思量下场。奈是人儿矬小，面孔拗搜。妆旦丑，妆生不风月，妆外不冠冕，妆净不魁伟，只有丑相宜些。况且从来丑没甚大曲子，他这喉咙，还可挺去。他就硬记五七日，也记有一二出。弋阳腔"驻云飞"，极是好唱好听，他就做个招商店酒保，众陪堂帮衬。喜得这副面皮，不扮也就是，拜跪也活脱，这段是他一生长技了。家中每做戏，这一出他定是要做的。一日正在那厢妆这丑态，不期父亲到来，远远见了，甚是大恼，到场上大骂。他不慌不忙，呆看这花面道："老爷讲的，拼得个软膝盖跪人诌人。今日试演一试演，想你们这些做官的，在堂上面孔还花似我，门背后膝盖软似我。逢场作戏，当什么真？"吕主事作色要打，他竟是一溜风走了。

顽妻劣子，无法可治。

悔是从前，训诲欠是。

这个光景，已如斯了。

那第五个贤郎，自小生来痴憨，除了觅梨讨枣，也自聪明。只读《百家姓》，一句读了一日。到大来真叫其笨如驴，一毫世故不晓。在人前，一句话说不出。见人行礼，定要家人指拨。与人吃酒行令，只是认罚而已。偏娶得一个极风流标致娘子，会识会算，能写能诗。撞着这拨不动泥块头，甚是懊恼。况且蠢俗逼人，开口惹厌，动口惹恼。枕席之间，也没一毫情趣。所以起初昏昏闷闷，也只是怨。到后面见这呆物可以欺瞒，可以钳制。这呆物好酒，尝要他吃个酩酊，人事不知。也好色，偷丫头，缠小厮。故意丢

---

① 襟裾——衣服。指代人。

两个丫头小厮与他，自己另寻风月。家主既蠢，家事自不能料理，全靠内人。内人既自己有隐病，威令难行。田产租息，付之奴仆，也只有日损了。

贪婪得长享，世无此天理。

不教有贤子，世无此人理。

不到五七年，这做中书的，在京中遵父亲的教，只是奉承人，拿钱去结识人。在本府做个敛分子的头，在里边忙忙的出知单、管置酒、管做轴、送下程、送贺礼赆礼。自己分子，哪里躲得一分？只落得日日在缙绅中吃酒作揖，还又去营钻史馆办事，实录纂修，都是银子做来。家私也费去一半。因要借钦差阔一阔，讨一江西差，行至九江，风狂舟坏，死于水中。

风急长江白昼昏，波狂无复布帆存。

骑鲸一往悲难返，下报当年久滞魂。

第二个儿子，听了父亲这句话，只要有钱，不舍吃，不舍穿，不舍用。

把家人逼去做田庄，凡是少租欠债，一忽不饶。又用了几个不好家人，在庄子上收留些元籍之徒，做些没本钱生意。二公子也贪小便宜，收他些月钱管他。到事发，这家人怕搜出来，都寄顿在主家。那二公子还只道这为民的主事，还有声势，可以遮盖得事来，竟收了。想道，这干脱不命出，这孔藏归我。不期到官一打一招，供在他家。知县就是仪真科举不取的秀才，他只安法。做了窝囤，二公子已不得出监门了。

为盗托冠裳，满橐可无患。

为盗恃攫夺，罪戾何可免。

吕主事虽说是个乡绅，为民的不便见官。拿钱央人，当不得县尊做主，这个儿子虽生犹死了。

第三个着了迷，在嫖赌中走不出。嫖还犹可，一日不过去两数，就打差也还有限。到那赌，刘毅一掷百万，是顷刻间可以破家的。他赌到高兴，没钱他把田产来出注。一注几亩，一注几间，可也输个尽绝。还又因在这里用了功夫，书不曾读，到岁考竟奉还了。吕主事不好读书，所以连读书子弟，也不读书。

朱弦①久不操，手涩若在棘。

为学不日新，何以免一黜。

———————————

①　朱弦——染成朱红色的琴瑟弦。此代指乐器。

第四公子,园池亭树,已整齐了,只是箱笼日空了。古玩器物日增了,手底极干了。学成这副奴颜婢膝,不做官也没处用。喜得门前这些清客,没光景也不上门,拆拽的人少。却也有个看房子吃不得,有古玩看不得光景。

谁云灾土木,还作一身灾。

容膝亦已足,高巍何为哉。

到第五个公子,痴蠢不晓读书,不晓营家。又不晓谈琴著棋,游山玩水,以消白昼。娘子自要活动,放他一路。酒不离口,色不离身。人是金石形骸,也要消坏,竟成弱症身亡,年少无子。

持螯①暗藏身,倚翠乐年光。血肉能几何,日经双斧戕。

当日吕主事,倚着挖得这许多百姓商贾的脑髓。家下有五个儿子,真叫无官一身轻,有子万事足。只为自己贪财克剥,寡廉鲜耻,做个好样子,又不肯教他读书习上。黄山谷道:"士人三日不读书,则面目可憎,语言无味。"盖人家子弟,读得两句书,便明道理知应对,在人前也不俗。就是少年,把书拘束他收拾他身心,不至胡思妄作,入非礼之场。所以人家教子第一件,教子令他读书是第一件。不叫他读书,只替他钻营,增他怠惰之心,惹出身家之祸,尤是不可。吕主事自己既无好样子,儿子又不叫读书,所以当日倚着有钱有子,要似陆贾遨游五子之间。不料这五子,或是身亡,或是家破。到处只见凄凉,哪得快活。未尝不怨天下肯佑他光景,不知都是自己不是。

既鲜积德,又无远谋。

人之不臧②,天乎何尤。

所以古人道:"黄金满籝,不如教子一经③。"贫穷无以自立,只有读书守分,可以立身,富厚子弟,习于骄奢,易至愚荡。只有读书循理,可以保家。得来钱财有道,能教子孙,是个顺取顺守,可以久长。得来钱财无道,能教子孙,是个逆取顺守,还可不失。若只遗一己贪婪暴戾,又有不肖子孙相继,未有不败者也。

---

① 螯(áo)——节肢动物变形的步足。如,蟹之二螯(蟹钳)。

② 臧(zāng)——此作"善"。

③ 黄金满籝(yíng),不如教子一经——引自《汉书·韦贤传》:"遗子黄金满籝,不如一经。"籝,竹笼。

第 八 回

假虎威古玩流殃　奋鹰击书生仗义

石火光中暂欠伸，百年飘忽类轻尘。富贵倘来宜任运，问人何事苦萦神。

矛顶利，剑头珍，得来犹恐累吾身。自古聪明输懵懂，半缘耻贱半忧贫。

——上调《鹧鸪天》

人世营求，无过富贵两途。贵这一途，上等是读书取科第。其外，以辛苦博来，是吏员承差之类；以钱财买来，是监生儒士之类。若夤缘①作弊，就不免有祸。富这一途，守分是蚕桑耕织。其余，在家安逸攫钱，是铺行经营之类；在路跋涉攫钱，是商贩赶趁之类。若漂洋走险，也不是万全。

至守贵必须奉公循法，谨慎谦恭。守富必须量入制出，小心勤俭。这等叫做须取顺守，可以常保。若是不才小人，也不晓什么是名义，什么是法度。奴颜婢膝，蝇附狗偷，笑骂由人。只图一时快意。骗得顶纱帽，不知是什么纱帽，便认作诈人桩儿。骗得几个铜钱，不知是什么铜钱，便做出骄人模样。平日于他有恩的，怕认了形他短处，置之不闻。平日于他有怨的，一遇着下石设阱，睚眦必报。

器小仅斗筲②，毒甚似蜂虿。

唯逞一时心，不鉴前车败。

忘却自己出身，家里僮仆，跟随人役，一味暴戾克剥，似服事奔走，应得衣食养家不该的。不想钱财有命，借人虎威，逞己鼠腹，一味贪婪狡诈，似权势再用不尽，天理竟可抹杀的。总之仗了个说不省、道不省黑肚皮，闪了付打不怕、骂不怕花脸嘴。也知道走得慢，须掉下个打破醋钵儿的头；走得快，添一顶压扛强脖项的帽。他说得一时，且快活一时。还晓得

---

① 夤(yín)缘——攀附上升。

② 斗筲(shāo)——小器量的人。筲，古时盛饭的竹器。

追给主,还好把家伙什物来搪。追入官,须要将真金白银来纳。他说有一日且享用一日,直到恶贯满盈,人怨天怒。那时:

　　瓮贮周兴骨,车分商子尸①。

　　逆凶唯影响,人尚怨来迟。

　　成化年间,有一个王臣,原不知姓什么,名什么。因十余岁时,投了一个江南大家,姓王,从此叫做王勤。大凡大家,出于祖父以这枝笔取功名。子孙承他这些荫藉,高堂大厦,衣轻食肥,美姬媚妾,这样的十之七。出于祖父以这锄头柄博豪富,子孙承他这些基业,也良田腴地,丰衣足食,呼奴使婢,这样的十之三。但贵的多半骄侈而少文,富的多半鄙吝而近朴。有那强脱俗子弟,毕竟结纳些才人墨客,谈诗论古,学文墨。收纳些篾片陪堂,谈琴格物,学清致。更寻几个僧人妓女,探花问竹,学风流。出入小舆画船,华衣丽服,变僮俊仆,务求异人。只是骄侈鄙吝,这习气断断除不尽的。若世家子弟,脱去骄侈,定是个手底来不得。财主人家,脱了这鄙吝,定是个不久。我道还是一窍不通,广居厚积,所以常守贵也。一毛不拔,银脂钱血,所以常守富也。

　　汉家侈金张,晋室称王谢②。

　　鄙吝不消除,允哉贤子弟。

　　这王大户,也是个学文墨,学清致,学风流的。见这王勤,人儿标致,言语伶俐,举动活变,就收在书房中。叫他烹茶洗砚,闲时叫他习字摹帖,服侍书房往来朋友清客。到十四五,面首儿③好,也充了娈童之数。鲜衣洁食,主翁相待甚好。但只是主翁甚酷,他却多情,甚好结客。主翁知道,打骂无所不至,他却改不来。趁着人要拐他,他也拐人。遇棋客,要他教棋。遇琴客,要他教琴。写的学他写,画的学他画,唱的学他唱,识古董的,学他识古董。吃了主翁闲饭,又得闲工夫,仗着后庭,也弄有一身本事。

　　以其所有,易其所无。

　　纤指调弦,泼墨成图。

---

① 车分商子尸——商子,战国时政治家商鞅。他两次变法,奠定了秦国富强的基础。秦孝公死后,被贵族诬害,遭车裂之刑而死。

② 王谢——六朝时的望族王家、谢家,后为高门氏族的代称。

③ 面首儿——供淫乐的男子。

　　养就凌霄，岂曰庸奴。

　　小人有了些伎俩，他跃跃自是，也有个不能安其身之意了，偏又凑出事来。江南娘娘们极脱洒，大家闺门整肃，内外悬绝的固多。好这等寻山问水，笑谈玩耍，脱略绳墨的也有。王勤十四五小伙，人看他还是小。况且十来岁，就在内外跑动，出入也惯的。说他会得吹会得唱，还有一般几个小似他，略会吹唱的，遇时节，常常叫进里边吹唱。

　　软语能膻意①，柔声更殢心②。

　　碧箫轻弄处，应自有知音。

　　他是个聪明人儿，庞儿生得媚，袍仗儿也济楚。又看惯了这些来往子弟举止，站在人前，略弄目就有腔，低低眉就是态。吹唱到悠扬不尽处，真是新莺雏燕，引得人心俱飞。所以每到承应，偏得各位娘娘赏鉴，也多得各位娘娘赏赐。这其间无情有情，他也不免揣摩道，个娘娘似个喜我，个娘娘甚是爱我，动了一点邪心。

　　未必他心在，低徊我自猜。

　　秦宫花里活，帏薄每怜才。

　　不知这些大户人家，倚着有两分钱，没个不畜妾置婢。但其中或苦于大娘禁制的；或苦于同辈专宠的；或主人浓于书史，急于经营，昏于怀酌；或情分外宠，里边返不及；或质赋得柔薄，风月苦不胜；或年事高大，支给常不到。婢妾中常有虚设的。他在大家，衣丰食足，身闲心闲，春宵秋夜，哪能不胡思乱想？不见可欲心不乱，看了这标致后生，有衅可乘。怕事的还恐碍着人眼，顾着后来；好事的便百计千方，且图目下。先是送目传情，还赊书赠物，后来毕竟到逾墙穴壁。在男子中几个鲁男子③，女人中几个鲁共姜④？男求女难，女求男易。单相思也有成时，两相思无所不就。

　　无花不来蝶，何蝶不寻花。

　　香逐轻风远，偏牵粉翅斜。

所以大家少置妾媵，不唯惜身；严整闺门，不唯存体。这王勤在家中，竟至

---

　①　膻(shān)意——传递情意。膻，羊膻味。此为"感染"。
　②　殢(tì)心——缠心。殢，原意为"困扰；纠缠不清；滞留"。
　③　鲁男子——指不好女色的人。鲁，鲁国。《诗·小雅·巷伯》之毛传。
　④　鲁共姜——代指㧑持贞洁的女子。

与主人妾勾搭上了。

寂寞秦台上，时看赤凤来。

若要不知，除非莫为。闺中原有一辈喜伺察的，好要寻人不是。又有一种脸儿强心儿痒，要做不做，人得头筹，心里也快快，忌人要害人的。况王勤还是小厮，轻浮不晓事，也不免露出些马脚，早已为主翁知道了。这主翁却也有主意，道这件事发不得，发出来关系家丑。捏做盗情，送到官府，他供出实情，也不像样。只说他将书房中玩物，屡次盗出花费，不由分说，将来打上一顿。身边还带着其妾与的香囊，穿着其妾的裤，主翁只做不见。将来锁在一间冷房，吩咐不许与他饮食，待要饿死他。

曾得深闺著意怜，娇鬟巧笑共灯前。

寻香日作穿花蝶，吸露今为抱叶蝉。

王勤到那房里，没有桌凳床铺，不免地下坐卧。想道，这应是事发了。我是小厮，与人混账，尚且吃打了几次。今日是他妾，怎肯甘休，这死是大分了。却喜这王勤平日做人，狡诈强狠，却只凌虐同辈的。到主人用事的人，都肯奉承，揉着就倒，都肯倾身结识。所以有人照管他，打也不甚凶，饮食明绝，暗里不绝。他又央个最厚的，里边求各位娘娘，外边求这些平日与他有些账的相公阿爹。不知他为的什么事，这些娘娘自避嫌不说，这些相公阿爹，不过平日把他做玩具而已，有甚情谊，肯为他贴面皮？

过了几日，主翁问饿得仔么了，意思望他死。其妾的又要他走，弄个没赃证，悄悄叫个心腹丫环紫荆，拿二两银子与他，道："救你不得，与你盘缠。"关在房中，要甚盘缠，明是叫他走。王勤也省了，黑夜将房门挖去一块板，伸出手来扭去锁。自家家里人，走自家家里路，人不惊、狗不吠。只有大门上锁，他就在大门里走了出去。

为攀上苑花，竟作丧家狗。

黄夜①去投平日爱他这几家宦家富室。不期这几家已知他行径，容留不唯体面有伤，抑且哪家没有姬妾，肯引狗入寨？都拒绝不留。饭也没讨一碗，他也甚恨这些人情薄。

朱门空遍谒，踆断履头芒。

谁作绨袍恋，徘徊落日黄。

---

① 黄夜——深夜。

　　无可奈何，只得买了床被缛，在姑苏沿途雇船，要寻个显宦家躲雨。年纪儿青，到处有人搭伴。光①得著，光人些；光不著，也被人光些。只是说起投靠，人儿聪俊，人也要他。但嫌他没些根蒂，留在家中，住了一两个月，偷了些物件逃去，何处找寻？没个收留的。每日饭店安身。会得唱，跟人去赶唱；会得写，也去与人抄书。看见人编头修脚，也就买副家伙编头修脚。撞着风月人，也搭卖。嘴是糊得过，却怕家中知风来缉捉。东飘西荡，不敢停脚。

　　　　只羽白云边，翩翩影自怜。

　　　　汀芦栖不敢，凡欲落惊弦。

幸得主翁知他逃走，捉来必致彰扬，也只出两张招纸，搁起。

　　他在南京饭店，看见个走方弄戏法的，好有擢钱，却也就拜他为师。那人得个老婆，在河南山东混了两年。王勤每自想，自己也是个百能百会人，怎做个方上终身？捉空把这人身边积攒下几两银子偷了，竟到北京。道大邦去处，还可以图得出身。

　　　　燕台方下士，朽骨也千金。

　　　　试策驾骀步，腾骧入上林。

　　他在礼部前，见人与人写扇儿擢钱，他也去写，不弱于人。又自己拿出一二两银子，买几把扇子，自己写画了，逢庙市去卖，就与人写。

　　一日，逢玄武②市。他向来带中，这日要进内市，换了帽子，带几柄扇去卖。摆得下，早走过几个中贵来。内中一个淡黄面皮，小小声气，穿着领翠蓝半领直缀，月白贴里，匾绦乌靴。拿起一把扇来瞧，是仿倪云林笔意画，一面草书。那中贵瞧了，道："画得冷淡。这鬼画符，咱一字不认得。"撩下，又看一把，米颠山水，后边钟繇体。他道："糊糊涂涂。什么黄儿，这字也软，不中！"王勤便也知他意儿，道："公公，有上好的，只要上祥价钱。"那中贵道："只要中得咱意，不论钱。"王勤便拿起一把，用袖口揩净递上。却是把青绿大山水亭台人物，背是姜立纲大字。才看，侧边一个中贵连声喝彩道："热闹得好！字也方正得好！"一起都赞。王勤又递上一把宫式五色泥金花鸟，背后宋字《秋兴》八首。那中贵又道："细得好，

---

　　①　光——此指讨要。

　　②　玄武——星宿四象之一。此指"玄武曰"。北方七宿组成龟蛇相缠之象。

字更端楷。”

　　浓注胭脂画牡丹，青山叠叠绿波寒。

　　更教小阁云烟里，相对苍苍竹万竿。

　　那中贵道：“要多钱？”王勤道：“这凭公公。”中贵道：“你的货，还你说一说价。”王勤道：“公公只与扇子钱。字画都是小人自己手出，孝顺公公罢。”中贵道：“写画都是你写的？好！有才学。如今两殿中书，也只写得一家，学一家画。你怎这样会得，你姓什么，在哪厢住？”王勤道：“小人姓王名勤。”调个谎道：“随父选官，父亡，流落京师。琴棋吹唱，无所不会。如今只住在东江米巷客店里。”这中贵道：“我要画一架屏风，你会么？”王勤道：“画得。”那中贵便拈一块银子，可有一两，拿了两把扇去。

　　悲鸣方在市，回盼得孙阳①。

　　次日去画，拿住了他生性，大红大绿，画得他中意。那中贵见他诸样会得，又无家，自己在司礼监文书房，姓王名敬。就叫他在家出入，认作侄儿，其实是个毛实。又道“勤”字不好，这番才改作王臣。又荐到各相识处去写画，弹琴教棋，市上去陪走买古董。为他娶了一房妻小，竟在内监中做了个清客。

　　悄语深躬，不怕脸红。

　　狐骨鸽心，何地不容。

　　又撞着一个大中贵韦春公公，他通文墨，上位极喜的。上位喜的是书画，他乘机把王臣书画进献。与他量在武英殿书画局，列衔锦衣卫千户，常托他在京收买古玩书画。这厮本以人奴，一旦死里逃生，得了个官，跟了两个长班，叫爷，家里叫奶奶。这便是平步登云，落了好处了。

　　昔为骑从奴，今为马上郎。

　　大扇簇乌云，殿阁从趋跄。

　　得两个中贵做靠山，捱资序俸，可以升转。他却小器易盈，况且是个小人，在人前不过一味阿谀奉承。一日，韦公公说道：“今上位好书画古玩，如今京师再寻不出。”他却胡诌道：“这书玩，宋朝有个徽宗，极喜的。他遍天下搜访极多，后来南渡，这些玩物都流落江南。所以如今江南大家

────────

　　① 孙阳——即伯乐。古之善相马者。

都有,只除往那厢收买,有奇异的。"韦公公道:"前日皇上,也曾要刻丝①观音。那应天王巡抚上本不与,这恐要不来。"王臣道:"内面做事,外边时时执拗。只除里迋差一个人,自带些银子去收买,这有司须阻当不得。"这韦公公听了他,在皇上御前奏了。就差他赍了二万银子出京,也吩咐他不要生事扰民,惹这些酸子言语。他却志得意满,哪里肯听。用几个走空光棍做书房,收了些无赖泼皮做人役,带些清客陪堂,叫了两只座船。每只得他八十两坐舱钱,容他夹带私货。打了个钦差金字牌,中书科不轩豁,倒打锦衣卫头行。每船起夫五十名,沿途索要廪给口粮下程,一路折乾需索,好不骚扰。

　　鼓吹如虎啸,邪诈是鲸鸣。

　　一路脂膏罄,民悲官吏惊。

　　渡淮到了扬州,过江在镇江,这是江南地方了。他就在公署坐下,锦衣卫官与抚按巡道相见,都是宾客礼。又是奉着钦差,人都奉承他。他在出京时,已与清客陪堂,造一本古玩书画册在前,他就出下一纸告示道:

　　钦差锦衣卫王为公务事。照得本卫奉旨采买书画玩器,上供御览。凡缙绅士民等,如有存蓄,许得送官,以凭平价回易。如有隐匿,以抗违诏旨问罪。首发者官给赏银五十两。特示。

　　这个风一倡,宋徽宗时进花石纲,人家一花一石,以为不祥。如今人家一幅破画儿、呆字、旧铜炉、破瓷瓶,都道是戴嵩牛、韩干马、吴道子人物、小李将军山水、汉鼎周彝、哥窑瓶碗,借此吓诈。先时有几个怕事的,拿几件来交易,里边也偿他半价。内中去了官的头除,人役使用,已十不得三。以此人不甚来。他却坐名,某人某样画,某家某人字,某家某器。把自己主翁名下,填上几种。前日去求他说分上下说的大户,不管他有没,名下注一二种,叫他亲送至监领价。先通行苏、凇、常、镇、杭、嘉、湖七府。

　　不啻摸金校尉,何殊发丘中郎。

　　括尽前朝翰墨,搜穷历代彝章。

　　凡一应来见王千户,有哪回没有的,拿赝造的来,难逃王千户眼睛。先将来打上一套,然后来挼,叫他彼此攀引追捉。追到真的,他还不肯作

————————————

①　刻丝——我国特有的将绘画移植于丝织品的特种工艺美术品。

真,还要短他价。自己家主家中,原没多几件,拿几件出官,其余回没有。这来回话人,正曾与王臣同服事的,觉得这干户有些面善,偷看了几眼。他将来打了三十,说他抗违,将这人墩在衙门里,又拿他亲身。其余不收留他的,都要追他玩物,提他本身。此时渐有人知他是王勤了。

　　新来不义侯,故是彭苍头①。

　　臧获滥名器,应生簪组羞。

　　他主翁知道,无可奈何,只得寻他平日小厮中最交厚的,叫他拿了二千两银子,回说前开玩物,委是没有。计价千金,今倍价纳官,求爷自行寻访。这人晓得他转面无情的,去见极其小心,再三叩头求他。他想道,千金古玩,我不消一二百金买。如今他一千送了二千,一翻腾岂不到五七倍? 把两边一看,从人都避开。他叫这人上去道:"你认得我么?"这人道:"不敢。想不曾拜识天颜。"王千户道:"你这样忘旧。论他要置我于死,也该弄他个死,今日都是你情面。某娘娘还在么?"道:"在。"千户道:"我出京没个家眷,待要你做媒。紫荆姐好么? 一同做伴更妙。"这人道:"小人去说,只说爷原籍家眷送来。"千户道:"还有这几家,我当日央你去求他,他不理我。我如今已去奈何他,你可去打合,我宽他,你也得些作谢媒。"

　　淫心图麀②聚,婪念是狼贪。

　　毒焰几难扑,炎炎江以南。

　　此人去说,主翁甚是不愤。此人道:"某娘娘,阿爹久已不近他,不若与他去,不然恐还有祸。"主翁只得应允,并紫荆都作他家眷,送入公署。

　　相逢叹梗萍,孤旅烛光荧。

　　一似平阳主③,今来嫁卫青④。

　　这几家,此人打合,少的也送千金。王千户笑道:"韩信吃顿饭,赠千金。他不留我一顿饭,叫他费千金。足相当,出我气了。"自此例破,没有的纳价。凭他要三百五百一千,诈完才歇。自乡宦下至穷乡僻邑,三五百

---

①　苍头——原为古代私家所属奴隶,此指仆隶。

②　麀(yōu)——牝鹿。泛指牝兽。

③　平阳主——西汉平阳公主。平阳,今山西临汾西南。

④　卫青——西汉名将。原为平阳公主家奴。

金家事，也要蒿恼他一番。若央分上，越打得紧。有司无可奈何，自常至苏，苏州朋友见他穿红进城，把《千家诗》改两句嘲他道：

指挥飞作白蝴蝶，千户染成红杜鹃。

又诌一个笑话，用着两句《浣纱》曲子道：

胥门有神人，头大如车轮。

一个呆鼻子，抬他用四人。

满街这样传笑。王千户恼了，道："我知道苏州朋友极轻薄。前日在王家，这干人将我玩弄，又不救我。我正不能忘情，他倒老虎头上来揉痒。"心生一计，说收到古书，恐有差错，取各学生员查对，仍要他抄誊副本。先是一班到他公署里抄誊，早进晚出，饥得腰瘪肚软。那带来京班，还嚷乱道："字写得不好。"不肯收他的书，要诈钱。这些来受气的秀才，出来一传，外边反乱了破靴阵了。

墨兜鍪①乌云一片，蓝战袍翠霭千层。皂靴脱脱壮军声，腰际丝绦束紧。尽道百年养士，何尝受役阉人。卷拳攘臂竟先登，排个簸箕大阵。

先在学间聚齐，随见吴长两县县官，你一声，我一句叫。县官不知向哪一个回答，只说："原没这事，你们还到上边讲。"又到府间，府官道："秀才原是奉朝廷作养的，岂有取去抄书之理！你们去对他讲，要到道前，并见抚按。"

只见远远道子来，是王千户拜客。这些秀才便也破口道："你这奴侪！在王家掇②茶掇水，服侍我们相公的。今日暴得人身做，怎敢来惹我们相公！"夺板子，扯轿扛，乱打将来。秽言恶语，也听不得。瓦片石块，夹头脸打来。王千户见不是条，叫："快走！快走！走得快，有重赏。"后边一个轿夫，去夺轿扛，被秀才拿住打。只得三个，牛头扛扛了。飞赶到得衙门，叫"快关门，快关门！"等不得到堂落轿，头门边便已跳下轿，往里一跑。已是：

乌纱双翅折，绣服满污泥。

带落花银片，真如落水鸡。

----

① 兜鍪（móu）——头盔。即古称"冑"。

② 掇（duō）——端。

这干秀才已赶到,将他大门打得梯样,头行牌打得粉碎,口中只要拿出去打。那看的人,又来助兴。秀才喊一声,他喊四五声不绝。秀才已住,他还打个不休。弄得王臣:

　　脸中五色浑无定,身上三魂莫可寻。

无可奈何,与后司计议道:"秀才原是破靴阵,不好惹的。如今只除免他抄对,散他去罢。"两下计议,写上一面白牌,写的心惊,写得差,揩去又写。那王千户战兢兢标朱,那点不知点在哪厢,日子全不成字。道:

　　本卫
　　上供书籍,俱已倩人,诸生姑免。

叫人拿去门上挂,哪个敢去。揎不过,一个大胆的拿了,从打碎门洞中塞出。一个秀才,扯住正读。一个在侧边嚷:"好大胆奴才!我们要你免?只是打!"一声喊,在隔墙石头瓦片,如雨打进。近墙的屋上瓦,没一块完全。王千户道:"怎处?不如走罢。"却舍不得这些诈来银子。众人道:"免字不好,换个字哄他散罢。"商量一会,改作:

　　本卫
　　上供书籍,自行倩人抄誊,诸生各回肆业。

写了,弄得出去。众秀才道:"诸生也不是你叫的。"仍旧嚷乱。王千户道:"诸生二字不好。终不然,称列位相公。"后司道:"没这行移体。"一个道:"只著人口传。道以后抄书,不敢相劳,列位相公请回。口说无凭,不害体面。"一个道:"只说,他也不肯准信。"王千户道:"三十六计,走为上计。"自己换了衣帽,连婢妾也叫穿了男衣,打通后墙逃命。

却是后司道:"不可。我们走得多远,被他赶上拿住,打做稀烂。只除把钦给银两搬来,摆在堂上。大开仪门,他若进来,就把抢劫赖他。秀才晓得道理利害,必不敢来,可以退他。"众人齐声道:"好!"不问钦给诈赃,忙忙的将来摆了。自己躲在深处,叫人将大门闩拔去,飞也似跑进。这众秀才正闹嚷时,忽见衙门划然大开。众人恰待赶进,早见堂上雨道,并月台上,一片雪白排满,都是木屐样大元宝。一似:

　　梅开庾岭玉,风卷浙江潮。

那秀才果然道:"列位不可告次!这厮待把钱粮涂赖我们了。我们莫进去,只围着守着,绝他水菜。"少不得有司出来调停。果是长吴二县,心中也怪王千户,要人啰唣。他却也道:"歹不中是个差官,带有钦给银两,也是地方干系。"一面申报上司,一面自来抚慰。众人围住,嚷嚷乱乱。又得抚院守巡,俱有硬牌,差学官解散,且禁百姓乘机生事。众秀才假手脱,打起退船鼓散讫。这干赶兴百姓,也都走回。这番王千户才有了性命。

　　　　似脱昆阳①困,如逃垓下②围。

　　在里面与后司做本,道是乡绅大户买嘱劣衿,阻挠采办,凌殴差官,有司不行禁止,正待发本。不期王抚向知他在地方骚扰害民,已行有司访他恶款,待要具疏。又遇此事,就与学院会稿,一起上本。学院还只为学政,奏他荼毒生员,逼诈凌辱,失朝廷养士之体。王抚便将他非刑逼拷,打死平民,纳贿诈财,动经千百,江南根本重地,财赋所出,岂容动摇。一面发本,一面借防护为名,差兵围了他衙宇。又牌行府县,拨夫巡守。王千户与这干随来光棍,原怕秀才殴打,不敢出门。这一围守,要藏匿搬移赃物,搬不得。要上本勾干,也做不得。却又似个:

　　　　笼鸟难张翼,囚猿浪举身。

　　只是两院上本,行学查个为首生员。却把个新进并不曾出来的秀才,叫做陆完,是因他进学不完束脩,竟将来报入在本里。却不:

　　　　李代桃僵,张帽落戴。

初次本不下。二次留中。第三个本,王抚说得异样激切。江南缙绅,为地方,也向阁中讲说。圣上悯念三吴,竟差官拿解来京。

　　此时王千户见王抚两本弄他不倒,仍要放那毒手,不料官旗已到,束手就缚。本上有名党与,抚按竟自拿问。许到倾成元宝五千锭,尽盘在官。王抚并将采到书玩,一并解京,这便是真赃实犯。王千户枉费了许多心,用了许多力,不得分厘随身入己。

　　　　饿是邓通③命,空开蜀道山。

────────────

① 昆阳——古县名。秦置,在今河南叶县。公元 23 年,刘秀在此歼灭王莽主力军。

② 垓下——古地名。在今安徽灵璧县南陀河北岸。公元前 202 年,汉楚两军决战,项羽军被围困击溃于此。

③ 邓通——汉文帝极宠幸之人,官至上大夫。曾被赏赐蜀郡严道铜山,允其铸钱。邓氏钱遍天下。后人以他的名字比喻富有。景帝即位被免官,家财被没收,寄食人家,穷困而死。

　　到京，下镇抚打问。没钱用，夹打都是重的。没钱用，没关节，这恶迹都不能隐下。卫中上本，参送法司。刑部依律，拟他打死平民，激变地方，定了个斩罪。倒是圣上英明，既批了个着即会官处决，还传首江南。这王臣：

　　　　三度江南路，居然两截人。

　　　　头飞千里去，堪笑是王臣。

　　其随从白棍，充军问徒不等。倚势诈钱，威阔能得几时。若是这王臣安分知足，得顶纱帽，虽不为缙绅所齿，还可在京鬼混过日，就是做人奴隶，贫贱终身，却没个杀身之祸。总是小器易盈，贪得无厌，有此横事。单只为朝廷撰得二十余万银子，单成就得个圣上仁明、纳谏如流，王巡抚爱民忠鲠。

　　　　主圣容臣直，奸为贤者资。

　　还有那陆秀才，邀圣上宽恩，置之不问，已是个侥幸了。到后来中了举，中进士。京中闻他是前日打王千户，是个有胆气有手段的，却铨选了个北道御史，后来直做到吏部尚书。其实陆秀才原也没甚力量，那无妄之福，翻得从无妄之祸里面。在王臣还替世间做个走空诈钱的鉴戒，足发一笑而已。

第 九 回

逞小忿毒谋双命　思淫占祸起一时

拍手笑狂夫，为色忘躯。施坑设阱陷庸愚，静夜探丸如拉朽，图遂欢娱。

云雨霎时无，王法难道。探骊自谓得名珠，赢得一时身首断，颈血模糊。

——右调《浪淘沙》

事成是何名目，事不成如何结果，这是杨椒山先生论主张国事的。我道人当国家之事，果能赤心白意，慨慷担承，事成固不求忠义之名，事不成何妨为忠义之鬼。独有做不好事的，或出孟浪，或极机巧，事成总归奸盗诈伪，不成不免绞斩徒流。这结果，这名目，大有可笑。但担着这没结果，没名目，去图名图利，还道贪几时的快活，也不免是个剖腹藏珠。若到酒色上快活，只在须臾，着甚来由要紧？这正是太祖高皇帝六论中所禁："毋作非为。"奈何人不知省。

至京师为辇毂之下，抚治有府县，巡禁有五城，重以缉事衙门，东厂①捕营锦衣卫。一官名下，有若干旗校番役。一旗校番役身边，又有若干帮丁副手。况且又有冒名的，依傍的。真人似聚蚁，察密属垣，人犹自不怕。今日枷死，明日又有枷的；这案方完，那案又已发觉。总之五方奸宄所集，各省奔竞所聚。如在前程，则有活切头、飞过海、假印、援纳、加纳、买缺、挖选、坐缺、养缺各项等弊。事干钱粮，上纳的有包揽、作伪、短欠、稽延之弊。买办的，领侵、冒破、拖欠之弊。尝见本色起解，比征参罚，不想些须。及落奸解奸商之手，散若泥沙。况功令森严，本色完纳，极其苛刻。十分所收，不及一二。及至一不堪驳回，竟如沉水。茶蜡、颜料、胖衣，拖欠动至数年。买铁、买铜、硝黄，拖欠动至数万，弊窦百出。至刑名，在上则有请托贿赂；在下则有弄法侮文。都是拿讹头光棍的衣食。所以京师讹棍

---

① 东厂——明成祖在京师东安门北设的特务机关。

盛行。我想这干人,毕竟是伶俐人。不晓伶俐人,偏做得不伶俐事。人说他拿讹诈人害人,天故令他昏昏,作出杀身之事。我说这都图前忘后,见利忘害,浑不从名目结果上作想耳。

　　思则愚作圣,昧则愚作狂。

　　名洁与名污,分之只微茫。

　　这人姓王,排行行四,越中人。流寓京师,人叫他小王四。他生来有一种羊肠大行的心术,假做出一种洞庭滇渤的襟怀。上交的是一辈权势监厂内官毛实,生事府卫勋戚管家;中间有一辈紧要衙门胥吏番旗;下至一干打得起栭得起、会捕风会捉影泼皮无籍。故凡遇有些痕迹的,这不消说是他口中食了。买休,则捱身打合。不买休,便首的首、证的证,不破家丧身不歇。甚至安分富民,又会借事飞扎。所以在京师出了个名,起了家。便有几个有风力的城上御史,拿他不倒。纵使拿倒要处他,只除了是圣上圣旨,其余非常大分上,毕竟弄来,脱却身去。

　　噬人疑虎狡疑猱,幻出黎丘①术更幽。

　　纵使王章②悬象魏③,也看漏网出吞舟④。

　　家有一妻二妾,至亲有兄弟王三。倚着赚钱容易,每日闯朝寠,走院子。看见那有颜色的妇人,务要弄他到手方歇。一日打从器皿厂前行走,只见一个孩子喊:"热波波、火烧哩!"正喊时,却听得小弄内答应一声道:"卖火烧的。"这一声阿,恰似:

　　嘤嘤花底三春鸟,惹得行人步屧⑤迟。

　　王四听得这声儿娇,便做意缓着步走。恰见弄尽头,掀开芦帘,走出一个女子来。恰似:

　　一枝红杏篱边出,招飐东风态度徐。

　　拿着十个黄钱,递与孩子,在柳条筐子内拣了六个火烧,四个波波。

――――――――――

①　黎丘——古城名。在今湖北宜城西北。

②　王章——王法。

③　象魏——古代天子、诸侯门外的一对高建筑,亦称"阙"、"观",为悬示教令之所。

④　吞舟——即吞舟之鱼。喻大贤大恶之人。

⑤　屧(xiè)——古代鞋中的木底。此处代"履",脚步。

这番王四却看得仔细：

> 晓妆未整绿云松，梨蕊似，淡烟笼。眼波流玉溶溶，脸微红，不亲脂粉偏工。
>
> 青青两朵出巫峰，春纤嫩，玉新葱。更长难寸减，弱且多丰。这娇容，应惹得意儿浓。

——右调《系裙腰》

王四直瞧了他进去，问孩子道："这是谁家女子？"孩子道："是兵科写抄老陈的女儿，还没有吃茶哩。"王四道："待咱娶来，做第三个小老婆。"着个媒妈子到他家中去说。

这老陈也是南边人，家里穷，在科中替写抄度日。一妻张氏，一子陈一，年纪二十岁。也好与干光不光、糙不糙人走动。一女叫做大姐。

这媒妈子走到他家，先贺喜道："你老人家一天喜哩。这边王爷，是京师里最出名，最了得，有钱有势的。他有一位娘子，因生产瘫了，起不得床，没人掌家。他知道你家大姐生得好，又能干，特着老媳妇来相求，去做位掌家娘子。"问起详细，却是小王四。那陈一是个没见识小伙，道："王老四是京师来得的人，咱们托着他，后边也有好处，这是使得的。"老陈道："咱止得这一个女儿，咱正要招得个财主，一家靠他养活。"倒是张氏道："这亲事不是一会定得的，待咱从长计议。"总是：

> 袅袅女萝蔓，依阿慎所择。
>
> 引枝向蓬麻，窃恐中道折。

后来访得小王四家中已有了两个妾。张氏道："这样人，真是京花子，杨花心性。有了妻，又去娶妾。有了两个妾，又撺了娶第三个。日后再见个好的，安知不又把我大姐撺下。"故意把言辞支着，道："我小户人家，看得一个女儿，我夫妇要靠他养老，是要寻个单头独颈人嫁他，不与人做妾。"往返也说了几次，陈家只不肯。

> 肯将幽艳质，误嫁轻薄儿。

到后来，王四道："他既要嫁个单身，我兄弟王三，还没有妻，我娶与王三罢。"又有那闲管的，对陈家道："这厮学骗了一个人。许了他，知道配王三，配王四？就是王三，名说兄弟，其实在他家提篮把秤，小厮一般。"以此，陈家只是不允。

歇了几时，凭人说合，与了一个当军的，叫做施材。家里有间房儿住，又有两间收租，两名军粮。一名自己当差操，一名每月用二钱四分，御马监买闲。一月共支两石糙米，每石卖票与人，也得八百黄钱，值银一两，尽够买煤烧，买酒喝。陈大姐嫁着他，甚是过得日子。早晨炕前种着火，砂锅里温着水。洗了脸，先买上几个火烧馍馍，或是甜浆粥，做了早饭。午间勤力得，煮锅大米或小米饭，吃两餐。不勤力得，买些面下吃。晚间买些烧刀子，有钱买鱼肉荤腥，没钱生豆腐葱蒜。几个钱油，几个钱酱醋，权且支过。终日夜不落炕坐着，也算做一双两好。

饥有黄粱倦有毡，便于何处觅神仙。

齐眉更是多姣女，不用神游赋洛川。

忽一日，本管奉文，拨他昌平州到皇陵上做工。央情去，说不脱。念妻子是小男妇女，不便独居。把大姐寄居丈人家，自往做工。昌平离京六十里，一去两个月，没有信音。央人问信，有的道："内相叫去家中做工去了。"有的道："做工不过，被内相难为走了。"又有的道："出墙砍柴，想被兵马抓去了。"并没实音。陈大姐自己拿出钱来，央哥哥去，也不得实信。似此年余，陈大姐活活守寡。

卜尽龟儿卦，刀头杳未期。

空房虚枕簟，灯影独身移。

其时有个阮良，是金华人，年纪二十四五，与陈一结为兄弟。时常来家走动，也是不怀好意的，每每用言撩拨。这大姐却也正气，不甚理阮良。他常道："施姐夫久没音耗，想是不在了。妹子笋条儿年纪，花朵般模样，可不为他耽误了，也该活动一活动。"这老陈是本分人，道："有夫妇人，谁人娶他？我一时嫁了，或是她丈夫不死，泥捏不出个人来，须吃他官司。"阮良道："妹子若肯嫁，我衙门熟，替他先讨一执照，怕他怎的？"倒是陈大姐道："有的吃有得用，嫁些什么。"

萍逢亦夫妇，苹户有幽贞。

似此又经月余。忽一日，两个人走入来。后边一个人，青衣方巾，带着眼纱，项下系着一条绳子，一同进门。不由分说，将老陈一起拴了，拿到内巡捕衙门，下了五夜铺。陈一慌得不敢出头，人上央人打听，是兵部一个书办，做造假印札付，说老陈曾替他卖一张与人，内臣衙门，有钱生，无钱死。虽皇上洞鉴情弊，曾于安民厂火灾，严敕戒谕内外缉事衙门，却也不能尽革。老陈虽辩得无干，却也急卒不得释放。

官法惨如茶，胥恶毒如虎。

通神无十万，何以免棰楚①。

只见阮良走来道："这件事明是冤枉。但衙门中，也不单冤你一人，除是大财力，可以挣脱。我看王四是个有手段人，他曾要妹子做小，不若我如今说合，把妹子与了他，包你就出监门。"张氏恰在焦躁时，道："只说恁王四！有天理他自出来。"陈大姐也将阮良瞅上一眼，道："我不嫁，不要你闲管。"阮良笑道："大姐，夜间长，怕抓不着人苦。"陈大姐恼了，道："走走！以后休来讲这样胡话！"

也是当有事。阮良吃了一个没趣，出门走不多路，早迎着王四。王四道："小阮儿哪里走！"阮良要讨好，道："我今日为好，倒着了个歪辣站气。"王四道："是谁臭淫妇蹄子，吃了豹子心来，敢恼我兄弟？待我去采他毛，与兄弟出气。"扯着要走，道："是哪娼妇家？"阮良道："不是娼妇，是不承抬举的陈大儿。我道你丈夫没个影儿，老子为事禁着，不若我做个媒，送与哥哥，待哥哥摆布救他父亲。那小淫妇，没好气的，倒把咱嚷乱，不许咱上门。就是陈一，咱虽比不得待哥哥，也是名色兄弟。不拦这一拦，任他掉嘴。"王四道："这等莫恼，慢慢奚落他，且到咱家吃杯酒。"

觅得青州从事，屏除平原督邮。

人道顿除烦恼，我忧易起干矛。

谁知这酒，却吃得不好了。到家，王四叫拿酒来。先摆下一碗炒骨儿。一碗肉灌肠，还有碟鸡，烧肚子，响皮，酒是内酒。正待吃，王三恰走入来，王四山叫来坐下，吃着酒。阮良又说："陈大姐母子不听他言语，可恶。"王四叫道："陈大直恁高贵，我好歹要攮他一攮。"阮良道："我也要攮他一攮出气。"王三道："他又不肯嫁咱们，怎攮得他着？"常言道：色胆天大，加了酒，又大如天。王三想一想，道："我们乘陈一母子不在家时，用强撮了他来，放在家中，任我意儿。"阮良道："四哥，这等我却攮不着了。"王四这莽夫，又想了一想，道："我有一个绝户计，弄断了他根，便占了陈大。"也没得说，附了阮良耳，说了几句，道："明晚就用着你。事成二十两纹银，与你讨个好嫂子。"王四还悄悄与王三说了，王三道："只太狠了些。"当日酒散。

① 棰（chuí）楚——杖刑。棰，木棍；楚，荆杖。

断金在三人,鬼计蔑天地。

谁知酒里谋,酿出杀身计。

次日,是二月初五日。陈家娘儿们在家,愁官事不得结,没个门路去救老陈。只见阮良跨进门道:"昨日喧了几杯寡酒冲撞,今日特来赔礼。"陈大姐听了不理,回着脸向炕里壁坐了。陈一道:"兄弟,你要来往,以后言语谨慎些。"阮良道:"大姐怪我,干娘也还有些不喜光景。我且与他去吃三杯。"陈一道:"罢,罢。"阮良扯定不放,两个一径去了。此去呵:

寻欢未见三杯酒,入彀①难完七尺躯。

去了一会,约摸起更时,张氏道:"夜紧,怎不回来?"却见阮良手里拿着一件,是陈一穿出去的旧青布道袍,急急进门道:"我适才同老一吃杯酒,吃了出门,遇着张秃子,道老一欠了他甚银子。一个要还,一个没有。两下相争,操铺。叫我来将这道袍子为信,要你快去救他。"张氏道:"我有八个月娠,身子粗大,行走不便。"阮良道:"正要你这身子大的,人才害怕。定要你去,我扶着你走是了。"一手带搀带扯,扯出了门。陈大姐不知甚事,在家怀了鬼胎。

不期这边,阮良果是请陈一吃酒。天将昏黑,到得器皿厂前。阮良道:"厂里近有个私朝窠,咱与你顺便瞧一瞧家去。"强拉了走。走到一土坡子边,没人家处,陈一不提防,王四一砖向太阳打来,跌晕在地。王三阮良加上几脚,登时气绝。

三虎伺一羊,性命哪可保。

阮良从身上剥了海青,来赚张氏。一到,见儿子跌在地下,正低身看时,三凶一起动手,也结果了。

诡计觅欢娱,狂谋图所忌。

可怜母子身,横尸路旁里。

阮良道:"陈大姐如今没人管了,我们同去。"又从张氏身上,脱了他一条绢裙。

阮良当先赶至陈家,陈大姐正呆坐在炕上,对着一盏孤灯,等不见个消息。陡见阮良赶到道:"你母亲去,相争推跌,晕去。教我把裙作信物,要你去。"便向炕前来扯。陈大姐道:"我去没账。"又见一个人进来,也来

---

① 入彀(gòu)——中圈套。彀,弓箭射出所能达到的范围。

同扯，道："去，去。"大姐此时慌张，函待声唤。阮良却从桌上，抢过一把厨刀，道："做声便杀你！"先来人便来掩住了口，又一个闪进，吹熄了灯。阮良把身子在陈大姐身上只一靠，陈大姐早被压倒炕上。两只手各有人扯住，阮良早将小衣扯去，抬起脚来，拔了个头筹。

　　涧花抱幽芳，含香向岩壑。

　　哪堪蜂蝶狂，纷纷恣轻薄。

　　陈大姐挣挫不得，口中气吐不出，任他无状了半晌。方完，又一人道："小淫妇，我几次讨你不肯，今日也到我手里。"来得更是凶暴。陈大姐也只得承受，心里想道，这定是王四了。又是半晌，侧边的道："你已像意，也该丢了让我罢。"第二个人抽得身起，又一个扑来，却放了掩口的这只手。陈大姐便急嚷道："强盗杀人奸人！四邻救命！"一声喊叫，这人连忙爬起。陈大姐也走身起来，早被这干人，搀的搀、推的推、扯的扯，撮离房门。内中一个，将她拴膝裤桃红线带解去。正待转出小弄，弄口早有人闻得叫声，起来开门了。这三人只得丢了陈大姐，一哄而去。

　　蜂狂蝶横苦磋磨，零落寒香无几多。

　　幸得护花铃索密，一枝犹得在岩阿。

　　陈大姐略定了神色，整顿衣服，自与邻舍说这苦不题。

　　巧凑是内巡捕把牌，闸夜。这把牌好走僻静地面，骑着一匹马，带了一对番青板子，远远随着一对橄榄核灯笼。黑影子里似两个醉汉，倒在土坡边："快叫人与我拿来，打他个醒！"去拿时，却是两个死尸，不知是甚人打死。忙叫地方居民，灯下简认，数中有一个道："这男人似厂前住的陈一模一样。"把牌就差人押这人，去唤苦主家属。

　　一行人赶来，陈大姐正在那边，说哥哥母亲被骗去，不知下落。听得差人说，已被打死在器皿厂土破下，放声大哭。

　　恨是红颜多薄命，顿教骨肉陨沟渠。

　　把门锁了，与几个邻舍，来见把牌。诉说哥哥先被阮良说请酒，哄出来。母亲也是阮良说，哥哥与人相争操铺，哄出来。不知仔么打死。二更时分，还同两个人来强奸。内中一个，听他说话，是小王四。两个好了，因叫唤邻人知觉，赶散。

　　把牌即差各地方邻佑，协同番旗抓拿。嚷乱了一夜，去时都已走了。都拿得些家属亲邻，辗转供攀根捉，三日里都自远地拿来。只为人命事大,虽是党羽他的多,也停搁不来。冤魂相缠,要逃也逃不去。

　　天心严报复,王法惩奸顽。

　　堪笑痴愚辈,牢笼欲脱难。

　　三人这一逃,已是递了供状了。把牌据陈大姐口诉,逐节研审,夹的夹,打的打。人命,王四是主谋,阮良王三是下手。行奸,初次是阮良,二次是王四,王三行奸不成。打死陈一,起手致命是王四,后边是阮良、王三。打死张氏,阮良先踢肚子,以后王四、王三,踢打至死。奸陈大姐,持刀恐吓,解膝裤带,推的是阮良。掩口,扯左手,扯的是王三。吹灯,掩右手,揿的是王四。——供招明白。一似:

　　鉴炳秦宫,鼎铸神禹。

　　奸状虽幽,出之缕缕。

　　管巡捕是马太监,他看招由,杀人强奸,都是干大辟。至张氏腹有八月之孕,母毙以致子亡,虽非殴毙,但致死有因。简验已明,他竟以杀死一家无罪三人具题,参送刑部。近来刑部,因批驳严,参罚重,缙绅中视如畏途。十人中八九孝廉官生,殊少风力。凡系厂卫捕营题参,并不敢立异。不过就他供词参语,寻一条律例,与他相合。拿定一人有重无轻,有人无出,为保官保身妙策。这原参三命,部中也作三命。将王四拟了凌迟①,阮良王三拟决不待时。

　　疏上,幸圣主敬慎刑狱,道腹中有形无生,果否可作三命,批着该部再谳。前番刑部依捕营,这番刑部体着圣意,不敢拟作三命。将王四、阮良、王三,俱拟斩罪。时阮良已因几处夹打,已死在刑部了。奉皇圣旨:王四着即会官处决,阮良戮尸,王三监候处决,陈大姐发放宁家。文书房写了驾票,并红本送至刑科。科官签了,校尉赍至刑部。锦衣卫官将犯人绑缚,同刑部官押赴西角头。此时,都察院已委出御史一员,在彼监斩。王四到此,便十张口也辩不来,八只臂膊挣不出,二十双脚也跑不去。平日酒食扛帮光棍,一妻二妾,也只好眼睁,看他砍头罢了。

　　莫落今时泪,须思当日差。

　　请看陈氏子,何故殒泥沙。

----

①　凌迟——剐(guǎ)刑。先断肢体、再割断咽喉的一种封建时代最残酷的死刑。剐,割肉离骨。

总是王四穷凶极恶，天理必除，故神差鬼使，做出这样勾当，奸时又说出这两句供状。且天下有杀了两个人，不偿命，强奸了人，不做出来的么？若使当日打死了陈氏母子，再弄死了陈大姐，这事便不知出于何人，为地方邻佑之累不小。若使三人撮了陈大姐去，藏在僻处，从容奸淫，事不发露。人还道是陈大姐与奸夫谋杀了母兄，不知逃走何处，也是不能明白的疑案。我所笑的是：

华堂画栋，日居不过容膝；锦衾绮帐，夜寝不过一簟；

炮龙炙凤，所供仅止一口；珠襦纨袴，所被仅得一身；

竭骨髓以奉骷髅，尤是色；作马牛以为子孙，尤是财。

只看为一陈大姐，把自己一妻二妾，不能白首，不知付之何人。为一二十两银，把自己一条生命，不得保全，竟至死于刑戮。所得何在，至于如此？至于陈大姐的丈夫与父亲，人说出都是王四这干人机智。陈大姐丈夫，尚无踪迹。他的父亲，反因此得昭雪。看此光景，机心何益！若使这干奸徒，平日已想到，事成不过一刻欢娱，没甚好名目。事不成必至破家亡身，又随你甚热心，亡都冰冷。惜乎三思的人少耳。

第 十 回

济穷途侠士捐金　重报施贤绅取义

　　峻嶒气运寒山劲，襟期万顷琉璃净，热肠缕缕尤堪敬。英雄性，千金不惜周同病。

　　嘘枯寒篆清声竞，相怜何必为相盟，剧孟①朱家②恒自命。心儿莹，高风今古宜歌咏。

——上调《渔家傲》

　　人最可鄙的，是吝啬一条肚肠。最打不断的，是吝啬一条肚肠。论自己，便钱如山积，不肯轻使一文；便米若太仓，不肯轻散一粒。论在人，就是至亲至友在饥寒困苦之中，得一升胜一斗，他不肯赠这一升；当患难流离之时，得一钱胜十钱，他不肯送他一钱。宁可到天道忌盈，奴辈利财，锱积铢累的，付之一火一水。盗侵寇劫，或者为官吏攫夺，奸宄诈骗。甚者门衰祚绝，归之族属，略不知恩。或者势败资空，仰之他人，亦不之恤。方知好还之理，吝啬之无益。

　　不知那豪杰，早已看透。他看得盈必有亏，聚必有散。何得拥这厚资，为人所嫉，犯天之忌。况蚩蚩负行，蠕动犹知相恤；岂同载齿发，听他号呼不闻，见他颠连不顾？故裴冕倾家赠张建封，范纯仁赠粟以周石曼卿。曼卿还是故交，建封直是邂逅。至截发剉荐，饱范逵于雪夜，岂是有余之家？只缘义重财轻，便已名高千古。

　　丈夫重声气，朽腐安足计。

　　冯谖③昔市义，名誉流无际。

　　故割己之有，济人之穷，难；济不相知之人，更难。济不相知之人，难；出于贫穷称贷之时，尤难。在侠烈丈夫，正自不难。

---

① 剧孟——西汉洛阳（今河南洛阳东）人，以"任侠"闻名。

② 朱家——汉初鲁人，以"任侠"闻名。

③ 冯谖(xuān)——战国时孟尝君门下食客。

　　这人在嘉靖时，住居浙直交界地方，相近平望。姓浦，名其仁，字肫①夫。父亲籴粜②生理，也有间屋儿，也有几亩田，几两银子。自小爽落多奇，父亲与他果子吃，佢见侧边小厮看他，他就与了他。父亲道："我省与你的，怎与了人。"他道："他也要吃。"人都笑他是痴的，却他那轻财惜人的心也见了。

　　慷慨自天赋，匡济③有凤心。

　　何必乘高位，方飞三日霖。

　　将及弱冠，父母相继而亡，他衣食棺椁，尽着银子用。还起一所大坟，只少石羊石虎。人道："小官，死的死了，活的要活，也留几两银子度嘴。"他道："我的日子长，我有好日。那时有衣服，扯不爹娘起来穿；有饮食，扯不爹娘起来吃；那时懊悔迟了。只这衣衾殡葬，是省不得的。"人又笑道："这砍嘴的！弄到穷时，坟上树木，还可砍来，够几日烧。这块地，扚骨头掘起了，也还有几两卖。且看。"只不知：

　　尺蠖④有伸日，九泉无归时。

　　莫以天下俭，逾深风木悲。

　　浦肫夫虽为父母用了几两银子，却喜得做人会算计灵变，有信行，又慷慨，所以立得住。却因慷慨，做不得家。身边有几两银子，遇着亲友遭丧为事，委是穷苦无聊的，也就递与他。有几吊钱，见着亲友也会经济，没有银子作本的，也就把与他。有几间房子，有个蒙师死了，只得一间屋，卖了殡葬，妻子没处存身，他就出一间与她。有个族叔，七十无子，穷得只剩孤身了，他就接来供养。一个姑娘，守寡廿余年，儿子不肖，不顾她，他就接来养了。弄得房子不戍片段，人道是孤老院了。

　　誓生寒士颜，广厦自不惜。

　　有几亩田，有个族兄浦其良，因解白粮遭风失水，赔补不来，把他田盗卖与人。那人来起业，族兄来情恳，他就也不与分辩。人劝他告状。他

<hr />

①　肫（zhūn）——原意"肫肫"，诚挚貌。

②　籴粜（dí tiào）——买卖粮食。

③　匡济——"匡时济世"的略称。谓挽救艰困的局势，使转危为安。

④　尺蠖（huò）——昆虫名。尺蠖蛾的幼虫。北方称"步曲"，南方称"造桥虫"。

道:"族兄不幸,为公破家,义当伿①助。他若来挪借,也要应他。已去之事,徒把钱送在衙门,争什么要紧。"却似个怕事怕官司的。他却拿别个的事,也敢作敢为,不曾懦弱。

　　杕杜②有深情,羞为虞芮③争。

　　肯教负劲骨,乃作女儿行。

　　近村有一盛寡妇,是个大家,祖是孝廉通判,夫是秀才。早寡,一子一女尚幼。有一所祖遗房子,二三百亩肥田。有个侄儿不长进,欺她孤寡,将来投献一陈副使家,也不知曾兑价不曾兑价。八九个狼仆,驾了两只帐船:

　　　前堆蛮石块,尾插飞虎旗。写陈府,两大灯笼。出跳板,三枝快櫓。密架着叉扒棍棒,稳载着蛇蝎虎狼。到来镇镇女男惊,眼见家家鸡犬尽。

　　风响一声,到了岸。扛了一个望隆节钺牌匾,竟到盛家。把他三四十年的一个昭代循良牌匾除下,将新的钉上。带了她侄儿来,道:"盛家得了我衙中产价一千二百,房屋田地,都要起业。盛家五日内出屋。"又对附近租户道:"明日大相公来钉界,你们写租契。"叫出向来主管,使他打合,每亩要银一钱,折东五分,方与租种。寡妇出来要争执,这干豪奴哪由分说,只叫快搬屋,不要讨没趣。跳上船,一通锣去了。

　　　帝阍不可叫,豺虎正横行。

　　寡妇又气又惊,无可摆划。两个管账的管家道:"这定是族里将来投献。却没个没产的得钱,有产的白白出屋之理。"众租户道:"论理,如今原是个没理世界。只是另写租契,要我们钱半一亩,况又中人要钱,如何得来!归了城里乡宦,管家出来,催租收租,都要酒饭。一到冬至,管家们不在家中吃饭,皆在租户人家打搅了。朱签告示,头限二限三限,收租哪里少得一粒。就是遇着年成不好,收不起,少他一斗二斗,还盘算得起。少了一石两石,一年一个对合。有田产,写田产;没产田,写本身。写田产,拼得起了去罢了。写本身,一年还要纳帮银。帮银缺欠,拿回吊打。

---

　　① 伿(cì)——帮助。

　　② 杕(dì)杜——《诗经·小雅》篇名。

　　③ 虞芮(yú ruì)——虞、芮均为周文王时建立的诸侯国。

打死只是家主打死义旲,空丢性命。如今我们这村里,也种不成田了!"

　　不必天有蝗蝻①,苦是人中蟊贼。

　　过处地赤村空,望里烟消火灭。

　　巧是浦肫夫走来,见众人在那厢,打呆桩,读苦书。他道:"列位! 你们依着我做,随我走,包你陈家起不业成。"众人道:"你是甚计?"浦肫夫道:"陈衙倚知县是中人的门生,所以横行。不知这知县要做好官,极避嫌疑。明日先打他一个下马威,拥到县中告状,知县料只听我。只要你们帮助我一帮助。"众人道:"只怕惹出事来。"浦肫夫道:"惹出事来,都我承当。"众人道:"要打,要跟告状容易。只是今日说得好,明日恐你不肯走出来。"浦肫夫道:"岂有此理! 只明日叫打便打,叫住便住,不要打他致命处。"

　　马陵万弩伏,减灶诱狂夫。

　　到次日,具然一只大船,随了五七只帐船。里边坐下一个陈公子,挟了两个妓,带了两个陪堂,点鼓鸣锣,望这村庄来拢。这公子呵:

　　　时服试玄绡,衬轻衫,艳小桃,玉环低压乌巾巧。袜棱棱一条,步轻轻几摇,缓拖朱履妆成俏。假风骚,肉麻大老,他道好丰标。

　　　　　　　　　　　　　　　　　　　　——《黄莺儿》

在那厢与这个妓玩呵:

前腔:

　　　秾②李两枝娇,闹东风,压柳条,飘飘漾漾来回扰。傍花梢一招,向花心一挑,癫狂体态难医疗。恼妖娆,兼葭玉树,说甚好知交。

这两位陪堂呵:

前腔:

　　　肩耸泰山高,落汤虾,只曲腰,人言未听先呼妙。助清歌扇敲,献殷勤步劳,低言似恐人知道。也心焦,声声大叔,怕是管家乔。

　　先是那管家上岸,叫众租户迎接大相公。那浦肫夫当先,领着这干约有六七十,走到岸边。他先叫人把近岸地上泥,掘松在那里。这陈公子幸未上岸,搂着一个妓,靠在船窗看。只见浦肫夫对着他道:"你什么乡宦,

———————————————

①　蝻(nǎn)——蝗的幼虫。

②　秾(nóng)——花木繁盛貌。

敢占人田产!"陈公子正作色,要查甚人。那浦肫夫叫打,岸上人一声喊,泥块头如雨点下来。

重耳适卫,野人与块①。

亦孔之羞,自作之怼。

帐船忙撑过河,少也招半船泥块。大船急卒撑不动,后梢忙驾两枝橹摇,哪里移得一步。是前后缆不曾解得,板闼尽已打碎。桌上碗盏花瓶香炉,都已打坏。人打得没处躲。浦肫夫叫只打公子与助恶家人,陪堂与两个妓女,不要打他。陪堂便躲在妓女身边。一个管家对公子道:"岸上都看着你。快除去巾儿,脱了海青,到梢上来。"公子便也从命,爬到梢上,扶着橹,充做艄公。艄缆用刀割断了,头缆摇得紧,挣断了,到得对岸。浦肫夫已将新牌匾,对船上敲得粉碎。

送到新来匾额,却似隔岁桃符②。

陈公子脱得身到家,忙叫人做状,告地虎打抢。

不期浦肫夫已合了人,竟到县前叫屈。县官已知陈家向来纵肆。这番浦肫夫说,众人哭叫,道:"他欺凌盛家孤寡,白占田产,横索众户租息。"知县倒即刻差人拿陈家人,抚安众人,令他复业,陈公子如今告不得打抢,来辩契买。知县道:"孤寡的田产,孤寡不出契,明是投献了。这干家人,毕竟是要处的。"公子道:"看老父体面。"知县道:"正所以为老师。"再三求,只拿中人与盛家侄子重处了,以绝投献之路。浦肫夫这一举,早教陈公子产又不得,反吃了一场亏,坏了一只船。

羊肉不吃得,惹了一身膻。

到此,人知浦肫夫自已产任人盗卖,不是没本事,只是个轻财重义。

一日短祟,在城中讨账,遇见本管里长姓戴,来纳条银。不料在县前被贼剪去,没得上纳。官又要比卯,甚是慌张。浦肫夫见了,问起缘故,就将身边,讨得六七两银子,递与了他,省一番责打。

不必西江水,枯鳞已更生。

――――――――――

① 重耳适卫――春秋晋国君献公子,名重耳。因献公立幼子为嗣,曾出奔在外十九年,由秦送回继位。适卫,逃到了卫国。

② 桃符――古俗。元旦用桃木板写神荼、郁垒二神名,悬挂门旁,以压邪气,五代后蜀宫中开始在桃符上题联语,渐成为春联的别名。

这里长也是个有家事，要体面的人。得他周旋，甚是感激，道："大凡甲首见里长，说苦装穷，要他一二钱丁钱，也不知几个往还。他这等慷慨，是个好人。"到家，就将这主银子去还他。浦肫夫道："便从容，何必这样急。"就留他吃饭，都自己整治。里长因知他亲事高不成低不就，道："兄弟已过二十了，怎尚未婚？我看短枭可以养身，不可成家。我有几两银子与兄，并不计利，兄可在略远处做一做。"第二日，着人接他到家，兑出二百两银子，道："兄若嫌少，不够转活，停十余日，再凑一百与兄。"

长袖资舞人，宝剑献烈士。

浦肫夫择了个日，腰了银子，叫了只船，走常州。过得吴江，将到五龙港，只见一只船横在岸边，三个人相对痛哭，还有三四个坐的卧的，在地下呻吟叫痛。浦肫夫道："这一定是被劫的，不知要到哪里去。天色寒冷，衣服都被剥，不冻死也要成病，这须救他。"船家道："才出门，遇这彩头。莫要管，去罢。"浦肫夫喝道："叫住就住，还摇。"船家只得拢了。

浦肫夫跳上去问，原来是福建举人。一个姓林，一个姓黄，一个姓张。诉说到此被盗，行李劫去，仆从打伤，衣服剥尽，往京回闽，进退无资，以此痛哭。浦肫夫道："列位到京，可得银多少方够？"林举人道："路费，一人得三十金。到如今，衣服铺陈，也得十余两。"浦肫夫道："这等列位不必愁烦，都在学生身上。相近苏州，就在此制办，以便北上。"就在近村，打些水白酒与他汤寒，又把自己被褥与他御风。

风雨绿林夜，谁怜范叔①寒。

解衣更推食，此德欲铭肝。

到了苏州，在阊门边，与他寻了下处。为他买毡条，绸布做被褥，为三个举人做衣服。失了长单，为他府中告照。又赠盘费三十两。这三个问了姓名居址，道："异日必图环报。"两下相别。这三个似：

病鸟脱弹丸，远逞凌霄翮。

但只这浦肫夫似：

冯谖市义归，鼓箧何寂寂。

如今仍旧只好短枭了。回到家中，巧巧遇着戴里长，道："浦兄怎回得这等快，枭得多少？"浦肫夫道："五龙港遇着三个会试举人，被盗劫了，

---

① 范叔——东汉陈留外黄（今河南杞县东北）人。通五经。生活极清苦。

行李盘费俱无。我将大半赠他，如今仍就短橥。"若在他人，毕竟道这人不承挈带，想是嫖去了，赌去了，或者欺心造这谎话。那戴里长信他是个侠人，并不疑惑，只说："我那一百两银子，已措足了，还来拿去营运。"浦肫夫也不推辞，竟去取了。

　　取予尔我忘，肝胆遥相照。

　　管鲍穷交时，异世想同道。

　　浦肫夫原是有手段人，看戴里长如此待他，自家去做生理，却也做着，没个不利的。就是这三个举人，想起穷途间，便是亲友，未必相顾。他做生意人，毫厘上用工夫，吃不肯吃，穿不肯穿的人，怎为我一面不识人，捐百余金，固是天不绝我三人，他这段高情不可泯灭。如今我们三人中，发得一两个去，去报答他才好。巧巧这年，三个人一起都中了。浦肫夫在家中，买张小录看了，道："也不枉我救他一番。总之命里是个进士，我不救，别人也救。"先时，人闻得他救这三人，有的道："是个好人。钱财是难得的，他肯舍。"有的道："做别人头研酱。把与他的，是戴家银子，他却做好人。"又有道："就是别人银子，难得人好意。将来生息，也可养家活口。现在三十来人，娶得头亲事，也是好的。况且这三个人，得知真举人，不是举人？就是这些读书人，极薄情。与他银子，是一样脸。要他银子，又一样脸了，倒不如丢在水里，也响一声，自古道，好人是阿呆表德。小浦也是个真阿呆。"

　　啾啾燕雀噪，鸿鹄心岂知。

　　这时闻得会场揭晓，有来问的，道："三个内，有个中么？"浦肫夫道："都中了。"那人道："这等你一生一世，吃着不尽了。可央人做通启，备些礼物，雇个人送去，贺他一贺，不要冷了场子。"浦肫夫道："我当日不过一时高兴，原没有结交望报的心。如今人情，得知何如。宁可他记得我，不可我妄想他。"却也丢开一边。

　　一饭自怜国士，千金岂冀王孙。

　　只是那三个中了的，倒越想起浦肫夫来，道："当日没他赠盘缠，如何得到京，成此功名？没他做衣服，冻死了也做不官成。"三个计议，要在浙直地方，寻个近他处，照管他。

　　恩深洽肺腑，感宁间朝夕。

期将隋侯珠①，报此情脉脉。

不料黄进士选了个兵部主事，林进士选了馆，只有张进士，人上央人，讨得个常州府推官。这两直叫八差地方。抚按之外，操院、漕院、学院、盐院、巡漕、巡青、巡江、京畿，个个要举劾。举的好再举，劾的难再劾，是极难做地方。他只为报恩心急，只得就了。将行，林黄二位，都有礼有书托张四府，城外郊饯。林黄二位道："浦肫夫患难之交，今日年兄为我们看他，异日我们也代年兄看他。恐他来时，以布衣相嫌，年兄要破格相待。"张四府道："这小弟事，未有不尽力的。"

唯有衔恩处，镂心未敢忘。

张四府便道到任常州。大凡钻营结纳的，也会冷灶里着一把，他却不放松了。中式有贺，到任有贺，歇了半年三个月，就要来寻趁了。浦肫夫终是生意中人，不在行。又图报之心甚淡，不曾去寻邸抄，看大选报。常州是他出入路境，也不知推官是他前日救的张举人。倒是张推官不见他来，差一个人带了二十四两银子，两匹潞绸，并自己候书，林黄二位书礼，来寻他。叫在籴粜行中寻，也寻了两日，到家又是不在。问他两邻，道："他平日只在江湖上，不甚在家。"问："几时回来！"道："出路的人，哪里期得定。"问他家眷，道："三十来岁人，又不是名进士举监生员，不过商贾之家。定要选甚名门巨族，不肯娶个再嫁农庄人女。如今弄得没个妻室，铁将军把门。"差人只得回复。

自分丹穴雏②，栖托碧梧里。

萧森枳棘林，未肯集其趾。

张四府摇头不信："你差寻了。岂有拿得百余两出的人，中年尚无家室？"正要修书，央个沉同年寻访，却值代巡委查盘苏州。他到苏州，就发牌查盘吴江。

此时正遇浙直旱蝗，米价腾涌，籴粜的都获了重利。浦肫夫自团风镇，贩了五七百米来，进得京口，闻戴里长儿子为事。他叫伙计押船，自到家中，与他料理。却是里长儿子戴簪，充参吴江库吏。县官朝觐留京，他

① 隋侯珠——隋侯，汉姬姓诸侯。隋侯为受伤大蛇敷药，蛇从江中衔大珠报答，因曰随侯之珠。亦作"随珠"，盖明月珠也。
② 丹穴雏——凤凰。

去时曾在库申取用些银两,将自己名下纸赎抵补。又预放去次年人役工食,一来示恩,二来也得些头除,为入觐之费。不期接署一位三府,初时怕他一个将来两衙门胡乱交盘。去后只与库吏算账。抵补的,道我不与他人拾尾巴,不肯追比;预借的,道我饭碗里的,他如何吃去,不与开销。都作库吏侵欺,要追赃问军。

常道权官打劫,如何替人作贼。

放去行取科道,只向吏胥取息。

浦肫夫来央人打合,道:"工食是要放的,只早了些。如今代出一个工食头除。纸赎,库吏赔一个加二分例,求三府追比补库。"正在讲说,那陈公子怪浦肫夫作倡,坏他体面,要寻他事,奈县尊在不敢。喜得县尊去了,他访他米船,将近吴江,差人邀住。首他违禁牟利,漏贩越界。三府将浦肫夫来拿了,签两条封皮封了船。要入官,又来讲价。

不为百姓图利,只开自己诈端。

巧巧张四府到,相见公事毕,临送出时,道:"此处有一浦其仁,烦寅翁一访!"这"访"字,三府却认错了。出来对心腹吏书道:"这地方有个土豪浦其仁么?"吏书道:"现为漏贩,老爷铺在铺里。"三府道:"想按院要他,明日先起批解,查盘厅。"

到次日起解,浦肫夫道:"我正要见上司。我船须是湖广船,芜湖许墅俱有船票。禁须禁本地贩出,不曾禁别地贩来。"解人早将来铁链了。到厅前,皂甲炒班里钱,也去了五七千钱。还讲打钱,一下多少。进见投批,解子禀:"浦其仁解到!"四府忙抬头看,只见浦肫夫带了铁链,跪在丹墀里。四府便对解人道:"谁叫你锁来?少打! 快掩门,去了锁,取浦相公方巾色衣。"自下厅,一把扯起,扯入后堂。浦肫夫却认得是张举人。

缧绁①叹穷猿,谁明薏苡冤②。

哪知南面者,竟是旧王孙。

听事吏外边去借得一顶巾、一领道袍来,与浦肫夫。浦肫夫道:"犯

---

① 缧绁(léi xiè)——缚罪人的绳索。
② 薏苡(yì yǐ)冤——"薏苡明珠"之冤。薏苡,药玉米、回回米。《后汉书·马援传》载,马援从南方驻兵处拉了一车薏苡,有人上告是一车明珠文犀,使其蒙受不白之冤。

人不敢。"张四府道："这是县官因我访恩兄，误了如此。恩兄休要见罪！"浦肫夫道："实因贩米，遭人妄讦，适才铺中解来。"四府道："纵有甚事，有小弟在。"定要分宾主坐了。自发一两银子，叫县中备饭。道："林黄二年兄致意，有礼与书，前差人送来。道兄无家室，果有此事否？"肫夫道："委是未有。"张四府道："兄几时丧偶？"肫夫道："并不曾娶。"四府道："这甚奇了，是何缘故？"肫夫道："实因高不能攀，低不屑就，蹉跎至今。"四府道："这等兄虚过十余年青春了。小弟央沈年兄为兄图之，定要得一佳偶。"

君才齐伯鸾，宜偶孟德耀。

染翰向春山，嫣然成一笑。

又道："兄有甚事，可来讲。我吩咐门上，有帖即刻传进。"肫夫道："有一事不好遽然相渎。"四府道："有话但讲。"浦肫夫道："其仁三十无妻，缘何有余财相赠。委是义兄戴雄城，借我资本。当日相赠，他无憾词，复又借我资本。是其仁得行其惠，戴兄为之。若无戴兄之资，其仁虽有热肠，无以相助。今其子为库吏，前官支给，后官不与开销，强要坐赃坐罪。若大人能为旺雪，正是寻源之报。其仁并非谎言，希图取利。"四府道："戴兄事，仁兄事，明日封一呈来，小弟即为清白。此外有绝大事，不妨来说。当为兄作置产娶妻之费。"

受恩深一饭，报效惜千金。

漂母虽无望，韩侯①自有心。

次日，果各具呈。四府请三府面讲，道："米贩自楚中，有各关税票，这非境内贩出。还宜严处首人，以止遏籴之风。戴吏纸赎，抵补见有发落簿，这亦去任官常做的，在寅翁一征比之劳耳。工食既有领状，便非吏侵。这两呈俱有理，寅翁可为一行。"三府回来，将浦肫夫米船，即刻放行。入官的入不成了，还将首人打了枷号。戴簪事，抵补的竟与追比，给放的竟入销册。莫说军罪，不应也不问一个。那戴家又省了愿赔的头除，愿送的分例。三府又怕浦肫夫放他红老鼠，叫戴吏打合，有事来说，助四府赠娶。

上官发悉，下官捧足。

---

① 韩侯——汉初诸侯王，曾被刘邦从齐王降为淮阴侯。后被诬告谋反而遭死罪。他在病困之时曾得一老妇照应，接济饭食。

一语春温,枯黄生绿。

沈进士奉承这同年公祖,差出媒婆来,为浦肫夫寻亲。偶然说着那盛寡妇女儿,已十七岁,寡妇念及他恩,一口应承,不计财礼。

当年仗义时,已作赤绳系。

四府时常着听事吏来讨事,浦肫夫道:"张爷宪纲衙门,我也不敢来,事也不敢说。"张四府甚不过意,向沈进士借了二百两,送他聘娶。这沈进士借了二百,少也要说个四百两扯直,一一如命。自此浦肫夫婚姻虽迟,终得了个名门艳质。

明月笑床虚,衾绸怅有余。

婵娟喜新得,矢冶胜芙蕖。

张四府知他性格,是不急于钱财,不肯轻来干渎的,都自送去。倒极轻也得百余两讲起,上门的买卖好做,不怕他走别家去,越讲得起。那肫夫,恐损张四府名声,不敢动人的怨,也都将就三四件,却也起千余金。先时浦肫夫没个家室,吴头楚尾,日日在外。如今三十来少年,捧了个娇娘,你贪我爱。便道江湖上险,不思出外,止发本,着几个伙计走水。祖遗房屋,久不在里面住,败落了。如今前厅后楼,改造一新。两亩田,族兄卖去,他便赎回。旧时使势陈公子,父亲死在任上。平日投献田产,准折子女,俱来告状。官讼牵连,家资销拆,反将田产卖与他,他都用重价收买。

递取难逆守,悖入必悖出。

沧桑变须史,贪夫可知抑。

前时浦肫夫还是个倒转鬼,如今做了个田舍翁。

似此年余,只见黄主事有书与张四府,道:"浦兄家室之事,年翁业已任之。前程一节,弟效一臂,可资之北来。"是黄主事为他纳监。为他寻同乡保结,为他纳银,移文本地,取里递结状,要张四府打发进京。浦肫夫美妻厚产,前池后园,尽自快活,哪肯出门。如今捉猪上凳,张四府又寻了两件,合五六百金,与他安家,作路费。原先浦肫夫带顶假巾,如今真巾。前边见官府,头巾圆领,札付礼部儒士,如今的确北雍监生。

只是黄金多,便尔头角改。

何必恋寒灯,沉沦在学海。

浦肫夫终不忘情戴家,也为戴簪援了两考,一同进京。

到京,林黄二位,就来相见。林吉士甚言自己不曾用情。这林吉士有个至亲，做南直学院。也曾叫浦肫夫兜一名进学，肫夫将来送了戴里长次子戴缨进了学。但他的情还不尽，浦肫夫又言起前情，引戴簪见了林黄二位，二位亦加礼貌。肫夫在京盘费，在监贽仪，都出在黄主事身上。一年，二人为他讨面情，竟作历满拨历。时肫夫自与三位患难相与，荏苒早已四年。林吉士散馆，得个浙江道御史。黄主事改了吏部验封司主事。吏部官说吏部事，极是容易。两个援纳考中，浦肫夫得个县丞，戴簪得个典史。

虽非紫绶金章，也是牧民父母。

有了钱又有势，没事做不来。两个也就候选。不期林御史轮差，该是浙江。自到黄主事寓中，道："这次担子该交与我。但我巡按浙江，不好为人讨浙江缺。这托在年翁。"那黄主事又会弄手脚，一个乌程管粮县丞，一个长兴巡捕典史。两个领了凭，拜谢黄主事出京。黄主事还为他发几封恳切书，与守巡堂尊四府。

只为谊重丘山，不惜报同蛇鸟。

离京到常州，去见张四府。张四府自他进京，也时时差人送礼照管。这次又赠他上任之费。两个到了家，少不得拜客祭祖，阔绰一阔绰，一水之地，带家眷到了任，投下荐书。吏部书，有个不奉承的么？批词便已不脱，及至林按院到，又有美差。上司知他与代巡有一脉，又加假借。两人在任，都攫了五六千金。任满，亏这三人力路，浦肫夫还做个沔阳州州同，戴簪陈州吏目。三人亦自照管不懈。

倒是这两个识休咎，道："银子攫些罢了。日日向人跪拜，倒不如冬天炉煨骨柮①，白酒黄鸡；夏日绿树芰荷，青菱白藕。"都致仕回家快乐。总之杰士是个拼得。贫穷时也拼得财，得意时拼得官。两件总是个看得财轻。故浦戴皆世所难，若三君之厚报，不为过也。

---

① 骨柮（duò）——即"榾（gǔ）柮"。木块。

第十一回

唯内唯货两存私　削禄削年双结证

紫标黄榜便如何，富贵岂如德积多。

衫袖几看成粉蝶，朱门每见篆旋蜗。

一棺以外原无我，半世之间为甚他。

笑杀守财贪不了，锱铢手底几回磨。

人最打不破是贪利。一贪利，便只顾自己手底肥，囊中饱。便不顾体面，不顾亲知，不顾羞耻，因而不顾王法，不顾天理。在仕宦为尤甚。总是为农为商的，克剥贪求，是有限量的。到了仕宦，打骂得人，驱使得人，势做得开，露了一点贪心，便有一干来承迎勾诱，不可底止。借名巧剥，加耗增征，削高堆，重纸赎。明里鞭敲得来固恶，暗中高下染指最凶。节礼，生辰礼，犀杯金爵、彩轴锦屏、古画古瓶、名帖古玩，他岂甘心馈遗，毕竟明送暗取。

馈赆朝朝进，鞭笞日日闻。

坐交闾阎①下，十室九如焚。

这却也出乎不得已。一戴纱帽，坐一日堂，便坐派一日银子。捐俸积谷，助饷助工，买马进家资，一献两献。我看一个穷书生，家徒四壁，叫他何处将来？如今人才离有司，便奏疏骂不肖有司，剥民贿赂，送程送赆，买荐买升。我请问他，平日真断绝往来，考满考选，不去求同乡，求治下，送书帕么？但只是与其得罪士庶，毋宁得罪要津。与其抱歉衾影，毋宁抱歉礼节。赠送不妨稍薄，若污我名节，去博人好，着甚来由。况说及肥家，这天公最巧。如《唐书》所纪，阴间有掠剩使，夺人余财。丞相李峤贫，张说富。僧人道："张相公是无厌鬼王，冥府有十大铁炉，铸他横财。"这都阴有主持。

贫富皆悬造物，谁去拙窘巧盈。

---

① 闾阎(lǘ yán)——里巷大门。

智者会须任运，从他坎止流行。

明朝曾有一御史，对门生道：银财有分限，不可妄得。我曾出巡云南，夜在官署，觉神思不宁，寝不成寐。我祝道："此地莫非有冤欲告乎？"恍惚有一金甲神人在前，说："公有银千两在此，特来相告。"我道："在何处？"答云："在公座达砖下。"我去了公座发砖，果有银二十锭，计千金。我道："如何得家去？"神人曰："但写乡贯姓名，及所住地方，当为致之。"我依言书毕，置银上，覆以砖。后巡历将完，一丁忧同年来见，为一知县求荐，四百金，各得二百。我坚辞不受。同年道："你不收，怕你忘却。必须你收，我始放心。"我勉强收了。任满到家，偶思及此。吩咐家人，备了三牲，暗暗祷祝。忽神人复见，道："银在书房条桌下。"我次日令家人发条，果得前银，但数止八百。我道原银一千，今仅八百，这二百却落何处？晚间神人复现，云："某同年二百是也。"惊得我汗流浃背。可见凡人举动，神鬼皆知。此赢彼诎，数有一定。即此观之，可强求么？

货殖非关亿，绳枢命本穷。

贪夫空役役，人巧困天工。

我闻得广东有个魏进士。做秀才时，其家极穷，身衣口食，俱难支值。

无灯常借月，有户不留风。

甑里尘时起，囊中钱每空。

他只一味读书，不甚料理家务。亏得妻家稍裕，其妻稍勤，苦捱朝暮。其妻每怨恨读书，费他妆奁，至于穷困。魏进士勉强支对道："不要怨，倘得中了，包你思衣得衣，思食得食。十倍还你妆奁，也不打紧。"不期果然中了举人，又联捷中了进士，殿了三甲。该选推官，先观政都察院。一时便有长班、雇马、交际之费。观政毕，选期尚远。但路遥，往来不便，只得在京守候。

一住半年，租房火食，庆吊公分，及至选官，备送上司礼，又借了若干债。双月二十五日选。掣签，掣得个湖广江陵府。这掣签也是名色。凡遇好府，毕竟有几个京官，或是同年，或是座主来拜，要借重，图他到任后照顾，好说分上。就为他见选君讨缺，缺十个九个是坐定的。大凡掣签，或分南北中，或分上中下。如魏进士广东人，筒中故意放江陵广东二签。掣着广东，是本省，不当选，则自然是江陵了。或是以一湖广人陪掣，湖广人不当得江陵，这缺又该魏进士了。

吏弊如重云,能使月鉴暗。

迁拙成积薪,冯唐①有深叹。

魏进士得了地方,雇了乘人轿。至徐,由水路过淮过江。由浙江江西至广。祭了祖,与亲族作别,与奶奶一同上任。但这奶奶耳朵内,一向听得说做官好,不知仔么搬金采宝,银海钱山。及到任,在路夫马人役迎接,体面甚是威势。进衙门,各府县乡绅送礼,也甚热闹。只魏推官新到,自然立些崖岸,推却不过,勉强收一二色,也还好。在后衙门虽然日日有事,却不过是抚按藩臬守巡批行,府堂牒送。终日费自己精神,替他人挣纸赎而已。

年余,代巡委一次查盘,府县折程折席,也有百金。平日只靠端阳年节二次,全省县官来送节礼,约摸一人四两之数。还有地远县小,躲过不送的。奶奶道:"好好。做了教官了,一节才有些活动。他还多些拜见,进一番学,有一番束脩。"这闲常散言絮语,最是恼人移人的。凡遇送礼,俱是夫人收。他要打首饰,做衣服,魏推官因穷时用费了些,又是好要撒娇做痴人,再不肯,使性哭泣。魏推官也只得勉强依他。正是:

有心立名行,无计拒贪痴。

又且买办珠翠绸绫,给发工价,不唯短他价值,还要刻他银水等头,便已作承魏推官一个克剥要便宜名头。

猛虎有神威,苦为妖狐夺。

借光唬百兽,大权叹旁落。

厅中有一个吏,叫单规。他是个滑吏。他轮长接,在广东接官。奶奶与管家,暗中俱有礼,得他欢心。将他内外心性行藏,都已打听,到此又看破奶奶是要钱,做得主的。

其时,本府有个大户,姓陈名篪,家极豪富,却极好作歹事,家中养几十个家丁,专在大江做私商勾当,并打劫近村人家。一日劫了一只官船,是兵巡道同年。巡道追捉甚紧,府县三日一限比,巡道半月一解,捕人正在根寻。

巧是陈家家人打劫,每有金珠绸缎货物拿回,陈篪都量给自己银钱,

---

① 冯唐——汉文帝时中郎署长,年已老。曾为被罢免的云中守魏尚辩解,指出朝庭"赏轻罚重"之失。文帝乃复以魏尚为云中守,并任他为车骑都尉。

货物差人隔省发卖。所以家人身边并无赃物被人看破。这次打劫得多，各人见每次陈篦与钱，不上半价，故此各人也留些在身边。有了物，就思出脱。有去卖的，都不知价数。早已为明眼公人看破。又在娼妇周英家嫖，他家有雪儿楚云几姊妹，都生得标致，是一干极会起钱猱儿。各贼钱来得易，在他家甚是挥洒，把金珠作赏赐。被应捕踹了，做了一索，供系陈篦家人。还有十余党与，都在陈家拿出。陈篦买了捕人捕官，竟卸在龟子身上，通呈上司。陈篦是极刁顽，有事极肯使分滥许，事后便也倒赃短欠。衙门人晓得，故意留他个酒碗儿。把捕衙初供"系不到官陈篦义男"一句，不去。及至巡道发刑厅覆审，魏推官也是个留心政事的，将招由细看。想道：江洋巨盗，必有大窝。娼家是其花销处，利其财，不行举首有之。若说主窝，断难舍数年畜养之家主，问数日淹留之龟子道理。便出牌提陈篦。

　　剖柱追元恶，埋轮翦大奸。

　　棱棱施铁面，行旅或安然。

　　正拘提间，忽代巡委查盘武昌，魏推官只得收拾起行。

　　先时，魏推官到任时，首参谒抚按司道，因遇逆风，泊船小港，独坐无聊。在船中眺望，见远远一林松竹，中间隐隐露出殿阁。间又逆风中，送上几声铃铎。问梢子，答应是圣寿禅寺。魏推官道："是隔属，不妨打轿去一随喜。"不多带人役，不开道，竟到林子里来，却见：

　　竹欹如延客，松乔似引人。

　　江村人迹少，一径绣莓苔。

　　转过林子，听得钟声断续，笙管悠扬。是几个行童将着乐器，十许个僧人执着香，迎来。到山门，又是一个老僧，鬓余残雪，面有月光，躬身相迓。入大殿，参了诸佛。转到方丈，却是纸窗竹屋，风致悠然。小草名花，幽妍可憩。器具修洁，微尘不生。满壁斗方诗画，都是赞主僧道寂的。有道：

　　百年老树知僧腊，一片明蟾映古心。

　　有道：

　　廿载远城市，一心横古今。

　　有道：

解到风旛①缘著想，悟来明镜本无台。

有道：

慧从定里出，觉作世之先。

魏推官看了道："这老僧想是寂和尚了。方外高人，可以宾主礼见。"

老僧谦让许久，侧坐了。须臾茶至，排列些果品点心，极精洁。相与谈些口头禅，彼此推重。总之做官的谈禅，见解已超俗人。和尚们也假借他，故此说得。坐久进斋，尽有远方之物，似出宿备。魏推官道："上人禅林名宿，正直脱去俗情。适才烦僧行远迎，如此厚款，太厚了么？"侧边立着一个会捣鬼快嘴小和尚，答应道："师祖平日不轻见人，礼数脱略。三日前，定中知大贵人将到。特差小僧前往城市，预备蔬菜。早间吩咐僧行，门外迎接，故此如此。"魏推官道："寂上人，果然能前知么？"寂和尚道："不敢。是小僧浪言。"魏推官也笑是鬼话。当晚就宿寺中，与寂和尚做个知己。

寺中也就立个大檀越老爷魏，大红纸疏头。魏推官虽道他是鬼话，故意试他，回日与每次过往俱去探他，那迎款宛同一日。这次魏推官也去访他。

到府，不过照例到府县衙门，查一查仓库，点一点人役，把罪囚过一过堂。凭吏书简几个矜疑的，听代巡开释。向府县正官，讨一讨佐二杂职贤否，并不好书吏应戒饬的，造册以候代巡奖戒。其时值张太岳母丧回籍，两院三司，都到江陵赴吊，魏推官也且回任。

葫芦依样画，书吏枉奔波。

谁是急公者，虚心为勘磨。

回衙，不免理论日前未完事件。陈簏前已寻着单规，央他寻大分上。单外郎主张，千金过龙，可以无事。陈簏道："魏四府闻得他不曾破手。若造次进去，一变脸，这番事体，越不好了。若没有贴体乡亲，不若寻张阁老公子。"单外郎笑道："我做得与你做，是便宜你。张公子怕三千金不开眼哩！"陈簏见他说得是，就听他，将千金交与单外郎。单外郎乘官不在，先与管家讲起。管家道："奶奶要得紧。奶奶应了，不怕老爷不依。"单外

---

① 风旛(fān)——佛教禅宗语。惠能对二僧议论"风动"、"旛动"的解释"不是风动，不是旛动，仁者心动"。旛，长方而下垂的旗子。在此指刹旛。

郎故意激他，道："我见老爷甚是执法，怕奶奶也做不来。若做得时，万金也可得。管家小小也得个千金。"管家道："缚牛自有缚牛法，都在奶奶身上。"管家去与奶奶说，果然一力应承。单规却将六百两送进与奶奶，管家加一六十两，说事的后手三十两。其余单外郎落簏。

千金买出狮吼，三面好纵鸱鸮①。

魏推官到了衙中，傍晚两人吃了些酒。收拾方罢，那奶奶笑吟吟道："做了年余官，今日才得一宗大财。"魏推官道："你说我查盘回，带得这些折席程仪么？"奶奶道："这样叫做大财？"就在袖中拿出陈簏一纸诉词，道："这人拿银子六百两，我收了，你可圆活他。"魏推官道："这人饶他不得，我正要拿倒他，立个名。"奶奶道："图名不如图利，你今日说做官好，明日说做官好，如今弄得还京债尚不够。有这一主银子，还了他不成？"魏推官道："官久自富，奶奶不要如此。"奶奶道："官久自富！已两年进士，一年推官，只得这样。见钱不抢，到老不长，任你仔么，我只要这宗银子。"魏推官道："这是谁拿进来的？"奶奶道："天送来的，不要这等痴。你不要钱，你升官时，那寻盗女娟的，却要你的。只问你，如今不捉几两银子还人，后边谁人借你？况且这事，别人已问明白了，你生事害人做什么？"愤愤的只待要闹。

虎心原自猛，豺性更能贪。

那解名和义，唯知利是耽。

魏奶奶也不拿出银子来看，竟自睡去了。魏推官叫过管家来，假狠道："你这干奴侪，做得好事！是哪人做下的？"都得了钱，只彼此相看，绝不做声。查那管门的要打，奶奶又跳起来，道："你打我不得，借他打我么？"嚷起来，魏推官便不敢做声。要考问把私衙皂隶，又怕声张，只寻他空隙，道他不常川守衙，打了二十五一个，消气，闷闷的阁了几日。上司来催，没奈何，也只得照前问拟。那单外郎，要发卖手段，还要奶奶逼勒魏推官，把陈簏做个干净，龟子做个煞。自此陈簏高枕无忧，龟子延颈受戮。

初无杀人意，奈擢杀人钱。

落笔如矛戟，冤魂泣九泉。

魏推官也因这节，怕奶奶又做出来。私衙关防甚严，酒也不甚出去

---

① 鸱鸮（chī xiāo）——猫头鹰一类的鸟。

吃。

　　未几按院发牌按临武昌府，魏推官先期到府，将衙门封固，转头都塞了。叫本府知照二员，轮放水菜。又对奶奶说："只可一不可二了。"奶奶道："真穷鬼，真穷鬼。且看。"出门，将门上着实吩咐一番方去。

　　只因魏推官原是本分要好的人，因这事觉得违心，又怕人知道，心中抑郁。将近圣寿寺，巴不得一步跨上岸，与寂和尚一谈。不期转过林子，并不见钟响鼓乐响。到了寺门前，亏得一个小沙弥看见，忙去叫时，走得几个来接。也有只带搭子，没有僧帽；也有着得短衫，不穿偏衫。赶上来，香棒儿也拿不及一根。到方丈，桌上灰尘堆满，椅子东一张，西一张。寂和尚摸了半晌才走出，连道失迎。草草吃了些茶，到晚吃斋，也只些常品。恰好服侍的，仍旧是那捣鬼快嘴和尚。魏推官对他道："你师祖怎不前知了？"这和尚道："委是师祖不曾吩咐，有慢老爷。"寂和尚也急请罪，道："委是有个缘故，老僧也不解说。"魏推官道："有甚缘故，上人不妨说来。"寂和尚道："这事说来近诞。敝寺伽蓝，最是灵显。凡遇贵人过往，三日前托梦报知。先前张阁老乡试时，避风来敝寺，伽蓝都来说。所以张阁老大贵了，舍田十亩供常住，还留一个神灵显赫匾额，在伽蓝殿中。今老公祖累次来都报，只今次误了。也不知伽蓝他出，也不知有他故，躲懒不报。"魏推官道："果有此事！"寂和尚道："老僧不敢谎说。"魏推官道："我去武昌，往回不过十余日。上人可为我一问，是甚缘故。"

　　这一问，魏推官还在疑信之间。不料这老僧果向伽蓝前鬼混，道："你是一寺之主，寺之兴废，全靠于你。你怎失报了贵人，以致触误魏推官。他若发恼，便为阖寺之害。如今要你还不报之故，你快快报来。"说了又说，念了又念，就像泥神道有耳朵的。只为：

　　　　胸中利害纷纭扰，出口言词不厌频。

祝罢，这神人果然有灵，夜中托一梦，将所以然之故，说一个分明。老僧甚是惊骇。

　　　　莫言天厅高，神目无不照。

　　相隔半月，魏推官又来，仍不是前番远迎光景。魏推官看了，又笑道："伽蓝想仍不灵。"只见这老僧口中赵趄，道："灵是灵的。"魏推官道："既灵，怎又不报？且我前日，央你问得何如？"寂和尚欲言不言，又停了半日。魏推官大笑："伽蓝之说，还是支我。"寂和尚又沉吟久许，欲言怕激恼推官,不言只道他平昔都是诳言,真是出纳两难。才道得个"不好说",魏推官道:"我与和尚方外知己,有话但说。"和尚道:"伽蓝是这样说,和尚也不敢信。"把椅移一移,移近魏推官,悄悄道:"伽蓝说,老公祖异日该抚全楚,位至冢宰,此地属其辖下。"魏推官笑道:"怕没这事。"和尚道:"平日通报,以此之故。"魏推官又道:"今日不报,想我不能抚楚了。"和尚道:"真难说。"推官又催他。和尚道:"神人说,近日老公祖得了一人六百金,捉生替死,在断一人。天符已下,不得抚楚,故此不报。"这几句,吓得魏推官:

> 似立华山顶,似落沧海滨。
>
> 汗透重裘湿,身无欲主神。

强打着面皮道:"下官素颇自砺,一时不明,枉人有之。得财骫法,实是没有。"坐不定身子,起身上船。寂和尚陪上许久殷勤,请罪,留他不住,只得于寺门相送。魏推官执着手道:"适才之言,不可轻泄。"和尚连声不敢。

这魏推官归途好生悒怏,待要使人叫龟子出状,自己央同人翻招,怕陈簠知道,倒赚。况这宗案,又经达部了。若是抹杀,怎真窝家漏网,假窝家典刑,都为我得钱之改。笑是:

> 因贫成乳虎,从晦作羝羊。

到得府,传梆开门,竟入书房闷坐。这奶奶又揽得几件公事,巴不得推官回。听得竟入书房,道:"这甚作怪。"也走入书房。只听得魏推官在房内,将靴脚跌上两跌,道:"一个八座,轻轻丢去了。"魏奶奶带着笑,走进相见,道:"什么八座丢去了?若是好的,还叫人寻将来。"魏推官道:"只为你六百两银子,卖去了我一个吏部尚书。"奶奶道:"若买卖得个吏部尚书,还是银子好。"魏推官把从前一段事,细细说与,道:"暗有鬼神,驷马莫及。"叹急悲伤,几于泪下。

> 漫喜筐篚盈积,谁知天道彰明。
>
> 聚尽魏州城铁,铸他错字不成。

奶奶见他怨怅,道:'你是怕我又做甚事,说这鬼话。想还是秀才时,穷鬼附你体说的。"奶奶见是说不入头,洋洋去了。未几,是张江陵新例:南边江洋与北地响马,审实俱决不待时。旨下,部文到,这龟子与众强人俱各押赴市曹斩首。可怜:

正是烟花主帅，何关斩揭渠魁①。

萧艾尽归删刈，彩笔织就风雷。

魏推官闻之，越发杌陧。不及考满，病弱，只得告假回籍，不数年身故。可见不当而得，明有人非，暗有鬼责。丈夫心地光明，一介不取；便没有鬼神，也不可苟且，况是图财害人。至于浅见，最是妇人，如何可令做主？这病源，先在未读书做官时，便畜了富贵利达之心。一到得官，大家放肆，未有不害事的。我请问众守财奴，贪财是要顾妻子，要营官职？若并一身不能保，应得禄位，俱为削去，不可警醒么！

幽冥之事，不可全信，也不可不信。在法攫钱，敲剥百姓，更是不可。

若到听分上，虽云他人得财，罪过终是我作。作聪明任性，虽云此中无染，终是明而不明，有负洗冤雪枉四字。近来又见党护书役，听其脱罪。真逼死人的，反作原告，无辜的破家杀身。草刈无罪，芥视青衿。催牌如火，批驳如云，必欲锻炼成狱。盖批驳假手书役，宜乎任其穿鼻。但一人之冤不伸，反又杀人身破人家，悍然不顾。只怕人怨天怒，恐亦有所不免也。故古断狱所戒，曰：唯官、唯反、唯内、唯货、唯来，其罪唯均。官是官宦势力，反是报复恩仇，唯内是妻子、或私人请托，货是贿赂，来是干谒书札。总之在法杀人一也，按狱者慎之懔之。

---

① 渠魁——渠帅。首领。

第十二回

狂和尚妄思大宝　愚术士空设逆谋

夜月几番春夏，夕阳多少兴亡。营营自作无端梦，容易费思量。
腐焰浪思空耀，井蛙妄冀天飓。骈首悲看燕市上，洒血碧黄壤。

——《乌夜啼》

自古道：天心有属，大宝难据，即如李卫公、张虬髯，何等英雄，又当胥失其鹿，群雄角逐之时，自谓取天下如反掌。及见了李世民，一个便俯首从龙，一个便窜身海外。其时李密①，亦是一时豪杰，只为不识时务，不肯降唐，旋就擒灭。况在天下一统，太平无事之时，乃欲以区区小丑，窃窥神器，犹以卵投石，有立碎耳。却亦有一说，天生一个狂人，无论事成不成，生时定有一个好兆，生下便具一个异相。又凑着一班妄人，便弄出大事来。

唐明皇时，并州牧夜间露坐，见东南红光一道，惊讶道："此天子气也。"明日访民间，生子的都取来看，却无好相。又查到部曲中，生一子，取看时，相貌甚异。州牧道："此假天子也。"左右道："既是假天子，日后必定叛逆，何不以此杀之，以绝后患？"州牧道："天之所生，谁能杀之。"你道此子是谁，便是杨贵妃的干儿子安禄山。相传说道，安禄山是磨灭王转世，故此杀害生灵，逼近乘舆，几成大事。究竟身死族灭，挂一个乱贼的名。然犹做得些事业，占得些城池，也曾称王称帝一番。至有毫无因借，又际平成，只因方面大耳，便自诩是天生帝王。结连无赖，思占江山，事未举行，束手就缚。还不如齐万年、宋江等横行一番，岂不可笑！

一命不易邀，九重宁幸得。

平楚兆先机，徒然血凝碧。

而今说成化间，保定府易州有一个人，姓侯。他生了一个儿子，叫立柱儿。是生他那一会，恰遇着邻家造屋，在那厢立柱。那老子道："好是

---

① 李密——隋末瓦岗军首领。降唐后以反唐为由被杀。

个吉利日子。生的他大来，必替国家做根擎天碧玉柱。"就叫做立柱儿。自小多灾多病，爹娘要舍到佛寺里，还不曾肯与他。六岁上学，叫名得权，也会读书。不料父母相继病亡，无所倚靠。有个邻舍金公，依他父母旧日念头，送他到狼山广寿寺去做个和尚，叫名明果。剃了头，方面大耳，广额耸鼻，真也是个异相。到二十外，他要参方，要会天下明师善知识，装束，辞了本寺寺主。

笠欹①朝月影，屐碎晓霜痕。

洗钵寻溪溜，安禅倚树根。

殢风宿雨，历尽艰苦，来到河南少林寺。这寺传得好棍，天下闻名。又明朝仙真周颠仙，梁时达摩祖师，俱曾在里边托迹，是个天下名流挂搭所在。明果到里边，参了住持，到客房里安下。先有一个道人在彼，两个相见。

次日，同走到佛殿上，只见外边走进一个人来。

须飘五绺带仙风，秋水莹莹湛两瞳。

口若河悬波浪泻，英雄多入鉴衡中。

把明果看了一看，道："好相！"明果便与和南了，道："先生善相？"这人道："略晓得些，星平是我专家。"明果道："这等到客房求一指休咎。"

到得房中，这先生取出纸笔，明果便念出自己生辰。那先生把手一轮，写下八字。排了大运，一看，卓然大惊，道："和尚！你有这贵造。这贵造富贵绝伦，威权无偶，是个帝王之造，不数卿相之尊。将来有妻有子，贵为九五，富有天下，命相俱合。只是得志之日，不要忘了小子江朝。"明果道："小僧一瓢一笠，云水为朋，梦也不到富贵功名。先生想是错看。"这先生道："和尚，我朝太祖高皇帝，是什么人，也曾皇觉寺为僧，后登大宝。和尚竟与相似，事在人为。学生也算过多命，从没有这个命。算过多人，也没有一个差。"

我想江湖上算命的，一味胡说哄人。经商的，个个财主，千金万金。读书的，个个科甲，举人进士。却没个敢以皇帝许人的，这江朝真是丧心病狂的了。但人当着奉承，也没个不喜的。就是做不来的事，始初惊恐，道没这样事。后边也毕竟疑道：这人怎轻许我，或者有之么？

———

① 欹（qī）——倾斜。

　　本是驽骀①，妄许骐骥。

　　长鸣栈豆②，也思千里。

　　那明果，凝着神，含着笑，心中想道，怎一个皇帝，轮得到我来？这先生说话，定是有因。却又是这个胡说道人，叫周道真，在旁边道："如今真主已有了，北边人都有晓得的，咱这里也写得有。"却在自己行囊中，取出一本书来，上写着："陕西长安县曲江村，金盆李家。有母孕十四月，生男子龙，有红光满室，白蛇盘绕，长来当有天子之份。"众人都看了。周道人道："若是李子龙是个真主，和尚也只是公侯之命。"江术士站起身道："这事可以妄许得人的？若后来不准，我也不算命。登基只在丑字运，申酉之年，须信我这'铁冠道人袁柳庄'。"明果欢喜得极，拿出钱来，在酒肆中请这两人，吃得沉醉。明果忻忻的，认定是个"太祖高皇帝"。江朝认定是"铁冠道人"，周道真也等思量做"刘伯温"了。

　　狂奴懵无识，漫起富贵心。

　　鱼水咤相合，宁知入祸林。

　　这两个痴物，都道"富贵莫忘"，叫明果乘机图事。明果别了，心中想道，据江朝讲，咱是个天子；那周道人又道是真命天子是李子龙。咱不若认做个"李子龙"，这真命不是我了？就是我太祖，也是蓄发做个皇帝，咱还蓄了发。初时和尚做了头陀，后来束起发，似一条好汉。在少林度了些棍棒，要交结豪杰。

　　大抵北人强悍，重义气的多，识道理的少。一个性气起，也不量这事该做不该做，这事做得来做不来，做来好做来不好。譬如患难相扶，艰险不避；为国死忠，为子死孝；这是该做的。做得来也好，做不来也好的。若在为兄弟朋友，就要思量，为他不要反害他么？不要为不得他，害及自己，做个从井救人么？这该做，也就还要商量个做得来，做来好了。这不是个畏怯。书道："父母之仇，不共戴天。兄弟之仇，不反兵。"也就有个分寸了。

　　正气不可无，客气不必有。

　　惩忿念一朝，明哲善为剖。

---

①　骀(tái)——能力低下的马，喻才能平庸。

②　栈豆——马枥中的豆料。喻才能短浅的人所顾惜的眼前小利。

若是逞着一人意气，凌虐亲友，挺撞官府，动不动揎拳厮打，健讼好胜，这便是不该做，做不来，做来也不好。说到行凶打死人，抱不平打死人，也是没要紧了。况是作歹，甚者希图非分。或者啸聚，自己作首；或者随从，与人做伴，谋王夺霸。这更不可做，断断做不来，做来是个谋反大逆，十恶不赦。

如今流寇之后，又有白兵，总只是尚气不晓道理之故。没些因借得天下，是明朝太祖皇帝。不知当日元人以蒙古入主中国，至顺帝荒淫失政；又用国人做知府知县，不通中国民情，不能抚恤，所以民心思乱。先是这些贪淫没见识的，做个先锋，扰乱天下。这番民心厌这刀兵，巴不得个不杀不淫、爱民下士的出来。故此明太祖皇帝顺天心，应人心，有了天下。那些先事作恶的，只落得个身死族灭。

天心每福善，民意归有德。

刚强召灭亡，昧时只自贼。

圣圣相承，绝无失德。有司中虽有不肖，好的也多。说不得个否极思乱，乱极望治。这些痴愚骜悍之人，不曾晓得，况且以贪济痴，一介小民，思量个国公侯伯，就彼此煽动，骗得动一两个狂妄桀骜的。他也自有相知，自有气类相合。他在真定等处，已招集了些无赖。李子龙已道有些光景了。又有那不会算人命，又不会算自己命，两个该一时砍头的术士，叫做黑山。看他的命道："若遇猴鸡凤凰交。是个大命。"但猴鸡年已渐近了，这图事也不容缓。黑山也就在李子龙身边，做个谋主，把这个命去煽惑人。凡地方有膂力强狠，并有家事富翁，都去算他，该为大官显职，就中勾结。这干不读书的，如何得官？只除非是武功可得，不觉的投他术中了。

痴不识一丁，大志图簪缨。

簪缨哪可图，只取灾祸萦。

他又与黑山两个计议道："图大事要人，聚人要粮。外边虽有些人，也是乌合之众，不相统摄。还没个财主做靠傍，一旦做事，把甚钱来？如今京城中京军多，里近豪杰也多。弄得他里边有人来扶助，器械也不必置得，哪家没有弓箭枪刀。内里人有家事的多，这些人性情也好拿，可以打动得。若弄得几个，不怕没钱用。"意待要进京。

又得个道士方守真，这也是个不守分的人。他道："里边有个杨道仙，是个军匠，大有家事，放月粮。京师穷军都靠他，得他酬应济急，所以军士都感激他。就是借贷的人多，他又平日多与内里相处，他使转掇应付，做人四海，好相交的，是豪杰方上之人。"

　　虎鳄得渊，鹰鹯①有薮。

　　辇毂②之间，植兹稂莠。

　　黑山听了道："恭喜贺喜了。这大功全在他身上。我们愁没人，他能结识得这些军。我们愁没钱，他又相识这些富内相。他是军匠，弄这些器械也不难。这要投他。"方以类聚，这些该讨死的痴奴才，自聚得拢，说得合。

　　杨道仙看了李子龙生得玮异。这黑山极口称扬，道："他豁达大度，经世奇才。"李子龙又赞黑山，星学天下独步。杨道仙就拿出自己命来，黑山看了，道："好一位蟒衣玉带贵人！与李爷略差些些儿，是个虬髯公遇了李世民③了。李爷的事业，是杨爷成。杨爷的功名，因李爷得。"此时，那杨道仙看了李子龙相貌，也弱他几分。听黑山这说，明是个李子龙是个主，他是个辅了。笑道："靠托李爷罢。"拿出妻子命来，黑山道："这位一品夫人，这也是一位蟒玉勋贵。"这不由得杨道仙不心热了。

　　说到功名心也贪，手弹龙剑几离函。

　　须知才是韩彭④否，浪忆分茅⑤作子男。

　　杨道仙就留他二人在家中。果是他有些内里往还，也是不甚大得志的，是：内使鲍石、崔宏，长随郑忠、王鉴、常浩，司设监右少监朱亮，门副穆敬。见他方面大耳，狮鼻剑眉，也是异人。他又口若悬河、滔滔不竭。拿着周道真与他这本妖书，依样篆几个符，道："佩服他，可以免灾却病。"那黑山、杨道仙又播扬道："他能喝城使裂，划地成河，撒米为兵，剪草成马，

----

①　鹰鹯(zhān)——鸟名。"晨风"。

②　辇毂(niǎn gǔ)——车轮。京都代称。

③　虬(qiú)髯公遇了李世民——指唐末杜光庭作传奇小说《虬髯客传》。通过李靖、红拂与虬髯公的结识和政治活动的叙述，宣扬唐王朝是应"天"而兴、李巨民是"真命天子"、维护唐室政权的观点。

④　韩彭——疑指汉初诸侯王韩信、彭越。

⑤　分茅——古代帝王用茅土封诸侯的仪式。茅，茅土，五色土。分封诸侯时，把一种颜色的泥土用茅草包好授给受封的人，作为分得土地的象征。

飞剑取人首级。有这等非常法术。"

大凡与豪杰说义气,说功名;愚夫说富贵,说利害;与没知识的人说些鬼话,狂诞的话,没个说不入的。这些小内官,都不由内书堂读书史来。这些没把柄话,偏惊得他动,佛也是敬他。黑山、杨道仙,就加他一个号,道:"'当今持世救苦拔灾、好生止杀佛王如来',只待申酉之年,更易天下,抚治万民。预先泄漏,与不尽心扶助,天神诛殛。"

这些内官,果没个敢传说,只自己知已的,引领来投拜。你送鞍马,我送衣服,金银钱钞,却也不绝的有得来。子龙还大言道:"这些臭腐之物,我要他何用?姑留在此,试你们诚心。"这些内使,初见倒是宾客,后来都叫他佛爷、上师,都叩头。他也安然直受。一日,鲍石众人请他内里瞧看。行到万岁山小殿里,上面止放得一张龙床。他走倦了,竟自自在在在上边坐下,道:"我们自有金台银台,莲花宝座,那有些座?但只是天为世上生灵,把我降下来,不久也强要坐了。"

鹪鹩①占高枝,井鲋②游瑶池。

所处叹非据,狂夫无远思。

这些内臣道:"但愿佛爷居宝位,奴婢也似登极乐世界了。"坐了一会,出皇城。见的没个说他不该,还道果是他有天子福分,平人也折死了,以此越加敬信。

那李子龙与黑山、杨道仙三个商议道:"里应外合,两件事缺一不可。里边有了这些内臣,外边倚着真定各处。这些豪杰也太隔远,还须京城得个武官,与这些京军相扶才好。"想得个羽林百户朱广,是鲍石的亲;小旗王原,是郑忠的亲;央他二人说他入伙。这两个果来拜在门下,许临时备约人相应。

簪缨世沐恩,披沥③须当存。

何事甘从逆,贻殃及后昆④。

其时,有个御马监太监韦含,虽不在司礼监,却也最近圣上,有权势,

---

① 鹪鹩(jiāo liáo)——鸟名。筑窠精巧,又称"巧妇鸟"。

② 井鲋(fù)——井下虾蟆。

③ 披沥——即"披肝沥胆",竭诚效忠。

④ 后昆——后嗣;子孙。

有家事。鲍石原是他门下人。韦含偶然感了些病,鲍石为他向李子龙寻些符水去,与他疗病,不期好了,那太监甚感激子龙,拿些钱来相谢,还置酒请他。见他一表人才,甚是欢喜,彼此也就往来。

杨道仙道:"好了。这人来,有钱有势,我们事业,大半靠他了。但这个人,他平日晓些道理,做事不孟浪。若把这个事与他说,是个谋反,他怎肯做。况我们图着富贵,他富已富了,贵已贵了,怎做这险事?若一个不从,露机,为害非小。这须用计取他。"黑山道:"杨爷,你最有计较,还是你定下个策来。"杨道仙想了一会,道:"有了。他有个兄弟韦喜韦老二,这人是个鲁人,最与鲍石相好。他有个女儿十六岁,向来是韦大监养在身边,要与她寻亲。但这边文墨的是秀才,他都不肯与中贵人结婚。武官是勋戚,也多不愿。其余商人富户,大监也不肯。太监前见李大哥人才出众,甚是敬重。如今用着鲍石,先说了韦老二,后说太监。倘事得成,是他亲戚,休戚相关,不怕他不依。"李子龙道:"若是娶妻,怕不是我们上师行径。"黑山说:"我们自有话动他。"

　　自拟郦食其[1],掉舌下齐城。

　　岂虑有中变,延颈入鼎烹。

恰是鲍石走来见杨道仙,道:"韦公公甚是敬重上师,道他不是凡相。"黑山道:"这事全亏公公。"杨道仙道:"只近日有些古怪。上师道'皇帝什么好做,做时惹烦恼',有个厌的意思。我们国公侯伯,到手快了,他若翻然去了,我们的事,都弄不成。我想钱财服玩,他道身外之物,全不在心,吊他不住。做了皇帝,也要皇后,三宫六院,咱待把女色去留他。娼妓是邪淫了,他必不肯。除非为他娶个正宫,这须得一个有福气女子,还要得个做得皇亲国戚的人家。咱没个儿女秧儿,亲戚中也没有好的,所以着忙。"鲍石道:"上师是个佛,怎要嫂子?"黑山道:"当日鸠摩罗什,是个古佛。西秦王曾送他十个宫女,一幸生二子,这有故事的。"鲍石道:"这等韦老公倒有个侄女儿,咱曾见来,生得极有福相。老公他重上师的,咱先

---

① 　郦食其(lì yì jī)——秦汉之际陈留高阳乡(今河南杞县)人。说客。曾归刘邦,献计克陈留,封广野君。楚汉战争中,说齐王田广归汉,韩信乘机袭齐,齐王以为被他出卖,把他烹死。鼎,古代炊器。多用青铜制成。亦做烹人刑具。

见老二讲过,教他对老公说成这亲罢。"

小乌图附凤,鲂鲤冀乘龙。

准拟茅檐下,辉辉烛影红。

黑山道:"韦老公虽重上师,我们向来事,却不可与他说。只说上师这贵相,他日老公略扶他一扶,文官也做得个卿衔的中书,武官也定是个锦衣指挥。这样讲罢。"鲍石道:"咱依着你说。"韦老二道:"咱要凭老公。"向老公说时,那老公倒也不问他来历,道:"这人也好个人品,凭着咱,也不少他这顶纱帽。我侄女儿也大了,咱也不论财礼了与他罢。"还拨与他东华门外一所宅子,千金妆奁,择日做了亲。

蒹葭折随流,泛泛自来往。

何期芙蓉花,荏苒许相傍。

先前在杨道仙家,也还是个来历不明流棍,如今是个太监亲戚。每日里高头大马,巍中阔服,呼奴使婢,与人往来。

我想一介小人,穷得做和尚游方,无室无家,如今有了妻,又有钱财使用,可以止足收手。但他要歇,这些图富贵的不肯歇。这个要引人来拜投,那个要勾人来入伙。那个没餍足的肚肠又痒痒,想着猴鸡之年,也不肯谢绝这干人。所以这事渐已昭彰了。

其时,有个锦衣卫校尉孙贤,与着一个穷军甘孝相邻。这穷军委是穷的厉害,常时与妻子忍饿。妻子的爆怨,他道:"罢呀。再捱半年三个月,跟他跑一跑,博得个百户做,一个正七品俸,也够你我消受。还耐一耐罢。"孙贤听了,第二日对着他道:"老甘有甚好处,也挈带一挈带咱。"这甘孝道:"爷挈带得咱,咱有甚拳带爷。"孙贤道:"哥,船多不碍港。若咱得了好处,不忘你老人家。"晓得这人是好酒的,晚间买了三分烧刀子,二分牛肉,请他吃,要他指引。他吃了几盅钟酒,便指天画地说:"咱挈带不得你,这边有个李上师,他挈带得你。好歹明日领你去,拜在他门下,包你有好处。"

酒自外入,机由内泄。

悔从醒生,驷不及舌①。

---

① 驷(sì)不及舌——谓说话当慎重。俗语"一言既出,驷马难追",出言不能反悔的意思。

次日，孙贤来寻。这甘孝合口不来、诱约了几日，只得领他去见。磕了头，设誓道："同心合力，辅助上师，救拔生灵，并无退悔。如有二念，飞剑分身，全家殄灭。"孙贤也只得设了个誓，随着人鬼混。先把里边来往的人，都记得明白。东缉西探，知他是个谋反，拣定在己酉年七月，取着猴鸡之际，里应外合，先定京城。

此时韦太监正要为李子龙纳个中书，对老二讲。老二道："爷，他想得大哩，不要这样芝麻官。"韦太监道："他想什么官？"老二道："他想着管官的。"悄悄地对韦太监道："他命与相，都合着该真命天子。外边都已停当，里边也有人，还要你助一臂之力。事成，你我不消说国戚，还是功臣。"太监着这一说呵：

　　舌挢不能下，口噤不能发。

　　惊汗落如雨，神魂几飞越。

韦太监正惊得言语不出，那老二道："哥，这事也不在你了。帮着他做去，还有好处。若不帮他，做不来，你也走不开。"韦太监听了，又惊又恼。待与他嚷乱，昭彰不好。待听他做，我是个朝廷贵近，蟒衣玉带，富贵已极，还思量其事，却惹这灭门大祸。却无奈当先把侄女轻与他，这真走不开。正在闷闷不悦。

那李子龙与杨道仙，私下做了赭黄袍、翼善冠，恰似做戏的，只等锣鼓上场。

　　已具加身黄袍，专待袖中禅诏。

但这京师里，曹吉祥叔侄曾反来。他一个叔子在禁中，侄子三四个，家下原养有达官夷丁家丁，事做不来。况这几个闲冷内臣，一个些小武官，几个穷军，思量做事。

不知那孙贤，早已把他事揣实，禀知掌卫印的指挥袁彬。登时差人拿了李子龙，搜出黄袍。又拿了杨道仙、黑山。此时黄袍，便是反逆之证。但这袁彬，是沙漠从龙得官的，是个忠厚人。若在他人，要做大功，毕竟弄做大狱。他却不肯，况是事干了内里人，定是央求请托，他也不甚株求。他道："这些拜师在门下的，不过些无识穷民。说个谋反，密谋未行，也不过是几个狂妄之人，设计主张。这连亲戚也有不知的，怎罗织到这些蠢人上。"

　　好生体主德，罗网解其三。

茅兔连茹①拔，芙蓉喜脱函。

朱广职官，鲍石是掩不去的。只得具疏题参，略具招由上疏。终久事关内人，手段大，营求便，圣旨也不严切。但事已到了三法司了。韦太监想道，李子龙谋反是实，咱须是他至亲，卫中虽为我盖去，法司却不肯隐下。这些科道，口舌不好。他题一个本，说我近臣交通叛逆，如何是好？若是圣上知道，发去打问砍头，倒不如先死，得个完全尸首。也就服毒身死。

有身依日月，富贵亦何求。

羞作寒灰溺，南冠②学楚囚。

可怜这韦太监，也只为人所误。那干人到法司，常言狱主初招，司官也只就卫招，加些审语呈堂。堂上具题："李子龙、杨道仙、黑山、朱广、鲍石，五个为造谋为首。崔宏、郑忠、王鉴、常浩、宋亮、穆敬、王原为从，都拟辟。江朝、周道真、方守真一干照提。"但圣上宽恩，晓得这干人狂诞，自取杀身。这干内员，也只愚蠢，为人所惑。止将为首李子龙等五个决不待时，崔宏一起充净军，王原调卫，其余依拟。笑是李子龙以狂夫妄思量个九五，杨道仙、黑山、朱广思量个侯伯元勋，鲍石也拿着一个大司礼，如今落得个：

开笼主恩渥③，骄首笑痴庞。

富贵今何是，尸横古道旁。

果是刑科一个雷给事，道鲍石等交通内外，谋为不轨，恶极罪大，情重法轻，无以惩狂谋而昭国法。乞尽斩原拟辟王原等。圣上也只从宽，道事体已行，姑免深求。这虽是内里力大，却是一株求，京城中这些投拜军民，外边他平日交结无赖，追拿缉捕，便也生出许多事了。

政严首谋，法宽协从。

捕影捉风，庶免骚动。

我想四民中，士图个做官，农图个保守家业，工商图个攫利，这就够了。至于九流，脱骗个把钱糊口，也须说话循理。僧道高的明心见性，养

---

① 茅兔连茹——茅草连根。

② 南冠——楚国的帽子，即指"楚囚"，楚人被俘者。喻处境窘迫的人。

③ 渥（wò）——沾润。

性修真,以了生死。下等诵经祝圣,以膳余生。这就是明朝太祖高皇帝所云"各安生理,无作非为①"也。至于星相的,妄把一个皇帝许人。一个游食僧人,思量个为帝。杨道仙也是富家,不求得个官,我家资自在。朱广世职,不得高位,还可留得这顶世传纱帽。鲍石内臣,亦有个职业。仔么痴痴癫癫,至于杀身?这妖妄之谈,断断不当听。人宁可贫穷到饿死,还是个良民。若这干人,输了个砍头,还又得个反贼之名,岂不是可笑!故为百姓的,都要勤慎自守,各执艺业,保全身家。不要图未来的富贵功名,反失了现前的家园妻子。

---

①　各安生理,无作非为——指百姓各做各的行当,不胡作非为。无,不。

第十三回

穆琼姐错认有情郎　董文甫枉做负恩鬼

悲薄命，风花袅袅浑无定，愁杀成萍梗。妄拟萝缠薜附，难问云踪絮影。一寸热心灰不冷，重理当年恨。

——上《薄命女》

怨毒之于人甚矣哉。若使忘恩负义，利己损人，任我为之，那人徒衔恨不报，可以规避，则人心何所不为。不知报复是个理，怨恨是个情。天下无不伸之情，不行之理。如今最轻是妇人女子，道他算计不出闺中，就是占她些便宜，使她饮恨不浅，终亦无如我何。不晓得唯是妇人，她怨恨无可发泄，积怨深怒，必思一报。不报于生，亦报于死。故如庞娥亲之报父仇，谢小娥之报父与夫仇，都以孤身女流，图报于生前。如琵琶女子之于严武，桂英之于王魁，这皆报一己之仇于死后。

至于浙西妇人，当万历丁亥戊子之交，水旱变至，其夫不能自活，暗里得厚钱，将妻卖与水户。夫不得已，到穷困弃妻，已非矣。若贪多余而陷其为娼，于心安乎？

欲缓须臾死，顿忘结发情。

忍教闺阃女，脂粉事逢迎。

已是把这妇人卖与水客，只说与他为妻。后来到一处，更有几个妇女。问他俱是良家，皆是先前做妻妾讨来的。妇人自知不好，哄那客人道："我因丈夫不肖，曾私有积蓄，寄在邻居。我去取了，同你回乡。"客人贪利，与他同回。到家喊向四邻，道他买良为娼。起初邻人也来为他，奈是丈夫卖的，有离书手印为照。不过费他几个钱买嘱地方光棍，不能留得自己身子。回去遭客人抱恨，鞭打凌辱，无所不至。

如鸟已入笼，展翼欲谁诉。

懊恨薄情夫，误我深闺妇。

这妇人是个有性气妇人，毕竟遭他凌并不过，饮恨而亡。亡时有气如蛇，冲门而去。后来，有一医人，梦一妇人求他相挈同行，醒来不解其故。

路上行走，见一条蛇蜕，黑质白章①。医人就将收入药箱。行了两日，正在过渡，只听箱中咯咯有声。医人开箱，只见前蜕已自成蛇，自箱中飞出，竟自渡河。正在惊讶，只见对岸人喧嚷，道："某人忽被一蛇赶来，咬住咽喉盘绕，如今人蛇俱死。"医人问此人做人何如，众人道："曾卖其妻落水，闻得其妻受辱郁死，想是这桩冤对。"医人因想梦中妇人，应是其妻。其化蜕使我收入药箱，已随我同行，觅其夫报冤也。

积气化为蛇，依人返乡里。

杀此薄情夫，生平恨方已。

还有一个，是个青楼女子，姓穆，名琼琼。原是个良家女子，也是个名门。初嫁丈夫，也一双两好。只因其公公不务田亩，也不习经商。原先家中，也有些钱钞，被几个光棍勾引去做官钱粮营利。如省分颜料、茶蜡、生绢、胖衣等项，俱有倍利。领银采买，将他银子擢钱，最是好生意。人情说到利字，没识见的，便易动情。他有两分钱，叫他做囊家发本。先去营干一个管解官，自己做商人。先与那官去央大分上，房中承应书吏使用。分上应，批委了，去干办银子。官府预给，毕竟要多扣分例，少也加二。要房库为他朦胧挪掇，也便得加一之数。给得钱粮，委官管三军不吃淡饭，并书吏也有头除。合前后算来，一千钱粮，五百本钱，五百擢钱。这闲费已去却三四百两了。

况且使费分上一顿用，钱粮常是四五次给。初次二次，常轮不到买办钱粮上。且使用多，自己不能尽应。向人掇挪，便是利钱。用着这些光棍，也便要全家吃用着。他在衙门，暗地头除，回手，总出在钱粮上，总出在囊家身上。放过一两次，混账官罢了，明白的官，定要验些钱粮通给。有钱有人手，自拿出钱来。自己子侄买办，也还好。前去后空，必至重利借债，俟出钱粮抵还。单身或不善生理，托这些光棍去买。这其间，定至价重货低了。其间颜料、漆串桐油，朱杂黄丹，茶以细覆粗，蜡以真覆伪，胖衣黑花稀布，生绢以重的作样，其后俱是稀松不堪，全靠衙门扶持。

那差催差验，称量看估，哪一事不费钱，哪一分不在钱粮中兜。幸而催完，路上别无风水之失，垫费凑手，上下朦胧。转遇圣上，任凭内侍。内侍全凭书辨揽头罢了。若如遇着那圣上精明，监库留心办验，假不能作

① 黑质白章——黑色的底色，白色的花纹。

真,就不能上纳了。在京既多使费,在家有捉批比较之费,不得不借遮盖之事。如做茶蜡,复做颜料,初解未完,又领二运,以此盖彼,以后盖前,拖欠日深,缺额越多,到底必有一结。

挖肉补疮,其孔日大。

雪中埋尸,见日终化。

至于耽延日久,解部已是不完,采买又复不到。扁挑两头塌,必至追补。得分例官吏,已是升满,无处倒赃。得贿赂书皂,还要他扶持,不敢倒赃。平日扛帮吃用他的光棍,都是光身,家中费用重大,无甚蓄积。解当借贷已竭,官府迫比不休,遂至典田卖产,累眷扳亲,一身毙狱,妻子零落。

利中害每伏,庸愚哪得知。

取决在一时,贻祸无穷期。

穆琼琼家,也只为钱粮所误。至丈夫终日穿绫着绮,食美吃肥,吃钱粮穿钱粮的,也不免累死于钱粮。产尽,亲友累尽,人亡家破。把个嫁来不年余,受享无几时的穆琼琼,也从官卖。

欢乐能几时,我兴受其败。

官只要钱,管他卖与甚人。可怜琼琼,竟落风尘。这穆也是乐户的姓,琼琼也是乐户取的名。一失了身,便已征歌逐队,卖笑取妍,竟做门户中人了。

对酒欢娱暗自悲,欲将心胆付伊谁。

风花无主从人折,能几三春二月时。

琼琼流落金陵为娼,喜得容貌出人,性格灵巧。又还有一种闺中习气,不带衍院油腔。所以不在行的,想她标致,慕她温存;在行还赏她一个雅。况且愁恨中,自己杜撰几句,倒也成章。又得几个人指点,说出口也叫诗,也有个诗名。所以先前不过几个盖客俗流,后来也有几个豪家公子,渐而引上几个文人墨客。

也巢丹凤也栖鸦,暮粉朝铅取次搽。

月落万川心好似,清光不解驻谁家。

她名已播,起初鸨儿还钳束他:不肯接客,逼他接客;不会起钱,教他起钱。如今捱着日子等她也没个空,都肯自拿出钱来应差,私赠也不需得起。但穆琼琼是个伶俐人,常时想道:"我是好人家儿女,只因不幸,遭逢家难,失身风尘。暗中自思,可耻可恨。如今趁得个年事儿青,颜色儿好,也引惹得几个人。但几个是我知心,都为色而来。究竟色衰而去。若不在这中间寻一个可以依托的相与终身,后来如何结果?"

　　朝槿①不常妍,夕市苦寂寞。

　　老大嫁商人,商人尚相薄。

　　他在延接之中,也就用着十分心事。这些弄笔头酸丁,不是舍钱姐夫。

　　山人墨客,只要骗人钱,怎有钱与他骗。她都虚心结纳,使他吹扬,立个名。铜臭儿、大腹贾,是她心里厌薄的,却也把些体面羁縻他,抓他些钱,安顿鸨儿。还有纨裤郎、守钱虏,也不是她心里契洽的,却也把些假情分笼络他,起他些钱,以润私囊,做一个博钞之计。至于有痴情的,她不肯负人。有侠气的,最肯为人。乍入港的雏儿,或者朴实可依,都用心去输情输气结纳他,要觅做终身之托。

　　但天下事,难得凑巧。看得这人才品轩昂,言词慷慨,乃是做人爱博不专。看得这人气度温克,举止谦慎,奈是做人委靡没骨。要随个单头独颈人,一夫一妇偕老,是琼琼心愿。这来嫖的几个黄花郎,年长无妻。可是有家事的,便待与人作妾。看定这人温柔可爱,苦又家下有个蛇蝎般会吃醋娘子。这人又小心得紧,似鼠见猫。看定这人爽快,也不受制内人,却又多不以家业为事,儿女情短。所以鬼混年余,也不得一个人。

　　天下无完人,瑕瑜不相掩。

　　取人欲毛求,安得如所愿。

　　琼琼想:"我年纪已将二十了。再混几年,花残人老,只有人拣我,我还去拣得人?"不免着了一点急。不期撞了一个人,是槜李②人。姓董,年纪才得二十岁,早丧父母,也不曾有妻。在一个母舅开绸绫牙行谭近桥身边。生得人儿标致,性格灵巧。这年,偶值福广生意迟。谭近桥合个伙计马小洲,叫他带些花素轻绸锦绸,到南京生意;着董一官同行作眼。董一自带得十来两小伙,到南京。

　　浪激金山动,烟将燕子飞。

　　石头城下路,芦苇绿人衣。

---

　　①　朝槿(jǐr)——木名。木槿。

　　②　槜(zuì)李——古地名。今浙江嘉兴西南。

到南京,生意好。十余日去了大半,随也买些南京机软花绉纱,只待卖完带来货起身。一日,两个换顶巾,换领阔服,闯寡门。闯着穆家。恰值位公子相约,因个年伯①请酒,不能来,着陪堂回报,相送出门。两下撞着,各各有意。穆琼琼看董一,相见尚有些脸红,知是雏儿,是个老实人,越有心于他。寒温时,请教相公尊号。诌了半日,诌个"贱字文甫"。马小洲替他铺张,是浙西大家,琼琼认是同省。董一便思量倒身。马小洲知道他身边有个把银子,又奉承他伙计外甥,也帮衬他,就与他送东道钱。琼琼一来心里爱他,二来本日无客,就留了。

> 郎贪姐色娇,姐恋郎年少。

> 两意如漆胶,绸缪②不知晓。

吃酒时,琼琼疑董文甫年少未娶,故意挑他,道:"董相公几位令郎?"董文甫说不得个无妻,胡答应道:"娶不久,尚未有子。"琼琼道:"这等新婚,肯撇下出外?"董文甫父母已死,却谎道:"家有寡母相陪。"道:"有甚公干到此?"这董文甫倒自揣道,这娼妓来得的,我不曾读书,诌不来反为她笑,却道:"早丧父失学,也只在经商中。如今偶同舍亲,带得些绸绫来此。"琼琼见他不假生员监生,明说个商贩,更出喜他老实。夜间着实温存他,他也极其趋奉。董文甫小官儿道:"我明日送绸来,作衫什么。"倒是琼琼道:"门户中不是好走的。相公不要浪使了钱,相知全不在此。连日都有人约下,不得闲。闲时我来请你。"以后董文甫常去探望,琼琼极忙,也毕竟与他白话一会。得空,着人请他,自拿出钱,做他的东道歇钱。

> 雅意惬鸳鸯,殷殷解佩邀。

> 岂同巫峡女,云雨乐朝朝。

在董文甫,还只道琼琼慕他年貌,不知她意有在。枕席之间,董文甫还只把些本领,讨她喜欢。琼琼却把实心对他,道:"家本浙中人,因舅负官银,夫遭累死,我为官卖。时母寡弟幼,不能救援。我在此中,度日如岁。初意要从一豪杰托终身,并不能得。所以每遇南人,都加厚待。意欲通信老母,我于知己借贷,待他来赎身。然后我自己挣些,明白债负,托一人以为夫妇。兄若见怜,以此事相累。"此时,董文甫未娶,实是贪他。

---

① 年伯——对科举考试同年登科者年纪最长者的称呼。

② 绸缪(chóu móu)——情意缠绵。

道:"姐姐若具厌风尘,我在此相帮贤姐赎身,同归浙江,你母子相会。寄信也多此一番。"

　　喁喁小语枕屏闻,何意相逢侠少年。

　　不惜挥金赎娇艳,文姬①应得脱腥膻。

　　琼琼道:"我当日官卖,止四千金。数转至此,已逾二百金。今非三百金不得脱。我可措处强半,再得百余金,可以了事。"董文甫道:"待我计议。"

　　回来与马小洲计议,道:"不如将卖下货银,帮他赎了待他挣出还钱,我好白得个人。"马小洲道:"这是你把娘舅的钱,在这厢买个乌龟做。这不劝你。"银子在马小洲身边,无可置处。穆琼琼处,只以货未脱为辞。

　　不料马小洲是个奸男风的,见处箧头的小厮好,就搭买了他,也常留在寓所歇。这日收得二主账,有三五十两银子,被他揣了,一道烟走去。反又闪出个游客,是城上御史亲。说被小厮盗去银百余两,小厮是马小洲平日吃酒往还,是他拐骗窝囤。御史把他两个拿去,要打要夹。只得认屡次叫箧头有的,窝囤无有。御史先押着缉获,后来令赔偿。将剩落货贱卖,收起货典当了结,两人弄得精光。琼琼也不时着保儿来望。

　　色为祸媒,愚受巧局。

　　事完去见董文甫道:"遭这横祸,货物都当,不能还乡。这赎身事,只可回去再来。"琼琼倒宽慰他一番,暗中资助他盘费。自古人急计生。马小洲听得穆琼琼与董文甫好,有物赎身,就与董文甫两个设下局。等董文甫在穆家,拿了一封书,说董文甫的娘子感寒病亡,叫他回家。这董文甫不知哪里的泪,哭什么人,号啕了一场。是把个董文甫无妻要娶妻的局。来吊住穆琼琼心了。却又鬼打扑道:"去不打紧,把这货当在这边,等家中银子来讨,一来耽搁,怕错过二三月行情,怎处?"假思量一回道:"得一百两讨去,到家就是二百金了。"也暗打动琼琼。

　　于是琼琼留董文甫替他解闷。董文甫还鬼话说与其妻情谊,其妻的好处,叹息不了。穆琼琼挑一挑道:"家去再讨个好的罢。"董文甫道:"家中无人,讨是必要讨的。但有一说,我前日蒙姐姐厚爱。闻姐姐要出风尘,不敢直认个为姐姐赎身。我这样商贩人家,如何该娶小,也不敢屈姐

　　　①　文姬——汉朝蔡文姬。

姐为小。如今是妻死了，如姐姐不嫌，我回去设处，来赎姐姐。我怕错过的行情，不一月决来，决不爽信的。"琼琼原有嫁文甫的意，听他妻死，已是暗喜，说到赎他继室，更是满面欢容。道："你取当要百余金，赎我又须三百金，家中新丧，如何能设处得出？我身有现银一百八十余金，不若你取了货去，有二百金之数，到家设处百金，可以赎我。但你不可负心，断来赎我为是。"董文甫道："姐姐这还留着。我自家去卖田，来赎了你。这银子还是我的。"琼琼道："卖田局缓，还是与你。"夜深，在床下挖出两个小酒瓶，也有整的，也有散的，果有一百八十余两。叫他拿出取当，回家就行。还把些金珠，值可四五十两，叫他一时设法拿出，把这些换了来凑。在琼琼千叮万嘱，在董文甫千盟万誓，道："一到家即来。"

> 叮咛复叮咛，叮咛不惜声。
>
> 上有湛湛天，衷有难昧情。
>
> 妾心石不移，君无寒此盟。
>
> 凭阑送孤舟，屈指计来程。
>
> 准拟落花时，携手共君行。

从此果是穆琼琼死心塌地，望着董文甫。这些讨债的老子，粗蠢的俗流，都没心招接他。有那等钞多才郎，她也便下老实敲他两下，止望留在身边，与董文甫作人家。真也弄得个如醉如痴，眠思梦想。不知到家，谭近桥道："事是他两人惹出来的，不是我说到后边，均召了。"卖出货来，穆琼琼原付一百八十两，并金珠共二百余。如今收拾来，不上一百八十余两。原说家中凑，靠着娘舅吃饭，有甚得凑。再置货到南京，原数不登，难于相见。不若做个负心，拿四五十两寻头亲，留这百余两做本钱，且过日子。但只是穆琼琼这主钱，是什么钱？她付你是何等心！还该去与她商量，不该只是顾自。

> 心逐金相托，相期不负侬。
>
> 何期消息断，空自望征蓬。

穆琼琼拿着不一两月就从良，接待这些人，也都懒散，倒因此惹了几场气。却日复一日，如何得个董文甫来。着保儿去访，并没个消息。去求签问卜，或好或歹，都不灵验。望孤老是说得出的，贴孤老望他来赎身，是说不出的。只有暗中垂泪，静里长吁，捶床捣枕，骂这负心的。却也无益。常自想，这些银子，不知贴多少面皮、用多少心思骗得来。怎轻易把与这薄幸？他拿这主钱，不知去另娶一个女人，或别处去风花雪月，我白白与作作挣子。俗语道："财与命相连。"财骗去了，身要出出不得，何等恨、何等羞，何等恼！况且自苦自知，无可告诉，渐渐成了个郁疾。

　　黄金空箧底，薄幸不重来。

　　清泪花间酒，无言只自哀。

　　妓女兜揽得人，全是容貌儿好，性情儿好。一到病，自容颜清减。一到病，自性情舛错①。况一番打听不着，一番打听着，道他原是穷鬼，靠娘舅过日子。近来不知仵么，手底来得，娶了个妻子，在苏杭贩卖震泽货，甚是兴头。

　　董文甫经久不去，琼琼还道，我如此待他，托他，定不负。或是家中一时凑不起，路上有些失所，故此稽迟。说到娶妻，家事好，明是负心了。便是佛也恼，"怎生不焦躁起来。应对无心，举止失次都有了。人哪知道，只说她大道，慢客。不上年余，嫖客稀少，连家中妹妹也不来礼貌，鸨儿也不来照管她。病做气去，不半年而殁。

　　春花不久妍，况复摧风雨。

　　朝为枝上妍，暮作根头土。

弱病，殁时也明了。自拿出银子，备衣衾棺椁。却也谁作她知疼着肉，为她料理的？

　　依依堤边柳，攀折从人手。

　　谁为栽培人，老向沟中朽。

　　这穆琼琼，精灵不昧，常常现形出来。穆家嫌是鬼出的房屋，另搬去了，以后连换了几主。一个人租来，作客店，招接客商。一个客人姓卜，叫卜少泉，下在里面。到晚来，只听得窗儿外簌簌，似有人行走，又听微微作叹恨声息。其时月色模糊，卜少泉轻轻将纸窗润湿，用指尖拨成一个小孔，却是一个女人：

　　杏子裁衫，一技袅袅腰身窄。鬓鸦流碧，斜照金钗赤。

　　玉暗珊瑚，指向樱唇逼。情脉脉，轻吁淡喷，暗里移人魄。

　　　　　　　　　　　　　　——上调《点绛唇》

　　卜少泉疑是里边内眷，出来玩月闲步，不敢惊动她。细看去，尽是标

---

①　舛（chuǎn）错——错乱。

致,殊有些悒悒光景。后来冉冉而去,却也恼得卜少泉翻来覆去,一夜不睡。次日,仍旧见她,仍旧是这样低回叹息。莫不是与人有约在这厢伺候？久许不见有人来往,女人自去了。卜少泉道:看这女人有个伤春意思,独自个,明日调她一调。到第三日,闻声听气,要等她出来,调戏她。正在揣摩,只听得纤指弹门响。开门,这女人竟进房。卜少泉喜得如拾珠宝,忙把门掩上,一把来抱。女人道:"特来伴你,休要慌忙。"两个携手,在床上并坐。

　　鸿鹈①飞来两,芙蓉蒂自双。

　　春风动罗幕,喜不呔村尨②。

　　卜少泉也没甚寒温得叙,先为女人解到里衣,自己随即脱衣,滚做一床,叫做不一而足。问她:"可是里边内眷么?"道:"我是主人之妾,主人无子,特来借种。我每日黄昏来,五鼓去,来伴你。切不可对人讲。"这卜少泉也铭刻于心,针挑不出。每日到晚,就巴得人来,探头望脑了。

　　纤月漾银河,轻风动绮罗。

　　牵牛河畔客,欲借鲁阳③戈。

　　似此月余,卜少泉事已完,故意延捱几日。这晚女人到来,道:"客官你事已毕,不去不令人生疑么?"卜少泉道:"实是该去,难舍美人。"女人道:"我还随你去。"卜少泉着了一惊,道:"这恐不便。莫说家下有个贱房,未必相容。路上同走,有些风吹草动,干系不小。美人前说度种,种已度了。纵使不曾,还待下次。"女人道:"说下次,我被人哄杀了,怎还听你。你不要惊慌,我有事对你说。"

　　欲雪今生恨,还提向日悲。

　　翠生眉半蹙,红破泪双垂。

　　"客人是嘉兴么?"卜少泉道:"是嘉兴。"女人道:"北门绸绫牙行,有个董文甫么?"卜少泉道:"有。与家相隔,不过半里。"女人道:"这等妙得紧。"卜少泉道:"美人莫非先前与他有交么?"女人道:"果然。"说到这所在,柳眉剔竖,星眼怒睁,道:"妾非主人之妾,实是风尘之女,姓穆名琼

---

　　① 鸿鹈(xī chì)——水鸟名。紫鸳鸯。

　　② 尨(máng)——多毛狗。

　　③ 鲁阳——战国时楚之县公。传说他曾挥戈使太阳返回。

琼。原以良家失身,图赎身归还故里。我与此人初会,念是同省,又见他少年,倾心结纳,把心事对他说知。不料此贼负心,诓我钱物二百余两,一去不来。我积蓄已失,身犹为娼,含冤负郁,竟病死此屋。"到这句,卜少泉惊得面如土色,走投无路。

女人道:"你不要怕,我不害你。他却将我钱财,娶妻开行。此恨不雪,我如今要托你同行,寻他报仇,我还厚赠你。"卜少泉合口不来。女人道:"我断不为你害。你只明日买一神主,上写'穆琼琼之灵',收在衣箱里。你还独讨一船,着夜你叫我名字,我还出来陪你。此屋外地上,还有我埋藏银五十两,是我要待此贼来凑赎的,今以相赠。"因与卜少泉去掘,果然得五十两银子。卜少泉满心欢喜,鬼也不怕了。

发出地中藏,以为行者资。

附尾借骐骥,翩翩向浙西。

卜少泉收了银子,两人捣鬼一夜。

次日,果买了个木主,上边写了,在水西门叫了只小浪船。晚到龙江关,悄悄叫声,果然灵验。只是怕船家知觉,不敢说话。一路行来,将到嘉兴,这夜只见穆琼琼惨对卜少泉道:"多谢相挈,从此永别。"卜少泉忙去摸时,身边早已无人了。

款语犹尚絮,枕边无丽人。

只余香泽在,着脸粉痕新。

到家,与妻子相见。妻子去发他行李,寻出一个牌位来。问他,他道:"这是位仙女,在南京曾梦见,叫我掘得五十两银子。还道:'你至诚供奉,我还叫你生意昌盛。'可把香烛,供养在侧边小屋里。"其妻的,果然忙不及供养。收拾方了,走出门前,只听得人说:"董文甫见了鬼,立刻身死。连马小洲惊得病了倒地,扛抬回去。"

卜少泉忙去看。时董文甫自与马小洲串合,骗了穆琼琼银。他与马小洲召了官司使费,其余他都入已,经商娶妻室。后来,他舅子儿子不成立,他就顶接牙行,在北门开行,甚有生意。这日,正与马小洲、几个买货客人闲谈。只见一个穿淡红衫的女人,走近柜前。众人不见,独他与马小洲见,只道是赶唱妇人。及至直逼面前,细看却是穆琼琼,吃了一惊。被琼琼扭住道:"负心贼!今日才寻着你。"董文甫也道:"是我负心,姐姐饶我!"七窍中早已鲜血并流,死于地下。

数载不平恨，今来方一伸。

相逢肯相恕，贷此薄情人？

马小洲见是琼琼，不知她死活。记得曾在她家吃酒玩耍，托熟，要来解劝。早已不见琼琼，只见董文甫已死，连叫："冤业，冤业！"惊得自己一跤跌倒在地下。众人救醒，道："董文甫原先同我在南京，曾嫖一个小娘儿，叫穆琼琼。这琼琼爱他年少，倒贴他钱留他歇，主意要嫁他。把她银子首饰，有二百多两，叫他凑赎身。不期文甫回家，没得凑，就不去了。自在此将她银子做人家。想是这小娘子，银又没了，身不得赎，抑郁死了。适才我见个妇人来，好似琼琼。她扭住文甫，我自来劝，不期琼琼不见，文甫死了。这明是鬼来报怨，活捉他去，我因此惊倒。想我白日见鬼，也不久了。"众人听了，也各嗟讶，说文甫负心。马小洲自回，董家自行收殓。

积怨期必泄，相逢犹报迟。

肯令负心者，苟免愧须眉？

卜少泉听了，也毛骨悚然。回家去，又向神位叫她。千声万声，不见她来。这是她冤报已了，去了。卜少泉感她情，又得她赠，还怕她手毒，竟把来做神道供奉，不敢怠慢。后来也因这主钱营运，渐渐充足。只是董文甫，得了琼琼这主钱，回乡做家，捧妻抱子，却不顾她含冤缄怨。及至一灵不泯，依人来寻，得她之物也享不成。

获此倘来物，经营且自腴①。

也思青楼上，眉黛不能舒。

我想人相感的是个情，相期的是个信。她自羞沦落，要脱风尘，也是贤女子。况她输心意于我，是何等样情！我若不厌她下贱，实要娶她，又度力量足以娶得，便为她周旋。若心中不欲，力又不能，就该情告，不得胡哄误她。到她以钱托我，做不来越该辞她。岂可将来救我一时之急，不复念她。日复一日，眼穿肠断，信行何在！你在家快乐，她在彼忧思，以致悒悒而殁。明有人非，幽有鬼责。你陷她死，她如何肯饶你！但或顽福未尽，机会难乘，得以顷刻幸生耳。故浙西妇人之蛇，穆琼琼之鬼，亦理所必至，事所必有。不然天下负心之人，岂不以为得计么！

① 腴（yú）——丰裕。

第十四回

等不得重新羞墓　穷不了连掇巍科

会稽一抔土，见者有遗羞。

贫贱亦恒情，曷为生怨尤。

时来不能待，失足鹰鹯俦①。

飘泊风底花，返枝竟何由。

徒然殒沟渎，彤管②愧莫收。

我愿箴同袞，勉哉士女流！

贫贱富贵之交，在男子也不能看破。故寒窗扼腕，静舍悲歌，便做出三上书，几叩门根柢。至于名相忌，利相倾，几个弹冠结绶。未遇一场考，巴不得肩头硬，荐头狠，顾不得同好同窗。既遇一个缺，巴不得早上手，先着人，顾不得同年同署。是叹老嗟卑一念，已到朋友相疏了。贫贱荆布相守，才换头角，便畜妾宣淫，甚尔齐眉酿成反目，这薄于伉俪，难道又是该的？如晋会稽王道子，宋丞相蔡京，权势相逼，弄到父子兄弟如仇雠。你又看那不安贫贱的人，那个是肯为国家做事的人。

几年屈首寒窗，但晓营心朱紫。

一旦意气方伸，不顾贻羞青史。

是不安卑贫之心，竟为五伦之蠹。即如王敦、桓玄，干犯名义，谋反篡位，先时戕害僚友，继而并髦君上；末后把祖宗宗祀斩了，妻子兄弟族属枭夷。这要荣他，反到辱他；要好他，反到害他，只在那烈士暮年，壮心不已，父为九州伯，儿为五湖长，叹老嗟卑上来。

从古舜跖③分路，只在义利关头；

此处若差些子，便是襟裾马牛。

---

① 俦（chóu）——同伴。

② 彤管——赤管笔。古代女史以其记事。后指代女子文墨之事。

③ 跖（zhí）——春秋战国之际，人民起义领袖。被诬称为盗跖。

若论妇人，读文字，达道理甚少，如何能有大见解，大矜持！况且或至饥寒相逼，彼此相形，旁观嘲笑难堪，亲族炎凉难耐。抓不来榜上一个名字，洒不去身上一件蓝皮，激不起一个惯淹蹇不遭际的夫婿，尽堪痛哭。如何叫她不要怨嗟？但"饿死事小，失节事大"，眼睁睁这个穷秀才尚活在，更去抱了一人，难道没有旦夕恩情？忒杀蔑去伦理！这朱买臣妻所以贻笑千古。

贫贱良足悲，伉俪谊不薄。

沟水忽东西，惜哉难铸错。

在先朝时也有一个，传是淮南地方，姓莫。莫翁无子。单生三女。两个前妻所出，一个配了本村一上财主之子，姓蒋，蒋大郎；一个配了个本县县吏，姓韩，韩提控；只有第三个女儿，是后妻所生。生来有十分容貌，修眉广额，皓齿明眸，人人道她是个有福的。却又女工针指，无所不工，有十分的伶俐。父母道不是平常人之妻，定要拣个旧家文士。

一日，遇着本县新秀才进学，内中一个姓苏，祖是孝廉通判，父也是个秀才。虽是宦家，但他祖父，不合做了个清官；父亲又不合上半生做了个公子，不肯经营，下半世做了个迂儒，要经营又不会。田产将完，只有这几本书穷，不去。所以儿子读得两句，做了个秀才。莫翁见他少年，人物齐整，又是旧家，倒央人去说要招赘为婿。苏秀才不肯，嫌他是俗流。莫家再三要与他媒人苦苦撮合成了。

河洲联锦翼，秦馆并琼箫。

苏家措处些意思聘礼。丈母的要多与妆奁，莫翁道："他读书人家，不喜繁华，待日后多与几亩田罢。"所以妆资也只寻常。

做亲不久，莫翁忽然一日中了风。这两个女儿赶到家，把家资一抢，蒋大郎与韩提控拴成一路。韩提控挈家占了住屋；蒋大郎将田地尽行起业收租，还吵岳母小姨道，内囊都是她母子藏过，要拿出均分。岳母要苏小秀才出状告理，老秀才道："书中自有黄金屋，书中自有千钟粟。争他做甚？"小秀才便不敢做声。那两家得田的，冬天一石米放到夏，便一两三四钱。夏天一两银子放到冬，可得二石米。得资产的，买了个两院书办缺。一年升参，两年讨缺，三年转考，俱得个好房科。鲜衣怒马，把个寒儒不放在眼里。

岁俭资郎富，时穷酷吏尊。

鲦①鱼沟水活，应笑北溟鲲②。

只有莫翁族弟莫甫轩，见苏秀才不屑在财利上，道："这人终有发达之日。"只是苏秀才家中，又死了父亲，不免费钱殡葬。那岳母又死了，这两连襟道："是他嫡亲岳母，不干众人事。"只得又行收殓。身边越窘了。

四壁相如③困，空囊杜甫贫。

家中没生息，思量教书。年纪小，人道他学力少，不老成，毕竟欠尊重，没个请他。莫南轩千方百计，弄他到周鸿胪家做伴读，一年不过五六两，且得身去口去。他一到，早晚不绝声读书。读得周公子厌了，道："兄，小弟相延，不过意而已耳。这等倒叫小弟不安了。"也邀朋友做文字，两个题目，做到下午，不知曾写些不写，叫："明日补罢，且吃酒。"苏秀才还在那厢点头作想，纸笔早已夺了去了。吃酒，定要酣歌彻夜。苏秀才酒不深饮，唱不会唱，尝道他迂腐扫兴。又尝要他娼家玩耍，他都托词躲避，又道他立异不帮衬。读书的不在馆中，伴读的如何独坐？就坐，饮食毕竟不时，僮仆毕竟懒慢。不逐之逐，自立不住脚了。

众醉难为醒，惺惺苦见嫌。

枸株④笑宁越⑤，不把卜居占。

到了家中，周公子也会扣日算，只送得一半修金。自己却怕荒了学问，又去结会。轮到供给，癞蛤蟆也要赶田鸡中吃一刀，那些不要莫氏针指典卖上出？就是一殡饭。苏秀才道："粝饭菜羹，儒者之常。"莫氏道："体面所在，小荤也要寻一样儿。"都是她摆布。况且家中常川衣食，亲戚小小礼仪，真都亏了个女人。

经营儒者拙，内助倚佳人。

刬荐⑥闻前哲，流芳耿不湮。

———————————

① 鲦——同"鲦"（tiáo）。鱼名。

② 北溟鲲——北海大鱼。溟，海；鲲鱼。

③ 相如——即司马相如。西汉辞赋家。

④ 枸（gǒu）株——木名。枸杞。

⑤ 宁越——战国时赵国人。原为农民。努力求学十五年而成周威公之师。

⑥ 刬荐——对女人贤明的赞誉。南朝宋刘义庆《世说新语·贤媛》盛赞陶侃之母待客至诚，以寿草喂客马，剪掉头发出卖以置菜肴，传为美谈。

初进不几时,遇了外艰,把一科挫了。到起复,学师又要拜见,不怕不勉强设处。喜得本年是类考,不受府县气,得了名一等科举。初时茅庐意气,把个解元捏在手里。去寻拟题,选时策,读表段,记判,每半夜不睡。哄得这女人,怕把家事分了他的心,少柴缺米,纤毫不令他得知。为他做青毛边道袍、毛边裤、毡衫,换人参,南京往还盘费,都是掘地讨天,补疮剜肉。将进场,亲戚送礼。进场后,亲戚探望。连这平日极冷淡的连襟,也亲热起来。莫氏好生欢喜。

出场到家,日日有酒吃。闲了在家里,莫氏打算房子小,一中,须得另租房子。家里没人,须得收几房。本日缺用,某家可以掇挪。本日相帮,某亲极肯出热。把一天欢喜,常阁在眉毛上。到约摸报将来这日,自去打扫门前,穿件家常济楚衣服。见街上有走得急的人,便在门缝里张看,只是扯他不进来。渐渐闻得某人中了,某人中了,偏中不着她丈夫,甚是不快。这苏秀才,也只得说两句大话相慰,道:"这些八九色银都去了,我足纹,怕用不去,只迟得我三年。"

　　时不逢兮将奈何,小窗杯酒且高歌。

　　干将会有成龙日,好把华阴土细磨。

苏秀才考了个一等,有了名科举,也是名士了,好寻馆了。但好馆,人都占住不放。将就弄得个馆,也有一个坐馆诀窍。第一大伞阔轿,盛服俊童。今日拜某老师,明日请某名士,钻几个小考前列,把岩岩气象去惊动主家,压服学生,使他不敢轻慢。第二谦恭小心,一口三个诨,奉承主人,奉承学生。做文字,无字不圈,无字不妙。"令郎必定高掇,老先生稳是封翁①。"还要在挑饭担馆僮前,假些辞色,全以柔媚动人,使人不欲舍。最下与主人做鹰犬,为学生做帮闲,为主人扛讼处事,为学生帮赌、帮嫖、帮钻刺,也可留得身定。苏秀才真致的人,不在这三行中。既不会兜馆,又不会固馆,便也一年馆盛,两年渐稀了。

　　诒庚已成习,难将名分绳。

　　"都都平丈我",方保橐中盈。

喜是两口儿用度不多,尽可支撑。况且堂考、季考,近日已成虚名,没半个钱给赏。他穷出名了,抚按起身,灯油助贫,学中与他个包儿,也可骗

---

　　① 封翁——封建时代称因子孙显贵,父、祖受封典者。

几钱来用。时捱月守，又到科举。奔兢时势，府县都要人情。他不得已，只得向府间递一张"前道一等，青年有志，伏乞一体收录"呈子。府间搭了一名，道间一个三等第二。亏得科举定得早，前边病故一个，丁忧一个，补了一名。先时夫妇懊怅，挣不上两名，得个二等科举。这时补着，又道机会好，摩拳擦掌，又要望中了。

临起身往南京，莫氏道："一遭生，两遭熟。这遭定要中个举人，与我争气。"苏秀才道："一定一定。"

先前苏秀才南京乡试，家中无人，都央莫家叔婆相伴，这次仍旧央她。一夜梦中呜呜咽咽，哭将起来，叔婆问他，道："梦里闻道丈夫不中，故此伤感。"叔婆道："梦死得生，梦凶得吉。梦不中正是中。"莫氏还是不快。

休戚关心甚，能令魂梦惊。

何当化鹏去，慰此闺中情。

次日，苏秀才回家，道："这回三个书题都撞着，经题两篇做过，两篇记得，这稳定要中了。"莫氏道："这等叔婆解梦不差。叔婆还在这里相帮一相帮。"欢天喜地，只等报到。不期又只到别家去了。前次莫氏梦里哭，如今日里哭。弄得个苏秀才也短叹长吁，道："再做三年不着。"莫氏哭倒住了，剔起双眉，怒着眼道："人生有几个三年！这穷，怎的了！"又哭起来。苏秀才原是不快活的，如何又当得这煎炒。只得走了出去，待叔婆劝慰她。

沦落真苏季，含悲不下机。

也令抱璞①者，清泪湿罗衣。

从此只是叹息悒怏，把苏秀才衣食全不料理。见着就要闹穷，闹他费了衣饰。苏秀才此时还弄得个小馆，日日在馆中宿歇避他。人的意气鼓舞则旺，他遭家里这样摧挫，不唯教书无心，应考也懒散，馆也不成个馆，考事都不兴。向来趋承他的，都笑他是钝货了。科考县间无名，自去搢，续得一名。到府里，仍旧遗了，这是搢不出的。到录遗，他胆寒了。要央分上，不好与其妻说得，央莫南轩说。莫氏大怒道："他自不下气，却叫叔叔来。我身面上已剥光了，哪里还有！他几百个人里面杀不出来，还要思

---

①　抱璞(pú)——春秋时，楚人卞和两次献璞玉于楚王，因石工不识货，而被以欺君之罪刖(yuè)左右足，"乃抱其璞而哭于楚山之下"。刖，断足的酷刑。

大场里中？用这样钱，也是落水的，这断没有。"

　　莫南轩见说不入，只得议做一会助他。去见这两个姨夫，都推托没有银子。事急了，又见莫氏，费尽口舌。拿得二三两当头。莫南轩包了荒。府间了取得一名，道间侥幸一名。这番两连襟，各补一主会钱来，做了路费。去时，苏秀才打起精神，做个焚舟济河。莫氏也割不断肚肠，望梅止渴。

　　石里连城璧，陵阳献且三。

　　血痕衫袖满，好为剖中函。

　　在家中占龟算命。原先莫氏初嫁，也曾为苏秀才算命，道他少年科第，居官极品。后来似捱债，一科约一科。这次是个走方的术士，道："这人清而不贵，虽有文名，不能显达。"问他："今科可中么?"道："不稳，不稳。"莫氏吃了一个蹬心拳，却还不绝望。只见苏秀才回了，是表中失抬头，被贴，闷闷而归。不敢说出。故此莫氏还望他，他自绝望。怕闹吵，度得报将来，又走出外边去了。这边莫氏又望了一个空。

　　独倚危楼上，凝眸似望夫。

　　碧天征雁绝，不见紫泥书①。

　　虽是苏秀才运途蹭蹬，不料这妇人心肠竟一变，前次闹穷，这次却闹个守不过了。苏秀才见他闹不歇，故意把恶言去拦他，道："你只顾说难守，难守，竟不然说个嫁。我须活碌碌在此，说不得个丈夫家；三餐不缺，说不得个穷不过；歹不中是个秀才人家，伤风败俗的话，也说不出。"莫氏道："有甚说不出！别人家丈夫轩轩昂昂，偏你这等鳖煞，与死的差什么？别人家热热闹闹，偏我家冰出。难道是穷得过，不要嫁。"苏秀才道："你也相守了十余年了，怎这三年不耐一耐?"莫氏道："为你守了十来年，也好饶我了。三年三年，哄了几个三年，我还来听你！"

　　正闹吵间，只见韩姨夫来拜。是两考满，上京援纳，又在吏部火房效劳，选了个江西新淦县县丞。油绿花屯绢圆领，鹌鹑补子②，纱帽，镶银带；驮打伞、捧毡包小厮塞了一屋。扯把破交椅，上边坐了，请见。苏秀才

---

　　①　紫泥书——紫诰。即皇帝所下诏书。其封袋用泥封口，上面盖印，故称。

　　②　补子——旧时官服前胸后背缀有的用金线和彩丝绣成的图案。也叫"背胸"，是官位品级的徽识。文官绣鸟，武官绣兽。鹌鹑补子为八品文官图徽。

回道在馆,莫氏道未杭洗,去了。

五谷不熟,不如荑稗①。

羊质虎皮,也生光彩。

巧是蒋大郎盘算得几两银子,托连襟带去做前程。韩县丞借用了,弄张侯门教读札付与他,也冠带拜起客来。莫氏道:"如何! 不读书的,偏会做官。恋你这酸丁做甚?"苏秀才没奈何,去央莫南轩来劝。才进得门,莫氏哭起来,道:"叔叔,你害得我好! 你道嫁读书的好,十来年那日得个快意? 只两件衣服,为考遗才,拴通叔叔,把我的逼完了。天长岁久,叫我怎生捱去? 叔叔做主,叫他休了我,另嫁人。"莫南轩道:"亏你说得出! 丢了一个丈夫,又嫁个丈夫,人也须笑你。你不见戏文里搬的朱买臣?"莫氏道:"会稽太守,料他做不来。那没志向妇人! 我,他富杀,我不再向他;我穷杀,也不再向他。"说了,她竟自走了开去。莫南轩说不入,见她打了绝板,只得念两句落场诗,道:"不贤,不贤! 我再不上你门。"去了。

悍心如石坚,空费语缠绵。

徒快须臾志,何知污简编。

莫氏见没个了断,又歇不得手,只得寻死觅活,要上吊勒杀起来。苏秀才躲在馆里,众邻合去见他,道:"苏相公,令正仔么痴癫起来,相公又在馆里,若有个不却好,须贻累我们。这事我们也不该管,不好说。如今似老米饭,捏杀不成团了。这须是她不仁,不是相公不义。或者她没福,不安静,相公另该有位有造化夫人未可知。"苏秀才半晌沉吟,道:"只是累她苦守十年,初无可离,怎忍得?"众人道:"这是她忍得撇相公,不干相公事。"苏秀才只得说个"听她",众人也就对莫氏说了,安了她心。

莫氏便去见莫南轩商议,莫南轩不管。又去寻着个远房姑娘,是惯做媒的。初时也劝几句"结发夫妻,不该如此"。说到穷守不过,也同莫氏哭起来,道:"我替你寻个好人家。"府前有个开酒店的,三十岁不曾讨家婆,曾央她做媒。她就撮合,道:"苏秀才娘子,生得一表人才,会写会算。苏秀才养不起,听她嫁,是个文墨人家出来的。"对侄女道:"一个黄花后生,因连年死了父母,有服,不曾寻亲。有田有地,有房住,有一房人做用。

---

①　荑稗(tí bài)——稗草。

门前还有一个发兑酒店,做盘缠。过去,上无尊长,下边有奴仆,纤手不动,去做个家主婆。"又领那男子来相,五分银子买顶纱巾,七钱银子一领天蓝冰纱海青,衬件生纱衫,红鞋纱袜,甚觉子弟。莫氏也结束齐整,两下各睃了两三眼,你贪我爱。送了几两聘礼。姑娘又做主婚,又得媒钱。送与苏秀才,秀才道:"我无异说。十年之间,费她的多,还与她去。"也洒了几点眼泪。

　　十载同衾苦,深情可易寒。

　　临歧几点泪,寄向薄情看。

　　这莫氏竟嫁了酒家郎。有甚田产房屋,只一间酒店,还是租的。一房人,就是他两口儿。莫氏明知被骗,也说不出。喜的自小能干见便,一权独掌,在店数钱打酒,竟会随乡入乡。

　　当垆①疑卓氏,犊鼻异相如。

　　这边苏秀才喜得耳根清净。妇人硬气,破书本、坏家伙、旧衣衫,不拿他一件。但弄得个无家可归了。又得莫南轩怜他,留在家中教一个小儿子。一年也与他十来两,权且安身。却再不敢从酒店前过。却有那恶薄同袍,轻浮年少,三三五五,去看苏秀才前妻。有的笑苏秀才道:"一个老婆制不下,要嫁就嫁,是个脓包汉子。"又道:"家事也胡乱好过,妇人要嫁,想是妇人好这把刀儿,他来不得,所以生离,是个没账秀才。"有笑妇人的,道:"丢了秀才,寻个酒保,是个不向上妇人。"又道:"丢了个丈夫,又捧个丈夫,真薄情泼妇。"城中都做了一桩笑话。苏秀才一来没钱,二来又怕不得其人,竟不娶。混了两年,到科举时,进他学的知县,由部属转了知府。闻他因贫为妻所弃,着实怜他,把他拔在前列。学院处又得揭荐,有了科举。

　　匣里昆吾剑,风尘有绣花。

　　一朝重拂拭,光烛斗牛斜。

　　苏秀才自没了莫氏,少了家累,得以一意读书。常想一个至不中为妻所弃,怎不努力！却也似天怜他的模样,竟中了二十一名。早已哄动一城,笑莫氏平白把一个奶奶让与人,不知谁家女人安然来受享。那莫氏在

　　① 当垆——古时酒店,垒土为垆,安放酒瓮,卖酒的坐在垆边,叫"当垆"。此指司马相如和其妻卓文君在成都酒当垆赚钱度日。卓文君当垆。

店中,明听得人传说,人指搠,却只作不知。苏秀才回来,莫南轩为他觅下一所房子,就有两房人来投靠。媒人不脱门来说亲,道某乡宦小姐,才貌双全,极有陪嫁。某财主女儿,人物齐整,情愿倒贴三百两成婚。苏秀才常想起贫时一个妻儿消不起光景,不觉哽咽道:"且从容。"

　　月殿初分丹桂枝,嫦娥争许近瑶池。

　　却思锦翼轻分日,势逼炎凉泪几垂。

　　莫南轩也道不成个人家,要为侄女挽回,亦无可回之理,也只听他。

　　因循十一月起身上京,二月会试,竟联捷了,殿了个二甲。观政完,该次年选。八月告假南归,县官送夫皂拜客。三十多岁,纱帽底也还是个少年进士。

　　初到,拜府县,往府前经过,偶见一个酒望子,上写"清香皮酒"。见柜边坐着一个端端正正、袅袅婷婷妇人,却正是莫氏。苏进士见了,道:"我且去见她一见,看她怎生待我。"叫住了轿了,打着伞,穿着公服,竟到店中。那店主人正在那厢数钱,穿着两截衣服,见个官来,躲了。那莫氏见下轿,已认得是苏进士了,却也不羞不恼,打着脸。苏进士向前,恭恭敬敬的作上一揖。她道:"你做你的官,我卖我的酒。"身也不动。苏进士一笑而去。

　　覆水无收日,去妇无还时。

　　相逢但一笑,且为立迟迟。

　　我想莫氏之心岂能无动?但做了这绝情绝义的事,便做到满面欢容,欣然相接,讨不得个喜而复合;更做到含悲饮泣,牵衣自咎,料讨不得个怜而复收。倒不如硬着,一束两开,倒也干净。她那心里,未尝不悔当时造次,总是无可奈何:

　　心里悲酸暗自嗟,几回悔是昔时差。

　　移将阆苑①琳琅树,却作门前桃李花。

　　莫氏情义久绝,苏进士中馈不可久虚。乡同年沈举人有个妹子,年十八岁,父亲也是个进士知府。媒人说合,成了。先时下盛礼,蓝伞皂隶,管家押盒,巧巧打从府前过,哪一个不知道是苏进士下盒。及至做亲,行奠雁礼,红圆领、银带、纱帽、皂靴,随着雁亭。四五起鼓手,从人簇拥,马上

---

　　① 阆(láng)苑——传说中神仙的住处。

昂昂过去。莫氏见了，也一呆。又听得人道："好造化女人！现成一位奶奶。"心里也是虫攒鹿撞，只是哭不得，笑不得。苦想着孤灯对读，淡饭黄齑，逢会课措置饭食，当考校整理茶汤，何等苦！今日锦帐绣衾，奇珍异味，使婢呼奴，却平白让与他人！巧巧九年不中，偏中在三年里边。九年苦过，三年不宁耐一宁耐！这些不快心事，告诉何人？所以生理虽然仍旧做，只是：

忧闷萦方寸，人前强自支。

背人偷语处，也自蹙双眉。

所以做生意时，都有心没想，固执了些。走出一个少年，是个轻薄利口的，道："这婆娘，你立在酒店里，还思量做奶奶模样么？我且取笑她一场。"说买三斤酒，先只拿出二斤半钱。待莫氏在柜边，故意走将过去把钱放在柜上，道："要三斤酒。"莫氏接来一数，放在柜上道："少，买不来。"恰待抽身过去。那少年笑嘻嘻，身边又摸出几个钱，添上道："大嫂，仔么这等性急！只因性急，脱去位夫人奶奶，还性急？"莫氏做错这节事，也不知被人笑骂了多少，但没个当面笑话他的。听了少年这几句话，不觉面上通红，闹又与他闹不得，只得打与三斤。少年仍旧含笑去了。回到房中，长吁短叹，叹个不了。

恼悔差却一著，惹出笑话万千。

到了夜静更深，酒店官辛苦一日，鼾鼾大睡。她却走起，悬梁自缢了。

利语锐戈戟，纤躯托画梁。

还应有余愧，云里雁成行。

店官睡到五鼓，身边摸摸，不见了人。连叫几声，不应。走起来寻，一头撞了死尸。摸去，已是高吊。忙取火来看，急急解下，气绝已久。不知何故，审问店中做工的，说想是少年取笑之故。却不曾与他敌拳，又不曾威逼，认真不得。只得认晦气，莫氏空丢了一条命，酒店官再废几个钱，将来收殓了。

笑杀重视一第，弄得生轻一毛。

苏进士知道，还发银二十两，著莫南轩为她择地埋葬。道："一念之差，是其速死。十年相守，情不可没！"那蒋大郎，因逼租惹了个假人命，将原得莫家田产，求照管。韩县丞谋署印，讨帖子，也将原得莫家房屋送来。他念莫翁当日择婿之心，立莫南轩少子继嗣，尽将房屋田地与他，以存血食。仍与嗣子说进学，以报莫南轩平日之情。他后历官也至方伯，生二子，夫妻偕老。但是读书人，髫龀①攻书，韭盐灯火，难道他反不望一举成名，显亲致身，封妻荫子？但诵读是我的事，富贵是天之命，迟早成败，都由不得自己。嫁了他为妻子，贤哲的或者为他破妆奁，交结名流，大他学业；或者代他经营，使一心刺焚。考有利钝，还慰他勉他，以望他有成，如何平日闹吵，苦逼他丢书本，事生计？一番考试，小有不利，他自己已自惭惶，还又添他一番煎逼。至于弃夫，尤是奇事，是朱买臣妻子之后一人。却也生前遗讥，死后贻臭，敢以告读书人宅眷。

①　髫龀(tiáo chèn)——喻童年。髫，古时小孩下垂的头发。龀，小孩子换齿。

第十五回

王锦衣衅起园亭　谢夫人智屈权贵

　　紫苔苍藓蔽吴宫①，三月秦灰阿阁②空。

　　奔走醯鸡③徒自役，将荼④巢鹊苦为工。

　　朱门几见扃⑤残月，绣幕时惊啸晚风。

　　方丈尽堪容六尺，笑他痴汉日忡忡。

　　人常笑富贵的人。道富贵的人，只好画上的山林亭台，不好真山水亭台。是道富贵的人，终日拿这算子，执这手板，没个工夫到园囿。不知园囿也是个假象。曲栏小槛，种竹栽花，尽可消遣。究竟自受享能几时，游玩能几日？总只劳我一人精神，供他人娱悦。甚至没园囿，闻得某人的好，百计谋来。园囿小，充拓得，某人的好，百计窥占。某人的布置好，须要依他。某家花竹好，也要寻觅。千方打算，一刻不宁。忙了几时，不过博得人几声好。况且任你大园子，日日在里边，眼熟了也就不奇。不如放开脚，处处是我园林。放开眼，处处是我亭榭。还落得个光景日新，境界日变。

　　如今有好园林的，无如权贵人家。不知权贵最易消歇。只因权贵没个三五十年的。园子好，最易起人眼。相争相夺，哪个能长久得？这可以冷人一片图夺谋占的心了。世间人哪晓得，有一时势，使一时势。却不道势有尽时。势到皇帝极矣，楼阁是"阿房""迷楼"，极天下之奇巧；山林是"艮岳⑥"，聚天下之花石。国远一移，何处寻他一椽一栋、一树一石？次

---

①　吴宫——春秋时吴国宫殿。

②　阿阁——秦代著名建筑。秦亡，为项羽焚毁，遗址在今西安市西阿房村。

③　醯(xī)鸡——小虫名，即蠛蠓(miè měng)——小飞虫。

④　荼(tú)——茅、芦之类的白花。

⑤　扃(jiōng)——关锁。

⑥　艮(gèn)岳——宋徽宗在汴京开封府东北隅所建土山园林。

之,宰相李德裕①"平泉园",道子孙失我一石一树,非子孙也。而今何在?

兰亭已矣,梓泽丘墟。

俯仰今昔,谁能久欤?

先朝嘉靖间,有个王锦衣。他好收拾的是花园,后来起了人的心,来逼占他的。若非其妾一言,几至园林尽失,宗祀俱绝。这也是园亭贻害。

寄兴在山水,聊以怡身心。

何知阶觊觎②,祸患相侵寻。

这王锦衣,大兴人,由武进士任锦衣,历官到指挥使。锦衣卫虽然是个武职里权要衙门,他素性清雅,好与士夫交往。在顺城门西,近城收拾一个园子。内中客厅、茶厅、书厅都照江南制度,极其精雅。回廊曲槛,小榭明窗。外边幽蹊小径,缭绕着花木竹石。他会做诗。就邀缙绅中名公。也有几个山人词客,在里边结个诗社,时时在里边作诗。

深心薄马上,抑志延清流。

绿醑③邀明月,新诗咏素秋。

王锦衣没北气,又没武夫气,诗社中没个敢轻他。皇城西南角,都是文官住宅,因他好客,相与士夫多。园子幽雅,可以观玩。凡有公会,都发贴来借,所以出了一个王锦衣园的名。夫人没了,有两个京中妾,不甚得意。差人到扬州,娶得位小奶奶,姓谢。生得容颜妍丽,性格灵明,也会做几句诗。

名花移得广陵栽,逸态蹁跹弱不持。

一曲《后庭》声更丽,娇莺初啭上林时。

到京,王锦衣甚是相合,一时士夫都作诗来贺他。后来年余,生了一个儿子。王锦衣无子,得这子,如得金宝了。又见谢奶奶有些见识材干,就把家事叫他掌家。这先前两个妾,是先入门,又是本京人,好生不债气。他却驭之有方,也不甚嫌忌。却又于交接士夫,礼仪杯酌之间,处置得井井有条,真是一个好内助。

① 李德裕——唐大臣。

② 觊觎(jì yú)——非分的希望或企图。

③ 醑(xǔ)——美酒。

量交识山涛①，床头出宿醪②。

不辞时剪发，能使主人豪。

王锦衣自武榜起家，得个百户，管理街道，也只混账过得日子。后来差出，扭解一员大臣，也得千金。再做理刑千户，也好了。到掌北镇抚司，哪个猫儿不吃腥，拿钱来料不手颤。只是他量收得的收，收不得不收。该执法，便执法；可做情，就做情。不苦苦诈钱，却也家事大了。到那武宗南巡时，署堂印。因宁王谋反，拿了个交通的都督朱宁；后武宗没，拿了都督江彬；至世宗初政时，拿司礼监太监萧敬一干、指挥廖鹏一干。先时打间，求宽刑宽罪，是一番钱。后边籍没这几家，都是家私百万的，官分吏分，又是一番钱。不怕家事不大。

所以籍没朱宁时，他用钱官买了朱宁海岱门外一所大花园。籍没廖鹏时，用价官买了廖鹏平子门外一所大花园。廖鹏这园，已是弘敞：

名花引径，古木开林。曲廊缭绕，蜿蜒百尺虹泷；高阁巍峨，掩映几重云雾。户纳紫苍来，轩依绝；水浮金碧动，堂映清流。小槛外奇音一部，萧萧疏竹舞风柔；闲亭中清影数枝，矫矫高松移月至。玮丽积富贵之相，幽深有隐逸之风。

到那朱宁的园，更是不同：

材竭东南，力穷西北。水借玉河流，一道惊湍泻玉；堂开金阙近，十寻伟栋涂金。栽古松而开径，天目松、括子松，月流环珧，风送笙竽；聚奇石以为山，太湖石、灵璧石，立似龙螭，蹲疑狮虎。阴阴洞壑滞云烟，穷不尽曲蹊回蹬；落落楼台连日月，走不了邃阁深居。真是琪花瑶草不能名，语鸟游鱼皆乐意。

王锦衣在里面，下老实收拾一番。邀这些清客陪堂，在里边着实布置点染。请这些名公巨卿，在那厢都与题额赋诗。虽说不得个石崇"金谷"，王维"辋川"，在北京也是数一数二的了。

每到春天牡丹时，夏天荷花时，其余节序时，自己大轿，其余高车骏马，与谢奶奶及群妾，到园中赏玩。那王锦衣携了谢奶奶，在园中行走，道："这所在亏我怎么妆点，这匾额是某人新赠，这径新开，这堂新起，这

---

①　山涛——西晋"竹林七贤"之一，曾为隐士。

②　醪（láo）——酒酿。此指美酒。

树新种。"这谢奶奶也含糊道好,甚有不悦之意。王锦衣觉得,道:"你有甚心事么?"谢奶奶道:"没甚事。我只想这两个,在武臣也贵显,得上位爷宠。只为骄奢弄权,要钱坏法,今日到个籍没,归于我家,岂不是官高必险?况这是辇毂之下,少什么贵戚宠臣。我一家子有三个园,又都收拾得齐整,出了名。怕有人忌嫉,有人着想。儿子尚小,偶然触起,所以不悦。"

造物忌盛满,人心多觊觎。

不谓闺阁中,深此永远图。

王锦衣道:"他两人做了逆党,所以有此祸。我只奉公守法。料无此祸。你愁儿子小,怕此产动人眼,起人图。古云'千年田地八百主',也无终据之理。又道'儿孙自有儿孙福',你又何必多虑?"又与群妾吃了些酒回家,谢奶奶也只得丢起。

一日,卫口新到一个陆指挥。是江南籍,向在任典府,因圣上登基,以从龙侍臣,历升到此,列衔上堂。王锦衣原是个和光同尘的,这陆锦衣也是个肯奉承人的,彼此相与极厚,曾邀他去三个园里游玩。陆锦衣商量些点缀光景,甚是中窍,所以往来最多,做了通家。

一日,在陆锦衣宅子吃酒。问起子息,陆锦衣道:"一子,已十六岁了。"王锦衣请来相见,却是一表人才。

玉立骨昂藏,清标傅粉郎。

目流秋水湛,眉引晚山长。

燕颔知重器,虎头开异祥。

无为薄年少,天路守翱翔。

王锦衣一见,道:"寅翁好一位令器!他日功名,更在寅翁之上。学生远不及也。"陆锦衣道:"得如年翁大人,便是家门之幸。"但王锦衣看他举止还近俗,问他言语也粗鄙。王锦衣道:"令郎前程不必言,远大的了。却不可失学。"陆锦衣道:"小儿异日,也不过个武弁,取其识字而已。"王锦衣道:"寅翁不是这样说。我们卫中,与别卫不同,是个问刑衙门。凡厂里题参,外边解到,里边发下,奉了圣旨一个打着问。虽未成狱,却是个初招。这边参得重,法司便解不来。又有情法本轻,而圣上要重的,不重是拂了圣旨,宣了伤了公道。这参里着实要抑扬圆活,开他后日出罪门路。又有原参本重,据理该轻,这须要辩驳得倒,方可服人。到问事,里边或把言语去恐吓他,得他真情;或把言语去挑引他,得他真情。人可写不出的话,单靠这张状词访单不得。有人做造出来的话,单靠他们词巧说不得。固要虚心,更要明理。这不被犯人哄弄,也不吃吏役欺瞒。令郎不弃,我有些问拟的审语,题参的本稿,送与令郎看。忝在通家,不妨常到舍下,寅弟与他讲说一讲说。趁此青年闲暇,正好用心,临渴掘井迟了。"

为学须及时,理明斯断决。

天下称不冤,无愧古明哲。

此后陆锦衣就备礼,叫儿子称通家侄,去拜见,求指教。王锦衣就把这些审单谳疏,与他讲说。陆锦衣儿子闲时,也去请教。王锦衣闲时,也来请去讲论。谢奶奶待客,极其丰盛的。王锦衣又道:"这人后来大贵,不可怠慢他。"谢奶奶越加殷勤。这小陆锦衣,也不知吃了他家多少,这三个园,也常与他去游耍,论起是极有恩的了。

推食①惠犹浅,提撕②意特温。

岂云称父执③,应不下师恩。

谢奶奶也常道:"如今后生家,自道是的多。你虽这样尽心指点,未必以为奇,感激你。你如今儿子已八九岁了,也教他一教。"王锦衣道:"他小,说也不省得。只读两句《四书》,大来袭个官罢。独养儿子,不要苦他。"此后王锦衣,因打问这些谏大礼的官,都从宽;又打问山西巡按马录拿妖人张寅一案,又据实,不得圣意,还又不得内阁的意。他也急托病,告了个致仕。在这三个园,也盘桓快乐了三四年而殁。

大树依然在,将军今若何。

独余行乐处,春草绿婆娑。

平日交往文官多,也多得两首挽诗。两个无子幼妾,是京中人,都挈了房奁,自去。家主小,有才干家人也都飞去,只留得几个老仆小厮相随。谢奶奶常叹息道:"只有你肯管顾人,要管顾你的人,想没有了。"也只母子捱过。那陆锦衣因圣驾往湖广承天府拜献皇帝陵,他该护驾,带儿子同行。行到河南,行宫里边两次火起。第二次火大得狠,近侍内官宫女,也

---

① 推食——把食物分给别人。
② 提撕——提醒、提携。
③ 父执——父亲的朋友。执,志同道合的人。

不知烧死多少。护驾大臣，烟焰中不知圣上何在。却是陆指挥儿子，他时运到了，拼命到里边护驾。见皇上在火光中，没处寻路，他在承天时，曾见圣上，认得，竟向前背了，冒烟火而出。这虽真命之主，百灵扶掖，他这冒死救驾，功也莫及。

　　负天若鹏背，浴日向虞渊。

　　汤火浑无惧，功堪勒简编①。

　　圣上在跸，已行授官重赏。到京，连加升擢。不四五年，竟到了都指挥掌堂。他审决公事，犹如老吏，人都道他少年老成，不知有所传授。那陆指挥也道自己聪明，问得好，审单也服得人，题本也常时得圣上允行。忘却当日王锦衣也费一番唇舌。

　　小鸟已奋翎，不复念卵翼。

　　凡人贫贱时，一身不保，富贵就有余思。陆指挥原在承天府，到京不曾有产业，如今却要置产，要个游玩的所在。就有这些闲磕牙的道："园子是王锦衣的好。王锦衣死了，他儿子不成器，好嫖，好赌，料想留不牢。不若差人去说，买了他的。"陆指挥道："是那海岱门外的么？好一个园子！我当日在里边，也曾羡慕他的，只不知肯卖不肯卖？也须得二三千银子。"一个老校尉，叫许都知，他跪下道："爷只与小的一千二百两，小的自去要来。"陆指挥道："怕太少么。"许校尉道："不少。爷，只管得产就是了。"陆指挥笑了笑，道："你先去讲，我与你银子。"

　　昔年游憩地，久入梦魂索。

　　倩取三寸舌，索他十五城②。

　　此时，王锦衣死有七八年，王公子已将近二十岁。先时谢奶奶，也严督促他读书学好，王锦衣却姑息他，把他娇坏了。到了父亲死，母亲严，只严得家里。十五六了，就有那干不尴尬的人，哄诱他出去花哄，闯口面。与他做了亲，又添出一个舅子，又是个泼皮公子，在外生事。谢奶奶也说他不下。这日，许校尉来说起，他便豹跳道："你家是锦衣，咱家不是锦

---

①　勒简编——载于史册。勒，刻。简，战国至魏书写材料之一，为削制成的狭长竹片。

②　倩取三寸舌，索他十五城——战国时赵国使臣蔺相如揭露秦王假意以十五城换取赵国和氏宝玉的谎言，得以"完璧归赵"。

衣？怎小看咱,要咱的园子。咱不卖,咱不卖。就是你这厮,也曾服侍咱老爷过,敢这等轻薄!"只要打。谢奶奶听得来问时,许校尉已被赶出去了。其时谢奶奶也有些不愤,道:"陆指挥曾受我家老爷恩,怎我没个口角儿卖产,轻易来说,也真是个小看。只好端端回他去罢,不该要打校尉。"

　　共醉平泉客,杯筋尚未寒。

　　狂谋思篡取,容易昧恩澜。

　　这一去,却不好了。许校尉与陆指挥定下局。

　　一日,王公子正与几个帮闲的去,出来只见一个京花子来,道是朱宁侄儿,充军赦回。道:"咱家一个花园,连着田地,可值七八千,你家欺君蠹国,把一千二百两官买。把咱家窖藏在里边银子十多万,都是该籍没钦赃,尽行掘了。如今要还咱银子,还咱产。不还咱,咱出首,追来入官。"鬼嚷唤的。王公子着恼,要打,要送。这些帮闲的道:"行不得。他胡说乱道,他说有,公子说没,须与他对夹才是。还耐着。"这王公子镶枪头,便软了,也就没布摆。众人打合,道:"公子的园有,不若把这块地,赏与这花子,省了口面。"谢奶奶道:"这纳官原价,是要的。"众人道:"这穷花子,哪得钱来。闹吵两日,厂衙知道,不当耍。"公子吃众人矬得紧,竟出张退契与了。

　　势盛产日增,时去不复保。

　　这人得了契,自向许校尉处,拿出一千二百烹分。王公子这干帮闲的,原也是合汁里吃出的。当日王锦衣,数年经营这块地,早已属之陆指挥了。

　　桑沧时易改,杵筑①枉辛勤。

　　自古游观者,初非创制人。

　　谢奶奶道:"这事分明陆指挥做的。他也似你这样一个人,只因你爷教导他,问得刑,如今就在堂上诈人使势。你如今快不要在外胡行,在家里,也寻出你父亲的书来读一读,学学字。也去袭了该荫的锦衣卫千户,与他便是同一衙门官了,也与父亲争一争气,保守这些产业。"这王公子听了,也似恼的,发狠的在家中,收拾一间书房,打扫得洁净。把父亲遗下

――――――――――――

　　① 杵(chǔ)筑——筑土木槌。

书都搬出来,摆了,吩咐门上,一应人来,不许通报,都回不在,连舅爷也回复不要见。

　　莫嫌不学晚,秉烛胜冥行①。

　　五十高常侍②。为诗也著名。

　　次早到房口,把这本翻一翻,那本翻一翻,不知什么物件,十个字倒有八个念不出。揉头注目.叹气如雷。坐到巳牌光景,拿了一本,竟到母亲房中。谢奶奶道:"才坐得,仔么又出来了?"王公子道:"叫我在里边做什么?"道:"读书。"王公子道:"怎么读?"道:"看了本子上念去。"王公子道:"不认得,叫我怎么念?"道:"这等你平日读什么书?"王公子道;"小时师父曾对我念,我却不曾听他。如今还须得寻个师父念我听才好。只这样大人,还要师父的念,丑刺刺怎好。"谢奶奶道:"你怕丑就好了。如今若不学得,还丑哩。你去,我差人请师父。"他在房中,早立不是,坐不是,行不是,卧不是.又向外走了。

　　鹰饱不受绁,常作凌空想。

　　一息得离韝③,翩翻已孤往。

　　一去数日不回,谢奶奶着人遍处找寻不见。

　　歇了五六日,只见顺城门里管园的人来道:"方才有几个旗校般人,道园子已是陆府管业,另换管园的,将小人逐出。"谢奶奶道;"我园子不卖。"管园的道:"现把咱家家伙撩上一街,还要差人去拿回。"谢奶奶道:"有这事? 白占人产业,咱背黄也要与他讲一讲。"

　　正说话间,王公子回来了,道:"不好了,这王八羔子,把咱局了。咱闷得慌,正走出门,巧巧撞着舅子,道:'门上回你不在家,怎又走出来?'咱道:'门上不知道。'就与他走。他道:'一个所在,好耍,去耍一耍。'到一个大宅子里边,先有五七人,他衣服人材,也都整齐似咱,在那厢赌。舅子叫咱下去,咱回道:'没管。'他道:'不妨。你若大家事,怕少了赌钱,我

----

① 　莫嫌不学晚,秉烛胜冥行——战国时齐宣王广置学宫,到老年还要秉烛而学,不以为晚。

② 　高常侍——唐诗人高适。五十为诗,与岑参齐名,长于边塞诗,世称"高岑"。曾官散骑常侍。

③ 　韝(gōu)——臂套,用以束衣袖以便动作。

保驾。'打五百两筹来与咱两个,咱也会赢,当不得舅子会输。头一两日,输了三百,咱揭了个票要回来。舅子叫番筹,一连几日,舅子赢,咱又输了。咱赢,舅子又输。直输到一千二百两。他又不要票子,要产。咱不知道什么产。舅子道:'顺城门西花园,咱知道四址,你权写与他。'咱不肯,众人嚷的乱的,不许咱出门。舅子道:'你一千产当一千二百输,还是便宜。'临写时,他又道:'不值。'又写了一百两票子,舅子作保银,才得脱身。"谢奶奶道:"好好,这是舅子与陆指挥,合条儿局你了。如今产已陆家管业。"王公子道:"这样快,我文书上空头的。"谢奶奶道:"好痴人,好败子,你爷一千四百两买,更造缴结,二千。你做一千二百输,还便宜,还写一百两票子!罢罢,生你这败子,连这窠巢,也被你赌去了。"王公子道:"是舅子做路儿哄我。"先在房中,与妻子闹了一夜,妻子甚气不过,上了一索。

　　痴愚嗟浪子,薄命叹红颜。

　　这事原是舅子同人做局,奉承陆指挥的,欺他痴子不觉。不料谢奶奶点出,家中闹吵,至于妻子上了吊。他赶来正要寻衅,只见妹子好端端坐在房里,道:"哥,不是家,他不学好,还要你去说他道他,怎合条儿哄他?须不是亲戚们做的事。"舅子板了脸道:"岂有此理!"那王公子却撞进房来道:"无耻污邪的,你怎么串人来局赌?二千两产,做一千二百两,还是我便宜。你得了陆指挥背手,用了一生一世?你这样禽兽,再不许上咱门,去去!"早又谢奶奶到道:"罢呀,园子,陆指挥已封锁去了。谁叫你不与好人走?与这干亡八羔子赌钱。"这又骂到舅子身上,只得抽身便走。又羞又恼,道:"这门上不成了,一百两头,撮不来了。如今率性做他一做。"

　　纷纷蝇狗徒,微羶恣征逐。

　　但知势可凭,岂复念骨肉。

　　这两节事,原是陆指挥与许校尉做的。前次用他帮闲的,产价,帮闲的与那假朱宁侄子分去。这次用他舅子,产阶,舅子与众赌棍分去。许校尉都有头除。所以,又来见许校尉,道:"陆爷封了咱妹夫房子,妹夫把咱嚷乱,要告咱局赌,揭陆爷占产,把咱妹子逼死。咱如今在卫里,下他一状。妹夫是怕官司的,谢奶奶是要体面、不肯出官的,管情来解交,把那平子门外园,好歹送与陆爷,我们也撰他千把歇手。"写了纸谎状,道他起造违制房屋,打诈窠窝;奸淫父亲;嗔妻阻劝,同母威逼自缢。许校尉拿进去,准了,就差许校尉。

　　貙心深溪壑,驱没使鹰鹯。

　　一纸符如火,昆冈玉石炎①。

　　大凡差使人,不拿人,先讲钱。这许校尉,他是要做大局的,不讲钱,只拿人。把王公子鹰拿雁抓,将来关在官店里。势头大,等他家里不知甚事,差使钱衙门使用,官的银子,都讲得起。把个王公子弄在店里,五分一日吃官饭,望不见个亲人来。那谢奶奶知道他没甚大事,不过是个诈局,料不难为他。若一紧,他开大口。且冷著,也把儿子急一急,他后日也怕,不敢胡走。

　　隔了一日,许校尉怕缓了局,来要谢奶奶见官。若是谢奶奶讲一个"我是官宦人家不出来",他就花来了。不期谢奶奶一个皂帕子包了头,着了青衫旧鞋,道:"咱去。"许校尉倒吃了一惊,只得收科,道:"奶奶,前边爷,上堂坐过的。奶奶怎出头露面? 两边都是亲戚,讲一讲,里边用些和了罢。"谢奶奶道:"彼一时,此一时。先时是奶奶,如今是犯妇,不去怎的?"叫了乘小轿儿,许校尉也只得随着到卫前。许校尉打合道:"哪个不得爷的恩过。"要诈钱,做好做歹,也使了百十两。

　　昔时堂上人,墓木已成拱。

　　余威哪复存,得以免呵拥。

　　陆指挥坐了堂,带进人犯,门上吆喝。把这拶指夹棍,往地下一撂,掠得这王公子怪哭,道:"母亲,罢了孩儿了,孩儿今日是死了。"那谢奶奶也跪在地下,对他道:'你怎生望不死? 你父亲当日坐在这堂上,没天理事,不知干了多少,今日报立,该在你身上。你还要望活!"响响的这样讲。那陆指挥板了脸,正待在上面做作,听了这几句,提起他父亲,是曾于陆指挥有恩的。说他父亲做没天理的事,今日事也难说有天理。

　　那陆指挥,不觉良心耸动,假意问许校尉道:"这什么人?"答应道:"原任王爷奶奶。"陆指挥道:"且起来。"谢奶奶便站了。陆指挥道:"状上那违制房屋,打诈妓女,奸父亲,逼妻死,是怎么的?"王公子一句答应不

---

①　昆冈玉石炎——古代传说中的产玉之山。《书·胤征》:"大炎昆冈,玉石俱焚。"

出。又是谢奶奶道:"房屋原有两间,已与人了。打诈,谁是被害? 奸父亲,他老子死时,他才十二岁。两个妾,就回娘家嫁了。若说逼妻,他妻现在家里。"陆指挥听她词理严正,心里又想:三个园,已得了两个,怎又乘势逼她的,于心难安。只得丢手道:"这状似谎了。但他妹子也曾自缢,不为无因。出去,我注销了罢。"

　　严提报复理,深耸虎狼心。

　　早摄贪残性,兢兢不敢侵。

　　到家,谢奶奶道:"他与你,都是个指挥儿子。他坐着,你跪着,还连累我,可不羞死! 你如今看见你亲戚朋友光景了么,谁不是弄你的人?"王公子却也自悔,收了心。在家,谢奶奶自教他读书识字,又用钱袭了锦衣卫千户,与陆指挥仍为僚友,也还守得一个园。倒是陆指挥,虽然得宠,直做到宫保腰玉,快乐也有几时。到殁后,人劾①他奸赃,至于削夺籍没,这两个园子,又不知落谁手。用势夺人的,终久归人。

　　我想这节事,王锦衣,是以田园开隙的;陆锦衣,是以势夺人产不享的。这也可醒为儿孙作牛马之心。至王公子,则痴愚被局,朋友亲戚,都作舟中敌国,危矣险矣! 立身不可不明哲,交人不可不谨慎。

---

　　① 劾(hé)——揭发罪状。

石 点 头

前　言

　　《石点头》又名《醒世第二奇书》。明代拟话本集。作者为天然痴叟。"石点头"的书名取了"高僧悟石"的寓意，表明了此书劝惩世事人心的目的。冯梦龙的"三言"即"喻世"、"警世"、"醒世"，比较重视教化劝惩，高举教育世人的标帜，这是中国古代短篇小说和它们的集子的最为鲜明的特色。《石点头》也不例外。

　　《石点头》共十四回，其实是十四篇短篇小说。其中以女性为主角的就占了接近一半，可见女性形象是其中重要的人物形象。贤妇孝女在《石点头》中比比皆是。武氏贤惠而不妒，被作者赞其"甚贤"；青姐则是一孝女，嫁郭乔为妾的初衷是卖身救父。节妇烈女的形象鲜明丰满。凤奴情定张郎，坚贞不屈，为守住贞节自缢而亡；乔氏被掠，坚不受辱，贞烈异常。大胆追求幸福的女子在《石点头》当中也显得尤为可爱可敬，如勇于冲破封建"妇德"束缚、为情私奔的大家闺秀紫英以及幽禁深宫但从未放弃对幸福的憧憬的宫女桃夫人。

　　但是，在《石点头》所反映出来的妇女观中，又不自觉地体现了一些思想糟粕，如当中过分宣传的"愚孝"、"愚节"观。在第十一回"江都市孝妇屠身"，宗二娘在夫妻二人走投无路的情况下，瞒着丈夫自卖自身，将血肉之躯剐断在屠户的肉台盘上，换来了四串卖身钱，与丈夫作回家的盘缠、养母的费用。作者在文章中渲染了残酷悲壮的气氛，对宗二娘的旌表之情不言而喻。在第十四回"潘文子契合鸳鸯冢"，张氏女子与文子媳妇因丈夫双双同逝而先后自缢，并且自以为"有志气"，"与其碌碌偷生，何不烈烈一死"。这无疑是愚昧的守节行为。本书从合理性的角度来评论同性恋，并让潘文子、趁人同性之间的情比夫妇之间的情爱更为深厚。篇中有一段话，对同性恋的称呼作了介绍，不仅集中了当时各地对龙阳的称谓，可供研究俗语者参考，也反映了当时男风盛行的社会状况。虽然因果说教较多，但自从清道光十八年即 1838 年以来，此书一直被列为淫词小说禁目之中。

作者一方面对妇女的生活、思想等生存状况给予相当大的人文关怀，同情女性的悲惨遭遇，承认女性应有的社会地位，另一方面又用愚昧的封建愚孝愚节思想来要求女性。两者明显的矛盾反映出作者本人复杂的思想，进而体现出整个明代后期的社会风气中进步人文思潮与落后封建思想的激烈斗争。

《石点头》的体制与《拍案惊奇》相近，充分利用入话及篇中穿插的说话人道白，宣传做人的道理。但劝惩越多，反而越见得当时世风之开放与灵活。明末随海禁渐开，工商业发达，人性解放的呼声日渐高涨，此书中也有明显流露。

此次再版，我们对原书中的笔误、缺漏和难解字词进行了更正、校勘和释义，对原书原来缺字的地方用□表示了出来，以方便读者阅读。由于时间仓促，水平有限，其中难免有所疏失，望专家和读者予以指正。

编　者
2011 年 3 月

冯梦龙序

　　石点头者，生公在虎丘说法故事也。小说家推因及果，劝人作善，开清净方便法门，能使顽夫伥子，积迷顿悟，此与高僧悟石何异。而或谓石者无知之物，言于晋，立于汉，移于宋，是皆有物焉凭之。生公游戏神通，特假此一段灵异，以耸动世人信法之心，岂石真能点头哉？是不然。人有知，则用其知，故闻法而疑。石无知，因生公而有知，故闻法而悟。头不点于人，而点于石，固其宜矣。且夫天生万物，赋质虽判，受气无别，凝则为石，融则为泉，清则为人，浊则为物。人与石兄弟耳！盲人不知视，聋人不知听，粗人不知文，是人亦无知也。月林有光明石，能照人疾，则石而知医；阳州北峡中有文石，人物、溪桥、山林、楼阁毕具，则石而知画；晋平海边有越王石，郡守清廉则见，否则隐，则石而知吏事；是石亦有知也。望夫江郎，登山而化，人未始不为石。金陵三古石，为三举子，向吴太守仲度乞免煨烬，石亦未始不为人。丈人丈人之云，安在石之不如人乎？浪仙氏撰小说十四种，以此名编。若曰生公不可作，吾代为说法，所不点头会意，翻然皈依清净方便法门者，是石之不如者也。

古吴龙子犹

目　录

第 一 回
郭挺之榜前认子

阴阳畀赋①了无私，李不成桃兰不芝。

是虎方能生虎子，非麟安得产麟儿。

肉身纵使睽②千里，气血何曾隔一丝。

试看根根还本本，岂容人类有差池。

从来父之生子，未有不知者。莫说夫妻交媾，有征有验。就是婢妾外遇，私己瞒人，然自家心里，亦未尝不明明白白。但恐忙中忽略，醉后糊涂，遂有已经生子，而竟茫然莫识的。

昔日有一人，年过六十，自叹无子，忽遇着一个相士，相他已经生子，想是忘记了。此人大笑说道："先生差矣。我朝夕望子，岂有已经生子，而得能忘记之理？"相士道："我断不差。你回家去细细一查，便自然要查出。"此人道："我家三四个小妾，日夜陪伴，难道生了儿子，瞒得人的？叫我哪里去查？"相士道："你不必乱查。要查只消去查你四十五岁丙午这一年五月内，可曾与妇人交接，便自然要查着了。"此人见相士说得凿凿有据，只得低头回想。忽想起丙午这一年，过端午吃醉了，有一个丫头服侍他，因一时高兴，遂春风了一度；恰恰被主母看见，不胜大怒，遂立逼着将这丫头卖与人，带到某处去了。要说生子，除非是此婢，此外并无别人。相士道："正是她，正是她。你相有子不孤，快快去找寻，自然要寻着。"此人忙依言于某处去找寻，果然寻着了，已是一十五岁，面貌与此人不差毫发。因赎取回来，承了宗嗣。你道奇也不奇？这事虽奇，却还有根有苗，想得起来。就寻回来，也只平平。还有一个全然绝望，忽想逢于金榜之下，岂不更奇？待小子慢慢说来。正是：

命里不无终是有，相中该有岂能无。

---

① 畀(bì)赋——给予，赋予。

② 睽——同"暌"，分割，分离。

纵然迷失兼流落,到底团圆必不孤。

话说南直隶①庐州府合肥县,有一秀才,姓郭名乔,表字挺之。生得体貌丰洁,宛然一美丈夫,只可恨当眉心生了一个大黑痣,做了美玉之瑕。这郭秀才家道也还完足,又自负有才,少年就拿稳必中。不期小考利,大考不利。到了三十以外,还是一个秀才,心下十分焦躁。有一班同学的朋友面前,往往取笑他道:"郭兄不必着急,相书说得好,龟头有痣终须发。就到五六十上,也要中的,你愁他怎么!"郭秀才听了,愈加不悦,就有个要弃书不读之意。喜得妻子武氏甚贤,再三宽慰道:"功名迟早不一。你既有才学,年还不老,再候一科,或者中去,也不可知。"郭乔无奈,只得又安心诵读,捱到下科。不期到了下科,依然不中。自不中也罢了,谁知里中一个少年,才二十来岁,时时拿文字来请教郭秀才改削,转高高中在榜上。郭乔这一气,几乎气个小死。遂将笔砚经书,尽用火焚了,恨恨道:"既命不做主,还读他何用?"

武氏再三劝他,哪里劝得他住。一边在家困了数日,连饮食都减了。武氏道:"你在家中纳闷,何不出门寻相知朋友,去散散心也好。"郭乔道:"我终日在朋友面前,纵酒作文,高谈阔论,人人拱听。今到这样年纪,一个举人也弄不到手,转被后生小子轻轻夺去,叫我还有什么嘴脸去见人?只好躲在家里,闷死罢了。"

正尔无聊,忽母舅王衮,在广东韶州府乐昌县做知县,有书②来与他。书中说:"倘名场不利,家居寂寥,可到任上来消遣消遣。况沧湖泷水,亦古今名胜,不可不到。"郭乔得书大喜,因对武氏说道:"我在家正闷不过,恰恰母舅来接我,我何不趁此到广东去一游?"武氏道:"去游一游虽好,但恐路远,一时未能便归。宗师要岁考,却教谁去?"郭乔笑道:"贤妻差矣!我既远游,便如高天之鹤,任意逍遥,终不成还恋恋这顶破头巾。明日宗师点不到,任他除名罢了。"武氏道:"不是这等说。你既出了门,我

① 直隶——旧省名。明称直属于京师的地区为直隶。自永乐初建都北京(今北京市)后,又称直属北京的地区为北直隶,简称北直,相当今北京、天津两市,河北省大部和河南、山东的小部地区;直属南京的地区为南直隶,简称南直,相当今江苏、安徽两省。

② 书——即信。

一个妇人家,儿子又小,倘有些门头户脑的事情,留着这秀才的名色搪搪,也还强似没有。"郭乔道:"即是这等说,我明日动一个游学的呈子①在学中,便不妨了。"因又想道:"母舅来接我,虽是他一段好意思,但闻他做官甚是清廉,我到广东,难道死死坐在他衙中? 未免要东西览游,岂可尽取给于他? 须自带些盘缠去方好。"武氏道:"既要带盘缠去,何不叫郭福率性②买三五百金货物跟你去,便伸缩自便。"郭乔听了,大喜道:"如此更妙!"遂一面叫郭福去置货,一面到学中去动呈子。不半月,呈子也准了,货物又置了,郭乔就别了武氏,竟往广东而去。正是:

名场失意欲销忧,一叶扁舟事远游。

只道五湖随所适,谁知明月挂银钩。

郭乔到了广东,先叫郭福寻一个客店,将货物上好了发卖,然后自到县中,来见母舅王知县。王知县听见外甥到了,甚是欢喜,忙叫人接入内衙相见。各叙别来之情,就留在衙中住下。一连住了十数日,郭乔心下因要弃去秀才,故不欲重读诗书。坐在衙中,殊觉寂寞。又捱了两日,闷不过,只得与母舅说道:"外甥此来,虽为问候母舅并舅母二大人之安,然亦因名场失利,借此来散散愤郁。故今禀知母舅大人,欲暂出衙,到各处去游览数日,再来侍奉何如?"王知县道:"既是如此,你初到此,地方不熟,待我差一个衙役,跟随尔去,方有次第③。"郭乔道:"差人跟随固好,但恐差人跟随,未免招摇,有碍母舅之官箴④,反为不妙。还是容愚甥自去,仍作客游的相安于无事。"王知县道:"贤甥既欲自游,我有道理了。"随入内取了十两银子,付与外甥道:"你可带在身边作游资。"郭乔不敢拂母舅之意,只得受了。遂走出衙来,要到郭福的下处去看看。

不期才走离县前,不上一箭之远,只见两个差人,锁着一个老儿,往县里来。后面又跟着一个十七八岁的女子,啼啼哭哭。郭乔定睛将那女子一看,虽是荆钗布裙,却生得:

貌团团似一朵花,身袅袅如一枝柳。眉分画出的春山,眼横澄来

①　呈子——旧时公文的一种,下对上用。

②　率性——索性。

③　次第——即结果,地步。

④　官箴——指旧时官吏对自己、手下及家人的限戒。

的秋水。春笋般十指纤长，樱桃样一唇红绽。哭声细细莺娇，鬓影垂
垂云乱。她见人，苦哀哀无限心伤；人见她，喜孜孜①一时魂断。

　　郭乔见那女子，生得有几分颜色，却跟着老儿啼哭，像有大冤苦之事，
心甚生怜。因上前问差人道："这老儿犯了甚事，你们拿他？这女子又是
他甚人，为何跟着啼哭？"差人认得郭乔是老爷亲眷，忙答应道："郭相公，
这老儿不是犯罪，是欠了朝廷的钱粮，没得抵偿，今日是限上该比，故带他
去见老爷。这女子是他的女儿，舍不得父亲去受刑，情愿卖身偿还。却又
一时遇不着主顾，故跟了来啼哭。"郭乔道："他欠多少银子的钱粮？"差人
道："前日老爷当堂算总，共该一十六两。"郭乔道："既只十六两，也还不
多，我代他尝了罢。"因在袖中，将母舅与他作游资的十两，先付与老儿，
道："这十两，你可先交在柜上；那六两可跟我到店中取与你。"老儿接了
银子，倒在地下就是一个头，说道："相公救了我老朽一命，料无报答。只
愿相公生个贵子，中举中进士，显扬后代罢。"那女子也就跟在老儿后面
磕头。郭乔连忙扯他父女起来道："什么大事，不须如此。"差人见了，因
说道："郭相公既积阴骘②怜悯他，此时老爷出堂还早，何不先到郭相公寓
处，领了那六两银来一同交纳，便率性完了一件公案③。"郭乔道："如此更
好。"遂撤身先走，差人并老儿女子俱随后跟来。

　　郭乔到了客店，忙叫郭福，取出一封十两纹银，也递与老儿道："你可
将六两凑完了银粮，你遭此一番，也苦了，余下的可带回去，父女们将养将
养。"老儿接了银子，遂同女儿跪在地下，千恩万谢的只是磕头。郭乔忙
忙扯他起来道："不要如此，反使我不安。"差人道："既郭相公周济了你，
且去完了官事，再慢慢的来谢也不迟。"遂带了老儿去了。

　　郭乔因问郭福货物卖的如何。郭福道："托主人之福，带来的货物，
行情甚好，不多时早都卖完了。原是五百两本银，如今除去盘费，还净存
七百两，实得了加四的利钱，也算好了。"郭乔听了，欢喜道："我初到此，
王老爷留住，也还未就回去。你空守着许多银子，坐在此也无益。莫若多
寡留下些盘缠与我，其余你可尽买了回头货去，卖了，再买货来接我，亦未

---

　　① 孜孜——滋滋。
　　② 阴骘——旧称阴德为"阴骘"，暗中进行害人的事为"作阴骘"。
　　③ 公案——案件，事件。

为迟。就报个信与主母也好。"郭福领命，遂去置货不题。

郭乔吩咐完了，就要出门去游赏。因店主人苦苦要留下吃饭，只得又住下了。刚吃完酒饭，只见那老儿已纳完钱粮，消了牌票，欢欢喜喜，同着女儿，又来拜谢郭乔。因自陈道："我老汉姓米，名字叫做米天禄。取妻范氏，只生此女，叫做青姐。生她时，她母亲曾得一梦，梦见一神人对她说：'此女当嫁贵人，当生贵子，不得轻配下人。'故今年一十八岁，尚不舍得嫁与乡下人家。我老汉只靠着有一二十亩山田度日，不料连年荒旱，拖欠下许多钱粮。官府追比①甚急，并无抵偿，急急要将女儿嫁人。人家恐怕钱粮遗累，俱不敢来娶。追比起来，老汉自然是死了。女儿见事急，情愿卖身救父，故跟上城来。又恨一时没个售主。今日幸遇大恩人，发恻隐之心，慨然周济，救了老汉一命。真是感恩无尽。再四思量，实实毫无报答。唯有将小女一身，虽是村野生身，尚不十分丑陋；又闻大恩人客居于此，故送来早晚服侍大恩人，望大恩人鉴老汉一点诚心，委曲留下。"郭乔听了，因正色说道："老丈说话就说差了，我郭挺之是个名教中人，决不做非理之事。就是方才这些小费，只不过见你年老拘挛②，幼女哭泣，情甚可怜。一时不忍，故少为周济，也非大惠。怎么就思量得人爱女？这不是行义，转是为害了。断乎不可！"米老儿道："此乃老汉一点感恩报德之心，并非恩人之意，或亦无妨，还望恩人留下。"郭乔道："此客店中，如何留得妇人女子。你可快快领去，我要出门了，不得陪你。"说罢，竟起身出门去了。正是：

> 施恩原不望酬恩，何料丝萝暗结婚。
>
> 到得桃花桃子熟，方知桃叶出桃根。

米老儿见郭乔竟丢下他出门去了，一发敬重他是个好人。只得带了女儿回家，与范氏说知。大家感激不胜，遂立了一个牌位，写了他的姓名在上，供奉在佛前，朝夕礼拜。乡下有个李家，见他钱粮完了，又思量来与他结亲。米天禄夫妻倒也肯了，青姐因辞道："父亲前日钱粮事急，要将

---

①　追比——旧时地方官吏严逼人民，限期交税、交差，逾期受杖责叫"追比"。

②　拘挛——因肌肉收缩，而手足拘牵，不能伸展自如。《庄子·大宗师》"将以予为此拘拘也"。陆德明释文引司马彪云："拘拘，体拘挛也。"此指老年人行动不便。

我嫁与李家,他再三苦辞。我见事急,情愿卖身救火,故父亲带我进城去卖身。幸遇着郭恩人,慨然周济。他虽不为买我,然得了他二十两银子,就与买我一样。况父亲又将我送到他下处,他恐涉嫌疑,有伤名义,故一时不好便受。然我既得了他的银子,又送过与他,他受与不受,我就是郭家的人了。如何好又嫁与别人?如若嫁与别人,则前番送与他,都是虚意了。我虽是乡下一个女子,不知甚的,却守节守义,也是一般,断没个任人去娶的道理。郭恩人若不要我,我情愿跟随父母,终身不嫁,纺绩①度日,决不又到别人家去。"米天禄见女儿说得有理,便不强她,也就回了李家。但心下还想着要与郭乔说说,要他受了。不期进城几次,俱寻郭乔不见,只得因循②下了。

不期一日,郭乔在山中游赏,忽遇了一阵暴雨,无处躲避。忽望见山坳里一带茅屋,遂一径望茅屋跑来。及跑到茅屋前,只见一家柴门半掩,雨越下得大了,便顾不得好歹,竟推开门,直跑到草堂之上。早看见一个老人,坐在那里低着头打草鞋,因说道:"借躲躲雨,打搅休怪。"那老人家忽抬起头来一看,认得是郭乔,不胜大喜。因立起身来说道:"恩人耶!我寻了恩人好几遍,皆遇不着,今日为何直走到这里?"郭乔再细看时,方认得这老儿正是米天禄,也自欢喜。因说道:"原来老丈住在这里,我因信步游赏,不期遇雨。"米天禄因向内叫道:"大恩人在此,老妈女儿,快来拜见!"

叫声未绝,范氏早同青姐跑了出来。看见果是郭乔,遂同天禄一起拜倒在地,你说感恩,我说叨惠,拜个不了。郭乔连忙扶起。三人拜完,看见郭乔浑身雨淋的烂湿,青姐竟不避嫌疑,忙走上前,替郭乔将湿巾除了下来,湿衣脱了下来,一面取两件干布衣,与郭乔暂穿了,就一面生起些火来烘湿衣。范氏就一面去杀鸡炊煮。不一时,湿衣、湿巾烘干了,依旧与郭乔穿戴起来。范氏炊煮熟了,米天禄就放下一张桌子,又取一张椅子,放在上面,请郭乔坐了,自家下陪。范氏搬出肴来看,青姐就执壶在旁斟酒。郭乔见她一家殷勤,甚不过意,连忙叫她放下。她哪里肯听。米天禄又再三苦劝,只得放量而饮。饮到半酣之际,偷着将青姐一看,今日欢颜,却与

---

① 绩(jī)——缉麻线。
② 因循——沿袭;照旧不改。

前日愁容,不大相同。但见:

  如花貌添出娇羞,似柳腰忽多袅娜。春山眉青青非蹙①恨,秋水眼淡淡别生春。纤指捧筋飞笋玉,朱唇低劝绽樱丹。笑色掩啼痕,更饶妩媚。巧梳无乱影,倍显容光。她见我已吐出热心,我见她又安忍装成冷面。

  郭乔吃到半酣,已有些放荡。又见青姐在面前来往,更觉动情。心下想一想,恐怕只管沉连,把持不定,弄出事来。又见雨住天晴,就要作谢入城。当不得米天禄夫妻,苦苦留住道:“请也请恩人不容易到此,今邀天之幸,突然而来,就少也要住十日半月,方才放去。正刚刚到得,就想回去,这是断断不放。”郭乔无奈,只得住下。米天禄又请他到山前山后去游玩。游玩归来,过了一宿。到次日清晨,米天禄在佛前烧香,就指着供奉的牌位与郭乔看,道:“这不是恩人的牌位么?”郭乔看了,就要毁去,道:“多少恩惠,值得如此,使我不安。”米天禄道:“怎说恩惠不多,若非有此,我老汉一死,是不消说的;就是老妻小女,无依无倚,也都是一死,怎能得团头聚面,复居于此? 今得居此者,皆恩人之再生也。”郭乔听了,不胜感叹道:“老丈原来是个好人! 过去的事,怎还如此记念!”天禄道:“感恩恨恨,乃人生钻心切骨之事。不但老汉不敢忘恩人大德,就是小女,自并卖身救父,今得恩人施济,不独救了老汉一命,又救了小女一身。他情愿为婢,服侍恩人;又自揣村女,未必入恩人之眼,见恩人不受,不敢苦强。然私心以为得了恩人的厚惠,虽不蒙恩人收用,就当卖与恩人一般,如何又敢将身子许与别子? 故昨日李家见老汉钱粮完了,又要来议婚。小女坚持不从,已力辞回去了。”郭乔听了,着惊道:“这事老丈在念,还说有因;令爱妙龄,正是桃夭子,宜室宜家,怎么守起我来! 哪有比事! 这话我不信。”米天禄道:“我老汉从来不晓得说谎。恩人若不相信,待我叫他来,恩人自问她便知。”因叫道:“青姐走来,恩人问你话。”

  青姐听见父亲叫,连忙走到面前。郭乔就说说道:“前日这些小事,乃我见你父亲一时遭难无偿,我自出心赠他的。青姑娘卖身救父,自是青姑娘之孝,却与我赠银两不相干。青姑娘为何认做一事? 若认做一事,岂不

---

① 蹙(cù)——皱、收缩。

因此些小之事,倒误了青姑娘终身?"青姐道:"事虽无干,人各有志,恩人虽赠银周济,不为买妾,然贱妾既有身可卖,怎叫父亲白白受恩人之惠?若父亲白白受恩人之惠,则恩人仁人,为义士,而贱妾卖身一番,依旧别嫁他人,岂非止博虚名,而不得实为孝女了?故恩人自周济于父亲,贱妾自卖身于恩人,各行各志,各成各是,原不消说得。若必欲借此求售于恩人,则贱妾何人,岂敢仰辱君子,以取罪戾①?"郭乔听了,大喜道:"原来青姑娘不独是个美女子,竟是一个贤女子。我郭挺之前日一见了青姑娘,非不动心,一来正在施济,恐碍了行义之心;二来年齿相悬,恐妨了好逑之路,故承高谊送来之时,急急避去,不敢以色徒自误。不期青姑娘倒在此一片眷恋之贞心,岂非人生之大快!但有一事,也要与青姑娘说过:家有荆妻,若蒙垂爱,只合屈于二座。"青姐道:"卖身之婢,收备洒扫足矣,安敢争小星②之位?"郭乔听了,愈加欢喜,道:"青姑娘既有此美意,我郭挺之怎敢相轻,容归寓再请媒行聘。"青姐道:"贱妾因已卖身与恩人,故见恩人而不避。若再请媒行聘,转属多事,非贱妾卖身之原意了。似乎不必!"郭乔说道:"这是青姑娘说的,各行各志,不要管我。"说定,遂急急的辞了回寓。正是:

花有清香月有阴,淑人自具涉人心。

若非眼出寻常外,那得芳名留到今。

郭乔见青姐一个少年的美貌女子,情愿嫁他,怎么不喜。又想青姐是个知高识底的女子,她不争礼于我,自是她的高处;我若无礼于她,便是我的短处了。因回寓取了三十二两银子,竟走至县中。将前事一五一十,都与母舅说了,要他周全。王知县因见他客邸无聊,只得依允了。将三十二银子,封做两处,以十六两做聘金,以十六两做代礼。又替他添上一对金花,两匹彩缎,并鹅酒③果盒之类。又叫六名鼓乐,又差一吏,两个皂隶④,押了送去。吩咐他说:"是本县为媒,替郭相公娶米天禄女儿为侧室。"吏人领命,竟送到种玉村米家来。恐米家不知,先叫两个皂隶报信。不期这

---

① 戾(lì)——罪。

② 小星——妾的代称。

③ 鹅酒——酒名。

④ 皂隶——古代贱役。

两人皂隶,却正是前日催粮的差人。米老儿忽然看见,吃了一惊,道:"钱粮已交完,二位又来做什么?"二皂隶方笑说道:"我们这番来,不是催粮钱。是县里老爷,替郭相公为媒,来聘你令爱。聘礼随后就到了,故我二人先来报喜。"米老儿听了,还不信,道:"郭相公来聘小女,为甚太爷肯替他做媒?"二皂隶道:"你原来不知,郭相公就是我县里太爷的外甥。"米天禄听了,愈加欢喜,忙忙与女儿说知,叫老妈央人相帮打点。

早彭乐吹吹打打,迎入村来了。不一时到了门前,米天禄接着。吏人将聘礼代礼,金花彩缎,鹅酒果盒,一起送上。又将县尊吩咐的话,一一说与他知。米老儿听了,满口答应不及的道是道是。忙邀吏人并皂隶入中堂坐定,然后将礼物一一收了。鼓乐在门前吹打,早惊动了一村的男男女女,都来围看,皆羡道:"不期米家女儿,前日没人要,如今倒嫁了这等一个好女婿。"范氏忙央亲邻来相帮,杀鸡宰鹅,收拾酒饭,款待来人。只闹了半日,方得打发去了。青姐见郭乔如此郑重她,一发死心塌地。郭乔要另租屋娶青姐过去,米天禄恐客边不便,转商量择一吉日,将郭乔赘了入来。又热闹了一番,郭乔方与青姐成亲。正是:

　　游粤无非是偶然,何曾想娶鹊桥仙。

　　到头柱子兰孙长,方识姻缘看线牵。

二人成亲之后,青姐感郭乔不以卖身之事轻薄她,故凡事体心贴意的奉承。郭乔见青姐成亲之后,比女儿更加妍美,又一心顺从,甚是爱她。故二人如鱼似水,十分相得。每日相偎相依,郭乔连游兴也都减了。过了些时,虽也记挂着家里,却因有此牵绊,便因此循循过了。

忽一日,郭福又载了许多货来,报知家中主母平安。郭乔一发放下了心肠。时光易过,早不知不觉,在广东住了年半有余。王知县见他久不到衙,知他为此留恋,因差人接他到衙。戏戒他道:"我接你来游粤的初念,原为你一时不曾中得,又恐你抑郁,故接你来散散。原未尝叫你在此抛弃家乡,另做人家。今你来此,已将及二载,明年又是场期,还该早早回去,温习书史,以图上进。若只管流落在此,一时贪新欢,误了终身大事,岂不是我做母舅的接你来倒害你!"郭乔口中虽答应道:"母舅大人吩咐的是!外甥只等小价还有些货物一卖完,就起身回去了。"然心里实未尝打点归计。

　　不期又过不得几时，忽王知县报行取①了，要进京，遂立逼着要郭乔同去。郭乔没法推辞，只得来与青姐说知。青姐因说道："相公故乡，原有家产，原有主母，原有功名，原该回去，是不消说得的。贱妾虽蒙相公收用，却是旁枝，不足重轻，焉敢以相公怜惜私情，苦苦牵缠，以妨相公之正业。但只是一事，要与相公说知，求相公留意，不可忘了。"郭乔道："你便说得好听，只是恩爱许久，一旦分离，如何舍得？你且说，更有何事，叫我留意？"青姐道："贱妾蒙相公怜爱，得侍枕席，已怀五月之孕了。倘侥幸生子，贱妾可弃，此子乃相公骨血，万不可弃，所以说望相公留意。"郭乔听了，惨然道："爱妻怎么就说到一个弃字！我郭乔纵使无情，也不至此。今之欲归，非轻舍爱妻，苦为母舅所迫耳！归后当谋再至，决不相负。"青姐道："相公之心，何尝愿弃。但恐道路远，事牵绊，不得已耳。"郭乔道："弃与不弃，在各人之习，此时也难讲。爱妻既念及生子，要我留名，我就预定一名于此，以为后日之征何如？"青姐道："如此更妙。"郭乔道："世称父子为乔梓②，我既名乔，你若生子，就叫做郭梓罢了。"青姐听了，大喜道："谨遵相公之命。"又过了两日，王知县择了行期，速速着人来催。郭乔无可奈何，只得叫郭福留下二百金与米天禄，叫他置些产业，以供青姐之用。然后拜别，随母舅而去。正是：

　　　　东齐有路接西秦，驿路山如眉黛颦。

　　　　若论人情谁愿别，奈何行止不由人。

　　郭乔自别了青姐，随着母舅北归，心虽系念青姐，却也无可奈何。月余到了庐州家里。幸喜武氏平安，夫妻相见甚欢。武氏已知道娶了青姐

---

①　行取——明代制度，按照规定年限，州县官经地方高级官员保举，可以调京，通过考选后补授科道或部属官取，称为行取，实际是外官内擢。

②　乔梓——亦作"桥梓。"《尚书大传·周传·梓材》："伯禽与康叔见周公，三见而三笞之。康叔有骇色，谓伯禽曰：'有商子者，贤人也。与子见之。'乃见商子而问焉。商子曰：'南山之阳有木焉，名乔。'二三子往观之，见乔实高高然颛上，反以告商子。商子曰：'乔者，又道也；南山之阴有木焉，名梓。'二三子复往观焉，见梓实晋晋然而俯，反以告商子。商子曰：'梓者，子道也。'二三子明日见周公，入门而趋，登堂而跪。周公迎拂其首，劳而食之，曰：'尔安见君子乎？'"按儒家以为父权不可侵犯似乔；儿子应卑躬屈节，似梓。后因称父子为"乔梓"。

之事，因问道："你娶了一妾，何不带了来家，与我做伴也好，为何竟丢在那里？"郭乔道："此不过一时客邸无聊，适不凑巧，偶尔为之，当得什么正景？远巴巴又带他来？"武氏道："妻妾家之内助，倘生子息，便要嗣续宗祖，怎说不是正景？"郭乔笑道："在那里也还正景。今见了娘子，如何还敢说正景。"说的夫妻笑了。过了两日，忽闻得又点出新宗师来科举。郭乔也还不在心上，倒是武氏再三说道："你又不老，学中名字又还在，何不再出去考一考？"郭乔道："旧时终日读书，也不能巴得一第。今弃了将近两年，荒疏之极，便去考，料也无用。"武氏道："纵无用，也与闲在家里一般。"郭乔被武氏再三劝不过，只得又走到学中去销了假，重新寻出旧本头来又读起。读到宗师来考时，喜得天资高，依旧考了一个一等，只无奈入了大场，自夸文章锦绣，仍落孙山之外。一连两科，皆是如此。初时还恼，后来知道命中无科甲之分，连恼也不恼。

此时郭乔已是四十八岁，武氏也是四十五岁，虽然不中，却喜得家道从容，尽可度日。郭乔自家功名无望，便一味留心教子。不期儿子长到一十八岁，正打账①与他求婚，不期得了暴疾，竟自死了。夫妻二人，痛哭不已，方觉人世有孤独之苦。急急再想生子，而夫妻俱是望五之人，哪里还敢指望！虽武氏为人甚贤，买了两个丫头，在房中服侍郭乔，却如水中捞月，全然不得。初时郭福在广东做生意，青姐处还有些消息，后来郭福不走广东，遂连消息都无了。郭乔虽时常在花前月下念及青姐，争奈年纪渐渐大了，哪里能够到得广东。青姐之事，只当做了一场春梦，付之一叹。学中虽还挂名做个秀才，却连科举也不出来了，白白的混过了两科。

这年是五十六岁，又该乡试，郭乔照旧不出来赴考。不期这一科的宗师，姓秦名鉴，虽是西人，却自负知文，要在科场内拔识几个奇才；正案虽然定了，他犹恐遗下真才，却又另考遗才，不许一名不到。郭乔无奈，只得也随众去考，心下还暗暗想道：考一个六等，黜②退了，倒干净，也免得年年奔来奔去。不期考过了，秦宗师当面发落第一名，就叫郭乔问道："你文字做得渊涵醇正，大有学识，此乃必售③之技，为何自弃，竟不赴考？"郭

---

①　打账——准备钱。

②　黜（chù）——贬斥，废除。

③　售——运到，实现。用作科学考试得中的意思。

乔见宗师说话，打动他的心事，不觉惨然跪禀道："生员自十六岁进学，在学中做过四十年生员，应举过十数次，皆不能侥幸。自知命中无分，故心成死灰，非自弃也。"秦宗师笑道："俗语说得好：窗下休言命，场中莫论文。我本院偏不信此说。场中乃论文之地，若不论文，却将何为据。本院今送你入场，你如此文字，若再不中，我本院便情愿弃职回去，再不阅文了。"郭乔连连叩头，道："多蒙大秦宗师如此作养，真天地再生，父母再养矣。"不多时，宗师发放完，忙退了出来。与武氏说知，从新又兴兴头头到南场去科举。

这一番入场也是一般做文，只觉得精神猛勇。真是："贵人抬眼看，便是福星临。"三场完了，候到发榜之期，郭乔名字早高高中了第九名亚魁。忙忙去吃鹿鸣宴①，谢座师，谢房师，俱随众一体行事。唯到谢宗师，又特特地大拜了四拜，说道："门生死灰，若非恩师作养，已成沟中弃物了。"秦宗师自负赏鉴不差，也不胜之喜，遂催他早早入京静养。郭乔回家，武氏见他中了举人，贺客填门，无任欢喜。只恨儿子死了，无人承接后代，甚是不快。

郭乔因奉宗师之命，择了十月初一日，便要长行。夫妻临别，武氏再三嘱咐道："你功名既已到手，后嗣一发要紧。妾闻古人还有八十生子之事，你今还未六十，不可懈怠。家中之婢，久已无用；你到京中，若遇燕赵得意佳人，不妨多觅一两人，以为广育之计。"郭乔听了，感激不尽，道："多蒙贤妻美意，只恐枯杨不能生稊②了。"武氏道："你功名久已灰心，怎么今日又死灰复燃，天下事不能预料，人事可行，还须我尽。"郭乔听了，连连点头道："领教，领教！"夫妻遂别了。正是：

　　贤妻字字是良言，岂独担当蘋与蘩。

　　倘能妇人皆若此，自然家茂子孙繁。

郭乔到了京中，赴部报过名，就在西山寻个冷寺住下，潜心读书，不会宾客。到了次年二月，随众入场，三场完毕。到了春榜放时，真是时来顽铁也生光，早又高中了三十三名进士。满心欢喜，以为完了一场读书之

---

① 鹿鸣宴——唐代乡举考试后，州县长官宴请得中举子的宴会。因在宴会上歌《诗·小雅·鹿鸣》，故名。

② 生稊——通"荑"。植物的嫩芽。《易·大过》："枯杨生稊。"

愿。只可恨死了儿子，终属空喜。忽报房刻成会试录，送了一本来看。郭乔要细细看明，好会同年。看见自家是第三十三名郭乔，庐州府合肥县生员；再看到第三十四名，就是一个郭梓，韶州府东昌县附学生。心下老大吃了一惊，暗想道："我记得广东米氏别我时，他曾说已有五月之孕，恐防生子，叫我先定一名，我还记得所定之名，恰恰正是郭梓。难道这郭梓，就是米氏所生之子？若说不是，为何恰恰又是韶州府乐昌县，正是米氏出身之地？但我离广东，屈指算来，只好二十年。若是米氏所生之子，今才二十岁，便连夜读书，也不能中举中进士如此之速。"心下狐疑不了，忙吩咐长班去访这卅三十四名的郭爷，多大年纪了，寓在哪里，我要去拜他。长班去访了来，报道："这位郭爷，听得人说他年纪甚小，只好二十来岁，原是贫家出身，盘缠不多，不曾入城，就住在城外一个冷饭店内。闻知这郭爷，也是李翰林老爷房里中的，与老爷正是同门。明日李老爷散生日，本房门生都要来拜贺。老爷到李老爷家，自然要会着。"郭乔听了大喜。

到了次日，日色才出，即具了贺礼，来与李翰林拜寿。李翰林出厅相见。拜完寿，李翰林就问道："本院闲散诞辰，不足为贺。贤契为何今日来得独早？"郭乔忙打一恭道："门生今日一来奉祝，二来还有一狐疑之事，要求老师台为门生问明。"李翰林道："有甚狐疑之事？"郭乔遂将随母舅之任，游广东并娶妾米氏，同住了二年有余，临行米氏有孕，预定子名之事，细细说了一遍。道："今此郭兄，姓同名同，年又相同，地方又相同，大有可疑。因系同年，不敢轻问。少顷来时，万望老师台细细一询，便知是否。"李翰林应允了。

不多时，众门生俱到，一面拜过寿，一面众同年相见了，各叙寒温。坐定，李翰林就于口先问郭梓道："郭贤契①，贵庚多少了？"郭梓忙打一躬道："门生今年正交二十。"李翰林又问道："贤契如此青年，自然具庆了，但不知令尊翁是何台讳？原习何业？"郭梓听见问他父亲名字，不觉面色一红，沉吟半晌，方又说道："家父乃庐州府生员，客游于广，以荫门生。门生生时，而家父已还，尚未及面，深负不孝罪。"李翰林道："据贤契说来，则令堂当是米氏了。"郭梓听了大惊道："家母果系米氏，不知老师台何以得知？"李翰林道："贤契既知令尊翁是庐州府生员，自然知其名字。

① 契（qì）——意气相合；投合。

郭梓道："父名子不敢轻呼,但第三十三名的这位同年,贵姓尊名,以及郡县,皆与家父相同,不知何故。"李翰林道："你既知父亲是庐州生员,前日舟过庐州,为何不一访问?"郭梓道："门生年幼,初出门,不识道途,又无人指引,又因家寒,资斧①不裕,又恐误了场期,故忙忙进京,未敢迂道。今蒙老师台提拔,侥幸及第,只俟廷试一过,即当请假到庐州访求。"李翰林笑道："贤契如今不消又去访求了,本院还你一个父亲罢!这三十三名的正是他。"郭梓道："家母说家父是生员,不曾说是举人进士。"李翰林又笑道："生员难道就中不得举人进士的么?"

　　郭乔此时,已看得明白,听得明白,知道确乎是他的儿子,满心狂喜,忍不住走上前说道："我儿,你不消疑惑了,你外祖父可叫做米天禄?外祖母可是范氏?你母亲可是三月十五日生日?你住的地方,可叫做种玉村?这还可以盗窃。你看你这当眉心的这一点黑痣,与我眉心这一点黑痣,可是假借来的?你心下便明白了。"郭梓忙抬头一看,见郭乔眉心一点黑痣,果与自家的相同。认真是实,方走上前一把扯着郭乔,拜伏于地,道："孩子生身二十年,尚不知木本水源,真不肖而又不孝矣!"郭乔连忙扶起他来,道："汝父在诗书中埋尘一生,今方少展,在宗祀中不曾广育,遂致无后。今无意中得汝,又赖汝母贤能,教汝成名,以掩饰汝父之不孝,可谓有功于祖父,诚厚幸也!"随又同郭梓拜谢李翰林,道："父子同出门墙,恩莫大矣。又蒙指点识认,德更加焉。虽效犬马衔结,亦不能补报万一!"李翰林道："父子暌离②,认识的多矣。若父子乡会同科,相逢识认于金榜之下,则古今未之有也。大奇,大奇!可贺,可贺!"众同年俱齐声称庆道："果是稀有之事。"李翰林留饭,师生欢然,直饮得尽醉方散。

　　郭梓遂不出城,竟随到父亲的寓所来同宿,便细细问广中之事。郭梓方一一说道："外祖父母,五六年前俱已相继而亡,所有田产为殡葬之计,已卖去许多,余下者又无人耕种,取租有限,孩儿从师读书之费,皆赖母亲日夜纺绩以供。"郭乔听了,不觉涕泪交下,道："我郭乔真罪人也!临别曾许重来,二十年竟无音问,家尚有余,置之绝地,徒令汝母受苦,郭乔真罪人也!廷试一过,即当请告而归,接汝母来同居,以酬他这一番贞守之

---

①　资斧——旅费,盘缠,亦作"齐斧"。

②　暌(kuí)离——阔别。

情,教子之德。"郭梓唯唯领命。到了廷试,郭乔止殿在二甲,选了部属。郭梓倒殿了探花,职授编修。父子一时荣耀。在京住不多时,因记挂着要接米氏,郭乔就告假祭祖,郭梓就告假省母。命下了,父子遂一同还乡。座师同年,皆以为荣,俱来饯送,享极一时之盛。正是:

> 来时父子尚暌违①,不道相逢衣锦归。
>
> 若使人生皆到此,山中草木有光辉。

郭乔父子同至庐州,此时已有人报知武夫人。武夫人见丈夫中了进士,已喜不了,又见说广东妾生的儿子又中了探花,又认了父亲,一同回来,这喜也非常,忙使人报知母舅王衮。此时王衮因行取已在京做了六年御史,告病还家,闻知此信,大喜不胜,连忙走来相会。郭乔到家,先领郭梓到家堂里拜了祖宗,就到内庭拜了嫡母。拜完了,然后同出前厅,自先拜了母男,就叫郭梓拜见祖母舅。拜完,郭乔因对郭梓说:"我娶你母亲时,还是祖母舅为媒,替我行的聘礼,当时为此,实实在有意无意之间。谁知生出汝来,竟接了我郇氏一脉,真天意也,真快幸也。"武氏备出酒来,大家欢饮方散。

到了次日,府县闻知郭乔中了进士,选了部郎,又见他儿子中了探花,尽来贺喜请酒。又是亲朋友作贺,直闹个不了。郭梓记挂着生母在家悬望,只得辞了父亲、嫡母回去。郭乔再三嘱咐道:"外祖父母既已谢世,汝母独立无依,必须要接来同居,受享几年,聊以报她一番苦节。"郭梓领命,昼夜兼行赶到韶州。报知母亲说:"父亲已连科中了进士,在榜上看出姓名籍贯,方才识认了父子。遂同告假归到庐州,拜见了嫡母。父亲与嫡母,因前面的儿子死了,正忧无后,忽得孩儿承续了宗祧。但父亲与嫡母,俱感激母亲不尽,再三吩咐孩儿,叫迎请了母亲去,同享富贵,以报母亲往前之苦。此乃骨肉团圆大喜之事,母亲须要打点速去为妙。"米氏听见郭乔也中了进士,恰应他母亲梦中神道"贵人之妻,贵人之母"之言,不胜大喜。因对儿子说道:"你为母的,孤立于此,也是出于无奈。今既许归宗,怎么不去?"因将所有田产房屋,尽付与一个至诚的乡邻,托他看守父母之家,自家便轻身随儿子归宗。

此时府县见郭梓中了探花,尽来奉承。闻知起身归宗,水路送舟船,

---

①　暌违——分离。

旱路送车马，赆①仪程仪，络绎不绝。故母子二人，安安然不两月就到了庐州。郭乔闻报，遂亲自乘轿到舟中来迎接。见了米氏，早深深拜谢道："夫人临别时，虽说有孕，叫我定名，我名虽定了，还不深信。谁知夫人果然生子，果然苦守二十年，教子成名，续我郭氏戋戋②之一脉。此恩此德，真虽杀身亦不能酬其万一，只好日日跪拜夫人，以明感激而已。"米氏道："贱妾一卖身之婢，得配君贵人，已荣于华衮③，又受君之遗，生此贵子，其荣又为何如？至于守身教子，皆妾分内之事，又何劳何苦，而过蒙垂念？"郭乔听了，愈加感叹道："二夫人既能力行，而又不伐，即古贤淑女，亦皆不及，何况今人！我郭乔何幸，得遇夫人，真天缘也！"遂请米氏乘了大轿，自与儿子骑马追随。

到了门前，早有鼓乐大吹大擂，迎接入去。抬到厅前歇下，闲人就都回避了。早有侍妾掀起轿帘，请她出轿。早看见武夫人立在厅上接她。她走入厅来，看见武夫人，当厅就是一跪，说道："贱妾米氏，禀拜见夫人！"武夫人见她如此小心，也忙跪将下去，扶她道："二夫人贵人之母也，如何过谦！快快请起。"米氏道："子虽不分嫡庶，妾却不能无大小之分。还求大夫人台座，容贱妾拜见。"武夫人道："从来母以子贵，妾无子之人，焉敢称尊！"此时郭乔、郭梓俱已走到。见她二人逊让不已，郭梓只得跪在旁边，扶定武夫人，让米氏拜了两拜，然后放开手，让武夫人还了两拜，方才请起。武夫人又叫家中大小仆婢，俱来拜见二夫人。拜完，然后同入后堂，共饮骨肉团圆之酒。自此之后，彼此相敬相爱，一家和顺。郭乔后来只做了一任太守，便不愿出任。郭梓直做到侍郎，先封赠了嫡母，后又封赠了生母方已。后人有诗赞之道：

> 施恩只道济他人，报应谁知到自身。
>
> 秀色可餐前种玉④，书香能续后生麟。
>
> 不曾说破终疑幻，看得分明始认真。
>
> 未产命名君莫笑，此中作合岂无因。

---

① 赆（jìn）——赠给人的路费或礼物。

② 戋戋——众多貌。

③ 华衮——古代王公贵州的礼服。

④ 种玉——旧称孝行。

第 二 回

卢梦仙江上寻妻

科第从来误后生，茫茫今古伴青灯①。
一时名落孙山榜，六载人归杨素②门。
志若自邀天地眷，身存复鼓瑟琴声。
落花流水情兼有，莫向风尘看此君。

话道人生百年之内，却有许多离合悲欢。这离合悲欢，非是人要如此，也非天要人如此，乃是各人命中注定，所以推不去，躲不过。随你英雄豪杰，跳不出这个圈子。然古今来离而复合，悲后重欢的事体尽多。

如今先把两桩极著名的来略言其概。一个是陈朝乐昌公主，下嫁太子舍人③徐德言，夫妻正是一双两好。哪知后主陈叔宝荒淫无道，被隋朝攻入金陵，国破家亡。乐昌夫妻，各自逃生，临别之时，破镜各执，希冀异日再合。到后天下平静，德言于正月十五元宵之夜，卖破镜为由，寻访妻子下落；这乐昌已落在越公杨素府中，深得爱宠。乐昌不忘旧日恩情，冒死禀知越公，也差人体访德言，恰他相值。越公召入府中，与乐昌公主相会。亏杨素不是重色之徒，将乐昌还与德言，重为夫妻。还有个余姚人黄昌，官也不小，曾为蜀郡太守。当年为书佐之时，妻子被山贼劫去，流落到四川地方，嫁个腐酒之人，已生下儿子。及黄昌到四川做太守时，其子犯事，娘儿两个同到公堂审问。黄昌听见这妇人口气，不像四川人。问其缘故，乃知当初被山贼劫去的妻子即是此人，从此再合。

看官，这两桩故事，人都晓得，你道为何又宣他一番？此因女子家是个玻璃盏，磕着些儿便碎；又像一匹素白练，染着皂媒便黑。这两个女人，虽则复合，却都是失节之人，分明是已破的玻璃盏，染皂媒的青白练，虽非

---

① 青灯——指油灯，其光青莹，故名。
② 杨素（？——606）——隋大臣。字处道，弘农华阴（今属陕西）人。
③ 舍人——末元以来俗称贵显子弟为舍人，犹指公子。

点破海棠红,却也是风前杨柳,雨后桃花,许多袅娜胭脂,早已被人摇摆多时,冷淡了许多颜色,所以不足为奇。如今只把个已嫁人家,甘为下贱,守定这朵朝天莲、夜舒荷,交还当日的种花人,这方是精金烈火,百炼不折,才为稀罕。正是:

　　贞心耿耿三秋月,劲节铮铮百炼金。

　　话说成化①年间,扬州江都地方,有一博雅老儒李月坡,妻室已丧,只有一女,年方九岁,生得容貌端妍,聪明无比。月坡自幼教她读书,真个闻一知十,因此月坡命名妙惠。邻里间多有要与月坡联姻。月坡以女儿这个体格,要觅一个会读书的子弟为配,不肯轻易许那寻常儿童。月坡自来无甚产业,只靠坐馆膳生。从古有砚田笔耒②之号,虽为冷谈,原是圣贤路上人。这一年,在利津门龚家开馆,龚家有个女学生,年纪也方九岁。东家有个卢生,附来读书。那卢生学名梦仙,以昔日邯郸卢生,为吕洞宾幻梦点化,登了仙录,所以这卢生取名梦仙,字从吕。其父卢南村,是个富不好礼之人;其母姓骆,也不甚贤明大雅,却生得卢梦仙这个好儿子。自到龚家附学,本自聪明质地,又兼月坡教道有方,年纪才只十岁,书倒读了一腹,刚刚学做文字,却就会弄笔头,长言短句,信笔而成,因资性占了十分,未免带些轻薄。一日见龚家女学生,将出一柄白竹扇子,画着松竹花鸟,梦仙借来一观,就拈笔写着两行大字道:

　　一株松,一竿竹,一双凤凰独宿。有朝一日效于飞,这段姻缘真
不俗。

　　写罢,送还女学生。女学生年小,不知其味。不想龚家主人出来看见,大怒起来,归怨先生教训不严。月坡没趣,罚卢梦仙跪下,将一方大石砚台,顶在头上。正在那里数说他放肆,不觉肩上被扇子一拍,叫道:"月坡为甚事将学生子这样大难为?"月坡回头看时,却是最相契的朋友雷鸣夏,原是扬州府学秀才。月坡即转身作揖,龚主人也来施礼,宾主坐下又问道:"这学生为甚受此重罚?"月坡将题扇的事说出。雷秀才笑道:"虽则轻薄,却有才情。我说分上,就把顶石而跪为题,一样照前体制,若对偶精工,意思亲切,便放起来;若题得不好,然后重加责罚。"那卢梦仙又依

　　①　成化——明宪宗年号,(1465—1487年)。
　　②　笔耒(lěi)——笔耕。

前对上几句道：

一片石，一滴水，一个鲤鱼难摆尾。今朝幸遇一声雷，劈破红云飞万里。

雷秀才见了大喜，叫道："有这等奇才，定是黄阁名臣，青云伟器。我当作伐①，就求龚家女生，与他配成两姓之好。"龚主人也是回嗔作喜，说道："果是奇才！但愧小女福薄，先已许字，不能从命。雷秀才道："东家不成，便求西家。月坡有位令爱，想是年貌相等，何不就招他为婿！"月坡正有此意，谦逊道："我是儒素，他是富家，只怕乃尊不肯。"雷秀才道："或者合是天缘，也未可知。待我与贵东，同去作伐，料然他不好推托。"道罢别去。

雷秀才择个好日，约龚主人同到卢家去为媒。一则卢梦仙与李妙惠合该是夫妻；二来卢南村平昔极是算小，听说行聘省俭，聘金又不受，正凑其趣；三则又是秀才为媒，自觉荣耀，因此一说就成。选起吉期，行了聘礼，结为姻眷。到十九岁上，卢南村与梦仙完婚，郎才女貌，的是一对。更兼妙惠从小知书达理，待公姑十分恭敬，举动各有礼节。又劝丈夫勤学，博取功名，显扬父母。梦仙感其言，发愤苦功。至二十一岁，案首入学，以儒士科举，中礼记经魁。那时喜倒了卢南村，乐杀了骆妈妈。人都道卢南村一字不识，却生这个好儿子，中了举人。因起了个诨名，叫卢从吕为卢伯骍②，隐着犁牛之子骍且角的意思。这是个背后戏语，卢家原不晓得。

此时亲戚庆贺云集，门庭热闹。乡里间平昔与卢南村有些交往的，加倍奉承，凑起分金，设席请他父子。梦仙见房师去了，只有卢南村独自赴酌。饮至酒后，众人齐道："卢大伯，今日还是举人相公的令尊。明年此时，定是进士老爷的封君了。我们乡里间有甚事体，全要仗你看顾。"卢南村道："这个自然。只是我若做了封君，少不得要常去拜府县，不知帖子上该写什么生。到了迎宾馆里，不知还是朝南坐，朝北坐。这些礼体，我一毫不晓。"内中一人道："我前见张侍郎老封君拜太爷，帖子上写治生。不知新进士封君，可该也是这般写。"卢南村道："一般封君，岂有两样，定然写治生了。你可曾见是朝南坐，朝北坐？"那人道："这倒没有看

---

①　作伐——做媒。

②　骍（xīn）——赤色马。

得。"众人道:"大伯不消费心,但问令郎相公,便明白了。"南村道:"有理,有理。近处不走,却去转远路。"酒罢散去,这些话众人又都传开去。

有那轻薄的,便笑道:"怪道人叫他儿子是卢伯骅,果然这样妙的。"又有个下第老儒说道:"这样学生子,乳花还在嘴上,晓得什么文章。偷个举人到手也够了,还要想进士,真个是梦仙了。"这个话,又有人传入卢南村耳中。那老儿平日又不说起,直到梦仙会试起身之日,亲友毕集饯行,却说道:"儿子,你须争气,挣了进士回来。莫要不用心,被人耻笑。"梦仙道:"中不中,自有天命,谁人笑得。"卢南村道:"你不晓得,有人在背后谈议,如此如此,又叫你是什么卢伯骅。"梦仙本是少年心性,听了这话,不觉面色俱变,道:"原来恁地可恶,把我轻视也罢了,如何伤触我父亲,此恨如何消得。"众亲俱劝道:"此乃小辈忌妒之言,不要听他。"丈人李月坡也说道:"背后之语,何足介意。你只管自己功名便了。"梦仙道:"若论文章,别个或者还抱不稳,我卢从吕不是自夸,信笔做来,定然高高前列。众高亲在此,若卢从吕不能中进士回来,将烟煤涂我个黑脸。"众亲道:"恁这般说,此去定然高中。"为这上酒也不能尽欢,快快而别。这一番说话,分明似:

　　打开鸾凤东西去,拆散鸳鸯南北飞。

卢梦仙离了家乡,一路骤轿,直至京师。下了寓所,因愤气在心,足迹不出,终日温习本业。候到二月初九头场,进了贡院,打起精神,猛力的做成七篇文字。大抵乡会试所重只在头场,头场中了试官之意。二三场就不济也是中了。若头场试官看不上眼,二三场总然言言经济,字字珠玑,也不来看你的了。这卢梦仙自道:"这七篇文字从肥肠满脑中流出,一个进士,稳稳拿在手里了。"好不得意。过了十二二场,到十四夜,有个同年举人,到他寓所来商议策题。说:"方今边疆多事,钱粮虚耗。欲暂停马市,又恐结怨夷人。欲复辟屯田,又恐反扰百姓。只此疑义,恐防明日要问,如何对答。"两人灯前商议,未免把酒流连。及至送别就寐,却已二鼓。方才着枕,得其一梦,梦见第三场策题,不问屯田马市,却是问盐场俱在扬州,盐客多在江西,移盐场分散江西,盐从何出;移盐客尽居扬州,法无所统,计将揆度①两处地宜。方欲踌躇以对,家人来报,贡院已将关门,

---

　　①　揆度(kuí duó)——揣度,猜测。

忽然警觉。忙忙收拾笔砚,赶到贡院前,却已无及。哪知场中已看中头场,本房拟作首卷。看了二场,却没有三场,只得叹口气,将来抽掉。正是:

　　只因旧日邯郸路,梦里卢生误着鞭。

　　卢梦仙既不终场,既同下第。思量起在众亲面前说了大话,有何颜回去相见。只这众亲也还不大紧,可不被这背后讥诮我的笑话。思想了一回,道:"在家也是读书,在外也是读书,不如就此觅个僻静所在,下帷三年。等到后科中了回去,还遮了这羞脸。"意欲寄封家信回去,又想一想:"父亲是不耐静的,若写书回去,一定把与人看,可不一般笑话。索性断绝书信,倒也泯然无迹。大凡读书人最腐最执,毋论事之大小,若执定一念,任凭你苏秦张仪,也说他不动,金银宝贝,也买他不转。这卢梦仙只为出门时说了这几句愤气话,无颜归去,也该寄书安慰父母妻子,知个踪迹下落。他却执泥①一见,连书信也绝了,岂非是一团腐气。"

　　梦仙寻了西山一间静室,也不通知朋友,悄地搬去住了。这西山为燕都胜地,果然好景致。怎见得,但见:

　　西方净土,七宝庄严。莲花中幻出僧伽②,不寒不暑;懈慢国转寻极乐,无古无今。燕子堂前,总是维摩故宅;娑罗树下,莫非长者新宫。息舟香皂,悟得奉无量,愿无量,相好光明无量。怅别寒林,还思小乘禅,大乘禅,野狐说法乘禅。庐峰惠远和泉飞,莲社渊明辞酒到。广开十笏,遍置三田。如来丈六金身,士子三年铁砚。方知佛教通儒教,要识书堂即佛堂。

　　卢梦仙到了西山,在菩萨面前,设下誓愿,说:"若卢梦仙不得金榜题名,决不再见江东父老。"自此闭关读书,绝不与人交往。同年中只道他久已还家,哪里晓得却潜居于此,这也不在话下。

　　且说卢南村眼巴巴望这报录人来,及至各家报绝,竟不见到,眼见得是不曾中了。那时将巴中的念头,转又巴儿子还家。谁知下第的举人,尽都归了,偏是卢梦仙信也没有一封。南村差人到同年家去问,俱言三场后便不见在京,只道先已回了。南村心里疑惑,差人四处访问,并无消耗。

---

① 执泥——泥为拘执,难行,固执,执泥指固执己见。

② 僧伽(sēng qié)——梵文僧伽蓝摩的音译略称,意为众因成僧院。

有的猜摸道："多分到哪处打秋风，羁留住了。须有些彩头，然后归哩。"因这话说得近理，卢南村将信将疑。又过了几日，忽地有人传到一个凶信，说卢梦仙已死于京中了。这人原不是有意说谎，只因西安府商州，也有个举人卢梦仙，会试下第，在监中历事身死，错认了扬州卢梦仙。以讹传讹，直传到卢南村家来。论起卢南村若是有见识的，将事件详审个真伪才是。假如儿子虽死，随去的家人尚在，自然归报。纵或不然，少不得音信也有一封，方可据以为准。这卢南村是个不通文理的人，又正在疑惑之际，得了此信，更不访问的确，竟信以为真。那时哭倒了李妙惠，号杀了骆妈妈。卢南村痛哭，自不消说起。

连李月坡也长叹感伤，说："可惜少年英俊，有才无寿。"与南村商议，女婿既登乡榜，不可失了体面，合当招魂设祭，开丧受吊。料想随去的家人，必无力扶榇①回乡，须另差人将盘缠至京，收拾归葬。卢南村依其言语，先挂孝开丧，扶榇且再从容。卢家已是认真，安有外人反不信之理。自此都道卢梦仙已死，把南村一团高兴，化做半杯雪水。情绪不好，做的事件件不如意，日渐消耗。更兼扬州一带地方，大水民饥，官府设法赈济，分派各大户，出米平粜②。卢南村家事已是萧条，还列在大户之中。若儿子在时。还好去求免，官府或者让个情分。既说已故，便与民户一般。卢南村无可奈何，只得变卖，完这桩公事。哪知水灾之后，继以旱蝗疫疠，死者填街塞巷，惨不可言。自大江以北，淮河以南，地上无根青草，树上没一片嫩皮。飞禽走兽，尽皆饿死。各人要活性命，自己父母，且不能顾，别人儿女，谁肯收留。可惜这：

二十四桥明月夜，玉人何处去吹箫。

那时卢南村家私弄完，童仆走散。莫说当大户出米平粜，连自己也要吃官米了。李月坡本地没处教书，寻得个凤阳远馆，自去暂度荒年。尝言人贫智短，卢南村当时有家事时，虽则悭吝，也还要些体面。到今贫窘，渐渐做出穷相形状，连媳妇只管嫌她吃死饭起来。且又识见浅薄，夫妻商议道："儿子虽则举人，死人庇护活人不得。媳妇年纪尚小，又无所出，守寡在此，终须不了。闻得古来公主也有改嫁，命妇也有失节，何况举人妻子。

---

① 榇(chèn)——棺材。
② 平粜(tiào)——平价售米。

不如把她转嫁，在我得些财礼，又省了一个吃死饭的。媳妇又有所归，完了终身，强似在此孤单独自，熬清守淡，岂非一举两得。且此荒歉之时，好端端夫妇，还有折散转嫁，各自逃命。寡妇晚嫁，是正经道理，料道也没人笑得。"骆妈妈道："此正是救荒之计。但媳妇平昔虽则孝顺，看她性子，原有些执拗，这件事不知她心里若何。如今且莫说起，悄悄教媒人寻了对头。那时一手交钱，一手交货，送她转身，那时省了好些口舌。"卢南村连声道是，暗地与媒婆说知。那些媒婆中，平昔也有曾见过李妙惠的，晓得才貌贤德兼备，即日就说一个富家来成这亲事。

　　你道这富家是何等样人？此人姓谢名启，江西临川人。祖父世代扬州中盐，家私巨富，性子豪爽。年纪才三十有余。好饮喜色，四处访觅佳丽。后房上等姬妾三四十人，美婢六七十人，其他中等之婢百有余人。临川住宅，屋宇广大，拟于王侯。扬州又寻一所大房作寓。盐艘几百余号，不时带领姬妾，驾着臣舰，往来二地，是一个大挥霍的巨商，会帮衬的富翁。今番闻得李妙惠又美又贤，多才多艺，愿致白金百两，彩币十端，娶以为妾。

　　卢南村听说肯出许多东西，喜出望外。与骆妈妈商议了几句言语，去对李妙惠说道："娘子，你自到我家，多感你孝顺贤惠，不致把我夫妻怠慢。我儿子中了举人，只指望再中个进士，大家兴头。哪里说起，中又不中，连性命也不得归家。我两个老狗骨头命穷，自不消说起。却连累你小小年纪，一般受苦，心中甚不过意。因此商量，不如趁这青春年少，转嫁一人，生男育女，成家立业，岂不强似在此熬清受淡。恰好有个盐商，愿来结亲。今与娘子说明，明日便送礼来，后日过门。房户中有甚衣饰，你通收拾了去，我决不要你一件。"

　　李妙惠听了，分明青天中打下一霹雳，惊得魂魄俱丧，涕泪交流，说道："媳妇自九岁结缡①，十八于归。成婚虽则三载，誓盟已订百年。何期赋命不辰，中道捐弃，夫之不幸，即妾之不幸也。闻讣之日，即欲从殉。一则以公姑无人奉养，欲代夫以尽温清②；二则仆人未归，死信终疑，故忍死

①　结缡——也作结褵。古代女子出嫁，母亲把佩巾结在女儿身上，后用为成婚的代称。

②　温清——冬温夏清的略语。温，温被使暖；清，扇席使凉。

以俟确音。倘果不谬,媳妇当勉尽心力,承侍翁姑。百年之后,亦相从于地下,是则媳妇之志也。何公姑不谅素心,一旦忽生异议,不计膝下之无人,乃强媳妇以改适?然未亡人虽出寒微,幼承亲训,颇知书礼,宁甘玉碎,必不瓦全。再醮之言,请勿启齿。如必欲媳妇失节,有死而已。"说罢,号恸不止。

卢南村只知要这百金财礼,哪里听她这些说话,乃道:"娘子,你有志气,肯与我儿子守节,看承我两人,岂不知是一片好意,一点孝心。但我今时家事已穷,口食渐渐不周,将什么与你吃了,好守孤孀。况且如此荒年,哪家不卖男鬻女来度命。没奈何也想出这个短见,劝你勉强曲从。待我受这几两财礼,度过荒年,此便是你大孝了。"妙惠听了,明白公姑只贪着银子,不顾什么礼义,说也徒然。想了一想,收了泪痕,说道:"公婆主意已定,怎好违逆,只得忍耻再嫁便了。但明日受聘,后日成婚,通是吉日,哭泣不祥。媳妇有两件衣服,原是当时聘币,如今可将去,换些三牲祭礼,就今日在丈夫灵前祭奠一番,以完夫妇之情。"卢南村见她应承,只道是真,好生喜欢。说道:"祭礼我自来备办,不消你费心。"妙惠道:"还是把衣服去换来,也表我做妻子的真念。"道罢,走回房中,取了两件衣服,交与骆妈妈。卢南村看了想道:"这衣服急切换东西,须要作贱。把来藏过,另将钱钞去买办。"

此时妙惠已决意自尽,思量死路,无过三条。刀上死,伤了父母遗体;河里死,尸骸飘荡;不如缢死,倒得干净。算计已定,拈起笔来,写下一篇祝词。少顷,祭礼完备,摆列灵前,妙惠向灵前拜了四拜。上香陈酒已毕,又拜四拜。祝道:"孝妇李妙惠,矢心守志,奈何公姑不听,强我改适。违命则不孝,顺颜则失节。无可奈何,谨陈絮酒,叩泣几筵。英灵不昧,鉴我微忱,芜词①上祝,去格来歆。"取出祭文,读道:

　　惟灵蚤慧,词坛擅名。弱冠鹊起,秋风鹿鸣。奋翮南宫,铩羽北溟。文星昼殒,泉台夜扃②。彼苍胡毒,生我无禄。幼失恃岵③,惟亲

---

①　芜词——芜为杂乱。此处为谦词,指杂乱无章的陈词。

②　泉台夜扃——泉台指泉下,泉壤;扃指关闭。

③　恃岵——恃,依靠,母之代称。

育鞠。伉俪君子，琴瑟雍穆。中道永违，遗我茕独①。死生契阔，音容杳绝。罹此百忧，五内摧裂。涕泗滂沱，泪枯继血。自矢柏舟，荼苦甘啮。高堂不怿，强以失德。之死靡他，我心匪石。长恨无穷，铭腑刺骼。天地有终，捐躯何惜。英魂对越，与君陈说。生则同衾，死则同穴。来则冰清，去则玉洁。长辞尘世，徜徉泉阙。呜呼哀哉，惟灵鉴彻。

　　读罢祭文，又拜四拜，焚化纸钱，放声号哭一场。哭罢，又请卢南村老夫妻坐下，也拜四拜，说道："自今之后，公婆须自家保重，媳妇已不能奉侍了。"卢南村道："娘子，这事我原不得已而为之。你到谢家，若念旧日情义，常来看顾我，也胜似看经念佛。"李妙惠含糊答应，自归房去。那骆妈妈比老儿又乖巧几分，心里独疑，道："媳妇这个举动，不像真心肯嫁的，莫不做出什么把戏来？"暗自留心观看，见房门已是闭上。悄地张时，只见将过一个椅儿，放在床前，踏将上去，解下腰间麻绖②。吊在床檐上，做个圈儿套在颈上。惊得骆妈妈魂飞魄散，把房门乱打，叫道："娘子，你怎么上这条路，断使不得的！"又叫："老官快来，媳妇上吊哩！"那老儿听见，也吃了一吓，带奔带跌走来。打开房门，妙惠已是踢倒椅儿悬空挂下了。老夫妻连忙救下来，扯去麻绖，卢南村叫阿妈安慰，自往外边。

　　李妙惠哭道："婆婆何不方便了媳妇，却又解放我下来。"骆妈妈也带着哭泣劝道："事体虽则公公不是，肯不肯还在于你，怎就这般短见。"李妙惠道："公公念媳妇年小无倚，叫我改嫁，原是好意。但媳妇自想，幼年丧母，早年丧夫，又遭此凶荒，孤穷之命，料想终身无好处。若一嫁去，又变出些什么事故，岂不与今日一般吗？为此不如寻个自尽，倒得早生净土。"骆妈妈道："一朵花方才放，怎说这样尽头话。快不要如此，待我与老官儿商量，再从长计议。"李妙惠道："多谢婆婆，媳妇晓得了。"骆妈妈劝了一回，也走出房去。妙惠虽则一时听劝，到底寻死是真，救活是假。

　　南村夫妇恐怕三不知做出事来，反担着鬼胎，昼夜防守。背地商量道："这桩事倒弄得不好了，你我哪里防备得许多。一时间弄假成真，上了这条道路，李亲家虽在凤阳处馆，少不得要把个信儿与他。倘或回来，

───────────

①　茕独（qióng dú）——茕，无兄弟；独，无子，指孤独，无依靠。

②　麻绖（dié）——绖，古代丧服中的麻带，系在头上或腰上。

翻转面皮，道你我逼勒改嫁不从而死，到官司告起状词，这样穷迫之时，可是当得起的。如今还是怎样处？"骆妈妈想了一想，说："有个道理在此。媳妇尝说姨娘方妈妈是个孤孀，就住在李亲家间壁。媳妇女工针指，俱是她所教，如嫡亲母子一般。前年儿子中了，也曾接来吃酒。你可去央她来劝谕媳妇，自然听从。"卢南村依了妈妈，即便到方姨娘家去。相见礼毕，将教媳妇改嫁不从寻死的话，实实告诉一番，说特来央求姨母到舍劝解。方姨娘听罢，沉吟了一回，答道："甥女是少年性子，但知夫妇恩深，哪晓得守寡的苦楚。"南村因这句话投机，心里喜欢，随口道："可是守寡是个难事，娘子只道我是歹意，生起短见。姨母若劝得她转，自当奉谢。"方姨娘笑道："这倒不劳亲家费心。非义之物，老身自来不取的。况甥女是执性的，也未必肯听。亲家先请回，老身随后便来。"

　　南村归不多时，方姨娘已至。骆妈妈相迎，送入媳妇房里道："姨母请坐，待我取点茶来。"姨娘看妙惠斩衰重服，麻绖拦腰，而愁容惨戚，泪眼未干。一见姨娘，向前万福，愈加悲切，哽哽噎噎，哪里说得出一个字儿。方姨娘携住了手，把袖子与她拭泪道："贤甥，你怎哭得这个模样！休得过伤，苦坏了身子。"妙惠道："儿已不愿生了，还顾什么身子？"方姨娘道："你休执性，夫妻恩情虽重，然死生各有命数。做姨娘的，当日姨夫去世，也愿以死相从，因死而无益，所以今日尚在。"妙惠道："姨娘当日无有意外之变，是以苦守清节，得至于今。甥女虽然愚昧，志愿岂不亦欲如此。无奈公婆错见，强我改嫁。苦口极言，弗能回听，故不得不以死为幸。"方姨娘道："我因闻知有这些缘故，为此特来看你。但死而有益，我也不劝你了。只可惜死而无益，可不枉了一死。"妙惠道："以身殉夫，妇人常事，有甚有益无益。"方姨娘道："你且从容，待我慢慢与你讲这道理。若说得是，你便听了。说得不是，一凭你自家主裁何如。"妙惠听了这话，便止住号哭。恰好骆妈妈送进茶来，彼此各叙寒温，说些闲话，茶罢，摆过酒肴款待，留住过夜。

　　到了晚间，妙惠请问死而有益无益的缘故。方姨娘道："女子以身殉夫，固是正理，然期间亦有权变，不可执泥一见。古来多少妇人，夫死之日，随亦自尽，这叫做烈妇。虽则视死如归，正气凛凛，然终比不得节妇。却是为何？这烈妇，乃一时愤激所致。怎如节妇，自少至老，阅历多少寒暑风霜，凄凉寂寞。自始至终，冰清玉洁，全节完名，可不胜于烈妇几倍。"妙惠道："甥女初意,原不欲死。止为公婆要我改嫁,才兴些念。"方姨娘道："你且慢着,待我说来听。自来妇人既失所天,唤做未亡人,言所欠似一死耳。做节妇的,岂不知以身殉夫,反得干净,却肯受这许多凄凉苦楚。期间或有公姑,别无兄弟。若夫妇俱亡,父母谁养。故不得不留此身,以代丈夫养亲。或无公姑,却有嗣。或在襁褓,或在稚年,若还随夫身死,儿孤谁育。又不得不留此身,为夫抚养成立,承绍宗祀。故节妇不似烈妇止全一身,所以为贵。像你虽无子嗣,却有公姑。理当代夫奉侍,养生送死。不幸遭此岁荒家窘,要你改嫁。为朝夕薪水之计,此或出于不得已,未可知也。倘若一旦自尽,公姑不唯不得嫁资,以膳余生,反使有逼嫁不义之名。烈则烈矣,但不能为丈夫始终父母,恐在九泉,亦有遗恨,此便是死而无益。"妙惠道："据姨娘所见,还当如何?"方姨娘道："依我所见,不若反经从权,顺从改适,以财礼为公姑养老之资。你到其家,从实告以年荒岁歉,公姑有命改嫁,实非本心。况是孝廉结发,义不受辱。仁人君子,何处无之。倘此人慷慨仗义,如冯商还妾故事,完璧仍归,也未可知。设或其人如登徒好色之流,强成伉俪,那时从容就死,下谢卢郎。如此则公姑又不失所望,在你孝义节烈之名兼得,这便是死而有益。"妙惠听了,倒身下拜道："姨娘高见,甥女一如所教便了。"方姨娘扶起,遂各就寝。

到次日,方姨娘与卢南村说："舍甥女已听老身劝谕,情愿改适,亲家只管受聘便了。"卢南村大喜道："多谢姨娘费心。"方姨娘又道："主婚改嫁,在亲家自是不差。但卢嫁媳妇,却是李宅女儿,舍亲李月坡又是执性的人,若不通知,后来埋怨不小。还该写书道达他才是,趁我在此,与你觅便寄去。"南村道："姨每说得有理。但要写书,却是难我了,这事又不好央人代身,只得胡乱写几句与他罢。"提起笔来,直是千斤之重。糊涂墨突,写出几个字来,写道:

南村拜字,月坡见字:年岁荒者,家里穷哉,无饭吃矣。娘子苦之,转身去也。现有方姨妈做保山,不是我与房下草毛白付。你亲家年前放学归来,可到晚女婿盐商谢客人处,问令爱便知焉。

写罢,交与方姨娘。姨娘看见大笑。南村道："想必姨母肚里通透,我书中许多学问,都解得出的。"方姨娘又笑道："亲家大才,哪里便解得出,可将来封好。"妙惠道："甥女少不得也要写几个字儿与爹爹,待我一并封罢。"遂取过笔砚,写道:

儿妙惠百拜裣衽①上父亲电览;父之许配卢生,真如郭爱延明,都怜逸少。乘龙②未几,即赴春闱。岂期杏花马上郎,退三舍避之;不克沉船破釜,徒作李方叔抱恨重泉。虽曰命数有定,然亦与经沟渎者何异。讣音远来,虽非实有所据。然寒霜再易,岂真鳞绝网罗,鸿归赠缴。死者既已无知,生者愈多桎梏。忍将白锸,夺我青灯。夜哭既非,朝餐犹咽。愧远我父母兄弟,理宜主掌于他人。琵琶自抱。生死为邻。此未可以笔墨传,且不能以须臾决也。惟痛母骨早寒,父恩未报。此去或作鬼磷残焰,隐跃吾父床头。是耶非耶,见于无形,听于无声。名将铁马嘶风,作儿子梦中环佩。从此泣血,问寝永无期矣。

写罢,将南村书共做一封,付与姨娘。方姨娘收了,即作辞归家。妙惠送出堂前,牵衣说道:"从此一别,永无相见之期,除非索我音笑于梦中耳。"道罢,涕泗交流。方姨娘也惨然洒泪而别。

卢南村就去教媒婆促谢家行礼。谢启即日纳聘。择吉过门。依然高灯花轿,笙箫鼓乐,迎到寓所。妙惠拜见谢启,送入房中。外边有众盐商及乡里亲戚,俱来闹新房庆喜,大吹大擂,直饮到三鼓方散。谢启已是烂醉如泥,扶入房中,和衣卧在床上,打鼾如雷。早有丫头报知谢启继母艾氏,传话吩咐众婢各自去睡。只留一人,在房服侍。

原来谢启父亲,唤做谢能博。当先在扬州中盐,因丧了结发,就在扬州寻亲。这艾氏原是名门旧族,能博娶为继室。是时谢启年方三四岁,艾氏抚养,犹如亲生。谢启事之亦如嫡母,极其孝顺,一字也不敢违忤。这晚因是孤身,故此不出来受拜。当下众婢答应出去,伴婆多饮了几杯酒,也觉睡魔来到,说道:"夜深了,请新娘安置。"妙惠道:"你自稳便。"伴婆得了这话,赶着丫头们,去寻个宿处。这服侍的丫头,也请妙惠安寝,亦教她去睡了,独自秉烛而坐。

直至天明,伴婆婢妇俱起身进房,看见妙惠端坐着,尽皆惊讶。须臾谢启睡醒坐起,方知夜来大醉,不曾解脱衣服,却不知新人怎样睡的。唤过丫头问,说是坐至天明,自觉不韵,暗称惭愧,急起身向外边书房中梳

---

① 裣衽——同敛衽,整理衣袖,指恭敬的样子。
② 乘龙——张方《楚国先贤传》:"得婿如龙也。"后称佳婿为乘龙。

洗。一会儿差丫头进来,吩咐伴婆服侍新娘,到堂中拜见婆婆。此时妙惠身不由主,只得出去。才步出房门,又有丫头来说:"奶奶请新娘到房中相见罢。"遂引入房去。向艾氏行个四拜之礼。艾氏叫取过凳儿,坐于旁边,丫头方才进茶。见谢启进来作揖,礼毕也就坐下。艾氏以妙惠是同乡,分外觉亲热。及叙起家门来,却又与李月坡是表兄表妹,一发亲上加亲,欢喜不胜。

　妙惠暗想,有此机会,不将真情说出,更待何时,遂双膝跪下,再拜道:"李妙惠有苦衷上禀,望婆婆矜怜则个。"口中才说这两句话,不觉已是泪流满面。艾氏连忙扶起,道:"有甚事,怎般苦楚?"妙惠含泪说道:"妙惠幼许卢门,十八出嫁。成婚三载,夫中乡科。方以为家门庆幸,哪知会试北上,竟为长往。又值连岁凶荒,家业尽倾。公姑之食,计无所出,乃议嫁妾,以支朝夕。意欲不听,则两亲必难保全。故忍死顺命,蒙垢就婚。今已至此,又复何言!第妇人从一而终,人所皆知。岂妙惠幼承亲训,反不识此?实以救饥无策,姑就权宜。伏望仁慈,悯念素心,全我节操。则自今以往之年,皆出所赐。"艾氏听了说道:"原来有这缘故。但在卢家,节操可全,既归谢门,如何全得。"妙惠见艾氏略无周全之意,不觉面色俱变。又告道:"婆婆既系老父雁行①,若辱犹女于妾婢之类,不唯妙惠寒心,恐婆婆亦为不雅。况妙惠以儒家弱女,乡贡妻房,礼无再醮,义不受辱,矢志捐生,已决绝于出卢归谢之时矣。其所以不即死者,将谓昔时苏公有焚券之举,韩琦有还妾之事。仕人君子,何代无之。今谢郎门第素高,仁德久著。且闻后房佳丽如云,无需妙惠一人。何不效二公种此阴功,曲全孤穷大节。倘必不见舍,即当就义。言尽于此,一唯尊裁!"妙惠此时,辞色俱厉,有凛凛不可犯之状。

　谢启本为妙惠才色,故不惜厚聘,哪知变出这个光景,大是骇异。因继母在前,不敢开口。艾氏听了,沉吟不语。举目看妙惠面色已如死灰,暗想此女若强以失身,必致丧命。彼则全名全节,反累吾子受不义之名。或有奸徒,假借公道,构衅生端,杀图攫利,在我家虽无大害,亦有小损。不如如此如此,两相保全。乃道:"你志气虽则可敬,然既来我家,便是谢门人了,如何像得你意。"又对谢启道:"新妇是我表侄女,其意尚是执迷。

---

　①　雁行——像雁一样排列得有次序,引申为兄弟姐妹。

且暂留伴我,从容劝转,那时送她归房。"谢启只得唯唯而退。正是:

满腔拨雨撩云意,反作停歌罢舞人。

谢启已去,艾氏对妙惠道:"总之我无嫡亲骨血,你无内外恩亲,姑媳是虚,母子亦假。目今将收拾西行,且暂时伴我,可保全你不破坏名节。"妙惠连忙下拜道:"若得婆婆如此施仁,妙惠生则奉侍百年,永执巾栉,死则结草酬恩。"艾氏又问道:"你既然读书识字,可晓得写算么?"妙惠道:"写算从幼所习,极是谙练。"艾氏道:"如此甚好。我子出入财货账目,俱我掌管。故此往来,此必同行。你既能书算,可代我管理。"妙惠应诺。自此朝夕不离左右,情同母子。

又过数日,谢启起身归家,领着诸婢妾自在一船;艾氏与妙惠,又是一船。前后解缆开船,离了扬州,出瓜洲入江。艾氏要到金山游玩,维舟山下。与妙惠一起上去,游遍了金鳌峰、蟒蛇洞、妙空岩、日照岩、裴公洞、晒经台、留去亭,转看郭璞墓、善财石、盘陀石、石排山。处处游之不迭,观之不尽。妙惠有事关心,勉强应承而已。转过方丈,见僧家笔墨在案,遂向壁上题诗一首。诗云:

一自当年折凤凰,至今消息两茫茫。

盖棺不作横金妇,入地还从折桂郎。

鼓泽晓烟归宿梦,潇湘夜雨断愁肠。

新诗写向金山寺,高挂云帆过豫章。

题罢,后写扬州举人卢梦仙李妙惠题。书罢,艾氏看了,点头嗟叹。游玩一番,仍复下船,扬帆径往临川而去。

可怜节操冰霜妇,却做离乡背井人。

却说卢梦仙在西山读书,倏忽便是三年。又当会试之年,收拾行李书箱,来到京师。礼闱一战,春榜高登,中了成化丁未科进士。报录的打到卢家,把卢南村夫妇蓦地一惊,方知儿子尚在。连忙将灵位焚烧,又懊悔媳妇一段情由,然已悔之无及。别人家报进士,热闹不可胜言。唯卢家冷落如故。不过几时,梦仙家报也到,方晓得他在向西山读书。梦仙观政三月,除授行人之职。方才受职,宪宗皇帝驾崩,弘治爷登位,政令一新。凡新进之士,不许规避,旷废职业。梦仙因昔年为乡党讥消,急欲衣锦荣归,以舒此气,为此不想迎接家眷入京。哪知功令森严,不敢请假。欲寻便差回家,候了几月,恰好开馆纂修宪庙实录,分遣廷臣,往各省采访事迹。梦仙讨了江西差，回到家中，拜过父母，却不见了奶奶。询问何在，卢南村夫妇隐讳不得，从实说出许多缘故，再三招认不是。梦仙外貌佯言妻子如衣服，穿一层又一层，何足介意。心中却想："父母多大年纪，如何做事恁般苟且！这桩事件，贻笑乡里。"又想："妙惠妻子。她平素自负读书知礼，何一旦乃至于此？可见人常时夸说忠孝节烈，总属浮谈，直至临事，方见真假。"

　　因父母说当年曾央方姨娘劝妙惠改嫁，即便亲自往见，细问彼时情景。方姨娘将卢南村逼嫁，妙惠自缢，及央去劝谕，方始肯从的事说与。乃道："舍甥女心如铁石，断不受污。但去后不知死生若何耳。"又埋怨道："贤甥婿虽为功名，也该寄书安慰父母妻子。如何鳞鸿杳绝，致使误听凶信，变生意外，害了我甥女。"梦仙听了誓死不肯失节一段。不觉眼中流下泪来，懊悔自己不通书的不是，然心中也还半信半疑。又问丈人李月坡踪迹。方姨娘道："边年久馆凤阳，从未归家。向日甥女去时，与令尊俱有书寄去，也无可信。近闻在彼，甚是安乐。"梦仙即向方姨娘讨纸笔，写书一封，央她有便寄去，遂作辞回家，心中十分郁郁不乐。

　　只见雷鸣夏秀才投帖相见，分宾坐下。鸣夏先行拜贺，后叙寒温。却又恐触他心事，说记得当年凤凰独宿，一个鲤鱼之对，预卜奇才，今日果不失望。梦仙道："只因此对不祥，致李岳翁招了忘恩之婿，梦仙娶着再嫁之妻。"雷鸣夏道："此事闻之甚熟，大非尊夫人之意，但言之既碍于两位尊人，至若夫人踪迹，又不便于兄长。莫如隐而不发，方为两得。前日利津门龚家之女，望门久寡。倘兄长不弃，续此良缘，不揣特来作伐，未审尊意如何？"梦仙道："不才只因一念之差，致使家中大变，五内如焚，何心及此。且钦限紧急，即日起行，这还不敢奉命。"鸣夏道："既如此，且待兄长江西事竣回府，再来申议。"道罢便要起身，梦仙留住小饮，明日又送书仪一两。梦仙在家月余，启程前往江西。出了瓜洲闸口，舟过金山，吩咐船头泊船，登山游览。山僧远远相迎，陪侍遍游诸景。行过方丈，抬头忽见壁间妙惠所题之诗，又惊又恨，却如万箭攒心。细玩诗中意味，知妙惠立志无他，方姨娘之言，果然不谬。但已落在人手，无从问觅。怎生奈何。正是：

　　　　混浊不分鲢共鲤，水清方见两船鱼。

　　此时已无心玩景，急便下船。将诗句写出把玩，不忍释手，直至欹歟涕泣。虽则出使官府，威仪显赫，他心中却是丧家之狗，无投无奔一般。顺风相送，顺水相催，不觉早到江西。抬头望见，盐船停泊河下不止数百。猛然想起，初入京师，那年二月十四夜，梦答盐场积在扬州，盐客多在江西。今想诗中彭泽潇湘豫章之语，我妻子多因流落在此。从中探问，或有道理。舟至码头湾泊，早有馆驿差役，报知地方官。不多时，府县、司道、抚按，俱来相拜请酒，好不热闹。

最后一位官员来拜，乃是布政使徐某，其子却与梦仙是同榜进士。年伯年侄，与别位官府不同。相见之时，分外另有一种亲谊。徐方伯道："老先生以刘向之才，子长之笔，定使汗简①有辉，石渠增色。"梦仙心事不宁，无有主意。因那徐方伯老成历练，必有高见，何不谋之于彼。乃答道："老年伯在上，实不敢瞒，年侄齐家有愧，报国未遑。"徐方伯愕然道："老先生何出此言？"梦仙将头一展，两家从人会意，尽皆回避。梦仙方伯，各把几儿掇近，四膝相对，低低说，当年会试去后，如此如此。梦仙袖中取出诗来，呈与徐方伯观看。徐方伯接诗在手，一头点头，一头计较。答道："据着此诗，尊阃保无他志，旧梦必有奇验。但未知可在舟中，且以出使尊官，访问嫁妻，既难于启齿，总或寻着，声名不雅。莫若用计取之。老夫门下有一干事苍头，极其巧黠，差他去探听，定有着落。"梦仙打恭道："全仗老年伯神力周全。"原来苍头是徐方伯贴身服侍的，当下唤过来，将就里与他说知。苍头将诗细细读了几遍，低首想了一想，禀道："小人有个道理在此了。"梦仙欣然问道："有何计策？"苍头道："如今且慢说，待小人做出便见。"梦仙即唤家人先赏他三两银子。苍头遂叩谢而出，徐方伯也作别起身。这苍头真个是：

　　古押衙复出人间，昆仑奴再生人世。

　　且说苍头读熟了这八句诗，驾了一只小船，船中摆着几个酒坛，摇向盐船边。叫一声卖酒，随口就歌出这八句诗来，分明是唱山歌一般。在盐船帮中摇来摇去，一连穿了三四日，并没些动静。那盐船上人千人万，见他日日在此叫卖酒，酒又不见，歌什么诗。都笑道："常言好曲子唱了三遍，也要口臭了。"苍头道："好曲子唱三遍，好诗唱三千遍何妨。"又有一

---

① 汗简——古时在竹简上书写，先以火炙竹青令汗，取其易书，并免虫蛀，故名。也称汗青，代指著述。

船上叫道："你卖什么酒？"苍头道："我卖状元红。"船上又问："可卖菜？"苍头道："我正卖蔡状元。"船上又问道："如何蔡状元？"苍头道："蔡状元寻赵五娘。"船上又笑道："满口胡柴。"苍头道："胡柴倒没有，只有柴胡，换些红娘子与我。"只此半真半假，似醉似痴。又转船摇过一盐船边，叫了一声卖酒，便停棹高歌这诗。船上又有人问："卖什么酒？"苍头道："卖靠壁清。"船上道："若是浑的，便不要。"苍头道："也不浑。扬州新进士卢梦仙，初选行人，没有赃私，何浑之有。"

这两句话还未完，只见那边一只大船上，水窗开处，一个女人在舱门口，将手一招。苍头望见，飞也似摇近船旁。这女人便是卢梦仙的妻房李妙惠。原来谢启自前年回归临川，因酒色过度，得了个病症，在家中医疗，不能痊愈。后来亏一个医家与他炙了，养火半年，方得平复。这时才带领婢妾到扬州盘账。妙惠也欲回乡访问父亲消息，随着艾氏一起同行，依旧母子各舟。路经省城，众盐船大半是谢启的，为此也暂泊于此。不想凑巧，正遇卢梦仙到此寻觅。当下李妙惠低声问苍头："你是何人，来此讲这谜话？"苍头说："徐在政老爷差我打听卢进士妻子李妙惠消息的。"妙惠吃了一惊，说："卢梦仙已死京师久了，何得还在？"苍头应道："死的是商州卢梦仙，是举人，不是进士。今是扬州卢梦仙，是卢南村的儿子，李月坡的女婿，是进士不是举人。"妙惠道："如今卢进士在哪里？"苍头将手一指道："远远那只大座船，行人司牌额便是。"妙惠道："我便是卢梦仙原配李氏。昨日听见你歌这首诗，只因船上耳目多，不得空隙问你。今幸商人入城，其母亦往邻舟，事在今宵，万勿迟误。"将手一挥，苍头转船，飞棹回报。卢梦仙又惊又喜，赏与酒饭。

毕竟读书人聪明，想起盐船高大，苍头船小，上下悬绝，却不好过船。自己座船移去相傍，必然惊动他船上人，俱是不妥。雇起一只八桨快船，又选四个便捷水手，在船相帮。捱至夜静更深，教苍头小船先行观探，桨船随后。苍头掉到船边，妙惠已在舱口等候。两下打个照会，桨船轻轻划近船旁，也还上下相悬。水手连忙搭上跳板，打起扶手。说时迟，那时快，妙惠一见船到，即跨出舱门，举足登跳，搭着扶手，跑下船中。水手收起跳板扶手，依旧轻轻荡开。到了河心中，方才一起着力，望着座船飞也似划来。那盐船上人正当睡熟，更无一人知觉。这才是：

　　拆破玉笼飞彩凤，掣开金锁走蛟龙。

卢梦仙在座船中，秉灯以待。水手来报奶奶已到。梦仙大喜，即起身迎入舱中。夫妻相见，分明似梦里一样，悲喜交集，各诉衷情，自不消说起。梦仙赏苍头白金十两，作书报谢徐方伯。方伯前来慰庆，这也不在话下。

只有谢启失了妙惠，差人访察。才知他原夫未死，中了甲科，出差至此，令人寻探着了，暗地取去。方明白前日卖酒歌诗、诈痴不颠的老儿，正是他所差之人。谢启将这事述与艾氏，说："不道此妇后来还该是诰命夫人，看起来有福分的，骨气自是不同。彼时他不以死生易念，患难丧节。到今归去，白璧无瑕，好不与丈夫争气。"艾氏道："当日我见她言词激烈，故此曲为保全。那时若是死了，你的是非至今还不得干净。"又道："向来我托她管理这些财物账目，临去条分缕析，封识宛然，丝毫不苟，此亦常人所难。"谢启道："李氏在此已住三年，她自己说坚持节操，怕人还未信。儿子意欲去见卢进士，表白一番。一则显他矢志贞烈；二则表母亲保全恩义；三则也见儿子不坏她行止。再把当时服侍的二使女送与，更见母亲挂念之情，也博个仁厚之名。母亲以为何如？"艾氏点头道："这也使得。"

谢启随至卢梦仙船上来请见，从人将名帖送入舱中。梦仙看了，倒吃一惊，对妙惠道："谢启特来见我，是甚意思？"妙惠道："他是富商，你是进士，恐有芥蒂于心，故来修好。然此人亦有可敬之处，我初至其家，只见两次。能后遵母命，未尝再齿及于我。且废他三年衣食，亦可称仁孝矣。假使妙惠落于他人，安能得至今日。相见之间，莫把他怠慢。"梦仙听了此话，即出相见，分宾主而坐。谢启历叙妙惠矢志不辱，并其母保全这些缘故，说："小子实陷于不知，望老大人矜恕。"这一篇话与妙惠自言一毫无二，愈见得金精百炼。梦仙谢他母子厚德。谢启又道其母忆念，送两个使女表情。梦仙坚却不受。谢启不好相强，遂作别起身，仍旧领回。梦仙要去答拜，妙惠道："当年公公曾得其百金礼币，我既不从，受之无名。供我三年，亦宜补还。如此方见恩义分明，去来清白。"梦仙一如其言，备下礼物，妙惠又别具香帕玉花之类，写书一封致谢艾氏。梦仙到谢启船上，相见礼毕，略叙寒温，即唤从人将礼物陈上，道其所以。谢启如何肯受。梦仙不听，教从人连盒子放下而别。谢启又差人来，艾氏收受复书致谢，其余尽皆璧还。梦仙又差人送去，如此往覆几番。谢启推辞不过，只得收了，将来舍与铁树宫中，修理庙宇。那时妙惠贞节之事，传布省城。抚按三司,都来拜问,欲要题请旌表。梦仙恐彰其父亲逼嫁之短,再三阻止。

话休烦絮。梦仙事完,起身复命。妙惠思念父亲久羁远馆,船到南京,写书差人到凤阳迎接归家。此时梦仙情怀舒畅,一路从容缓行,观元景致。非止一日,已至扬州,泊船河下。他是钦差官,驿馆中自有执事轿车迎接。梦仙夫妻,一起上轿。方欲起身,本府新任太守,却是同年,驿中传报了,即来相拜,已至船边。梦仙吩咐家眷先回,自己复下船迎见。

其时卢南村已知儿子回来。老父母都在门首观望。只见隶役前呵,族拥一乘大轿,来至门首,邻里并过往人都攒拢观看。皂隶喝道:“奶奶在里边,还不闪开!”南村听了,不觉失惊,向骆妈妈说道:“儿子却在江西娶亲了,这事怎么处?”原来卢南村因卖了媳妇,自觉惶愧。及雷秀才来说龚家姻事,梦仙未允。待到行后,也不管儿子肯不肯,竟自行聘,先娶来家。等儿子回来结婚,以赎昔年逼嫁媳妇之罪。那龚家巴不得招个进士女婿,所以一凭南村主张。今番见说轿内是奶奶,这件事可不又做错了,为此惊讶起来。正没做理会,只见轿中走出来的,不是新娶的奶奶,却是当年卖去的媳妇,一发惊讶不已。妙惠拜见,说:“媳妇不能奉侍,朝夕在念。不知公公婆婆,一向安乐么?”南村夫妇满面羞惭,况兼心中有事,只说得一句:“多谢你记挂,这一向也好。”更无暇问与儿子会合的事,连忙教人去寻雷秀才来商议。不多时,梦仙、雷鸣夏俱到。南村扯雷秀才到半边,说如此如此,如今还是怎样。雷鸣夏道:“既李夫人已归,龚家的做二夫人便了,何难之有。”随对梦仙说知。梦仙因妙惠受了这番折挫,不忍负他,弗肯应承。雷鸣夏道:“如今缙绅,哪一个不广置姬妾。在兄长一妾不为之过,况李夫人是大贤,决无不容之事。还有一件,龚氏若未过门,还可解得。如今尊翁已先迎娶来家,可有送归另嫁之理?”梦仙说不过,只得应允,择日纳婚。

恰好李月坡也从口都到来。原来李月坡初时见了卢南村之字,说把女儿改嫁,心中渐愤,遂誓不还乡,以馆为家。书中又说是方姨娘做媒,所以并她也怪了,绝无音信寄予。后来梦仙书去,知女婿未死,一发懊恨。此番得女儿手书,见说守节重归,方才大喜,即与使人同归。梦仙大开家宴,李龚两位丈人,雷秀才媒人,连方姨娘都请来赴宴。内外两席,真个合家欢庆。席间李月坡对南村笑道:“如今小女有了五花官诰,卖不得了。”南村老大羞愧,说:“亲家,我曾闻得人说:不是一番寒彻骨,怎得梅花扑鼻香。老汉虽则当时不合强令爱改嫁,如今远近都传她贞节,也好算是老汉做成的,大家扯直罢。"李月坡道:"是便是,迎宾馆里去坐,只该朝北。"众人道:"却是为何?"李月坡道:"罚他不知礼!"众人听了,一笑而散。看官,这李妙惠完名全节,重归卢梦仙,比着徐德言、黄昌半残的义夫节妇,可不胜似万倍么?后人有六句口号,嘲笑卢南村云:

> 犁牛犁牛,南村养犊。伯骓梦仙,一雅一俗。迎宾馆中,坐当朝北。

又有人步李妙惠金山壁上元韵以颂其操,诗云:

> 一自当年拆凤凰,寻阳西畔水茫茫。
> 题残鱼素先将父,泣罢菱花未死郎。
> 异榜信传同姓字,卖盐人有淡心肠。
> 方知完璧人间少,彤管增辉第几章。

第 三 回
王本立天涯求父

> 浩浩如天孰与伦，生身萱草①及灵椿②。
>
> 当思鞠育恩无极，还记劬劳③苦更辛。
>
> 跪乳羔羊知有母，反哺乌鸟④不忘亲。
>
> 至天犬马皆能养，人子缘何昧本因。

说话人当以孝道为根本，余下来都是小节。所以古昔圣贤，首先讲个孝字。比如今人，读得几句书，识得几个字，在人前卖弄，古人哪一个行孝，是好儿子，哪一个敬哥，是好兄弟。将日记故事所载王祥卧冰、孟宗哭竹、姜家一条布被、田氏一树荆花，长言短句，流水般说出来，恰像鹦哥学念阿弥陀佛一般，好不入耳。及至轮到身上，偏生照管下来。可见能言的，尽不能行。反不如不识字的到明白得养育深恩，不敢把父母轻慢。总之孝不孝，皆出自天性，原不在于读书不读书。

如今且先说一个忘根本的读书人，权做人话头。本朝洪武年间，钱塘人吴敬夫，有子吴慥，官至方面，远任蜀中。父子暌违，又无音耗。敬夫心中萦挂，乃做诗一首，寄与儿子。其诗云：

> 剑阁凌云鸟道边，路难闻说上青天。
>
> 山川万里身如寄，鸿雁三秋信不传。
>
> 落叶打窗风似雨，孤灯背壁夜如年。
>
> 老怀一掬钟情泪，几度沾衣独泫然。

此诗后四句，写出老年孤独，无人奉侍。这段思念光景，何等凄切！便是

---

① 萱草——古以母亲的居室为萱堂，后以萱草代指母亲。

② 灵椿——灵椿为古代传说中的神树，《庄子·逍遥游》："上古有大椿者，以八千岁为秋。"后称父亲为椿，有祝长寿之意。

③ 劬（qú）劳——指劳苦，劳累。后人遂以劬劳专指父母养育子女的劳苦。

④ 反哺乌鸟——乌雏长大，可以反哺。因以借喻人子的孝养父母。

土木偶人,看到此处,也当感动。谁知吴慥贪恋禄位,全不以老亲为念,竟弗想归养,致使其父日夕悬望,郁郁而亡。慥始以丁忧还家,且做诗矜夸其妻之贤,并不念及于父。友人瞿祐闻之,正言消责,羞得他置身无地,自此遂不齿于士林。此乃衣冠禽兽,名教罪人。奉劝为人子的,莫要学他。

待在下另说一个生来不识父面的人,却念着生身恩重,不惮万里程途,十年辛苦,到处访录,直至父子重逢,室家完聚。人只道是因缘未断,正不知乃:

　　　孝心感恪神天助,好与人间做样看。

说这北直隶文安县,有一人姓王名珣,妻子张氏。夫妻两口,家住郭外广化乡中,守着祖父遗传田地山场,总来有百十余亩。这百亩田地,若在南方,自耕自种,也算做温饱之家了。那北方地高土瘠,雨水又少,田中栽不得稻禾,只好种些菇菇、小米、豆麦之类。山场陆地,也不过植些梨枣桃梅、桑麻蔬菜。此等人家,靠着天时,凭着人力,也尽好过活。怎奈文安县地近帝京,差役烦重,户口日渐贫耗。王珣因有这几亩薄产,报充了里役,民间从来唤做累穷病。何以谓之累穷病?假如常年管办本甲钱粮,甲内或有板荒田地,逃亡人丁,或有绝户,产去粮存,俱要里长赔补,这常流苦尚可支持。若轮到见年,地方中或遇失火失盗,人命干连,开浚盘剥,做夫当夜,事件多端,不胜数计,俱要烦累几年。然而一时风水紧急,事过即休,这也只算做零星苦,还不打紧;唯挨着经催年分,便是神仙,也要皱眉。这经催乃是催办十甲①钱粮,若十甲拖欠不完,责比经催,或存一甲未完,也还责比经催。期间有那奸猾乡霸,自己经催年分,逞凶肆恶,追逼各甲,依限输纳。及至别人经催,却恃凶不完,连累比限。一年不完,累比一年,一月不完,累比一月。轻则止于杖责,重则加以枷杻②。若或功令森严,上官督责,有司参罚,那时三日一比,或锁押,或监追,分毫不完,却也不放。还有管粮衙官,要馈常例,县总粮书,歇家小甲,押差人等,各有旧规。催征牌票雪片交加,差人个个如狼似虎。莫说鸡犬不留,哪怕你卖男鬻女,总是有田产的人,少不得直弄得灯尽油干,依旧做逍遥百姓,所以唤做累穷病。

---

① 十甲——甲为古代户口编制的单位。
② 枷杻——枷:古代加在罪犯脖颈上的刑具。杻:一种刑具,即手铐。

要知里甲一役，立法之初，原要推择老成富厚人户充当，以为一乡表率，替国家催办钱粮。乡里敬重，遵依输纳，不敢后期。官府也优目委任，并不用差役下乡骚扰。或有事到于公庭，必降颜倾听，即有差误处，亦不过正言戒谕。为此百姓不苦于里役，官府不难于催科。哪知相沿到后，日久弊生，将其祖宗良法美意，尽皆变坏。兼之吏胥为奸，生事科扰。一役未完，一役又兴，差人叠至，索诈无穷。官府之视里役，已如奴隶，动转便加杖责。佃户也日渐顽梗，输纳不肯向前。里甲之视当役，亦如坑阱，巴不能解脱。自此富贵大家，尽思规避，百计脱免。那下中户无能营为的，却金报①充当，若一人力量不及，就令两人朋充。至于穷乡下里，尝有十人朋合，愿充者既少，奸徒遂得挨身就役。以致欺瞒良善，吞嚼乡愚，串通吏胥侵渔、隐匿、拖欠，无所不至。为此百姓日渐贫穷，钱粮日渐逋欠②。良善若被报充里役，分明犯了不赦之罪。上受官府责扑，下受差役骚扰，苦楚受累，千千万万，也说不尽。

这王珣却是老实头，没才干的人。虽在壮年，只晓得巴巴结结，经营过活，世务一些不晓。如何当得起这个苦役？初服役时，心里虽慌，并无门路摆脱，只得逆来顺受，却不知什么头脑。且喜甲下赔粮赔了不多，又遇连年成熟，钱粮易完，全不费力。及轮到见年，又喜得地方太平，官府省事，差役稀少。虽用了些钱钞，却不曾受其棒责，也弗见得苦处。他只道经催这役，也不过如此，遂不以为意。更有一件喜处，你道是甚喜？乃是娘子张氏，新生了一个儿子。分娩之先，王珣曾梦一人，手执黄纸一幅，上有太原两个大字，送入家来。想起莫非是个谶兆③，何不就将来唤个乳名？但太字是祖父之名，为此遂名原儿。原来王珣子息宫见迟，在先招过几个女胎，又都不育。其年已是三十八岁，张氏三十五岁，才生得这个儿子，真个喜从天降。亲邻斗分作贺，到大大里费了好些欢喜钱。

一日三，三日九，这孩子顷刻便已七八个月了。恰值十月开征之际，这经催役事已到。大抵赋役，四方各别。假如江南苏、松、嘉、湖等府粮重，这徭役丁银等项便轻。其他粮少之地，徭役丁银稍重。至于北直隶山

---

①　金（qiān）报——金指大家，众人。金报指大家合伙报。

②　逋（bū）欠——指拖欠租税。

③　谶（chèn）兆——迷信的说法，指将来会实现的话或想法。预言，预兆。

陕等省粮少，又不起运，徭役丁银等项最重。这文安县正是粮少役重的地方。哪知王珣造化低，其年正逢年岁少收。各甲里长，一来道他朴实可欺，二来借口荒歉。不但粮米告求蠲①免，连徭役丁银等项，也希图拖赖，俱不肯上纳。官府只将经催严比，那粮官书役，催征差人，都认王珣是可扰之家，各色常例东道，无不勒诈双倍。况兼王珣生来未吃刑杖，不免雇人代比，每打一板，要钱若干，皂隶行杖钱若干。征比不多数限，总计各项使用，已去了一大注银钱雇替。王珣思算，这经催不知比到何时方才完结，怎得许多银钱。事到期间，也惜不得身命了，且自去比几限，再作区处。心中虽如此踌躇，还痴心望众人或者良心发现，肯完也未可知。谁想都是铁打的心肠，任你责比，毫不动念。可怜别人享了田产之利，却害无辜人将爹娘皮肉，去捱那三寸阔半寸厚七八斤重的毛竹爿，岂不罪过！王珣打了几限，熬不得痛苦，仍旧雇人代比。前限才过，后限又至。囊中几两本钱用尽，只得典当衣饰。衣饰尽了，没处出豁，未免变卖田产。费了若干钱财，这钱粮还完不及五分。

　　征比一日紧一日，别乡里甲中，也有杻的、拶②的、枷的、监禁的，这般不堪之事。看看临到头上，好生着忙。左思右想，猛然动了一个念头，自嗟自叹道："常言有子万事足，我虽则养得一个儿子，尚在襁褓，干得甚事。又道是田者累之，我有多少田地，却当这般差役。况又不曾为非作歹，何辜受这般刑责，不如撇却故乡，别寻活计。只是割舍不得妻子，怎生是好？"又转一念头："罢罢！抛妻弃子，也是命中注定。事已如此，也顾她不得了。但是娘子知道这个缘故，必不容我出门。也罢，只说有个粮户，逃在京师，官差人同去捕缉，教行李收拾停当，明早启程。"张氏认做真话，急忙整理行囊，准备些干粮小菜。王珣又吩咐凡所有寒暑衣服，并鞋袜之类，尽都打叠在内。张氏道："你打算去几时，却要这般全备？"王珣道："出路的买卖，哪里论得定日子。万一路上风雨不测，冷暖不时，若不带得，将甚替换。宁可备而不用。"张氏见说得有理，就依着他，取出长衣短袄，冬服春衫，连着被褥等件，把一个被囊子装得满满的。

---

① 蠲（juān）免——蠲同捐。除去，减免的意思。
② 拶（zǎn）——旧时酷刑的一种，以绳穿五根小棍，套入手指用力收紧，称"拶指"。

次日早起做饭，王珣饱食一餐。将存下几两田价，分一大半做盘缠，把一小半递与张氏，说道："娘子，实对你说，我也不是去寻什么口粮。只因里役苦楚难当，暂避他乡，且去几时。待别人顶替了这役，然后回来。存剩这几亩田地，虽则不多，苦吃苦熬，还可将就过日。"又指着孩子道："我一生只有这点嫡血，你须着意看觑。若养得大，后来还有个指望。"张氏听了，大惊失色道："这是哪里说起。常言出外一里，不如家里。你从来不曾出路，又没相识可以投奔，冒冒失失的往哪里去？"王珣道："我岂不知，居家好似出外，青舍了你，逃奔他方？一来受不过无穷官棒，二来也没这许多银钱使费。无可奈何，才想出这条路。"张氏道："据你说，钱粮已催完五分，哪一半也易处了，如何生出来这个短见？"王珣道："娘子，你且想，催完这五分，打多少板子，用了多少东西。前边尚如此烦难，后面怎能够容易。况且比限日加严紧，那枷拶羁禁的，哪一限没有几个。我还侥幸，不曾轮着。然而也只在目前日后了。为此只得背井离乡，方才身上轻松，眼前干净。"张氏道："你男子汉躲过，留下我女流之辈，拖着乳臭孩儿，反去撑立门房，当役承差，岂不是笑话？"王珣道："你不晓得大道理。自古家无男子汉，纵有子息，未到十六岁成丁，一应差徭俱免。况从来有例，若里长逃避，即拘甲首代役，这到不消过虑。只是早晚紧防门房，小心火烛。你平生勤苦做家，自然省吃俭用。纺织是你本等，自不消吩咐。我此去本无着落，虽说东海里船头有相会之日，毕竟是虚账。从此夫妇之情，一笔都勾，你也不需记挂着我。或者天可怜见，保佑儿子成人，娶妻完婚，生男育女，接绍王门宗祀足矣。"又抱过儿子，遍体抚摩，说道："我的儿，指望养大了你，帮做人家，老年有靠。哪知今日孩赤无知，便与你分离。此后你的寿夭穷遒，我都不能知了。就是我的死活存亡，你也无由晓得。"说到此伤心之处，肝肠寸断，禁不住两行珠泪，扑簌簌乱下。张氏见丈夫说这许多断头话，不觉放声大恸，哭倒在地。王珣恐怕走漏了消息，急忙把那原儿放下，也不顾妻子，将行李背起。往外就走。张氏挣起身，随后赶来扯他。王珣放开脚步，抢出大门，飞奔前往。离了文安县，取路投东，望着青齐一带而去。真个是：

夫妻本是同林鸟，大难来时各自飞。

当下张氏，挽留不住丈夫，回身入内，哭得个不耐烦方止。想起丈夫一时恨气出门，难道真个撇得下我母子，飘然长往，或者待经催役事完后，仍复归来,也未可知。但只一件,若比限不到,必定差人来拿,怎生对付他便好。踌躇了一回,乃道:"丈夫原说里长逃避,甲首代役。差人来时,只把这话与他讲说。拼得再打发个东道,攒在甲首身上便了。料想不是什么侵匿钱粮,要拿妇女到官。"过了两日,果然差人来拘。张氏说起丈夫受比不过,远避的缘故,袖中摸出个纸包递与,说:"些小酒钱送你当茶,有事只消去寻甲首,此后免劳下顾。这原是旧例,不是我家杜撰。你若不去,也弗干我事。"差人不见男子,女人出头,又且会说会话,奈何她不得,只得自去回官。官府唤邻舍来问,知道王珣果真在逃,即拿甲下人户顶当,自此遂脱了这役。亲戚们闻得王珣远出,都来问慰。张氏虽伤离别,却是辛勤,日夜纺织不停。又雇人及时耕种,这几亩田地,到盘运起好些钱财。更善怀中幼子灾晦少,才见行走,又会说话。只是挂念丈夫,终日盼望他归。哪知绝无踪影。音信杳然。想道:"看起这个光景,果然立意不还了。你好没志气,好没见识,既要避役,何不早与我商量?索性把田产尽都卖了,挈家而去,可不依旧夫妻完聚,父子团圆。却魆地里①单身独往,不知飘零哪处,安否若何。死生难定,教我怎生放心得下。"言念至此,心内酸辛,眼中泪落,呜呜而泣。原儿见了,也啼哭起来。张氏爱惜儿子,便止悲收泪,捧在怀中抚慰。又转一念道:"幸得还生下此子,不然教我孤单独自。到后有甚结果。"自宽自解,嗟叹不已。有诗为证,诗云:

　　寒闺憔悴忆分离,惆怅风前黯自悲。

　　芳草天涯空极目,浮云夫婿没归期。

　　话分两头。且说王珣当日骤然起这一念,弃了故乡,奔投别地,原不曾定个处所。况避役不比逃罪,怕官府追捕,为此一路从容慢行。看不了水光山色,听不尽渔唱樵歌,甚觉心胸开爽,目旷神怡。暗自喜悦道:"我枉度了许多年纪,终日忙忙碌碌,只在六尺地上回转,何曾见外边光景?今日却因避役,反得观玩一番,可不出于意外。"又想:"我今脱了这苦累,乐得散诞几年,就死也做个逍遥鬼。难道不强似那苦恋妻子,混死在酒色财气内的几倍。"这点念头一起,万缘俱淡,哪里还有个故乡之想。因此随意穿州撞县,问着胜境,便流连两日,逢僧问讯,遇佛拜瞻,毫不觉有路途跋涉之苦。只有一件,兴致虽高,那身畔盘缠,却是有限。喜得断酒蔬

---

　　① 魆地里——魆即暗,魆地里即暗地里。

食，还多延了几时，看看将竭，他也略不介意。一日行至一个地方，这地方属卫辉府，名曰辉县。此县带山映水，是奇绝：

　　　送不迭万井炊烟，观不尽满城阛①阓。高阳里，哪数裴王，京兆阡，不分娄郭。冬冬三鼓，县堂上政简刑清，宰官身说法无量。井井四门，牌额中盘诘固守，异乡客投繻②重来。可知尊儒重道古来同，奉佛斋僧天下有。依县治，傍山根，访名园，寻古迹。百千亿兆，县治下紧列着申明亭；十百阿罗，山根前高建起梦觉寺。

　　这梦觉古刹，乃辉县一个大丛林。寺中法林上人，道行清高，僧徒学者甚众。王珣来到此地，寓在旅店，闻知有这胜境，即便到寺随喜③。正值法林和尚升座讲经。你道所讲何经？讲的是大方广圆觉修多罗了义经。王珣虽不能深解文理，却原有些善根。这经正讲到：寂静常乐，故曰涅槃。不浊不漏，故曰清静。不妄不变，故曰真如。离过绝非，故曰佛性。护善遮恶，故曰总持。隐覆含摄，故曰如来藏。超越玄闷，故曰密严国。统众德而大备，烁群昏而独照，故曰圆觉。其实皆一心也。王珣听到此处，心中若有所感，想道："经中意味无穷，若道实皆一心，这句却是显明。我从中只简出常乐清净四字，便是修行之本。我出门时，原要寻个安身之处，即佣工下贱，若得安乐，便足收成结果。不道今日听讲经中之语，正合着我之初愿。这是我的缘法，合当安身此地，乐此清净无疑矣。"遂倒身拜礼三宝，参见大和尚，及两班首座。

　　又到厨下，问管家是何人，要请来相见。又问都管是何人，库房是何人，饭头是何人，净头是何人。众僧看见远方人细问众执事，必定是要到此出家的了。俱走来问讯道："居士远来何意？"王珣答道："弟子情愿到此出家。"众僧道："居士要出家，所执何务？"王珣道："我弟子是文安县田庄小民，从不知佛法，不晓得所执事务。"众僧道："既不执务，你有多少田地，送入常住公用？"王珣道："寒家虽有薄田几亩，田不过县，不能送到上

────────────

①　阛阓——阛，市区的墙；阓，市区的门。旧时市道在城与门之间，故通称市区为阛阓。有时也指市肆。

②　投繻——繻是古代通行证用的帛，也指通行证。投繻指投奔来。

③　随喜——佛教用语。浏览寺院。杜甫《望率寺》诗："时应清罢，随喜给孤园。"

刹收租。"众僧道:"然则随身带得几多银两,好到本寺陪堂?"王玚道:"弟子为官私差役,家业荡尽,免劳和尚问及。"众僧道:"既如此,只选定一日,备办一顿素斋小食,好与众师兄弟会面。"王玚道:"弟子离家已久,手无半文,这也不能。"众僧齐道:"呵哟,佛门虽则广大,那有白白里两个肩头,一双空手,到此投师问道的理。"内中又有一个道:"只说做和尚的吃十方,看这人倒是要吃廿四方的,莫要理他。"王玚本是质直的人,见话不投机,叹口气道:"咳! 从来人说炎凉起于僧道,果然不谬。大和尚在法堂上讲圆觉经,众沙弥只管在厨房下计论田产银钱,斋衬馒头,可不削了如来的面皮?"

众僧被王玚抢白,大家啰唣起来,扯他出去。王玚正与争论间,只听得法堂讲毕,钟鼓铙钹,长幡宝盖,接法林下座。走到香积厨前,见王玚喧嚷,问知缘故,法林举手摇一摇说:"众僧开口便俗,居士火性未除。饶舌的不须饶舌,皈依的且自还宗。"王玚当下自知惭愧,急便五体投地,叩首连连,说道:"弟子只因避役离家,到此求一清净,并无他故。一时不知进退,语言唐突,望大和尚慈悲怜悯,宽恕姑容则个。"当林见他认罪悔过,将他来历盘问一番,知是个老实庄家,乃道:"你既真心皈依,老僧怎好坚拒不纳,退人道心。但你一来不识文理,二来与大众们闹乱一番。若即列在师弟师兄,反不和睦。权且在寺暂执下役,打水烧火,待异日顿悟有门,另有剃度。佛门固无贵贱,悟道却有后先。须自努力,勿错念头。"王玚领了老和尚法语,叩首而起。向旅店中取了行李,安身兰若①,日供樵汲。从此:

　　割断世缘勤念佛,涤除俗虑学看经。

按下王玚。再说张氏,自从丈夫去后,不觉年来年往,又早四个年头。原儿已是六岁,一日忽地问着娘道:"人家有了娘,定有爹。我家爹怎的不见?"突然说出这话,张氏大是惊异。说道:"你这小厮,吃饭尚不知饥,晓得什么爹,什么娘,却来问我。这是谁教你的?"原儿道:"难道我是没有爹的?"张氏喝道:"畜生,你没有爹,身从何来?"原儿道:"既有爹,今在何处?"张氏道:"儿,我便说与你,你也未必省得。你爹只为差役苦楚,远避他方,今已四年不归矣。"口中便说,那泪珠儿早又掉下几点。原儿又

──────────

①　兰若──寺庙。梵语阿兰若的略语。

问:"娘可知爹几时归来?"张氏道:"我的儿,娘住在家里,你爹在何处,何由晓得。"原儿把头点一点,又道:"不知爹何时才归。"张氏此际,又悲又喜。悲的是丈夫流落远方,存亡未审;喜的是儿子小小年纪,却有孝心,想着不识面的父亲,后日必能成立。自此之后,原儿不常念着爹怎的还不见归。张氏听了,便动一番感伤,添几分惆怅。

话休烦絮。原儿长成到八岁上,张氏要教他去读书,凑巧邻近有个白秀才,开馆授徒。这白秀才原是饱学儒生,白道①年逾五十,文字不时,遂告了衣巾,隐苦训蒙。张氏亲送儿子到馆受业,白秀才要与他取个学名,张氏说:"小犬乳名原儿,系拙夫所命,即此为名,以见不忘根本。"白秀才道:"大娘高见最当。且原即本也,以今印昔,当日取义似有默契。"张氏道:"小儿生时,拙夫曾梦见太原两字,因此遂以为名。"白秀才说:"太原乃王姓郡名。太者大也,原者本也。论语上说'本立而道生',以圣经合梦而言,贤胤②他日必当昌大蕃盛。合宜名原,以应梦兆。表字本立,以符经旨。名义兼美,后来必有征验。"张氏听他详解出一番道理,虽不足信,也可暂解愁肠,说道:"多谢先生指教,小犬苟能成立,使足够了,何敢有他望。"从此到减了几分烦恼,只巴儿子读书上进。假如为母的这般辛勤,这般期望,若儿子不学好,不成器,也是枉然。喜得王原资性聪明,又肯读书,举止安详,言笑不苟。先生或有事他出,任你众学生跳跃顽嬉,他只是端坐不动,自开荒田。大学之道念起,不上三年,把四书读完,已念到《诗经·小雅·蓼莪篇》,哀哀父母,生我劬劳了。

其年恰当红鸾星照命,蓦地有一个人,要聘他为婿。你道是何等样人? 这人姓段名子木,家住崇山村中,就是王珣甲下人户。王珣去后,里役是他承当。彼时原不多田地,因连年秋成大熟,家事日长。此人虽则庄家出身,粗知文理,大有才干,为人却又强硬。见官府说公事,件件出尖。同役的倒都惧他几分,所以在役中还不吃亏。段子木既承了这里长,王珣本户丁粮,少不得是他催办。几遍到来,看见王原年纪尚幼,却是体貌端庄,礼度从容,不胜叹异。想道:"不道王珣却生得这个好儿子,若我得有这一子,此生大事毕矣。"原来段子木家虽小康,人便伶俐。却不会做人,

---

① 白道——指白秀才读书进取,求取功名。

② 胤——指后代。

挣不出个芽儿，只有一女，为此这般欣羡。又向妻子夸奖，商量要赘他为婿。央白秀才做媒，问起年纪，两下正是同年，一发喜之不尽。白秀才将段子木之意，达知张氏，张氏道："家寒贫薄，何敢仰攀高门。既不弃嫌，有何不美。但只有此子，入赘却是不能。若肯出嫁，无不从命。"白秀才把此言回复段子木。本是宿世姻缘，慨然许允。张氏也不学世俗合婚问卜，择吉日行礼纳聘，缔结两姓之好。可见：

　　　　天缘有在毋烦卜，人事无怨不用疑。

　　且说王原，资质既美，更兼白秀才训导有方，一面教他诵读，一面就与他粗粗里讲些书义。此际还认作书馆中功课，尚不着意。到了十三四岁，学做文字，那时便留心学问。一日讲到子游问孝、子夏问孝，乃问先生道："子游、子夏，是孔门高弟，列在四科。难道不晓得孝字的文理，却又问于夫子？"先生道："孝者，人生百行之本，人人晓得，却人人行不得。何以见之？假如孝经上说：'身体发肤，受之父母，不敢毁伤。'乃有等庸愚之辈，不以父母遗体为重。嗜酒妄为，好勇斗狠，或至忘身丧命，这是无赖之徒，不足孝。又有一等，贪财好色，但知顾恋妻子，反把父母落后，这也不足为孝。又有一等，日常奉养，虽则有酒有肉，只当做应答故事，心上全无一毫恭敬之意，故譬诸犬马，皆能有养，这也不足为孝。所以子游回这一端孝字。又有一等，饮食尽能供奉，心上也知恭敬，或小有他事关心，便露出几分不和顺的颜色，这也不足为孝。子夏所以问这一端孝字。又有一等，贪恋权位，不顾父母，生不能养，死不能葬，如吴起母死不奔丧之类，这也不足为孝。还有一等，早年家计贫薄，菽水①藜藿②，犹或不周，虽欲厚养，力不从心。及至后来一旦富贵，食则珍馐罗列，衣则玉帛盈余，然而父母已丧，不能得享一丝一脔③。所以说树欲静而风不宁，子欲养而亲不在。故昔皋④鱼有感，至于自刭。孝之一字，其道甚大，如何解说得尽。"

　　王原听见先生讲解孝字许多道理，心中体会一番，默然感悟，想道："我今已一十四岁，吃饭也知饥饱，着衣也知寒暖。如何生身之父，尚未

---

①　菽水——豆和水，指最平凡的食品。常用作孝养父母之称。

②　藜藿——指粗劣的饭菜。

③　脔——指切成块的肉。

④　皋鱼——皋，沼泽成水田。皋鱼指沼泽内的鱼。

识面？母亲虽言因避徭他方,也不曾说个详细。如今久不还家,未知是生是死,没个着落。我为子的于心何安？且我今读书,终日讲论着孝弟忠信。怎的一个父亲,却生不识其面,死不知其处,与那母死不奔丧的吴起何异？还读什么书,讲什么孝？那日记故事上,载汉时朱寿昌弃官寻母,誓不见母不复还,卒得其母而归。难道朱寿昌便寻得母,我王原却寻不得父。须向母亲问个明白,拼得穷遍天南地北,异域殊方,务要寻取回来,稍尽我为子的一点念头。"定了主意,也不与先生说知,急忙还家。张氏见他跟跟跄跄的归来,面带不乐之色,忙问道:"你为何这般光景,莫非与哪个学生合气吗？"王原道:"儿子奉着母亲言语,怎敢与人争论。只为想着父亲久不还家,不知当时的实为甚缘故出去,特回来请问母亲,说个明白。"张氏道:"我的儿,向来因你年幼,不曾与你细说。你爹只为有这个祖遗几亩田地,报充里役,轮当经催。如此如此,这般这般,因是受苦不过,蓦地子身远避。彼时只道他暂去便归,哪知竟成永别！"王道:"既为田产当役,何不将田来卖了,却免受此分离之苦？"张氏道:"初然也不料这役如此烦难,况没了田产,如何过活。"王原道:"过活还是小事,天伦乃是大节。"张氏道:"总是命合当然,如今说也无用,只索由他罢了,你且安心去读书。"王原说:"母亲怎说这话,天下没有无父的儿子。我又不是海上东方朔,空桑中大禹圣人,如何教我不知父亲生死下落。"张氏道:"这是你爹短见,全不商量,抛了我出去,却与你无干。"

王原道:"当年父亲撇下母亲,虽是短见,然自盘古开天,所重只得天地君亲师五个字。我今蒙师长讲得这孝字明白,若我为子的不去寻亲,即是不孝,岂非天地间大罪人！儿意已决,明早别了母亲就行。"张氏笑道:"你到哪里去,且慢言你没处去寻,就教当面遇见,你也认不出是生身老子。"王原道:"正要请问母亲,我爹还是怎生个模样？"张氏道:"你爹身材不长不短,紫黑面皮,微微里有几茎胡须。在颧骨上有痣,大如黑豆,有一寸长毫无两三根。左手小指曲折如钩,不能伸直。这便是你爹的模样。但今出去许多年,海阔天空,知在何处,却要去寻,可不是做梦？"王原道:"既有此记认,便容易物色。不论天涯海角,到处寻去,必有个着落,寻不见誓不还家。"

张氏道:"好孝心,好志气。只是你既晓得有爹,可晓得有娘么？"王原道:"母亲十月怀胎之苦,三年乳哺之劳,以至今日,自顶及踵,无一非受之于母亲,如何不晓得有娘?"张氏道:"可又来。且莫说怀胎乳哺的劳苦,只你父亲出门时,你才周岁,我一则要支持门户,二来要照管你这冤家。虽然脱卸差役,还恐坐吃山空。为此不惜身命,日夜辛勤。那寒暑风霜,晏眠①早起的苦楚,尝了千千万万,才挣得住这些薄产,与你爹争了个体面。你道容易就这般长大么? 你生来虽没甚大疾病,那小灾晦却不时侵缠。做娘的常常戴着个愁帽儿,请医问卜,赛愿求神,不知费了多少钱钞,担了多少鬼胎。巴得到学中读书,这束脩尚是小事,又怕师长训责惊恐,同窗学生欺负,哪一刻不挂在肝肠。你且想,做娘的如此担忧受苦,活孤孀守你到今。回头一看,连影子只得四人,好不凄惨。你却要弃我而去,只所情理上也说不过。还有一句话,父母总是一般。我现在此,还你未曾孝养一日,反想寻不识面的父亲。这些道理,尚不明白,还读什么书,讲什么孝? 寻父两字,且须搁起,我自有主见在此。"

王原听娘说出许多苦楚,连忙跪下,眼中垂泪,说道:"儿子不孝,母亲责备得极是。但父母等于天地,有母无父,便是缺陷。若父亲一日不归,儿子心上一日不安,望母亲曲允则个。"张氏道:"罢,罢! 龙生龙,凤生凤。有那不思家乞丐天涯的父亲,定然生这不顾母流落沟渠的儿子。你且起来,好歹待我与你娶妻圆娶。一则可完了我为母之事,二则我自有媳妇为伴。那时任凭你去,我也不来管你。"王原无可奈何,只得答应道:"谨依慈命,后日别当理会。"起身走入书房中,闷坐了一回。随手取过一本书来,面上标着"汉书"二字,揭开看时,却是汉高祖杀田横,三十里挽歌,五百人蹈海的故事。大叹一声,说:"为臣的死不忘君,为子的生不寻父,却不相反。"掩卷而起,双膝跪倒阶前,对天发誓道:"我王原若终身寻父不着,情愿刎颈而死,漂沉海洋,与田横五百人精魂杳杳冥冥,结为知己。"设誓已毕,走起来,把墨磨饱,握笔蘸饱,向壁上题诗一首,诗云:

> 生来不识有灵椿,四海何方寄此身。
>
> 只道有用堪度日,谁知无父反伤神。
>
> 生憎吴起坟前草,死爱田横海上魂。
>
> 寄语段家新妇语,齐眉举案暂相亲。

王原不过十三四岁,还是个儿童,何曾想到做亲。只为张氏有完婚之

---

① 晏眠——晏,晚,晏眠指很晚才入睡。

后,任凭出去的话,所以诗中两句结语如此。是时天色已暮,张氏点灯进来,与他读书。抬头看见壁上字迹淋漓,墨痕尚湿。即举灯照看。教儿子逐句念过,逐句解说。王愿念到结尾两句,低声不语,满面通红。张氏道:"我养你的身,难道不识你的心。你只要新妇过门,与我做伴,方好去寻父,可是么?且年纪还小,且耐心等到十六岁,出幼成丁,那时与你完亲。便是出外,我也放心得下,如今且莫提起。"王原见母意如此,不敢再言,唯唯而已。心里想,这两年怎能得过。

虽则如此说,毕竟光阴如白驹过隙,才看机柳舒芽,又看梧桐落叶。倏忽间,春秋两度,王原已是十六岁。张氏果不失信,老早的央白先生到段家通达,吉期定于小春之月。段子木爱女爱婿,毫无阻难,备具妆奁嫁送。虽则田庄人家,依样安排筵席,邀请亲翁大媒,亲族邻舍,大吹大擂,花烛成婚。若是别个做新郎的,偏会篦头沐浴,剃发修眉,浑身上下,色色俱新,遍体薰香,打扮俏丽。见了新妇,眉开眼笑,装出许多丑态。那王原虽则母亲一般有衣服与他穿着,一来年纪小,二来有事在心,唯求姑媳恩深,哪在夫妻情重。当此喜事,只是眉头不展,面带忧容。酒席间全不照管,略无礼节。亲戚们无不动念,都道这孩子,怎的好似木雕偶人。他时金榜挂名,尚不见得,今夜洞房花烛,恐还未必。连丈人也道女婿光景大不如昔。须臾席终客散,王原进房寝息。张氏巴不得儿子就种个花下子,传续后代。邮知新人是黄花闺女,未便解衣。新郎又为孝心未尽,也只和衣而卧。虽然见得成双捉对,却还是月下笼灯,空挂虚明。

三朝庙见之后,即便收拾出门寻父。张氏打叠起行囊,将出一大包散碎银两,与他作盘费,说道:"儿,我本不欲放你出去,恐负了你这点孝心,勉强依从。此去以一年为期,不论寻得着,寻不着,好歹回来。这盘缠也只够你一年之用。你纵不记我十六年鞠养之苦,也须念媳妇三日夫妇之情,切莫学父亲飘零在外。"王原道:"不瞒娘说,此行儿子尚顾不得母亲,岂能念到妻子。"回身吩咐段氏小娘子道:"你年纪虽则幼小,却是王家新妇。母亲单苎得我,别无姑娘小叔,自此婆婆把你当着女儿,你待婆当着母亲。两口儿同心合意,便好过日。我今出去寻父,若寻得着,归期有日。倘若寻不着,愿死天涯,决不归来。千斤担子,托付与你。好生替我侍奉,莫生怠慢,只此永诀,更无他话。"这小娘子才得三朝的媳妇,一些头脑不知,却做出别离的事来。比着赵五娘六十日夫妻,也还差五十来日。说又说不出，话又话不得。既承嘱咐，只得把头点了两点。张氏听了这些话，便啼哭起来说："你爹出去时，说着许多不吉利的话，以至如此。你今番也这般胡言，分明是他前身了。料必没甚好处，兀的不痛杀我也！"王原道："死生自有天数，母亲不必悲伤。"一头拜别，一头背上行囊便走。可怜张氏牵衣悲恸，说："你爹出去，今年一十五年，即使与我觌面①相逢，犹恐不似当年面目，何况你生来不认得他面长面短？向来常与你说，左颧有痣，大如黑豆，上有毫毛，左手小指，曲折不伸。只有这两桩，便是的据，不知你可记得？然而也是有影无形，何从索摸？"王原道："此事时刻在念，岂敢有忘？母亲放手，儿子去矣，保重保重。"毅然就别，若不是生成这片寻父心肠：

　　　　险化做温峤②绝裾，又安望吴起奔丧。

　　王原出门，行了几步，想着白先生是个师长，如何不与他说一声。重复转身到馆，将心事告知，求他早晚照顾家中，又央及致意丈人段子木。别过先生，徜徉上路。离了文安地方，去到涿鹿，转望东行。真正踏地不知高低，逢人不辩生熟。假如古人有赵岐，藏在孙嵩复壁之中，又有个复馥，亡命剪须变形，逃入林虑山，都还有个着落。这王珣踪迹无方，分明大海一针，何从捞摸？那王原只望东行，却是何故？原来他平日留心，买了一本天下路程图，把东西南北的道路，都细细看熟，又博访了四方风土相宜。一来谅着父亲是田庄出身，北去京师一路，地土苦寒，更兼近来时有风警，决然不往；西去山西一路，道路间关，山川险阻，也未必到彼；唯东去山东一路，风气与故乡相仿，人情也都朴厚，多分避到这个所在。二来心里立个意见，以为东方日出，万象昭明，普天幽沉暗昧之地，都蒙照鉴，难道我一点思父的心迹，如昏如梦，没有豁然的道理？所以只望东行。看官，你道这个念头，叫不得真真孝子，实实痴人？直问到人尽天通，方得云开见日。后话慢题。

　　且说王原随地寻消问息，觅迹求踪，不则一日，来到平原县。正在城中访问。忽听得皂役吆呼，行人停步。王原也闪在旁边观看，只见仪仗鼓乐前导，中间抬着一座龙亭，几位官员，都是朝衣朝冠，乘马后随。马步高

---

① 觌（dí）面——见面。《易·困》："三岁不觌。"

② 温峤——东晋太原祁县（今属山西）人，字太真。

低,摇动那佩声叮叮当当,如铁马战风。王原向人询问此是为何,有晓得
说道:"是知县相公,六年考满,朝廷给赐诰命,封其父母。"王原道:"父母
可还在么?"其人答言:"那第一骑马上的不是太老爷? 太夫人也在衙
中。"王原听了,吹口气道:"咳! 孝经上说:'立身行道,扬名于后世,以显
父母,孝之终也。'这官人读书成名,父母得受皇封,正与孝经之言相合,
亦可无憾矣。像我王原,不要想有此一日,但求生见一面,也还不能,岂不
痛哉!"伤感一番,又往他处。日历一方,时履一地,自出门来,已经两番
寒暑,毫无踪影。

转到山东省城济南府,这区处左太行右沧海,乃南北都会,地方广大,
人民蕃庶。王原先踏遍了城内,后至城外。行至城乐,见有一所庙宇,抬
头看时,牌额上标着"闵子骞祠"四个大字。暗道:"闵子乃圣门四科之
首,大贤孝子。我今日寻父,正该拜求他一番。"遂步入祠中,叩了十数个
头,把胸中之事,默祷一遍,恳求父亲早得相会。祷罢出祠,思想当年茇子
为父御车,乃有"母在一子寒,母去三子单"之语,著孝名于千载。我王原
求为父御车而不可得,真好恨也!

一日行至长清驿,只见驿前一簇轿马车辆,驿中走出一个白胖老妇人
来上轿。随从人也各上马,簇拥而去。驿人们互相说道:"这老妈妈真好
个福相,可知生下这个穿莽腰玉的儿子,今番接去好不受用哩。"内中一
个道:"儿子拋别了三十多年,今方寻着,也不算做十分全福。"王原听了
这话,近前把手拱一拱,说道:"借问列位老爷,轿中是哪一位官员的太奶
奶?"驿子答道:"小哥,俺们也不知他详细。据他跟随的说,是司礼监李
太监的母亲。李太监是福建人,自幼割掉了那活儿,选入宫中。至今已有
三十余年,做到司礼监秉笔太监,十分富贵。因想着母亲,特地遣人到福
建寻访着了,迎接进京哩。"王原听罢,便放声号哭。众人齐问:"你这人
为甚啼哭,莫非与李太监也有甚瓜葛么?"王原含泪答道:"小子与他并无
瓜葛,只为心中有事,不觉悲痛。小子姓王名原,父亲名唤王珣,母亲张
氏,家住顺天府文安县城外广化乡中。父亲当年生我才得周岁,因避役走
出,一去不归,小子特来寻访。适来见说李太监母子隔绝三十余年,正与
王原事体相同。他的母亲便寻着了,我的父亲不知还在哪里。触类感伤,
未免凄惨。我父亲左颧骨上有痣,大如黑豆,有毫毛两三根,右手小指曲
折如钩,不能伸直,只此便是色认。列位老爹中,可有知得些踪影的么?

即或不知,乞借金口,与我传播,使吾父闻知,前来识认。若得父子相逢,生死衔感!"一头说,还哭个不止。众人听了,有的便道:"好个孝子,难得,难得!只是我这里不曾见这个人,你还往别处去寻。"有的便道:"自来流落在外的,定然没结果。既出门年久不归,多分不在了,不如回去奉养母亲罢。"王原闻言,愈加悲泣,众人劝住,又往他处。

看官,你道这太监之母:是真是假?原来李监从幼被人拐骗到京师,卖与内宫,便阉割了,教他读书识字起来,直做到司礼监秉笔。身既富贵,没个至亲。想念其母,遣人到故乡访问,虽然尚在,却是贫苦。使人接取入京,李监出迎,举超一觑,见其母容颜憔悴,面目黧①黑,形如饿莩②,相似贫婆,自己不胜羞惭,向左右道:"此非吾母,可另访求。"其母将他生年月日,其身上有疤痕,都说出来,也只是不信。为子的既不认母,手下人有甚好意,即忙扶出,撇在长安街上。可怜这老婆婆,流落异乡,沿门求乞,不久死于道途。李监醉后,道出真言,说:"我这般一个人,不信有恁样个娘。"使人解意,复到福建,却寻这白胖老妇人,取入京去。这妇人是谁?此妇当年原是娼妓,年长色衰,择人从良。有人愿娶,她却不就。她若愿了,人又不要。再弗能偶凑。因向一个起六③壬数的术士,问取终身。那术士许他年至六十,当享富贵之养,彼时老娼如何肯信?不道蹉跎岁月,到底从人不成,把昔年积攒下几两风流钱,慢慢的消磨将尽。其年恰好六十临头,遇巧李监所使,要觅个人才出众的老妇人,假充其母,正寻着了她。老娼想起术士之言有验,欣然愿往。行至杭州,有织造太监闻知,奉承李监,向军门讨个马牌与来使,一路驿递,起拔夫马相送,直至京都。李监见了便道:"这才是我的母亲。"相向恸哭。奉养隆厚,十余年而殁。李监丧葬哀痛,极尽人子之道。后李监身死,手下人方才传说出来,遂做了笑话。有诗为证:

> 美仪假母甘供养,衰陋亲娘忍弃捐;
> 亲生儿子犹如此,何怪旁人势利看。

---

① 黧(lí)黑——即黑色。
② 饿莩——亦作饿殍,指饿死的人。
③ 六壬——术数的一种,认为五行以水为首,天干中壬为阳水,六十甲子中有六个,共名六壬。

　　按下散文。再说王原，行求到兖州曲阜县，拜了孔陵，又寻至邹县，经过孟子庙前，一边是子思①作中庸处，有座碑石；一边是孟母断机处，有个匾额，题着"三迁"两字，与子思作中庸碑，两相对峙。王原未免又转个念头，道："孟母当年三迁教子，得成大儒之名。我娘教养我成人长立，岂非一般苦心。那书上说，孟子葬母，备极衣衾棺椁之美，则其平日孝养可知。吾母吃了千万辛苦，为子的未曾奉养一日。为着寻父远离，父又寻不得，母又不能养，可不两头不着！"思想到此，又是一场烦恼。从来孝思感动，天地可通。如古时丁公藤救父，井中老鼠得收母骨，皆历历有据。偏有王原，如此孝心寻父，却终不能遇。在山东地面，盘旋转折，经历之处，却也不少。怎见得？那山东乃：

　　　　奎娄②分野，虚危别区。本为薛郡，在春秋鲁地之余；既属齐封，论土色少阳之下。滋阳曲阜，泗水夹邹滕；巨野东平，鱼台连汶上。固知河济之间，山川环带。若问青齐之境，地里广沃。博兴高苑，昌乐寿光。蒙羽沂水及临淄，朐益安诸过日照。东道诸雄，号称富衍。说不尽南北东西，数得来春秋冬夏。百年光景几多时，十载风尘霎地过。

　　王原在齐鲁地上，十年漂泊，井邑街衢，无不穿到，乡村丘落，尽数搜寻。本来所带零碎银两，早早用完。行囊也都卖讫，单单存得身上几件衣服。况且才离书馆，不要说农庄家锄头犁耙，本分生涯，全然不晓。就是医卜星相，江湖上说真卖假，捏李藏谜，一切赚钱本事，色色皆无。到此流落在他州别县，没奈何日则沿门乞食，夜则古庙栖身，或借宿人家檐下。不时对天祷告，求得见生父一见，即死填沟壑，亦所不惜。可怜这清清白白一个好后生，弄得乌不三，白不四，三分似人，七分像鬼。认得的，方信是孝子下稍；不认得的，只道是卑田院③的宗支，真好苦也！又时值上冬天气，衣单食缺，梦寐不宁。朦胧合眼，恰像在家时书房中读书光景。取过一本书来，照旧是本汉书，揭开一看，却依先是田横被杀，三十里挽歌，

① 子思——战国初哲学家，姓孔名伋，孔子之孙。
② 奎娄——均为星名，分别是二十八星宿之一。
③ 卑田院——"悲田院"的讹称。中国古代佛寺救济贫民之所，按佛教以施贫为"悲田"，故名。

五百人蹈海这段故事。醒来思想道："回横烈士,我何敢比他。难道不能像其生时富贵,只比他死时惨毒不成。且我又非谋王夺霸,强求富贵的人,定不到此结局。只是田横二字,不得不放在心上。"

何期事有凑巧,一日寻访到即墨县,这所在乃胶东乐土,三面距海。闻得人说,东北去百里,海中有一山,名曰田横岛,离岸只有二十五六里。王原听了这话,一喜一惧。所喜者田横二字,已符所梦,或者于此地遇着父亲也未可知。所惧者资费已完,进退两难,或该命尽于此。又想起昔年曾设誓道,寻父不着,情愿自尽,漂沉海洋,与田横五百人精魂相结。今日来到此处,已与前誓暗事,多分是我命尽之地了。好歹渡过岛去,访求一番,做个结局。遂下山竟至海滨,渡过田横岛。

原来隔岸看这山,觉得山势大。及至其地,却见奇峰秀麓,重重间出,颇是深邃。转了几处径道,不觉落日衔山,飓风大作。又抹过一个林子,显出一所神祠。就近观之,庙宇倾颓,松楸荒莽,也无榜额,不知是何神道。想来身子疲倦,且权就庙中栖息一宵,再作道理。步将入去,向神道拜了两拜。但见尘埃堆积,席地难容。无可奈何,只得将身卧在尘中,却当不过腹内空虚,好生难忍。复挣起身,欲待往村落中求觅些饮食。遥空一望,烟火断绝,鸟雀无声,也不见一个男女老少影子。方在徬徨之际,忽然现出一轮红日,正照当天,见殿庭廊下,一个头陀炊饭将熟。私喜道:"不该命绝,天使这和尚在此煮饭。"便向前作揖,叫声:"老师父!可怜我远方人氏,行路饥馁,给我一碗半碗充饥。"这和尚就把钵盂洗一洗,盛着饭递过来说:"这是莎米饭,味苦不堪入口。我与你浇上些肉汁调和,方好下咽。"王原接饭在手,慌忙举箸。那和尚合掌念起咒来,高声道:"如来如来,来得好,去得好。"忽地祠门轧的一声响,撇然惊觉,却是南柯一梦,天色已明。只见一个老人头戴鹬冠①,手携竹杖,走将进来,问道:"你是何人,却卧在此?"王原道:"小人远方人,寻父到此。昨因天晚,权借一宿。"老者道:"远方还是哪处,姓甚名谁,你父在外几时了?"王原仍将姓名家乡并访父缘故,一一说与。老者听了,点头道:"好孝子,好孝子!但你父去向,没些影响,却从何处索摸。老汉善能详梦,你可有甚梦兆,待我与你详一详,看可还寻得着。"王原道:"夜来刚得一梦,心里正是狐疑,望

① 鹬冠——鹬同褐,指粗布衣服,鹬冠为贫贱之服。

乞指教。"乃将所梦说出。老者道："贺喜,贺喜。日午者南方火位,莎草根药名附子,调以肉汁。肉汁者脍也,脍与会字,义分音叶①,乃父子相会之兆。可急去南方山寺求之,不在此山也。"王原下拜道："多谢指教!若果能应梦,决不忘大德。"连叩了三四个头,抬起眼来,不见了老者,惊异道："原来是神明可怜我王原,显圣指迷。"复朝上叩了几个头,离却土祠,仍还旧路。

此时心里有几分喜欢,连饥饿都忘了。但想不知是何神明,如此灵感。行至村前,询问土人。土人答言此乃昔日齐王田横,汉王得了天下,齐王奔到此岛,岛中百姓深受其惠,后被汉王逼去,自尽于尸乡。岛中人因感其德,就名这岛为田横岛,奉为土神,极是灵应。王原道："原来神明就是田横。"暗想一发与前梦相合,此去父亲必有着落。又问："既如此灵应,怎的庙宇恁样倾颓。地方上不为修葺?"土人道："客官有所不知。这庙宇当初原十分齐整,香火也最盛。连年为赋役繁重,人民四散避徙,地方上存不多几户。又皆穷苦,无力整理,所以日就败坏。"王原听罢,别了土人。一头走一头叹道："只道只有我爹,避役远出,不想此处亦然。若论四海之大,幅员之广,不知可有不困于役的所在。噫!恐怕也未必。"自言自语,不顾脚步高低,奔出岛口,依原渡过对岸。因认定向南方山寺求之的话,自此转向南走,只问山岩寺院去跟寻。昼行夜祷,不觉又经月余。却由清源而上,渡过淇水。来到河南卫辉府辉县境内,访问得有个梦觉寺,是清净丛林。急忙就往。时入隆冬,行到半途,大雪纷飞,呵气成冰。王原冲寒冒雪,强挣前去。及赶至梦觉寺前,已过黄昏。其时初月停光,朔风卷地,古人有雪诗道得好:

千山鸟飞绝,万径人踪灭。

孤舟蓑笠翁,独钓寒江雪。

王原虽则来此,暮雪天寒,寺中晚堂功课已毕,钟磬寂然,约有定更②天气。寺门紧闭,只得坐在门口盘陀石上,抱膝打盹。严寒彻骨,四肢都冻僵麻木。且莫说十余载的风霜苦楚,只这一夜露眠冰雪,也亏他熬忍,难道不是个孝子。捱到天晓,将双手从面上直至足下,细细揉摩一番,方

---

① 叶(xié)——通协。和洽,相合。
② 定更——指晚七时。

得血气融通,回生起死。须臾和尚开门出来,王原便起身作个揖道:"长老,有滚水相求一碗荡寒。"那和尚把他上下仔细一觑,衣服虽然褴褛,体貌却不像乞丐,问道:"你是何人,清早到此?"王原道:"小子文安人,前来寻访父亲。昨晚遇雪,权借山门下暂栖一宿。"和尚道:"阿弥陀佛,这般寒天,身上又单薄,亏你捱这一夜。倘然冻死了,却怎么好?"王原道:"为着父亲,便冻死也说不得。"和尚道:"好个孝子,可敬可敬! 敢问老居士离家几时了,却来寻觅?"王原道:"老父避役出门,今经二十六年。彼时小子生才周岁,不曾识面。到十六岁,思念亲恩,方出门访求。在山东遍处走到,蒙神人托梦指点,说在南方山寺,故尔特寻至此。"和尚听了,说道:"既有这片孝心,自然神天相助。且请入里面,待我与住持说知,用些斋食,等待雪霁去罢。"王原道:"多谢长老,只是搅扰不当。"和尚道:"佛门总是施主的钱粮,若供养你这个孝子,胜斋那若干不守戒律的僧人。"王原道:"小子寻父不得,方窃有愧,怎敢当孝子二字。原来法林老和尚,因王珣初来时,众僧计论钱财,剥了面皮。自此吩咐大众,凡四方贫难人来投斋,不可拒却。或愿出家,便与披发,开此方便法门,胜于看经念佛。为此这管门僧,便专主留王原人去。

当下引入了山门,一路直至香积厨中。饭头僧一眼望见,便道:"米才下锅,讨饭的花子,早先到了。快走出去,住在山门口,待早斋时把你吃便了。"管门僧道:"此位客官不是求乞之人,乃寻亲的孝子,莫要啰唣。"回头对王原道:"客官且入此梳洗,待我去通知大和尚。"又叫道:"王老佛,可将一盆热汤来,与这客官洗面。"灶前有人应声晓得,管门僧吩咐了,转身入内。只见烛前走出一个道人,舀了一盆热汤捧过来说:"客官洗面。"王原举目一觑,看那道人发须皓然,左颧骨有黑痣如豆,两三茎毫毛坚起,正与母亲所言相同。急看右手小指,却又屈曲如钩。心里暗道:"这不是我父亲是谁?"忙问道:"老香公可是文安人姓王么?"老道人道:"正是。客官从不相识,如何晓得?"王原听了,连忙跪倒,抱住放声哭道:"爹爹,你怎地撇却母亲,出来了许多年数,竟不想还家,教我哪一处不寻到。天幸今日在此相遇!"王珣倒吃了一惊道:"客官放手,我没有什么儿子,你休认错了。"双手将他推开要走。惊动两廊僧众,都奔来观看。

法林老和尚听见管门僧报知此事,记得王珣是文安人,当年避役到此,计算年数,却又相同,多分是其儿子。正走来要教他识认,却见儿子早已抱住父亲不放，哭道："爹爹，如何便忘了，你出门时我还在襁褓，乳名原儿，亏杀母亲抚养成人，十六岁上娶了媳妇，即立誓前来寻访爹爹。到今十二个年头，走遍齐鲁地方。天教在田横岛得莎米饭之梦，神灵显圣，指点到此，方得父子相逢，怎说没有儿子的话？快同归去，重整门风，莫使张氏母亲悬悬挂念。"说罢又哭。王珣听了，却是梦中醒来一般，眼中泪珠直迸，抚着王原，念泪说道："若恁地话起来，你真个是我儿子。当年我出门时，你才过一周，有甚知识，却想着我为父的，不惮十余年辛苦，直寻到此地。"口中便说，心里却追想昔时。为避差役，幡地离家，既不得为好汉。撇下妻子，孤苦伶仃，抚养儿子成人，又累他东寻西觅，历尽饥寒，方得相会。纵然妻子思量我，我何颜再见江东父老。况我世缘久断，岂可反入热闹场中。不可，不可！揾住双泪，对王原道："你速速归去，多多拜上母亲，我实无颜相见。二来在此清净安乐，身心宽泰，已无意于尘俗。这几根老骨头，愿埋此辉山块土。我在九泉之下，当祝颂你母子双全，儿孙兴旺。"道罢，摆脱王原便奔。王原向前扯住，高叫道："爹爹不归，辜负我十年访寻，我亦无颜再见母亲，并新娶三朝媳妇段氏。生不如死，要性命何用！"言讫，将头向地上乱捣，鲜血迸流。法林和尚对王珣道："昔年之出，既非丈夫。今日不归，尤为薄幸。你身不足惜，这孝顺儿子不可辜负。天作之合，非人力也。老僧久绝笔砚，今遇此孝顺之子，当口占一偈，送你急归，勿再留也！"随口念出偈道：

　　丰干岂是好饶舌，我佛如来非偶尔。

　　昔日曾闻吕尚之①，明时罕见王君子。

　　借留衣钵种前缘，但笑懒牛鞭不起。

　　归家日诵法华经，苦恼众生今有此。

王珣得了此偈，方肯回心。叩头领命，又拈香礼拜了如来，复与大众作别。随着儿子出了梦觉寺，离了辉县，取路归家。王原寻到此处，费了十二年工夫，今番归时，那消一月。王珣至家，见了张氏妻子，悲喜交集。段氏媳妇，参拜已毕，整治酒筵。夫妻子媳同饮，对照残釭，相逢如梦。二十六年光景，离合悲欢，着着是真。那时哄动了邻舍亲戚，亲家段子木、先生白秀才，齐来称贺。王珣自梦觉寺归文安县，年已六十四岁，那王本立

_____

①　吕尚之——即吕尚，周代齐国的始祖，姜姓，吕氏，字尚父，一说字子牙。

年二十七岁。以后王本立生男六人，这六个儿子，又生十五个孙子。其十五个孙子，又生曾孙二十有二。王珣夫妇，齐登上寿，子子孙孙，每来问安，也记不真排行数目，只是一笑而已。当初王珣避役，以后王本立寻父，都只道没甚好结果，谁承望以此地位。看官，你道王家恁般蕃盛，为甚缘故，那王本立：

> 只缘至孝通天地，赢得螽斯①到子孙。

从此耕田读书，蝉联科甲。远近相传，说王孝子孝感天庭，多福多寿多男子，尧封三祝，萃在一家。好教普天下不顾父母的顽妻劣子，看个好样。后人有诗为证：

> 避役王珣见识微，天降孝子作佳儿。
>
> 田横岛上分明梦，梦觉庵中邂逅时。
>
> 在昔南方为乐地，到今莎草属庸医。
>
> 千秋万古文安县，子子孙孙世所奇。

---

① 螽斯——一种昆虫《诗·周南》篇名。比喻子孙众多。

第 四 回

瞿凤奴情愆死盖

> 一点灵光运百骸,经纶周虑任施裁。
>
> 休教放逐同奔马,要使收藏似芥荄①。
>
> 举世尽函无相火,几人能作不燃灰。
>
> 请君细玩同心结,斩断情根莫浪猜。

话说人生血肉顽躯,自怀抱中直至盖棺事定,总是不灵之物。唯有这点心苗,居在胞膈之内。肺为华盖②,大小肠为沟渠。两肾藏精蓄髓,葆育元和,所以又称命门,然皆听凭心灵指挥。有时退藏于密,方寸间现出四海八垓③。到收罗在芥子窝中,依然没些影响,方知四肢百骸,不过借此虚守则,立于天地之间。臭皮囊不多光景,有何可爱。说到此处,人都不信,便道:"无目将何为视,无耳将何为听,无鼻如何得闻香臭,无口如何得进饮食,养得此身,气完神足,向人前摇摆?总然有了眼耳口鼻,若不生这两道眉毛相配,光秃秃也不成模样。所以五官中说眉为保寿,少不得要他衬贴。何况手能举,脚能步,如何在人身上,只看心田一片?好没来历。"这篇话说,却像有理。然不知自朝官宰相,以及渔樵耕牧,哪一个不具此五官手足。如何做高官的,谈到文章,便晓得古今来几人帝、几人王、几人圣贤愚不肖。谈到武略,便晓得如何行兵,如何破敌,怎生样可以按伏,怎生样可以截战。若问到渔樵耕牧以下一流人,除却刀斧犁锄,钓罾蓑笠,一毫通融不得。难道他是没有眼耳口鼻的?只为这片心灵彼此不同,所以分别下小人君子。还有一说,此心固是第一件为人根本。然辩贤愚,识贵贱,却原全仗这双眼睛运用。若没了这点神光,纵然心灵七窍,却便是有天无日,成何世界。但这双眼,若论在学士佳人,读书写字,刺绣措

---

① 芥荄——草,不值钱的东西。

② 华盖——帝王的车盖。

③ 垓——亦作"畡",兼该入极之地。

鸾,百工技艺,执作经营,何等有用,何等有益。单可惜趁副①了浪子荡妇,轻佻慢引,许多风月工夫,都从兹而起。且莫说宋玉墙东女子,只这西厢月下佳期,皆因眼角留情,成就淫奔苟合勾当,做了千秋话柄。据这等人看来,反不如心眼俱蒙,到免得伤了风化。闲话休题,如今单说一个后生,为此方寸心花,流在眼皮儿上,变出一段奇奇怪怪的新闻。直教:

> 同心结绾就鸳鸯,死骷髅妆成夫妇。

话说嘉兴府,去城三十里外,有个村镇,唤做王江泾。这地方北通苏、松、常、镇,南通杭、绍、金、衢、宁、台、温、处,西南即福建、两广。南北往来,无有不从此经过。近镇村坊,都种桑养蚕织绸为业。四方商贾,俱至此收货。所以镇上做买做卖的挨挤不开,十分热闹。镇南小港去处,有一人姓瞿号滨吾,原在丝绸机户中经纪②,做起千金家事。一向贩绸走汴梁生理,不期得病身殂,遗下结发妻子方氏,年近三十四五。一个女儿,小名凤奴,才只十二岁。又有十来岁一个使女,名唤春来。还有一房伴当,乘着丧中,偷了好些东西,逃往远方。单单存这三口过活,并无嫡亲叔伯尊长管束。

俗言道得好:"孤孀容易做,难得四十五岁过。"方氏年不上四旬,且是生得乌头黑鬓,粉面朱唇。曲弯弯两道细眉,水油油一双俏眼,身子不长不短,娉婷袅娜,体段十分妖娆。丈夫死去虽说倏忽三年,这被里情趣,从冷淡中生出热闹来,擒之不着,思之有味,全赖着眼无所见,耳无所闻,深闺内苑,牢笼此心。已槁之木,逢春不发,既寒之灰,点火不燃,才是真正守寡的行径。哪知方氏所居,只有三进房屋。后一带是厨灶卧房,中一带是客座两厢,堆积些米谷柴草。第一带沿街,正中间两扇大门,门内一带遮堂门屏,旁屋做个杂房,堆些零星什物。方氏日逐三餐茶饭以外,不少穿,不少着,镇日里无聊无赖。前前后后,一日走下几十回,没情没绪,单单少一件东西。咳!少什么来,不好说,不好说。只可恨有限的岁月,一年又一年,青春不再,无边的烦恼,一种又是一种,野兴频来。一日时当三月,百花开放,可爱的是:

> 多情燕子成行,着意蜂儿作对。那燕子虽是羽毛种类,雌雄无

---

① 趁副——符合心愿。
② 经纪——经营资产,后亦指商贩。

定。只见啾啾唧唧，一上一下，两尾相连，偏凑着门栏春色。那蜂儿
不离虫蚁窠臭，牝牡①何分。只见咿咿唔唔，若重若叠，双腰交扑，描
画就花底风光。

　　方氏正倚着门屏邪视，只见一个后生，撒地经过。头戴时新密结不长
不短鬃帽，身穿秋香夹软纱道袍，脚穿玄②色浅面靴头鞋，白绫袜上，罩着
水绿绉纱夹袄，并桃红绉纱裤子。手中拿一柄上赤真金川扇，挂着蜜蜡金
扇坠，手指上亮晃晃露着金戒指。浑身轻薄，遍体离披，无风摇摆，回头掣
脑的踱将过去。这后生是谁？这后生姓孙名谨，表字慎甫，排行第三，人
都叫他为孙三郎。年纪二十以外，父母尽亡，娶妻刘氏，头胎生子，已是六
岁。家住市中，专于贩卖米谷为业，家赀巨万。此人生来气质恂恂③，文
雅出众。幼年也曾读书写字，虽不会吟诗作赋，却也有些小聪明。学唱两
套水磨腔曲子，弦索箫管，也晓得几分。只因家道饶裕，遍体绮罗，上下截
齐。且又贴衬些沉速生香④，薰得满身扑鼻，是一个行奸卖俏的小伙子，
使钱撒漫的大老官。

　　不想这日打从方氏门首经过，这一双俊俏偷情眼，瞧见方氏倚着门屏
而立，大有风韵，便有些着魂。所以走了过去，又复回头观望。这方氏本
又是按捺不下这点春情的半老佳人，一见了孙三郎如此卖弄，正拨着她的
痒处。暗想道："天地间哪得有这碗闲饭，养着这不痴不呆，不老不少，不
真不假，不长不短的闲汉子。这老婆配着他，却也是前缘有定。"心里是
这等想，叹口气回身折转进去。又暗想道："不知这人可还转来？"才转这
念，却有几个儿童叫道："看狗起，看狗起。"却是甚的来？时当三月，不待
虫鸟知情，六畜里头，唯有狗子是人养着守宅的，所以沿阶倒巷，都是此
种。遇着春见发作，便要成群。古人有俚言几句道得好：

　　东家狗，西家狗，二尾交联两头扭。中间线索不分明，漆练胶粘
总难剖。若前或后团团拖，八脚高低做一肘。这家倾上水几盆，那家
遏上灰半篓。人固要知羞，狗自不嫌丑。平空一棒打将开，垂尾低头

---

　　①　牝(pìn)牡——鸟兽的雌性、雄性。
　　②　玄——带赤的黑色，亦即谓黑色。
　　③　恂恂——亦作"俊俊"，谦恭谨慎貌。
　　④　沉速生香——女儿香、崖香。

各乱走。

只可笑方氏既要进门，听此一句没正经说话，转身出头一看，若是街坊上有人，她也自然进去，只因是几个小孩子，站在那里看。方氏一点无名相火，直触起来，不知眼从心上，又不知心从眼上，蓦突突搅得一腔火热，酥麻了半个身体。那三郎又走不多远，也听得孩子们叫笑，正在方氏门前，故意折转身来，如顺风落叶，急水游鱼，刚刚正见方氏在那里观看。方氏招眼望见孙三郎，已在面前，自觉没趣，急急掩上遮堂门扇，进内去了。孙三郎随口笑道："再看一看何妨。还不曾用到陈妈妈哩！"只因这一看不打紧，顿使那些：

菜籴贾小成掷果潘安，冰蘗①娘半就偷香韩寿。

也是夙世冤孽，孙三郎自见方氏之后，魂梦颠倒，连米行生意，都不经心。又打听得是个孤孀，家里又无男人，大着胆日逐在他家门首摆来摆去。那方氏心里，也有了这个后生，只是不晓得他姓张姓李。这一点没着落的闲思想，无处发付，也不时走到门前张望，急切里又两不相值。

一日，方氏正在堂中，忽听得门首锣声当当地响，许多小儿女，嘈嘈杂杂。方氏唤春来同走出去觑看，原来是弄猢狲的花子，肩挑竹笼，手牵猢狲，打着锣，引得这些小儿女，跟着行走。这花子见方氏开门来看，便歇下笼子，把锣儿连敲几下，口里哩嗹罗嗹唱起来。这猢狲虽是畜类，善解人意，听了花子曲儿，便去开笼，取脸子戴上，扮一个李三娘挑水。方氏叫春来唤出女儿同看。那些左邻右舍，并过往的人，顷刻就聚上一堆。大凡缘有凑巧，事有偶然，正当戏耍之际，恰好孙三郎也撞过来。这猢狲又换了一出，安安送米，装模作样，引得众人齐笑。孙三郎分开众人，挤上一步，解开汗巾，拈出钱把一块银子，赏与花子。说："李三娘挑水，是女娘家没了丈夫；安安送米，是儿子不见了母亲，如此苦楚，扮他怎的。不如扮个张生月下跳墙，是男女同欢。再不然扮个采蘋扶着无双小姐，同会王仙客，是尊卑同乐。"那花子得了采头，凭他饶舌。方氏举眼一觑，正是那可意人儿，此时心情飘荡，全无话说。那风奴年已一十五岁，已解人事，见孙三郎花嘴花舌，说着浑话，把娘一扯说道："进去，进去。可恨这后生，在那里调嘴，我们原不该出来观看。"方氏一头走，说道："真金不怕火，凭他调

---

①　冰蘗——即黄蘗，味苦。比喻凄苦的生活或处境。

嘴何妨。"口中虽如此说，心里却舍不下这个俏丽后生，恨不得就搂抱过来，成其好事。这场猢狲扮戏，分明又做了佛殿奇逢。

　　方氏时时刻刻记挂那人，只是径路无媒，到底两情相隔。朝思暮想，无可奈何。一日，忽地转着一念道："除非如此如此，方可会合。"背着女儿，悄地叫过春来说道："你到我家来，却是几岁？"春来道："记得来时是七岁，今岁十三岁，在娘子家，已六年了。"方氏道："你可晓得，这六年间，不少你穿，不少你吃，我平日又不曾打骂你，这养育之恩，却也不小。你也该知恩报恩。"春来道："我年纪小，不晓得怎么恩，怎么报。但凭娘子吩咐。"方氏笑道："我也不好说得。"春来道："娘不好说，教我一发理会不来。"方氏道："你可记得，前日看猢狲撮把戏，有一个小后生，解汗巾上银子，赏那花子么？"春来道："前日娘同凤姐进来时，看撮戏的人，都说还亏了孙三官人，不然这叫化的白弄了半日。如此想就是这个人了。我常出去买东西，认得他住在市中大桥西塽下，向沿河黑直楞门内，是枭籴粮食小财主。"方氏道："正是，正是。今后你可坐在门首，若见孙三官来，便报我得知。切不可漏此消息，与凤姐晓得。后来我备些衣饰物件，寻一个好对头嫁你。"这十三岁的丫头，有甚不理会，带着笑点点头儿，牢记在心。日逐到门首守候，见孙三郎走来，即忙报与方氏。方氏便出来半遮半掩，卖弄风情。渐渐面红，渐渐笑脸盈腮，秋波流动，把孙三郎一点精灵，都勾摄去了。

　　孙三郎想道："这女娘如此光景，像十分留意的。我拼一会四顾无人之际，撞进门去，搂抱她一番。她顺从不消说起，她不顺从，撒手便出。她家又没别个男子，不怕她捉做强奸。"心上算计已定，这脚步儿愈觉勤了。一日走上四五六遭，挨到天色将暮，家家关门掩户，那方氏依然露出半个身躯，倚门而立。孙三郎瞻前顾后，见没有人，陡起精神，踏上阶头，屈身一揖，连称："瞿大娘子，瞿大娘子。"叫声未了，随势抢向前，双手搂定。方氏便道："孙三官好没正经。"口里便说，身却不动。忙将手去掩大门，一霎时，弄出许多狂荡来。

　　一个虽则有家有室，才过二十以外，精神倍发，全不惧风月徐娘；
　　一个既已无婿无夫，方当四十之前，滋味重投，尽弗辞颠狂张敞。

　　狂兴一番，两情难舍，紧紧抱住，接唇呃舌，恨不得并作一个。方氏低低叮咛道："我守节三年，并没一丝半线差池。自从见你之后，不知怎的摄去了这点魂灵。时刻牵挂，今日方得遂愿。切莫泄漏与人，坏我名头。你得空时，就来走走，我叫丫头在门首守候。"孙三郎道："多蒙错爱，怎敢泄漏。但得此地相叙，却是不妥。必得到你房中床上，粘皮着骨，恩恩爱爱的玩耍，才有些趣味。"方氏道："房中有我女儿碍眼，却干不得。中堂左厢，只堆些柴草，待我收拾洁净。堂中有一张小榻，移来安设在内，锁着房门，钥匙倒留你处。你来时，竟开锁入去，拴着门守候，我便来相会。又省得丫头在门首探望，启人疑心。"孙三郎道："如此甚妙。"方氏随引进去，认了厢房。又到里边取了一把锁，将钥匙交与了孙三郎，然后开门。方氏先跨出阶头，左右打一望，见没人行走，把手一招，孙三郎急便闪出，摇摇摆摆的去了。

　　方氏到次日，同春来把左厢房柴草搬出外面空屋内堆置。将室中打扫得尘无半点，移小榻靠壁放下，点上安息香数十根，熏得满室香喷喷的。先把两个银戒指赏着春来，教他观风做脚，防守门户。自此孙三郎忙里偷闲，不论早晚，踅来与方氏尽情欢会。又且做得即溜，出入并无一人知觉。更兼凤奴生性幽静，勤于女工，每日只在房中做些针指，外边事一毫不管，所以方氏得遂其欲。两下你贪我爱，眷恋缠绵，调弄得这婆娘如醉如痴，心窝里万千计较，痴心妄想，思量如何做得个长久夫妻。私忖道："他今年才二十三岁，再十年三十三岁，再十年四十三，还是个精壮男子。我今年三十八，再十年四十八，再十年五十八，可不是年老婆婆？自古道：男子所爱在容貌。倘我的颜色凋残，他的性情日变，却不把今日恩情，做了他年话柄，贻笑于人，终无结果。不若使女儿也与他勾上，方是永远之计。我女儿今方十五，再十年二十五，再十年三十五，还不及我今年的年纪。得此二十年往来，岂不遂我心愿。只是教孙郎去勾搭吾女容易，教吾女去勾搭孙郎倒难。自古道：女子偷郎隔重纸，男子偷女隔重山。如今却相反其事，怎生得个道理。"心上思之又思，没些把柄。等孙三郎来会时，到与他商议。

　　孙三郎听见情愿把女儿与他勾搭，喜出望外，谢道："多感恩情，教我怎生样报答。"方氏道："那个要你报答，只要一心到底，便足够了。"孙三郎就发誓道："孙谨后日倘有异心，天诛地灭，万劫戴角披毛。"方氏道："若有此真心，也不枉和你相交这场。但是我女儿性子执滞，急切里挑动她不得，如何设个法儿，使她心肯。"孙三郎想了一想，说："不难，不难！

今晚你可如此如此,把话儿挑拨。他须是十五岁,男女勾当,量必也知觉了。况且你做娘的,能个教她觅些欢乐,万无不愿之理。"方氏道:"是便是,教我羞答答,怎好启齿。"孙三郎道:"自己儿女,有什么羞。"方氏又沉吟了一回,答道:"事到其间,就是羞也说不得了。但我又是媒人,又是丈母,理数上须要着实周到。"孙三郎也笑道:"若得成就好事,丈母面上,自当竭力孝顺。只是今日没有好东西奉敬大媒,先具一物,暂屈少叙何如?"两下说说笑笑,情浓意热,搂向榻上,欢乐一番,方才别去。

　　话休烦叙。当日晚间,方氏收拾睡卧,在床上故意翻来覆去,连声叹气。凤奴被娘扰搅,也睡不着,问道:"母亲为何这般愁闷?"方氏道:"我的儿,你哪里晓得作娘的心上事。自从你爹抛弃,今已三年多了,教我孤单寂寞,如何过得。"凤奴只道她说逐日过活的事,答道:"我想爹爹虽则去世,幸喜还挣得这些田产。比上不足,比下有余,将就度日子罢了,愁闷则甚。"方氏道:"儿,若论日常过用,吃不少,穿不少,虽非十分富足,也算做清闲受用,这又何消愁闷。但日间忙碌碌混过,到也罢了,唯有晚间没有你爹相伴,觉得冷冷落落的,凄楚难捱,未免伤心思念。"凤奴听了这话,便不做声。方氏叫道:"我儿莫要睡,我有话与你讲。"凤奴道:"睡罢了,有什么讲。"方氏道:"大凡人世,百般乐事,都是假的。只有夫妻相处,才是真乐。"凤奴道:"娘,你也许多年纪了,怎说这样没正经的话。"方氏道:"我的儿,不是做娘的没正经。你且想人生一世,草生一秋,若不图些实在的快活,可不是枉投了这个人生。儿,你是黄花闺女,不晓得其中趣味。若是尝着甜头,定然回味思量。论起这点乐境,真个要入土方休。何况我现今尚在中年,如何忍得过!"那凤奴年将二八,情窦已开,虽知男女有交感之事,却不明个中意趣若何。听见做娘的说的津津有味,一挑动芳心,不觉三焦火旺,直攻得遍体如燃,眼红耳热,胸前像十来个槌头撞击,方寸已乱。对娘道:"如今说也没用,不如睡休。"

　　方氏见话儿有些萌芽,慌忙坐起身来,说道:"儿,我有一件事,几遍要对你说,自家没趣,又住了口。如今索性与你说知。儿,你莫要笑我。"凤奴道:"娘有事只管兑,做女儿的怎敢笑你。"方氏道:"自从你爹死后,虽则思想,却也无可奈何。今年春间,没来由走出门前,看见两只烧剥皮交连一处,拖来搜去。儿,这样勾当,可是我人看得的么? 一时间触物感伤,刚刚又凑着一个小后生走过,却是生得风流俊俏。自此一见,不知怎的,心上再割舍他不下。何期一缘一会,复遇猢狲撮把戏,这后生却又撞来。说起张生跳墙,采蘋无双小姐,两件成双作对的风话,一发引得我心情撩乱。"凤奴道:"可就是那穿秋色儿直身掉嘴这么人?"方氏道:"正是此人,原来他也有心与我,为此故意说这哑谜。不想春来却认得他唤做孙三官,开个粮食店,父母已无,家私巨富。做娘的当时拿不定主意,私下遂与他相交。且喜他做人乖巧,出入并无人知觉。但恐到后万一被邻舍晓得,出乖露丑,坏了体面。我欲从长算计,孙三官今才二十三岁,只长得你八年,不若你与他成了夫妇,我只当做个老丫头,情愿以大作小,服侍你终身。拾些残头落脚,量不占住你正扇差徭,一举两得,可好么?"凤姐踌躇半晌,方说道:"常言踏了爹床便是娘,这个人踏了娘床便是爹,只怕使不得。"方氏道:"如今只好混账,哪里辨得什么爷,论得什么娘。况且我只为舍你不下,所以苦守三年,原打账招赘女婿,来家靠老。今看这孙三官,又温柔,又俏丽,又有本钱,却不是你终身受用。"凤奴道:"既恁地,只凭娘做主便了。但有一件,倘然他先有了妻子,我怎去做他的偏房别室?"方氏虽与孙三郎暗里偷情,只好说些私情的话,外防乡邻知觉,内防儿女看破,忙忙而合,忙忙而散,实不晓得他有妻子没妻子。一时急智,便道:"他是头婚,并不曾有老婆。"凤奴道:"如此却好。须要他先行茶礼,择个吉日,摆下花烛,拜了天地家堂。你便一来做娘,二来做媒人,这方是明媒正娶。若是偷情勾当,断使不得。"方氏连声应道:"这个自然。"

隔了两日,孙三郎来问消息,方氏将女儿要行茶礼,花烛成亲的事说与。孙三郎欢喜不胜,即便买起两盒茶枣,并着白钱二十两,红绿绸缎各一端,教人送来为聘。此外另有三两一封,备办花烛这费。送聘后三日,即是吉期。孙三郎从头至足,色色俱新,大模大样,踱来做新郎。也不用乐人吹手,也不整备筵席,媒人伴娘嫔相,都是丈母一人兼做。双双拜堂,花烛成婚。正是:

　　破瓜女被翻红浪,保山娘席卷寒霜。

看官,大抵人家女儿,全在为母的钤①束。若或动止蹊跷,便要防闲训诲,不合玷辱门风,才是道理。可笑这方氏,自己不正气,做下没廉耻的勾当,自不消说起。反又教导女儿偷汉,岂不是人类的禽兽?还有一说,

---

① 钤(qián)——锁,引申为锁闭。

假如方氏诚恐色衰爱弛,要把女儿锢住孙三,索性挽出一个媒人,通知亲族,明明白白的行聘下财,赘入家来。这一床锦被,可不将自己丑行,尽皆遮盖?哪知他与孙三郎,私欲昏迷,不明理法,只道送些茶枣之礼,便可掩人耳目,不怕旁人议论。以致弄得个生离活拆,有始无终。只这两个淫妇奸夫,自不足惜。单可怜连累这幼年女子,无端肮脏了性命,岂非是前冤夙孽。后话慢题。

且说孙三郎惯在花柳中行走,善会凑趣帮衬。见凤奴幼小,枕席之间,轻怜重惜,加意温存。这凤奴滋味初尝,果然浑身欢畅,情荡魂销,男贪女爱,十分美满。孙三眷恋新婚,一个月不在家中宿歇。便是日间,也间或归去走遭,把店中生意,尽都废了。那方氏左邻右舍,见孙三郎公然出入,俱各不愤,几遍要寻事打他。自此沸沸扬扬,传说孙三郎奸占孤孀幼女。那瞿门虽无嫡亲叔伯,也还有远房宗族。一来道方氏败坏家门,二来希图要她产业。推出一个族长为头,一张连名呈词,将孙三方氏母女并春来,一起呈告嘉兴府中。那太守姓洪名造,见事关风化,即便准了,差人拘拿诸犯到官听审。凤奴情知事已做差,恐官府严究春来,必致和盘托出。心里慌张,将若干衣饰,私与春来,叮嘱道:“倘或官府问及,你须说我是明媒说合,花烛成亲的。若遮盖得我太平无事,即死在黄泉,亦不忘你恩德。”春来点头领命。

孙三郎央分上到太守处关说,也说是明媒说合,不是私情勾当,要免凤奴到官。怎奈邻里又是一张公呈,为此洪太守遂不肯免提,将一干人尽拘来审问。那孙三、方氏、凤奴,都称是明媒正娶。宗族邻里,坚执是母子卖奸。太守乃唤春来细问。这丫头年虽幼小,到也口舌利便,说道:“主母孀居无主,凭媒说合,招赘孙谨为婿。宗族中因主母无子,欲分家私,故此造言生事,众邻舍也是乘机扎诈。”宗族邻舍,一起哄然禀说:“通是这丫头往来传递消息,成就奸情。只消夹她起来,便见真伪。”太守喝住了众人,问春来:“既是明媒正娶,媒人是哪个?”春来四顾一看,急切里对答不来。太守把案一拍,喝道:“如今媒人在哪里,快说来饶你一拶!”吓得这丫头战兢兢答应道:“媒人就是主母。”太守不觉哑然大笑道:“好个媒人就是主母,真情在此了。”欲待将孙三、方氏等一起加责,因念着分上,心上一转道:“中年寡妇,暗约是真;闺女年青,理或可贷。”随援笔判道:

　　方氏马齿①未足,孙谨雄狐方绥,固不及媒妁之言,遂订忘年之谊,事固有之。有女乍笄②,颜甲未厚,亦岂能丑母之苟合,而为之间一言乎。瞿门无子,尚有生产可分。方不能选昭穆可继者为宗祧③远念,讼端所以不免耳。至其家事,凭族长处分,并立嗣子以续香火。方氏、孙谨离异,姑杖警之。女以年幼不问。使女春来。固无妖红伎俩,而声问所通,亦不能无罪,并杖以息众喙。

　　太守判罢,又唤孙三郎,喝道:"本该重责你一顿板子,看某爷分上,姑且饶你。今后须要学做好人,如若再犯,决不轻恕。"吓得孙三连连叩头而出。瞿家族党,遂议立嗣子一人,承结瞿滨吾宗祀。将家产三分均开:一股分授嗣子,一股与方氏自赡,身故之后,仍归嗣子,一股分析宗族,各沾微惠。凤奴择人另配。七张八嘴,乱了数日,方才停妥。不想族中有一人,诨名唤做瞿百舌,住在杭城唐栖地方,与本镇一个大富张监生相知。偶然饮酒中间,说及方氏不正,带累女儿出乖露丑的事。张监生问起女儿年纪,又问面貌生得如何。那凤奴本来有几分颜色,瞿百舌又加添了几分,一发形容得绝世无双。这张监生少年心性,一时高兴,就央他做媒,要娶来为妾。瞿百舌正要奉承大老官人,有何不可,满口应承,飞忙趁船来与方氏说亲。方氏要配个一夫一妇,不肯把人做妾。瞿百舌心生一计,去寻族长商议,许其厚谢,财礼中还可抽分。那族长动了贪心,不容方氏主张,竟自主婚许与张监生为妾。议定聘礼百金,两人到分了一半,择日出嫁。

　　那凤奴虽凭官府断离,心里已打定不改嫁的主意。及至议将家产三分均开,指望母子相依,还图后日团圆。不道才过得两三月,却又生出这个枝叶,已知势不能留。每日闭着房门,默默的自嗟自叹自泣,取过针钱,将里衣密密缝固。方氏诚恐她做出短见事,不时敲门窥探她,也只是不开。方氏在门外好言安慰,也不答应,一味呜呜哭泣。将嫁前一日,备起酒肴,教春来去邀孙三郎诀别。孙三郎害怕,初时不肯来。凤奴大怒,再教春来去话,道:"当日成亲,誓同生死,今日何背前盟。"孙三郎垂泪道:

----

① 马齿——马的牙齿随年龄而添换。故看马齿便可知马的年龄。
② 笄(jī)——本作"筓",特指女子可以盘发插笄的年龄,即成年。
③ 宗祧——犹宗庙。宗,祖庙;祧,远祖之庙。

"凤姐恩情,我安敢负。但恐耳目之地,又生事端,反为不美。"春来道:"凤姐有言,如官人往一见,即当自到宅上。"孙三郎听了,叹口气道:"罢,罢!凤姐如此厚情,何惜一死报之。"即随春来同往,时已抵暮,母女张筵秉烛以待。三人相见,各各悲咽。

孙三郎与凤奴并坐,方氏打横,春来执壶在旁。凤奴满斟一大觥,进与孙三,含泣而言道:"薄柳贱姿,拟托终世。不料瞿门以分产借名,逼我改嫁。总系败残花柳,更不向东君重调颜色。今虽未能以死相从,而此衣誓非君手不解。如君不信,请开我衣,愿求彩线缝下左腋,连及腰裆,以为他日之证。君宜自爱,妾从此长别矣。"道罢,自己也进一大觥,放声长号。孙三、方氏俱掩面泣,春来亦欷歔不胜。孙三带泪执凤奴之手,又回顾方氏说道:"愚庸过分,两获佳缘。原将谓偕老可期,半子半婿,你知我知。何意蓦起风波,遂至分剖。然由合数所遭,只索付之无奈而已。幸善事唐栖张贵人,勿更念王泾孙浪子。"凤奴听了,勃然变色道:"君以我为弃旧怜新耶?我闻妇人以贞一为德,今既事你,当守一而终。岂可冒耻包羞,如烟花下贱,朝张暮李乎?"言罢又泣。孙三见其悲哀恳切,抱置膝上,举袖拂拭泪痕,说道:"我孙三不过是市井俗子,何德何能,乃蒙如此爱重,肯为我坚守节操,教我何以为报。但不知今生可有再见之期了。"口中便说,不觉涕泗交溢,哽咽不能出声。凤奴一发泪下如雨,向袖中取出白罗手帕一方,折成方胜①,又将绣带一条,打做同心结,系着方胜,纳于孙三袖中。含泪说道:"留此伴你,身则不能矣。三魂有灵,当相从于九泉之下可已。"

孙三听罢,将手中酒杯一掷,夺身而起,走出房门。约有半个时辰,不见进来。方氏道:"儿,孙郎想不忍见你这般凄惨,竟自去了。"急教春来观看,外面门户尽闭,却未曾出去,母女以为奇怪。移烛到处照看,何意孙三走到厨房,取过尖刀,将这子孙桩谷蚌楦一刀割坏,半连不断,昏倒在地,血污满衣,吓得母女魂魄皆丧,急扶到床上卧下,半晌方苏。凤奴道:"你行此短见,莫非恨我么?"孙三忍痛呻吟说道:"我实误了你娘女两人,安得倒有怨恨。意欲自刎,以表此心。但恐死得不干净,反累你母子,故

---

① 方胜——方形旳彩胜,古代妇人饰物,以彩绸等为之,由两个斜方形部分迭合而成。也指这种形状的东西。

割绝此道，以见终身永无男女之事。况我原有妻室，已生一子，后代不绝，此心无所牵挂。唯要你母子知我此情，非薄幸男子足矣。"言罢，各相持哭。盘桓未久，不觉鸡声三唱，天色将明。孙三郎势难再留，只得熬着疼痛作别，三人搅做一团，直哭得个有气无声。正是：

　　世上万般哀苦事，无非死别与生离。

　　不题孙三郎归家养病。且说凤奴送别之后，泪眼不干，午牌方过，张家婆亲船只已到。一个做媒的瞿百舌，一个主婚的族长，主张管待来人，催促出门。娘女两人又相持大哭，各自分离。凤奴来到张家，那张监生大是温柔俊雅，比孙三郎却也相仿。看见凤奴颜色，果然美丽，大是欢喜。他本是富豪子弟，女婢满前，正室娘子，又宽和贤德，所以少年纳妾，全无惧意。张监生第一夜到新房中，摆下酒肴，要与凤奴饮几杯添兴。哪知凤奴向隅而立，不肯相近。张监生走向前去扯她，凤奴摑脱①，躲过那边。张监生折转身来，她又躲过这边。两下左旋右转，分明是小孩子扎盲盲光景。服侍丫头，都格格的笑个不止。张监生跑得气喘吁吁，扯她不着，只得坐下。他本来要取些欢乐，不道弄出这个嘴脸，好生没趣。心里也还道是娇怯怕羞，叫丫头斟酒，连饮十数大杯，先向床上睡下。打发丫头们出去，指望众人去后，自然来同睡。凤奴却将灯挑得亮亮的，倚着桌儿流泪。张监生酒量不济，到了床上，便昏昏熟睡。天明方醒，身边不见新人，睁眼看时，却端然而坐，大以为怪。起身入上房，与大娘子说夜来如此，连大娘子也不信。

　　少顷，凤奴来见礼，问其为甚如此，只是低头垂泪。大娘子见她可怜，倒劝丈夫从容爱护，莫要性急。张监生依了这话，是晚便不进房。恰又遇着城中有事，一去十余日方归。一夜乘着酒兴，步入房来。凤奴一见便要躲避。张监生横身拦住，笑道："你今番走向哪里去。"凤奴转动不得，逼到一个壁角边，被他双关抱住，死挣不脱，直抱到床上按倒。凤奴将双袖紧紧掩住面庞。张监生此时，心忙意急，探手将衣服乱扯，左扯也扯不开，右扯也扯不断。仔细一看，原来贴肉小衣，上下缝联，所以分拆不开。气得他一团热火，化做半杯雪水，连道诧异。放下手走出堂前，教家人寻瞿百舌来，与他说："如此如此，这是为甚缘故，他既不愿从我，可还了原聘，

―――――――――――――――――

　　①　摑(xǐ)——折断；拗。

领了去罢。"瞿百舌听了，不慌不忙，带着笑道："大相公好没捺熬，既娶来家，是你的人了，怎说领了去的话。"张监生道："我娶妾不过要消遣作乐，像这个光景，要她何用。"瞿百舌道："大凡美人多有撒娇撒痴，大老官务加怜香惜玉，方为在行。若像你这猴急，放出霸王请客帮衬，原成不得。"张监生道："她把衣服上下缝联，难道也是我不在行？"瞿百舌道："这正是她作娇处。"张监生笑道："恐这样作娇，也不敢劳。"瞿百舌道："大相公不难，今已将满月，其母定来探望。待我与她说知，等她教导一番，包你如法。"张监生见说得有理，也就依了。"

瞿百舌按住了张监生，飞风到王江泾，与方氏说这桩事。此时那嗣子已搬人来家，方氏只住得后边两间房子。她自从遭了那场耻辱，自觉无颜色，将向日这段风骚，尽都消磨，每日只教导春来做些针指。心里只牵挂着女儿，不时暗泪。瞿百舌一口气赶来，对方氏说："你女儿这般这般，触了主人之怒，要发还娘家，追讨聘礼，一倍要还三倍。我再三劝住，你可趁满月，快快去教女儿，不要作梗。财主是牛性，一时间真个翻过脸来，你可吃得这场官司。"方氏本是惊弓之鸟，听见官司两字，十分害怕，心里却明晓得凤奴为着孙三，只不肯从顺。左难右难，等到满月，只得买办几盒礼物，带着春来去看女儿。不想凤奴日遂忧郁，生起病来，本只有二三分病体，因怕张监生缠账，故意卧床不起。张监生听了瞿百舌的话，做出在行帮衬，请医问卜，不时到床前看觑。凤奴一见进来，便把被儿蒙在头上，不来招架。恰好方氏来到，母女相见，分外悲啼。且见女儿有病，不好就说那话。向着张监生夫妻，但称女儿年幼无知，凡事须要宽恕。那大娘子见方氏做人活动，甚是欢喜。背地问凤奴衣服缝联的缘故，方氏怎敢说出实情，一味含糊应答。

一日，大娘子请方氏吃茶，留下春来相伴凤奴，正当悄悄地问孙三郎信息。忽见门帘启处，张监生步将入来，凤奴即翻身向着里面。张监生坐在床前，低声哑气的问："今日身子还是如何，心里可想甚东西？"连问两声，凤奴竟不答应。春来在侧，反过意不去，接口道："今日略觉健旺，只是虚弱气短，懒得开口。"张监生见她应对伶俐，举目一观，那头发刚刚覆眉，水汪汪一双俏眼，鹅卵脸儿，白中映出红，身子又生得苗条有样，大是可人。便问："你叫甚名字？"那丫头应言唤做春来。张监生立起身道："我方才买得拂手在外，你可随我去拿一只与凤姐。春来只道是真，随着就走。引入一个小书房中，张监生将门闭上，搂住亲嘴。春来半推半就道："相公尊重，莫要取笑。"张监生哪里听她，拥向醉翁榻上，扯开下衣，纵身相就。那丫头年纪虽小，已见孙三郎与方氏许多丑态，心里也巴不得尝尝滋味，也奈何轮她不着。今番遇这财主见爱，有何不可。只是芳心乍吐，经不得雨骤风狂，甚觉逡巡畏缩，苦乐相兼。须臾情极兴阑，但见落红满裼①，张监生取出一枝凤玉簪，与她插戴。又将一只大佛手递与，勾着肩儿，开门送了，说道："留你在此，做个通房，可情愿么？"春来道："多谢相公抬举，只怕没福，还恐我家娘不肯放我。"张监生道："我开了口，怕她不肯。"春来点首，捧着佛手而去。看官，大抵遇合各自有缘分，一毫勉强不得。譬如张监生费了大注财礼聘妾，反不能沾一沾身子。这春来萍水相逢，未曾损半个纸钱，倒订下终身之约。世间事体，大率如此。所以说：

　　　有意种花花不活，无心插柳柳成阴。

　　且说凤姐一卧二十余日，方氏细察她不是真病，再三譬喻，教他莫要如此。凤奴被娘逼不过，只得起身梳洗，尚兀妆做半睡半坐。方氏才将瞿百舌所言说与，苦劝勉强顺从，休要累我。凤奴愤然作色道："娘不见我与孙三郎所誓乎？言犹在耳，岂可变更。你自回去，莫要管我，我死生在此，决不相累。"方氏见话不投机，即时要归。大娘子哪里肯放。张监生又为着春来，苦苦坚留。到另设一间房户，安顿方氏住下，自己来陪伴凤奴。他意中以为母子盘桓日久，自然教道妥当，必非前番光景。谁知照旧不容亲近，空自混了一夜。衣服总都扯碎，到底好事难成。张监生大恨，明知为着情人，所以如此。次日即将凤奴锁禁空楼，吩咐使女辈日进三餐薄粥，夜间就在楼板上睡卧。方氏心中不忍，却又敢怒而不敢言。无颜再住，连忙作辞归去。张监生另送白银三十两，要了春来，浑身做起新衣，就顶了凤奴这间房户。吩咐家中上下，称为新姐。这岂不是：

　　　打墙板儿翻上下，前人世界后人收。

　　张监生做出这个局面，本意要教凤奴知得，使她感动，生出悔心。奈何凤奴一意牵系孙三，心如铁石，毫无转念。说话的，假如凤奴既一心为着孙三，何不速寻个死路，到也留名后世。何必做这许多模样，忍辱苟延？看官有所不知，他还是十六七岁的女子，与孙三情如胶漆，一时虽则分开，

　　① 裼(xī)——皮衣上加罩衣。

还指望风波定后，断弦重续。不料得生出这瞿百舌，贪图重利，强为张氏纳聘。虽然势不能违，私自心怀痴想，希意张监生求欲不遂，必有开笼放鹦鹉之事。那时主张自由，仍联旧好，谁能间阻。所以方氏述瞿百舌退还母家之说，倒有三分私喜。为此宁受折磨，不肯即死。有诗为凭：

　　生死靡他已定盟，总教磨折不移情。

　　傍人不解其中意，只道红颜欲市名。

　　话分两头。且说孙三郎在家医治伤口，怎奈日夜记挂凤奴，朝愁暮怨，长叹短吁，精神日减，疮口难合。捱到年余，渐成骨立，愈加腐烂，自知不保。将家事料理，与儿子取了个名字，唤做汉儒，叮咛妻子，好生抚养。刘氏啼啼哭哭，善言宽慰。看看病势日重，他向妻子说了几句断话，又教邀过方氏一见。刘氏不敢逆他，即差个老妪，唤乘轿子去接。方氏闻说孙三病已临危，想起当日恩情，心中凄切，也顾不得羞耻，即便乘轿而来。彼此相见，这番惨伤，自不必说。孙三郎向怀中取出同心结，交与方氏道："我今生再不能复见凤姐矣，烦你为我多多致意。"言讫，瞑目而逝。可怜刘氏哭得个天昏地暗。一面收拾衣衾棺木。

　　方氏索性送殓过了，方才归家。思量女儿被张郎锁禁空楼，绝无音耗，不知生死如何。须去看个下落，也放下了肠子。唤个小船，来到唐栖。张监生即教春来出来迎接，方氏举目一看，遍体绮罗，光彩倍常，背后倒有两个丫头随侍。问起女儿，却原来依旧锁禁楼上。方氏此时心如刀割，嗟叹不已。见过了张郎夫妇，即至楼上看凤奴时，容颜憔悴，非复旧时形状。母女抱头而泣，方氏将同心结付还，说孙三病死之故，凤奴不觉失声大劫。方氏看了女儿这个景状，分明似罪囚一般，终无了解。私地埋怨春来说："你今既得时，也须念旧日恩情，与她解冤释结，如何坐视她受苦。"春来道："我怎敢忘恩负义，不从中周全。怎奈相公必要她回心转意，凤姐执迷不允。每日我私自送些东西上楼，却又不要，叫我左难右难。这几时我再三哀求，已有放归的念头，娘可趁此机会，与相公明白讲论一番。待我在后再撺耸几句，领回家去罢。"

　　方氏得了这个消息，到次日要与张监生讲话。正遇本图公正里甲，与张监生议丈量田地。方氏走到堂中，向各人前道上万福，开言道："列位尊官在座，我有不知进退的话，要与张相公说知，讨个方便。多承张相公不弃我女凤奴，聘来为妾。或是我儿到了你家，有甚皂丝麻线，落在你眼里,这便合应受打受骂受辱,便是斫头也该。然也须捉奸捉双,方才心服。若未入门时,先有些风声,你便不该娶了。或是误于不知,娶后方晓得平昔有甚不正气,到家却没其过失,这叫做入门清净,要留便留。若不相容,就该退还娘家,何故无端锁禁楼中,如罪囚一般,此是何意?磨折已久,如今奄奄有病。万一有些山高水低,我必然也有话说。常言死人身边自有活鬼,你莫恃自家豪富,把人命当做儿戏。"众人听了此话,齐道:"大娘言之有理。张相公你若用她,便放出来,与她个偏房体面。若不用她,就交还她去,但凭改嫁,省得后边有言。"张监生心里已有肯放去的念头,又见方氏伶牙俐齿,是个长舌妇人,恐怕真个弄出些事来,反为不美。遂把人情卖在众人面上,便教开了楼门,唤出凤奴,交还方氏领去。方氏即就来船,载归王江泾。

　　过了月余,方氏对凤奴道:"儿,你今年纪尚小,去后日子正长。孙三郎若在,终身之事可毕。他今去世,已是绝望。我在此尚可相依,人世无常,倘若有甚不测,瞿门宗族,岂能容你。那时无投无奔,如之奈何。况春花秋月,何忍空过,趁此改图,犹不失少年夫妇。"凤奴闻言大怒,说道:"娘,你好没志气!前既是你坏我之身,只谓随他是一马一鞍,所以虽死无悔。今孙三郎既死,难道又改嫁他人。既要改嫁,何不即就张郎。我虽不指望竖节妇牌坊,实不愿做此苟且之事,学你下半截样子。"言罢,放声长号。倒使方氏老大没趣,走出房门。凤奴解下结胜同心带,自缢梁间。及至方氏进来看见解救时,已不知气断几时了。痛哭一场,买棺盛殓。欲待葬在瞿滨吾墓旁,嗣子不容。欲待另寻坟地,嗣子又不容久停在家。方氏无可奈何,只得将去火化。尽已焚过,单剩胸前一块未消,结成三四寸长一个男子。面貌衣褶,浑似孙三形像,认他是石,却又打不碎。认他是金,却又烧不烊。分明是:

　　　　杨会之①捏塑神工,张僧繇②画描仙体。

　　那化人的火工,以为稀奇,悄地藏过,不使方氏得知。这也不在话下。自古道:不愿同年同月同日同时生,但愿同年同月同日同时死。可煞作

---

①　杨会之——杨惠之,唐开元(公元713—741年)时的雕塑家。

②　张僧繇——南朝梁画家,吴(郡治今江苏苏州)人,擅长人物及佛教画。当时有"道子画,惠子塑,压得僧繇神笔路"之说。

怪，孙三郎先死多时，恰好也在那日烧化。他家积祖富足，岂无坟茔，也把来火化。原来孙三郎自从死后，无一日不在家中出现，吓得孤孀子母，并及家人伴当，无一人不怕。只得求签问卜，都说棺木作耗，发脱了出去，自然安静。刘氏算计要云安葬，孙三郎夜托一梦，说自己割坏人道，得罪祖宗，阴灵不容上坟，可将我火化便了。刘氏得了这梦，心中奇怪，也还半信半疑。不道连宵所梦相同，所以也将来焚化。胸前一般也有一块烧不过的，却是凤奴形状。送丧人等，无不骇然。刘氏将来收好，藏在家中。那送丧之人，三三两两，传说开去。焚化凤奴的火工闻知，袖着孙三小像，到来比看。刘氏一见，大是惊诧。孙三儿子汉儒，年纪虽幼小，孝出本心，劝娘破费钱钞，买了此像。做起一个小龛子，并坐于中，摆列香烛供奉。但见：

　　孙三郎年未三一，遍体风情。手中扇点着香罗，却是调腔度曲，但是髭须脱落，浑如戴馄饨帽的中官。瞿凤奴不及两旬，通身娇媚。同心结系在当胸，半成遮奶藏阁，只见绣带垂肩，分明欲去悬梁的妃子。

　　一时传遍了城内城外，南来的是唐栖镇上男女，北来的是平望村中老幼。填徒塞巷，挨挤不开。个个称奇，人人说怪。正当万目昭彰之际，忽然狂风一阵，卷入门来。只见两个形像，霎时化成血水，这方是同心结的下稍，真正万古稀罕的新闻。嘉靖年初，孙汉儒学业将就，做一小传以记。后来有人作几句偈语忏悔，偈云：

　　是男莫邪淫，是女莫坏身。
　　欺人犹自可，天理原分明。
　　不信魔登伽，能摄阿难精。
　　地狱久已闭，金磬敲一声。
　　豁然红日起，万方光华生。
　　同心一带结，男女牵幽魂。
　　一为自宫汉，一为投缳人。
　　轮回总能转，何处认前因。

第 五 回

莽书生强图鸳侣

秋月春花自古今，每逢佳景暗伤神。

墙边联句因何梦，叶上题诗为甚情。

带缺唾壶原不美，有瑕圭璧总非珍。

从来色胆如天大，留得风流作骂名。

这首诗，是一无名氏所题，奉劝世人收拾春心，莫去闲行浪走，坏他人的闺门，损自己的阴骘。要知人从天性中带下个喜怒哀乐，便生出许多离合悲欢。在下如今且放下哀怒悲离之处不讲，只把极快活燥脾胃的事试说几件。假如别人家堆柴囤米，积玉堆金，身上穿不尽绫罗锦绣，口里吃不了百味珍馐，偏是我愁柴愁米，半饥半饱，忍冻担寒，这等人要寻快活，也不可得。然又有一等有操守有志量的，齑①盐乐道，如颜子箪瓢②陋巷，子夏百结鹑③衣，不改其乐，便过贫穷日子，也依原快活。又假如别人家，文官做朝官宰相，武官做都督总兵，一般样前呼后拥，衣紫腰金，何等轩昂，何等尊贵。唯有我终身不得发达，落于人后，难道也生快活。然又有一等人，养得胸中才学饱满，志大言大，虽是名不得成，志不得遂，嚣嚣自得，眼底无人，依然是快活行径。所以富贵两途，不喜好的也有。唯有女色这条道路，便如采花蜂蝶，攒紧在花心这中，不肯暂舍。又如扑灯飞蛾，浸死在灯油之内，方才罢休。

从来不好色的，唯有个鲁国男子，独居一室，适当风雨之夕，邻家屋坏，有寡妇奔来相就，这鲁男子却闭户不纳。又有个窦仪秀才，月下读书，

---

① 齑(jī)——切碎的腌菜或酱菜，引申为细碎。

② 箪瓢——《论语·雍也》："一箪食，一瓢饮，在陋巷，人不堪之忧，回也不改其乐，贤哉回也！"这是孔子赞美弟子颜回的话。后因用"箪食瓢饮"为安贫守俭之辞。亦简作"箪瓢"。

③ 鹑(chún)衣——鹑鸟尾秃，像古时敝衣短结，故用以形容破旧的衣服。

有女子前来引诱,窦仪也只是正言拒绝,并不相容。才是真正见色不迷,盘古到今,只有此二人。若是柳下惠坐怀不乱,就写不得包票了。其他钻穴逾墙,桑间濮上,不计其数。常言道:男子要偷妇人隔重山,女子要偷男子隔层纸。若是女人家没有空隙,不放些破绽,这男子总然用计千条,只做得一场春梦。当年有两个风流俊俏苟合成婚的,一个是司马相如,一个是韩寿。假若贾充的女儿,不在青锁中窥觑韩寿,寿虽或轻松矫捷,怎敢跳过东北角高墙,成就怀香之事。假如司马相如,虽则风流潇洒,衣服华丽,若卓王孙的女儿,不去听他弹那凤求凰的琴曲,相如也不能够同她逃走,成就琴台卖酒之事。所以淫奔苟合,都是女人家做出来的。然则一味推到女子身上去,难道男子汉全然脱白得干净,又何以说色胆大如天。皆因男子汉本有行奸卖俏之意,得了女人家一毫俯就意思,或眉梢递意,眼角传情,或说话间勾搭一言半语,或哑谜中暗藏下没头没脑的机关。这男子便用着工夫,千算百计,今日挑,明日拨,久久成熟,做就两下私情。总然败坏了名节,丧失了性命,也却不管,所以叫做是色胆如天。哪一个肯贤贤易色,诗云:

　　美色牵人情易惑,几人遇色不为迷;

　　纵是坐怀终不乱,怎如闭户鲁男儿。

话说国朝永乐年闲,广东桂林府临桂县,有一举人,姓莫名可,表字谁何,原是旧家人物。其父莫考,考了一世童生,巴不得着一领蓝衫挂体。偏生到莫谁何,才出来应童子试,便得游庠①入泮②,年纪方得一十二岁。那时就有个姓王的富户,倒备着若干厚礼,聘他为婿。大抵资性聪明的,知觉亦最早。这莫谁何因是天生颖异,乖巧过人,十来岁时,男女情欲之事,便都晓得。到进学之后,空隙处遇着丫环婢子,就去扯手拽脚,亲嘴摸乳,讨干便宜。交了志幼之年,情窦大开,同着三朋四友,往花街柳巷去行踏。那妓女们爱他幼年美丽,风流知趣,都情愿赔着钱钞,与他相处。日渐日深,竟习成一身轻薄。父母愁他放荡坏了,忧虑成疾,双双并故。

有个族叔,主张乘凶婚配,何期吉辰将近,王家女儿忽得暴疾而亡。莫谁何初闻凶信,十分烦恼,及往送殓,见妻子形容丑陋,转以为侥幸。自

_____

①　庠——古代学校名。

②　泮(pàn)——泮宫,西周诸侯所设大学。

此执意要亲知灼见，择个美妻为配。所以张家不就，李家不成，蹉跎过了。他也落得在花柳中着脚。不想到十九岁上，挣得一名遗才科举入场，高高中了第二名经魁。那时豪门富室，争来求他为婿。谁何这番得意，眼界愈高。自道此去会试，稳如拾芥，大言不惭的答道：

　　且待金榜挂名，方始洞房花烛。

因此把姻事搁起，忙忙收拾进京会试，将家事托族叔管理，相约了几个同年，做伴起身。正值冬天，一路雨雪冰霜，十分寒冷。莫谁何自中榜之后，恣情花酒，身子已是虚弱。风寒易入，途中患病起来。捱到扬州，上了客店，便卧床不起。同年们请医调治，耽搁了几日。谁何病势虽则稍减；料想非旦夕可愈，眼见得不够会试，众人各顾自己功名，只得留下谁何。吩咐他家人来元，好生看觑调理，自往京师应试去了。正是：

　　相逢不下马，各自奔前程。

且说莫谁何一病月余，直到开春正月中旬，方才全愈。也还未敢劳动，只在寓所将息。因病中梦见观音大士，以杨枝水洒在面上，自此就热痕病祛，渐渐健旺。店主闻说，便道："本处琼花观，自来观音极是灵感，往往救人苦难，多分是这菩萨显圣。"谁何感菩萨佛力护佑，就许个香愿，定下二月初一，到殿了酬。至期买办了香烛纸马之类，教来元捧着，出了店门，从容缓步，径往琼花观来。看那街市上，衣冠文物，十分华丽。更兼四方商贾杂沓，车马纷纭，往来如织，果然是个繁华去处。谁何一路观玩，喜之不胜，自觉情怀快畅，想起古人"烟花三月下扬州"之句，非虚语也。不多时已到观中，先向观音殿完了香愿，然后往各庙拈香礼拜。广西土风，素尚鬼神，故此谁何十分敬信。礼神已毕，就去探访琼花的遗迹。这琼花在观内后土祠中，乃唐人所植。怎见得此花好处，昔人曾有诗云：

　　百葩天下多，琼花天上稀。
　　结根托灵祠，地着不可移。
　　八蓓冠群芳，一株攒万枝。
　　香分金粟韵，色夺玉花姿。
　　浥①露疑凝粉，含霞似衬脂。

---

① 浥(yì)——湿润。

风来素娥舞,雨过水仙欹①。

淡容烟缕织,碎影月波筛。

一朝厌凡俗,羽化脱尘涯。

空遗芳迹在,徒起后人思。

那琼花更无二种,唯有扬州独出。至于宋末元初,忽然朽坏,自是此花世上遂绝。后人却把八仙花补其地,实非琼花旧物。此观本名蕃厘,只因琼花著名,故此相传就唤做琼花观。古今名人过此者,都有题咏。谁何玩视一番,即回寓所。过了两日,又去访隋怨迷楼的遗址。遂把扬州胜处,尽都游遍。那时情怀大舒,元神尽复,打动旧时风流心性,转又到歌馆妓家,倚红偎翠,买笑追欢。转眼间已是二月中旬,原来扬州士女,每岁仲春,都到琼花观烧香祈福,就便郊外踏青游玩。谁何闻得了这个消息,每日早膳饭后,即往观中,东穿西走,希冀有个奇遇。哪知撞了几日,并没一毫意味。却是为何? 假如大家女眷出来烧香,轿后不知跟随多少男女仆从。一到殿门,先驱于游人,然后下轿。及至拈香礼拜,婢仆们又团团簇拥在后。纵有佳丽,不能得亲面一见,哪里去讨甚便宜? 就是中等人家,有些颜色的,恐怕被人轻薄,往往趁清晨游人未集时先到,也不容易使人看见。至若成群结队,凭人挨挤的,不过是小户人家,与那村庄妇女,料道没甚出色的在内。所以谁何又看不上眼了。

到二月十九,乃是观音菩萨成道之日。那些烧香的比寻常更多几倍,直挤到午后方止,游人也都散了。莫谁何自觉倦怠,走到梓潼楼上去坐地。这琼花观虽有若干殿宇,其实真武乃治世福神,是个主殿,观世音菩萨救人苦难,关圣帝君华夷共仰,这三处香火最盛。这梓潼只管得天下的文墨,三百六十行中唯有读书人少,所以文昌座前,香烟也不见一些,甚是冷落。莫谁何坐了一晌,走下楼去。刚出庙门,方待回寓,只见一个美貌女子,后边随着一个丫环,入庙来烧香。举目一觑,不觉神魂飘荡,暗道:"撞了这几日,才得遇个出色女子,真好侥幸也!"

你道这女子,是何等样人家? 原来这女子,父亲复姓楔斯,曾官员外郎。她祖上原是色目人,入籍江都,因复姓不好称呼,把偰字除下,只以斯字为姓。这斯员外性子有些倔强,与世人不合,坏官在家。只生此女,小

---

① 欹(qī)——通"敧",倾斜。

字紫英,生得有些绝色。员外夫人平氏,三年前有病。紫英小姐保佑母亲,许下观世音菩萨绣幡为一对。不想夫人禄命该终,一病不起。夫人虽则去世,紫英的愿心,终是要酬。到这时绣完了幡,告知父亲要乘这观音成道之日,到观里了愿。这斯员外平昔也敬奉菩萨,又道女儿才得十五岁,年纪尚幼,为此许允。料到上午人众,吩咐莫要早去。只是斯员外平昔要做清官,宦囊甚薄。及至居家,一毫闲事不管,门庭冷淡如冰。有几个能事家人,受不得这样清苦,都向热闹处去了。只存下几个走不动的村庄婢仆,教他跟随小姐去烧香上幡。那两个仆妇梳妆打扮起来,紫英小姐仔细一觑,分明是鬼婆婆出世,好生烦恼,说道:“若教这婆娘随去,可不笑破人口。”因此只教贴身的丫头莲房,同着两个村仆,跟随轿子。

　　到了观中,服侍小姐上了幡,又到正殿关帝阁烧了香。后至梓潼楼,见此处冷落,没有游人,两个仆人,各自走去玩耍了。不想落在莫谁何眼中,恨不得就赶近前去,与她亲热一番。因见行止举动,是个大人家气象,恐惹是非,不敢相近。想起文昌楼后是董仲舒读书台,这所在没人来往,或者这小姐偶然转到此处游玩,何不先往台下躲着,等候他来.饱看一回。因是终日在那观中串熟,路径无所不知,故此折转身来,先去隐在读书台下。这董仲舒当年为江都王相,江都王素性骄倨好勇,仲舒以礼去匡救,江都王遂改行从善。为此扬州建造起此台,塑起神像,就名董仲舒读书台。这一发不是俗人晓得的,所以人都不到,那知到成就了莫谁何的佛殿奇逢。

　　且说紫英小姐,到梓潼楼上拈香,见炉中全没些火气,终是大人家心性,吩咐莲房叫伴当们取些火来。莲房答应下楼叫唤,一个也不见。心里正焦,不道小便又急起来,东张西望,要寻个方便之处。转过楼后,穿出一条小径,显出一所幽僻去处。只见竹木交映,有几块太湖假山石,玲珑巧妙,又大又高,石畔斜靠着一株大腊梅树。莲房道:“我家花园中,到没有许多好假山石,也没有这样大腊梅。”随向假山石畔,蹲下去小解。当初陶学士,曾有一首七言绝句,却像为这丫头做的。诗云:

　　　小小佳人体态柔,腊梅依石转湾幽。

　　　石榴壳里红皮绽,进出珍珠满地流。

　　解罢,急急回转,奔上楼来回复。紫英正等得不耐烦,埋怨她去得久了。莲房道:“伴当一个也不见,连轿夫通走开了,小姐将就拜拜罢。”紫英随向冷炉中拈了香，拜罢起来，莲房想着后边景致，要去玩耍，上前说道："小姐，这楼后有假山树木，十分幽雅，到好耍子。小姐何不去走走？"紫英道："你怎生见来？"莲房道："才因要小解，方寻到那里。"紫英道："不成人的东西，倘被人遇见，可不羞死。"莲房道："这所在甚是僻静，并不见个人影。望去又有个高台，想必台上还有甚景致。"紫英终是孩子家，见说所在好玩耍，又没有人往来，不合就听信了。随下楼穿出小径，步入读书台下，果然假山竹木，清幽可喜。转过太湖石，走上台去看时，却是小小一座殿宇，中间供着一尊神道。殿外左边是一座纸炉，右边设一个大石莲花盆。

　　莲房因起初小解了，走过来净手。把眼一觑，说道："小姐你来看这盆中的水，一清彻底，好不洁净。何不净净手儿？"紫英道："我手是洁净的，不消得。"莲房道："怎样好清，就净一净手好。"紫英又不合听了丫头这话，便走来向盆中净手，莲房忙向袖中摸出一方白绸汗巾，递与小姐拭手。这里两人却正背着净手要子，不想莫谁何却逐步儿闪上台来，仔细饱看。紫英试了手。回过身，面前却见站着个少年，吃了一惊，暗自懊悔道："我是女儿家，不该听了这丫头，在此闲走。"低低向莲房说道："有人来了，去罢。"欲待移步，差房见莫谁何正阻着去路，这丫头到也活变，说道："小姐手已净了，烧了香去罢。"引着紫英倒走入殿里。紫英也不知董仲舒是甚菩萨，胡乱就拈香礼拜，拜罢转身出殿。

　　此时莫谁何意乱魂迷，无处起个话头。心生一计，说道："我也净一净手，好拈香。"将手在盆中搅了一搅，就揭起褶子前幅来拭手，里边露出大红衣服。原来莫谁何连日在观中闲游，妄想或有所遇，打扮得十分华丽。头上戴的时兴荷叶绉纱巾，帖肉穿的是白绢汗衫，衬着大红绉纱袄子，白绫背心，外盖着藕丝软纱褶子。这原是在家预先备下，打算中了进士，去赴琼林宴，谢座师会观年时，卖弄少年风流。哪知因病不能入试，却穿了在琼花观里卖俏。假如此时紫英烧香拜罢转身便走，这莫谁何只讨得眼皮上便宜，其实没账。哪知斯员外平日处家省俭，凡衣服饮食，一味朴素，不尚奢华。因此小姐从幼习惯，也十分惜福。这时走出殿来，抬眼见莫谁何揭褶子拭手，不觉起了一点爱惜之意，暗道："这秀才好不罪过，如此新衣，便将来拭手，想必不会带着汗巾。"千不合万不合，回头叫莲房把这白绸汗巾，借与他拭手。谁何错认做小姐有意，一发魂不着体，接过来一头抹手，一头说道：“烦姐姐致谢小姐，多蒙美情，承借汗巾了。”袖里摸出锭银子，递与莲房道：“些微薄仪，奉酬大德。”莲房原有主意，不肯接受，转身要走，却被那莫谁何一把扯住，将来推在袖里，飞也似先奔下台，把梓潼楼后门顶上。

莲房急回身向小姐说，这秀才如此如此。小姐变起脸来喝道：“贱丫头，怎的不对他说，我是斯员外家，哪个稀罕你的银子。”莲房见小姐发怒，赶下台把小姐所言，说与莫谁何，将银子递还。莫谁何却不来接，说道：“你既是斯员外家，不稀罕我这银子。可知我是会试举人，难道没有几件衣服，要你小姐替我爱惜，把汗巾儿与我揩手。”莲房见他说话不好，也不答应，将银子撇在地下，奔上台来，说道：“银子撇还他了，这人又不是本处人，自称是会试举人，说话好生无理，我也不睬他。”紫英道：“这便才是。至此已久，伴当们必然在外寻觅，快些去罢。”莲房随扶着小姐走下礓①，转过太湖石，只见莫谁何当道拦住，说道：“小姐慢行，还有话讲。”惊得紫英倒退几步，转身隐在太湖石畔，吩咐莲房对他说：“既称是会试举人，须是读书知礼，为甚阻我归路，是何道理？”莲房将话传说。莫谁何笑嘻嘻地道：“小生家本广西，去此几千里，何意与小姐邂逅相遇，岂不是三生有缘。但求小姐觌面见个礼儿，说句话儿，就放小姐去了，别没甚道理。”莲房将这话回复了。紫英大怒，又教莲房传话说：“你是广西举人，只好在广西撒野，我这扬州却行不去。好好让我回去便罢，若还再无理，叫家人们进来，恐伤了你体面。况我家员外，性子不是好惹的，回去禀知，须与你干休不得。”

莫谁何听了，心生一计，说道：“你小姐这话，只好吓乡里人，凭你斯员外厉害，须奈何不得我远方举人。进来的门户，俱已塞断，就有家人伴当也飞不入来，也不怕你小姐飞了出去。还有一说，难道我央求了你小姐半日，白白就放了去，可不淡死了我。若不肯与我见礼讲话，卖路东西，也送些遮羞，才好让你去。不然就住上整年，也没处走。”莲房又把这话回复了。紫英心中烦恼，埋怨莲房，便接口道：“你哄我到此处，惹出这场是非。”那丫头嘴儿却又来得快，说道：“先前说起，其实莲房不是。但教将汗巾与他拭手，这却是小姐的主意。”紫英被这句话撑住了口，懊悔不迭，

————————————

① 礓（jiāng）——砾石。

又恐他用强逼迫,将如之何。心里慌张,没了主意。又不合向袖中,摸出一个红罗帕儿,教莲房送与莫谁何,传话说:"相公是读书君子,须达道理。彼此非亲非故,万无相见之事。绫帕一方,算不得礼数,权当作开门钱罢。"

莫谁何接帕在手,笑道:"我又不是琼花观里管门的人,为何要开门钱。汗巾是你的,如今罗帕是小姐的,都是真正表证。小姐容我相见便罢,不容时,将便将此表证对你家员外说知,大家弄得不清不楚,但凭你去与小姐算计。"莲房是个丫头家,胆子小,听了这话,吓得心头乱跳,飞奔来对小姐:"这事越弄得不好,此人如此如此撒野。小姐若不与他相见,倘若真个对员外说知,可不连累莲房,活活打死。胡乱见个礼儿,央告放归去罢。"紫英知道自家多事,一发悔之无及,踌躇一回,没奈何只得依了莲房,走出太湖石畔。莲房把手招道:"我小姐肯了,与你相见。"莫谁何喜得满面生花,向前深深作揖。紫英背转身,还个万福。莫谁何作揖起来,又手说道"小生本是广西桂林府临桂县新科举人,姓莫名可。因上京会试,路经贵府,闻小姐美貌无双,因此不愿入京,侨寓此地,欲求一见。不想天还人愿,今日得与小姐相会于此,真是凤缘前契。又蒙惠赠绫帕,小生当终身宝玩。但良缘难再,后会无期,小姐怎生发付小生则个。"

紫英听了这些话,涨得满脸通红,又恼又好笑,暗道这是哪里说起,向莲房附耳低低道:"你可对他说,方才说见个礼,便放我去。如今礼又见了,还要怎的。"莲房把这话说与,莫谁何道:"小生别无他意,只要小姐安放得小生妥帖,不然就死也不放小姐去。"紫英此时进退两难,暗自叹道:"罢,罢!这是我前世冤孽了。"就教莲房低低传说道:"三月初一,是夫人忌辰修斋。初三圆满,黄昏时候,菩萨送焚化时,在门首相会,自有话说。"莫谁何得了这话,分明接了一道圣旨,满心欢喜,又道:"小姐莫非说谎?"紫英又传话道:"如若失信,那时任凭你对员外说便了。"莫谁何点点头儿,连忙又作个揖道:"小姐金口御言,小生镌刻五内了。"道罢,急忙去开了梓潼阁后门,仍闪入林木中藏躲。紫英此时看了这个风流人物,未免也种下三分怜爱。虽则如此,终是女儿家,蓦地遇这没头没脑的事体,面上红一回,白一回,心头上一回,下一回,跳一个不止,与莲房急急走出梓潼楼下。那半当轿夫,因不见了小姐梅香,惊天动地的找寻,也不知有多少时候了。紫英不敢再复迟延,急忙上轿还家。到了房里,还是恍恍惚惚的。诗云：

> 火近煤兮始作灾，木先腐朽蠹①方胎。
>
> 桃花不向源流出，渔棹何缘得入来。

　　且说莫谁何，虽得了小姐口语，也还疑疑惑惑，不知是真是假。这几日一发难过，扳指头的到了三月初一，便到斯家门首打探，真个在家修斋。心里喜欢道："这小姐端的不说假话，此事多分有望。"心下又转一念，从前门走到后门，东边看到西边。前门是官衙，后门是小街，东边通哪一个城门，西边近哪条河路，都看在眼里。到初三傍晚，悄地把来元的青衣小帽穿起，闪出店门，径至斯家门首。等到了黄昏时候，还不见送佛，好生着忙。又想到总然送佛，又不知小姐果然出来否，惊疑不定。哪知是夜紫英小姐心上惊疑，比莫谁何更多几十倍。她与莲房商量，欲待出去，恐怕弄出事来。欲不出去，又恐执了绫帕为证，果然放刁撒泼，依然名声不好。莲房说道："我看这人行径，风流其实风流，刁泼其实刁泼，小姐思想也不差。以我看起来，还是送佛之时，出去走一遭。只要使他一见，你便掣②身进来。既见得不失信，那众人瞩目之地，他也不敢扭住你。"事到其间，紫英只得依着莲房而行。

　　是夜是圆满之日，和尚家也有香火，亲族中都有来随喜的，俱有家僮小厮跟随迎候。莫谁何这打扮，也像跟随服役的一般。张家认道是李家，李家认道是张家，哪里分辨得清。约摸黄昏将尽，和尚送佛出来焚化，紫英却闪在门旁，遮遮掩掩的张望。莫谁何在人群中，目不转睛，望着门里瞧。见小姐站在门旁，便趐③过身来，踏上阶头，两下刚打个照回。莲房情知两边看见，即扯小姐进去。小姐转身便走。此时和尚祝颂未完，鼓钹声喧，人人都仰面看着和尚，哪里管甚别事。说时迟，那时快，莫谁何见小姐转身，他却乘个空隙，飕的钻入门里。也是缘分应该，更无一人看见。谁何跟着小姐脚步，直到房里。彼时若有一人撞见，可不是黄夜④人人家，非奸即盗，登时打死不论。怎当他拼着性命紧跟紧走，这才是色胆如

---

①　蠹（dù）——蛀虫。

②　掣（chè）——抽取。

③　趐（xué）——转入；中途折回。

④　黄（yín）夜——深夜。

天,便就杀一刀,也说不得了。

　　小姐看见莫谁何进房,魂也不在身上,又恐怕有人看见,怎生是了。不顾体面,只得同莲房横身推他出去。莫谁何是个后生男子汉,这两个女子,怎推得动。莫谁何开口道:"小姐不要性急,不要着忙,待我说句话。"莲房手掩住他口道:"这所在岂是你讲得话的?"莫谁何道:"就讲不得,只得容我讲一句。我本岭右举人,会试过此,因慕小姐才色,弃了功名,在此守候。不期天赐良缘,得见于董仲舒读书台下,蒙小姐赐以罗帕表记,约我今夜相会,故冒万死到此。我已拼这连科及第的身子,博个点额龙门,求凰到凤,难道你不肯?"说罢,就跪将下去。小姐道:"谁要你跪,谁要你拜,快些出去!"莫谁何道:"到此地位,怎生还好出去。我想出去也是死,小姐若还不肯,也是死。死在小姐房门外边中,不如死在小姐卧房之内。"说罢在袜中抽出一把解手刀,望喉下便刺。吓得小姐三魂六魄,都不在身上,用手来夺。谁何放下刀拦腰抱定,一只手早已穿入锦裆,摸着小姐海棠未破的蓓蕾。此时无奈何,只得凭他舞弄。莲房紧守在房门外,察听风声。但见:

　　一个是南宫学士,一个是东阁佳人。南宫学士,慕色津津,不异渴龙见水;东阁佳人,怀羞怯怯,分明宿鸟逢枭①。一个未知人道,哪解握雨携云;一个老练风情,尽会怜香惜玉。直教逗破海棠红点点,颠翻玉树白霏霏。是夜成就好事,总然未曾惯经,少不得瓜熟蒂落。

　　到明夜,谁何又去勾搭莲房,莲房见小姐允从,有何推拒。自是上和下睦,打成一片。日里藏放床后影壁中,夜深人静,方才出来,因此家中并无知觉。只是丫头们送茶饭进房,却是一番干纪。小姐日夜忧心,唯恐败露。况兼莫谁何本是三放,在床壁间,住了十数日,也觉昏闷。商议逃还桂林,计较已定,收拾细软,打起包裹。小姐、莲房与谁何一般打扮,乘夜开了后园门,从小衖②出去。这些路道,谁何已探认得烂熟,只是走步慌忙,遗失了一只鞋儿。出了后门,轻车熟马,直到关上,雇了船只,径归广西。连家人来元,不能相顾了。诗云:

---

　　①　枭(xiāo)——通'鸮'。鸟纲鸮鸮科各种类的泛称。
　　②　衖(lòng)——小巷,胡同。

桑间濮①上事堪羞,却以鹑奔作好逑;

皂染素丝终不白,逝东流水几回头。

却说斯员外,不见了女儿及贴身的莲房,情知是私情勾当,不好沸沸扬扬,上下瞒得水泄不通。但恐怕胡通判家来讨亲,无以抵对。凑巧有个丫环兰香,感了伤寒病症,这丫头到有四五分颜色,斯员外心思一计,下了一服不按君臣的汤药,顷刻了账。托言小姐病死,报与胡通判家。胡家差着女使来探丧,那女使从不曾认得小姐,哪个晓得不是正身。斯员外从厚殡殓,极其痛哭。七七诵经礼忏,大是破费,亲友都来慰唁。胡通判的孙子,虽不曾成亲,孝服来祭奠,胡通判也亲来门上。一场丑事,全亏这替死鬼掩饰过了。正是:

张公吃酒李公偿,鸩杀青衣作女亡。

泉台有恨无从诉,应指人间骂莫郎。

却说来元自三月初三傍晚,家主忽地出去,一夜不归,只道熬不得寂寞,又往妓家寻欢去了。吃了早饭,打点询问去迎接,却不见了衣冠。心里奇怪,难道是家主穿了去不成? 及至四面去迎接,竟没处去问。一连过了五六日,来元也寻够不耐烦了,只得听其自然。又过了一日,早起去登东厕,见地下有个黄布包袱。拾起看时,中间线绣着"永兴号"三字,暗道:"造化,造化! 好个大包袱。提来包衣服也好,包米也好,做被单盖也好。"欢欢喜喜,拿回下处。看看过了二十多日,家主终是不归,柴米吃完了,袋内又无银钱。想道:"他不知在何处快乐,我却在此熬苦。如今连米也没得吃,难道忍饿不成? 且把他两件衣服,去当两把银子,买些柴米动动劳腥,再作区处。"遂取出两件绸褶子来,恐怕典当中污坏了,就将拾的这个黄布包袱包起。锁了下处,走出店门。

心上想往哪一家去当好,又想有货不愁无卖处,既有了东西,哪家不可当,计较怎的。也是他合当晦气,有没要紧的,随着脚儿闯去,不想却穿到斯家。在那宅后小街里,见一带碛砂石墙,一座小门楼上,有一个匾额,写着"息机"二字,两扇园门,半开半掩。来元知是人家花园,挨身进去一看,正当三月正旬,绿阴乍浓,梅子累累,垂杨上流莺婉转,石栏边牡丹盛开。来元道:"我家临桂县里,此时一般也有莺声柳色,只是不得归去。"

① 濮(pú)——小路。

方想之间，忽见柏屏下一只淡红鞋子，拾起一看，认得是家主穿的，为何落在此处。心上惊疑，口丩自言自语，欲行不行的，在那里沉吟。哪知斯员外因失了女儿，虽则托言病死，瞒过外人，心上终是郁郁不乐，又没趣，又气愤，正在后园闲步散闷。蓦见来元手执鞋子，在那里思想，员外喝道："你是何人，直撞入后门来，莫不是要做贼？"教家人拿住了，才唤一声，几个村庄仆人，赶出来不问情由，揪发乱踢，擂拳打嘴。来元道："莫打，莫打！我也是举人相公的管家。"众人听说这话，就住了手。

　　员外问道："扬州城里有数位举人相公，你到底是哪一家？"来元道："我们不是本州地举人，是广西桂林府临桂县莫举人。"员外道："既是别处，哪里查账，只问你在这时做什么？"来元道："我家相公，上京会试，自上年冬月间至此，今年三月初三出门，将及一月，不归下处。我因缺了柴米，只得将几件衣服，当钱使用，乘便寻问相公在何处快活。经过这里，看见是一座花园，进来看看。偶然在柏屏下，拾得这只鞋子，是我相公穿的，故此疑惑。"员外把鞋一看，心里暗想道："穿这样鞋子，便是轻薄人了。"又问："你相公既是举人，为何不去会试？"来元道："只为途中患病，就此住下，所以错过考期。"员外道："你相公多少年纪，平昔所好甚的？"来元道："我相公年纪才二十岁，生得长身白面，风流潇洒。琴棋诗画，无有不精，雪月风花，件件都爱。"员外听说，心下想道："原是个不循规矩的人。但为甚他的鞋子，倒遗在我家，莫非我女儿被他诱引去了？只是我女从来不出闺门，也无由看见。"又想到："二月十九，曾至琼花观上幡。除非是这日，私期相约的，事有可疑。只是既瞒了别人，况且家丑不可外扬，不能提起了。"对来元道："你既不是贼，去罢，不要在此多嘴。"

　　来元提了包袱，连这只鞋子，出了园门，走到一个典铺里来当银。这典铺是姓程的徽州人所开，正在斯员外间壁。店中主管，将包袱打开一看，见中间有"永兴号"三个绣字，便叫道："好了，我家失的东西，有着落了！"店中人闻言，一哄的都走来观看，齐道："不消说起是了。"取过一条练子，向来元颈项上便套。来元分诉时，劈嘴就是两个巴掌，骂道："你这强盗，赃证现在，还要强辩。"原来三月十九四更时分，这铺中有强盗打入，劫了若干金银，余下珠宝衣服，一件也不要。这包袱也是盗去之物，不知怎地弃下了。来元拾得，今日却包着衣服来当，撞在网中。不由分说，一索捆着，交与捕人，解到江都县中审问。来元口称是莫举人家人，包袱是三月二十日早间拾的。知县也忖度，既动其家，如何就把赃物到他铺中来当？此人必非真盗，发去监禁，着捕人再捕缉去候结。哪知斯员外闻知此事，又只道：女儿随了强盗去，无处出这口气，致书知县，说来元早晨，又潜入园中窥探，必是真盗无疑。知县听了，吩咐提出来元再审。来元只称是莫举人家人，知县问："今莫举人在何处？"来元实说道："三月初三出去了，至今不知何往。"知县笑道："岂有家主久出，家人不知去向之理，明是胡言了。"夹棍拶子，极刑拷问。来元熬不过痛苦，只得屈招，伙结同盗，分赃散去。知县终道是只一包袱，难入其罪，仍复发监，严限捕人缉获群盗，然后定夺。

来元监在江都狱中，因不曾定有罪名，身边无钱，又没亲人送饭，眼见得少活多死。亏了下处主人朱小桥，明知是莫举人的管家，平昔老成谨慎，何曾一夜离了下处，平白里遭此横祸，所以到做个亲人照管他。又到狱中安慰道："你相公还有许多衣服铺陈箱笼，事急可以变卖，等待他来时，自见明白。"来元含泪作谢。自此安心在监中，将息身子，眼巴巴地望着家人来搭救。正是：

　　烧龟欲烂浑无计，移祸枯桑不可言。

话分两头。再说莫谁何携了紫英、莲房，归到临桂县，只说下第回来，在扬州娶下一妻，买下一婢。三党朋友，都不知其中缘故。自古私情勾当，比结发夫妻恩爱，分外亲热。到家数月，生下一子。第二年又生下一子。莲房虽则讨得些残羹剩饭，不知是子宫寒冷，又不知是不生长的，并无男女胎气。又可笑莫谁何，自得紫英之后，尽收拾起胡行乱走，只在六尺地上，寻自家家里雄雌。其年二十二岁，又当会试之期，十月中收拾起身赴京。紫英临别时，含笑说道："此番上京，定过扬州，再不要到琼花观中耽搁。"莲房道："琼花观中倒不妨耽搁，只不要到董仲舒读书台石莲盆中洗手。"他两个原是戏话，却提醒了他二年前无赖事情，冷汗直流，默然无以为对。沉吟半晌，方说道："此番若便道再过扬州，只要问来元下落，其他儿女情事，我已灰心懒意了。不必过虑。"

两下分手，望京进发。一路饥餐渴饮，夜宿晓行，来到京城。三场已毕，一举成名，登了黄甲。观政三月，选了仪征县知县，领了官凭，即日赴任。经过扬州，便是邻县界内。先自私行，到旧时下处，三年光景，依稀差不得几分。主人朱小桥看见，一把扯住说道："莫相公，你一向在哪里？

害得盛价,被程徽州家陷作强盗,好不苦哩。"从头至尾,备细说出。莫谁何道:"莫高声,我有道理。我前番一时赶不着会试,心上焦躁,暂时往别处散闷。不想一去三年,害了小价。我今得中进士,现选仪征知县,待到任之后,再作理会。"朱小桥见说已是邻近知县,就磕头跪下。莫谁何挽住,说:"旧日相处,休行此礼。"又说:"到任要紧,不得在此留连,你莫泄漏此事,也不要先对来元说知。倘日后小价出监,定来寻你,你悄地送到仪征来,自当重酬。"言罢,即下船到仪征上任去了。

过了数日,差家人到广西,迎接紫英、莲房到衙。其年新巡按案临,乃莫谁何的座主,两个惬意师生,极其相契。莫谁何将来元被陷,实情诉上,到秋后巡按行部扬州,江都县解审。巡按审到来元一起,反复无据,即于文卷上批道:

　　盗劫金宝,而委弃其包袱。道路之遗,来元拾之。此人弃我取,非楚得楚弓也。众盗既无所获,而独以来元为奇货,冤矣。仰江都县覆审开豁。

文到江都县,提出来元再审。其时程徽州已不在扬州开铺,知县开放来元,口里道:"可恨失主不在,还该反坐他诬陷才是。"

来元归到下处,见了朱小桥作谢。只道是天恩大赦,哪知就里缘由,朱小桥一一与他说知了。连夜起身,送到仪征县,朱小桥在外歇宿。来元传梆入衙,见了家主,跪下磕头。将被陷受刑苦情,说了又哭,却哭得个黄河水清,海底迸裂。莫谁何道:"虽则是家主抛弃,你也须认自家晦气。"来元哭罢,方才拜见紫英夫人。听了声音,说道:"奶奶倒也是扬州人,老爷几时娶的?"莫谁何良心还在,满面通红,只说:"娶久了。"当日先与大酒大饭,吃个醉饱。又发出了三十两银子,差人送与朱小桥酬劳。莫谁何从此改邪归正,功名上十分正气,风月场尽都冷冷淡淡。一日与紫英说:"来元为我受了三年牢狱之灾,甚为可怜。他今年长了还没有妻子,莲房虽一向服侍我,却喜不曾生育。我欲将伊配与来元,打发他两人回去管家。也得散诞过些快活日子,免得关在衙门里,不能转动。"此时莲房假意不肯,其实本性活动,一马一鞍,有何不可。紫英又落得做个人情,是夜即把两人婚配,一般拜堂,一般坐床,一般吃同罗杯。虽不是金榜题名,也算是洞房花烛。成亲之后,一般满月,然后打发起身。归到广西,一般是双回门,虽非衣锦还乡,也算荣归故里。正是:

不是一番寒彻骨,怎得梅花扑鼻香。

且说紫英在仪征县住了一年,对丈夫道:"自从随你做此勾当,勉强教做夫妻,终身见不得父母。我母亲早死,今父亲想还在堂。我想仪征县到江都,不过百里之遥,怎生使我见父亲一面也好。"言罢暗暗流泪,自羞自苦。莫谁何道:"奶奶莫性急,待我从容计较。"不一日,为公务来到扬州,就便至斯员外家来拜谒,传进名贴。员外见写着晚侍教生莫可顿首拜,只道是邻邦父母,出来迎接,哪知道是通家女婿。莫谁何久坐不起,斯员外只得具小饭款待。席间偶然问道:"老父母是具庆否?"大凡登科甲的,父母在便谓之具庆。若父在母丧,谓之严侍;母在父丧,谓之慈侍;父母双亡,即谓之永感。莫谁何听得此语,流下泪来道:"赋性不辰,两亲早背,至今徒怀风木之感。"斯员外道:"老父母早伤父母,学生老无男女,一般凄楚。"言罢,也不觉垂泪。这一席饭,吃得个不欢而罢。临别时,莫谁何道:"从此别去,又不知何日相逢。倘不弃敝县荒陋,晚生当扫门相待。"员外道:"寒家祖茔,在栖霞山下。每到春日祭扫,道经贵县,今后当来进谒。"言罢即别。

明年三月间,员外果来仪征答拜。莫谁何知道,报与紫英,说:"你父亲今日来到,还是相见或不相见?"紫英道:"我念生身养育之恩,只得老着面皮去见他。"莫谁何听罢,一面吩咐整酒,一面迎接斯员外到衙中饮宴。饮到中间,莫谁何道:"晚生有句不识进退之语相恳。"斯员外道:"有甚见教?"莫谁何道:"忝①在通家之末,今而后当守子婿之礼,敝房要出来拜见。"斯员外道:"这怎敢?"说未了,只见紫英出来,扑地就拜。斯员外老人家,眼不甚明,一时也跪下去。起来一看,大声嚷道:"为何,为何?怎么,怎么?可怪花园中,遗下桃红鞋子,说是莫举人的,到此方见明白。"说罢,恨恨不绝。几年不见,并非喜自天来,只见怒从心起。已而叹道:"生长不长进,怨不得别人。"乃对莫谁何道:"当初我不肖之女,被坏廉耻,伤风化,没脊骨,落地狱,真正强盗拐去的日子。我只得托言不肖女死,瞒过胡通判家了。今后若泄漏此情,我羞你羞,从此死生无期,切勿相见。"言罢,拂衣而出。把一个无天无地的莫谁何,骂得口不喷声,含着羞惭,送斯员外出去。紫英回到卧房,也害了三个月说不出问不明的病症。

---

① 忝(tiǎn)——有愧于。

　　从此秋去春来，莫谁何满了三年之任，次第升官，直做到福建布政使。追究少年孟浪，损了自家行止，坏了别人闺门，着实严训二子，规矩准绳，一步不苟。大的取名莫我如，小的名叫莫我似。一举连科，同榜少年进士。并做京官。何期大限到来，莫谁何在福建衙门得病。此病生得古怪，不是七情六欲，不是湿然风寒，不是内伤外感。只是昏沉焦躁，常时嬉笑狂歌，槌胸跌背，持刀弄剑，刺臂剜肉，称有鬼有贼有奸细。紫英早暮服侍，不敢远离。一日睡在床上，倏然坐起说道：“我非别神，乃是琼花观伽蓝。当初紫英前身，是江都大财主，莫可是桂林一娼妇。财主许了娼妇赎身，定下夫妻之约。不期财主变了此盟，径自归了扬州。妇人愤恨自尽。故此男托女胎，女转男身，有此今生之事。莫可今生富贵，两子连登，是前生做娼妓时，救难周贫，修桥造路，所以受此果报。临终时恶病缠身，乃因平白地强逼紫英使她不得不从，坏此心术，所以有此花报。果报在于后世，花报即在目前，奉劝世人早早行善。”言罢又复睡倒，仍然还莫谁何本色，霎时间呕血数升而死，呜呼哀哉！

　　紫英听伽蓝神显圣，又是一番惊异。殡殓莫谁何，扶柩归广西。来元夫妇迎接，莲房感念旧情，也十分惨戚。却遇二子奔丧也到，刚刚三年孝满，紫英亦病，呼二子在床前吩咐道：“父生临桂，母出江都，魂梦各有所归，缘牵偶成今世，即此便是遗嘱。”言罢，就绝了气。二子见说得不明不白，只道是临终乱命，不去推详。哪知紫英心上，倒是个至死不昏之人，亦是琼花观伽蓝点化之言也。后人有诗道是好，诗云：

　　　男女冤牵各有因，风情里面说风情。

　　　今生不斩冤牵债，只恐来生又火坑。

第 六 回

乞丐妇重配鸾俦

天地茫茫一局棋,输赢黑白听人移。

石崇豪富休教美,潘安姿容不足奇。

万事到头方结局,半生行径莫先知。

请君眼氏留青白,勿乱人前定是非。

话说人世百年,总不脱贫富穷达四字。然富的一生富到底,穷的一生穷到底,却像动摇不得。无怪享荣华的受人多少奉承,受艰难的被人多少厌贱。那受人奉承厌贱的,虽一毫无羞耻恼怒之意,那奉承厌贱人的,却自以为是。撮出锦上添花,井中下石,掉那三寸舌,不管人消受得起,磨灭不过。这是怎的说?只因眼里无珠,把一切当面风光,撇抹了许多豪杰,岂不可惜!岂不可恨!昔是有个王播,未遇之时,读书木兰寺中,每日向和尚处投斋。丛林中规矩,小食以后,日色中天,火头饭熟,执事者撞钟三声,众僧齐到斋堂吃饭。那木兰寺和尚,十分势利,看见王播,读书未就,头巾四角不全,衣襟遍身破碎,总然有豪气三千,吐不出光芒一寸。终日随着众僧,听了钟声,上堂吃饭,众僧无不厌贱。更可恨那执事的和尚,使下尖酸小计,直待众僧饭毕,然后撞钟。王播听得钟声,跟跄走到,箩内饭无余粒,盆中菜无半茎,受此奚落,只得忍耐。未免含愠归心,泪随羞下,题诗两句于壁上道:

上堂已了各西东,惭愧阇黎饭后钟。

写罢拂袖而出。后来一举登科,出镇扬州,重游木兰寺。众和尚将碧纱笼罩着所题诗句,各各执香,跪伏在地,叩头而言,说望老爷宽洪海量,恕我辈贼秃有眼无珠,不识好人。那王播微微笑道:"君子不念旧恶,何足介意。"见此碧纱笼盖之处,乃揭开一看,不觉世事关心,长叹一声。随唤左右,取过笔砚,又题两句于后道:

三十年来尘扑面,今朝方得碧纱笼。

世情冷暖,人面高低,大率如此。后人做传奇的,却借来装在吕蒙正身上，这也不在话下。如今且说一个先时狼狈，后来富贵的女子。莫说旁人不料她有这段荣华了，便是她引镜自照，也想不起当年面目。正是：

　　时运未来君莫笑，困龙终有上天时。

　　话说淮安府盐城县，有一村庄人姓周，排行第六。此人原有名有表，因做人没挞熬，不曾立得品地，所以人只叫他是周六。那周六生长射阳湖边，朦胧村中。所居只有茅屋三间，却又并无墙壁，不过编些篱樵，涂些泥土，便比别人家高堂大厦一般。这朦胧村地本荒凉，左边去是水，右边去也是水。若前若后，无非荆榛草泽，并无一片闲田，可以种麦种菜。就遇农忙插苗之时，也只看得。周六又是阘冗①不学好的人，总或有搭空地，也未必肯去及时耕种。人便不肯向上，这日逐三餐养命之根，却不可少。你道他做甚生涯度日？专靠在泽中芟割，芦路虽小，尽有卖处。即此便是他一生衣食根本，却比富家大户南庄田北庄库，取之不竭用之有余，一般作用。但是天性贪杯好饮，每日村醪浊酒，却少不得。趁得少，吃得多，手头没有一日宽转。

　　更可怜老婆先已死过，单有一个女儿，小名长寿。那长寿女年一十八岁，只因丧了母亲，女工刺绣，一些不晓。虽如此说，就是其母在日，也不过是村庄的阿妈，原不晓得描鸾刺凤，织绣缝裳。所以这长寿女只好帮着周六劈芦做席。你想习熟这样生活，总然臂如莲藕，少不得装添上一层蛇腹断纹，任你指似笋尖，也弄做个擂鼓槌头。更可惜生得一头好发，足有四五尺长，且又青细柔。若此发生在贵家富室深闺女娘头上，日日加上香油，三六九篦去尘垢，这乌云绿鬓，好不称副粉容娇面。可怜生在此女头上，镇日尘封灰裹，急忙忙直到天暗更深，没有一刻清闲。巴到天明，舀些冷水，胡乱把脸上抹一抹。将一个半爿梳子，三梳两挽，挽成三寸长，歪不歪，正不正，一个擂槌，岂非埋没了一天风韵！又可惜生得一口牙齿，齐如蝤蛴②，细如鱼鳞，虽不曾经灌香刷，擦牙散，天生得粉花雪白，又不露出齿龈。还有一桩好处，眉分两道春山，眼注一泓秋水。虽则面黄肌瘦，却是鼻直口方，身材端正，骨肉停匀。这等样一个女儿，若是对镜晓妆，搽脂傅粉，穿上一身鲜衣华服，缓步轻行，可不令少年浪荡子弟，步步回头！

---

①　阘（tà）冗——阘茸，旧指地位卑微或品格卑鄙的人。

②　蝤（qiú）蛴——蝎虫，即天牛的幼虫，色白身长。

单嫌两只金莲，从来不曾束缚，兼之蓬头垢面，满身破碎，东缀西联，针线参差。把她弄得分明似个烟熏柳树精，怎能得遇吕纯阳一朝超度。更有一件，年虽及笄，好像泥神木偶，闭着嘴，金口难开。除却劈芦做席，只晓得着衣吃饭，此外一毫人事不懂。

常言男大须婚，女大须嫁，到了这般年纪，少不配个老公。婚姻虽则是天缘，须是要门当户对。这周六行径，有什么高门大户与他成亲？恰好有个渔翁刘五，生长北神堰中，正与大儿子寻头亲事。凭着堰中胥老人做媒，两家遂为姻眷。男家捕鱼，女家织席，哪有大盘大盒，问名纳采，凑成六礼之事。不过几贯铜钱作聘，拳鸡块肉，请胥老人吃杯白酒。袖里来，袖里去，绝不费半个闲钱。那周六独有这桩事十分正经，送来钱钞，分文不敢妄用，将来都置办在女儿身上。荆钗布裙，就比大大妆奁。拣了一日子，便好过门，这方是田庄小家礼数，有何不可。正是：

> 花对花，柳对柳，破畚箕，对折茹帚。编席女儿捕鱼郎，配搭无差堪匹偶。你莫嫌，我不丑，草草成婚礼数有。新郎新妇拜双亲，阿翁阿妈同点首。忙请亲家快上船，冰人推逊前头走。女婿当前拜丈人，两亲相见文绉绉。做亲筵席即摆开，奉陪广请诸亲友。乌盆糙碗乱纵横，鸡肉鱼是兼菜韭。满斛村醪敬岳翁，赶月流星不离口。大家畅饮尽忘怀，连叫艄头飞烫酒。风卷残云顷刻间，杯盘狼藉无余薮。红轮西堕月将升，丈人辞倒如颠狗。邻船儿女笑喧天，一阵荟荟齐拍手。

周六送女儿成亲，吃得烂醉，刘五转央邻船，直送归家，这也不在话下。大凡妇女缝联补缀，原为本事。长寿女自小不曾学得，动不得手。至于捕鱼道路，原要一般做作。怎奈此女乃旱地上生长，扳不得罾①，撒不得网，又摇不得橹，已是不对腔板。况兼渔船底尖，又小又活，东歪西荡，失手错脚，跌在水中，满身沾湿。又无别件衣裳替换，坐待日色，好方晒干。又遇天阴雨下，束手忍冻。刘五不是善良主顾，倘若媳妇有些差失，这场大口舌，如何当得她起。一日偶同儿子入市卖鱼，一路说此一件关心要事。假如刘五虽说如此，儿子若怜爱老婆，还有个商量。哪知夫妻缘分浅薄，刘大已先嫌妻子没用，心下早怀着离异之念。听了他父亲这话，分

---

① 罾（zēng）——渔网。

明火上添油，便道："常言龙配龙，凤配凤，鹁鸪对鹁鸪，乌鸦对乌鸦。我是打鱼人，应该寻个渔户。没来由，听着胥老人，说合这头亲事。她是编芦席的人，怎受得我们水面上风波。且又十个指头并作一夹，单吃死饭，要他何用？不如请着原媒并丈人一同到来，费些酒饭，明白与他说知：你女儿船上站不惯，恐有错误，反为不便，情愿送还，但凭改嫁也得，依然帮着丈人做活养家也得。我家总是不来管你，如此可好么？"刘五点头，称言有理。教儿子先归船上，自己到胥老人家，计议此事。

却值老人正在村中，沿门摇铎①说道："孝顺父母，尊敬长上。"还不曾念到第三第四句，被刘五一扯，说道："胥太公，一向久违失望，今日有多少米了？"胥老人把袖子一提，说："尽在其中，尚不满一升之数。"刘五道："一升米值不得好些钱文，我看天色晚了，到我船上去，吃杯水酒何如？"胥老人道："通得，通得。"就犹未了，只见前边一伙人，鸦飞雀乱的看相打。走过仔细一看，却是周六卖芦席与人，有做豆腐后生，说了淡话，几乎不成。为此两相口角，遂至拳手相交。旁边一个老儿解劝，就是后生之父。胥老人从中挨身强劝，把竹片横一横，对那老者说："你平昔不曾领导令郎，所以令郎无端尚气，这是你老人家不是。"又对那后生说："周六就住在射阳湖边，与这北神堰原是乡党一样，又不是他州外府来历不明之人，可以吃得亏的。况且他是卖席子，你是做豆腐，各人做自家生理，何苦掉嘴弄舌，以至相争，便是非为勾当，不可，不可！"后生与周六听罢，两家撒手。胥老人就摇起铎来高声念道："和睦乡里，教训子孙，各安生理，毋作非为。"众人听了一笑而散。

刘五见机缘凑巧，说道："周亲家恼怒既解，不如同到小舟，同胥阿公闲坐几时，饮杯淡酒。"周六重新拱手道："那日厚情，竟忘记谢得，怎好又来相扰？"刘五道："亲家莫谈笑话，只因小人家做事，不合礼节，就是令爱过门之后，三朝满月，不曾屈亲家少叙，实为有罪。"周六听了此言，满面通红，说："刘亲家，说也没用，自小女出嫁到今，已过一月，就是碗大盘盒，也没一个。若如此说来，一发教我置身无地！"胥老人摇手道："莫说此话，两省，两省！"说话之间，不觉已到船边，上船坐下。

---

① 铎(duó)——古代乐器。形如铙、钲而有舌，是大铃的一种，盛行于春秋至汉代。

　　长寿女见了父亲，掉下两行眼泪。刘大见了丈人，在船舱板上作个撒网揖。刘五妻子，也向船头道个万福，说：“亲家公，什么好风，吹得到此。我船上芦席已破，又被媳妇错脚踏穿，堕下水中。亲家公有紧密些的，可带几扇与我。”刘五道：“闲话莫说，且去烫酒煮鱼。与亲家荡风。”那刘五已与儿子商量，定要把媳妇退回。所以饮酒之间，只管说媳妇生长岸上，在船上不便的话。向着胥老人，丢个眼色，又附耳低言如此如此。长寿女听说到落水一节，想从前无衣少着，没替换受了寒冻，不觉放声大哭。周六还未开口，胥老人终是个做媒的，善于说开说合，便道：“不难，不难！我却有个两理之策在此，只是各要依我。”刘五道：“胥老公说的话，怎好不依的。”

　　胥老人道：“从来岸上人做不得水上人的道路，水上人却做得岸上人的经纪，此乃自然之理。周六官丧偶之后，只有长寿姐一人，嫁到你家，时时牵挂。今日已满月，何不且送媳妇还家，只算做个归宁。刘小官也到丈人家去，学做芦席，一来可以帮扶丈人，尽个半子之孝；二来你家船上应用芦席，尽取足于周六官，又不消刘阿妈费心。二令郎年纪也不小了，依我就寻个船上姐儿，朝晨种树，到夜乘凉。娶了这房媳妇，早晚间原自帮衬，不两便么？”那刘五道：“说此甚妙。但我大儿子到亲家处，少不得还凑几串钱，与他做芦席本钱才是。为今之计，不若亲家同令爱先归。隔两日，待我计较了钱钞，亲送儿子上门来何如？”周六听见肯教女婿来相帮，又带得有本钱，喜上心来，暗自踌躇道：“自从女儿嫁后，没有帮手，越觉手头急促。如若女婿同来，大有利益。”乃扯个谎道：“我又无第二个儿女，做得人家，总来传授女婿，便在我家去住也无妨。但芦席生意微细。比不得亲家船上网网见钱，还宜斟酌，莫要后悔。”胥老人道：“啊呀！我老人家道话弗差个。若是有时运，船上趁得钱，岸上也趁得钱。若没时运，莫说网船这业，就是开典铺，也要折本。趁我在此，令爱今日就一起同去。”刘五道：“胥阿公说得有理。况我现有两个儿子，就作过继一个与亲家公，也未为不可。”胥老人拍手笑道：“说得妙，说得妙，快拿热酒来！”周六道：“既如此，只得领命了。”

　　刘五即教儿子，去备只小船相候。这周六见了酒杯，分明就是性命，一壶不罢，两壶不休。看看斜阳下山，水面霞光万顷，兼之月上东隅，渔歌四起，欸乃①声传。胥老人忙叫天色晚了，快些去罢。周六携着女儿过船，胥老人一同送归。行至射阳湖边，风色渐高，周六已有九分醉意，要坐要立，指东话西，险些撞入河去。何期已到屋下，系船上岸，船头一歪，周六翻个筋斗，滚下水中。长寿姐见父亲落水，急叫救人。那船家与胥老人，自道手迟脚慢，谁肯向前。及至喊起地邻，打捞起来，已是三魂归地，六魄朝天，叫唤不转了。可怜：

　　　泉下忽添贪酒鬼，人间已少织苇人。

　　长寿姐抚尸恸哭了一番，到家中观看，米粒全无，空空如也。自己身边又没分文，乃央胥老人报知公姑丈夫，指望前来资助殡殓。正不知刘五父子，已不要她，只虑周六做人无赖，撒费口舌，闻知溺死，正中下怀。哪里肯把钱钞来收拾？胥老人原与刘家一路，也竟没回音。长寿姐悬望他两三日不至，已知不相干了。告左邻右舍，在屋角掘个土坑，将父亲埋了。询问至此神堰中，仍要到丈夫船上。那刘五望见她来，将船移往别处。路中遇见胥老人，央求寻觅丈夫船只，胥老人将不要她的话，明明回绝，倒又痛哭一场。可怜单身独自，如何过得日子？只得求乞于市。自射阳湖边，以及北神堰地方，村户相连炊烟不断之处，无所不到。到处亦无有不舍粥舍饭与她吃的。可怪天生是富贵人的格相，福至心灵，当初在父亲身边织席时候，面黄肌瘦，十分蒙懂。一从乞食以来，反觉身心宽泰。虽不免残羹剩饭，到反比美酒羊羔，眼目开霁，说话聪明。觅了一副鼓板，沿门叫唱莲花落，出口成章，三棒鼓随心换样。

　　一日叫化到一个村中，这村名为垫角村，人居稠密，十人热闹。听见她当街叫唱，男男女女，拥做一堆观看。内中一人说道："叫化丫头，唱一个六言歌上笋一句与我听。"长寿姐随口唱道：

　　　我的爹，我的娘，爹娘养我要风光。命里无缘弗带得，若恼子，沿街求讨好凄凉。孝顺，没思量。

　　又有一人说："再唱个六言第二句。"胡口唱道：

　　　我个公，我个婆，做别人新妇无奈何。上子小船一旺，立勿定，落汤鸡子浴风波。尊敬，也无多。

　　又问："丫头，和睦乡里怎么唱？"又随口换出腔来道：

―――――――――

　　① 欸（ǎi）乃——摇橹声。

我劝人家左右听,东邻西舍莫争论,贼发火起亏渠救,加添水火弗救人。

又有人问说:"丫头,你叫化的,可晓得子孙怎么样教?"又随口换出一调道:

生下儿来又有孙,呀,热闹门庭!呀,热闹门庭!贤愚贵贱,门与庭,庭与门,两相公。呀,热闹门庭!

贵贱贤愚无定准。呀,热闹门庭!呀,热闹门庭!还须你去,门与庭,庭与门,教成人。呀,热闹门庭!

有的问说:"各安生理怎的唱,唱得好,我与你一百净钱,买双膝裤穿穿,遮下这两只大脚。"却又随口换出腔来唱道:

大小个生涯没虽弗子不同,只弗要朝朝困到日头红。有个没弗来顾你个无个苦,啊呀,各人自己巴个镬①底热烘烘。

又有人问道:"毋作非为怎么唱?"长寿姐道:"唱了半日,不觉口干,我且说一只西江月词,与你众客官听着。"

本分须教本分,为非切莫为非。倘然一着有差池,祸患从此做起。大则钳锤到颈,大则竹木敲皮。爹生娘养要思之,从此回嗔作喜。

说罢,蹲地而坐,收却鼓板,闭目无言。众人喝彩道:"好个聪明叫化丫头,六言哥化作许多套数,胥老人是精迟货了。"一时间也有投下铜钱的,也有解开银包,拈一块零碎银子丢下的,也有盛饭递与她的,也有取一瓯茶与她润喉的。正当喧闹之际,人丛中一个老者,挤将入来,将长寿姐仔细一看,大声叫道:"此是射阳湖边周第六女儿耶,何为至此?"长寿姐听得此声,开眼一看,面貌甚熟,却想不起。你道此老者是谁?原来此老,也住在射阳湖阴,姓严号几希,深通相法,善鉴渊微。以为麻衣道人善相,他的相法可与相并,麻衣道人别号希夷,故此严老遂号几希,自负近于希夷先生也。当初常与周六买芦席,盖一草庵,故认得长寿女儿。相她发髻玄、眉目郎、齿牙细、身材端雅、内有正骨,只是女儿家,不好揣得。所以脚有天根,背有三甲,腹有三壬,皆不见得。至于额有主骨,眼有守精,鼻有梁柱,女人俱此男相。据此面部三种,以卜她具体三种,定然是个富贵女

---

① 镬(huò)——古时指无足的鼎。今南方话锅子叫镬。

子。只嫌泪堂黑气，插入耳根，面上浮尘，亘于发际，合受贫苦一番，方得受享荣华。当时周六只道他是混说，语言间戏侮了几句，严老大怒而去，自此绝不往来，竟不知此女下落。

这日偶过此村，看见众人攒聚，拨开一看，正见此女默坐街心，认得昔年颜面，不觉声叹息。此时长寿姐时运将到，气宇开扬，严老又复仔细一看，说道："周大姐不要愁，不要愁，造化到也。"旁边一人说道："正是造化到了，卑田院司长要娶她去做掌家娘子哩。"众人听了齐笑起来。严老道："你莫小觑了她！此女骨头里贵当有诰封之分。若这百日内仍复求乞，可将我这两只不辨那玉石的眼珠刺瞎了。"从人笑道："倘然不准，哪里来寻你？"严老道："我不是无名少姓的。若是不验，径到射阳湖阴，问来知庵严几希便是。"道罢，分开众人，大踏步走了。众人方知此老是神相严几希，自此互相传说，远近皆知。

不想北神堰边，有个富人，姓朱名从龙，听得这些缘故，他平昔晓得严老相法神妙，必非妄言，有必要提拔此女。一日于途中遇见，遂问道："你终日求乞于市，须无了局。何不到我家供给薪水？吃些现成安乐茶饭，也免得出头露面。"长寿女道："尊官若肯见怜，可知好么。"即便弃去鼓板，随朱从龙归家。入厨下汲水执爨①，送饭担茶，辛勤服役。她在市叫乞时，虽则口食不缺，却也风雨寒暑，朝暮奔驰。今到朱家，日晒不到，雨淋不着，虽有薪水之劳，却无风寒之苦。顿觉面上尘埃都净，丰采渐生。一日，朱从龙坐于书房口，见长寿女捧茶而至，放在桌上，回身便走。从龙道："何不少住须臾？"语言虽则如此，然颜色风魔，却有邪淫之念。长寿女变色说道："洒扫有书帏之童仆，衾裯有巾栉之女奴。越石父愿辞晏相而归缧绁②者，恨不知己也。谨谢高门，复为丐妇。"朱从龙被此数言，不觉惭赧退避，改颜说道："我怜汝是良家女子，暂落卑田。今在我厨下，原非长策，欲为汝择一良匹，非相戏也。"长寿女不答，掩面而出。正是：

花枝无主任西东，羞共群芳斗艳红。

纵萎枝头甘自老，肯教零乱逐春风。

话分两头。却说有一书生，姓吴名公佐，本贯湖广广济人氏。这广济

---

① 爨（cuàn）——灶。

② 缧（léi）绁——亦作"累绁"。拘系犯人的绳索，引申为囚楚。

旧名蕲春,在淮楚之交,负山倚江,本多富家大族。公佐家世簪缨,倚才狂放,落拓不羁。击剑走马,好酒使气,至于一掷樗蒲①,不惜黄金千两。又雅好名山胜水,背父远游,来至盐城地方。浪荡天涯,资斧尽竭,日穷一日,无可聊生,乃投入本城延寿寺内,权为香火之为人。可笑他:

> 本来是豪华公子,怎做得香积行童。打斋饭,请月米,懒得奔驰;挑佛像,背钟鼓,强为努力。铺灯地狱,急忙忙折倒残油;请佛行香,生察察收藏衬布。监斋长寿线,礼所当应;书押小香钱,例难缺少。道场未散,镇坛米先入磬笼;昼食才过,浴佛钱已归缠袋。算来不是孙悟空,何苦甘为郭捧剑!

吴公佐在延寿寺混了数月,一日在外吃得烂醉归来,当家和尚说了他几句。公佐大怒,使出当年性气,与和尚大闹一场,走出寺门。想一想,我吴公佐也是条汉子,暂时落魄,怎受这秃驴之气,不如且归故里,再作道理。将身上所有衣服变卖,做个盘缠,一脚直走到广济。亲友们都闻得他在盐城延寿寺,做过香火道人,俱笑道:"这个挑圣像背斋饭桶的,不知放不下本处哪里伽蓝,何方檀越②,复流回来。想必积得些道场使用,斋衬铜钱,要在本乡本土置几亩香火田,奉礼祖先祭享。再不然,是要讨个香火婆,与和尚合养个佛子佛孙哩。"你也笑,我也笑,把他做了话柄。父母叔伯,也都道他不肖,并无一人瞅睬。吴公佐原是会读书有血性的男子,哪里当得起这般嘲笑,心中又羞又怒,却又自解道:"苏秦下第,妻不下机,嫂不为炊。骨肉冰炭,自古皆然,岂独我吴公佐!况男儿四海尽堪家,何必故乡生处好。"立下这念,遂复翻身仍到盐城。

常言好马不吃回头草,料想延寿寺自然不肯相留,决无再入之理。却到何处去好,难道吴公佐便这样结果?且随意闯去。也是天使其然,却遇着延寿寺东房借读书的一个秀才,复姓司空名浩。曾见公佐在寺,做过香火,颇是面善。询其来历,公佐道出几句文人话语,司空浩大以为奇。自想不知果是何等样人,便留到读书处坐下,盘问一番。公佐谈吐渊博,应答如流,司空浩不觉惊异起敬,说道:"足下本是我辈中人,如何失身此寺

---

① 樗(chū)蒲——出作"摴蒲"、"摴蒱"。古代博戏。

② 檀越——佛教名词。"施主"之意。寺院僧人对施舍财物给僧团者的尊称。

执役？"公佐笑道："抱关击柝，赁春①灌园，古人之常，何足为怪。"于是尽以实情相告。司空诰留他住下，乃与众斋长说："我辈虽忝列黉②序，今见广济吴兄，腹笥③舌阵，不觉敛手退步。此兄客途寥落，何不留他居于学宫旁舍。凡一应书柬往来，府县公移委到本庠者，悉托此兄代笔，免费我笔心思，兼省学师之委谕，可不两便？"众人尽以为然。遂引公佐见了学师，拣一斋房与他居住。自此时共诸友盘桓，日亲日近，凡文翰之期，花月之会，若吴公佐不在，满座为之不欢。

　　一日中秋佳节，众友醵④金，叙于前街刘孝廉罗亭赏月。酒设在驯鸳沼上。鸳，文禽也，左右其翼，原系野性，非人家沼池中可畜。那刘孝廉园池，时有此鸟飞集，遂起一馆于沼上，取名驯鸳。是夜对月饮酒，适见两只鸳鸯，从空飞下。司空浩道："月光明净，文鸟嘤鸣，正好入咏。吾辈可取古人诗一句，中间要鸟月两字，作一酒尾。"众友俱称最妙。司空浩遂把盏说道："叫月杜鹃喉舌冷。"一友姓邓名元龙，就接口道："子规枝上月三更。"一友姓冉名雍非，沉吟再四，乃言："鸳鸯湖上烟雨楼。"司空浩道："请问冉兄，此句出在可诗？"雍非道："小弟岂不知，二兄所咏，一出苏子瞻，一出苏子美。但只言鸟月，并不及鸳鸯，所以特造此句，虽非古作，却有根据。鸳鸯湖，在嘉兴府南门外，烟雨楼，即在鸳鸯湖上，自我作古，却不好耶？"三人各相告罚，哄堂不已。

　　轮到吴公佐，微微冷笑说道："大略词家要顾名思义，今夕在驯鸳沼上咏诗，并无鸳字入题，所以该罚，此名不称其义之一征也。若我吴公佐，生来年已三十，孟浪游踪，至今倘未有家。倘奉令咏及鸳鸯，却与此身名义乖谬，请甘先罚巨觥，后来再咏一诗见志。万物共为耻笑，以增词坛话柄。"众友道："何敢，何敢！就请吟来。"公佐持杯望月，吟出一诗，却是七言八句。诗云：

　　　　十载淮阴浪荡游，射阳湖水碧于秋。

　　　　虽逢飘母频投饭，却愧王孙未罢钩。

① 赁春——受雇为人舂米。
② 黉(hóng)——旧古时学校。
③ 笥(sì)——盛物的竹器。
④ 醵(jù)——凑钱饮酒。

燕子楼前新月冷。鸳鸯冢上野禽啾。

临波虽有双鱼佩，只恐冰人话不投。

吟罢，众友齐声称赏。司空浩道："吾兄有此捷才，撰成妙句。才子在此，安得无佳人哉！"邓元龙忽然叫道："有，有，有，吾当为吾兄作伐。"冉雍非道："兄有何门，以作朱陈配郭！"元龙附耳低言如此如此。冉雍非笑道："妙，妙！聘财尽是我三友承当，并不消吴兄挂念。只是择日取吉，专待尊命。"司空浩道："两兄所言，诚为盛念，何独不会小弟知之？"邓元龙道："六耳不传道。吾兄若知，定先要挨一脚媒人，吴兄客边冷淡，便不好与他节省一些矣。"三人大笑。正当欢笑之际，适赣榆县送中秋节礼与本县，县公有帖到学，要作回启。差人立候，公佐遂先辞去。

去后司空浩问道："适间两兄所言，戏耶，真耶？"邓元龙道："兄不闻北神堰朱从龙收得一丐妇乎？此妇乃射阳湖阴周六之女，出嫁与渔户刘五之子。周女不谙渔家生业，兼之夫妇无缘，退还周六。何期周六身死，此女无靠，流落街衢求乞。有严几希相士，相她骨头里贵，后来有好日。因此朱从龙收于厨下，供薪水之役，日渐改头换面。从龙前与我言，欲待为之择配，虽不比洪皓赎刘光世豢豕煨子，却胜于曹孟德再嫁文姬。今吴生客中离索，吾辈为渠安顿一所门户，为他治些礼物，办些酒筵，令彼鳏夫旷女，得遂于飞，也是好事。倘吴生廉得此情，知道乞丐根苗，恐成笑话，或弃之而去，在吴生不免薄幸之名，我辈不失好义之举。适才老兄摘三问四，未免先成笑端，故此秘而不语。以意度之，或可或否，正须老兄一决。"司空浩道："此事固无不可，但须先与吴兄说知，方为全美。"邓冉二人皆道："不可，不可！若说知，定然不谐。这吴生是说大话的人，亦有三分侠气。昔年在延寿寺中，若为奴仆，及归故里，厌疾不容。到此无依，也是一精光赤汉，并无依食。我等既拔他苦难之事，又完配怨旷之际，勿论感恩深处，量必为家，燕好之私，尽盖全丑。况乞丐之中，胜于淫奔；说合为亲，并非野合。吴生成亲之后，和好胶漆固不必言。即或有改悔之心，我辈当以大义折之。只要破些钱钞，教朱从龙厚些汝衾，闻那女子饮食已久，渐成模样。吴生见财自喜，不费一钱，得却一房家小，有何不乐？"司空浩道："既如此，我们同去朱家走一遭，与他去斟酌。"元龙称言有理，当晚席散。

次日，三人步到朱家。那朱从龙家虽丰裕，却少文士往来，近时方与邓元龙相交，今见又同两个秀才来拜，不胜殷勤管待。延坐已毕，叩问来意，三人俱以前情相告。朱从龙欣然道："在下收留此女，见她有些志气，爱护胜于亲生。方欲与她择配，不道三位先生，有此义举。自古道，见义不为，无勇也。在下当薄治妆奁，以嫁此女，其外房户酒馔之类，三先生分为治办，决不食言也。共襄厥①事，以成士林一段佳话。"三人闻言大喜，即欲相别。从龙留住，大设酒席，尽欢而散。明日三人来对吴公佐说道："佳人有在，佳期不远，但求老兄择一聘日，并定婚期，弟辈当与吾兄速成此事。"吴公佐道："天下哪有不费一钱，倩人成婚之事？"邓元龙道："昔阮宣子四十五家，王大将军敛钱为婚，古来曾有行之者，吾兄亦何必多让。"公佐道："且说是何等样人家，有多少年纪，人物若何，使小弟知道，也好放心。"元龙笑道："老兄不必细问，临期便知。我三人必不相误，包称绝妙便了。但冀成婚后，当以天缘自安，笃好终身。新妇不作朱买臣之妻，老兄勿效黄允重婚之事，伤害天理，灭绝人伦，则我辈弟兄永永有光矣。"吴公佐道："三兄既有此等美情，小弟若负义忘恩，誓生生世世永堕猪狗胎中。"言罢，叩头向天设此誓愿。

三人见他如此赌誓，料无他意，即来回复朱从龙。从龙唤过长寿女，说知就里。长寿女脸色涨红，俯首不言。从龙道："汝既为夫家所弃，在此亦非终身可了。若此良姻不就，严几希之言反不验矣。"长寿女听了，才点头拜谢。从龙吩咐家人，勿得预先走漏消息。邓元龙三人各出资财，赁起房舍，买办床帏家伙，一面叫公佐选择日期。正是凶事不厌迟，吉事厌近，选定九月初二行聘，十三日天德黄道不将日成亲。这聘礼也不过邓元龙三人袖里来袖里去，所以外人并不知得。到成婚这晚，三友已治具酒席，朱从龙亲送此女来至，大家欢呼畅饮，夜阑方别。三友复珍重吴生好作新郎，公佐唯唯微笑。这段姻缘果出意外：

> 周氏女，自渔蓑卧月，海棠红抛在江滨，犹留却半分颜色。吴家儿，向画里呼真，白元君染成被褥，尽拼着一泻波涛。

大抵豪迈之人，当富足时，掷千金而不顾。及至窘迫，便是一文钱也是好的。譬如吴公佐，本来是富豪公子，昔年何等挥霍！此时飘零异乡，穷愁落寞，骤然得了这房妻室，且又姿容端丽，动止安详，又有好些资妆，

---

① 厥（jué）——其。

喜出望外。初意只道是朱从家养女，并不知此女昔时行径。及至成婚之后，那堰中人当做一件新闻，三三两两的传说。公佐闻得大以为怪，细细访问，方知就里。因想自己是个男子汉，到没奈何时，只得权借僧寺栖止。何况此女，为夫家所弃，无所归依，至于沦落，亦不足异。转了这念，毫无介意。那司空、邓、冉三友打听消息，并无片言，喜之不胜。吴公佐本来资性通达，文章诗赋以外，酷好的是呼卢局博。只因一向穷苦，谋食不暇，哪有银钱下场赌博。到此得了这些妆奁，资用有余，更兼家有贤妻，又是吃过辛苦的，自会作家，不劳内顾。不觉旧时豪态复发，逢场作戏，掷骰扯牌，无有不去。

不想却遇着一个大大赌客，这赌客是何等样人？乃是钤①辖葛玥之子，小名尊哥。那尊哥生来不读半行书，只把黄金买身贵。见了文人秀士，便如仇敌，遇着吴公佐这般好赌之人，却是如鱼得水。尊哥自恃稍粗壮，与公佐对博，千钱一注。也是吴公佐运该发财，尊哥无梁不成，反输一帖。到公佐手中，呼么便么，呼六便六，分明神输鬼运一般，到手擒来。尊哥今日不胜，再约明日。明日不胜，再约后日。不数日间，接连输下几千万缗。尊哥世袭官衔，虽不加贫，公佐白手得钱，积累巨万，从此开起典库。那典库生理，取息二分，还且有限。唯称贷军装，买放月粮，利上加利，取赀无算。不五年间，遂成盐城大户，声达广济故乡。

当初公佐落魄归家之日，亲族中哪个不把他嘲笑。至于父母，虽是亲生儿子，唯恐逐之不去。今番广济县中，是亲非亲，是友非友，唯恐招之不来。那吴公佐叶落归根，思还广济。长寿姐又无三党之亲，在射阳湖滨无有眷恋。只有父亲尚埋浅土，备起衣衾棺椁，重新殡葬，营筑坟墓，并迁其母，一起合葬。又买下几亩田产，给与坟丁，以供祭扫。葬事已完，收拾起身，同归广济。可敬那吴公佐非薄幸之人，大张筵席，请司空浩、邓元龙、冉雍非三友痛饮一日，各赠银两，以酬昔日成婚之用。又同妻子到朱从龙家，拜谢养育转嫁之恩。唯有严儿希已死，到其坟墓，沃酒祭奠而别。

诸事既毕，归到广济。喜得双亲未老，渐思一举登科。埋头两年，便游广济学宫，三入棘闱，两预贡籍。科贡原是正途，借此资格，出为云南楚雄府南安州知州。政简讼清，一州大治。可见家道富饶的人，免得贪酷，

---

① 钤——记的简称。旧时较低级官吏所用的印。

致损名节。三年考满，父母受封。周氏女封为孺人，衣锦还乡，并不以旧时行径被人谈笑。

那吴公佐出身富贵之家，容易革去延寿寺香火面目。像周氏从父亲织席起身，至于渔户追归，沿门乞食，衣裳褴褛。既无一寸光鲜，面目灰颓，哪见半分精采。无端身入朱家，饱食暖衣，及至出配吴生，资财充裕，女工针指，无有不精，身体发肤，倍增柔腻。坐一坐如花植雕栏，步一步似柳翻绣阁，却是为何？从来衣食养人，胜于庄严佛相。至若身居闺阃①，封出朝廷，从头一想，总成一梦。奉劝世人，大开眼界，莫要一味趋炎附势，不肯济难扶危。倘后来人家胜天，可不惭报无地？说便是这等说，恐怕跳不出炎凉腔子。可怪苏秦不第而归，王播闻钟而食，不为妻嫂所笑，阇黎所唾哉！自古道："未归三尺土，难保百年身。"百年之内，饥寒夭折，也不可知。就是百年之内，荣华寿考，也不可定。只要人晓得难过的是眼前光景，未定的是将来结局，在自己不可轻易放过，在他人莫要轻易看人。若不信时，但看周氏女始初乞丐市中，后来官封紫诰②，即是榜样。诗云：

> 湛湛青天黯黯云，从头到底百年身。
>
> 也难富贵将君许，且莫贫穷把目瞋。
>
> 冬尽梅花须着蕊，雪消杨柳自逢春。
>
> 丢开男子他家事，且看周娘一女人。

---

①　阃（kǔn）——古代妇女居住的内室。

②　紫诰——指诏书。古时诏书的封袋用紫泥封口，上面盖印，故称。

第 七 回
感恩鬼三古传题旨

十里松音蒋子山，暮烟收尽梵宫宽。

夜深更向紫薇宿，坐久始知凡骨寒。

一派石泉流沆瀣，数廷霜竹颤琅玕①。

大鹏洵②有抟风便，还许鹪鹩附羽翰③。

此诗乃郏正夫教儿子就学于王荆公，把这诗引见，并勉儿子奋志读书的意思。然读书不过为着功名两字，却不知读书是尽其在我，功名自有天命。假如人根器浅薄，禀性又懒惰，动不动想到某年上登科，某年上发甲，满口胡柴④，不知分量。此等妄人，自不必说起。还有一等天生好资性，又好才学，准准⑤的十年窗下，铁砚磨穿。若问到一举登科，尽付与东流之水，此是为何？大抵发达之人，一来是祖宗阴德，二来要自己功夫。有德者天必有报，有学者天又惜其苦心，报以今生富贵。总之有个定数，一毫勉强不得。写得出手，才见学问，到得己身，才是功名。决不可画饼充饥，徒成话柄。正是：

富贵未来休妄觊，功名到手始为真。

鹪鹩⑥欲奋图南翮⑦，徒被时人笑破唇。

话说宋孝宗淳熙年间，有一书生，姓仰名邻瞻。父亲仰望，是富阳县中户人家，妈妈曹氏，两口儿生平好善。在今人说好善，不过是造佛斋僧。

---

① 琅玕(láng gān)——指竹。

② 洵(xún)——诚然，实在。

③ 羽翰——羽翼。

④ 胡柴——胡言乱道。

⑤ 准准——准确。

⑥ 鹪(jiāo)鹩——鸟纲，鹪鹩科。形小，体长约 10 厘米，此鸟又称"巧妇鸟"。

⑦ 翮(hé)——羽毛。

但不知佛生于西天竺,哪要人㫋檀①当塑? 若是云游僧道,龙蛇浑杂,还有饮酒贪淫,劫财害命,胜于强盗十倍者,一般结伙游方。难道斋了这样和尚,便叫做行善? 所以会修行者,救人饥寒,解人仇怨,隐讳人过失。遇穷人死不能殓者,舍棺木,或见荒郊野水,死骸暴露,收捞埋葬。又次一等,修建桥梁,补葺道路,这都是现在好事。仰家两口老头,行了三十年善事,家计日渐贫寒。只这一个读书儿子,早暮攻收,年到三四十岁,依然一领青衿②。赖有结发妻子姚氏,绩麻织布,克尽女红。然除了读书的吃死饭,一家之中,出气多进气少。单靠着书包翻身,博一日甘来苦尽。哪知时运不到,日穷一日。虽不懊悔几十年空行方便,然到得事体艰难,未免生出许多聒噪。

仰邻瞻从此厌苦家中冗杂,寄居报恩寺中读书。古来佛在西天懈慢国之极边极际,国名安乐,本与中国不通。汉明帝时,西僧二人,以白马驮经四十二章来进。明帝缄于兰台石室,自此广兴佛法。至于梁武帝,尤极尊崇,遍处都是招提兰若③。梁武帝姓萧,所以凡有佛有僧之处,皆名萧寺。仰邻瞻本是善门子弟,见此清净法门,朝钟暮鼓,诵经念佛,分明离却火坑,来到清凉世界,深喜其幽寂。又与主僧听虚和尚,甚说得来,因此也绝戒劳膻,随僧茶饭。只多了几茎头发,却便是一个不剃头的大知客。

自早春到寺,倏忽便是六月。一日正当赤日当空,流火铄金之际,仰邻瞻自觉得圣贤对面,彻骨清凉。偶闲空些,便纵笔题下古风一篇,题曰六月吟,古风云:

曦轮猪野柘杉松,火焚泰华云如峰。

天地炉中赤烟起,江湖煦沫烹鱼龙。

狰狞渴兽唇焦断,峻翮无声落晴汉。

饥民逃生不逃热,血迸背皮流若汗。

玉宇清宫彻罗绮,渴嚼冰壶森贝齿。

炎风隔断珍珠帘,池口金龙吐寒水。

象床珍簟凝流波,琼楼待月微酣歌。

---

①　㫋(zhān)檀——即檀香。

②　青衿——亦作"青襟",指读书人。

③　兰若——寺庙。阿兰若(梵文 Aranyakah)的略语。

王孙昼夜纵娱乐,不知苦热还如何。

吟罢,恰当月逢三五,分外清光。夜气既升,炎威稍减,忽然墙外有女人声音,说道:"热犹自可,只过世的人不见天日,真好苦也!"随又吟道:

淮右东瓯路渺茫,游魂依旧各他方。

此中十载身前梓,何处三生梦里香。

腌气欲除荒草破,麦舟将去夜台凉。

莫言伴读无磷火,泣断啼鹃刻漏长。

邻瞻听了大惊道:"这语言诗句,分明是鬼,真好奇怪!"话声未了,听虚和尚叩门送茶,说:"官人今日热否?"邻瞻道:"热自不消说起,还有一桩奇事。"和尚道:"有何奇事?"邻瞻道:"适来玩月就凉,忽听得墙外有一女人声音,说热犹自可,只过世的人,不见天日,真好苦也。说罢又吟诗八句,这可不是个怪事!"因将鬼诗,念与他听,和尚道:"此乃西廊下棺中鬼魂所作也。此鬼时有声响,然不作祟祸人,官人休得惊慌。"邻瞻道:"这棺中还是何人?"和尚道:"先年淮安进士伊尔耕,往温州赴任,路经富阳,何期小姐暴死舟中,权将此棺寄于本寺西廊之下。及伊尔耕历官东瓯,全家疫病而死,致此女十年无人收葬。每到风清月白之夜,或吟诗,或怨叹,凄惨异常。但不曾有成篇诗句,想必见官人是才子,故此特地出头。今细详诗中之意,却是求人埋葬,官人是善门子弟,何不发此心意,以慰旅魂?"邻瞻道:"此愿亦易。我若得寸进,便当营一窆①,以妥其灵。只是我这功名心愿,何时尝得?"和尚道:"人有善念,天必从之。贤乔梓积德累仁,前程自然远大,但在迟速之间耳,何愁此愿不遂。"两人茶罢,各自就寝。诗云:

梵钟声断野烟空,旅魄哀吟啸暮风。

肯惜佳城藏玉骨,不教重泣月明中。

是年正当贡举,哪知贡举官乃龙图阁学士汪藻起。这汪藻起昔年未发迹时,与瑞州高安人郑无同在国学相好,两人结为八拜之交,约定日后有个好处,同享富贵。何期双双同进试场,起登科,无同落第。虽则故人情重,终须位隔云泥,各人干各人的事。藻起颇有文名,得授馆职,一日对郑无同道:"以兄之才,必非小就。我虽叨在宦途,要举荐你广游大人门

———————

① 窆(biǎn)——落葬。

下，不过顺风吹火，不为难事。但良材浊用，甚是可惜。兄但放心入山读书，一应盘费，俱在于我。且待宾兴之日，或我执掌文衡，或在文场提调，或内帘总裁，凡可用力之处，便来相约，自有话说。"郑无同道："一贵一贱，交情乃见。吾兄垂念故人，足征高谊，但愿此日兄弟，他年转为师生，这便弟的侥幸了。"自此郑无同归高安读书，汪藻起在仕途作宦，历官至龙图学士。

那时南北请和，藻起充使臣往贺金主千秋，还朝便道归家，召知贡举。藻起要践那二十年朋情宿约，密遣人约郑无同至富阳报恩寺相会。原来藻起当初也曾寓在报恩寺看书，有愿后日登科，或有幸典选文衡，当于寺中建立文昌帝君宝阁，今日果遂其愿，于贡举命下之前，先到报恩寺来，开疏建阁。郑无同得了消息，即从高安来候见藻起。可知宋朝关防尚宽，一个应举秀才，与大座师两相宾主，全无回避。郑无同星夜赶至报恩寺，见了汪藻起，藻起留住小饮。听虚和尚原是旧日相知，亦得预坐。酒罢，藻起令听虚暂避，携了无同之手，各处观看。自殿上走到西郎，正是伊小姐停丧之处，四顾一看，并无耳目，藻起低声对无同道："二十年陈话，不觉始遂初心。可将程文易义冒中，选用三个古字，以此为眼，切勿差误！"无同领诺作谢，随即相别，都各起身。藻起开船，望上江驿起发。无同另将小船。前后而行。既此同学弟兄，一个官到主文，一个尚为科举应试，真正学无前后，达者为先。后人曾有诗说汪藻起郑无同故事，诗云：

二十年前比弟兄，一般灯火一般红。

凭将明远楼头月，照彼麻衣待至公。

当时仰邻瞻，因汪藻起停邮于此，人从喧闹，暂归家中。待到去后，方才至寺，笑一声道："我家老座师，将到临安矣。不知可有福分，招得我这好门生。"到了晚间，点灯观书，须臾神思昏倦，便思起来散步。只见一座院子，却像闺阁一般，中有一少年女子，淡妆靓服，举手对邻瞻道："妾与君子，忝辱比邻。君攻书史，妾事女红。但君子不晓得我闺房中针指，我却晓得君子文案间翰墨。大抵礼别君臣，春秋辩夷重夏；经首二典，终八诰；毛诗遵四始，分六义。周易上无论八封中分出六十四卦，只要题冒中，守定三个古字作眼，此是通场举子不能想到，须切记之！妾生在淮南，长

游东越。钱塘一滴水,永断归帆;萧寺十年秋,全无鱼腹①。虽龙眠居士,
荒芜南北山头;奈西土文王,未掩羽毛残骸。倘先君有再返之魂,自当结
草,即贱妾有通灵之路,更胜衔环②。言之痛心,不觉泪下。"方在凄惨之
时,只见一青衣人报道:"老爷老夫人,从兰溪下来,将次船到桐庐。"邻瞻
回头一看,不觉惊醒,却是南柯一梦。思想梦中之意,分明是西郎下棺中
女子显灵,只是其中意味,好生难解。诗云:

> 一坯方许安玄魄,三古先从梦里传。

> 始信积金输积德,阴功端的可通天。

　　且说郑无同领了汪藻起密语,未曾考试,先把一个省元,瘗在荷包里。
到得临安,帝乡风土,十分富贵。兼且名山胜水,天下所无,酒楼妓馆,随
地皆是。无同意气洋洋,迷恋花酒。今日游湖,明日看潮,弄得形销气弱。
家僮阻劝,反加打骂。有几个同笔砚的朋友,见他淫纵无度,亦苦口谏,也
只是不听。从来忠告善道,不可则止,自此再没一个睬他,恣意放肆。及
到临场,以宿酒过度,兼冒早寒,霎时头疼身热,霍乱吐泻,百病攒身,口发
谵语。吓得家人们,手忙脚乱,求神问卜,延医服药,眼见得不能入试了。
挫过头场,到二场三场,纵然身子健旺,也是无用。可惜汪座师二十年一
点热肠,不觉冰消瓦解。却不知场中倒有程文易义中,连连下三个古字的
人在那里了。这方是:

> 状元瘗在荷包里,又被京师剪缕多。

　　却说仰邻瞻,得了西廊女鬼之梦,牢记于心。看看试期将近,也收拾
书囊至临安候试。到二月初九头场,有"地势坤,君子以厚德载物"一易
题。仰邻瞻悟到梦中所言,周易上无论八卦中分出六十四卦,只要题冒中
守定三个古字作眼,乃直挥道:

> 阴数为一,偶也;阴性为坤,顺也。以地道明坤义而首言元,以阳
> 刚先阴顺而继言象。求其地类,而以行地之物当之,则北马之卢。求
> 其阴不兼阳,而以减乾之半应之,则朋得西南之得。古伏羲以所画之

---

① 鱼腹——指书信。

② 衔环——古代神怪小说载:东汉杨宝救了一只黄雀,某夜有一黄衣童子以白
　环四枚相报,谓当使其子孙洁白,位登三事(古官多),有如此环。后杨宝子、
　孙、曾孙果皆显贵。后因以此为报恩之喻。

奇偶,俟之文王;古文王以元亨利贞所系之词为象者,俟之周公;古周公以所系词断吉凶者为爻,以足伏羲文王之义。固知乾非坤德不彰,而厚德载物,此所以为地势也。

汪藻起阅到此卷,见连用三古字为冒,通场未见,而文势亦开爽简劲,定然是郑无同无疑,随批上上卷,放于前列。及至临期拆号一看,乃富阳仰邻瞻,并非是高安郑无同。汪藻起以为奇怪,此时各经房分考官,及大提调内外监场官,众目咸在,一时改换不得。是科状元,乃昆山卫泾,放榜之后,大宴琼林。六街三市,急看新进士游街。喧阗道路,挨挤不上。单单剩这个有关节无福分的郑无同,独在下处纳闷,与别个下第不同。琼林宴罢,各进士除了公参,还有私谒。仰邻瞻会过诸同年之后,独自来拜见座师。汪藻起因这三个古字,疑惑在心,便问道:"功名虽有定数,文义出自心胸。易义地势坤,君子以厚德载物,只言坤义可也,何必并及乾卦?"邻瞻道:"无乾不成坤,亦非支语。"藻起又道:"然则从古到今,并无两个伏羲、文王、周公,但言伏羲、文王、周公可矣,何必选用三个古字?我只要问这意思明白。"邻瞻道:"曲终人不见,江上数峰青,钱起之语,原出自梦中。这问门生三古字,正与相同。"因将富阳萧寺梦中之事,述了一遍。藻起大是惊骇,方叹幽明异路,感通如此,无怪乎人间私语,天闻若雷也。方在聚话间,忽地人来报:高安下第秀才郑无同要见。说声未了,早已直走到厅上。一个是下笫故人,一个是新中门生。乡贯不同,炎凉各判。当时汪藻起,只该三言两语而散,不合停留聚话,惹出一场大是非来:

　　方知语是针和丝,从头钓出是非来。

此时汪藻起只因事体怪异,既叹仰邻瞻得此奇梦,又怪郑无同这等命穷,到手功名,却被人平白取去。说便如此,也只该在自己心上转个念头罢了,又不合附着郑无同耳上说如此如此。若是郑无同是有意思的人,只合付之于命。他本性本来躁急,又遇着失意时,眼红心热,一闻此言,愈加肝经火旺,愤气填胸,说道:"如此说来,老座师中了个梦鳅门生了。想必当初,乃尊乃堂梦中感交,得了胎元。梦年梦月梦日梦时生下,即交梦运。生平又读得好梦书,做得好梦文章,梦策论。如今中得好梦进士,他年直做到梦尚书,梦知制诰。日后梦致仕归田,少不得黄粱一梦,梦中游过了十八重地狱,这方是梦鳅结果。"

仰邻瞻听得他胡言乱道,又好笑,又好恼。欲待抵对他几句,又碍着座主面皮,想一想只是我得时人该让失时人,偻作一笑而别。其时汪藻起也怪郑无同出言狂妄,无奈自己关防不密,叹一声道:"恶人做不得,好人更做不得。"把个郑无同冷淡了出去。郑无同一发大恨道:"世情如此恶薄,有了得意门生,就怠慢下第故人。气恼不过,偏要与这梦鳅歪厮缠,弄他个不利市。"打听得仰邻瞻释褐之后,即告假归家,无同也就赶到富阳。

邻瞻衣锦还乡,见过父母,就到报恩寺,备起祭礼,至西廊下伊小姐柩前祭奠过了。与听虚和尚商量,即于寺前,筑定坟茔安葬,以报其德。选下吉日良辰,请堪舆①先生定方向,开金井,将小姐棺木,抬到坟前。邻瞻身主葬事,暂服素衣,执绋引道。听虚邀请众僧,诵经度亡。郑无同察听着了,买起纸钱祭品,吃个半醉,嘻笑而来。恰好柩方入土,无同设下祭礼,焚起纸钱,又不礼拜,只哭一声:"伊小姐!你何不扶持我郑无同,三个古字,中了进士,情愿替你题请钦赐谕葬? 戴三年粗麻重孝。怎如今日这般冷淡,可惜你寻错了人也!"说罢,又呵呵大笑。众人认他是痴,却又衣冠济济;认他是不痴,却又言语不伦,正不知什么缘故。只有仰邻瞻心里明白,晓得故意来寻闹,走过一边,不去睬他。郑无同见没人招待,便问道:"吊客远来,如何不见陪宾的相接? 今日何人主丧,何人为孝人,何人为义夫?"

此时真正是仇人相见,分外眼睁。连仰邻瞻没了主意,听虚只得上前问讯道:"尊相面善,可是向日与汪座主,在小房同饮酒的郑相公么?"郑无同道:"然也。若没汪座主,怎中得仰梦鳅?"听虚道:"尊相出言略少次序。"郑无同道:"次序次序,我就与你比个拳势!"言未了,擎拳望仰邻瞻面上打去。听虚向前拦住,说:"尊相此是何意?"郑无同道:"我偏怪他主丧不挂孝。"听虚道:"仰爷原无挂孝之理。"郑无同道:"无有挂孝之理,便不该主丧。"听虚道:"若如此,反觉尊相欠通了。这伊小姐的尸棺,十年暴露,无人收葬。仰爷在小房读书,问知其故,发愿若得成名,即便茔葬。此不过是阴功善事,原不该着孝服。在先文王泽及枯骨,遇死尸就埋,哪里挂得许多孝!"郑无同听了这话,怒气愈加,便骂道:"贼秃! 谁要你攀今吊古,弄嘴掉舌,偏护梦鳅进士。"劈面一个巴掌,打得这和尚耳鸣眼

---

① 堪舆——即"风水",迷信术数的一种。指住宅基地或坟地的形势,也指相宅、相墓之法。"堪"为高处,"舆"为下处。

暗。听虚也怒从心起，说："你是外方下第秀才，却到这里撒泼放肆，乱打平人！"随手一把，就揪住郑无同巾发，放出少林帮衬，攥着大拳，当心便捶。仰邻瞻恐弄出事来，只得横身解劝拆开，带着笑对郑无同道："主丧的固不成礼，送葬的也觉多事，大家认一不是何如？"无同本要来寻恼仰邻瞻，不期反受了这场侮慢，自觉乏趣，整一整衣冠，大骂道："贼秃有了大帮手，敢欺负我下第举子，难道轻轻放过你不成？若不弄你发配到远恶军州，我也不姓做郑。"一头说，摇摇摆摆，大踏步而去。

　　唤只船复往临安。想着仰邻瞻是个进士，别事也扳他不倒，就把科场关节，上他一疏。只是汪藻起一片美情，我自命薄，不能入场，如何反去连累他？又想仰邻瞻若不用三古得中，到也罢了，偏是你偷了关节，公然登第，何等荣耀。我虽命穷，怎生气得过，又想这关节却是鬼魂所传，如何做得干证？千思万想，难以措辞。欲待歇手，又放不落听虚和尚。寻思几遍，恨一声道"欲加之罪，何患无辞。"就在灯下，吃了几杯闷酒，磨起墨来，草上一疏。疏云：

　　陛下龙飞蕃邸，先知稼穑之艰难。鉴照重瞳，更切文衡之郑重。第春秋为腐烂朝报，科目非凑集俚言。窃有新科进士仰邻瞻，幼称伪学，长附明经。题本全牛，学疏半豹；支言累句，大玷圣书。即其易冒中所云，古伏羲、古文王、古周公，有古是必有今。请求其对，假如阴有数，阴有性，阴有义，言阴复又言阳，何辩于题？况当皇上中兴隆业，平定乾坤，离照当阳，正万魅消亡之日。乃言旨出萧寺女鬼，显受胪唱①之传宣。阴瘗②成祟之旅榇，凿破先陵，有伤国脉。兼信妖僧听虚左道邪术，结兑死堂，妄谈祸福。诬艺祖取国于小儿，致有陈桥之变，谤太宗传疑于斧影，托身兀术之灾。上讪祖宗，下乱国事，关系匪轻，臣何敢隐！

　　疏上，批下圣旨道："据下第举人郑无同、所奏仰邻瞻易义，着礼部核勘文理，有无穿凿悖戾；及所凿破山地，究属何陵；妖僧所传谤诬，有何实据。会同法司，严提诸犯，及主文官，鞫审奏报。"当时本下，法司行文拘

---

①　胪(lú)唱——科举时，殿试之后，皇帝传旨召见新考中的进士，依次唱名传呼，叫"胪唱"，也叫"传胪"、"胪传"。
②　瘗(yì)——埋，埋葬。

仰邻瞻、郑无同听虚和尚一干人到案。任你汪藻起是南省老座师,少不得青衣小帽,同在秋曹衙门,丹墀①跪下。问官一一详审,郑无同只将仰邻瞻易义中辩,并不敢说到汪藻起富阳寺中私嘱的言语。可知事无根据,辩端自多。审到听虚和尚,听虚将那仰瞻读书时,鬼魂吟诗,发心许其葬埋,前后之事,从实细说一遍。其他妖惑诬谤等事,无影无踪。所葬之地,又非先朝陵寝,郑无同理亏词遁,硬赖不过。问官已知虚词诳奏,随从实定了审词。汪藻起终念无同昔年交谊,反与他极力周全,问官乃从轻拟罪。礼部已将易义中评阅,并无有碍,即会稿合议覆奏。疏云:

郑无同以下第忮心②,致怨已进之仰邻瞻,此未中而妒,本理外之所无。其于易义三古字,文理通达无悖,何得借以发端。阴统于阳,而本于乾,亦非题外生枝。以此而加指摘,则一榜尽关吏议矣。又堪得邻瞻读书僧庑,偶见无主暴棺,许以进身为之窀③窆,亦善果也。不食其言,果于第后妥之,斯诚仁者之事,似于风俗有裨。乃诬人者执此为通报节目,尤可异也。果如无同之言,必起枯骨而质于庭,亦圣世法曹之所不及者。况昔吕蒙尝于孙策之坐,梦伏羲、文王、周公与论世祚兴亡之事,日月贞明之道,以梦合梦,自古有之。富阳向无陵寝,凿伤国脉,何人见之。先朝典故,金匮未开,听虚以乞食僧伽,何从见解。执以为论,诬妄可知。而乃敢以无根传谤,耸动圣听,下及主文臣汪藻起,囚首讼庭,则无同欺罔朝廷,累辱大臣,罪奚逭哉!姑念下第负惭,小嫌致衅,流徙薄谴,警戒将来。听虚以不平之愤,为邻瞻助一臂力,菩提大戒,乃若此乎,亦宜杖儆。其汪藻起照旧供职,仰邻瞻以次选用,庶善者劝而恶者惩,国法伸而群情服。臣未敢擅便,伏候圣裁!

圣旨一如所奏,郑无同流徙边方,汪藻起复为大理卿之官,听虚纳锾④赎杖。仰邻瞻除授庐陵县令,领了凭诰,回到家中,收拾起身。仰望

---

① 丹墀——古时宫殿前的石阶以红色涂饰,故名。

② 忮(zhì)心——忌恨之心。

③ 窀(zhūn)——墓穴。

④ 锾(huán)——古代重量单位。《书·吕刑》:"其罚百锾。"引申为罚金的代称。

老夫妻,一生好善,得此儿子成名,心满意足。又对邻瞻道:"你今科名,全亏伊小姐托梦。既葬其身,虽足报之,我还念她的父母一家,死在官所,如何无一些音信。想来十年前,故官灵枢,定有着落,今为之计,你自同媳妇往庐陵上任,我便到温州访求。倘得其实,愿与她家扶枢,归之淮安,方尽我一生为善之念。"邻瞻道:"儿子向来为此几本毛头书,抛撤了父母。今幸得一官,当正奉侍任所,少尽子情,怎的反要餐风宿雨,跋涉远道?况儿子得中进士,做了县令,已自有人使唤,只消差一役人前往,足办此事。我与爹妈同到庐陵,岂不两便?"仰望道:"恐使人未必尽心,还须亲去。"

商量未决,恰好有一淮安伊姓人,到报恩寺中,询问伊小姐之枢。原来淮安连岁水灾旱荒,以致人民飘散。到此十年之后,田禾丰稔,百姓渐渐复业。哪来的是伊尔耕嫡亲侄儿,名唤伊蒲,虽知叔父合家死于任所,彼时年幼,饥荒出门不得。今幸长成,勉强支吾盘费,一路直至东瓯地方,访问得叔婶棺材,俱坦在西郭浅土。根寻的实,赴府县告一纸,请故官尸枢还乡。府县官不胜乐助,申文上司,各各助丧,方得扶枢上道,转到富阳,来载小姐棺木,故有此信。仰邻瞻闻知大喜,便请伊蒲到家,叙其缘故,说道:"足下念叔父母远棺,不惮劳苦,犹子比儿,于今见之。寺中所停令姐之枢,暴露十年,学生有愿埋葬,今已松柏成列矣。不揣欲将令叔父母灵枢同葬于此,弗特父子骨肉同在一处,即在兄长完此一念,轻身回归,可不又省多少盘费?"伊蒲听说,磕头拜下去,道:"难得先生这片好心,伏愿得寿享千秋,官居台阁。"邻瞻扶起,留入书房小饭。同到小姐坟上相视,果然松柏满室,即请起地理先生开土砌圹,邻瞻依旧白衣冠躬身吊送。安葬已毕,伊蒲复到邻瞻家中,请仰望老夫妻出来拜见。又留住了一日,作别而去。仰望遂了所愿,不胜喜欢。

那时邻瞻奉着父母妻子,前往江西到任。从此政简刑清,一廉如水,各上司荐举,擢为御史之职,一路官星高照,直做得枢密使①。生有二子,俱弱冠登科。邻瞻致政归乡,仰望夫妻,各百岁上寿,无疾而逝。方信自来作善作恶,必有报立,只是来早来迟,到头方见。奉劝作恶的,不要使过念头;作善的,不要错过善因;须知头顶上这个大算盘,真算得滴水不漏,

———————————

① 枢密使——官名。唐代宗时始以宦官掌枢密,其后握权之宦官多以枢密使的名义干预朝政,甚至废立君主亦由其主张。

各宜猛省。后人闻此故事,曾题一诗劝世,诗云:

　　富阳萧寺晚烟中,记得当年到梵宫。

　　一夜青灯怜白骨,千秋黄土盖残红。

　　用情易义传三古,属耳垣墙别一通。

　　只此善根叨甲第,却教羞杀郑无同。

第 八 回

贪婪汉六院卖风流

志士不敢道，贮之成祸胎；

小人无事艺，假尔作梯媒。

解释愁肠结，能分睡眼开；

朱门狼虎性，一半逐君回。

这首诗，乃罗隐秀才咏孔方兄之作。末联专指着坐公堂的官人而言，说道任你凶如狼虎，若孔方兄到了面前，便可回得他的怒气，博得他的喜颜，解祸脱罪，荐植嘘扬，无不应效。所以贪酷之辈，涂面丧心，高张虐焰，使人惧怕，然后恣其攫取，遭之者无不鱼烂，触之者无不齑粉。此乃古今通病，上下皆然，你也笑不得我，我也说不得你。间有廉洁自好之人，反为众忌，不说是饰情矫行，定指是吊誉沽名，群口挤排，每每是非颠倒，沉沦不显。故俗谚说："大官不要钱，不如早归田，小官不索钱，儿女无姻缘。"可见贪婪的人落得富贵，清廉的枉受贫穷。因有这些榜样，所以见了钱财，性命不顾，总然被人耻笑鄙薄，也略无惭色。笑骂由他笑骂，也官我自为之，这两句便是行实。

虽然如此，财乃养命之源，原不可少。若一味横着肠子，嚼骨吸髓，果然不可。若如古时范史云，曾官莱芜令，甘自受着尘甑釜鱼。又如任彦升，位至侍中，身死之日，其子即衣不蔽体，这又觉得太苦。依在下所见，也不禁人贪，只是取之有道，莫要丧了廉耻。也不禁人酷，只要打之有方，莫要伤了天理。书上说"放于利而行"，这是不贪的好话。"爱人者，人恒爱之"，这是不酷的好话。又道是："留有余不尽之财，以还造化，留有余不尽之福，以丕子孙。"先圣先贤，哪一个不劝人为善，哪一个不劝人行些方便。但好笑者，世间识得行不得的毛病，偏坐在上一等人。任你说得舌敝唇穿，也只当做飘风过耳。若不是果报分明，这使一帆风的正好望前奔去，如何得个转头日子？在下如今把一桩贪财的故事，试说一回，也尽可唤醒迷人。诗云：

　　财帛人人所爱,风流个个相贪。

　　只是勾销廉耻,千秋笑柄难言。

　　话说宋时有个官人,姓吾名爱陶,本贯西和人氏。爱陶原名爱鼎,因
见了陶朱公致富奇书,心中喜悦。自道陶朱公即是范蠡,当年辅越灭吴,
功成名就,载着西子,扁舟五湖,更名陶朱公,经营货殖,复为富人。此乃
古今来第一流人物。我的才学智术,颇觉与他相仿,后日功名成就,也学
他风流潇洒,做个陶朱公的事业,有何不可? 因此遂改名爱陶。这西和在
古雍州界内,天文井鬼分野,本西羌地面。秦时属临洮,魏改为岷州,至宋
又改名西和。真正山川险阻,西陲要害之地。古诗说:"山东宰相山西
将。"这西和果是人文稀少,唯有吾爱陶从小出人头地,读书过目不忘。
见了人的东西,却也过目不忘,不想法到手不止。自幼在书馆中,墨头纸
角,取得一些也是好的。至自己的东西,却又分毫不舍得与人。更兼秉性
又狠又躁,同窗中一言不合,怒气相加,揪发扯胸,挥砖掷瓦,不占得一分
便宜,不肯罢休。这是胞胎中带来的凶恶贪鄙的心性,便是天也奈何他不
得。

　　吾爱陶出身之地,名曰九家村,村中只有九姓人家,因此取名。这九
姓人丁甚众,从来不曾出一个秀才。到吾爱陶破天荒做了此村的开山秀
才,不久补禀食粮。这地方去处没甚科目,做了一个秀才,分明似状元及
第,好不放肆。在闾里①间,兜揽公事,武断乡曲,理上取不得的财,他偏
生要取,理上做不得的事,他偏生要做。合村大受其害,却又无处诉告。
吾爱陶自恃文才,联科及第,分明是瓮中取鳖。哪知他在西和便推为第
一,若论关西各郡县的高才,正不知有多多少少,却又数他不着了。所以
一连走过十数科,这领蓝衫还辞他不得。这九家村中人,每逢吾爱陶乡试
入场之时,都到土谷祠、城隍庙、文昌帝君座前祝告,求他榜上无名。到挂
榜之后,不见报录的人到村中,大家欢喜,各自就近凑出分金,买猪头三
牲,拜谢神道。

　　吾爱陶不能得中,把这般英锐之气,消磨尽了。那时只把本分岁贡前
程,也当春风一度。他自髫年入泮,直至五十之外,方才得贡。出了学门,
府县俱送旗匾,门庭好生热闹。吾爱陶便阖门增色,村中人却个个不喜,

---

　　① 闾(lǘ)里——乡里。

唯恐他来骚扰。吾爱陶到也公道,将满村大小人家,分为上中下三等,编成簿籍,遍投名帖。使人传话道:"一则侥幸贡举,拜一拜乡党,二则上京缺少盘缠,每家要借些银两,等待做官时,加利奉还。有不愿者,可于簿上注一'不与'二字。"村农怕事,只要买静求安,哪个敢与他硬。大家小户,都来馈送。内中或有戥秤①轻重,银色高低不一,尽要补足。

吾爱陶先在乡里之中,白采了一大注银子,意气洋洋,带了仆人,进京廷试。将缙绅便览细细一查,凡关中人现任京官的,不论爵位大小,俱写个眷门生的帖儿拜谒,请求荐扬看觑,希冀廷试拔在前列。从来人心不同,有等怪人奔兢,又有等爱人奉承。吾爱陶广种薄收,少不得种着几个要爱名誉收门生的相知,互相推引。廷试果然高等,得授江浙儒学训导。做了年余,适值开科取士,吾爱陶遂应善治财赋公私俱便科中式。改官判湖路条列司临税提举,竟去赴任,一面迎取家小。原来他的正室无出,有个通房,生育女儿两人。儿子取名吾省,年已十岁,女儿才只八岁。这提举衙门,驻扎荆州城外。吾爱陶三朝行香后,便自己起草,写下一通告示,张挂衙门前。其示云:

本司生长西邮,偶因承乏②分榷重地。虾负之耻,固切于心,但职司国课,其所以不遗尺寸者,亦将以尽瘁济其成法,不得不与商民更新之。况律之所在,既设大意,不论人情,货之所在,既核寻丈,安弃锱铢。除不由官路私自偷关者,将一半入官外,其余凡属船载步担,大小等货,尽行报官,从十抽一。如有不奉明示者,列单议罚。特示。

出了这张告示,又唤各铺家吩咐道:"自来关津弊窦最多,本司尽皆晓得。你们各要小心奉公,不许与客商通同隐匿,以多报少,欺罔官府。若察访出来,定当尽法处治。"那铺家见了这张告示,又听了这番说话,知道是个苛刻生事的官府,果然不敢作弊。凡客商投单,从实看报,还要复看查点。若遇大货商人,吹毛求疵,寻出事端,额外加罚。纳下锐银,每日送入私衙,逐封亲自验拆,丝毫没得零落。旧例吏书门皂,都有赏赐,一概

---

① 戥(děng)秤——一种称量金银、药品的小秤。
② 承乏——所任职位一时无适当人选,暂由自己来充数。旧时在任官吏常用的谦辞。

革除,连工食也不肯给发。又想各处河港空船,多从此转关,必有遗漏,乃将河港口桥梁,尽行塞断,皆要打从关前经过。

一日早堂放关,见几只小猪船,随着众货船过去,吾爱陶喝道:"这是漏脱的,拿过来!"铺家禀说:"贩小猪的,原不起税。"吾爱陶道:"胡说!若俱如此不起税,国课何来。"贩猪的再三禀称:"此是旧例蠲免,衙前立碑可据,请老爷查看,便知明白。"吾爱陶道:"我今新例,倒不作准,看什么旧碑?"吩咐每猪十口,抽一口送入公衙,恃顽者倍罚。贩猪的无可奈何,忍气吞声,照数输纳。刚刚放过小猪船,背后一只小船,摇将过来。吾爱陶叫闸官看是何船。闸官看了一看,禀复是本地民船,船中只有两个妇女,几盒礼物,并无别货。吾爱陶道:"妇女便与货物相同,如何不投税?"铺家禀道:"自来人载船,没有此例。"吾爱陶道:"小猪船也抽分了,如何人载船不纳税,难道人倒不如畜生么?况且四处掠贩人口的甚多,本司势不能细细觉察。自今人载船,不论男女,每人要纳银五分。十五岁以下,小厮丫头,只纳三分,若近地乡农,装载谷米豆麦,不论还租完粮,尽要报税。其余贩卖鸡鸭、鱼鲜、果品、小菜,并山柴稻草之类,俱十抽其一。市中肩担步荷,诸色食物牲畜者,悉如此例。过往人有行李的,除夹带货物,不先报税,搜出一半入官外,无余货者,每人亦纳银五分。衙役铺家,或有容隐,访出重责三十,枷号一月,仍倍罚抵补。"

这主意一出,远近喧传,无不骇异。做买卖的,哪一个不叫苦连天。有几位老乡绅,见其行事可笑,一起来教训他几句,说:"抽分自有旧制,不宜率意增改。倘商民传之四方,有骇观听,这还犹可,若闻之京师,恐在老先生亦有妨碍。"吾爱陶听罢,打一躬道:"承教了,领命。"及至送别后,却笑道:"一个做官,一个立法,论什么旧制新制?况乡绅也管不得地方官之事。"故愈加苛刻,弗论乡宦举监①生员船只过往,除却实当今要紧之人,余外都一例施行。任你送名帖讨关,全然不睬。亲自请见也不相接,便是骂他几句,也只当不听见。气得乡绅们,奈何他不得,只把肚子揉一揉罢了。

一日正出衙门放关,见乡里人挑着一担水草,叫皂隶唤过来问道:

---

① 举监——科举制度中监生名目之一。明清时以举人资格入国子监读书者称为举监。

"这水草一担,有多少斤数,可曾投税?"乡里人禀说:"水草是猪料,自来无税。"吾爱陶道:"同是物料,怎的无税?"即唤铺家将秤来,每一百斤抽十斤,送入衙中喂猪。一日坐在堂上,望见一人背着木桶过去,只道是挑绸帛箱子的。急叫拿进来,看时,乃是讨斋饭的道人,背着一只斋饭桶,也叫十碗中抽一碗,送私衙与小厮门做点心。便是打鱼的网船经过,少不得也要抽些虾鱼鳅鳝来嗄饭咽酒。只有乞丐讨来的浑酒浑浆,残羹剩饭,不好抽分来受用。真个算及秋毫,点水不漏。外边商民,水陆两道,已算无遗利。那时却算到本衙门铺家,及书役人等,积年盘踞,俱做下上万家事。思量此皆侵蚀国课,落得取些收用。先从吏书,搜索过失,杖责监禁,或捹夹枷号。这班人平昔锦衣玉食,娇养得嫩森森的皮肉,如何吃得恁般痛苦?晓得本官专为孔方兄上起见,急送金银买命。若不满意,也还不饶。不但在监税衙门讨衣饭的不能脱白,便是附近居民,在本司稍有干涉的,也都不免。

　　为此地方上将吾爱陶改做吾爱钱,又唤做吾剥皮。又有好事的投下匿民帖,要聚集商民,放火驱逐。爱陶得知,心中有几分害怕,一面察访倡首之人,一面招募几十名士兵防护,每名日与工食五分。这工食原不出自己财,凡商人投税验放,少不得给单执照,吾爱陶将这单发与士发,看单上货之多寡,要发单钱若干,以抵工食。那班人执了这个把柄,勒诈商人,满意方休。合分司的役从,只有这士兵,沾其恩惠,做了吾爱陶的心腹耳目,在地方上生事害民。没造化的,撞着吾爱陶,胜遭瘟遭劫。那怨声载道,传遍四方。江湖上客商,赌誓发愿便说:"若有欺心,必定遭遇吾剥皮。"发这个誓愿,分明比说天雷殛①死翻江落海,一般重大,好不怕人,不但路当冲要,货物出入川海的,定由此经过。没处躲闪,只得要受他恭敬荼毒。诗云:

　　　　竭泽焚山刮地搜,丧心蒙面不知羞。

　　　　肥家利己销元气,流毒苍生是此俦。

　　却说有个徽州姓汪的富商,在苏杭收买了几千金绫罗绸缎,前往川中去发卖。来到荆州,如例纳税。那班民壮,见货物盛多,要汪商发单银十两。从来做客的,一个钱也要算计,只有钞税,是朝廷设立,没奈何忍痛输

---

① 殛(jí)——诛戮。

纳。听说要甚发单银十两，分明是要他性命，如何肯出。说道："莫说我做客老了，便是近日从北新浒墅各税司经过，也从无此例。"众民壮道："这是我家老爷的新例，除非不过关便罢，要是过关，少一毫也不放。"旁边一个客人道："若说浒墅新任提举，比着此处，真个天差地远。前日有个客人一只小船，装了些布匹，一时贪小，不去投税，径从张家轿转关。被这班吃白食的光棍，上船搜出，一窝蜂赶上来，打的打，抢的抢，顷刻搬个罄空。连身上衣服，也剥干净。那客人情急叫苦叫冤，要死要活。何期提举在郡中拜客回来，座船正打从桥边经过，听见叫冤，差人拿进衙门审问道：'小船偷过港门，虽所载有限，但漏税也该责罚。'将客人打了十五个板子。向众光棍说：'既然捉获有据，如何不禀官惩治？私自打抢，其罪甚于漏税。一概五十个大毛板，大枷枷号三月。'又对众人说：'做客商的，怎不知法度，知取罪戾。姑念货物不多，既已受责，尽行追还，此后再不可如此行险侥幸了。'这样好话，分明父母教训子孙，何等仁慈！为此客商们，哪一个不称颂他廉明。倘若在此处犯出，少不得要打个臭死，剩还你性命，便是造化了。"旁边客商们听见，齐道："果然，果然，正是若无高山，怎显平地。"那班士兵，睁起眼向说的道："据你恁般比方，我家爷是不好的了。"那客人自悔失言，也不答应，转身急走，脱了是非。

汪商合该晦气，接口道："常言钟在寺里，声在外边。又道路上行人口是碑，好歹少不得有人传说，如何禁得人口嘴呢。"这话一发激恼了士兵，劈脸就打骂道："贼蛮，发单钱又不兑出来，放什么冷屁！"汪商是大本钱的富翁，从不曾受这般羞辱，一时怒起，也骂道："砍头的奴才！我正项税银已完，如何又勒住照单，索诈钱财，反又打人？有这样没天理的事，罢罢，我拼这几两本钱，与你做一场。"回身便走，欲待奔回船去。那士兵揪转来，又是两拳，骂道："蛮囚，你骂哪个，且见我们爷去。"汪商叫喊地方救命，众人见是士兵行凶，谁敢近前，被这班人拖入衙门，吾爱陶方出堂放关，众人跪倒禀说："汪商船中货物甚多，所报尚有隐匿，且又指称老爷新例苛刻，百般詈骂。"吾爱陶闻言，拍案大怒道："有这等事，快发他货物起来查验。"汪商再三禀说勒索打骂情由，谁来听你。须臾之间，货物尽都抬到堂上，逐一验看，不道果然少报了两箱。吾爱陶喝道："拿下打了五十毛板，连原报铺家，也打二十板罢。"吾爱陶又道："漏税，例该一半入官，教左右取出剪子来分取。"从来入官货物，每十件官取五件，这叫做一半入官。吾爱陶新例,不论绫罗绸缎布匹绒褐,每匹平分,半匹入官,半匹归商。可惜几千金货物,尽都剪破,虽然织锦回文,也只当做半片残霞。

汪商扶痛而出,始初恨,后来付之一笑,叹口气道:"罢罢,天成天败,时也,运也,命也,数也!"遂将此一半残缎破绸,在衙门前,买几担稻草,周回围住,放了一把火,烧得烟尘飞起,火焰冲天。此时吾爱陶已是退堂,只道衙门前失火,急忙升堂,知得是汪商将残货烧毁,气得怒发冲冠,说道:"这厮故意羞辱咱家么?"即差士兵,快些拿来。一面吩咐地方扑灭了火,烧不尽的绸缎,任凭取去。众人贪着小利,顷刻间大桶小杓,担着水,泼得烟销火熄。吾爱陶又唤地方,吩咐众人不许乱取,可送入堂上,亲自分给。这句话传出来时,那烬余之物,已抢干净。及去擒拿汪商,哪知他放了火,即便登舟,复回旧路。顺风扬帆,向着下流直溜,也不知去多少路了。差人禀复,吾爱陶反觉没趣,恨恨而退。当时汪商若肯吃亏这十两银子,何至断送了万金货物,岂非为小失大? 所以说:

吃一分亏无量福,失便宜处是便宜。

其时有个王大郎,所居与税课衙门只隔一垣①,以杀猪造酒为业。家事富饶,生有二子。长子招儿,年十七岁,次子留儿,十三岁。家人伴当三四人,一家安居乐业。只是王大郎秉性粗直刚暴,出言无忌。地方乡里亲戚间,怪他的多,喜他的少。当日看见汪商之事,怀抱不平,趁口说道:"我若遇此屈事,哪里忍得过,只消一把快刀,搠他几个窟窿。"这话不期又被士兵们听闻。也是合当有事,王大郎适与儿子定亲,请着亲戚们吃喜酒,夜深未散。不想有个摸黑的小人,闪入屋里,却下不得手。便从空处,打个壁洞,钻过分司衙门,撬开门户,直入卧室,吾爱陶朦胧中,听得开箱笼之声,一时惊觉,叫声:"不好了! 有贼在此。"其时只为钱财,哪顾性命,精赤的跳下床捉贼。夫人在后房也惊醒了,呼叫家人起来。吾爱陶追贼出房,见门户尽开,口中大叫小厮快来拿贼。这贼被赶得急,掣转身挺刀就刺。吾爱陶命不当死,恰像看见的,将身望后一仰,那刀尖已矸着额角,削去了一片皮肉,更不敢近前。一时家人们,点起灯烛火把,齐到四面追寻。原来从间壁打洞过来的,急出堂,问了王大郎姓名,差士兵到其家拿贼。

---

①　垣(yuán)——矮墙;也泛指墙。

这王大郎合家,刚刚睡卧,虽闻分司喊叫捉贼,却不知在自家屋里过去的,为此不管他闲账。直到士兵敲门,方才起身开门。前前后后搜寻,并不见贼的影子。士兵回报说:"王大郎家门户不开,贼却不见。"吾爱陶道:"门户既闭,贼却从哪里去?"便疑心即是此人。就教唤王大郎来见,在烛光下仔细一认,仿佛与适来贼人相似。问道:"你家门户未开,如何贼却不见了,这是怎么说?"王大郎禀道:"今日小人家里,有些事体,夜深方睡。及至老爷差人来寻贼,才知从小人家里掘入衙中,贼之去来,却不晓得。"吾爱陶道:"贼从你家来去,门户不开,怎说不晓得?所偷东西,还是小事。但持刀搠伤本司,其意不良,所关非小,这贼须要在你身上捕还。"王大郎道:"小人哪里去追寻,还是老爷着捕人挨缉。"吾爱陶道:"胡说!出入由你家中,尚推不知,教捕人何处捕缉。"吩咐士兵押着,在他身儿上要人来。原来那贼当时心慌急急,错走入后园,见一株大银杏树,绿阴稠密,狠命爬上去,直到树顶,缩做一堆,分明像个鹊巢。家人执火,到处搜寻,但只照下,却不照上,为此寻他不着。等到两边搜索已过,然后下树,仍钻到王家。其中王大郎已被拿去,前后门户洞开,悄悄地溜出大门,所以不知贼的来踪去迹,反害了王大郎一家性命。正是:

　　枰龟烹不烂,贻祸到枯桑。

吾爱陶查点了所失银物,写下一单。清晨出衙,唤地方人问王大郎有甚家事,平日所为若何,家中还有何人。地方人回说:"有千金家私,做人则强梗,原守本分。有二子年纪尚小,家人倒有三四个。"吾爱陶闻说家事富饶,就动了贪心,乃道:"看他不是个良善之人,大有可疑。"随唤士兵问:"可曾获贼?"哪知这班士兵,晓得王大郎是个小财主,要赚他钱钞。王大郎从来臭硬,只自道于心无愧,一文钱,一滴酒,也不肯破悭。众人心中怀恨,想起前日为汪商的事,他曾说,只消一把快刀,搠几个窟窿的话,如今本官被伤额上,正与其言相合,不是他做贼是谁?为此竟带入衙内,将前情禀知。王大郎这两句话,众耳共闻,却赖不得,虽然有口难辩。吾爱陶听了,正是火上添油,更无疑惑,大叫道:"我道门又不开,贼从何处去,自然就是他了。且问你,我在此又不曾难为地方百姓,有甚冤仇,你却来行刺?"王大郎高声冤称诉辩,哪里作准。只叫做贼、行刺两款,但凭认哪一件罪,喝叫夹起来。皂役一声答应,向前拖翻,套上夹棍,两边尽力一收,王大郎便昏了去。皂隶一把头发揪起,渐渐醒转。吾家陶道:"赃物藏在何处,快些招来!"王大郎睁圆双眼,叫道:"你诬陷平人做贼,招什么?"吾爱陶怒骂道:"贼奴这般狠,我便饶你不成。"喝叫敲一百棒头。皂隶一五一十打罢,又问如今可招。王大郎嚷道:"就夹死也决不屈招。"吾爱陶道:"你这贼子熬得刑起,不肯招么?"教且放了夹棍,唤士兵吩咐道:"我想赃物,必还在家,可押他去跟同搜捕。"又回顾吏书,讨过一册白簿,十数张封皮,交与士兵说:"他家中所有,不论粗重什物,钱财细软,一一明白登记封好。虽一丝一粟,不许擅动。并带他妻儿家人来见。"王大郎两脚已是夹伤,身不由主,士兵扶将出去。妻子家人,都在衙前接着,背至家中,合门叫冤叫屈。士兵将前后门锁起,从内至外,欣天揭地,倒箱翻笼的搜寻。便是老忍洞、粪坑中、猪圈里,没一处不到,并无赃物。只把他家中所有,尽行点验登簿。封锁停当,一条索子,将王大郎妻子杨氏,长子招儿,并三个家人,一个大酒工,一个帮做生意姓王的伙计,尽都缚去。只空了一个丫头,两个家人妇。将子留儿,因去寻亲戚商议,先不在家,亦得脱免。

　　此时天已抵暮,吾爱陶晚衙未退,堂上堂下,灯烛火把,照耀如同白日。士兵带一干人进见,回复说赃物搜寻不出,将簿子呈上。吾爱陶揭开一看,所载财帛衣饰,器甲酒米之类甚多,说道:"他不过是个屠户,怎有许多东西,必是大盗窝家。"将簿子搁过,唤杨氏等问道:"你丈夫盗我的银物,藏在何处,快些招了,免受刑苦。"杨氏等齐声俱称:"并不曾做贼,哪得有赃?"吾爱陶道:"如此说来,到是图赖你了。"喝叫将杨氏拶起。王大郎父子家人等,一起尽上夹棍,夹的夹,拶的拶,号冤痛楚这声,震彻内外,好不凄惨。招儿和家人们,都苦痛不过,随口乱指,寄在邻家的,藏在亲戚家的,说着哪处,便押去起赃。可怜将几家良善平民,都搜干净,哪里有甚赃物。严刑拷问了几日,终无着落。王大郎已知不免一死,大声喊叫道:"吾爱陶你在此虐害商民,也无数了,今日又诬陷我一家。我生前决争你不过,少不得到阴司里,和你辩论是非。"吾爱陶大怒,拍案道:"贼子,你窃入公堂,盗了东西,反刺了我一刀,又说诬陷,要到阴司对证。难道阴司例律,许容你做贼杀人的私。你且在阳间里招了赃物,然后送你到阴司诉冤。"唤士兵吩咐道:"我晓得贼骨头不怕夹拶,你明日到府中,唤几名积年老捕盗来,他们自有猴狲献果、驴儿拔橛,许多吊法,务要究出真赃,好定他的罪名。"这才是:

前生结下此生冤，今世追偿前世债。

这捕人乃森罗殿前的追命鬼，心肠比钢铁还硬。奉了这个差使，将八个人带到空闲公所，分做四处吊拷，看所招相似的，便是实情。王大郎夫妻在一处，招儿、王伙计在一处，三个家人和酒大王，又分做两处。大凡捕人绷吊盗贼，初上吊即招，倒还落得便宜。若不招时，从上至下，遍身这一顿棍棒，打得好不苦怜。任你铜筋铁骨的汉子，到此也打做一个糍粑。所以无辜冤屈的人，不背招承，往往送了性命。当下招儿，连日已被夹伤，怎还经得起这般毒打，一口气收不来，却便寂然无声。捕人连忙放下，叫唤不醒了。飞至衙门，传梆报知，吾爱陶发出一幅朱单道：

王招儿虽死，众犯还着严拷，毋得借此玩法取罪。特谕。

捕人接这单看了，将各般吊法，逐件施行。王大郎任凭吊打，只是叫着吾爱陶名字，骂不绝口。捕人虽明白是冤枉，怎奈官府主意，不得不如此。唯念杨氏是女人，略略用情，其余一毫不肯放松。到第二日夜间，三个家人，并王伙计、酒大工，五命齐休。这些事不待捕人去禀，自有士兵察听传报。吾爱陶晓得王大郎詈骂，一发切齿痛恨。第三日出堂，唤捕人吩咐道：“可晓得么，王大郎今日已不在阳世了，你们好与我用情。”捕人答应晓得，来对王大郎道：“大郎你须紧记着，明年今日今时，是你的死忌，此乃上命差遣，莫怨我们。”王大郎道：“咳！我自去寻吾爱陶，怎怨着列位。总是要死的了，劳你们快些罢。”又叫声道：“娘子，我今去了，你须挣扎着。”杨氏听见，放声号哭说：“大郎，此乃前世冤孽，我少不得即刻也来了。”王大郎又叫道：“招儿，招儿！不能见你一面，未知可留得性命，只怕在黄泉相会是大分了。”想到此不觉落下几点眼泪。捕人道：“大郎好教你知道，令郎前晚已在前路相候，尊使五个人，昨夜也赶上去了。你只管放心，和他们人作伴同行。”王大郎听得儿子和众人俱先死了，一时眼内血泪泉涌，咽喉气塞，强要吐半个字也不能。众人急忙下手，将绳子套在颈项，紧紧扣住，须臾了账。可怜三日之间，无辜七命，死得不如狗彘①：

曾闻暴政同于虎，不道严刑却为钱。

三日无辜伤七命，游魂何处诉奇冤。

当下捕人即去禀说，王大郎已死。吾爱陶道：“果然死了？”捕人道：

---

① 狗彘——犹言猪狗。比拟行为卑劣的人。

"实是死了。"吾爱陶这士兵道:"可将这贼埋于关南,他儿子埋于关北,使他在阴司也父南子北。这五个尸首,总埋在五里之外,也教他不相望见。"士兵禀说:"王大郎自有家财,可要买具棺木?"吾爱陶道:"此等凶贼,不把他喂猪狗足矣,哪许他棺木。"又向捕人道:"那婆娘还要用心拷打,必要赃物着落。"捕人道:"这妇人还宜容缓处。"吾爱陶道:"盗情如何缓得?"捕人道:"他一家男子,三日俱死。若再严追,这妇人倘亦有不测,上司闻知,恐或不便。"吾爱陶道:"他来盗窃国课,行刺职官,难道不要究治的? 就上司知得何妨。"捕人道:"老爷自然无妨,只是小人们有甚缘故,这却当不起。"吾爱陶怒道:"我晓得捕人都与盗贼相通,今不肯追问这妇人,必定知情,所以推托。"喝教将捕人羁禁,带杨氏审问,待究出真情,一并治罪。把杨氏重又拶起,击过千余,手指尽断,只是不招。吾爱陶又唤过士兵道:"我料这赃物,还藏在家,只是你们不肯用心,等我亲自去搜,必有分晓。"即出衙门,到王大郎家来。

此时两个家人妇和丫头看守家里,闻知丈夫已死,正当啼啼哭哭。忽听见官府亲来起赃,吓得后门逃避。吾爱陶带了士兵,唤起地方人同入其家,又复前前后后搜寻。寻至一间屋中,见停着七口棺木,便叫士兵打开来。土兵禀说:"这棺木久了,前已验过,不消开看。"吾爱陶道:"你们那里晓得,从来盗贼,把东西藏棺木中,使人不疑。他家本是大盗窝主,历年打劫的财物,必藏在内。不然,岂有好人家停下许多棺木。"地方人禀说:"这棺木乃是王大郎的仪祖伯叔两代,并结发妻子,所以共有七口。因他平日悭吝,不舍得银钱殡葬,以致久停在家,人所共知,其中决无赃物。"吾爱陶不信,必要开看。地方邻里苦苦哀求,方才止了。搜索一番,依然无迹。吾爱陶立在堂中说道:"这贼子,你便善藏,我今也有善处。"吩咐上兵,把封下的箱笼,点验明白,尽发去附库。又唤各铺家,将酒米牲畜家伙之类,分领前去变卖,限三日内,易银上库登册,待等追出杨氏真赃,然后一并给还。又道:"这房子逼近私衙,藏奸聚盗,日后尚有可虞。着地方将棺木即刻发去荒郊野地,此屋改为营房,与士兵居住,防护衙门。"处置停当,仍带杨氏去研审。又问她次子潜躲何处,要去拘拿,此是他斩草除根之计。

可怜王大郎好端端一个家业,遇着官府作对,几日间弄得瓦解冰消,全家破灭,岂不是宿世冤仇! 商民闻见者,个个愤恨。一时远近传播,乡绅尽皆不平，向府县上司，为之称枉。有置制使行文与吾爱陶说："罪人不孥①，一家既死七人，已尽厥辜②。其妻理宜释放。"吾爱陶察听得公论风声不好，只得将杨氏并捕人，俱责令招保。杨氏寻见了小儿子，亲戚们商量说，如今上司尽知冤枉，何不去告理报仇。即刻便起冤揭遍送，向各衙门投词早冤。适值新巡按铁御史案临，察访得吾爱陶在任贪酷无比，杀王大郎一家七命，委实冤枉，乃上疏奏闻朝廷。其疏云：

> 臣闻理财之任，上不病国，下不病商，斯为称职。乃有吾爱陶者，典榷上游，分司重地，不思体恤黎元，培养国脉；擅敢变乱旧章，税及行人，专为刑虐，惟务贪婪。是以商民交怨，男妇兴嗟。吸髓之谣，久著于汉江；剥皮之号，已闻诸辇毂。昔刘晏桑弘羊，利尽锱铢，而未尝病国病民，后世犹说其聚敛。今爱陶兴商民作仇，为国有敛怨，其罪当如何哉！尤可异者，诬良民为盗，捏乌有为赃，不逾三日，立杀七人。掷遗骸于水滨，弃停槕于郊野；夺其室以居爪牙，攫其资以归囊橐③。冤鬼昼号，幽魂夜泣，行路伤心，神人共愤。夫官守各有职责，不容紊乱。商税榷曹之任，狱讼有司之事，即使盗情果确，亦当归之执法。而乃酷刑肆虐，致使阖门殒毙，天理何在，国法奚存！臣衔命巡方，职在祛除残暴，申理枉屈。目击奇冤，宁能忍默？谨据实奏闻，伏乞将吾爱陶下诸法司，案其秽滥之迹，究其虐杀之状，正以三尺，肆诸两观。庶国法申而民冤亦申，刑狱平而王道亦平矣。

圣旨批下所司，着确查究治。吾爱陶闻知这个消息，好生着忙。自料立脚不住，先差人回家，葺理房屋；一面也修个辩疏上奏，多赍④金银到京，托相知官员，寻门户挽回。其疏云：

> 臣谬以樗材⑤，滥司榷务；固知蚊负难胜，奚敢鼹饮自饱。莅任以来，矢心矢日，冰蘖宁甘，虽尺寸未尝少逾。以故商旅称为平衡，地方亦不以为不肖。而忌者的指臣为贪酷，捏以吸髓之谣，加以剥皮之

---

① 孥——同"奴"。
② 厥辜——其罪。
③ 囊橐——口袋，袋子。
④ 赍(jī)——怀着，抱着。
⑤ 樗(chū)材——犹言无用之才。自谦之词。

号。无风而波,同于梦呓,岂不冤乎?犹未已也,若乃借盗窃之事,砌情胪列,中以危法,是何心哉当盗入臣署攫金,觉而逐之,遂投刃以刺,幸中臣额,乃得不死。及追贼踪,潜穴署左,执付捕役,惧罪自尽。穷究党羽,法所宜然。此而不治,是谓失刑。忌者乃指臣为酷刑肆虐,不亦谬乎?岂必欲盗杀臣,而尽劫国课,始以为快欤?夫地方有盗,而有司不能问,反责臣执盗而不与,抑何倒行逆施之若是也。虽然,臣不敢言也,不敢辨也。何则?诚不敢撄忌者之怒也。唯皇上悯臣孤危孑立,早赐罢黜,以塞忌者之口,俾全首领于牖下,是则臣之幸也。

　　自来巧言乱听,吾爱陶上这辩疏,朝廷看到被贼刺伤,及有司不能清盗,反责其执盗不与,这段颇是有理。亦批下所司,看明具覆。其时乃中书门下侍郎蔡确当国,大权尽在其手,吾爱陶的相知,打着这个关节。蔡确授意所司,所司碍着他面皮,乃覆奏道:

　　　　看得吾爱陶贪秽之迹,彰彰耳目。虽强词涂饰,公论难掩。此不可一日仍居地方者矣。唯王大郎一案,窃帑①伤官,事必有因,死不为枉。有司弭盗无方,相应罚俸。未敢擅便,伏惟圣裁。

　　奏上,圣旨依拟将吾爱陶削职为民,速令去任,有司罚俸三月。他的打干家人得了此信,星夜兼程,赶回报知。吾爱陶急打发家小起身,分一半士兵护送。王大郎箱笼,尚在库上,欲待取去,踌躇未妥,只得割舍下来。

　　数日之后,邸报已到。铁御史行牌,将附库资财,尽给还杨氏,一面拿几个首恶士兵到官,刑责问遣。那时杨氏领着儿子和两个家人妇,到衙门上与丈夫索命。哭的哭,骂的骂,不容他转身。吾爱陶诚恐打将入去,吩咐把仪门头门紧拴牢闭了。地方人见他惧怕,向日曾受害的,齐来叫骂。便是没干涉的,也乘着兴喧喧嚷嚷,声言要放火焚烧,乱了六七日。吾爱陶正无可奈何,恰好署摄税务的官员到来。从来说官官相护,见百姓拼在衙门,体面不好看,再三善言劝谕,方才散解。放吾爱陶出衙下船,吩咐即便开去,岸上人预先聚下砖瓦土石,乱掷下去,叫道:"吾剥皮,你各色俱不放空,难道这砖瓦不装一船,回去造房子。"有的叫道:"吾剥皮,我们还

---

　　①　帑(tǎng)——国库,国库所藏的金帛。

送你些土仪回家,好做人事。"抬起大泥块,又打下去。这一阵砖瓦土石,分明下了一天冰雹。吾爱陶躲在舱中,只叫快些起篷。哪知关下拥塞的货船又多,急切不能快行。商船上又拍手高叫道:"吾剥皮,小猪船。人载船在此,何不来抽税?"又叫道:"吾剥皮,岸上有好些背包裹的过去了,也该差人拿住。"叫一阵笑一阵,又打一阵荟荟。吾爱陶听了,又恼又羞,又出不得声答他们一句,此时好生难过。正是:

　　饶君掬尽三江水,难洗今朝一面羞。

　　后来新提举到任,访得王大郎果然冤死。怜其无辜,乃收他的空房入衙,改为书斋,给银五百两与杨氏,以作房价。叫他买棺盛殓这七个尸骸,安葬弃下的这七口停椑。商民见造此阴德之事,无不称念,比着吾剥皮,岂非天渊之隔。这也不在话下。

　　再说吾爱陶离了荆州,由建阳荆门州一路水程前去。他家的小船,原期停于襄阳,等候同行。吾爱陶赶来会着,方待开船,只见向日差回去的家人来到,报说:"家里去不得了。"吾爱陶惊问:"为何?"家中人道:"村人道老爷向日做秀才,尚然百般诈害。如今做官,赚过大钱,村中人些小产业,尽都取了,只怕也还嫌少。为此鸣锣聚众,一把火将我家房屋,烧做白地。等候老爷到时,便要抢劫。"吾爱陶听罢,吓得面如土色道:"如此却怎么好?"他的奶奶,颇是贤明,日常劝丈夫做些好事,积此阴德,吾爱陶哪里肯听。此时闻得此信,叹口气道:"别人做官任满,乡绅送锦屏奉贺,地方官设席饯行,百姓攀辕卧辙,执香脱靴,建生祠,立下去思碑,何等光彩!及至衣锦还乡,亲戚远迎,官府恭贺,祭一祭祖宗,会一会乡党,何等荣耀!偏有你做官离任时,被人登门辱骂,不容转身。及至登舟,又受纳了若干断砖破瓦,碎石残泥。忙忙如丧家狗,汲汲如漏网鱼,亡命奔逃,如遭兵燹。及问家乡,却又聚党呼号,焚庐荡舍,摈弃不容,祖宗茔墓,不能再见。你若信吾言,何至有家难奔,有国难投?这样做官结果,千古来只好你一人而已。如今进退两难,怎生是好?"

　　吾爱陶心里正是烦恼,又被妻子这场数落,愈加没趣,乃强笑道:"大丈夫四海为家,何必故土。况吾乡远在西邮,地土瘠薄,人又粗鄙,有甚好处。久闻金陵建康,乃六朝建都之地,衣冠文物,十分蕃盛。从不曾到,如今竟往此处寓居。若土俗相宜,便入籍在彼,亦无不可。"定了主意,回船出江,直至建康。先讨个寓所安下,将士兵从役船只,打发回去,从容寻觅住居。因见四方商贾丛集,恐怕有人闻得姓名,前来物色戏侮,将吾下口字除去,改姓为五,号湖泉,即是爱陶的意思。又想从来没有姓五的,又添上个人字傍为伍。吩咐家人只称员外,再莫提起吾字。自此人都叫他是伍员外。买了一所大房屋住下,整顿得十分次第。不想这奶奶因前一气成疾,不久身亡。吾爱陶舍不得钱财,衣衾棺椁,都从减省。不过几时,那生儿女的通房,也患病而死。吾爱陶买起坟地,一起葬讫。

那吾爱陶做秀才时,寻趁闲事,常有活钱到手。及至做官,大锭小锞,只搬进来,不搬出去,好不快活。到今日日摸出囊中物使费,如同割肉,想道:"常言家有千贯,不如日进分文。我今虽有些资橐,若不寻个活计,生些利息,到底是坐吃山空。但做买卖,从来未谙,托家人恐有走失。置田产我是罢闲官,且又移名易姓,改头换面,免不得点役当差,却做甚的好?"忽地想着一件道路,自己得意,不觉拍手欢喜。你道是甚道路? 原来他想着,如今优游无事,正好寻声色之乐。但当年结发,自甘淡泊,不过裙布荆钗。虽说做了奶奶,也不曾奢华富丽。今若娶讨姬妾,先要去一大注身价。讨来时,教他穿粗布衣裳,便不成模样,吃这口粗茶淡饭,也不成体面。若还日逐锦衣玉食,必要大费钱财,又非算计。不如拚几千金,娶几个上好妓女,开设一院,做门户生涯,自己乘间便可取乐,捉空就教陪睡。日常吃的美酒佳肴,是子弟东道,穿的锦绣绫罗,少不得也有子弟相赠,衣食两项,已不费己财。且又本钱不动,夜夜生利,日日见钱,落得风流快活。便是陶朱公也算不到这项经营。况他只有一个西子,还吃死饭,我今多讨几妓,又赚活钱,看来还胜他一筹。

思想着古时姑臧太守张宪,有美妓六人:奏书者号传芳妓,酌酒者号龙津女,传食者号仙盘使,代书札者号墨娥,按香者号麝姬,掌诗稿者号双清子。我今照依他,也讨六妓。张老只为自家独乐,所以费衣费食。我却要生利生财,不妨与众共乐。自此遂讨了极美的粉头六个,另寻一所园亭,安顿在内。分立六个房户,称为六院。也仿张太守所取名号:第一院名芳姬,第二院名龙姬,第三院名仙姬,第四院名墨姬,第五院名香姬,第六院名双姬。每一院各有使唤丫环四人,又讨一个老成妓女,管束这六院姊妹。此妓姓李名小涛,出身钱塘,转到此地,年纪虽有二十七八,风韵犹佳,技艺精妙。又会凑趣奉承,因此甚得吾爱陶的欢心,托她做个烟花寨主。这六个姊妹,人品又美又雅,房帏铺设又精,因此伍家六院之名,远近著名,吾爱陶大得风流利息。

一日有个富翁,到院中来买笑追欢,这富翁是谁? 便是当年被吾爱陶责罚烧毁残货的汪商。他原曾读诗书,颇通文理。为受了这场荼毒,遂誓不为商,竟到京师纳个上舍,也要弄个官职。到关西地面,寻吾爱陶报雪这口怨气。因逢不着机会,未能到手,仍又出京。因有两个伙计,领他本钱,在金陵开了个典当,前来盘账。闻说伍家六院姊妹出色,客中寂寞,闻知有此乐地,即来访寻。也不用帮闲子弟,只带着一个小厮。问至伍家院中,正遇着李小涛。原来却是杭州旧婊子,向前相见,他乡故知,分外亲热,彼此叙些间阔的闲话。茶毕,就教小涛引去,会一会六院姊妹。果然人物美艳,铺设富丽,汪商看了暗暗喝彩,因问小涛:"伍家乐户,是何处人,有此大本钱,觅得这几个丽人,聚在一处?"小涛说:"这乐户不比寻常,原是有名目的人。即使京师六院教坊会着,也须让他坐个首席。"汪商笑道:"不信有这个大来头的龟子。"小涛附耳低言道:"这六院主人,名虽姓伍,本实姓吾。三年前曾在荆州做监税提举,因贪酷削职,故乡人又不容归去,为此改姓名为伍湖泉,侨居金陵。拿出大本钱,买此六个佳人,做这门户生涯,又娶我来,指教管束。家中尽称员外,所以人只晓得是伍家六院。这话是他家人私对我说的,切莫泄漏。"汪商听了,不胜欢喜道:"原来却是吾剥皮在此开门头赚钱,好,好,好。这小闸上钱财,一发趁得稳。但不知偷关过的,可要抽一半入官? 罢罢,他已一日不如一日,前恨一笔勾销。倒再上些料银与他,待我把这六院姐妹,软玉窝中滋味尝遍了,也胜似斩这眼圈金线、衣织回文、藏头缩尾、遗臭万年的东西一刀。"

小涛见他絮絮叨叨说这许多话,不知为甚,忙问何故。汪商但笑不答,就封白金十两,烦小涛送到第一院去嫖芳姬。欢乐一宵,题诗一绝于壁云:

　　昔日传芳事已奇,今朝名号好相齐。

　　若还不遇东风便,安得官家老奏书。

又封白金十两,送到第二院去嫖了龙姬。也题诗一绝于壁,云:

　　酌酒从来金筁罗,龙津女子夜如何。

　　如今识破吾堪伍,渗齿清甜快乐多。

又封白金十两,送到第三院去嫖了仙姬。也题诗一绝于壁,云:

　　百味何如此味膻,腰间仗剑斩奇男。

和盘托出随君饱,善饭先生第几餐。

又封白金十两,送到第四院去嫖了墨姬。也题诗一绝于壁,云:

相思两字写来真,墨饱诗枯半夜情。

传说九家村里汉,阿翁原是点筹人。

又封白金十两,送到第五院去嫖了香姬。也题诗一绝于壁,云:

爱尔芳香出肚脐,满身柔滑胜凝脂。

朝来好热湖泉水,洗去人间老面皮。

又封白金十两,送到第六院去嫖了双姬。也题诗一绝于壁,云:

不会题诗强再三,杨妃捧砚指尖尖。

莫羞五十黄荆杖,买得风流六院传。

汪商撒漫六十金,将伍家院子六个粉头尽都睡到。到第七日,心中暗想,仇不可深,乐不可极。此番报复,已堪雪恨,我该去矣。另取五两银子,送与小涛。方待相辞,忽然传说员外来了。只见吾爱陶摇摆进来,小涛和六院姊妹,齐向前迎接。原来吾爱陶定下规矩,院中嫖账,逐日李小涛掌记。每十日亲来对账,算收夜钱。即到各院,点简一遭,看见各房壁中,俱题一诗,寻思其意,大有关心,及走到外堂,却见汪商与六院姊妹作别。汪商见了爱陶,以真为假。爱陶见了汪商,认假非真,举手问尊客何来。汪商道:“小子是徽商水客,向在荆州。遇了吾剥皮,断送了我万金货物。因没了本钱,跟着云游道人,学得些剑术,要图报仇。哪知他为贪酷坏官,乡里又不容归去。闻说躲在金陵,特寻至此。却听得伍家六院,姊妹风流标致,身边还存下几两余资,譬如当日一并被吾剥皮取去,将来送与众姊妹,尽兴快活了六夜。如今别去,还要寻吾剥皮算账,可晓得他住在哪里么?”这几句诨话,惊得吾爱陶将手乱摇道:“不晓得,不晓得。”即回过身叫道:“丫头们快把茶来吃。”口内便叫,两只脚急忙忙的走入里面去了。汪商看了说道:“若吾剥皮也是这样缩入洞里,便没处寻了。”大笑出门。又在院门上,题诗一首而去,诗云:

冠盖今何用,风流尚昔人。

五湖追故迹,六院步芳尘。

笑骂甘承受,贪污自率真。

因忘一字耻,遗臭万年新。

他人便这般嘲笑,哪知吾爱陶得趣其中,全不以为异。分明是粪缸里的蛆虫,竟不觉有臭秽。看看一日又一日,一年又一年,吾爱陶儿女渐渐长成,未免央媒寻觅亲事。人虽晓得他家富饶,一来是外方人,二来有伍家六院之名,哪个肯把儿女与他为婚。其子原名吾省,因托了姓伍,将姓名倒转来,叫做伍省吾。爱陶平日虽教他读书,常对儿子说:"我侨居于此,并没田产,全亏这六院生长利息。这是个摇钱树,一摇一斗,十摇成石,其实胜置南庄田,北庄地。你后日若得上进,不消说起。如无出身日子,只守着这项生涯,一生吃着不尽了。"每到院中,算收夜钱,常带着儿子同走。他家里动用极是淡薄,院中尽有酒肴,每至必醉饱而归。这吾省生来嗜酒贪嘴,得了这甜头,不时私地前去。便遇着媒客吃剩下的东西,也就啖些,方才转身。更有一件,却又好赌。摸着了爱陶藏下的钱财,背着他眼,不论家人小厮、乞丐花子,随地跌钱,掷骰打牌,件件皆来,赢了不歇,输着便走。吾爱陶除却去点简六院姊妹,终日督率家人,种竹养鱼,栽葱种菜,挑灰担粪喂猪,做那陶朱公事业。照管儿子读书,到还是末务,所以吾省乐得逍遥。

一日吾爱陶正往院中去,出门行不多几步,忽然望空作揖,连叫:"大郎大郎,是我不是了,饶了我罢!"跟随的家人,到吃了一惊,叫道:"员外,怎的如此?"连忙用手扶时,已跌倒在地。发起谵语道:"吾剥皮,你无端诬陷,杀了我一家七命,却躲在此快乐受用,叫我们哪一处不寻到。今日才得遇着,快还我们命来!"家人听了,晓得便是向年王大郎来索命,吓得冷汗淋身,奔到家中,唤起众仆抬归,放在床上。询问小官人时,又不知哪里赌钱去了,只有女儿在旁看觑。吾爱陶口中乱语道:"你前日将我们夹拶吊打,诸般毒刑拷逼,如今一件件也要偿还,先把他夹起来。"才说出这话,口中便叫疼叫痛。百般哀求,苦苦讨饶,喊了一会,又说一发把拶子上起。两支手就合着叫痛。一会儿,又说:"且吊打一番。"话声未了,手足即翻过背后,攒做一簇,头项也仰转,紧靠在手足上。这哀号痛楚,惨不可言。一会儿又说:"夹起来!"夹过又拶,拶过又吊,如此三日,遍身紫黑,都是绳索棍棒捶击之痕。十指两足,一起堕落。家人们备下三牲祭礼,摆在床前,拜求宽恕。他却哈哈冷笑,末后又说:"当时我们,只不曾上脑箍,今把他来尝一尝,算作利钱。"顷刻涨得头大如斗,两眼突出,从额上回转一条肉痕直嵌入去。一会儿又说:"且取他心肝肠子来看,是怎样生的这般狠毒。"须臾间,心胸直至小腹下,尽皆溃烂,五脏六腑,显出在外,方才气断身绝。正是：

> 劝人休作恶，作恶必有报。

> 一朝毒发时，苦恼无从告。

爱陶既死，少不得衣棺盛殓。但是皮肉臭腐，难以举动，只得将衣服覆在身上，连衾褥卷入棺中，停丧在家。此时吾省，身松快活，不在院中吃酒食，定去寻人赌博。地方光棍又多，见他有钱，闻香嗅气的，挨身为伴，取他的钱财。又哄他院中姊妹，年长色衰，把来脱去，另讨了六个年纪小的，一入一出，于中打骗手，倒去了一半。那家人们见小主人不是成家之子，都起异心，陆续各偷了些东西，向他方去过活。不勾几时，走得一个也无，单单只剩一个妹子。此时也有十四五岁，守这一所大房，岂不害怕。吾省计算，院中房屋尽多，竟搬入去住下，收夜钱又便。大房空下，货卖与人，把父亲棺木，抬在其母坟上。这房子才脱，房价便已赌完。两年之间，将吾爱陶这些囊橐家私，弄个罄尽。院中粉头，也有赎身的，也有随着孤老逃的，倒去了四个，那妹子年长知味，又不得婚配，又在院中看这些好样，悄地也接个嫖客。初时怕羞，还瞒着了哥子。渐渐熟落，便明明的迎张送李，吾省也恬不为怪，到喜补了一房空缺。

再过几时，就连这两个粉头，也都走了，单单只剩一个妹子，答应门头。一个人的夜合钱，如何供得吾省所需？只得把这院子卖去，燥皮几日，另租两间小房来住。虽室既卑，妹子的夜钱也减，越觉急促。看看衣服不时，好客便没得上门，妹子想起哥哥这样赌法，贴他不富，连我也穷。不如自寻去路，为此跟着一个相识孤老，一溜烟也是逃之夭夭。吾省这番，一发是花子走了猴狲，没甚弄了。口内没得吃，手内没得用，无可奈何，便去撬墙掘壁掏摸过日。做个几遍，被捕人缉访着了，拿去一吊，锦绣包裹起来的肢骨，如何受得这般苦痛？才上吊，就一一招承。送到当官，一顿板子，问成徒罪，刺了金印，发去摆站，遂死于路途。吾爱陶那口棺木，在坟不能入土，竟风化了。这便是贪酷的下梢结果。有古语为证：

> 行藏虚实自家知，祸福因由更问谁。

> 善恶到头终有报，只争来早与来迟。

第 九 回

玉箫女再世玉环缘

　　花色妍,月色妍,花月常妍人未圆,芳华几度看。生自怜,死自怜,生死因情天也怜,红丝再世牵。

　　此阕小词,名曰长相思,单题这玉环缘故事的,大概从来儿女情深,欢爱正浓之际,每每生出事端,两相分析①。闪下那红闺艳质,离群索影,寂寞无聊,盼不到天涯海角,望断了雁字鱼书。捱白昼,守黄昏,幽愁思怨,悒郁感伤,不知断送了多少青春年少。岂不可惜!岂不可怜!相传古来有个女子,登山望夫,身化为石;又有个情女,不舍得分离,身子痴卧床寝,神魂儿却赶上丈夫同行;韩朋夫妇,死为比翼鸟。此皆到情浮感,精诚凝结所致,所以论者说,情之一字,生可以死,死复可以生,故虽天地不能违,鬼神不能间。如今这玉环缘,正为以情而死,精灵不泯,再世里寻着了赠环人,方偿足了前生愿。此段话头,说出来时,直教:

　　有恨女郎须释恨,无情男子也伤情。

　　话说唐代宗时,京兆县有个官人,姓韦名皋,表字武侯。其母分娩时,是梦非梦,见一族人,推着一轮车儿,车上坐一丈夫,纶巾鹤氅②,手执羽扇,称是蜀汉卧龙,直入家中。惊觉来,便生下韦皋。其父猜详梦意,分明是诸葛孔明样子,因此乳名就唤做武侯,从幼聘张延赏秀才之女芳淑为婚。何期那延赏一旦风云际会,不上十余年,官至西川节度使。夫人苗氏,只生此女,不舍得远离,反迎女婿,到任所成亲。韦皋本孔明转生,自与凡人不同,生得英伟倜傥,意气超迈。虽然读书,要应制科,却不效儒生以章句为工,落落拓拓的,志大言大,出语伤时骇俗。张延赏以自己位高爵尊,颇自矜重。看了女婿这般行径,心里好生不喜,语言间未免有些规训,礼节上也多有怠慢。韦皋正是少年心性,怎肯甘心承受,见丈人恁般

---

　　① 分析——分离,分别。
　　② 鹤氅——鸟羽所制的裘。后来也专称道服。

相待，愈加放肆。因此翁婿渐成嫌隙，遂至两不相见。

　　那苗夫人眼内却识好人，认定了女婿是个未发迹的贵人，十分爱重。常劝丈夫道："韦郎终非池中物，莫小觑了他。"延赏笑道："狂妄小子，必非远大之器，可惜吾女错配其人。"苗夫人劝他不转，恐翁婿伤了情面，从中委曲周全。又喜得芳淑小姐知书达理，四德兼备，夫妻偕好，鱼水如同。以下童仆婢妾，通是小人见识，但知趋奉家主，哪里分别贤愚。见主人轻慢女婿，一般也把他奚落。韦皋眼里看不得，心里气不过，叹口气道："古人有诗云：'醴酒不设①穆生去，缊袍②不解范叔寒。'我韦皋乃顶天立地的男子，如何受他的轻薄？不若别了妻子，图取进步。偏要别口气，夺这西川节度使的爵位，与他交代，那时看有何颜面见我！"遂私自收拾行装，打叠停当，方与妻子相辞。也不去相辞丈人，单请苗夫人拜别。可怜芳淑小姐，涕泣牵衣，挽留不住，好生凄惨。作丈夫的却掴手不顾，并不要一个仆人相随。自己背上行李，奔出节度使衙门，大踏步而去，头也不转一转。正是：

　　　　仰天大笑出门去，白眼看他得意人。

　　韦皋一时愤气出门，原不曾定往何地，离了成都，欲待还家，却又想道："大丈夫局促乡里，有甚出息。不如往别处行走，广些识见，只是投奔兀谁好？"又转一念道："想四海之大，何所不容，且随意行去，得止便止。"遂信步的穿州撞府，问水寻山，游了几处，却不曾遇见一个相知。看看盘缠将尽，猛然想起江夏姜使君与父亲有旧，竟取路直至江夏城中，修刺通候。原来这姜使君，双名齐胤，官居郡守。为与同僚不合，挂冠而归，年已五旬之外。夫人马氏，花多实少，单单留得一位公子，名曰荆宝，年方一十五岁，合家称为荆宝宫。姜使君因为儿子幼小，又见时事多艰，遂绝意仕宦，优游林下，课子读书。当下问说是京兆韦郎拜访，知是故人之子，忙出迎接，叙问起居，随唤荆宝出来相见。使君吩咐儿子道："年长以倍，则父

---

①　醴(lǐ)酒不设——《汉书·楚元王传》："初，元王敬礼申公等，穆生不耆(嗜)酒，元王每置酒，常为穆生设醴。及王即位，常设后忘设焉。穆生退曰：'可以逝矣！醴酒不设王之意怠，不去，楚人将钳我于市。'"后因称对人敬礼渐减为"醴酒不设"。

②　缊(tì)——粗绨做的袍，指不忘旧情。

事之,十年以长,则兄事之;裁在古礼,理合如此。今韦郎长你十来岁,当以兄事之。"荆宝领命,自此遂称为韦家哥哥。韦皋也请拜见夫人,以展通家之谊。姜使君整治酒席洗尘,馆于后园书室,礼待十分亲热。更兼公子荆宝,平日抱束书堂,深居简出,没甚朋友来往。今番韦皋来至,恰是得了一个相知,不胜欢喜,朝夕相陪,殷勤款洽,唯恐不能久留。

　　韦皋念其父子多情,不忍就别,盘桓月余,欲待辞去。不道是时朝廷乏才任使,下诏推举遗逸①。却有个谏议大夫,昔年曾为姜使君属吏,深得荫庇,因感念旧恩,特荐其有经济之才,可堪重任。圣旨准奏,即起用。姜使君久罢在家,梦里不想有人荐举,若还晓得些风声,也好遣人赶到京师,向当道通个关节,择个善地。那清水生活,谁肯把美缺送你呢?竟铨除了洮州刺史。这所在乃边要地,又限期走马上任,兵部差人赍诰身,直送至家中。亲戚们都道复起了显官,齐来庆贺。哪知姜使君反添了一倍烦恼。韦皋知其心绪不佳,即使作别。姜使君哪里肯放,说道:"老夫年齿渐衰,已无意用世,不想忽有此命。圣旨严急,势不容辞,只得单骑到任,勉支一年半载,便当请告。儿子年纪尚小,恐我去后,无人拘管,必然荒废。更兼家中诸事,老妻是个女流,只得屈留贤侄在此,一则与荆宝读书,成其学业,二来家间事体,有甚不到处,也乞指点教导。尊大人处可作一书,老夫入关便道,遣人送去,量不见责。"韦皋见其诚恳,只得领命。此时正是八月末旬,姜使君也不便择吉,即日带领几个童仆启程。韦皋同了荆宝,送至十里长亭而别。正是:

　　　　别酒莫辞今日醉,故乡知在几时回。

　　姜使君去后,马夫人综理家政。荆宝与韦皋相资读书。但年幼学识尚浅,见韦皋学问广博,文才出众,心中折服。名虽相资,实以师长相待,致敬尽礼,不敢丝毫怠慢,所以韦皋心上也极相爱。荆宝虽与韦皋同读书,只三六九会文,来至园中,余日自在宅内书房。时值十月朔旦,韦皋到马夫人处请安,荆宝留入一个书房待茶。大抵大家书房,不止一处,这所在乃荆宝的内书房,外人不到之地。以韦皋是通家至友,故留在此。走过回廊,步入室中,只见一个青衣小鬟,年可十余岁,独自个倚栏看花,见有人入来,即往屏后急走。荆宝笑道:"此是韦家哥哥,不是外人,可见一礼

---

　　①　遗逸——闲居于民间的奇才。

便了，不消避得。"小鬟依言，向前深深道个万福。荆宝说："韦家哥哥在此，你可烹一壶香茶送来。"小鬟低低应声晓得而去。韦皋听了想道："若论是个婢子，却不该教他向我行礼；若是亲族中之女，又不该教他烹茶送来，毕竟此女是谁？"虽则怀疑，却不好问得。不多时小鬟将茶送到，取过磁瓯斟起，恭恭敬敬的，先递与韦皋，后送荆宝。韦皋举目仔细一觑，眉目清秀，姿容端丽，暗地称羡道："此女长成起来，虽非绝色，却也是个名姝。"小鬟送荼毕，荆宝道："你去唤小厮们来答应。"小鬟领命回身。

韦皋又看她行动从容飘逸，体段娉婷，耐不住，只问道："小婢何名？"荆宝道："此非婢也，乃乳母之女。小字玉箫，年纪小我四岁，从幼陪伴学中读书，她也粗粗的识得几字。前年父母并亡，宗族疏远，唯依我为亲。我亦喜她性格温柔，聪明敏慧，又好洁爱清，喜香嗜茗。至于整理文房书集，并不烦我吩咐，所以弟入内室，便少她不得。"韦皋道："原来如此。贤弟于飞①后，定当在小星之列矣。"荆宝道："乳母临终时，倒有此意，小弟却无是心。"韦皋道："这又何故！"荆宝道："乳娘列在八母。他的女儿，虽当不得兄妹，何忍将她做通房下贱之人。等待长成，备些妆奁，觅个对头，成就她一夫一妇，少报乳母怀哺之情，这便是小弟本念。"韦皋道："贤弟此念甚好。然既系乳母之女，又要一夫一妇，上一辈人，料必不来娶她。倘所托非人，如邯郸才人②，下嫁厮养卒，便肮脏此女一生，岂不可惜？贤弟名虽爱之，实是害她了。况看此女，姿态体格，必非风尘中人，贤弟还宜三思斟酌。"这番话，本是就事论事，原出无心。哪知荆宝倒存了个念头，口中便谢道："哥哥高见，小弟愚昧，虑不及此。"心里想道："韦家哥莫非有意此女么？乳娘原欲与我为通房，若托付与韦家哥哥，便如我一般了，有何不可？"又转念道："我虽如此猜，却不知韦家哥果否若何，休要轻率便去唐突他。且再从容试探，别作道理。"

自此之后，荆宝每到园中，即呼玉箫捧书随去。日常又教玉箫烹茶，送与韦皋，习以为常，往来无间。这女子一来年纪尚小，二来奉荆宝之命，三来见荆宝将韦皋相待如嫡亲哥子，她也便当做自家人，为此日亲日近，

---

①　于飞——于，作吾助，无义。本指凤和凰相偕而飞，后来用为夫妻和谐的比喻。

②　邯郸才人——即邯郸卢生。

略无嫌避。常言不见所欲，使心不乱。韦皋本是个好男子，平日原不在女色上做工夫。初见玉箫，不过羡其姿态，他日定是个丽人。分明马上看花，但过眼即忘，何尝在意。及至常在眼前行走，日渐长成，趋承应对之间，又不轻佻，却自有韵度。韦皋此时这点心花，未免被其牵动。每在语言之中、使唤之际，窥探她的情窦如何。这般个聪明智慧的女子，有甚不理会？心里虽渐渐明白，却不露一毫儿圭角①。荆宝从闲中着意，冷眼旁观，已晓得韦家哥留恋此女，意欲再待几年，等玉箫长大，送与他为妾。又虑着张小姐嫉妒不容，反而误此女终身，以此心上复又不决。哪知：

　　落花有意随流水，流水多情恋落花。

　　韦皋在姜使君家里，早又过了两个年头，时当暮春天气，姜荆宝偶染小病，连日不至园中，独坐无聊，不觉往事猛上心来，想着丈人把我如此轻慢，真好恨也。叹口气道：“人生在世，若非出将入相，这文经武略，从何处发挥？然而英雄无用武之地，纵有纬地经天的手段，终付一场春梦。怎得使这班眼孔浅的小人，做出那前倨后恭的丑态？”又想：“岳母苗夫人，这般看待，何日得扬眉吐气，拜将封侯，教他亲见我富贵，在丈人面前，还话一声。”又想：“淑芳小姐贤惠和柔，工容兼美。没来由成婚未久，一时间赌气出门：抛别下她，孤单悬望，我在此又挂肚牵肠。若功名终不到手，知道何日相见，夫妻重聚。”想到此地，这被窝中恩爱，未免在念头上经过一番。正当思念之际，抬头忽见玉箫，一手执素白纨扇，一手提一大壶酒，背后跟着一个十来岁的小童，双手捧一盒子，走将入来。韦皋见了，急忙起身迎住，问道：“荆宝哥身子若何了？”玉箫道：“多谢记念，今日觉得健旺，已梳头了。想着韦家哥，书房中牡丹盛开，欲要来同赏，因初愈不敢走动，叫送壶酒来，自己消遣。”口中便说，将纨扇放下，忙揭开盒子，将酒肴摆在桌上。韦皋笑道：“我正想要杯酒儿赏花，不道荆宝哥早知我意，劳玉姐送来，叫我怎生消受。”玉箫道：“今早老夫人到鹦鹉洲去看麦，家中男女大小，去了大半。其余的又乘夫人不在家，荆宝官放假，都到城外踏青。只存门上人和这小厮在家，为此叫玉箫送来。”韦皋说：“可知道两个书童说，已禀过荆宝官，往郊外去烧香，教看园老儿在此答应。如今连这

---

　　① 圭角——圭玉的棱角，犹言锋芒。

老头儿不知向哪处打瞌睡了。"看那按酒①的，乃是鹿脯、鹅鲜、火肉、腊鹅、青梅、绿笋、瓜子、莲心，共是八碟。玉箫将过一只大银杯斟起，递至面前说："韦家哥哥请酒。"韦皋道："怎好又劳玉姐斟酒，你且放下，待我自斟自饮，从容细酌。"玉箫道："也须乘热，莫待寒了再暖。"韦皋笑道："只要壶中不空，就冷些也耐得。"玉箫遂把酒壶放在桌上，取了纨扇，和着小厮走出庭前。

　　此时玉箫年方一十三岁，年纪稍长，身子越觉苗条，颜色愈加娇艳，唇红齿白，眉目如画。韦皋数杯落肚，春意满腔，心里便有三分不老实念头。欲待说几句风流话，云拨动她春心，又念荆宝这般的美情，且是他乳娘之女，平日如兄若妹，怎好妄想，勉强遏住无名相火。一头饮酒，冷眼瞧玉箫，在牡丹台畔，和着小厮，举纨扇赶扑花上碟儿。回身慢步，转折蹁跹，好不轻盈袅娜！韦皋心虽按定，那两脚却拿不住，不觉早离了座位，也走到花边，说道："玉姐，蝶儿便扑，莫要扑坏了花心。"玉箫听了，心头暗解，未免笑了笑，面上顷刻点上两片胭脂。遂收步敛衣，向花停立，微微吁喘。韦皋此际，神魂摇动，方寸萦乱，狂念顿起，便欲邀来同吃杯酒儿。又想情款未通，不好急遽；且又有小厮在旁碍眼，却使不得。那一点邪焰，高了千百丈，发又发不出，遏又遏不住，反觉无聊无赖，仍复走去坐下，暗叹道："这段没奈何的春情，教我怎生发付他。"踌躇一番，乃道："除非如此如此，探个消耗②，事或可谐。倘若不能，索性割断了这个痴念，也省得恼人肠肚。"手中把酒连饮，口中即咿咿唔唔的吟诗。玉箫喘息已止，说道："韦家哥哥，慢慢的饮，我先去也。"韦皋道："且住。我方作赏花诗，要送荆宝官看，却乏笺纸，欲用玉姐纨扇，写在上面，不知肯否？"玉箫道："这把粗扇，得韦家哥的翰墨在上，顿生光彩了，有何不肯。"即将纨扇递上，韦皋接来举笔就写。临下笔，又把玉箫一看，才写出几行不真不草的行书。前边先写诗柄道："春暮客馆，牡丹盛开。姜伯子遣侍玉姬送酒，对花把盏，偶尔记兴。"后写诗云：

　　　冉冉年华已暮春，花光人面转伤神。
　　　多情蝴蝶魂何在，无语流莺意自真。

---

①　按酒——下酒。
②　耗——消息音信。

　　千里有怀烹伏妇，五湖须载苎萝①人。

　　月明此夜虚孤馆，好比桃源一问津。

　　写罢，递与玉箫道："烦玉姐送上荆宝官，有兴时，可也和一首。"玉箫细看这诗，虽然识得字，却解不出意思，更兼有几个带草字儿不识，逐一细问。韦皋一面教，一面取过大茶瓯，将酒连饮。须臾间，吃得个壶无余滴，大笑道："我兴未阑，壶中已空。玉姐可与荆宝官，再取一壶送来，以尽余兴。"玉箫应诺，留下果菜，教小童拿着空壶，回见荆宝，说："韦家哥见送酒去，分外欢喜，只是气象略狂荡了些，比不得旧时老成了。"荆宝问怎样狂荡，玉箫乃将扑蝶的冷话说出。荆宝笑道："读书人生就这般潇洒，有甚不老成。"玉箫又道："他又做甚牡丹诗，写在我扇上，教送荆宝官看，若有兴，也和一首。"即将扇儿递与。又道："他写罢把大瓯子顷刻饮个干净，道尚未尽兴，还要一壶。"荆宝道："兴致既高，便饮百壶也何妨。"看罢扇上所题，点头微笑道："韦家哥风情动矣。"暗想："我向有此心，一则玉箫年幼，二来未知张小姐心性若何。故迟疑未决。看这诗，分明是求亲文启，我不免与他一个回帖。"吟哦一回，拈笔就扇上依韵题诗八句，也是不真不草的行书。写毕又想："若把此情与玉箫说明，定不肯去。我且含糊，只叫她送酒，其间就里，等两人自去理会。"遂把扇递与玉箫道："你可再暖五壶酒，连这扇和小厮同去，送与韦家哥哥，须劝他开怀畅饮，方才有兴。"玉箫道："天色将晚，园中冷静，我不去罢。"荆宝道："今夜是三月十六，团圆好日。天气清朗，月色定佳，便晚何妨，若怕冷静，就住在彼。"玉箫听了便道："荆宝官，这是什么话？"荆宝笑道："你道怕冷静，所以我是这般说。你莫心慌，此际家人们将次回来，少不得还送夜饭来哩。"玉箫领命，忙去暖酒，荆宝又悄地吩咐小童先还。

　　不一时，玉箫将酒暖得流热，把与小童，捧着同往。临行，荆宝又叮咛道："韦家郎君，便是我嫡亲哥哥一般，你服侍他即如服侍我，莫生怠慢。"玉箫不知就里，只得答应声晓得了。一头走，一头思想："荆宝官这些话，没头没脑，不知是甚意思？"心头方想，脚尘已早到园中。韦皋正在牡丹花下，背着手团团的走来走去的，想着玉箫，恨不能一时到手。又想荆宝情况甚厚，恐看出诗句意味，恼我轻狂无赖。又怕玉箫，嗔怪挑拨他，在荆

　　① 苎(zhù)萝——相传苎萝山为春秋时越国美女西施的出生地。

宝面前,增添几句没根基的话。这场没趣,虽不致当面抢白,我却无比颜脸见她。正当胡思乱想,蓦地背后叫声:"韦家哥哥,又送酒来了。"这娇滴滴声音,正是可意冤家。喜得满面生花,急转身来迎,已知荆宝无有愠意,一发放胆说道:"玉姐如何去了这一会,叫我眼都望穿了。"玉箫笑道:"怎地这般猴急?"韦皋道:"花意正好,酒兴方来,急切不能到口,把我弄得不醉不醒,不上不下,可不要死了么? 如今你来便好,救命的到了。"玉箫笑道:"难道酒是韦家哥哥的性命?"韦皋笑道:"我原是以酒为命的,但救命还须玉姐。"玉箫听了,脸色顿改,说道:"韦家哥哥,如何这般啰唣起来,莫非醉了。"韦皋赔着笑脸,作个揖道:"一时戏言,得罪休怪。"玉箫道:"韦家哥放尊重些。倘小厮进去,说与荆宝官并夫人知道,成甚体面。"韦皋此际方寸着迷,已忘怀有小童在旁,被这一言点醒,直回转头来,喜得小童已是不在。原来这小厮奉着主命,放下酒就回,所以连玉箫也不觉得。

当下玉箫道:"只管闲讲,却忘了正事。"将纨扇递与韦皋说:"荆宝官已和一诗在上,教送你观看。"韦皋接扇看毕,不觉乱跳乱叫道:"妙,妙!好知己,好知己!"玉箫道:"为何这般乱叫起来?"韦皋不答应,连连把书房门掩上,扯过一张椅儿,即便来携玉箫手道:"请坐了,我好与你吃同罗杯。"玉箫将衣袖一摆,涨红面皮说:"你从来不曾这般轻薄,今日怎地做出许多丑态,捏手捏脚,像甚规矩?"韦皋道:"我若要轻薄,也不到今日了。你荆宝官,写下回聘帖子,将你送与我为侍妾,乃明媒正娶的,并非暗里偷情。请小娘子回嗔作喜,莫错了吉日良时。"玉箫道:"有甚回聘帖子在那里,说这样瞒天谎话。"韦皋将起纨扇,指着荆宝那首诗,说道:"这不是回聘帖子,等我念与你听。"遂喜滋滋的朗诵荆宝这诗。"诗云:

　　剑南知别几经春,寂寞居停谅损神。
　　梦着雨云原是幻,月为花烛想来真。
　　小星后日安卑位,素扇今宵是老人。
　　吩咐桃花莫相笑,渔郎从此不迷津。

玉箫听了道:"虽有这诗,不晓得其中是甚意思,如何就当着什么回聘帖子。"韦皋道:"不难,待我解说与你听。第一句是说我离成都久了;第二句说住在此园,冷淡寂寞;第三句说我一向思想你,还是虚账;第四句说今夜月明,就当花烛,正好成婚;第五句说教你安守侍妾之分;第六句说这扇和诗句便是媒人；第七句八句说，我与你成就亲事，就比渔郎入了桃源洞，此是古话。"玉箫听了解说，方才理会，说："怪道来时荆宝官吩咐这些没头没脑的话，原来一句句藏着哑谜，教我猜详。"方在沉吟，只听得咯咯的敲门声，韦皋问是哪个，外边答应："书童送夜饭在此。"韦皋不免开门，两个书童，捧着桌榼①果子，几色菜饭，两枝大绛烛，送将入来，说："荆宝官传话，玉姐好生服侍韦官人。这桌植送来做喜筵。蜡烛好做花烛，明早荆宝官亲来贺喜。"玉箫听说这话，转身背立。韦皋便道："多谢荆宝官盛情厚意，明日容当叩谢。"书童连忙将绛烛点起，自往外边。韦皋仍将门闭上，回身说道："何如，韦家哥哥可是说瞒天话的么？"又走出庭内，折一枝牡丹花，插入瓶中，摆在桌上道："这才是真正花烛成亲。"玉箫道："既然是主人之命，怎敢有违。请韦君上坐，受玉箫一拜，以尽侍妾之礼。从此后称呼韦家郎君，再不叫韦家哥哥了。"道罢便倒身下拜，韦皋连忙扶她起来，自己不觉倒拜下去。这个拜，那个起，一上一下，全无数目。若有掌礼人在旁，可不错乱了兴拜两字。虽然草草姻缘，果然明媒正娶。此夜肖景，玉箫姐少不得：

　　　　含苞豆蔻香初剖，漏泄春光到海棠。

　　迷离春睡，日高才起。韦皋开出门来，不道荆宝已着书童，把玉箫镜奁妆具，拿在门首等候了。梳洗未完，荆宝已到，见了韦皋只是笑。韦皋见了荆宝，也只是笑。玉箫满面羞涩，低着头也微微含笑。妆罢，同荆宝见个礼儿，荆宝少坐即起，玉箫仍复后随。荆宝道："你今后在此服侍韦家哥哥，不必随我了。"玉箫方住了足步。过了两日，马夫人从庄上回来，玉箫入室拜见。荆宝告说："韦家哥独居寂寞思家，儿子已将玉箫送与为妾。"夫人闻言大喜。却是为何？向年乳母临终，终求夫人，有把玉箫荆宝为通房的话。目今俱各年长，时刻不离，疑惑暗里已成就好事。后日娶来媳妇，未知心性若何，倘若猜疑妒忌，夫妻大小间费嘴费舌，像什么样？今将伊送与了韦皋，岂不省了他时淘气，所以甚喜，又与若干衣饰。荆宝别有所赠，自不消说。韦皋既得玉箫，已遂所愿，更喜小心卑顺，朝夕陪伴读书，焚香瀹②茗，无一些俗气，彼此相怜相爱，两情缱绻。

---

①　榼（kē）——古代盛酒或贮水的器具。

②　瀹（yuè）——以汤煮物。

哪知欢娱未久,离别早到。原来韦皋父母记念儿子,曾差人到西川张节度处探问,此时已不在彼,使人空回。后来姜使君送到书信,方知反在江夏。书中说,不过年余便归,何期姜使君洮州之任,急切不能卸肩,所以连韦皋也不得还家。及至有了玉箫绊住,归期一发难定。其父一则思忆,二则时近科举,即遣人持书到江夏接他回去。韦皋见书中语意迫切,自悔孟浪,久违定省。此时思亲念重,恨不得一刻飞到家中,把这片惜玉怜香的心情,便看得轻了。且不与玉箫说知,先请姜荆宝出来,告其缘故,说:"老父老母,悬望已极,不才更不能少淹,明日即当就道。玉箫势难同往,只得留下,待有寸进,便来接取。但是烦累贤弟,于心不安。"荆宝道:"兄长何出此言,小弟承蒙教益,报效尚未知在于何日,此等细事,何足挂怀。再欲留兄住几时,因见老伯书中,如此谆切,强留反似不情。兄长只管放心回府,不消萦虑。"

韦皋谢了荆宝。然后来对玉箫说:"我离家已久,老亲想念,特地差人来接。怎奈各镇跋扈,互相侵凌,兵戈满地,途中难行。不能携你同归,暂留在此,你须索耐心。"玉箫闻言,暗自惊心,说道:"郎君省亲大事,怎敢阻挡。但去后不知何日才来,须有个定期,教奴也好放心。"韦皋道:"我此去若功名唾手,不出二三年即来。倘若命运蹭蹬,再俟后科,须得五年。"玉箫道:"妾幼失父母,唯以荆宝官为亲。今归郎君,将谓终身有托,何期未及半载,又成离别。妾之薄命,一至于此!"心中伤感,不觉泪随言下。韦皋也自凄然,再三安慰。正言间,荆宝携着酒肴,入来送行。三人对坐饮酒间,玉箫愁容惨切,泪流不止。荆宝道:"韦家哥暂去就来了,不必如此悲伤。"玉箫道:"世间离别,亦是常事,原不足悲,玉箫自伤薄命,不知此后更当何如,所以悲耳。"言罢愈加啼泣。荆宝、韦皋,亦各欷歔,不欢而止。这一宵枕上泪痕,足足有了千万滴。

次早韦皋收拾行装,拜辞马夫人,荆宝馈送下程路费,自不必言。监行之际,玉箫含泪执手道:"郎君去则去矣,未审三年五年之约,可是实话?"韦皋道:"留你在此,实出不得已,岂是虚语。即使有甚耽搁,更迟二年,再没去处了。"玉箫道:"既恁的说,妾当谨记七年之约了,郎君幸勿忘之。"韦皋道:"神明共鉴,七年之后,若是不来,以死相报。"玉箫道:"七年不至,郎君安得死,或妾当死耳。"语毕,泪如雨下,哽咽不能出声。荆宝执酒饯行,也黯然洒泪。韦皋向书囊中寻出玉环一枚,套在玉箫左手中指上。吩咐道："这环是我幼时在东岳庙烧香，见神座旁遗下此环，拾得还家。晚间，随梦东岳帝君吩咐道："这环有两重姻眷，莫轻弃了。"我想入赘张节度，又得你为妾，岂不合着梦兆。今留与你为记，到七年后，再来相聚。"口儿里如此说，心中也自惨然。斟过一杯，回敬荆宝作谢，再斟一杯送与玉箫。又道："你好生收藏此环，留为他年之证验。"情不能已吟诗一首道：

> 黄雀衔来已数春，别时留解赠佳人。
>
> 长江不见鱼书至，为遣相思梦入秦。

吟罢，道声："我去矣，休得伤怀。"玉箫道："妾身何足惜，郎君须自保重。"双袖掩面大恸，韦皋亦洒泪而行，荆宝又送一程方还。

且说韦皋，一路饥餐渴饮，夜宿晓行，非只一日，回到家中，拜见双亲。父子相逢，喜从天降。问及新妇若何，丈人怎生相待，却转游江夏。韦皋将丈人怠慢，不合忿气相别的事，一一细述。父亲道："虽则丈人见浅，你为婿的也不该如此轻妄。今既来家，可用心温习，以待科试。须挣得换了头角，方争得这口气。"韦皋听了父亲言语，闭户发愤诵读，等到黄榜动，选场开，指望一举成名，怎知依然落第。那时不但无颜去见夫人，连故里也自羞归。想着姜使君在洮州，离此不远，且到彼暂游，再作道理，遂打书打发仆人，归报父母，只留一人跟随，轻装直至洮州。不道姜使君已升岭南节度，去任好些时了。韦皋走了一个空，心里烦恼，思想如今却投谁好。偶闻陇右节度使李抱玉好贤礼士，遂取路到凤翔幕府投见。那李抱玉果然收罗四方英彦，即便延接。谈论之间，见韦皋器识宏远，才学广博，极口赞羡，欲留于幕府。韦皋志在科名，初时不愿。李抱玉劝道："以足下之才，他日功名，当在老夫之上。本朝出将入相，位极人臣，如郭汾阳、李西平之辈，何尝从科目中来。方今王室多事，四方不静，正丈夫建树之秋，何必沾沾于章句求伸耶？"韦皋见说得有理，方才允从，遂署为记室参军。不久，改为陇右营田判官。从此：

> 抛却诗书亲簿籍，撇开笔砚理兵农。

话分两头。且说姜荆宝送别韦皋之后，将玉箫留入内宅，陪侍马夫人。过了两三月，姜使君升任还家，问知韦皋近归，玉箫已送为妾，尚留在此，嘱咐夫人好生看待。使君见荆宝年已长，即日与他完了婚事，然后带领婢妾仆人，往岭南赴任。马夫人也把家事交与荆宝管理，自引着玉箫，到鹦鹉洲东庄居住。原来夫人以玉箫是乳娘之女，又生性聪慧，从小极是爱惜。今既归了韦皋，一发是别家的人了，越加礼貌。玉箫因夫人礼貌，也越加小心。外面虽服侍夫人，心中却只想韦郎，暗暗祷告天地，愿他科名早遂。待至春榜放后，教人买过题名小录来看，却没有韦皋姓字。不觉捶胸流泪道："韦郎不第，眼见得三年相会之期，已成虚话了。"嗟叹一会，又自宽解一番，指望后科必中。谁知眼巴巴，盼到这时，小录上依然不见，险些把三寸三分凤头鞋儿，都跌绽了，哭道："五年来会的话，又不能矣。罢，罢！我也莫管他中不中，只守这七年之约便了。"又想道："韦郎虽不中，如何音信也不寄一封与我？亏他撇得我下。难道这两三年间，觅不得一个便人。真好狠心也，真好狠心也！"

似此朝愁暮泣，春思秋怀，不觉已过第七个年头。看看秋末，还不见到。玉箫道："韦郎此际不至，莫非不来矣。"这时盼望转深。想一回，怨一回，又哭一回，真个一刻不曾放下心头。马夫人看她这个光景，甚是可怜。须臾腊尽春回，已交第八年元旦。马夫人生平奉佛，清晨起来拜过了家庙，即到鹦鹉洲毗①庐观烧香。那毗庐观中，有一土地庙，灵签极有应验。玉箫随着夫人，先在大殿上拈香，礼拜了如来，转下土地庙求签。夫人一问田宅人口，二问老使君在任安否若何，三问荆宝终身事业。三答问毕。玉箫也跪倒求签。她心上并无别事，只问韦郎如何过了七年不到，有负前约。插烛般拜了几拜，祷告道："失主韦皋，若还有来的日子，乞求上上之签。若永无来的日子，前话都成画饼，即降个下下之签。"祷告已毕，将签筒在手摇上几摇，扑的跳出一签，乃是第十八签，上注"中平"二字，又讨个圣筶，知用此签，看那签诀道：

　　　归信如何竟渺茫，紫袍金带老他方。

　　　若存阴德还天地，保佐来生结凤凰。

玉箫将签诀意思推详，愀然不乐，垂泪道："神人有灵，分明说韦郎负义忘恩，不来的话了。"心中一阵酸辛，不觉放声大哭。夫人见了，暗想今日是个大年朝，万事求一吉祥，没来由啼啼哭哭，好生不悦，即上轿还庄。玉箫收泪随归，请夫人上坐，拜将下去，说道："方才毗庐观土地签诀，思量其中意味，韦郎必负前约，决然不来。即婢子禄命，也不长远，今日此

---

①　毗（pí）——"毗"的异体字。

拜,一来拜年,二来拜谢夫人养育之恩,三来拜别之后,生死异路,从此永辞矣。"夫人见她说得凄惨,宽慰道:"后生家花也还未曾开,怎说这没志气的话。且放开怀抱,生些欢喜,休要如此烦恼。"言未毕,外边荆宝夫妇到来拜年,双双拜过了夫人,然后与玉箫相见。玉箫道:"荆宝官请上,受奴一拜。"便跪下去。荆宝一把拖住,说道:"从来不曾行此礼,今日为甚颠倒恁般起来?"玉箫道:"奴自幼多蒙看觑,如嫡亲姊妹一般,此恩无以为报,今当永诀,怎不拜谢。"荆宝惊异道:"这是哪里说起?"马夫人把适来毗庐观烧香求签的事说出。荆宝道:"签诀中话,如何便信得真。莫要胡猜,且吃杯屠苏①酒遣闷则个。"玉箫道:"这屠苏①酒如何便解得我闷来?"一头吁叹,便走入卧房。休说酒不饮一滴,便是粥饭也不沾半粒,一味涕泣。又恐夫人听得见嫌,低声饮泣。

次日荆宝入城,又来安慰几句。玉箫也不答应,点首而已。一连三日,绝了谷食,只饮几口清茶,声音渐渐微弱。夫人心甚惊慌,亲自来看,再三苦劝,莫要短见。玉箫道:"多谢人人美意,但婢子如此薄命,已不愿生矣。"又道:"闻说凡人饿到七日方死,我今三日不食,到初七日准死。我今年二十一岁,正月初七日生辰,人日而生,人日而死。自今以后,不敢再劳夫人来看了。左手中指上玉环,是韦郎之物,我死之后,吩咐殡殓人,切勿取去,要留到阴司,与他对证。"言罢,便合着眼,此后再问,竟不应声,准准到初七日身亡。原来相传说正月初一为鸡日,初二为猪,初三为羊,初四为狗,初五为牛,初六为马,初七为人。这便是人日而生,人日而死。夫人大是哀痛,差人报知荆宝,荆宝前来看了,放声恸哭,置办衣棺殡殓,权寄毗庐观土地庙傍,以待韦皋来埋葬。可怜:

生怀玩玉终教带,死愿欢衾得再联。

再说韦皋,在李抱玉幕下,做营田判官。抱玉迁任,有卢龙节度使朱泚,带领幽州兵,出镇凤翔防秋,兼陇右节度使。见韦皋才能超众,令领陇右留后,与其将朱云光同守陇州。这留后职分,也不小了。但当时臣强主弱,天子威令,不能制驭其下,各镇俱得自署官职。故韦皋官已专制一方,尚未沾朝廷恩命。是时韦皋,迎父母到陇州奉养。其父说道:"你今做这留守官,虽非出自朝命,也不叫做落薄了。可差人通知丈人,接娶媳妇到

---

① 屠苏——酒名。古时,阴历正月初一,家长先幼后长,饮屠苏酒。

来,夫妻完聚,以图子息。"韦皋道:"当年有愿,必要做西川节度使,与他交代。如今为这幕府微职,即去通知,岂不反被他耻笑。宁可终身夫妻间隔,没有子息,也就罢了。"你且想他的志念,只在功名,连结发妻子尚不相顾,何况玉箫是个婢妾,一发看得轻了。所以七年之约,竟付之流水。古书有云:"有志者,事竟成。"韦皋有了这股志气,在陇州九年,果然除授西川节度使,去代张延赏的职位。

你道一个幕府下僚,如何骤然便到这个地位?原来是时代宗晏驾,德宗在位,朱泚为兄弟范阳节度使朱滔谋反的事,被朝廷征取入朝,留住京师,使宰相张镒出镇凤翔,命泾原节度使姚令言,征讨朱滔。姚令言领兵过京入朝,所部士卒,因赏薄作乱,烧劫库藏,杀入朝内。德宗出奔奉天,姚令言就迎请朱泚为主。凤翔将官史楚琳,本朱泚心腹,闻得朱泚做了天子,杀了张镒,据城相应。陇州守将朱云光也要谋杀韦皋,事露,率领所部去投朱泚。不想朱泚以当年识拔韦皋,自道必为其用,遣中官苏玉赍诏书,加韦皋官为中丞。苏玉途遇朱云光,各道其故,苏玉道:"将军何不引兵与我同往。韦皋受命不消说,若不受命,即以兵杀之。如取狐豚耳。"朱云光依计复回陇州。韦皋早已整兵守城,在城上问云光道:"向者不告而去,今又复来何也?"云光答道:"前因不知公意向,故尔别去。今公有新命,方知是一家人,为此复来,愿与公协心共力。"韦皋乃即开门,先请苏玉入城,受其诏书。复对云光说道:"足下既无异心,先纳兵仗,以释众疑,然后可入。"云光欺韦皋是个书生,不以为意,慨然将兵器尽都交纳,韦皋才放他入城。次日设宴公堂款待,二人随从,俱引出外舍犒劳。韦皋喝声:"拿下!"两壁厢仗兵突出,擒苏玉、朱云光下座,刀斧齐下,死于非命。韦皋传令,苏玉、朱云光,逆贼心腹,今已伏诛,余众无罪。云光所部,人人丧胆,谁敢轻动。韦皋即日筑坛,申誓将士道:"史楚琳戕杀本官,甘从反叛,神人共愤,合当诛讨。如有不用命者,军法无赦。"三军齐声奉令,震动天地。

韦皋一面整练兵马,一面遣人至奉天奏报。德宗大悦,即以陇州为奉义军,授韦皋为节度使。及至朱泚破灭,史楚琳等诸贼俱受诛戮,德宗车驾还京,又加韦皋金吾大将军职衔。有吏部尚书肃复,出使复命,闻知韦皋仗义讨贼之事,奏言:"韦皋以幕府下僚,独建忠义,宜加显擢,以鼓人心。"德宗准奏,为此特加仆射,领西川节度使,代张延赏镇守蜀地,延赏加同平章事致仕。韦皋接了这道诏书，喜不自胜，以手加额道：“今日方遂平生。”又想丈人知得我前去，必不等交代，乃选轻骑，兼程赶去上任。父母辎装，从容后来。一路登山涉水，过县穿州，早至蜀中。那所属地方，才闻报新节度是甚韦皋，还不曾打听着实，是何出身，不道已至境上。急得这些官员，好不忙迫。韦皋正行间，前导报称：“此去成都，只有三十里了，使该先投名帖，通报张爷，方好出郭交代。”韦皋道：“不但名帖，还要写书。”吩咐随地暂停修书，准于明日辰时上任。前导禀说：“前去十里有大回驿，可以停止。”韦皋道：“既有官驿，竟到彼便了。”十里之程，不多时就到。韦皋进入驿中，取过文房四宝，拈笔在手，心中一想，不觉暗笑道：“天下节镇不少，偏偏镇守西川，岂非天遂人愿。我韦皋有此一日，不枉了老岳母苗夫人眼中识人，也不负芳淑小姐这几年盼望。只看张老头儿，怎生与我交代。”又想：“我且耍他一耍，看他可解。”乃写书两封，一封达于丈人，一封寄到芳淑小姐。内封各分二函，一写老相公开览，一写小姐亲拆。外边护封上，只标个张老爷。书封缄停当，差人到府投递。驿夫也自入城，遍报文武各衙门知道。

差人赍书到镇府时，已是黄昏，辕门封闭。门役闻说是新任节度使的书启，又在明日上任，事体紧急，火速传鼓送进。一面传知本衙门役从，出城迎接。原来张延赏加平章致仕之命，两日前才知，虽说后任节度使姓韦名皋，也还未知是何处人。况且眼中认定女婿决不能够发达，只道与他同名同姓，所以全不动念，也不曾在妻女面前说起。又因罢官，心绪不佳，连日不出理事，唯以酒遣闷。这一日多了几杯酒，已先寝息。书入私衙，苗夫人接得，问道：“新任节度使，可知姓甚名谁？”家人答言：“闻说姓韦，但不晓得何名。”夫人听说一个韦字，便想道：“莫非是我家这个韦皋。”又叹口气道：“呸，我好痴也！他怎生得有这日，且看这书，是甚名字。”即便拆开，内中却有两封，一封是与小姐的，惊怪道：“奇哉！新官的书，为何达与小姐？”急忙走到女儿房中说知其事。小姐也吃一惊。夫人放下第一封，先就将寄小姐这封书，拆开看时，上写：

劣婿韦皋顿首，启上贤德小姐夫人妆阁下：

　　贤卿出自侯门，归于寒素。仆不肖，以豪宕性情，不入时人耳目。幸岳母俯怜半子，曲赐提携，而泰山翁之鄙薄，且不若池中物也。荷蒙圣主隆恩,甄录微芳,命代尊大人节钺①。诚恐当年冰炭,不堪此日寒暄,相见厚颜,彼此无二。姑暂秘之,勿先秽听。别后情怀,容当面罄,不便多渎。

夫人看罢,不胜欢喜,说:"谢天地,韦郎今日才与我争得这口气也。"将信递与女儿,小姐看了说:"韦郎书中意思,还不忘父亲当年怠慢之情。倘相见时,翁婿话不投机,怎生是好?"夫人摇一摇手,笑道:"这到不必愁,你爹是肯在热灶里烧火,不肯在冷灶里添柴的。但见韦郎今日富贵,又是接代的官,自然以大做小,但凭女婿装模作样,自会对付。自看韦郎与丈人的书上,写些什么来。"拆开观看,其书云:

老相公威镇全蜀,名播华夷,不肖翱钦仰久矣。翱忆旧游锦城,越今寒暑迭更,士风在变,将来者进,而成功者退。意者天道消长,时物适与之会耳。翱早岁明经,因进士未第,浪游湖海,勉就幕僚。偶当啸沸之秋,少效涓埃之报,乃荷圣明轸念,不次超擢,拨置崇阶。此托庇老相公之余荫,而鲰②生过遇多矣。不揣老相公何以教我,使斗筲小器,不至覆𫗧③,抑籍有荣施也。身迟郭外,先此代布,不宣。通家眷晚生韩翱顿首拜。

夫人看到通家眷晚生韩翱这几个字,又惊怪道:"小姐,你看这书,又是怎的说?"小姐看了笑道:"笔迹原是韦郎的,他故意要如此唐突老丈人,也不见得忠厚,也不见得是不念旧恶。如今且只把这一封与爹爹看,看他怎的说。"

明早夫人对延赏道:"新官昨夜书到,因你睡熟,不好惊动。"延赏道:"书在何处?"夫人袖里,拿出第一封来。"延赏看罢,呵呵大笑道:"只管说是韦皋,原来是韩翱。"夫人道:"什么韦皋,韩翱?"延赏道:"前日报事的说,新节度使姓韦名皋,我道怎的与我不成器没下落的女婿同名同姓。原来是韩翱,误传错了。"苗夫人道:"莫非真是我家女婿?"延赏道:"好没志气,女婿可是乱认得的,见有书在此。"夫人道:"莫非你的目力不济,须再仔细看他个真切。"延赏道:"我目力尽不差,只是你的痴念头,倒该撇开

①　节钺——符节和斧钺,古代授予将帅,作为加重权力的标志。
②　鲰(zōu)——犹小生,自称的谦词。
③　覆𫗧——𫗧,食物。后因以"覆𫗧",比喻因力不胜任而败事。

了若论我家不成器没下落的韦皋，千万个也饿死在野田荒草中了。"夫人笑道："且休只管薄他，新节度使还有一封书在此，你且认认，是韩翃，还是韦皋？"袖中取出那第二封，递与延赏，延赏看罢道："是，是，是。"将书一扯，扯得粉碎。即出私衙升堂，讨了一乘暖轿，唤几名心腹牙兵跟随，不用执事，径从成都府西门出去。

衙役飞奔大回驿，报说："张爷已从西门去了，不肯交代，未知何意。"韦皋笑道："君民重务，如何不肯交代，但吉时已到，且先上任，再作道理。"二十里程途，不多时便到了。进了成都城，直至节度使府中，升堂公座，文武百官，各各参谒已毕，径自退堂。苗夫人与芳淑小姐，俱是凤冠霞帔，在私衙门口迎接。衙门人都惊怪道："旧官家小，也怎迎接新官？"哪里知得其中缘故。韦皋入进私宅，先参拜了丈母，然后与芳淑小姐交拜。礼毕，说道："丈人女婿，原无回避之例。岳父虽不交代，然女婿参拜丈人，却是正理，还请出拜见。"苗夫人道："往事休提，只言今日，莫记前情。"须臾摆下筵宴，苗夫人一席向南，韦皋一席向西，芳淑小姐一席向东，衙中自有家乐迭奏，直饮到月转花梢，方才席散。正是：

　　早知不入时人眼，多买胭脂画牡丹。

次早，苗夫人对韦皋说道："贤婿夫贵妻荣，老身已是心满意足。但老相公单身独往，我却放心不下，只得也要回去。"韦皋道："本合留岳母在此奉养，少尽半子之情才是。但是岳丈悫然而去，子婿心上，也是不安，怎好强留，便当金发夫马相送。"老夫人也有主意，将资橐奴仆，各分一半带归，留一半与女婿，即日启程。韦皋夫妇，直送至十里长亭方回。张延赏料道夫人必来，停住在百里外等候，一起同行。朝中大臣奏言："昔年车驾幸奉天时，延赏馈饷不绝，六宫得以无饥，其功不小，况年力尚壮，不宜摈弃。"德宗准奏，遂拜左仆射同平章事，入朝辅相。延赏行至半途，接了这道诏旨，喜从天降，归家展墓后，即进京为相。芳淑小姐闻知，劝丈夫修书致候，韦皋羞过了丈人一番面皮，旧嫌冰释，依然遣人候贺。张延赏也不开看，连封扯碎，驱出使人。老夫人过意不去，倒写书覆谢了女婿。其时韦皋父母已至，一家团聚安乐，自不必言。

单说这节度使，镇守一方，上管军，下管民，文官三品以下，武官二品以下，皆听节制。一应仓库狱囚，事事俱要关白。新节度案临，各属兵马钱粮。都造册送验；狱中罪囚，也要解赴审录。韦皋一日升堂理事，眉州差人投文，解到罪囚听审。韦皋即传带进，约有百余人，齐齐跪在丹墀。内中一个少年，高声喊将起来，叫道："仆射，仆射，你可想江夏姜使君儿子姜荆宝么？"吓得两边上下役从并解人，都手忙脚乱，齐声止喝，不得喧嚷。哪知恩人想见，分外眼明。韦皋在上，听见"姜荆宝"三字，也自骇然，即便唤至案，问道："你为何自江夏来到此地，因何事犯着重罪，何细细说来。"荆宝道："自仆射别后，老父升任岭南，官有八年，请告还家。正值天子过灭朱泚，还京开科取士，荆宝侥幸一第，得选青神县令。至任未及半年，何期家僮漏火，延烧公厅廨宇，印章文卷，尽归一烬。依律合问死罪，幸得本县乡绅士民，怜我为官清正，到上司县保去任。张令公批令监禁本州，具奏朝廷，听候发落。前在狱中，闻说新节度使姓名，我道必是韦家哥哥了。今日得见，果然不谬，望乞拯救则个。"韦皋听罢，说道："原来为此缘故，此系家人过误，情有可原。"即教左右除去刑具，引入客馆。香汤淋浴，换了巾帻衣裳，送入私衙，吩咐整酒伺候。

堂事毕，退归衙中，与荆宝重新叙礼，又请出父亲相见。礼罢，入席饮酒，从容细询姜使君夫妇起居，又问宝夫人何在。荆宝道："老父老母，以年迈不曾随弟赴任，近日书来，颇是康健。敝房自遭变后，即打发还家，只留一僮，在此服侍。"韦皋又问玉箫向来安否。荆宝闻言，颜色愀然，说道："仆射自分别时，原约定七年为期。哪知逾时不至，玉箫短见，愤恨悲啼，不食七日而死。临死泣告老母，说指上玉环乃韦郎所赠，要留作幽冥后会之证，切戒殡殓者不可取去。为此入殓时，弟素自简视，不使遗失。其棺权寄鹦鹉洲毗庐观土地庙傍，以待仆射到来葬埋，至今尚在。"韦皋听罢，禁不住情泪交流，说道："我当年止为落魄，见侮于内父，故归家后，锐志功名，道路不通，所以不能践约。今幸得遂素愿，少抒宿愤，已与山妻道知贤弟赠妾美情，正欲遣人迎娶，不道此女已愤恨而亡，此真韦皋之薄幸也！"言讫欷歔不已，为此不欢而罢。明日即修奏章，替荆宝开罪。大略言家人误犯失火，罪及家长，当在八议之例，况姜荆宝年少政清，圣明在上，不忍禁锢贤人，合宜宥其小过，策以后效。一面奏闻朝廷，一面又作书通达执政大臣，并刑部官员。此时陇右未靖，德宗皇帝方将西川半壁，依靠韦皋作万里长城，这些小事，安有不听之理。真个朝上夕下，一一如议，圣旨批下，以过误原释，照旧供职。荆宝脱了死罪，又得复官，向韦皋叩头，拜谢再生之恩。韦皋治酒饯行，差人护送至青神上任。分明正是：

久滞幽魂仍复活，已寒灰烬又重燃。

再说韦皋，思念玉箫，无可为情。乃于所属州县，选择十七众戒行名僧，于成都府昭应祠中，礼拜梁皇宝忏，荐度幽灵。每日早晚，韦皋亲至焚香礼拜，意甚哀苦。这十七众名僧，道行高强，韦皋也十分敬重。礼佛之暇，与众僧茶话，分宾主而坐，众僧启口道："大居士哀苦虔诚，贫僧辈也庄诵法宝，尊宠必然早离地狱，超升净土矣。"韦皋道："幽冥之事，不可尽求报应，也只我尽我心耳。"首座老僧高声道："檀越既不信佛法果报，连这礼忏，也是多事了。"韦皋谢道："弟子失言有罪。"到第五日，完满回衙，礼送诸僧去讫。韦皋还府，是夜朦胧睡中，见一金甲神，称是护法天尊，说："节度礼忏虔诚，特来传你一信。"韦皋忙问何信，金甲神腾空而起，抛下玉柬，上有十二个字，写道：

姓什么，父的父，名什么，仙分破。

韦皋得此一梦，即时惊醒，梦中意思，全然不解。想着玉箫，愈生惨侧，一连三日，不出衙理事。芳淑夫人见他忧愁满面，问其缘故。韦皋将姜荆宝相待始终，玉箫死生缘由说出。夫人劝道："死者不可复生，若思念过情，反生疾病，何不公付官媒，各处简选一美貌女子，依旧取名玉箫，这便是孔融思想蔡伯喈，以虎贲贱人相代。"此乃夫人真意，韦皋只怕是戏谑，也无言相对。

军府事体多端，第四日勉强升堂，可是三日不曾开门，投下文书，堆积如山。方在分剖之间，忽听门外喧嚷，问是何故。中军官飞奔出去，看了进来，禀覆道："辕门口有一老翁，手执空中帖，自称为祖山人，要人来相见。门上人不容，所以喧嚷。"韦皋听了，恍然有悟，想起前夜梦中十二字哑谜，姓什么，父的父，这不是祖字，仙分破，这不是山人二字。此梦正应其人，必有缘故。即便请入宾馆相见，韦皋下阶礼迎。祖山人长揖不拜，宾主坐下。韦皋问道："公翁下顾，有何见教？"祖山人道："野人知尊宠思感而殁，幽灵不昧，睇念无忘。幽冥怜其至情，已许转生再合，但去期尚远。昨闻节度使亦悼亡哀痛，礼忏拜祷，已感幽审，上达天听，并牵动野人婆心，愿效微力，令尊宠返魂现形，先与节度相见顷刻，何如？"韦皋连忙下拜道："若得如此，终身感佩大德，但不知何时可至？"山人道："节度暂停公务，于昭应祠斋戒七日，自有应验。"言罢，又长揖相别。韦皋再欲问时，山人摇手道："不用多言。"竟飘然而去。韦皋此时半信半疑，退入私衙，与夫人说其缘故。夫人道："鬼神之事，虽则渺茫，宁何信其有。"韦皋点头称是，随即出堂，吩咐一应公事，俱于第八日理行。

当晚即往昭应祠斋宿，夜间不用鸣锣击柝，恐惊阻了神鬼来路。到了第七夜，大小从役尽都遣开，独自秉烛而坐。约摸二更之后，果然有人轻轻敲门，韦皋急开门看时，只见玉箫飘飘而来，如腾云驾雾一般。见了韦皋，行个小礼，说道："蒙仆射礼忏虔诚，感动阎罗天子，十日之内，便往托生。十二年后，再为侍妾，以续前缘。"韦皋此时，明知是鬼，全无畏惧，说道："我只为功名羁滞，有爽前约，致卿长往，懊悔无及，不道今宵复得相会。"一头说，一头将手去拽她衣袖。候见祖山人从外走来，说道："幽明异路，可相见，不可相近。"举袖一挥，玉箫就飘飘而去，微闻笑语道："丈夫薄幸，致令有死生之隔。"须臾影灭，连祖山人也不见了。韦皋叹道："李少翁返魂之术，信不谬也。"正是：

香魄已随春梦杳，芳魂空向月明过。

韦皋在镇，屡破仁蕃，建立大功，泸僰归心，西南向附。天子大加褒赏，累迁中书令，久镇西蜀。他自德宗贞元之年莅任，至贞元十三年，八月十六，适当五十初度。各镇遣人贺寿，送下金珠异物，不计其数。独东川卢八坐，送一歌女，年方一十三岁，亦以玉箫为名。韦皋见了书贴，大以为异。即便唤进，仔细一观，与当年姜荆宝所赠玉箫，面庞举动，分毫不差。其左手中指上，有肉环隐出，分明与玉箫留别带在指上的玉环相似。韦皋看了叹道："存殁定分，一来一往。十二年后，再续前缘之言，确然无爽。谁谓影响之事，无足凭哉？"为此各镇所馈，一概返还，单单收这一个美人。送入衙内，拜见太翁老夫妇，并芳淑夫人，言其缘故，无不骇异。夫人念其年幼，大加珍惜，韦皋相爱，也与昔日姜氏园中一般。

正当欢乐之际，天子降下一封诏书，说淮西彰义节度使吴少诚，背叛为逆，掠临颍，围许州，十分猖獗。诏使四镇兵征讨，俱为所败，特命韦皋帅领川兵，庄荆楚进攻蔡州，捣其巢穴。韦皋遵奉敕书，即便部署兵马，择日启程。以军中寂寞，携带玉箫同往。正欲出兵，苗夫人差人赍书，前来报讣，说老相公已故。韦皋叹道："岳父虽然炎凉，何至死生不能相见。"为之流泪。芳淑夫人，伤心痛哭，自不必说。韦皋即便遣得力家人前去，代苗夫人治丧，安葬事毕，就迎苗夫人到任所奉养。打发使人去后，亲提精兵一万，出巴峡，直抵荆襄。此时姜荆宝已升任太守，因姜使君夫妇双亡,丁忧①在家。韦皋以去路不远,方待遣人吊唁,忽然又有一道诏书来到,说吴少诚因闻调发各镇大兵会剿,心中畏惧,悔过归诚,上表纳贡谢罪。朝廷赦宥,复其官爵,令诸道罢兵还镇。韦皋暗想:"昔年姜使君相待之厚,此去水路甚近,今已罢兵,何不亲往一拜? 况玉箫停榇未葬,就便又完此心事,一举两得,甚是有理。"即遣心腹将官,率兵先回。止带玉箫,并亲随人等,与地方官讨了一只大船,顺流而下。至了江夏,差人报知荆宝。

原来荆宝感韦皋救死复官之德,沉檀雕塑生像,随身供养,朝夕礼拜。此番听得特来祭吊,飞奔到船迎接。韦皋请进船中。礼毕,随唤过玉箫来相见。笑道:"贤弟,你看这女子,与向日玉箫何如?"荆宝仔细一觑,但见形容笑貌,宛然无二,心中骇异,请问此女来历。韦皋将祖山人返魂相见,及卢八坐生辰送礼的事,细述一遍,不由人不啧啧称奇。其时韦皋,已备下祭文香帛牲礼,拜奠了姜使君夫妇。带着玉箫,同到鹦鹉洲毗庐观停榇之处,也备有牲酒,向棺前烧奠一番。因现在玉箫,即是其后身,所以全无哀楚。又想埋葬在此,后来无人看管,反没结果,不如焚化,倒得干净。及至开棺,只见一阵清风,从空飞散,衣裳环佩,件件鲜明。骸骨全无,只有一玉环在内。众人看了,摇头吐舌,齐称奇怪。韦皋拈起这玉环,与玉箫指上玉环一比,确似一样。那指上现出肉环,即时隐下。便半环套在指上,不宽不紧,刚刚正好。韦皋猛然想起,对荆宝说道:"当年梦东岳帝君,说此环有两重姻眷。我只道先赘张府,后得玉箫,已是应矣,哪知却在她一人身上。前生后世,做两重姻眷,方知玉环会合,生死灵通,真正今古奇事。"

当下韦皋辞别荆宝,登舟回归成都。不久苗夫人丧葬事毕,也迎请来到。韦皋在镇共二十一年,晋爵为南康王,父母俱登耄耋,诰封加其官。芳淑夫人与玉箫俱生有儿子,克绍②家声。川中人均感其恩惠,家家画像,奉祀香火。看官,须晓得韦皋是孔明后身,当年有功蜀地,未享而卒,所以转生食报。至于姜荆宝施恩未遇,后得救生;玉箫钟情深至,再世续缘;此正种花得花,种果得果。花报果报,皆见实事,不是说话的打诳语

---

① 丁忧——旧称遭父母之丧为"丁忧"。

② 克绍——能够继承。

也。诗云：

　　举世何人识俊髦，眼前冷暖算分毫。

　　施恩得报唯荆宝，再世奇缘只玉箫。

　　蜀镇令公真葛亮，张家女婿假韩翱。

　　请君略略胸襟旷，莫把文章笑尔曹①。

---

　　① 尔曹——你们。曹：辈。

第 十 回

王孺人离合团鱼梦

　　门外山青水绿，道路茫茫驰逐。行路不知难，顷刻夫妻南北。哭
莫哭，不断姻缘终续。

　　这阕如梦令词，单说世人夫妇，似漆如胶，原指望百年相守。其中命
运不齐，或是男子命硬，克了妻子，或是女子命刚，克了丈夫。命书上说，
男逢羊刃必伤妻，女犯伤官须再嫁。既是命中犯定，自逃不过。其间还有
丈夫也不是克妻的，女人也不是伤夫的，蓦地里遭着变故，将好端端一对
和同水蜜，半步不厮离的夫妻，一朝拆散。这何尝是夫妻本是同林鸟，大
难来时各自飞？还有一说，或者分离之后，恩断义绝，再无完聚日子，到也
是个平常之事，不足为奇。唯有姻缘未断，后来还依旧成双的，可不是个
新闻？

　　在下如今先将一个比方说起，昔日唐朝有个宁王，乃玄宗皇帝之弟，
恃着亲王势头，骄纵横行，贪淫好色。那王府门前，有个卖饼人的妻子，生
得不长不短，又娇又嫩，修眉细眼，粉面朱唇，两手滑似柔荑，一双小脚，却
似潘妃行步，处处生莲。宁王一着魂，即差人唤进府中。那妇人虽则割舍
不得丈夫，无奈迫于威势，勉强从事，这一桩事，若是平民犯了，重则论做
强奸，轻则只算拐占，定然问他大大一个罪名。他是亲王，谁人敢问？若
论王子王孙犯与庶民同罪这句话看起来，不过是设而不行的虚套子，有甚
相干。宁王自得此妇，朝夕淫乐，专宠无比。回头一看，满府中妖妖娆娆，
娇娇媚媚，尽成灰土。这才是人眼里西施，别个急他不过。如此春花秋
月，不觉过了一年余，欢爱既到处极，滋味渐觉平常。

　　一日遇着三月天气，海棠花盛开，宁王对花饮酒，饼妇在旁，看着海
棠，暗自流泪。宁王瞧着，便问道："你在我府中，这般受宠，比着随了卖
饼的，朝巴暮结，难道不胜千倍。有甚牵挂在心，还自背地流泪？"饼妇便
跪下去说苦道："贱妾生长在大王府中，便没牵挂，既先为卖饼之妻，这便
是牵挂之根了，故不免堕泪。"宁王将手扶起道："你为何一向不牵挂，今

日却牵挂起来？"饼妇道："这也有个缘故。贱妾生长田舍之家，只晓得桃花李花杏花梅花，并不晓得有什么海棠花。昔年同丈夫在门前卖饼，见府中亲随人，担之海棠花过来，妾生平不曾看见此花，教丈夫去采一朵戴。丈夫方走上采这海棠，被府中人将红棍拦肩一棍，说道：'普天下海棠花，俱有色无香，惟有昌州海棠，有色有香。奉大王命，直至昌州取来的，你却这样大胆，擅敢来采取？'贱妾此时就怨自己不是，害丈夫被打这一棍。今日在大王府中，见此海棠，所以想起丈夫，不由人不下泪。"宁王听此说话，也不觉酸心起来，说道："你今还想丈夫，也是好处。我就传令，着你丈夫进府，与你相见何如？"饼妇即跪下道："若得丈夫再见一面，死亦瞑目。"宁王听了，点点头儿，扒扶了起来，即传令旨出去呼唤。不须臾唤到，直至花前跪下。卖饼的虽俯伏在地，冷眼却瞧着妻子，又不敢哭，又不敢仰视。谁知妻子见了丈夫，放声号哭起来，也不怕宁王嗔怪。宁王虽则性情风流，心却慈喜，见此光景，暗想道："我为何贪了美色，拆散他人的夫妻，也是罪过。"即时随赏百金，与妇人遮羞，就着卖饼的领将出来，复为夫妇。当时王维曾赋一诗，以纪此事。诗云：

> 莫以今时宠，难忘旧日恩。
>
> 看花两眼泪，不共楚王言。

这段离而复合之事，一则是卖饼妻子貌美，又近了王府，终日在门前卖俏，慢藏诲盗，冶容诲淫，合该有此变故。如今单说一个赴选的官人，蓦地里失了妻子，比宁王强夺的尤惨，后为无意中仍复会合，比饼妇重圆的更奇。这事出在哪个朝代？出在南宋高宗年间。这官人姓王名从事，汴梁人氏。幼年做了秀才，就贡入太学。娘子乔氏，旧家女儿，读书知礼。夫妻二人，一双两好。只是家道贫寒，单单唯有夫妻，并无婢仆，也未生儿女。其时高宗初在临安建都，四方盗寇正盛，王从事揣着年资，合当受职，与乔氏商议道："我今年纪止得二十四五，论来还该科举，博个上进功名，才是正理。但只家私不足，更兼之盗贼又狠，这汴梁一带，原是他口里食，倘或复来，你我纵然不死，万一被他驱归他去，终身沦为异域之人了。意欲收拾资装，与你同至临安，且就个小小前程，暂图安乐。等待官满，干戈宁静，仍归故乡。如若兵火未息，就入籍临安，未为不可。你道何如？"乔氏道："我是女流，晓得什么，但凭官人自家主张。"王从事道："我的主意已定，更无疑惑。"即便打叠行装，择日上道。把房屋家伙，托与亲戚照管。一路水程，毫不费力，直至临安。看那临安地方，真个好景致，但见：

　　凤皇竿汉，秦晋连云。慧日如屏多怪石，孤山幽僻遍梅花。天竺峰，飞来峰，峰峰相对，谁云灵鹫移来？万松岭，风篁岭，岭岭分排，总是仙源发出。湖开潋滟，六轿桃柳尽知春；城拱崔巍①，百雉楼台应入画。数不尽过溪亭、放鹤亭、翠薇亭、梦儿亭，步到赏心知胜览。看不迭夫差②墓、杜牧③墓、林逋④墓，行来吊古见名贤。须知十塔九无头，不信清官留不住。

　　王从事到了临安，仓促间要寻下处。临安地方广阔，踏地不知高低，下处正做在抱剑营前。那抱剑营前后左右都是妓家，每日间穿红着绿，站立门首接客。有了妓家，便有这班闲游浪荡子弟，着了大袖阔带的华服，往来摇摆。可怪这班子弟，若是嫖的，不消说要到此地；就是没有钱钞不去嫖的，也要到此闯寡门，吃空茶。所以这抱剑营前，十分热闹。既有这些妓家，又有了这些闲游子弟，男女混杂，便有了卖酒卖肉、卖诗画、卖古董、卖玉石、卖绫罗手帕、荷包香袋、卖春药、卖梳头油、卖胭脂搽面粉的。有了这般做买卖的，便有偷鸡、剪绺⑤、撮空、撇白、托袖拐带有夫妇女。一班小人，丛杂其地。王从事一时不知，赁在此处，雇着轿子，抬乔氏到下处。原来临安风俗，无论民家官家，都用凉轿。就是布帏轿子，也不用帘儿遮掩；就有帘儿，也要揭起凭人观看，并不介意。今番王从事娘子，少不得也是一乘没帘儿的凉轿，那乔氏生得十分美貌，坐在轿上，便到下处。人人看见，谁不喝彩道："这是哪里来的女娘，生得这样标致！"怎知为了这十分颜色，反惹出天样的一场大祸事来。正是：

　　兔死因毛贵，龟亡为壳灵。

　　却说王从事夫妻，到了下处，一见地方落得不好，心上已是不乐。到着晚来，各妓家接了客时，你家饮酒，我家唱曲，东边猜拳，西边掷骰。那

---

①　崔巍——高峻的样子。

②　夫差——吴王阖闾之子，称吴王夫差。春秋末吴国君。

③　杜牧——字牧之，唐文学家。

④　林逋——字君复，北宋诗人，隐居西湖孤以 62 年。不仕不娶，世称"梅妻鹤子"。

⑤　剪绺——剪开别人衣服以窃取财物。

边楼上,提琴弦子;这边郎下,吹笛弄箫。嘈嘈杂杂,喧喧攘攘,直至深夜,方才歇息。从事夫妻,住在其间,又不安稳,又不雅相。商议要搬下处,又可怪临安人家房屋,只要门面好看,里边只用芦苇隔断,涂些烂泥,刷些石灰白水,应当做装摺,所以间壁紧邻,不要说说一句话便听得,就是撒屁小解,也无有不知。王从事的下处,紧夹壁也是一个妓家,那妓家姓刘名赛。那刘赛与一个屠户赵成往来,这人有气力,有贼智,久惯打官司,赌场中抽头放囊①,衙门里买差造访。又结交一班无赖,一呼百应,打抢扎诈,拐骗掠贩,养贼窝赃,告春状,做硬证,陷人为盗,无所不为。这刘赛也是畏其声势,不敢不与他往来,全非真心情愿。乔氏到下处时,赵成已是看见。便起下欺心念头。为此连日只在刘赛家饮酒歇宿,打听他家举动。哪知王从事与妻子商量搬移下处,说话虽低,赵成却听得十之二三,心上想道:"这蛮子,你是别处人,便在这里住住何妨,却又分什么皂白,又要搬向他处,好生可恶!我且看他搬到哪一个所在,再作区处。"及至从事去寻房子,赵成暗地里跟随。王从事因起初仓促,寻错了地方,此番要觅个僻静之处,直寻到钱塘门呈边,看中了一所房子。又仔细问着邻家,都是做生意的,遂租赁下了。与妻子说知,择好日搬去。这些事体,赵成一一尽知。

王从事又无仆从,每日俱要亲身。到了是日,乔氏收拾起箱笼,王从事道;"我先同扛夫抬去,即便唤轿子来接你。"道罢,竟护送箱笼去了。乔氏在寓所等候,不上半个时辰,只见两个汉子,走入来说:"王官人着小的来接娘子,到钱塘门新下处去,轿子已在门首。"乔氏听了,即步出来上轿。看时,却是一乘布帏轿子,乔氏上了轿,轿夫即放下帘儿,抬起就走。也不知走了多少路,到一个门首,轿夫停下轿。轿夫停下轿子,揭起帘儿,乔氏出轿。走入门去,却不见丈夫,只见站着一伙面生歹人。原来赵成在间壁,听见王从事吩咐妻子先押箱笼去的话,将计就计,如飞教两个人抬乘轿子来,将乔氏骗去。临安自来风俗,不下轿帘,赵成恐王从事一时转来遇着,事体败露,为此把帘儿下了,直抬至家中。乔氏见了这一班人,情知有变,吓得面如土色,即回身向轿夫道:"你说是我官人教你来接我到新下处,如何抬到这个所在,还不快送我去。"那轿夫也不答应,竟自走开。

---

①　抽头放囊——指赌场中抽取头钱或发放高利贷以获得暴利。

赵成又招一个后生,赶近前来,左右各挟着一只胳膊,扶她进去,说:"你官人央我们在此看下处,即刻就来。"乔氏娇怯怯的身子,如何强得过这两个后生,被他直搀至内室。乔氏喝道:"你们这班是何等人,如此无理!我官人乃不是低下之人,他是河南贡士,到此选官的。快送我去,万事皆休,若还迟延,决不与你干休!"赵成笑道:"娘子弗要性急,权且住两日,就送去便了。"乔氏道:"胡说!我是良人妻子,怎住在你家里。"赵成带着笑,侧着头,直走至面前去说道:"娘子,你家河南,我住临安,天凑良缘,怎说此话。"乔氏大怒,劈面一个把掌,骂道:"你这砍头贼,如此清平世界,敢设计诓骗良家妇女在家,该得何罪。"赵成被打了这一下,也大怒道:"你这贼妇,好不受人抬举。不是我夸口说,任你夫人小姐,落到我手,不怕飞上天去,哪稀罕你这酸丁的婆娘?要你死就死,活就活,看哪一个敢来与我讲话。"乔氏听了想道:"既落贼人之手,丈夫又不知道,如何脱得虎口?罢,罢!不如死休!"乃道:"你原来是杀人强盗,索性杀了我罢。"赵成道:"若要死偏不容你死。"众人道:"我实对你说,已到这里,料然脱不得身,好好须从,自有好处。"

乔氏此时,要投河奔井,没个去处;欲待悬梁自尽,又被这班人看守。真个求生不能生,求死不得死,无可奈何,放声大哭。哭了又骂,骂了又哭,捶胸跌足,磕头撞脑,弄得个头蓬发松,就是三寸三分的红绣鞋,也跳落了。赵成被她打了一掌,又如此骂,如此哭,难道行不得凶?只因贪她貌美,奸她的心肠有十分,卖她的心肠更有十分,故所以不放出虎势,只得缓缓的计较。乃道:"众弟兄莫理她,等再放肆,少不得与她一顿好皮鞭,自然妥当。"一会儿搬出些酒饭,众人便吃,乔氏便哭。众人吃完,赵成打发去了,叫妻子花氏与婢妾都来作伴防备。原来赵成有一妻两妾,三四个丫头,走过来轮流相劝,将铜盆盛了热水,与她洗脸,乔氏哭犹未止。花氏道:"铁怕落炉,人怕落圈。你如今生不出两翅,飞不到天上,倒不如从了我老爹罢。"乔氏嚷道:"从什么,从什么?"那娘道:"陪老爹睡几夜,若服侍得中意,收你做个小娘子,也叫做从;或把与别人做通房,或是卖与门户人家做小娘,站门接客,也叫做从。但凭你心上从哪一件。"

乔氏听了,一发乱跌乱哭,头髻也跌散了,有只金簪子掉将下来,乔氏急忙拾在手中。原来这只金簪,是王从事初年行聘礼物,上有"王乔百年"四字,乔氏所以极其爱惜,如此受辱受亏之际,不忍弃舍。此时赵成又添了几杯酒,欲火愈炽,乔氏虽则泪容惨淡,他看了转加娇媚,按捺不住,赶近前双手抱住,便要亲嘴。乔氏愤怒,拈起手中簪子,望着赵成面上便刺,正中右眼,刺入约有一寸多深。赵成疼痛难忍,急将手搭住乔氏手腕,向外一扯,这簪子随手而出,鲜血直冒,昏倒在地。可惜一团高兴,弄得冰消瓦解。连这一妻两妾,三四个丫头,把香灰糁的①,把帕子扎的,把乔氏骂的揪打的,乱得大缸水浑。赵成昏去了一大会,方才忍痛开言说:"好,好,不从我也罢了,反搠坏我一目。你这泼贱歪货,还不晓得损人一目,家私平分的律法哩。"叫丫头扶入内室睡下,去请眼科先生医治。又吩咐妻妾们轮流防守乔氏,不容她自寻死路。诗云:

　　双双鹣鸟②在河洲,赠缴遥惊两地投。

　　自系樊笼难解脱,霜天叫彻不成俦③。

　　且说王从事押了箱笼,到了新居,复身转来,叫下轿子,到旧寓时,只见内外门户洞开,妻子不知哪里去了。问及邻家,都说不晓得。唯有刘赛家说:"方才有一乘轿子接了去,这不是官人是哪个?"王从事听了这话,没主意,一则是异乡人,初到临安,无有好友;二则孤身独自,何处找寻去。走了两三日,没些踪影,心中愤恨,无处发泄,却到临安府中,去告起一张状词,连紧壁两邻,都写在状上。这两邻一边是刘赛,一边是做豆腐的,南浔人,姓蓝,年纪约摸六十七八岁,人都叫做蓝老儿,又叫做蓝豆腐。临安府尹,拘唤刘赛及蓝豆腐到官审问,俱无踪迹。一面出广捕查访,一面将刘赛、蓝豆腐招保。赵成在家养眼,得知刘赛被告,暗暗使同伴保了刘赛,又因刘赛保了蓝豆腐。王从事告了这张状词,指望有个着落。哪知反用了好些钱钞,依旧是捕风捉影。自此无聊无赖,只得退了钱塘门下处,权时桥寓客店,守候选期,且好打探妻子消息。分明是:

　　石沉海底无从见,浪打浮沤④哪得圆。

　　再说赵成虽损了一目,心性只是照旧。又想这婆娘烈性,料然与我无缘的了,不如寻早寻个好主顾卖去罢。恰有一新进士,也姓王,名从古,平

---

①　把香灰糁的——用香灰堵住伤口,以达到止血的目的。

②　鹣鸟——即比翼鸟。常用以比喻夫妻恩爱。

③　俦——伴侣,同志。

④　浮沤——水面上的泡沫,指变幻无常,生灭不定。

江府吴县人，新选衢州府西安县知县。年及五旬，尚未有子。因在临安帝都中，要买一妾，不论室女再嫁，只要容貌出众，德性纯良，就是身价高，也不计较。那赵成惯做这掠贩买卖，便有惯做掠贩的中媒，被打听着了，飞风来报与他知。赵成便要卖与此人，心上踌躇，怕乔氏又不肯队，教妻子探问他口气。这婆娘扯个谎，口说："新任西安知县，结发已故，名虽娶妾，实同正室。你既不肯从我老爹，若嫁得此人，依旧去做奶奶，可不是好。"乔氏听了细想道："此话到有三分可听。我今在此，死又不得死，丈夫又不得见面，何日是了。况我好端端的夫妻，被这强贼活拆生分，受他这般毒辱，此等冤仇，若不能报，虽死亦不瞑目。"又想道："到此地位，只得忍耻偷生，将机就计，嫁这客人，先脱离了此处，方好作报仇的地步。闻得西安与临安相去不远，我丈夫少不得做一官半职，天若可怜无辜受难，日后有个机会，知些踪迹，那时把被掠真情告诉，或者读书人念着斯文一脉，夫妻重逢，也不可知，报得冤仇，也不可知。但此身圈留在此，不知是甚地方，又不晓得这贼姓张姓李，全没把柄。"想了一回，又怕羞一回，不好应承，汪汪眼泪，掉将下来，就靠在桌儿上，呜呜咽咽的悲泣。

花氏因她不应，垂头而哭，一眼觑见她头上，露出金簪子，就伸手去轻轻拔他来。乔氏知觉，抬起头来，簪子已在那婆娘手中。乔氏急忙抢时，那婆娘掣身飞奔去了。乔氏失了此簪，放声大哭，暗思道："这是我丈夫行聘之物，刺贼救身之宝，今落在他人之手，眼见得要夫妻重会，不能够了。"自此寻死的念头多，嫁人的念头少。哭得个天昏地暗，蒙眬睡去，梦见一个大团鱼，爬到身边。乔氏平昔善会烹治团鱼，见了这个大团鱼，便拿把刀将手去捉他来杀。这团鱼抬头直伸起来，乔氏畏怕，又缩了手。乔氏心记头上金簪，不知怎的这簪子却已在手，就向团鱼身上一丢，又舍不得，连忙去拾这簪子，却又不见。四面寻觅，只见那团鱼伸长了颈，说起话来，叫道："乔大娘，乔大娘，你不要爱惜我，杀我也早，烧我也早。你不要怀念着金簪子，寻得着也好，寻不着也好。你不要想着丈夫，这个王也不了，那个王也不了。"乔氏见团鱼说话，连叫奇怪，举把刀去砍他，却被团鱼一口啮住手腕，疼痛难忍，霎然惊醒。想道："我丈夫平时爱吃团鱼，我常时为他烹煮，莫非杀生害命，至有今日夫妻拆散之报？"

正想之间，花氏又来问："愿与不愿，早些说出来，莫要耽误人。"乔氏无可奈何，勉强应承。赵成又想："这婆娘厉害，倘到那边，一五一十，说出这些缘故，他们官官相护，一时翻转脸来，寻我的不是，可不老大厉害，莫把家里与她认得。"又吩咐媒人，只说姓胡。这一班通是会中人，俱各会意，到王知县船上去说，期定明日亲自来相看。赵成另向隐僻处，借下一个所在，把乔氏抬到那边住下。赵成妻子，一同齐去。到午牌前后，王从古同媒人来，将乔氏仔细一看，姿容美丽，体态妖娆，十分中意，即便去了。不多时，媒人领了十多人来，行下了三十贯钱聘礼。乔氏事到此间，只得梳妆，含羞上轿，虽非守一而终，还喜明媒正娶，强如埋没在赵成家里。要知乔氏嫁人，原是失节，但赵成家紧紧防守，寻死不得，至此又还想要报仇，假若果然寻了死路，后来哪得夫妇重逢，报仇雪耻。当时有人作绝句一首，单道乔氏被掠从权，未为不是。诗云：

　　草草临安住几时，无端风雨唤离居。

　　东天不养西天养，及到东天月又西。

乔氏上了轿，出了临安城，王从古船泊江口，即舟中成其夫妇。王从古本来要娶妾养子，因见乔氏美艳，枕席之间，未免过度。那乔氏从来知诗知礼，一时被掠，做下出乖露丑，每有所问，勉强支吾，心实不乐。王从古只道是初婚的怕羞，哪知有事关心，各不相照。王从古既已娶妾，即便开船，过了富阳桐庐，望三衢进发。为甚叫做三衢？因洪水暴出，分为三道，故名三衢。这衢州地方，上届牛女分野，春秋为越西鄙姑蔑地，秦时名太末，东汉名新安，隋时名三衢，唐时名衢州，至宋朝相因为衢州府。负郭的便是西安首县。王从古到了西安上任，参谒各上司之后，亲理民事，无非是兵刑钱谷，户婚田土，务在伸屈锄强，除奸剔蠹，为此万民感仰，有神明之称。又一清如水，秋毫不取，西安县中，寂然无事。真个：

　　雨后有人耕绿野，月明无犬吠花村。

这王从古是中年发迹的人，在苏州起身时，欲同结发夫人安氏赴任。夫人道："你我俱是五旬上边的人，没有儿女。医家说，妇人家至四十九岁，绝了天癸，便没有养育之事。你的日子还长，不如娶了偏房，养个儿子，接代香火。你自去做官，我情愿在家吃斋念佛。"故此王从古到临安娶妾至任。衙中随身伴当夫妻两人，亲丁只有乔氏。谁知乔氏怀念前夫，心中只是快快。光阳迅速，早又二年。一日正值中秋，一轮明月当窗，清光皎洁。王从古在衙斋对月焚香啜茗，乔氏在旁侍坐。但见高梧疏影，正照在太湖石畔，清清冷冷，光景甚是萧瑟。兼之鹤唳一声，蟋蟀络绎，间为相应,虽然是个官衙,恰是僧房道院,也没有这般寂寞。王从古乘间问着乔氏道:"你相从我,不觉又是两年,从不见你一日眉开,毕竟为甚?"乔氏道:"大凡人悲喜各有缘故,若本来快活,做不出忧愁;若本来悲苦的,要做出喜欢,一发不能够。"王从古见她说话含糊,又道:"我见你德性又好,才调又好,并不曾把偏房体面待你,为何不向我说句实话?"乔氏道:"失节妇人,有何好处,多烦官人,这般看待。"王从古道:"你是汴梁人,重婚再嫁,不消说起。毕竟你前夫是死是活,为甚的到了临安住在胡家?"乔氏道:"原来这贩卖人家姓胡么?"王从古听说,一发惊异道:"你住在他家,为何还不晓得他姓胡,然则你丈夫是什么样人?"乔氏道:"妻子既被人贩卖,说出来一发把他人玷辱,不如不说。况今离别二年有余,死也没用,活也没用。"言罢,双泪交流,歔欷叹息。王从古听她说话又苦,光景又惨,连自家讨个贩卖来的做偏房,也没意思,闷闷不名而睡。乔氏见他已睡,乃题一诗于书房壁上。诗云:

蜗角蝇头①有甚堪,无端造次说临安。

因知不是亲兄弟,名姓凭君次第看。

题罢就寝。明早王从古到书房中,见了此诗,知道是乔氏所作。把诗中之意一想:"蜗角蝇头,她丈夫定是求名求利的,到临安失散,不消说起。后边两句,想是将丈夫姓名,做个谜话,教我详察,我一时如何便省得其意。"王从古方在此自言自语,只见乔氏送茶进来。王从古道:"你诗中之意,我都晓得,若后来访得你前夫消息,定然使月缺重圆。"乔氏听见此话,双膝就跪下,说道:"愿官人百年富贵,子孙满堂。"此时笑容可掬,真是这两年间,只有这个时辰笑得一笑,眉头开得一开。王从古看了,点头嗟叹其不忘前夫。

自此又过年余。一日正当理事,阴阳生报道:"府学新到的教授来拜。"王知县先看他脚色,乃是汴梁人,年二十八岁,由贡士出身,初授湖州训导,转升今职,姓王名从事。王从古见名姓与己相去不远,就想着乔氏诗中有因,知不是亲兄弟之句,沉吟半晌,莫非正是此君,且从容看是如何。遂出至宾馆中相见,答拜已毕,从此往来,也有公事,也有私事,日渐亲密。一来彼此主宾,原无拘碍;二来是读书人遇读书人,说话投机,杯酒

---

① 蜗角蝇头——蜗角和蝇头,均指极细小的事物,有时特指小字,如蝇头小楷。

流连，习为常事。倏忽便二年。那衢州府城之南，有一烂柯山，相传是青霞第八洞天。晋时樵夫王质入山砍樵，见二童子相对下棋，王质停了斧柯，观看一局，棋还未完，王质的斧柯，尽已朽烂，故名为烂柯山。有此神山圣迹，所以官民仕宦，都要到此山观玩。

一日早春天气，王从事治下看檄，差驰夫持书束到县，请王从古至烂柯山看梅花。王从古即时散衙，乘小轿前来。王从事又请训导叶先生，同来陪酒。这叶先生双名春林，就是乐清县人，三位官人，都是角巾便服，素鞋净袜，携手相扶，缓步登山，借地而坐，饮酒观花。是日天气晴和，微风拂拂，每遇风过，这些花瓣如鱼鳞飞将下来，也有点在衣上，也有飞入酒杯。王知县道："这般良辰美景，不可辜负。我三人各分一韵，即景题诗，以志一时逸兴。"王教授道："如此最妙。"就将诗韵递与王教授，知县接韵在手，随手揭开一韵，乃是壶字。知县又递与王教授，教授又送叶训导。那叶训导揭出仙字。然后教授揭着一韵，却是一个妻字，不觉愀然起来。况且游山看花的题目，用不着妻字，难道不是个险韵？又因他是无妻子的人，蓦地感怀，自思自叹。知县训导，哪里晓得。王知县把酒在手，咿咿唔唔的吟将出来，诗云：

梅发春山兴莫孤，枝头好鸟唤提壶。

若无佳句酬全谷，却是高阳旧酒徒。

叶训导诗云：

买得山光不用钱，梅花清逸自嫣然。

折来不寄江南客，赠与孤山病里仙。

王教授拈韵在手，诗倒未成，两泪垂垂欲滴。王知县道："老先生见招，为何先自没兴，对酒不乐，是甚意思？"王教授道："偶感寒疾，腹痛如刺，故此诗兴不凑，例当罚迟。"自把巨杯斟上。这杯酒却有十来两，王教授平昔酒量，原是平常，却要强进此杯，咽下千千万万的苦情，不觉一饮而尽。红着两眼，吟诗云：

景物相将兴不齐，断肠行赂各东西。

谁教梦逐沙吒利①，漫学斑鸠唤旧妻。

吟罢，大叹一声。王知县道："老先生兴致不高，诗情散乱，又该罚一

———————————

①　沙吒利——唐代人名。

杯。"王教授只是垂头不语。叶训导唤从人,将过云母笺一幅,递与王知县,录出所题诗句。知县写诗已毕,后题姑苏王从古五字。因知县留名,叶训导后边也写乐清叶林春漫录七字。两人既已留名,王教授也写个汴梁王从事书,只是诗柄上增:"春日邀王令公、叶广文同游烂柯山看梅,限韵得妻字。"书罢,递与王知县。知县反复再看,猛然想起,就将云母笺一卷,藏入袖里。说道:"等学生仔细玩味一番,容日奉到。"是日天色已晚,各自回衙。

王从古故意将这诗笺,就放在案头。乔氏一日走入书房,见了这卷云母笺,就展开观看,看到后边这诗,认得笔迹是丈夫的,又写着汴梁王从事。"这不是我丈夫是谁,难道汴梁城有两个王从事不成?"又想道:"我丈夫出身贡士,今已五年,就做衢州教授,也不甚差。难道一缘一会,真正是他在此做官?"又想道:"他既做官,也应该重娶了。今看诗中情况,又怨又苦,还不像有家小。假若他还不曾娶了家小,我却已嫁了王知县,可不羞死?总然后来有相见日子,我有甚颜面见他。"心里想,口里恨,手里将胸乱搥。恰好王从古早堂退衙,走入书房,见乔氏那番光景,问道:"为甚如此模样?"乔氏道:"我见王教授姓名,与我前夫相同,又是汴梁人,故此烦恼。"王从古情知事有七八分,反说道:"你莫认差了,王教授说,祖籍汴梁,其实三代住在润州。"乔氏道:"这笔迹是我前夫的,哪个假得。"王从古道:"这是他书手代写的,休认错了。"乔氏道:"他是教授,倒有书手代写。你是一县之主,难道反没个书手,却又是自家亲笔?"王从古见他说话来得快捷,又答道:"这又有个缘故的,那王教授右手害疮,写不得字,故此教书手代写。我手上又不害疮,何妨自家动笔。"乔氏见说,没了主意,半疑半信。王从古外面如此谈话,心上却见她一念不忘前夫,倒有十分敬爱。又说道:"事且从容,我再与你寻访。"

又过了几日,县治后堂工字厅两边庭中,千叶桃花盛开,一边红,一边白,十分烂漫。王从古要请王教授叶训导玩赏桃花,先差人投下请帖,吩咐厨下,整治肴馔。对乔氏道:"今日请王教授,他是斯文清越的人,酒馔须是精洁些。"乔氏听说请王教授,反觉愕然,忙应道:"不知可用团鱼?"王从古道:"你平日不煮团鱼,今日少了这一味也罢。"乔氏道:"恐怕王教授或者喜吃团鱼,故此相问。"王从古笑道:"这也但凭你罢了。"原来王从古,旧有肠风下血之病,到西安又患了痔疮,曾请官医调治,官医又写一海

上丹方,云团鱼滋阴降火凉血,每日烹调下饭,将其元煮白汁薰洗,无不神
效。王从古自得此方,日常着买办差役,买团鱼进衙。乔氏本为王从事食
团鱼,见了团鱼,就思想前夫。又向在赵成家,得此一梦,所以不吃团鱼,
也不去烹调。今番听说请王教授,因前日诗笺姓名字迹,疑怀未释,故欲
整治此味,探其是否。王从古冷眼旁观,先已窥破她的底蕴①,故意把话
来挑引。此乃各人心事,是说不出的话。

　　当下王从古正与乔氏说长话短,外边传梆道:"学里两位师爷都已请
到。"王从古即出衙迎接,引入后堂。茶罢清谈,又分咏红白二种桃花诗,
即好诗也做完,酒席已备。那日是知县做主人,少不得王教授是坐第一
位,叶训导是第二位。席间宾主款洽,杯觥交错。大抵官府宴饮,不掷骰,
不猜拳,只是行令。这三位官人,因是莫逆相知,行令猜拳,放怀大酌。王
教授也甚快活,并不比烂柯山赏梅花的光景。正当欢乐之际,门子供上一
品肴馔,不是别味,却是一品好团鱼。各请举筷,王知县一连数口,便道:
"今日团鱼,为何异常有味?"那叶训导自来戒食团鱼,教门子送到知县席
上。唯王教授一风供上团鱼,忽然不乐,再一眼看觑,又有惊疑之色。及
举筷细细一拨,俯首沉吟,去了神去。两只牙筷,在碗中拨上拨下,看一
看,想一想,汪汪的两行珠泪,掉下来了。比适才猜拳行令光景,大不相
同。王知县看了,情知有故,便道:"一人向隅,满座不乐。王老先生每次
悲哭败兴,大煞风景,收了筵席罢。"叶训导听见此语,早已起身,打恭作
谢。王教授也要告辞,王知县道:"叶老先生请回衙,王老先生暂留,还有
说话。"

　　遂送叶训导出堂,上轿去后,复身转来,屏退左右,两人接席而坐。王
知县低声问王教授道:"老先生适才不吃团鱼,反增凄惨,此是何故,小弟
当为老先生解闷。"王教授道:"晚生一向抱此心事,只因言之污耳,所以
不敢告诉。晚生原配荆妻乔氏平生善治烹团鱼,先把团鱼裙子括去黑皮,
切窝亦必方正。今见贵衙中,整治此品,与先妻一般,触景感怀,所以堕
泪。"王知县道:"原来尊阃早以去世,小弟久失动问。"王教授道:"何曾是
死别,却是生离。"王知县道:"为甚乃至于此?"王教授乃将临安就居一段

---

　　①　底蕴——指底悉、内涵、内部情况。

情繇①,说了一遍。王知县听了此话,即令开了私宅门,请王教授进去,便教乔氏出房相认。乔氏一见了王从事,王从事一见了妻子,彼此并无一言,唯有相抱大哭。连王知县也凄惨垂泪,直待两人哭罢,方对王教授道:"我与老先生同在地方做官,就把尊阃送到贵衙,体面不好。小弟以同官妻为妾,其过大矣,然实陷不知。今幸未有儿女,甚为干净,小弟如今宦情已淡,即日告病归田。待小弟出衙之后,离了府城,老先生将一小船相候,彼此不觉,方为美算。"王教授道:"然则当年老先生买妾,用多少身价,自当补还。"王知县道:"开口便俗,莫题,莫题。"说罢,王教授别了知县,乔氏自还衙斋。王从古即日申文上司告病,各衙门俱已批允,收拾行装离任,出城登舟,望北而行。打发护送人役转去,王教授船泊冷静去处,将乔氏过载,复为夫妇。一床锦被遮羞,万事尽勾一笔,只将临安被人劫掠始终,并团鱼一梦,从头至尾,上床时说到天明,还是不了。正是:

> 今宵胜把银缸照,犹恐相逢是梦中。

乔氏说道:"我今夫妻重合,虽是天意,实出王知县大德,自不消说起。但大仇未报,死不甘心,怎生访获得强盗,须把他碎骨粉身,方才雪此仇耻。"王从事道:"我虽则做官,却是寒毡冷局。且又不知这贼姓名居处,又在隔府别县,急切里如何就访得着。"乔氏道:"此贼姓胡。已是晓得,但不知其住处。"王从事道:"此事只索放下,再作区处。"

话休烦絮。王从事做官一年,任满当迁。各上司俱荐他学行优长,才猷宏茂,堪任烦剧,遂升任临安府钱塘县知县。乔氏闻报大喜,对丈夫道:"今任钱塘,便是当年拆散之地,县令一邑之长,当与百姓伸冤理枉。何况自己身负奇冤,不为报雪,到彼首当留心此事。"王从事道:"不消叮咛,但事不可定,事不可知,且待到任之后,自有道理。"随择日启程,从金华一路,到钱塘上任。三朝行香之后,参谒上司。京县与外县不同,自中书政府,以及两台各衙门,哪一处不要去参见。通谒之后,刑布规条,投文放告,征比钱粮。新知县第一日放告,那告状的也无算,王从事只拣情重的方准。中有一词,上写道:

> 告状人周绍,告为劫赌杀命事。绍系经商生理,设铺扬州。有子
> 周玄,在家读书。祸遭嘉兴三犯盐徒丁奇,遁居临安,开赌诱子宿娼

---

① 情繇——即详情。

刘赛,朋扛赌搏,劫去血资五十余两,金簪一只。绍归往理,触凶毒打垂毙,赵成救证,诱赌劫财,逞凶杀命。告。

原告　　周绍

被犯　　丁奇　　刘塞　　周玄

干证　　赵成

王从事看这词,事体虽小,引诱人家子弟嫖赌,情实可恶,也就准了,仰本图里老拘审。原凤这张状词,却是赵成阴唆周绍告儿子的。赵成便贪淫作恶,妻子婢妾,却肯舍身延寿。凡在他家走动的,无有不相知,好似癫痢头上拍苍蝇,来一个着一个,总来瞒着赵成一人。有晓得的,在背后颠唇簸嘴说道:"赵瞎子做尽人,哪得无此现世报。"赵成近时,忽地道女人滋味平常,要寻小官人味道尝尝,正括着周绍的儿子周玄。这周玄排行第一,人都叫他是周一官,年纪十七八岁。一向原是附名读书,近被赵戒设计哄诱,做了男风胶友。引到家中,穿房入户,老婆婢妾,见他年纪小,又标致,个个把他当性命活宝。赵成大老婆花氏,已是三十四五,年纪是她长,名分是老大,风骚又是她为最。周玄单单供应这老婆娘,还嫌弗够,所以一心倒在周玄身上。平日积下的私房,尽数与她,连向日抢乔氏这只金簪,也送与他做表记。两个小老婆,也要学样,手中却少东西,只有几件衣服,将来表情,丫头们只送得汗巾香袋。周玄分明是瞎仓官收粮,无有不纳。赵成一生占尽便宜,只有这场交易,吃了暗亏。

周玄跟着赵成,到处酒楼妓馆,赌博场中,无不串熟。小官家生性,着处生根,那时嫖也来,赌也来,把赵成老婆所赠,着实撒漫。那抱剑营前刘赛,手内积攒得东西,买起粉头接客,自己做鸨儿管家,又开赌场。嫖客到来,乘便就除红捉绿。周玄常在她家走动。这丁奇是嘉兴贩绵绸客人,到刘赛家来嫖,与周玄相遇。刘赛牵头赌钱,丁奇却是久掷药骰的,周玄初出小伙子,哪垎几掷,身边所有,尽都折倒,连赵成老婆与他这只金簪也输了。是时五月天气,不戴巾帽,丁奇接来,就插在角儿上。赌罢,周玄败兴,先自去了。丁奇就与粉头饮酒,却好赵成撞至,刘赛就邀来与丁奇同坐吃酒。赵成见丁奇头上金簪,却像妻子戴的一般,借来一看,吃了一惊。刘赛道:"方才周一官,将来做梢,输与丁客人的。"赵成情知妻子与周玄必有私情事了,心里想了一想,自己引诱周玄的不是,不如隐了家丑,借景摆布周玄罢。算计已定,即便去寻周玄。他本意原只要寻周绍,不想恰妤遇着在家。

那周绍原是清客，又是好动不好静的，衙门人认得的也多，各样道路中人，略略晓得几个。见了赵成，两下扳谈。赵成即把他儿子与丁奇赌钱，输下金簪子的事说出。周绍道："可知家中一向失去几多物件，原来都是不长进的东西，偷出去输与别人。"又说道："只是我儿子没有这金簪，这又是哪里来的？"赵成道："赌博场中，梢挽梢，管他来历怎的。如今钱塘县新任太爷到，何不告他一状，一则追这丁奇的东西，二则也警戒令郎下次。"周绍听信了他，因此告这张状词。也是赵成恶贯满盈，几百张状词，偏偏这一张却在准数之中，又批个亲提，差本图里老拘审。新下马的官府，谁敢怠慢。不过数日，将人犯拘齐，投文解到。王从事令午衙所审，到未牌时分，王从事出衙升堂，唤进诸犯，跪于月台之上。

王从事先叫原告周绍上去，问道："你有几个儿子？"周绍道："只有一个儿子。"知县道："你既在扬州开段铺，是个有身家的了，又且只一子，何不在家教训他，却出外做客，至使学出不好？"周绍道："业在其中，一时如何改得。"知县又叫周玄上来，看了一看，问道："你小小年纪，怎不学好，却去宿娼赌钱，花费父亲资本。"周玄道："小人实不曾花费父亲东西。"知县道："胡说，既不曾花费，你父亲岂肯告你。在我面前，尚这般抵赖，可知在外所为了。"喝叫："拿下去打！"皂隶一声答应，鹰拿燕雀，扯将出去。那个小伙子，魂多吓掉。赵成本意借题发挥，要打周玄，报雪奸他妻子这口怨气，今番知县责治，好不快活，伸头望颈的对皂隶打暗号，教下毒手打他。早又被知县瞧见，却认错是教皂隶卖法用情，心里已明白这人是衙门情熟的，又见周玄哀哀哭泣，心里又怜他年纪小。喝道："且住了。"周玄得免，分明死去还魂。

知县叫丁奇问道："你引诱周玄嫖赌，又劫了他财物，又打坏周绍，况又是个盐徒，若依律该问个徒罪。"丁奇道："老爷，小人到此贩卖绵绸，并非卖盐之人。与周玄只会得一次，怎说是引诱他嫖赌，劫他财物，通是虚情诳告，希图捏诈。"知县道："周绍也是有家业的人，你没有引诱之情，怎舍得爱子到官？"周绍叩头道："爷爷是青天。"丁奇道："周玄嫖赌，或是自有别人引诱，其实与小人无干。"周绍道："儿子正是他引诱的，更无别人，劫去的财物，有细财在此。"袖里摸出一纸呈上。赵成随接口直叫道："还有金簪子一只。"知县大怒道："你是干证，又不问你，为何要你抢嘴？"叫左右掌嘴，皂隶执起竹掌，一连打上二十，才教住了。赵成脸上，打得红肿不堪。知县问："金簪今在何处？"丁奇不敢隐瞒说："金簪在小人处。"知县道："既有金簪，这引诱劫赌的情是真了。"丁奇道："小人在客边，到刘赛家宿歇，与周玄偶然相遇，一时作耍赌东道。周玄输了，将这金簪当梢是实，欺侮银两，都是假的。只问娼妇刘赛，便见明白。"一头说，一头在袖摸出金簪。皂隶递与门子，呈到案上。知县拿起簪子一看，即看见上有"王乔百年"四字，正是当年行聘的东西，故物重逢，不觉大惊，暗道："此簪周玄所输，定是其母之物，看起来昔日掠贩的是周绍了。但奶奶说是姓胡，右眼已被刺瞎，今却姓周，双目不损，此是为何？"沉吟一回，心中兀突，吩咐且带出去，明日再审，即便退堂。衙门上下人，都道："这样小事，重则枷责，轻则扯开，有甚难处？怎样没决断，又要进去问后司。"众人只认做知县才短，哪里晓得他心中缘故。

王从事袖了簪子过衙，递与乔氏道："我正要访拿仇人，不想事有凑巧，却有一件赌博词讼，审出这根簪子。"乔氏道："这人可是姓胡，右眼可是瞎的？"知县道："只因其人不姓胡，又非瞎眼，所以狐疑，进来问你。"乔氏也惊异道："这又怎么说？"知县又问道："他可有儿子弟兄么？"乔氏道："俱没有。"知县委决不下，想来想去，乃道："我有道理了。只把这周绍，盘问他从何得来，便有着落。"次日早堂，也不投文，也不理别事，就唤来审问。当下知县即呼周绍问道："这簪子可是你家的么？"周绍应道："是。"又问道："还是自己打造的，别人兑换的，有多少重？"周绍支吾不过。知县喝教夹起来，皂隶连忙讨过夹棍。周绍着了忙，叫道："其实不干小人的，不知儿子从何处得来。"知县便叫周玄："你从哪里得来的？"这小伙子，昨日吃了一吓，今日又见动夹棍。心惊胆战，只得实说："是赵成妻子与我的。"知县道："想必你与他妻子有奸么？"周玄不敢答应。

知县即叫赵成来问，赵成跪到案前，知县仔细一看，右眼却是瞎的，忽然大悟道："当日掠贩的，定是这个了。他说姓胡，亦恐有后患，假托鬼名耳。"遂问道："可是你恨周玄与妻子有奸，借丁奇赌钱事，阴唆周绍告状，结果周玄么？"赵成被道着心事，老大惊骇，硬赖道："其实周玄在刘赛家赌钱，小人看见了报与他父亲，所以周玄怀恨，故意污赖，说是小人妻子与他簪子。"知县道："这也或者有之，你可晓得，这簪子是哪里来的？"赵成道："这个小人不晓得。"知县又问道："你妻子之处，可还有婢妾么？"赵成道:"还有二妾四婢。"知县暗道:"此话与乔氏所言相合,一发不消说起是了。"又道:"你是何等样人,乃有二妾四婢,想必都是强占人的么?"赵成道:"小人是极守法度的,怎敢作这样没天理的事。"知县道:"我细看你,定是个恶人。"又道:"你这眼睛,为甚瞎了?"赵成听了这话,正是青天里打一个霹雳,却答应不来。知县情知正是此人,更无疑惑,乃道:"你这奴才,不知做下多少恶事,快些招来,饶你的死。"赵成供道:"小人实不曾做甚歹事。"知县喝叫:"快夹起来。"三四个皂隶,赶向前扯去鞋袜,套上夹棍,赵成杀猪一般喊叫,只是不肯招承。

知县即写一朱票,唤过两个能事的皂隶,低低吩咐,如此如此。皂隶领命,飞也似去了。不多时,将赵成一妻两妾,四个老丫头,一串儿都缚来,跪地丹墀。皂隶回复:"赵成妻子通拿到了。"此时赵成,已是三夹棍,半个字也吐不出实情,正在昏迷之际。这班婆娘见了,一个个吓得魂飞魄散。知县单唤花氏近前,将簪子与她看,问道:"这可是你与周玄的么?"那婆娘见老公夹得是死人一般,又见知县这个威热,分明是一尊活神道,怎敢不认,忙应道:"正是小妇人与他的。"知县道:"你与周玄通奸几时了?"花氏道:"将及一年了。家中大小,皆与周玄有奸,不独小妇人一个。"又问:"怎样起的?"花氏道:"原是丈夫引诱周玄到家宿歇,因而成奸。"知县道:"原来如此。"又问道:"你这簪子,从何得来?丈夫眼睛为何瞎了,他平日怎生为恶?须一一实招,饶你的刑罚。"那婆娘唯恐夹棍也到脚上,从头至尾,将他平日所为恶端,并劫乔氏贩卖等情,一一说出,知县道:"我已晓得,不消说了。"就教放了赵成夹棍,选头号大板,打上一百。两腿血肉,片片飞起,眼见赵成性命在霎时间了。

知县又唤花氏道:"你这贱妇,助夫为恶,又明犯奸情,亦打四十。众妇人又次一等,各打二十。"即援笔判道:

　　审得赵成,豺狼成性,蛇虺①为心。拐人妻,掠人妇,奸谋奚止百出,攫人物,劫人财,凶恶不啻万端。诱娈童②以入幕,乃恶贯之将盈;启妻妾以朋淫,何天道这好还。花氏夺簪而转赠所欢,赵成构讼而欲申私耻,丁奇适遭其衅,周绍偶受其唆,虽头绪各有所自,而造孽

---

①　蛇虺(huǐ)——虺为毒虫。
②　娈童——美好的童子,亦指被当作女性玩弄的美貌男子。

独出赵成。案其恶款,诚罄竹之难书①;据其罪迹,岂擢发所能数。加以寸磔②,庶尽厥罪。第往事难稽,阴谋无证。坐之城旦③,实有余辜。刘赛烟花而复作囊家,杖以未做。丁奇商贩而肆行赌博,惩之使戒。周玄被诱生情,薄惩拟杖,律照和奸。花氏妻妾宣淫,重笞示辱,法当官卖。金簪附库,周绍免供。

判罢,诸犯俱押去召保。赵成发下狱中,当晚即讨过病状。可怜做了一世恶人,到此身死牢狱,妻妾尽归他人。这才是:

善恶到头终有报,只争来早与来迟。

且说王从事,退入私衙,将前项事说与乔氏。乔氏得报了宿昔冤仇,心满意足,合掌谢天。这只金簪,教库上缴进,另造一只存库。临安百姓,只道断明了一桩公事,怎知其中缘故,知县原为着自己。那时无不称颂钱塘王知县,因赌博小事,审出教唆之人,除了个积恶,名声大振。三年满任,升绍兴府通判。又以卓异,升嘉兴府太守。到任年余,乔氏夫人,力劝致仕,归汴梁祖业。王从事依允,即日申文上司,引病乞休,各衙门批详准允。收拾启程,船到苏州,想起王知县恩德,泊船阊门④,访问王知县居处,住在灵岩山剪香泾。王从事备下礼物,放船到渎村停泊,同乔氏各乘一肩小轿,直到剪香泾来。先差人投递名帖,王知县即时出门迎接。原来王知县,因还妾一事,阴德感天,夫人年已五十以外,却生下一子,取名德兴。此时已有七岁,读书甚是聪明。当下在门首迎接,王从古见有两乘小轿,便问:“为何有两乘轿子?”跟随的启道:“太守夫人,一同在此。”王知县心上不安,传话说:“我与太守公是故人,方好相接,夫人哪有相见之礼?”跟随的只道王知县不肯与故人夫人相见,实不知其中却有一个缘故,为此乔氏随转轿归船。王从事与王知县,流连两日而别。一路无话,直至汴梁。

是时天下平静,从事在汴梁城中,觅了小小一所居第,一座花园,与乔氏日夕徜徉其间。乔氏终身无子,从事乃立从堂兄弟之子为嗣,取名灵

---

① 罄竹难书——极言劣迹之多。

② 寸磔(zhé)——磔为古代一种酷刑,即分尸。寸磔极言将其寸断。

③ 城旦——秦汉时的一种刑罚,强制筑城。

④ 阊(chāng)门——原指天门或皇宫正门,后泛指门。

复,暗藏螟蛉①之义。王从事居家数年而故,乔氏亦守寡十五年才终。临终时吩咐灵复道:"我少年得罪你父亲,我死之后,不得与你父亲合葬。父亲之柩,该葬祖墓,我的棺木,另埋一处。"灵复暗道:"我父亲生前与母亲极为恩爱,何故说得罪两字。"欲待再问,乔氏早已瞑目而去。灵复只道一时乱命,哪里晓得从前这些缘故。乔氏当日在赵成家,梦见团鱼说话,后来若不煮团鱼与王教授吃。怎得教授见鞍思马,吐真情与王知县。所谓"杀我也早,烧我也早",在梦验矣。若当时这簪子不被赵成妻子抢去,后来怎报得这赵成劫抢之仇,所谓"寻得着也好,寻不着也好",其梦又验。当时嫁了王从事,却被赵成拐去,所谓"这个王也不了"。后来又得王知县送还从事,所谓"那个王也不了",团鱼一梦,无不奇验。后人单作一诗,赞王知县不好色忘义,就成了王从事夫妻重合,编出一段美谈。诗云:

见色如何不动情,可怜美少遇强人。

五年月色西安县,满树桃花客馆春。

墨迹可知新翰墨,烹鱼乃信旧调人。

若非仗义王从古,完璧如何返赵君。

后人又因王知县夫人五旬外生下德兴儿子,后日得中进士,接绍书香,方见王知县阴德之报,作一绝句赞之。诗云:

当年娶妾为宁馨,妾去桃花又几春。

不是广文缘不断,为教阴德显王君。

---

① 螟蛉——指稻螟蛉的幼虫。蜾蠃捕食螟蛉,并将卵产于其体内,使其成为幼虫的食料。《诗·小雅·小宛》:"螟蛉有子,蜾蠃负之。"古人常把螟蛉作为养子的代称。

第十一回

江都市孝妇屠身

百行先尊孝道,闺闱尤重贞恭。古来今往事无穷,谩把新词翻弄。青史日星并耀,芳名宇宙同终。堪夸孝妇格苍穹,留与人间传诵。

这阕俚词,单说人生百行,以孝为先。这句话,分明是秀才家一块打门砖,道学家一宗大公案。师长传授弟子,弟子佩服先生,直教治国平天下,总来脱不得这个大题目,自不消说起。就是平常不读书的人,略略明白三分道理,少不得也要学个好样子。唯有那女人家,性子又偏,性子以偏,见识又小,呆呆地坐在家中,平日间只与姊妹姑嫂妯娌们说些你家做甚衣服,我家置甚首饰,你家到哪里去扳亲,哪里去望眷,我家到何处去烧香,何处去还愿;便是极贤惠的,也不过说了些柴米油盐酱醋茶的家常话,何曾晓得什么缇萦女救亲①,赵五娘行孝。所以说:"三尺布,抹了胸,不知西与东。"

说便是这等说,尽有几个能行孝道的。昔日汉时,越中上虞县有个曹盱,性子轻滑,惯会弄潮。原来钱塘江上风俗,每年端午,轻薄弟子,都去习水弄潮,迎伍子胥神道。那曹盱乘兴跳入江心,一时潮涌身没,将曹盱的尸骸,不知飘到哪一个龙宫藏府去了。所以当年官府,张挂榜文,戒人弄潮,上写道:

斗牛之分,吴越之中,唯江涛之最雄,乘秋风而益怒,乃其习俗,于此观游。厥有善泅之徒,竟作弄潮之戏,以父母所生之遗体,投鱼龙不测之深渊,自为矜夸。时或沉溺,精魄永沦于泉下,妻孥望哭于水滨。生也有涯,盍终于天命;死而不吊,重弃于人伦。推予不忍之

---

① 缇萦女救亲——淳于缇萦为著名医学家淳于意之女,西汉临淄人。文帝时,其父为齐太仓令,被人陷害入狱,淳于缇萦上书请作官婢以赎父刑。旧时把她作为孝道的典范。

心，伸尔无穷之戒。如有无知，违怙不悛，仍蹈前辙，必行科罚。

　　当时曹盱有女，年方一十四岁，闻父亲溺死，赶到江边，求觅尸首。哭泣了三日三夜，不得其尸，直哭得喉咙已哑，肝肠要断。却去寻了一个大西瓜，拜告江神道：“我父亲尸首，若是沉在何处，只愿此瓜，永沉到底。”祝罢，将瓜投在江中。只见瓜儿一滚两滚，直沉下去。曹娥便随着瓜向江心一跳，也丧于波涛之内。沉了七日，却抱着父亲尸首而出。你道这个瓜，缘何便沉？只因孝女报父心坚，拼着性命哀求，所以感动天地。至今立庙曹溪，春秋二祭，这乃是一个真孝闺女。

　　然女人家孝父母的还有，孝公姑的却是难得。常言道：“隔重肚皮隔重山。”做公姑的不肯把媳妇当做亲生儿女，做媳妇的也不肯把公姑当做生身父母。只有当初崔家娘子，因阿婆落尽牙齿，吃不得饭，嚼不得肉，单单饮得些汤水，如何得性命存活。崔娘子想一想：“孩儿家吃了乳便长大；老人家难道便吃不得乳？”直想到一个慈乌反哺的地位，日逐将那眼睛又瞎、耳朵又聋、牙齿又落、头发又秃，一个七死八活的婆婆，坐在怀中吃乳。看看一月又是一月，一年又是一年，那老婆婆得了乳食，渐渐精神复生，眼睛也开，耳朵也听得，口里也生出盘牙，头上又长几茎绒毛出来，活到一百来岁。感激媳妇这般孝心，便双膝跪下，向天连拜几拜，祝告道：“我年纪又老，料今生报不得媳妇深恩，只愿子子孙孙，都像他孝顺便了。”后来崔家男女，个个孝顺，十代登科，三朝拜相，这是古来第一个孝妇。然毕竟崔家的孝妇，还是留了自己身子，方好去乳养婆婆，这也还不稀罕。在下如今只把一个为了婆婆，反将自己身子卖与屠户人家，换些钱钞，教丈夫归养母亲，然后粉骨碎身于肉台盘上，此方是千古奇闻。这桩故事，若说出来呵：

　　　　石人听见应流泪，铁汉闻知也断肠。

　　话说唐僖宗时，洪州府有一人，姓周名迪，表字元吉，早年丧父，只有母亲乐氏在堂。到十八岁上，娶得妻子宗氏。这宗氏是儒家之女，自幼读书知礼，比元吉只小一岁，因排行第二，遂唤做宗二娘。夫妻两人十分和睦，奉侍老娘，无不尽心竭力。当年乐氏生周迪时，已是三旬之上，到圆亲时，又是二十年光景，乐氏已是五旬的人了。周迪父亲，原在湖广荆襄生理。自从成婚之后，依旧习了父业，也在湖广荆襄地方走走。每年在外日多，在家日少，全亏宗二娘在家，供养母亲，故此放心得下。不竟经商数载,把本钱都消折了。却是为何？原来唐朝玄宗时,安禄山、史思明叛乱,后来藩镇跋扈,兵火相寻,干戈不息。到僖宗时,一发盗贼丛起,更兼连年荒歉,只苦得百姓们父子分离,夫妻拆散,好生苦楚。这周迪因是四方三荒四乱,拆尽了本钱,只留得些微残账目。在襄阳府中经纪人家,奔回家来。等待天下太平,再作道理。此时年将四十,不曾生下一男半女。夫妻两口儿承奉一个老娘,虽只家中尴尬,却情愿苦守。无奈中户人家,久无生理,日渐消耗。常言道："开了大门七件事,柴米油盐酱醋茶。"哪一件少得。却又要行人情礼数,又要当官私门户,弄得像雪落里挑盐包,一步重一步。

一日,乐氏对儿子媳妇说道："我家从来没有甚田庄,生长利息,只靠着在外经商营运。如若呆守在家,坐吃箱空,终非常法。目今虽则有些后荒撩乱,却还有安静的地方,你一向在荆襄生理,还有些账目在人头上,也该就去清讨。我老人家,还藏下五十两银,指望备些衣衾棺椁送终。我想家道艰难,日苦一日,难道丢了饮食茶饭,只照管衣衾棺椁不成。依我起来,还是将此五十两送终本钱,急急收拾行李,再往襄阳走走,讨些账目,相时度势,这方是腰间有货不愁穷,东天不养西天养。"周迪听了,还犹豫未决;那宗二娘听了婆婆这番说话,便对丈夫说："婆婆所见极是。但这五十两银子,是婆婆送终的老本钱,今做了我三口养命的根本,你须是做家的,量不花费一两二两,却要仔细着眼力买货,务求利钱八分九分,也须要记得。只为今日这般穷苦,没奈何将七十岁的老娘撇下,虽不要你早去早回,实指望紧关紧闭,留下婆婆在家,且自放心。万一家道艰难,我情愿粉骨碎身奉养他,决不使你老娘饥饿。"周迪手里接了银子,眼儿里汪汪的掉下泪来,说道："我自有道理,不须吩咐。只是我此番一去,生意不知如何,道路不知如何,但好定出去的日子,定不得归来日子。只得母亲年纪高大,我又不在家里,你又不曾生育得一男半女,且要在你身上,替我做儿子,照管他寒寒冷冷,又要在你身上,代作孙孙儿女,早晚与老人家打伙作乐。"哪知这两句话,又打动老娘心上事来,便开口道："阿哟！正是,你年近四十,还没有儿女,此番出去,定不得几时归家,哪里得接代香火的种子。我如今有个算计,莫若你夫妻二人,同去经商,却当伙伴一般。一来好看管行李货物,二来天可见怜,生下个儿子,接续后嗣,也未可知。"周迪听了,答道："母亲,这却使不得。我今出去,留下媳妇奉侍,也还可放心；倘若我夫妻同去，撇下你老人家孤单独自，却告傍着哪一个。"老婆婆鞘："你若愁我单身在家，你的舅母冯氏妈妈，她也是孀居，年将六十，并无男女，你可接她来，同我做伴。"又道："我也原舍不得你夫妻同去，只愁你做生意的日子长，养儿子的日子短，千算万算，方算到此。"宗二娘却格格的笑道："婆婆，你好没见识！你若愁家计日渐凋零，少不得营生过活，还有道理。若愁你儿子年纪长大，没有孙子，却教我同伴出去。我想你儿子媳妇，都是四十边年纪的人，尚不曾奉承你吃一碗安乐茶饭，我们连夜生育，今日三朝，明朝满月，巴到他十岁五岁，好一口气哩！总然巴到成房立户，怕如你儿子媳妇一般样子，依旧养不着父母，却不是空账。若如今依了婆婆说话，同了丈夫出去，他乡外府，音信不通，老人家看不见儿子媳妇，儿子媳妇看不见老人家，可不是橄榄核子落地，两头不着实！不如叫丈夫独自出去，倘若生意活动，就在别处地方，寻一偏房家小，就是生得成儿子，生不成儿子，听之天命，这方是两头着实的计较。"老婆婆听罢，说道："不要愁我，我死也死得着了。你夫妻两口，从来有恩有爱。况自成婚到今，只因年时荒乱，生意淡薄，累你挨了多少风霜，受了多少磨折。假若留下媳妇在家，儿子反在他州外府，娶下偏房家小，却不是后边的受用，结发的倒丢过一边，这断然使不得。常言道：恭敬不如从命。你若再三不听我老人家说话，我便寻个死路，也免得儿子牵挂娘，媳妇牵挂婆婆。"说也还说不了，急赶到厨房下，拿把菜刀在手。若不是宗二娘眼快手疾，急赶去抱住，周迪夺下菜刀，险些把一个老人家，荡了三魂，走了六魄。当时周迪夫妻劝住了老婆婆，便说道："儿子便同媳妇出去。"闹吵吵的嚷了两个时辰，哪知道因这老人家舍不得儿子媳妇分离，却教端端正正，巴家做活，撇得下老公，放不开婆婆的一个周大娘子，走到江都绝命之处，卖身杀身，受屠受割。正是：

> 只因一着不到处，致使满盘都是空。

这还是后话不提。

却说宗二娘虽则爱婆婆这般好意，却也不忍，又见婆婆这般执性，只得收拾行李，与丈夫行路。口里呜呜咽咽，暗暗啼哭，又自言自语道："我的婆婆，你为着儿子，割舍了媳妇，恐怕你媳妇为婆婆，又割舍了丈夫。"拓了眼泪，又欢欢喜喜对婆婆道："我媳妇如今只得同丈夫前去。"周迪即到冯妈妈家，搬她一家来同住。等得冯妈妈来到，二人作别。宗二娘又对周母拜了两拜，说道："只愿你百年长寿，子媳同归。"又转身拜冯妈妈两拜，说道："可怜老人家年老无依，全仗舅母照管，从此一去，或者时运不通，道路有变，丈夫带不及妻子，妻子赶不上丈夫，双双出去，单单一个回来，也是天命。"周迪听到此地，泪如雨下。老母也自觉惨伤。宗二娘不忍看着婆婆，又抽身先走，背地流泪。正是：

　　世上万般哀苦事，无非死别与生离。

　　周迪夫妇，离了洪州，取路望襄阳而去，免不得饥餐渴饮，夜宿晓行。非止一日，来至襄阳，周迪将了行李，夫妻双双径到旧日主人家里。不道主人已是死了，主人妻子，却认得是旧主顾，招留歇住。周迪取些土仪相送，两下叙了几句久阔的说话。周迪问主人死几时了，答道："死有五年了。"周迪又问："有位令郎，如何不见？"那老妪便告诉儿子终日赌钱，不好学，把门头都弄坏了的话。周迪问旧日放下的账目，却说一毫不晓得。及至他儿子归来问时，也只推不知。周迪心里烦恼，瞒着主人家，独自到各处走一遍，哪知死的死了，穷的穷了，走的走了，有好些说主人以往去用了，可不又是死无对证。转了两日，并讨不得分文，对着妻子，只叫得苦。夫妻正当闷纳，只见那老妪一盘儿托着几色嗄饭，一大壶酒送来，说道："老客到了，因手中干燥，还不曾洗尘，胡乱沽一壶水酒在此当茶，老身不敢相陪了。"宗二娘道："我们在此搅扰，已是不当，怎又劳妈妈费钞。"那老妪道："不成礼数，休要笑话。"道罢自去。夫妻二人把这酒肴吃了，周迪向妻子道："如今账目又没处讨，不如作速买了货去罢，还是买甚货便好？"正说间，那老妪又走过来，夫妻作谢了。老妪开言道："周客人，连日出去，想必是讨账，可曾讨得些？"周迪道："说起也羞煞人，并没处讨得一文。"老妪道："如今的世界，不比当初了。现在该还的，尚有许多推托，那远年的冷账，只好休罢。如今买回头货去，多趁些罢。"周迪道："妈妈说得是。方在此商议，还是买甚货好。"宗二娘听了，便剪上一句道："妈妈休听他说浑话。我们特来讨账，那里有本钱收货。"那老妪道："若说讨账，只管早回。如今盘缠又贵，莫要两相耽搁。"宗二娘道："多谢妈妈指教。"讲了一回，老妪收了酒壶碗碟出去。

　　宗二娘埋怨丈夫，低低道："如何恁不谨慎，可见她说儿子是个不长进的，只管直说要买货，倘被他听见，暗地算计，那时却怎处！"周迪道："娘子见的是，我却想不到此。"何期他们说话时，主人儿子，果然在外悄地窃听,晓得身边有物。到夜半时候,乘他夫妻熟睡,掘个壁洞,钻进去,把这五十两命根,并着两件衣服,一包儿捞去。他夫妻次早起身,方才晓得。那老妪明知是儿子所为,也假意说失了若干东西,背地却捏着两把汗,只愁弄出事来。气得他夫妻面面相觑,跌足叫屈,虽猜摸主人家儿子有些蹊跷,他无赃证,不好说他是贼,只得忍气吞声,自家怨命。周迪对妻子道:"我两人若还苦守在家,也可将就过活。如今弄到此地,账目已都落空,本儿又被偷去,眼见得夫妻死他乡,这分明是我老娘造下的冤债。"宗二娘听了,便变着脸说道:"这是自不小心,怎埋怨得母亲。此就是忤逆不孝的心地了。常言道:天无绝人之路。且得一日度一日,再寻出一个什么道理,收拾回去,这便万幸了。万一时势穷蹙,你死了还存得我,我死了还存得你,好歹留一人归去,奉养婆婆,这才不枉叫做亲生儿子亲媳妇。今日却愁他怎的!"这一班话,说得个周迪无言可答,沉吟了一晌,眼中流下泪道:"罢罢,事已至此,只可听之天命。我且出去走走看,或者寻得个生路也好。"宗二娘道:"这才是正经道理。"

　　周迪在襄阳府中闯了几日,并不曾遇见一个熟人。正当气闷,那老妪因儿子做了这事,诚恐败露,只管催逼他夫妻起身。两个斗口起来,在门首争嚷,宗二娘在旁劝解。不想绝处逢生,有个徽州富商汪朝奉,也在襄阳收讨账目,这日正从门首经过,见周迪与这老婆子争论,立住了观看。听得是江右声音,问其缘故。周迪心中苦楚,正没处出豁,一把扯汪朝奉坐下,将母亲逼迫出门,及被偷去银子,前后事情,细细告诉一遍。说道:"如今又没盘缠归去,又遇不得一个好人搭救,却只管催逼起身,教我进退无让,可不是个死路!"说到伤心之处,泪珠儿乱落,痛哭起来。那汪朝奉一般做客,看了这个光景,正是兔死狐悲,物伤其类,也不觉惨然。说道:"莫要哭,且问你,可晓得写算么?"周迪道:"我从幼读书,摹过法帖,书札之类,尽可写得,那算法一掌金,九九数,无不精熟,凭你整万整千,也不差一丝一忽。"汪朝奉道:"既晓写算就易处了。小弟原是徽州姓汪,在扬州开店做盐,四方多有行账,也因取讨账目到此。如今将次完了,两三日间,便要起身,正要寻一个能写能算的管账。老哥若不嫌淡泊,同到扬州,权与我照管数目,胡乱住一二年,然后送归洪州何如?"周迪听了,连忙作揖道:"多谢朝奉提携,便是恩星相照了!请坐着,待我与山妻商议则个。"随向妻子说道:"承这朝奉一片好心,可该去么?"宗二娘道:"我看这人,是个忠厚长者,且将机就机,随到扬州,再作区处。"周迪道:"我意正欲如此。"夫妻算计定了,宗二娘即走出来相见,说道:"蒙朝奉矜怜贫难,愚夫妇感戴不尽。但不知贵寓何处,何日启程,好来相候。"汪朝奉道:"启程只在目前。尊处在此,既不相安,不如就移到小寓住下,早晚动身,更觉便易。"周迪依言,即收拾行李,夫妇同到他寓所。住了三四日,方才起身,取路径到扬州。汪朝奉留住在店,好生管待,他本是见周迪异乡落难,起这点矜怜之念,那写算原不过是个名色,这也不在话下。

且说那扬州,枕江臂淮,滨海跨徐,乃南北要区,东南都会,真好景致。但见:

> 蜀岗绵亘,昆仑插云。九曲池,渊渊春水,养成就耸壑蛟龙。凿邗沟,滴滴清波,容不得栖尘蝼蚁。芍药栏前四美女,琼花台下八仙人。凋残隋花,知他是哪一朝哪一代遗下的碎瓦颓垣;选胜迷楼,都不许千年调万年存没用的朱甍画栋。盘古冢,炀帝坟,圣主昏君,总在土馒头一堆包裹。玉钩斜,孔融墓,佳人才子,无非草铺盖十里蒙茸。说不到木兰寺旦钟声,何人乞食;但只看二十四桥月影,哪个销魂。

正是:

> 何逊梅花知在否,仲舒礼药竟安归。

是时镇守扬州的节度使,姓高名骈,先为四川节度,颇有威名,为此移镇广陵。御笔亲除为诸道行营都统,征剿黄巢。这高骈因位高权重,志气骄盈,功业渐不如前。却又酷好神仙,信用吕用之、诸葛殷一班小人,逢迎蛊惑,伪刻青石为奇字,曰"玉皇授白云先生高骈",暗置道院香案。高骈得之大喜。吕用之说:"上帝即日当降鸾鹤迎接,让位仙班。"弄得个高骈如醉如梦,深居道院,不出理事,军府一应兵马钱粮,尽听吕用之处分。用之广树牙爪,招权纳贿,颠倒是非。若不附他的,便寻事故,置于死地。高骈又累假军功,奏荐吕用之,也加到岭南东道节度使职衔。

这贼子心犹未足,欲图谋高骈职位,因畏忌一个将官,未敢动手。这将官是谁?姓毕名师铎,原是黄巢手下一员猛将,后来,归附高骈,收在部下,十分倚任,委他统兵驻扎高邮,以为掎角之势。吕用之欲杀高骈,恐怕毕师铎兴师问罪,乃假令旨,遣心腹赍兵符召毕师铎亲身到扬议事。先除后患,然后举事。哪知毕师铎平昔也恨吕用之假术蛊惑,谗害忠良,几遍要起兵剪除奸党,因碍着高骈,却又中止。今番见传令旨,召去议事,明知是吕用之使计谋害,齐集谋士将校商议:"去则定遭毒手,不去必发兵问抗违之罪。兵法云:先发制人。不如起兵直抵扬州,索取妖党,明正其罪。"计议已定,将使人斩了,榜列吕用之罪恶,布告四方,又传檄各部,请兵共讨其罪。毕师铎亲自统兵十万,望扬州杀来。早有吕用之所差使者的仆从,连夜逃回报知,吕用之惊得手足无措,只得告知高骈,假说毕师铎贼性不改,仍复背叛。高骈久已昏瞆,全无主张,但教传令,齐集将士应敌。一面发帑藏,备办军需。出入指麾,一听吕用之便宜行事。城中百姓,一闻高邮兵来,料道吕用之决敌他不过,恐怕打破城池,玉石俱焚,各想出城躲避。

那汪朝奉也连忙收拾回家,向周迪说道:"本意留贤夫妇相住几时,从容送归。谁料变生不测,满城百姓,都各逃生,我也只得回乡,势不能相顾了,白金二十两,聊作路费。即今一同出城,速还洪州,后日太平,再图相会。"可怜周迪夫妇,才住得两月余,又遭此变,接了银两,一起拜谢道:"深蒙恩人救济真同天地,今生若不能补报,来世定当结草衔环,以报大德。"汪朝奉双手扯起道:"莫要谢,速走为止。若稍迟延,恐不能出城了。"宗二娘依言,即去收拾行李。汪朝奉止将细软打叠,粗重的便弃下了,家里原有两头牲口,牵来驼上,余下的家人伴当们,分开背负,把大门锁上。周迪夫妻,随着他主仆,一起行走。他们都惯走长路的,脚步快,便飞也似向前出城去了。宗二娘是个女流,如何赶得上!更兼街坊上携男挈女,推车骑马的,挨挨挤挤,都要抢前,把他夫妻直挤在后。行了多时,方得到城门口。只听得鸾铃震响,一骑飞马跑来,行人都闪过半边,让他过去。马上人中军官打扮,手执令箭,高叫:"把门官,军门有令。"把门官即迎前接了旨。中军官传了令旨,仍回马跑去了。原来吕用之闻得百姓俱迁移出城,恐城中空虚,为此传下将令,把门官不许放百姓出城,进城的须要严加盘诘,如或私放轻纳,定行枭斩,先出城的,不必追究,遗下房屋家私,尽行入官,把门官得了令旨,吩咐门卒,闭上城门,后来的一个也不容走动。当时周迪夫妻,若快行了一刻,可不出去了?恰恰里刚至门边,这令箭也到,不肯放行。正是:

      总饶走尽天边路,运不通时到底难。

当下无可奈何,只得随着众人,依旧回转。一路上但见搬去的空房,吕用之发下封皮，着里甲封锁。及走至汪朝奉居处，门上早已两条封支，十字花封好了。周迪见了，叫苦不迭，向妻子说道："我两人来此扬州，并没一个亲识，单靠得汪朝奉是个重生父母，何期遭此大变，不能相顾。如今回又回不成，转来又无住处，可不是该死的了。"不觉两眼掉下泪来。宗二娘正色说道："凡事有经有权，须要随机生变，死中求活，这才是个男子汉大丈夫。假如目前事起仓促，是奔稳便处，借来住下，身边已有汪朝奉所赠之物，胡乱省俭度去。若守得个太平无事，那时即作归计。设或兵来城破，难道满城人都是死数，少不得也存下些。焉知你我不在生数之中？万一有甚不测，这也是命中所招，你就哭上几年也没用。"周迪听了答道："娘子说得是。僧道庵院终不稳便，况也未必肯留，还是客店中罢。"当下夫妻去寻旅店，闹市上又不敢住，恐防兵马到来，必然不免，却向冷落处赁了半间房屋住下。诗云：

　　　遭时不幸厄干戈，遥望家乡泪眼枯。

　　　回首那禁肠断处，残霞落日共啼乌。

　　且说吕用之差人打听毕师铎兵马已离高邮，传令将城门紧闭，分遣将士守城，又驱百姓搬运砖石，上城协守。料想敌兵势大，急切难退，行文所部，征兵救援。各路将官，都恨吕用之平日索求贿赂，一个个拥兵观望。吕用之无计可施，想起庐州刺史杨行密，兵强将勇，若得这枝兵来，便可退得毕师铎。即假着高骈牒文，召他星夜前来救援。那杨行密，原是高骈部将，久知高骈昏悖信谗，不亲正事，因此亦怀着异心，日夜整治兵甲，不想凑巧有此机会。即起兵赴援，遣来使先赍文还报。哪知毕师铎的兵马，已抵扬州城下，使人正遇着游兵，生擒活捉，绑入中军，问了底细，即时斩首。毕师铎恐怕杨行密兵来，内外夹攻，反受其困，亲冒矢石，指麾三军，并力攻破罗城。吕用之越城奔杨行密去了。毕师铎纵兵大掠。高骈开门出见，与师铎交拜如宾主。师铎搜捕吕用之党羽，剐于市曹。有宣州观察使秦彦，率兵来助毕师铎，亦入扬州。师铎尊为主帅，将高骈软监在道院。不过数日，杨行密亲领军马已到，两军大战一场。秦彦、毕师铎大败，损兵折将，收拾残兵，退入城中守御。杨行密中军屯于甘泉山七斗峰下，分遣诸军，把扬州城围得如铁桶一般，游兵四散掳掠，百姓各自逃生，几十里没有人烟。城中粮草又少，围困既久，渐至缺乏，民间斗米千钱。高邮发兵来救援，被杨兵扼住要道，不能前进，纵有粮草，也飞不进城。困了八个月余,军中杀马来食,死下的人,也就吃了。到后马吃尽了,便杀伤残没用的士卒来吃。城外围急,秦彦等恐怕高骈为内应,合门杀死。杨行密闻得,令三军挂孝,向城大哭三日。秦彦、毕师铎料守不住,领着残兵出城,负命血战,杀出重围,自回宣州城中。百姓开门迎接杨行密入城,下令抚谕远近,开通行旅,士农工商,照旧生业。一时兵戈虽则宁戢,把那田土抛荒,粒米不登,人民依然乏食,莫说罗雀掘鼠的方法做尽,便是草根树皮,也剥个干净。那些穷人,饿得荒了,没奈何收拾那道路上弃下的儿女,煮熟了救命。有的便盗人子女来食。富人晓得了,悄地转又买来充饥。初时犹以为怪,不过几日,就公然杀食,也论不得父子弟兄夫妻,互相鬻卖,更无人说个不行。就是杨行密军中,粮饷不断,也都把人来当饭,为此禁止不得。那时就有人开起行市,凡要卖的,都去上行。有的开店的,贩去杀了,零星地卖,分明与猪羊无异,老少肥瘦,价钱不等,各有名色,老人家叫做烧把火,孩儿家叫做和骨烂,男女白瘦的,道是味苦,名为淡菜,黑壮的以为味甜,号曰羔羊,上好的可值三贯四贯,下等的不过千文。满城人十分中足去了五分,那被杀的止忍得一刀,任你煮蒸煎炒,总是无知无觉;这未卖的,只恐早晚轮到身上,那种忧愁凄惨,反觉难过难熬。把一个花锦般的扬州城,弄得个愁云凝结,惨雾迷穹。生长此地的,或者这一方合该有此灾难。

　　只可怜周迪夫妻,是洪州人,平白地走来,凑在数中。还亏宗二娘有些见识,毕师铎初围城时,料得兵连祸结,必非半月十日可定,米粮必至缺乏,把汪朝奉所赠银两,预备五六个月口粮藏着,所以后来城中米粮尽绝,他夫妻还可有一餐没一餐的度过。等到平静时,藏下的粮也吃完了,存下的银两也用完了,单单剩得两个光身子,腹中饥饿,手内空虚了,欲待回家,怎能走动!周迪说道:"母亲只指望我夫妻在外经营一年两载,挣得些利息,生一个儿子。哪知今日倒死在这个地方,可不是老娘陷害了我两口儿的性命!"说罢大哭。宗二娘却冷笑道:"随你今日哭到明日,明日哭到后日,也不能够夫妇双还了。我想古人左伯桃、羊角哀,到拣饿极处,毕竟死了一个,救了一个。如今市上杀人卖肉,好歹也值两串钱。或是你卖了我,将钱作路费,归养母亲;或是我卖了你,将儿作路费,归养婆婆。只此便从长计较,但凭你自家主张。"周迪见说要杀身卖钱,满身肉都跳起来,摇手道:"这个使不得。"宗二娘笑道:"你若不情愿,只怕双双饿死,白白送与人饱了肚皮。不如卖了一个，得了两串钱，还留了一个归去。"周迪吟沉不答。宗二娘见他贪生怕死，催促道："或长或短，快定出个主意来！"周迪道："教我也没奈何。"宗二娘道："你怎生便去得！"周迪会了此意，叹一声道："我便死，我便死！"说罢，身子要走不走，终是舍不得性命。宗二娘看了这个模样，将手一把扯住他袖子道："你自在这里收拾行李，待我到市上讲价。"说罢，往外就走。看官，你看周迪说到死地，便有许多恐怖；宗二娘说道杀身，恬不介意。可见烈性女子，反胜似柔弱男子。

当下宗二娘走出店门首，向店主人说道："我夫妻家本洪州，今欲归乡，手中没有分文，我情愿卖身市上，换钱与丈夫盘缠回去，二来把你房钱清理，相烦主人同去讲一讲价钱。"此时卖人杀食，习为常套，全不为异。店主人就应道："这个当得效劳。"随引宗二娘到江都市上，走到一个相熟屠家。这店中此日刚卖完了，正当缺货，看宗二娘虽不甚肥，却也不瘦，一口就许三贯钱。宗二娘嫌少，争了四贯。屠户将出钱来，交与主人家，便叫宗二娘到里边去。宗二娘道："实不相瞒，我丈夫不忍同我到此，住在下处，我把这钱去交付与他就来。你若不信，可教人押我同去。"屠户心里不愿，那主人家一力担当，方才允许。宗二娘将这四贯钱回到下处，放在桌上，指着说道："这是你老娘卖儿子的钱，好歹你到市上走一遭，你便将此做了盘缠归去，探望婆婆。"周迪此时魂不附体，脸色就如纸灰一般，欲待应答一句，怎奈嗓间气结住了，把颈伸了三四伸，却吐不得一个字，黄豆大的泪珠流水淌出来。宗二娘看一看，又笑一笑，说："这桩买卖做不成，待我去回复了他罢。"转身急走到屠家，对屠户道："我杀身只在须臾，但要借些水来，净一净身子，拜谢父母养育，公姑婚配之恩，然后死于刀下未迟。"屠户见他说得迂阔，好笑起来道："到好个爱洁净的行货子。"随引入里面，打起一缸清水，净了浴，穿起衣服，走出店中，讨了一幅白纸，取过柜中写账的秃笔，写下一篇自祭的祝文。写罢，走出当街，望着洪州，拜了四拜，跪在地上，展开这幅纸，读那祭文。屠户左右邻家，及过往行人，都丛住了观看。宗二娘不慌不忙，高声朗诵道：

> 唯天不吊，生我孤辰，早事夫婿，归于周门。翁既先逝，唯姑是承。妇道孔愧，勉尔晨昏。不期世乱，干戈日寻，外苦国坏，内苦家倾。姑命商贩，利乏蜗蝇。侨寓维扬，寇兵围城，兵火相继，禾黍勿登。罗雀掘鼠，玉粒桂薪，残命顷刻，何惜捐生。得资路费，千里寻

亲,子既见母,媳死可瞑! 唯祈天佑,赫赫照临,姑寿无算,夫禄永臻。
重谐伉俪,克生宁馨。呜呼哀哉! 吾命如斯,何恐何憎。天唯鉴此,
干戈戢宁。凡遭乱死,同超回轮。

　　读罢,又拜了四拜,方才走起。她念的是江右土音,人都听她不出,不
知为甚缘故。宗二娘步入店中,把这幅纸递与屠户道:"我丈夫必然到此
来问,相烦交与,教他作速归家,莫把我为念。"屠户道:"这个当得。"接来
放过一边。众人听了,方道:"原来是丈夫卖来杀的。"遂各自散去。宗二
娘即脱衣就戮,面不改色。屠户心中虽然不忍,只是出了这四贯钱,哪里
顾得什么,忍住念头,硬着手将来杀倒,划开胸膛,剜出脏腑,拖出来如斫
猪羊一般。须臾间,将一个孝烈的宗二娘,剁碎在肉台上。后人有诗云:

　　　夫妇行商只为姑,时逢阳九待如何。
　　　可怜玉碎江都市,魂到洪州去也无。
原来杨行密兵马未到扬州,先有神仙题诗于利津门上道:
　　　劫火飞灰本姓杨,屠人作脍亦堪伤。
　　　杯羹若染洪州妇,赤县神州草尽荒。

　　及至宗二娘鬻身宰杀之后,天地震雷掣电,狂风怒号,江海啸沸,凡买
宗二娘肉吃者,七窍流血而死。扬州城内城外,草木尽都枯死,到此地位,
只见:

　　　长江水涸水清,昆仑山掩无色。芍药栏前红叶坠,琼花观里草痕
　　歇。芳华隋苑,一霎离披;选胜迷楼,须臾灰烬。古墓都教山鬼啸,画
　　轿空有月华明。

　　这也不在话下。

　　且说周迪在下处不见妻子回来,将房门锁了,走出店门首张望,口里
自言自语道:"如何只管不来了。"店主人看见问道:"你望哪个?"周迪道:
"是我娘子。"店主人道:"啊呀! 你娘子方才说,情愿卖身市上,换钱与你
盘缠归家,央我同到屠户家,讲了价钱,将钱回来,交付与你,便去受杀了。
难道你不曾收这四贯钱么?"周迪听了话,吓得面如土色,身子不动自摇,
说道:"不,不,不,不信有这事!"店主人说:"难道哄你不成? 若不信时,
你走到市上第几家屠户,去问就是了。"周迪真个一步一跌的赶去,挨门
数到这个屠家,睁眼仔细一望,果然宗二娘已剁断在肉台盘上,目睁口张,
面色不改。周迪叫声:"好苦也!"一跤跌翻在地,口儿里是老鹳弹牙,身

儿上是寒鸦抖雪，放声动哭道："我那妻吓！你怎生不与我说个明白，地葫芦提做出这个事来。"屠户听了，便取出这幅祭文付与道："这是令正留付与你的，教道作速归去，莫把她为念。"周迪接来看了，一发痛哭不止，行路的人，见哭得惨切，都立停住了脚问其缘故。周迪带着哭，将前情告知了众人。又讨这幅祭文来看，内中有通文理的赞叹道："好个孝烈女娘，真个是杀身成仁。"有的对屠户道："既然是这样一个烈妇，你就不该下手了。"众人又劝周迪道："你娘子杀身成就你母子，自然升天去了，你也不消哭得，可依她遗言，急急归去，休辜负她这片好念。"周迪依言谢了众人，把这纸祭文藏好，走转下处，见了店主人，一句话也说不出，只管哭。主人劝住了，走入房中，和衣卧倒。这一夜眼也不合，寻思归计，只是怎的好把实情告诉母亲。

次日将房钱算还主人。主人说道："你娘子杀身东西，是苦恼钱，我若要你的，也不是个人了。"周迪谢了他美意，胡乱买了些点心吃了，打个包裹；作别主人，离了扬州城，取路前去。怎奈腹中又饥，脚步又懒，行了一日，只行得五六十里。看看天色已晚，路上行人，渐渐稀少，前不着村，后不着店，心里好生慌张，那时只得挣扎精神，不顾高低，向前急走。远远望见一簇房屋，只道是个村落，及至走近，却是一所败落古庙，门窗墙壁俱无，心里踌躇道"前去不知还有多少路方有人家，倘或遇着个歹人，这性命定然断送，不如且躲在庙中，过了这宵，再作区处。"走进山门，直到大殿，放下包裹，跪在地上，磕头道："尊神不知是何神道，我周迪逃难归家，错过宿处，权借庙中安歇，望神道阴空庇佑则个。"祝罢，又磕个头，走起来，四面打一望，只见一张破供桌在神柜旁边，暗道："这上面倒好睡卧。"走出殿外，扯些乱草，将来抹个干净，爬上去，把包裹枕着头儿，因昨晚不曾睡得，又忍着饿走了这一日，神思困倦，放倒头就熟睡了。一觉醒来，却有二更天气，那时翻来覆去，想着妻子杀身的苦楚，眼中流泪，暗道："我夫妻当日双双的出门，哪知弄出这场把戏，撇下我孤身回，盘缠又少，道路又难行，不知几时才到，又不知母亲在家安否何如。生死存亡，还未可必。万一有甚山高水低，单单留我一身，有何着落，终须也是死数。"愈想愈惨，不觉放声大哭。正哭之间，忽听得殿后有人叫将出来。周迪吃了一惊，暗道："半夜三更，荒村古庙，哪得人来？此必是劫财谋命的，我这番决然是个死了。"心里便想，坐起身来，暗中张望，只见一个人，身长面瘦，角巾野服,隐士打扮,从殿后走出,他说:"半夜三更,这荒村破庙,什么人在此哭哭啼啼。"周迪不敢答应。那人道:"想必是个歹人了,叫小厮们快来绑去送官。"周迪着了急,说道:"我是过往客人,因贪走路,错了宿处,权在此歇息,并非歹人,方便则个!"那人道:"既是行客,为甚号哭?"周迪道:"实不相瞒,有极不堪的惨事在心,因此悲伤。不想惊动阁下,望乞恕罪!"那人道:"你有甚伤心之事,可实实说来,或者可以效得力的,当助一臂。"周迪听了这些话,料意不是歹人,把前后事细诉一遍。说罢,又痛哭起来。那人道:"原来有这些缘故,难得你妻子这般孝义,肯杀身周全你母子。只是目今盗贼遍地,道涂硬阻,甚是难行。你孤身独行,性命难保,我看孝妇分上,家中有一头牲口,遇水可涉,遇险可登,日行数百里,借你乘坐,送到洪州,使你母子早早相见何如?"周迪听了,连忙跳下供桌,拜谢道:"若得如此,你就是我的恩人了。但不知恩人高姓大名,住于何处,你为甚深夜到此?"那人道:"这个庙乃三闾大夫屈原之祠,我就是他的后裔,世居于此,奉侍香火。适来闻得哭声,所以到此看觑。你住着,待我去带马来。"道罢,自殿外去了。

不一时,只听见那人在外边叫道:"牲口已在此,快来上路。"随闻得马嘶之声,周迪拿起包裹,奔至山门,见一匹高头白马,横立门口。周迪不胜欢喜道:"多承厚情,自不消说起。只是没有人随去,这马如何得回?"那人道:"这马自能回转,不劳挂怀。"周迪跳上马,将包袱挂在鞍鞒,接过丝缰,那人把马一拍,喝声"走",那马纵身就跑,四只蹄,分明撒钹相似。周迪回头看时,离庙已远,那人也不见了,耳根前如狂风骤雨之声。心中害怕,伏在鞍上,合眼假寐。也不知行了多少路,只闻得晓钟声响,鸡犬吠鸣,抬头看时,约摸五更天气,远望见一座城池,如在马足之下。暗想道:"前面不知是何州县。"霎眼间已至城下,举目观看,仿佛是洪州风景,心中奇怪。此时城门未启,把马带住,等候开门。须臾间,要入城做买卖的,渐渐来至,人声嘈杂,仔细听时,正是家乡声口,惊讶道:"原来已到家了,马真乃龙驹也。"一会儿城门开了,那马望内便走,转弯抹角,这路径分明是走熟的一般。行到一个所在,忽已立住了。此时天色将明,周迪仔细一觑,却便是自家门首,心中甚喜。跳下马来敲门,只见母亲乐氏,同着舅母冯氏,一起开门出来,看见说道:"呀!儿子你回来了。"再举眼看了一看,问道:"媳妇在哪里,如何不见?"周迪听说媳妇二字,心中苦楚,勉强忍住，拿着包裹，说道："且到里面去细说。"

走到中堂，放下行李，先拜了冯氏，然后来拜母亲。周母又问："媳妇怎不同归？"周迪一头拜，一头应道："你媳妇已去世了。"这句话还未完，已忍不住放声恸哭。周母道："且莫哭，且说媳妇为甚死了？"周迪把从前事诉与母亲，又取出钱来道："这就是媳妇卖命之物。"周母哭倒在地，冯氏也不觉涕泪交流。周迪扶起母亲，周母跌足哭道："我那孝顺的媳妇儿，原来你为着我送了性命，却来报知道。"周迪惊讶道："她怎地来报母亲？"周母停了哭，说道："昨日午间，因身子疲倦，靠在桌上，恍恍惚惚，似梦非梦的见媳妇走来，对我拜了两拜，说：'婆婆，媳妇归来了。你儿子娶了一个不长不短，不粗不细，粉骨碎身的偏房，只是原来的子舍。你儿子生了一个孩子，又大又小，又真又假，蓬头垢面，更不异去日的周郎。'说罢，霎时间清风一阵，有影无形。要认道是梦，我却不曾睡着；要不认是梦，难道白日里见了鬼。心中疑惑，一夜不曾合眼。不想却是他阴灵来报我！"周迪道："原来娘子这般显灵。"冯氏道："常言生前正直，死后为神。现在虽受苦恼，死后自然往好处去了。"周母又懊悔昔日逼她出去，弄做一场没结果，将头在壁上乱撞，把拳在胸前乱捶，哭道："媳妇的儿，通是我害了你也。"周迪抱住道："母亲，你就死也报不得媳妇，可怜媳妇死又救不得母亲，却不辜负了媳妇屠身报姑一片苦心。"冯氏也再三苦劝。

此时天已大明，里边只顾啼啼哭哭，竟忘了门外骑来马匹。只听门前人声鼎沸，嚷道："这是何处庙堂中的泥马，却在这里，还是人去抬来的，还是年久成精走来的！"惊动周迪出来观看，吓得伸出了舌头缩不入去，说道："原来昨夜乘的是个神马。可知道三个时辰，扬州就到了洪州。那说话的，正是那三闾大夫显圣了。"即向空拜道："多谢神明怜悯我妻孝烈，现身而谕，送我还家养母。后日干戈宁静，世道昌明，当赴殿庭叩谢呵护之恩。"拜罢起来。众人问其缘故，周迪先说宗二娘杀身，后说三闾大夫显圣，将神马送归的事，细述一遍。众人齐称奇异，有的道："只是这个泥马，如何得去？"周迪道："不打紧，待我抬入家中供养，等后日道路太平时，亲送到庙便了。"即央了几个有力后生来扛抬，这马恰像似生下根的，却摇不得。又添了若干的人，依然不动。内中一人说道："此必神明要把孝妇的奇绩昭报世人，所以不肯把这马到家里去。如今只该先寻席篷，暂蔽日色，然后建个小停供养，可不好么？"从人齐声称是。有好善的，连忙将席篷送来遮盖。这件事顷刻就传遍了洪州城。不想过了一夜,到次早周迪起来看时,这匹泥马已不见了,那席篷旁边,遗下一幅黄纸,急取来看,上面写了两行字道:

　　孝妇精诚贯日明,靡躯碎首羽鸿轻。

　　神驹送子承甘旨,知古应留不朽名。

　　看罢,又向空拜了两拜,即忙装塑起三间大夫神像,并着神马,供养在家,朝夕祀拜,尽心侍奉母亲,亦不复娶后妻。

　　常言道:"圣诚可以感格天地。"这宗二娘立心行孝,感动天庭,上帝以为为姑杀身,古今特见,敕封为上善金仙,专察人间男妇孝顺忤逆之事。那孝顺的幢幡宝盖迎来,生于中华善地;忤的罚他沉埋在黑暗刀山,无间地狱。这一派公案,都是上善金仙掌管。上善金仙追念婆婆恩深义大,护佑她年到一百三十岁。周迪亦活至一百十岁。母子两人,无疾而逝。临终之时,五星灿烂,祥云满室,异香遍城,合洪州的人,无不称道这是宗二娘至孝格天之报。诗云:

　　孝道曾闻百行先,孝姑千古更名传。

　　若还看得周家妇,泻倒黄河泪未干。

第十二回
侯官县烈女歼仇

梁山感杞妻①,痛哭为之倾。
金石忽堑开,都繇激深情。
东海有勇妇,何惭苏子卿。
学剑越处子,超然若流星。
捐躯报夫仇,万死不顾生。
白刃耀素雪,苍天感精诚。
十步两蹒跃,三呼一交兵。
斩首掉国门,蹴踏寺藏行。
豁此伉俪愤,灿然大义明。
北海李使君,飞章奏天庭。
舍罪警风俗,流芳播沧瀛。
名在列女籍,竹帛已光荣。
淳于免诏狱,汉王为缇萦。
津妾一棹歌,脱父于严刑。
十子若不肖,不如一女英②。
豫让③斫空衣,有心竟无成。
要离杀庆忌,壮夫所素轻。
妻子亦何辜,焚之买虚声。

---

① 杞妻——春秋时齐国大夫杞梁之妻,即孟姜。哭夫十日城便崩塌,后人演化
为秦范杞梁妻孟姜女哭长城的故事。

② 女英——唐之女,虞舜之妃,舜死于苍梧,女英与娥皇哭于江汀,泪成斑竹,
称湘妃竹。

③ 豫让——春秋战国时晋国人,事智伯瑶。赵、韩、魏灭智氏后,他为智伯报
仇。多次谋刺赵襄子未遂,后被捕,求得赵襄子衣服,击斩空衣后自尽。

岂如东海妇，事立独扬名。

这首诗，乃李太白学士，因当时东海有妇人，为夫报仇，白昼杀人都市，羡其勇烈而作。其间引着缇萦豫让等几个古人的事迹，分明说男子不如妇女的意思。此言虽非定论，然形容此妇，十步两躜跃，三呼一交兵之句，无异楚霸王喑哑叱咤，千人自废的景状，令人毛骨悚然。比着斩空衣的豫让，真不可同日而语。但称东海有勇妇，又说学剑越处子，可见此妇素有勇力，又会武艺，故敢与男子格斗。大凡人有了勇力武艺，胆气精壮，若又逞着愤怒，这杀人的事，常要做出来，所以还未足为奇。如今在下说一个娇娇怯怯，香闺弱质，平日只会读书写字，刺绣描花，手无缚鸡之力，一般也与丈夫报仇，连杀十数余人。比东海勇妇，岂不更胜一筹？这桩故事说出来时，直教：

贞娘添正气，淫汉退邪心。

说话宋朝靖康年间，威武州侯官县，有个士人，姓董名昌，表字文枢。生得风姿美好，才学超群。早年丧母，其父董梁秀才，复娶继母徐氏。董昌到十四岁上，父亲又一病去世。本来没甚大家私，薄薄有几亩田产，止堪供稠粥膏火。争奈徐氏贪食性懒，不肯勤苦作家，因此董昌外貌虽以继母看待，心中却不和睦。徐氏只倚着晚娘名分，做出许多恶状。董昌无可奈何，远而敬之，一味苦功读书。却好服满，遇着岁考，应去童子试，便得领案入泮。那时豪家富室争来要他为婿。董昌自想是个穷儒，继母又不贤惠，富家女子，习成骄傲，倘或两不相下，争论是非，反为不美，为此都不肯就。只情愿觅诗礼人家为婚，方是门当户对。这也不在话下。

大凡初进学的秀才，广文先生每月要月考，课其文艺，申报宗师，这也是个旧例。其时侯官教谕姓彭名祖寿，号古朋，乃是仙浪人，虽则贡士出身，为人却是大雅。新生贽仪，听其厚薄，不肯分别超超上上等户，如钱粮一般征索，因此人人敬爱。其年彭教谕六十八岁，众新生道，已近古稀，各凑小分奉贺。彭教谕乘着月考之期，治具一酌，答其雅情。到晚文完，方要入席，恰好有个故人来相访。此人是谁？覆姓申屠，名虔，别号退翁，长乐人氏。原是个有意思的秀才，指望上进，因累试不第，又见六贼①乱政，

① 六贼——指北宋末年蔡京、朱、王、李、童贯及梁师成六人，勾结党羽，危害朝纲，太学生陈车上书请诛他们六人，称之为六贼。

百姓受苦,四方盗贼丛生,干戈侵扰,无有虚日。知得时事不可为,遂绝意取进,寄性山水,做个散人。与彭教谕通家相好,物来访问。相见已毕,就请登筵。申屠虔年纪又长,且是远客,遂坐了首席。嘉宾贤主,杯觥酬酢,十分欢洽。

　　饮酒中间,申屠虔偏将少年秀才来看,看到董昌一貌非凡,便向彭教谕取他月考文字来看。你道他为何要看董昌文字?原来申屠虔当年结发生下一儿一女,儿名希尹,女名希光。中年妻丧,也不续娶,自己抚育这两个子女。此时女儿年已一十六岁,天生得柳叶眉,樱桃口,粉捏就两颊桃花,云结成半弯新月;缕金裙下,步步生莲,红罗袖中,丝线带藕。且自幼聪明伶俐,真正学富五车①,才通二酉。若是应试文场,对策便殿,稳稳的一举登科,状元及第。只可惜戴不得巾帻,穿不得道袍,埋没在粉黛丛中,胭脂队里。希尹一般也有才学,只是颖悟反不及妹子。这希光名字,本取希孟光之意。然孟光虽有德行,却生得又黑又肥,怎比得此女才色兼全,世上无双,人间绝少。申屠虔酷爱女儿才学,所以亲朋中来求婚的,一概不许,直要亲眼选个好对头,方许议婚。不道来访彭教谕,凑巧遇着款待众秀才,从中看中了董昌,为此讨他文字来看。他本来原是高才,眼中识宝,看见董昌又称其貌,欲将希光许嫁与他。当晚剪烛再酌,忽然明伦堂上一声鹊噪,又一声鸦鸣。彭教谕道:"黄昏时候,那有鸦鸣鹊噪之事,甚是可怪!"申屠虔笑道:"从来鹊噪非喜,鸦鸣不凶,凶吉事情,这禽鸟声音,何足计较。不揣口吟一对联,若这新秀才中,接口对出者,决定他年连中三元。"彭教谕点头应道:"如此极妙。"申屠虔即出一联道:

　　鹊噪鸦鸣,凶非凶,吉非吉。

　　总不若岐山威凤,凤舞鸾翔。

众秀才一个也对不出,独有董昌对道:

　　朱神蛇虺,瑞不瑞,妖不妖。

　　却何如洛水灵龟,龟登龙扰。

　　众秀才一起称快,彭教谕也道他才调高捷,他人莫及。申屠虔虽则称赏,细味其中意思,言神言鬼,其实不祥。龟至于登,龙至于扰,俱不是佳兆。但喜此子有才有貌,与希光果是一对,不信阴阳,不取谶语,便也不

———————————
①　学富五车——指学识渊博,语出《庄子·天下》:"惠师多方,其书五车。"

妙。若错过此姻缘,总然门当户对,龟鹤夫妻,决非双璧。便于席上请教谕作伐,成就两家之好。董昌听见教谕称其女才貌兼全,又是诗礼之家,满口应允。申屠虔性子古怪,但要得个好婿,并不要纳聘下礼,只教选定吉日良时,竟来迎娶便了。董秀才一钱不费,白白里应定了一房亲事,这场喜事,岂非从天降下。正是:

> 只凭一对作良媒,不用千金为厚聘。

当夜宴席散了,明早申屠虔即归长乐,整备嫁女妆奁。哪知儿子希伊,年纪才得二十来岁,志念比乃翁更是古怪恬淡。他料天下必要大乱,不思读书求进,情愿出居海上,捕鱼活计,做个烟波主人。申屠虔正要了却向平之愿,自去效司马遨游,为此一凭儿子做主,毫不阻当。希尹置办了渔家器具船只,择日迁移。希光乃作一诗与哥哥送行,诗云:

> 生计持竿二十年,茫茫此去水连天。
> 往来潇洒临江庙,昼夜灯明过海船。
> 雾里鸣螺分港钓,浪中抛缆枕霜眠。
> 莫辞一棹风波险,平地风波更可怜。

希尹看了赞道:"好诗,好诗! 但我已弃去笔砚,不敢奉和了。"他也不管妹子嫁与不嫁,竟携妻子迁居海上去了。看看希光佳期已近,申屠虔有个侄女,年纪止长希光两岁,嫁与古田医士刘成为继室。平日与希光两相样爱,胜如同胞,闻知出嫁,特来相送。至期董秀才准备花花轿子,高灯鼓吹,唤起江船,至长乐迎娶。他家原临江而居,舟船直至河下。那申屠虔家传有口宝剑,挂在床上,希光平日时时把玩拂拭。及至娶亲人已到,尚是取来观看,恋恋不舍。申屠虔见女儿心爱,即解来与他佩在腰间,说道:"你从来未出闺门,此去有百里之遥,可佩此压邪。"希光喜之不胜,即拜别登轿下舟。申屠虔亲自送女上门。希光下了船,作留别诗一首云:

> 女伴门前望,风帆不可留。
> 岸鸣楸叶雨,江醉蓼花秋。
> 百岁身为累,孤云世共浮。
> 泪随流水去,一夜到闽州。

虽吟了此诗,舟中却无纸笔,不曾写出。到了郡中,离舟登轿,一路鼓乐喧天,迎至董家。教谕彭先生是大媒,纱帽圆领,来赴喜筵。新人进门,迎龙接宝,交拜天地祖宗,三党诸亲,一一见礼。独有继母徐氏,是个孤身,不好出来受礼。董秀才理合先行道达一声,因怀了个次日少不得拜见的见识,竟不去致意,自成礼数。徐氏心中大是不悦,也不管外边事体,闭着房门,先自睡了。堂中大吹大擂,直饮至夜阑方散。申屠虔又入内房,与女儿说道:"今晚我借宿彭广文斋中,明日即归,收拾行装,去游天台雁岩,有兴时,直到泰山而返。或遇可止之处,便留在彼,也未可知。为妇之道,你自晓得,谅不消我吩咐,但须劝官人读书为上。"希光见父亲说要弃家远去,不觉愀然说道:"他乡虽好,终不如故里,爹爹还宜早回。"申屠虔笑道:"此非你儿女子所知。"道罢相别。董昌送客之后,进入洞房。一个女貌兼了郎才,一个郎才又兼女貌。董官人弱冠①之年,初晓得撩云拨雨;申屠姐及笄之后,还未请蝶浪蜂狂。这起头一宵之乐,真正:

　　　　占尽天下风流,抹倒人间夫妇。

　　到次早请徐氏拜见,便托身子有病,不肯出来。大抵嫡亲父母,自无嫌鄙。徐氏既系晚娘,心性多刻,虽则托病,也该再三去请。那董昌是个落拓人,说了有病,便就罢了,却像全然不作准她一般。徐氏心中一发痛恨,自此日逐寻事聒噪,捉鸡骂狗。申屠娘子,一来是新媳妇,二来是知书达理的人,随她乱闹,只是和颜悦色,好言劝解,不与他一般见识。这徐氏初年,原不甚老成,结拜几个十姊妹,花朝月夕,女伴们一般也开筵设席。遇着三月上巳,四月初八浴佛,七夕穿针,重九登高,妆饰打扮,到处去摇摆。当日董梁在日,诸事凭他,手中活动,所以行人情,赶分子,及时景的寻快活。轮到董昌当了家,件件自己主张,银钱不经他手,便没得使费,只得省缩。十姊妹中,请了几遍不去,他又做不起主人,日远日疏,渐渐冷淡。过了几年,却不相往来,间或有个把极相厚的,隔几时走来望望。及至董昌毕婚之后,看见他夫妻有商有量,他却单单独自没瞅没睬,想着昔年热闹光景,便号天号地的大哭一场。董昌颇是厌恶,只不好说得。

　　时光迅速,董昌成亲早又年余,申屠娘子,已是身怀六甲,到得十月满足,产下一儿。少年夫妇,头胎便生个儿子,爱如珍宝,唯徐氏转加不喜。一日清早,便寻事与董昌嚷闹,董昌避了出去。没对头相骂,气忿忿坐在房中。只见一个女人走将入来,举眼看时,不是别个,乃是结拜姐姐姚二

_____

　　①　弱冠——指男子二十岁左右的年龄。古代男子二十岁行冠礼。

妈。尝言恩人相见，分外眼青。徐氏一见知心人，回嗔作喜，起身迎迓①道："姐姐，亏你撇得下，足足里两个年头不来看我了，今日什么好风吹得到此。"姚二妈道："你还不知道，我好苦哩。害脚痛了年余，才医得好。因勉强走动了，还常常发作。近时方始痊愈，为此不能够来看你，莫怪，莫怪！"徐氏道："原来如此，这却错怪你了。"取过椅儿请她坐下。

姚二妈袖中摸出两个饼饵递与道："昨日我孙儿周岁，特地送拿鸡团与你尝尝。"徐氏接来放过，说道："好造化，又有孙儿周岁了。"又叹口气道："你与我差不多年纪，却是儿孙满堂，夫妻安乐。像我这鳏寡孤独②，冰清水冷，真是天悬地隔。"说还未了，两泪双垂。姚二妈道："啊呀！我闻得昌官人已娶了娘子，你现成做婆，正好自在受用。巴得昌官人一朝发达，怕继母不封赠做老夫人，老奶奶，还有甚不足意，自讨烦恼。"徐氏道："不说不知，当初我进董家门来，昌官还只得三四岁，也亏我抚养成人。如今成人长大，不看我在眼里。就是做亲大礼，也不请我拜见。每日间夫妻打伙作乐，丢我在半边，全然不睬。不要说别样，就是饮食小事，他夫妻两口，大鱼大肉，我做娘的，只是一碗苋菜汤，勉强下饭。间或事忙，连这粗茶淡饭，常至缺少。真个是前人田地，后生世界，孤孀寡妇，好不苦恼！"言罢拍台拍凳，放声大哭。惊得申屠娘子，走将出来劝解，却也不知缘故。见姚二妈在座，又偷忙叙话，问姓张姓李，与昌官人家何亲何眷。姚二妈一头答应，两眼私瞧，骨碌碌看上看下。私忖道："世间乍有这般女子，若非天仙织女转世，定是月里嫦娥降生。不知董秀才前世里怎生样修得到，今世受用如此绝色，只怕他没福消受，到要折了寿算。"

这婆子方才惊讶，哪知冤家凑巧，适当董昌从外直走进来。见姚二妈与徐氏及申屠娘子三人搅作一堆，哭的哭，笑的笑，因早间这场闷气在肚，正没处消豁，又见如此模样，不觉大怒，骂道："好人好家，三婆不入门。你是何人，在我家说长道短，若得不和睦。可知有你这歪老货搬弄，致使我家娘一向使心憋气③，如今一发啼啼哭哭的，成什么规矩。"姚二妈也变色说道："你做秀才的好不达道理，凡事也须要问个来历，却如何便破口

----

① 迎迓（yà）——迎接。
② 鳏寡孤独——老而无妻曰鳏，无夫曰寡；幼而无父曰孤，无田早孤。
③ 憋气——即憋气。

骂人。我好意来此望望她,因平日受苦不过,故此啼哭,与我什么相干。你不说自己轻慢晚娘,反说别人搬弄不睦。"董秀才听了,激得怒从心上起,骂道:"老贱人,这个话难道不是挑逗我家不和?"劈脸两个漏风巴掌。徐氏连忙来劝,董昌失手一推,跌倒在地。申屠娘子急向前扶起徐氏,劝解姚二妈出门,又劝解丈夫在徐氏面前,赔个不是,方得息了一场闹吵。这一番口舌,不打紧,正是:

> 饱学书生垂命日,红颜侠女断头时。

这姚二妈原是走千门踏万户,惯做宝山的喜虫儿。乘便卖些花朵,兑些金珠首饰,忙里偷闲,又捱身与人做马泊六,是个极不端正的老泼贼,被董秀才打了两个巴掌,一来疼痛,二来没趣,心中恼道:"无端受这酸丁一场打骂,须寻个花头摆布他,方消得此恨。"一头走,一头想,正行之间,远远望见一个熟人走来。这婆子心里忽然拨动一个恶念,说:"若把那人奉承了这人,定然与我出这一口气。"打定主意,走上一步,去迎这人。你道此人是何等样人物?原来此人唤做方六一,家私巨万,谋干如神,专一交结上下衙门人役,线索相通。又纠连闽浙两广亡命,及海洋大盗,出没澎湖,杀人劫财,不知坏了多少人的性命。却又贩卖违禁货物,泛海通番,凡犯法事体,无一不为。更兼还有一桩可恨之处,若见了一个美貌妇女,不论高门富室,千方百计,去谋来奸宿。至于小家小户,略施微计,便占夺来家。奸淫得厌烦了,又卖与他人,也不知破坏了多少良人妻女的行止。因是爪牙四布,一呼百应,远近闻名,人人畏惧,是一个公行大盗,通天神棍。姚二妈平日常在他家走动,也曾做过几遍牵头,赚了好些钱财,把他奉做家堂香火。这时受了董秀才的气,正想要寻事害他,不期恰遇了方六一这个杀星,可不是董昌的晦气到了。

当下方六一见了姚二妈,满面撮起笑来,问道:"二妈,何故两日不到我家来走走?今日为何红了半边面皮,气忿忿,骨笃了嘴,不言不语,莫非与哪个合口嘴么?"这婆子正要与他计较,却好被他道着经脉,便扯到一个僻静处,把适来董秀才殴辱缘故,细细告诉一遍。方六一带着笑道:"如此说来,你却吃了亏哩。"姚二妈道:"便是无端受了这酸丁一场呕气,又还幸得他娘子极力解劝,不曾十分吃亏。"方六一道:"这样不通道理的秀才,却有恁般贤惠老婆。"姚二妈道:"贤惠还是小事,只这标致人物,却是天下少的。"方六一惊道:"你且说她是如何模样?"姚二妈道:"那颜色美丽,令人一见销魂,自不消说。只这一种娉婷风韵,教我也形容她不出。六一官,你虽在风月场中走动,只怕眼睛里从不曾见这样绝色的少年妇人。"方六一道:"不道我侯官县有恁般绝色,可惜埋没在酸丁手里。二妈,可有甚法儿,教我见她一面,也叫做眼见稀奇物,寿年一千岁。"姚二妈笑道:"见她也没用,空自动了虚火。你若有本事弄倒了这酸丁,收拾这娘子,供养在家,亲亲热热的受用,这便才是好汉。"方六一听罢,合掌念一声阿弥陀佛:"谋人性命,夺人妻子,岂是我良善人做的。你也不消气的,且到我家吃杯红酒,散一散怀抱罢。"姚二妈道:"原来六一官如今吃斋念佛了,老身却失言也。"六一笑道:"你这婆子,心忒性急。大凡做事,自有次序,又要秘密,怎便恁般乱叫。况他又是个秀才,须寻个大题目,方能扳得他倒。"遂附耳低言道:"这桩事,除非先如此如此,种下根基,等待他落了我套中,再与你商量后事。做得成时,不要说出了你的气,少不得我还要重重相酬。"这婆子听了,连声喝彩道:"如此妙计,管教一箭上垛。"方六一道:"我今要去完一小事,归时即便布置起来。明日你早到我家来,再细细商议。"姚二妈应诺,各自分手。正是:

继母生猜恨礼疏,虔婆怀怨构风波。

阴谋欲攘红颜妇,断送书生入网罗。

且说董秀才,一日方要出门到学中会文,只见一人捧着拜匣走入来,取出两个柬帖递上。董昌看时,却是一个拜帖,一个礼帖,中写着:"通家眷弟方春顿首拜。"礼帖开具四羹四果,绉纱二端,白金五两,金扇四柄,玉章二方,松萝茶二瓶,金华酒四坛。董昌不认得这个名字,只道是送错了,方以为讶。外面三四个人,担礼捧盒,一起送入,随后一人头顶万字头巾,身穿宽袖道袍,干鞋净袜,扩而充之,踱将进来。董昌不免降阶相迎,施礼看坐。这人不是别人,便是方六一这厮。可知六一原是排行,他平生欣羡睦州豪杰方腊以妖术诱众,反于帮源洞,僭号建元。既与同姓,妄意认为一宗,取名方春,见腊后逢春之意,欲待相时行事,大有不轨之念。当下坐定,董昌开言道:"小弟从不曾与台丈有交亲,为甚将此厚礼见赐,莫非有误?"方六一道:"春虽不才,同与先生土著三山城中,何谓不是交亲。弟此来一为敬仰高才绝学,庠序①闻名,定然高攀仙桂,联捷龙门。自今

---

① 庠序——中国古代的学校。

相拜以后,即为故交,日后便好提拔。二则前日姚二妈闹宅,唐突先生,实为有罪。姚二妈乃不肖姨娘,瓜葛相联,方春代为负荆,敢具此薄礼请罪,万祈海涵。"说未了跪将下去。董昌慌忙扶起道:"一时小言,何足介意,这厚礼断不敢受。"方六一道:"先生不受,是见弃小弟了。"董昌推让再四,方六一坚意不肯收回,叫小厮连盒放下,起身作辞竟去。董昌年少智浅,见他这般勤殷,只道是好意。更兼寒儒家,绝少盘盒进门,见此羹果银纱等物,件件适用,想来受之亦无害于理。即唤转使人,也写个通家眷弟的谢帖,打发去了。

申屠娘子问道:"迳来何人,是何相知,如送如此厚礼?"董昌将名帖送与观看,说道:"此人从无一面,据他说,姚二妈是其姨娘,因前日费口一番,特来代他请罪,二则慕我文才,要结识做个相知,为此送这些儿礼物。"申屠娘子听了,摇首道:"此事来得蹊跷,不可不察。"董昌道:"娘子何以见知?"申屠娘子道:"当今世情,何人不趋炎附势,见兔放鹰,谁肯结交穷秀才。且又素不识面,骤致厚礼,可疑者一;前日姚二妈不过小言,又无深怨,此人即系两姨之子,也何消他来代为请罪,可疑者二。况君子不饮盗泉①之水,岂可轻易受人之物?"董昌笑道:"娘子忒过虑了,自来有意思的人,尝物色英雄于尘埃中,岂可以世情起见,一概抹杀好人。我看此人情辞诚笃,料无他意,不必疑心。"申屠娘子道:"我虽过虑,官人也休过信。"董昌道:"这个我自理会得。"到次日,也备几件礼物去答拜。秀才人情,少不得是书文手卷诗扇之类。方六一尽都收了,留住便饭。董昌力辞,哪里肯放,只得领情。名虽便饭,实则酒筵,方六一殷勤相劝,尽醉方散。至明日,姚二妈又到董家赔小心,称不是,一笑释然。

自来读书人最好奉承,董昌见方六一恁般小心克己,认定是个好人,交无猜虑,日亲日近,竟为莫逆之交。方六一不时馈礼请酒,自己也常来询问董昌。他的念头,希冀撞见申屠娘子一面,看其姿色果是如何。哪知这娘子无事不出中堂,再无由遇见。哪姚二妈既挺身入门,也不尝来攀谈闲话,卖些花朵,趋奉申屠娘子,博她欢喜。及至背后向着徐氏,却又冷言冷语的挑唆,徐氏一发痛恨儿子,巴不得即刻死了,方才快活。

方六一与董秀才往还数月,却没个机会下手害他。一日闻得泉州获

---

① 盗泉——古泉名,故址在今以东泗水县东北。

了大伙海盗,那为头的诨名扳倒天,与方六一原是一党。六一知得这个消息,带了若干银子,星夜赶到泉州,寻相知衙役,到监门上用了些钱钞,进去探问。那班强盗见方六一来看觑,喜出望外,求他挽回搭救。六一道:"我专为此而来,但不知招稿,可曾定否?"众盗道:"初解到时,太爷因事忙,即下了狱,随后又为有病,至今不出堂,所以尚未审问。"六一道:"如此就有生路了。"向扳倒天附耳低言道:"侯官学中,有个董秀才,久有异志,也结交四方豪杰,乘时欲图大事,官府渐渐也多晓得了。到审问时,众口一词,竟招称董昌是谋主,纠结闽浙两广亡命,阴谋不轨。我等皆其庄佃,因威逼为非。拼些银两,买上告下,求当案孔目,将董昌装了头,众兄弟只做胁从。招中字眼放活了,待我再到京师,营谋个恤刑御史前来,开招释放,可不好么?"扳倒天道:"若得如此,便是再生父母了。"方六一又留银两与他们使费,急回威武来布置。扳倒天把这话通知众盗,及至审问,一口咬定董昌主谋,阴图叛逆。

　　泉州府尹,大是明察,思想做秀才的,决无此事,定是仇口陷害。但既系众盗招扳,须拿来面质,才见真伪。又恐差捕覆前去,必先破家,乃行文至威武州关提,州中转行侯官县拘解。这知县相公,是蔡京门下人,又贪又酷又昏,耳又是棉花做的。方六一自泉州归时,先使人吹风到大尹耳内,说道董秀才素行不端,结纳匪人。又假捏地方邻里人,具个公呈,说董昌日与异言异服外方人往来,行踪诡秘,举动叵测。大尹见此呈与前言暗合,大是惊骇。方待拘问,恰好州中帖文又下,三处相符,更无疑惑,即差人密拿董昌。不道这差役正是方六一的心腹,飞来报知,六一吩咐:"连妇女都要到官,待我来解劝,方才释放。"差人受了嘱托,竟奔董昌家来,分一半人将前后把住,其余尽赶入去,将夫妻父母,并两个童仆,俱是一条索子扣住。这场大祸,分明青天打下一霹雳,不知从何而起。问着差人所犯何事,却又不肯说,只言到县便知。扯扯拽拽,拥出门去。申屠娘子虽有智识,一时迅雷不及掩耳,也生不出甚计较。无可奈何,抱着儿子,只得随行。徐氏大哭大骂道:"这个逆贼,平日不把做娘的看在眼里,如今不知做下什么犯法事体,连累我出乖露丑,引动邻里间都来观看。"

　　差人方待带着董昌等要行,只见远远一个人走来。董昌望去,认得是方六一,即高叫道:"六一兄,快来救我!"方六一赶近前看了,假意失惊道:"为甚事体,恁般模样?"董昌道:"连我也不知是什么缘故,叩问公差又不肯说。"方六一道："是甚事如此秘密,真奇怪。"董昌道："六一兄,你怎地救得我,决不忘恩。"六一道："莫忙,待我作了揖,从容商议。"遂向徐氏、申屠娘子深深施礼。偷眼觑看,果然天姿国色。暗想便拼用几万两银子,与她同睡一宿,就死也甘心。礼罢,对差人道："列位差公,且入家旦来,在下有一言相恳。"差人嚷道："去罢了,有甚话说。"方六一道："列位何消性急。我若说得有理,你便听了,说得没理,去也未迟。"众人依言,复带入家中。方六一道："董相公是读书人,纵有词讼,不过是户婚田土,料必不是什么谋叛大逆,连家属都要到官。待我送个薄东,与列位买杯酒吃,求做个方便,且慢带家属同去,全了斯文体面。"遂向袖中摸出一锭银子,约有三四两重。差人俱乱嚷道："这使不得,知县相公吩咐来的,我们难道到担个得钱卖放的罪名。况且事体重大,你若从中打干,恐怕也不得干净。"方六一又道："谁无患难,谁无朋友,便累及我,也说不得了。"又向袖中将二两多银子,并作一包,送与说："我晓得东道少,所以列位不肯。但我身边只有这些,胡乱收了,后日再补。"差人还假意不肯,方六一道："我有个道理在此,如今先带董相公去见,若不提起要家属,大家混过。如或必要,再来带去,也未为迟。"众人方才做好做歹,将他姑媳家人放了,只牵着董昌到县里去。看官,你道方六一为甚教差人又做出这番局面?他因不曾看见申屠娘子,果是怎样姿色,乘着这个机会,逼迫来相见一面。二则假意于中出力周全,显见他好处,使人不疑,以为后日图妻地步,此乃最深最险的奸计。在方六一自道神机妙算,鬼神莫测,正不知上面这空空洞洞不言不语的却瞒不过。所以俗语说:

湛湛青天不可欺,未曾举意早先知。

善恶到头终有报,只争来早与来迟。

当下差人解至当堂。县尹说道："好秀才,不去读书,却想做恁般大事。"董昌道："生员从来自爱,并不曾做甚为非之事。"县尹道："你的所行所为,谁不知道,还要抵赖。我也不与你计较,且暂到狱中坐坐,备文申解。"董昌闻说下监,不服道："生员得何罪,却要下狱。老父母莫误信风闻之言,妄害无辜。"秀才家不会说话,只这一言,触恼了县尹性子,大怒道："自己做下大逆之事,反说我妄害无辜,这样可恶,拿下去打。"董昌乱嚷道："秀才无罪,如何打得。"县尹愈怒道："你道是秀才打不得,我偏要打。"喝叫："还不拿下。"众皂隶如狼虎般,赶近前拖翻在地,三十个大毛板,打得皮开肉绽,鲜血迸流。县尹尚兀是气忿忿的,叫发下去监禁。许多差役簇拥做一堆,推入牢中。董昌家人哪里能够近身,急忙归报。把申屠娘子惊呆半晌,自想这桩事没头没脑,若不得个真实缘由,也无处寻觅对头,出词辨雪。一面叫家人央挽亲族中人去查问,一面又叫到狱中看觑丈夫。唯有徐氏合掌向天道:"阿弥陀佛,这逆贼今日天报了。"心中大是欢喜。这也不在话下。

且说董昌本是个文弱书生,如何经得这般捶扑,入到牢中,晕去几遍。睁眼见方六一在旁,两泪交垂,一句话也说不出。方六一将好言安慰,监中使费饮食之类,都一力担承。暗地却叮咛禁子,莫放董昌家人出入,通递消息。又使差人执假票,扬言访缉董昌党羽,吓得亲族中个个潜踪匿影,两个仆人也惊走了一个。方六一托着董昌名头,传言送语,假效殷勤。姚二妈又不时来偎伴,说话中便称方六一家资巨富,做人仁厚,又有义气,欲待打动申屠娘子。怎知申屠娘子一心只想要救丈夫,这样话分明似飘风过耳,哪在他心上,但也不猜料六一下这个毒计。

申屠娘子想起董门宗族,已没个着力人,肯出来打听谋干;自己父亲,又远游他处,哥哥避居海上,急切不能通他知道。且自来不历世故,总然知得,也没相干,自己却又不好出头露面。左思右想,猛然想着古田刘家姐夫,素闻他任侠好义,胸中极为谋略。我今写书一封寄与,教刘姐夫打探谁人陷害,何人主谋,也好寻个机会辨头,或者再生有路,也不可知。又想向年留别诗尚未写出,一并也录示姐姐,遂取讨纸笔写书云:

> 忆出阁判袂①,忽焉两易风霜。老父阿兄,远游渔海,鳞鸿②杳绝。吾姊复限此襟带,不得一叙首以申间阔,积怀徒劳梦寐耳。良人佳士,韫椟③未售,满图奋翮④秋风,问月中仙索桂子。何期恶海风波,陡从天降。陷身坑阱,肢体摧伤,死生未保,九阍⑤远隔,天日无

---

① 判袂——袂指衣袖,判袂犹言分袂,指离别。
② 鳞鸿——鳞指鱼,鸿指雁。古有鱼雁传书之说,故鳞鸿代指书信、消息。
③ 韫椟——韫为包含、隐藏、椟为木盒。
④ 翮——指羽根,引申为羽翼。
⑤ 九阍——指官门,泛指门。九阍,犹言其远。

光,岂曾参果杀人耶？董门宗族寥落,更鲜血气人,无敢向圄①扉通问者。想风鹤魂惊,皆鼠潜龟伏矣。熟知姊婿热肠侠骨,有古烈士风,敢气奋被发缨冠之谊,飞舸入郡,密察谁氏张罗,所坐何辜。倘神力可挽,使覆盆回昭,死灰更燃,从此再生之年,皆贤夫妇所赐也。颙②望旌愚,好音祈慰。外有出阁别言,久未请政,并录呈览。

书罢,又录了留别诗,后书难妇女弟希光裣衽③拜寄。封缄固密,差了仆人星夜前往古田。不道那仆人途中遇了个亲戚,问起董家事体,说道："一个秀才,官府就用刑监禁,又要访拿党羽,必然做下没天理的事情,你是他家人,恐怕也不能脱白。"那仆人害怕,也不往古田,复身转来,一溜烟竟是逃了。申屠娘子,眼巴巴望着回音,哪里见个踪影。正是:

　　　　时来风送滕王阁,运退雷轰荐福碑。

话分两头。却说彭教谕因有公事他出,归来闻得董昌被责下狱,吃了一惊,却不知为甚事故。即来见县尹,询问详细,力言董生少年新进,文弱书生,必无此事。这县尹哪里肯听,反将他奚落了几句,气得彭教谕拂衣而出,遂挂冠归去。同袍中出来具公呈,与他辩白,县尹说："上司已知董生党众为逆,尚要连治。诸兄若有此呈,倘究诘起来,恐也要涉在其中。"众秀才被这话一吓,唯唯而退,谁个再敢出头。方六一见学官秀才,都出来分辩,怕有变故,又向当案处,用了钱钞,急急申解本州,转送泉州。文中备言邻里先行举首,把造谋之事证实。方六一布置停当,然后来通知申屠娘子,安慰道："董官人之事,已探访的实,是被泉州一伙强盗,招扳在案,行文在本县缉获,即今解往彼处审问。闻得泉州太爷极是廉明,定然审豁。我亲自陪他同去,一应盘费使用,俱已准备,不必挂念。"申屠娘子一时被感,也甚感其情意。

不想董昌命数合休,解到泉州时,府尹已丁母忧。署印判官看来文,与众盗所扳暗合,也信以为实,乃吊出扳倒大一干人犯,发堂面质。董昌极口称冤说："生平读书知礼,与众人从不曾识面,不知何人仇恨,指使劈空扳害。"再三苦苦析辩,怎当得众盗一口咬定,不肯放松。判官听了一

①　圄——指牢狱。
②　颙——昂头仰视,表示恭敬。
③　裣衽——将衣襟夹于衣带间(下拜),表示恭敬。

面之词，喝教夹起来。这一个瘦怯书生，柔嫩的皮肉，如何经得这般刑罚，只得屈招。又是一顿板子，送下死囚牢里。方六一随入看视，假意呼天叫屈。董昌奄奄一息，向六一呜呜地哭道："我家世代习儒，从不曾作一恶事。就是我少年落拓，也未尝交一匪人，不知得罪哪个，下此毒手，陷我于死地。这是前生冤孽，自不消说起。但承吾兄患难相扶，始终周旋，此恩此德，何时能报。"方六一道："怎说这话。你我虽非同气，实则异姓骨肉，恨不能以身相代，区区微劳，何足言德。"董昌又哭道："我的性命，断然不保。但我死后，妻子少幼，家私贫薄，恐不能存活，望乞吾兄照拂一二。"六一道："吉人自有天相，谅不至于丧身。万一有甚不测，后事俱在我身上，决不有负所托。"董昌道："若得如此，来世定当作犬马答报。"道罢，又借过纸笔，挣起来写书，与申屠娘子诀别。怎奈头晕手颤，一笔也画不动，只得把笔撇下，叮嘱方六一寄语，说："今生夫妻，料不能聚首了，须是好好抚育儿子，若得长大成立，也接绍了董氏宗祀。"一头说，一头哭，好生凄惨。方六一又假意宽慰一番，相别出狱，又回威武。临行又至当案孔目处，嘱付早申行文定案。当案孔目，已受了六一大注钱财，一一如其所嘱，以董昌为首谋，众盗胁从，叠成文卷，申报上司，转详刑部。这判官道是谋逆大事，又教行文到侯官县，拘禁其妻孥亲属，候旨定夺。这件事，岂非乌天黑地的冤狱！正是：

> 鬼蜮弥天障网罗，书生薄命足风波。
>
> 可怜负屈无门控，千古令人恨不磨。

再说方六一归家后，即来回复申屠娘子，单言被强盗咬实，已问成罪名的话，其余董昌叮咛之言，一字不题。申屠娘子初时还想有昭雪之日，闻知此信，已是绝望。思量也顾不得什么体面，须亲自见丈夫一面，讨个真实缘由。但从未出门，不识道路，怎生是好。方在踌躇，那知泉州拘禁家属的文书已到，侯官县差人拘拿。方六一晓得风声，恐怕难为了申屠娘子，央人与知县相公说方便，免其到官，止责令地邻，具结看守。那时前后门都有人守定，分明似软监一般，如何肯容申屠娘子出外。方六一叫姚二妈不时来走动，自不消说。六一一面向各上司衙门打点，勿行驳勘；一面又差人到京师重贿刑部司房，求速速转详，约于秋决期中结案。果然钱可通神，无不效验。刑部据了招文，遂上札子，奏闻朝廷，其略云：

> 董昌以少年文学，妄结匪人，潜有异图。虽反形未显，而盗证可

证。况今海内多事,圣帝蒙尘,乱世法应从重,爰服上刑,用警反侧。妻孥族属,从坐为苛,相应矜宥①。群盗劫杀拒捕,历有确据,岂得借口胁从,宽其文法,流配曷尽所辜,骈斩庶当其罪。未敢擅便,伏候圣裁。

奏上,奉圣旨,定董昌等秋后处决,族属免坐。刑部详转,泉州府移文侯官县,释放董昌妻孥归家,地邻方才脱了干系。这一宗招详才下,恰已时迫冬至,决囚御史案临威武各郡县,应决罪犯,一起解至。方六一又广用钱财,将董昌一案也列在应决数内。申屠娘子知得这个消息,将衣饰变卖,要买归尸首埋葬。正无人可托,凑巧古田刘家姐姐,闻知董郎吃了屈官司,夫妇同来探问。申屠娘子就留住在家,央刘姐夫备办衣棺,预先买嘱刽子人等。徐氏听说儿子受刑,也不觉惨然。到冬至前二日,处决众囚,将一个无辜的董秀才,也断送于刀下。其时乃靖康二年十一月初三日也。正是:

　　　可怜廊庙经②纶手,化作飞磷③草木冤。

董昌被刑之后,申屠娘子买得尸首,亲自设祭盛殓,却没有一滴眼泪。但祝道:"董郎,董郎,如此黑冤,不知何时何日,方能报雪!"正当祭殓之际,只见方六一使人赍④纸钱来吊慰。刘成暗自惊讶道:"方六一是此中神棍大盗,如何却与他交往?"欲待问其来历,又想或者也是亲戚,遂撇过不题。殓毕,将灵柩送到乌泽山祖茔坟堂中停置,择日筑圹⑤埋葬。安厝⑥之后,刘成夫妇辞归。申屠娘子留下姐姐,暂住为伴。

此时姚二妈妈往来愈勤。一日,姊妹正在房说起父兄远游僻处,音信不通的话,只见姚二妈走将入来。申屠娘子请她坐下,那婆子笑嘻嘻地道:"老身有一句不知进退的话相劝,大娘子休要见怪。"申屠娘子道:"妈妈有甚话,但说无妨,怎好怪你。"姚二妈道:"董官人无端遭此横祸,撇下

①　矜宥——矜,同情,怜悯。宥,宽宥,赦罪。
②　经纶——原指整理丝轮,引申为处理国家大事。
③　飞磷——指人死后所化磷质,"鬼火"。
④　赍——以物送人称赍。
⑤　圹——墓穴,泛指坟墓。
⑥　厝——浅埋以待改葬。

你孤儿寡妇,上边还有婆婆,家事又淡薄,如何过活?"申屠娘子道:"多谢你老人家记念,只是教我也无可奈何。"姚二妈道:"我到与大娘子踌躇个道理在此。"申屠娘子道:"妈妈若有甚道理教我,可知好么?"那婆子道:"目今有个财主,要娶继室,娘子若肯依着老身,趁此青春年少,不如转嫁此人,管叫丰衣足食,受用一世。"申屠娘子闻言,心中大怒,暗道:"这老乞婆,不知把我当做甚样人,敢来胡言乱语。"便要抢白几声,又想:"这婆子日常颇是小心,今忽发此议论,莫非婆婆有甚异念,故意教她奚落我么,且莫与她计较,看还有甚话。"遂按住忿气,说道:"妈妈所见甚好,但官人方才去世,即便嫁人,心里觉得不安,须过一二年才好。"那婆子道:"啊呀!一年二年,日子好不长远哩。这冰清水冷的苦楚,如何捱得过?况且错过这好头脑,后日哪能够如此凑巧。"申屠娘子道:"你且说那个财主,要娶继室?"婆子笑道:"不瞒娘子说,这财主不是别个,便是我外甥方六一官。他的结发身故,要觅一个才貌兼全的娘子掌家,托老身寻觅,急切里没个像得他意的,因此蹉跎过两年了。我想娘子这个美貌,又值寡居,可不是天假良缘。今日是结姻上吉日,所以特来说合。"

申屠娘子听了,猛然打上心来道:"原来就是方六一!他一向与我家殷勤效力,今官人死后,便来说亲,此事大有可疑,莫非倒是他设计谋害我官人么?且探他口气,便知端的。"乃道:"方六一官,是大财主,怕没有名门闺女为配,却要娶我这二婚人。"也是天理合该发现,这婆子说出两句真话道:"热油苦菜,各随心爱。我外甥想慕花容月貌多时了,若得娘子共枕同衾,心满意足,怎说二婚的话。"申屠娘子细味其言,多分是其奸谋。暗道:"方六一,我一向只道你是好人,原来是兽心人面。我只叫你阖门受戮,方伸得我官人这口怨气。"心中定了主意,笑道:"我是穷秀才妻子,有甚好处,却劳他恁般错爱。虽然,我不好自家主张,须请问我婆婆才是。"婆子道:"你婆婆已先说知了。"

言还未毕,布帘起处,徐氏早步入房,说道:"娘子,二妈与我说过几遍了。一来不知你心里若何,二则我是个晚婆,怕得多嘴取厌,为此教二妈与你面讲。论起来,你年纪又小,又没甚大家事,其实难守。这方六一官,做人又好,一向在我家面上,大有恩惠。莫说别的,只当日差人要你我到官,若不是他将出银两,买求解脱,还不知怎地出乖露丑,这一件上,我至今时刻感念。你嫁了他,连我日后也有些靠傍。"姚二妈道:"我外甥已曾说来,成了这亲,便有晚儿子之分,定来看顾。"徐氏又道:"还有一件,我的孙儿,须要带去抚养的。"姚二妈道:"这个何消说得。况他至亲只有一子,今方八岁,娘子过去,天大家资,都是掌管。家中偏房婢仆,哪个不听使唤。哥儿带去,怕没有人服侍。"申屠娘子又道:"果然我家道穷乏,难过日子,便重新嫁人,也说不得了,只是要依我三件事。"姚二妈道:"莫说三件,就是三十件,也当得奉命。"申屠娘子道:"第一件,要与我官人筑砌坟圹,待安葬后,方才过门;第二件,房产要铺设整齐洁净,只用使女二人,守管房门;三来家人老小房产,各要远隔,不许逼近上房。依得这三件,也不消行财下聘,我便嫁他。"姚二妈笑道:"这三件都是小事,待老身去说,定然遵依,不消虑得。"即便起身别去,徐氏随后相送出房。诗云:

> 狂且渔色谋何毒,孤孀①怀仇志不移。
>
> 奋勇捐躯伸大义,刚肠端的胜男儿。

不题姚二妈去覆方六一。且说刘家姐姐,当下见妹子慨然愿嫁方六一,暗自惊讶道:"妹子自来读书知礼,素负志节,不道一旦改变至此。"心下大是不乐。姚婆去后,即就作辞,要归古田。申屠娘子已解其意,笑道:"为何这般忙迫,向日妹子出嫁董门,姐姐特来送我出阁,如今妹子再嫁方家,也该在此送我上轿。"刘氏姐听了,忍耐不住,说道:"妹子,你说是什么话?尝言一夜夫妻百夜恩,董郎与你相处二年,谅来恩情也不薄。今不幸受此惨祸,只宜苦守这点嫡血成人,与董郎争气,才是正理。今骨肉未寒,一旦为邪言所惑,顿欲改适,莫说被外人谈议,只自己肉心上也过不去哩。"申屠娘子听了,也不答言,揭起房帘,向外一望,见徐氏不在,方低低说道:"姐姐,你道妹子果然为此狗彘之行么?我为董郎受冤,日夜痛心,无处寻觅冤家债主。今日天教这老虔婆,一口供出,为此将计就机,前去报仇雪怨,岂是真心改嫁耶?"刘氏姐姐骇异道:"他讲的是什么话,我却不省得。"申屠娘子道:"姐姐你不听见说,慕娘子花容月貌,若得同衾共枕,便心满意足,这话便是供状。"刘氏姐道:"不可造次,尝言媒婆口,没量斗,她只要说合亲事,随口胡言,何足为据。"申屠娘子见此话说得有理,心中复又踌躇。

只听耳根边"豁剌剌"一声响,分明似裂帛之声。姐妹急回头观看,

---

① 孤孀——指寡妇。

并无别物,其声却从床头所挂宝剑鞘中而出。刘氏姐大惊,连称奇怪。申屠娘子道:"宝剑长啸,欲报不平耳。此事更无疑惑矣。"即向前将剑拔出,蘸作两段,下半截连靶,只好一尺五寸。刘氏姐道:"可惜好宝剑,如何将来坏了。"申屠娘子道:"姐姐有所不知,大凡刀长便于远砍,刀短便于近刺,且有力,又便于收藏。我今去杀方六一,只消此下半截足矣。"刘氏姐道:"杀人非女子家事,贤妹还宜三思,勿可逞一时之忿。"申屠娘子道:"吾志已决,姐姐不须相劝。"随取水石,磨得这剑锋利如雪,光芒射人,紧藏在身畔。又写下一书,和这上半截断剑,交付姐姐说:"待父亲归时,为我致与他。"又道:"妹子已拼此躯,下报董郎,遗下孤儿,望乞姐夫姐姐替我抚育。倘得长大,可名嗣兴,以延董门一脉,我夫妇来世定当衔结相报①。"正言之际,刘成自占田来到,妻子把这些缘故,道于他知。刘成道:"方六一是当今大盗。奸诡百出,造恶万端,董姨丈被他谋害,确然无疑。但小姨要去报仇,恐力气怯弱,不能了事,反成话柄。"申屠娘子笑道:"我视杀此贼子,有如几上肉耳,不消虑得。"

不题申屠姐妹筹划。且说姚二妈回复了方六一,次日即来传话,说娘子所言之事。——如命。明日就教工匠到坟上,开金井砌圹,听凭娘子选日安葬。葬后,即来迎娶。申屠娘子道:"入土为安,但圹完即葬,不必选日。"方六一做亲性急,多唤匠人,并力趱工。那消数日,俱已完备。申屠娘子姑媳姊妹并刘成,俱到坟头,送董昌入土。方六一又备下祭筵,到坟前展拜。葬毕回家,申屠娘子往还路径,一一牢记在心。又博访了方六一住居前后巷陌街道之足,将所有衣饰,尽付刘成,抚养儿子。其余田产房业,都留与徐氏供膳。诸事料理停当,侍候方六一来娶。方六一机谋成就,欢喜不胜,果然将家中收拾得内外各不相关,银屏锦帐,别成洞天,择定十二月廿四,灶神归天之日,娶个灶王娘子。免不得花花轿子,乐人鼓手,高灯火把,流星爆杖,到董家娶亲。姚二妈本是大媒,又做伴娘,一刻不离。当夜迎亲,乐人在门吹打几通,掌礼邀请三遍。申屠娘子抱着孩子,请刘家姐夫姐姐,及徐氏晚婆告别,对姐姐道:"我指望同你原归长乐,只是终身不了。今到方家,是重婚再嫁的人了,此后也无颜再与姐姐相见,只索从今相别。"随将孩子递与道:"可怜这无爹娘的孩子,烦姐姐

---

① 衔结相报——意为愿当牛作马,以为报答。衔:马嚼。结:绳套。

好好看管，待三朝后，即便来取。"又对徐氏道："不道婆婆命犯孤辰寡宿，一个晚儿子也招不起，媳妇总之外人，今又别嫁，一发没账了，你须要自家保重。"徐氏听了这话，想起日后无倚靠的苦楚，不觉放声大哭。刘氏姐已知此番是永别了，也不由不伤心痛哭。更兼这个孩子，要娘怀抱，死命的啼号，这凄惨光景，便是铁石心肠，也要下泪。唯有申屠娘子，并无一点眼泪，毅然上轿，略不回顾。

一路笙箫鼓乐，迎到方家，依样拜堂行礼。方六一张眼再看，魂飞天外。只道是到口馒头，谁知是冲天霹雳。拜堂已毕，方六一唤过八岁的儿子，拜见晚娘。又唤家中上下，俱来磕头。申屠娘子说："且待明日见罢。"方六一得了此话，分明是奉着圣旨，即便止住，鼓乐前导，引入洞房。花烛已毕，摆筵席款待新人。原来方六一生性贪淫，不论宗族亲眷妇女，略有几分颜色，便要图谋奸宿。因此人人切齿，俱不相往来。所以今日喜筵，并无一个女亲，单单只有姚二妈相陪。堂中自有一班狐朋狗党，叫喜称贺。方六一吩咐姚婆好生陪侍，自己向外边饮酒去了。申屠娘子且不入席，携着姚二妈，将房中前后左右，细细一看。笑道："果然铺设得齐整，比读书人家，大是不同。"又叫丫环执烛，向房外四面观看。见旁边有一小房，开门入看，中间箱笼什物甚多，侧边一张床榻，帐帏被褥，色色完备。问说："此是何人卧所？"丫环答言："是小官人睡处。"姚二妈便道："六一官教我今晚就相伴小官人，睡在这里。"申屠娘子道："这也甚好。"遂走出门，仍复闭上。

回至房中，与姚婆饮酒。三杯已过，申屠娘子道："多谢妈妈作成这头好亲事，日后定当厚报，如今先奉一杯，权表微意。"将过一只大茶瓯，斟得满满的，亲自送到面前。婆子道："承娘子美意，只是量窄，饮不得这一大瓯。"申屠娘子道："天气寒冷，吃一杯也无妨。"婆子不好推托，只得接来饮了。申屠娘子，又斟过一瓯道："妈妈再请一杯。"婆子道："这却来不得。"申屠娘子笑道："妈妈你做媒的，岂不晓得喜筵是不饮单杯的，须要成双才好。"婆子又只得饮了。申屠娘子又笑道："妈妈，常言三杯和万事，再奉一瓯。"婆子道："奶奶饶了我罢。"申屠娘子道："你若不吃，我就恼杀你。"婆子没奈何，攒眉皱脸，一口气吸下。他的酒量原不济，三瓯落肚，渐觉头重脚轻，天旋地转，存坐不住。申屠娘子又道："妈妈还吃个四方平稳。"那婆子听说，起身要躲，两脚写字，只管望后要倒。申屠娘子笑道："不像做大媒的,三四杯酒,就是这个模样。"叫丫环扶到小房睡卧。吩咐收过酒席,只留两个丫环伺候,其余女使都教出去,然后自己上床先睡。

时及在鼓,堂中客散。方六一打发了各色人等,诸事停当,将儿子送入小房中,同姚婆睡。一走进房来,先叫两个丫环先睡,须要小心火烛。口中便说,走至床前,揭开红绫帐子,低低调戏两声。将手一摸,见申屠娘子衣裳未脱,笑道:"不是头缸汤,只要添把火,待我热烘烘的,打个筋斗儿。"申屠娘子道:"便是二缸汤,难道你不赤膊,好打筋斗么?"方六一忙解衣裳,挺身扑上来。申屠娘子右手把紧剑靶,正对小腹上直搠,六一创痛难忍,只叫得一声不好了,身子一闪,向着外床跌翻。申屠娘子,随势用力,向上一透,直至心窝,须臾五脏崩流,血污枕席。两个丫环,初听见主人忽地大叫,不知何故,侧耳再听,分明气喘一般。心中疑惑,急忙近前看去。申屠娘子已抽身坐起,在帐中望见丫头走来,怕走漏了消息,便叫道:"这样酒徒,呕得脏巴巴,还不快来收拾。"丫头不知是计,一个趱上一步,方才揭开帐子,申屠娘子道:"没用的东西,火也不将些来照看。"口内便说,探在手一把揪住,挺剑向咽喉就搠,即时了账。那一个丫头,只道真个要火,方转身去携灯,申屠娘子跳出帐来,从背后劈头揪翻,按到在地。那丫头口中才叫哪呀,刃已到喉下,眼见也不能够活了。申屠娘子即点灯去杀姚婆,那房门紧紧拴住,急切推摇不动。方六一儿子,还未睡着,听见门上声响,问道:"那个?"申屠娘子应道:"你爹要一件东西,可起来开门。"这小厮那知就里,披衣而起。门开处,申屠娘子劈面便搠,这小厮应手而倒,再复一下,送归泉下。跨过尸首,挺身竟奔床前,那婆子烂醉如泥,打鼾如雷,一发不知什么好歹,一连搠下数十个透明血孔,末后向咽下一勒,直挺挺地浸在血泪里了。申屠娘子,本意欲屠戮他一门,一来连杀了五人,气力用尽,气喘吁吁;二来忽转一念,想此事大半衅由姚婆,毒谋出于方贼,今已父子并诛,斩草除根,大仇已报,余人无罪,不可妄及。遂复身回房,将门闭上,袅了方六一首级,盛在囊中。收了短剑,秉烛而坐,坐候人静方行。这一场报仇,分明是:

> 狭巷短兵相接处,杀人如草不闻声。

看官,你想世上三绺梳头,两截穿衣,叫院君①称娘子的,也不计其

---

① 院君——旧称有封号的妇人为院君。

数,谁似申屠娘子,与夫报仇,立杀五命,如同摧枯拉朽,便是须眉男子,也
没如此刚勇,真乃世间罕有。当下静听谯楼鼓打四更,料得合家奴婢皆睡
熟,乘着天色未明,背了方六一的首级,点灯寻着后门出去。这路径久已
访问在心,更兼杀神正旺,勇往直前,若有神助。挨出城门,径奔到乌泽山
祖坟下,将方六一首级,摆在董昌墓前,叫声:"董郎,董郎,亏你阴灵扶
助,报你深仇,保我节操。从来不曾下泪,今日万事俱完,正好为君一
哭!"于是放声一号,泪如泉涌,万木铮铮,众山环响。哭罢,解下红罗,即
悬挂于坟前大荣木之上。待得三魂既去,七魄无依,腰间短剑,一声吼响,
如虎啸咙吟,飞入空中,不知其所向。

　　方家婢仆,次日起身,只见后门洞开,满地血污,都是女人脚迹,合家
惊骇,声张起来。寻看血迹,直到上房。方知家主父子,并姚婆等俱被新
人杀死,砍下首级,不知去向。唤起地方邻里,呈报到官。县尹亲自相验,
差人捕申屠氏。其时刘成放心不下,清早便在方六一门首打听,得了这个
消息,飞忙报知妻子。徐氏听见媳妇杀了许多人,只怕祸事连及,吓得一
交跌去,即便气绝。刘成夫妇正当忙乱,乌泽山坟丁来报,申屠娘子,缢死
在荣木之上,墓前有人头一颗。刘成叫坟丁呈报县中,大尹以地方人命重
情,一面申报上司,一面拘申屠氏家属,审问情由。那衙门人役,并方六一
党羽,晓得从前谋害董昌这些缘由的,互相传说开去。郡中衿绅耆老,邻
里公书公呈,一起并进,公道大明。各上司以申屠氏杀仇报夫,文武全才,
智勇盖世,命侯官且备衣棺葬于昌墓下,具奏朝廷,封为侠烈夫人,立庙祭
享。方六一姚婆等,责令家属收殓。刘成夫妻殡葬了徐氏,将房产托付董
氏族人,等待遗孤长大交还。料理停妥,引着此子,自回古田。

　　又过半年,申屠虔方从天台山采药归来,闻知女婿家遭许多变故,到
古田来问侄女。申屠氏将董方两家生死,希光杀人报仇始末,朝廷封赠,
从头至尾说了一遍。又将希光封固书笺,及半截宝剑递与。申屠虔将剑
在手,展书细看,其书云:

　　　不孝女希光,裣衽百拜父亲大人尊前:儿嫁董郎,忽遭飞祸。夫
　　禁囹圄,女锢私室。九阍谁控,五辟奚宽。冤哉董郎,奄逝刀锯。东
　　海三年之旱,应当后戚武矣。未亡人蜉蝣余息,去鬼无几,所以不即
　　死者,仇人未获,大冤未白耳。何意图藉奸谋,一朝显露。始悟此日
　　乞婚之方六一,即当时造计之凶贼。彼以委禽相诱,女以完璧自坚。

再嫁之时，即是断头之夕。幸昆吾剑气有灵，谅么魔残魄，无能潜匿。于此下报董郎，庶亦无愧。董郎龟登龙扰，雅称鹊噪鸦鸣，兆见于前，事亦非偶，所余残剑半截，留报父恩。父守其头，儿守其尾。申屠家之古玩，头尾有光；延平津之卧龙，雌雄绝望。生平不解愁眉，今始为之泣血。

申屠虔看罢，大笑道：“非申屠虔不能生此女，非申屠虔不能生此女！”说犹未罢，只听豁剌一声，手中半截断剑，飞入云霄。那申屠娘子下半截剑，从南飞来，合而为一。蜿蜒成龙，渐渐而去，见者皆以为奇。刘成夫妇，抚养董嗣兴到十八岁上，登了进士，官至侍郎，封赠父母，接了一脉书香。后人有诗云：

从来间气有奇人，洛浦珠还更陆沉。

片玉董昌埋碧草，阊门方六断残魂。

第十三回

唐玄宗恩赐犷衣缘

长安回望绣城堆,山顶千门次第开。

一骑红尘妃子笑,无人知是荔枝来。

这首绝句,是唐朝紫薇舍人杜牧所作。单说着大唐第七帝玄宗,谓之明皇,在位四十四年,又做了太上皇四年。前二十年用着两个贤相,姚崇、宋璟,治得天下五谷丰登,斗米三钱,夜不闭户,路不拾遗。后来到开元末年,二相俱亡,换上两个奸臣,一个是李林甫,一个是杨国忠,便弄坏了天下,搬调得天子不理朝纲,每日听音玩乐,赏花饮酒。宠幸的贵妃杨太真,信用的是胡人安禄山,身边又宠着几个小人。那小人是谁?乃是:

高力士、李龟年、朱念奴、黄番绰。

这朝官家最是聪明伶俐,知音晓律。每日教这几个奏乐,天子自家按节,把祖宗辛苦创来的基业,一旦翻成升平之祸。后来禄山与杨贵妃乱政,直教:

哥舒翰失守潼关,唐天子翠华西幸。

却说玄宗天宝年间,时遇三月下旬,春光明媚,宿雨初晴,玄宗同杨妃于兴庆池赏玩牡丹。果然开得好,有几般颜色,是那几般?乃是:

大红,浅红,魏紫,姚黄,一捻红。

缘何叫做一捻红?原来昔年也是玄宗赏玩牡丹时,杨妃偶在花瓣上掐了一个指甲痕,后来每年花瓣上都有指甲痕,因此,就唤做杨妃一捻红。诗云:

御爱雕栏宝槛表,粉香一捻暗销魂。

东君①也爱吾皇意,每岁花容应指纹。

是日天气暴暄,玄宗觉得热渴。近侍进上金盆水浸樱桃劝酒,玄宗视之,连称妙哉,可筵前李白学士,何不作诗。李白口占道:

---

① 东君——此指花神。

灵山会上涅槃空，费尽如来九转功。

八万四千红舍利，龙王收入水晶宫。

玄宗看前二句，不见得好处，看后二句，大喜道："真天才也!"不想一个宫娥，把这盘樱桃，尽打翻在金阶之上，众宫娥都向前拾取。杨妃看了，带笑说道："学士何不也作一诗?"李白随口应道：

玉仙慌献红玛瑙，金阶乱撒紫珊瑚。

昆仑顶上猿猴戏，攀倒神仙炼药炉。

玄宗龙情大喜，尽醉方休。

是年时入深冬，雨雪下降，玄宗偶思先年武后于腊月游玩御苑，恰遇明日立春，传旨道：

明朝游上苑，火急报春知；

花须连夜发，莫待晓风吹。

到次日，果然百花尽开，唯有槿树花不开。武后大怒，将槿树杖了二十，罚编管为篱。玄宗想武后是个女主，能使百花借春而开，今朕欲求些瑞雪，未知天意肯从否？遂命近侍，取过一幅龙文笺来，磨得墨浓，蘸得毛饱，写下四句道：

雪兆丰年瑞，三冬信尚遥；

天公如有意，顷刻降琼瑶。

写罢，教焚起一炉好香，向天祝祷，拜了四拜，将诗化于金炉之内。可煞作怪。初时旭日瞳瞳，晴光澹澹，须臾间朔风陡发，冻云围合，变作一天寒气。这才是：

圣天子百灵相助，大将军八面威风。

近侍宫娥来报，天将下雪了。玄宗大喜，即传旨百司，各赋瑞雪诗词以献。又命近侍去宣八姨虢国夫人来，与贵妃三人，于御园便殿筵宴候雪。当时杜甫曾有诗云：

虢国夫人承主恩，平明骑马入金门；

恐将脂粉污颜色，淡扫蛾眉见至尊。

筵前有黄番绰祇①应，会汝阳王花奴打羯鼓一曲才终，戏向八姨道："今日乐籍有幸，供应夫人，何不当头赏赐?"八姨笑道："岂有唐天子富

---

① 祇——指恭敬的样子。

贵，阿姨无钱赏赐乎？"命赏三千贯，教官库内支领。黄番绰见说，遂作口号道：

　　君王动羯鼓，国里喝赏赐；

　　天子库内支，恰是自苦自。

满殿之人听了无不大笑。那时朔风甚急，彤云密布，只是不见六花飘动，黄番绰又作一首雪词呈上，词云：

　　凛冽严风起四幄，彤云密布江天，空中待下又流连。有心通客路，无意湿茶烟。不教旗亭增酒价，尽教梅发春前，偏好凝望眼儿穿，慢擎宫女袖，空缆子猷船。

酒至半酣，还不见雪下。玄宗乃行一令，各做催雪诗一首，做得好饮酒，做得不好，罚水一瓯。玄宗先吟道：

　　宝殿花常在，金杯酒不干。

　　六花飞也未，时卷珠帘看。

玄宗题罢，八姨吟道：

　　宫娥齐卷袖，金铃彩索宜；

　　等他祥瑞下，争塑雪狮狼。

八姨题毕，杨妃吟道：

　　羯鼓频频击，银筝款款调；

　　御前齐整备，只待雪花飘。

杨妃题毕，黄番绰奏道："臣作一诗，必然雪下。"口中吟道：

　　催雪诗题趣，六花飞太晚；

　　传语六丁神，今年忒然懒。

黄番绰吟罢，三宫皆大笑。只见内宫女，急先来报道："这满天瑞雪滚滚飞下也！"玄宗喜之不胜，命卷起珠帘观看，但见空中：

　　一片蜂儿，二片蛾儿，三是攒三，四是聚四，五是梅花，六是六出；团团似滚珠，粒粒似撒盐；纷纷似坠锦，簇簇似飞絮；似琼花片，似梅花莹，似梨花白，似三花润，似杨花舞。

当下龙心大喜，命宫娥斟酒，畅饮一回。黄番绰奏道："臣有庆雪口号，伏望吾主听闻。"其诗云：

　　瑶天雪下满长安，兽炭金炉不觉寒；

　　凤阁龙楼催雪下，沙场战士怯衣单。

　　玄宗听了，龙颜怆然道："军士卧雪眠霜，熬寒忍冻，为朕戍守御贼。朕每日宫中饮宴，哪知边塞之苦，今若非卿言，何繇知之。"遂问高力士，即今何处紧要。力士回奏潼关最为紧要。玄宗问："是哪个把守，有多少军士？"力士奏道："是哥舒翰把守，共有三千军士。"玄宗就令高力士于官库中，关取丝绵绢线，造三千领战袍。休要科扰民间，宫中有宫女三千，食厌珍馐，衣嫌罗绮，端坐深宫，岂知边塞之苦；每人着她做战袄一领，限十日内完备，须要针线精工，不许苟且塞责；每领各标姓名于上，做得好有赏，做得不好当罚。力士领旨。关支衣料，于宫中分散，着令星夜做造，不可迟延。

　　分到第三十六阁，乃是会乐器宫女，专吹象管的桃夫人。接了绵绢，取过剪刀尺来裁剪，因旨意严急，到晚来，未免在灯下勤趱。一边缝纫，一边思想道："官家好没来由，边关军士，自有妻子，置办衣服，如何却教宫中制造，这军汉怎生消受得起？"又想起诗人所作军妇寄征衣诗来，诗云：

　　　　夫戍萧关妾在吴，西风吹妾妾忧夫；

　　　　一封书寄千行泪，寒到君边衣到无。

我想那军妇，因夫妻之情，故寄此征衣，有许多愁情远思。我又无丈夫在边，也去做这征衣，可不扯淡？却又想道，我自幼入宫，指望遭际，怎知正当杨妃专宠，冷落宫门，不沾雨露，曾闻有长门怨云：

　　　　学扫娥眉独出群，宫中指望便承恩；

　　　　一生不识君王面，花落黄昏空掩门。

　　就我今日看来，此言信非虚也。假如我在民间，若嫁着个文人才子，巴得一朝发迹，博个夫妻荣耀。或者无此福分，只嫁个村郎田汉，也得夫耕妻耨，白头相守。纵使如寄征衣的军妇，少不得相别几年，还有团圆之日，像我今日埋没深宫，永无出头日子，如花容貌，恰与衰草同腐，岂不痛哉！思想至此，不觉扑簌簌两泪交流，歔歔而泣。正是：

　　　　几多怀恨含情泪，尽在停针不语中。

　　在灯前转思转怨，愈想愈恨，无心去做这征衣，对灯脉脉自语。忽然高力士奔入宫来说道："天子贺幸翠微阁，召夫人承御。"桃夫人即便起身随去，须臾已到阁前。众嫔娥迎着，齐声道："官人回家特宣夫人，好且喜也。"桃夫人微笑不答。又有个内侍出来催道："官家专等夫人同宴，快些去承恩。"桃夫人暗道："不想今日却有恁般侥幸也。"急到阁中朝见。玄宗用手扶起道："朕知娜深宫寂寞,故瞒着贵妃娘娘,特来此地与卿一会,明日当册卿为才人。"桃夫人谢恩道："贱妾蒲柳陋姿,列在下陈,今蒙陛下垂怜,实出三生之幸。"玄宗命近侍取锦墩,赐坐于傍。桃夫人又谢了恩,方欲就坐,忽报贵妃娘娘驾到。桃夫人听见贵妃到来,惊得没做理会,连玄宗天子也顿然变色道："卿且往阁后暂避,待哄她去了,然后与卿开怀宴叙。"桃夫人依言,踉踉跄跄,奔向阁后躲避。侧耳听着外面,只听得贵妃乱嚷道："陛下如何瞒着我,私与宫人宴乐?"玄宗说道："独自闲游到此,并无宫人陪侍,卿家莫要疑心。"贵妃道："陛下还要瞒我,待我还你个证据。"吩咐宫女道："这贱人料必躲在阁后,快与我去搜寻。"桃夫人听了这话,暗地叫苦道："如今躲到何处去好?"心忙意急的,欲待走动,两双脚恰像被钉钉住一般,哪里移得半步。只见一群宫娥,赶将进来喊道："原来你躲在此。"扯扯拽拽,拥至前边。贵妃喝道："你这贱人,如何违我法度,私自在此引诱官家?"教宫娥取过白练,推去勒死了。吓得桃夫人魂不附体,叫道："陛下救命!"玄宗答道："娘娘发怒,教我也没奈何,是朕害了你也。"众宫娥道："适来好快活,如今且吃些苦去。"推至阁外,将白练向项下便扣。桃夫人叫声"我好苦也",将身一闪,一个脚错,跌翻在地,霎后惊觉,却是一梦。满身冷汗,心头还跳一个不止。原来思怨之极,隐几而卧,遂做了这个痴梦。及至醒来,但见灯烛辉煌,泪痕满袖,却又恨道："杨妃你好狠心也,便是梦中这点恩爱,尚不容人沾染,怎不教人恨着你。"此时愁情万种,无聊无赖,只得收拾安息。及就枕衾,反不成眠。正合着古人宫怨诗云:

> 日暮裁缝歇,深嫌气力微。
>
> 才能收箧笥①,赖起下帘帷。
>
> 怨坐空燃烛,愁眠不解衣。
>
> 昨来频梦见,天子莫应知。

　　到次日,尚兀自痴痴呆坐,有心寻梦,无意拈针,连茶饭也都荒废了。过了几日,高力士传旨催索,勉强趱完。却又思量,我便千针万线做这征衣,知道会与谁人。又道："我今深居宫内。这军士远戍边庭,相去悬绝,

---

①　箧笥(qiè sì)——箧指小箱子,笥指每日盛饭食或衣物的方形竹器。此处指放首饰、针钱、衣物的器具。

有甚相干,我却做这衣服与他穿着,岂不也是缘分?"又想道:"不知穿我这衣服的那人,还是何处人氏,又不知是个后生,是个中年,怎生见得一面也好!"又转过一念道:"我好痴也!见今官家,日逐相随,也无缘亲傍,却想要见千里外不知姓名的军士,可不是个春梦?"又想道:"我今闲思闲闷,总是徒然。不若题诗一首,藏于衣内,使那人见之,与他结个后世姻缘,有何不可。"遂取过一幅彩鸾笺,拈起笔起来写道:

> 沙场征戍客,寒苦若为眠。
>
> 战袍经手制,知落阿谁边。
>
> 留意多添线,含情更着绵。
>
> 今生已过也,愿结后生缘。

题罢,把来折做一个方胜,又向头上拔下一股金钗,取出一方小蜀锦,包做一处,对天祷告道:"老天,可怜我桃氏今世孤单,老死掖庭①,但愿后世得嫁这受衣军士,也便趁心足意了。"祝罢,向空插烛也似拜了几拜,将来缝在衣领之内。整顿停当,恰好高力士来取,把笔标下第三十六阁象管桃夫人造,教小内宫捧着去了。自此桃夫人在宫,朝思暮怨,短叹长吁,日渐恹恹瘦损,害下个不明不白,没影相思症候。各宫女伴都来相同,夫人心事,怎好说得,唯默默吁气而已。诗云:

> 冷落长门思悄然,羊车②无望意如燃。
>
> 心头有恨难相诉,搔首长吁但恨天。

不提桃夫人在宫害病。且说高力士催趱完了这三千纩衣,奏呈玄宗。玄宗遣金吾左卫上将军陈玄礼,起夫监送,迤逦直至潼关。镇守节度使哥舒翰,远远来迎。至帅府开读诏书,各军俱望阙谢恩。哥舒翰令军政司,给散战袍,就请天使在后堂筵宴。

且说有个军人,名唤王好勇,领了战袄,回到营中把来穿起,只觉脖项上有些刺搠。连忙脱下看时,并不见些甚的。重复穿起,起颈项上又连搠几下。王好勇叫道:"好作怪,这衣服上有鬼,我没福受用他。"脱下来撇在半边,惊动行伍中,走来相问。王好勇说出这个缘故,有的不信,把来穿着一过,一般如此。有的疑是遗下针线在内,将手支撅,却撅不着甚的,也

---

① 掖庭——皇宫中的旁舍,宫中嫔妃所住的地方,也作"液庭"。

② 羊车——古代宫中一种精美的车,饰以羊的图案,此处指获得宠幸。

不刺搠着手掌。内中有一人说："待我试穿着,看道何如?"这人姓甚名谁? 这人姓李名光普,闻喜人氏,年纪二十四五,向投在哥舒翰帐下,戍守潼关。生得人才出众,相貌魁伟,弓马熟娴,武艺精通,是一个未侵女色的儿郎,能征善战壮士。

当下取过这件衣服,且不就穿,仔细把来一觑,见上面写着第三十六阁象管桃夫人造,那针线做得十分精细,绵也分外加厚,心里先有三分欢喜。遂卸下身上袄子,将来穿起,恰像量着他身子作的,也不长,也不短,颈颈又不刺搠。众人多称奇异道:"这件衣服,莫非合该是你穿的么?"王好勇便道:"李家哥,我和你兑换了罢。"李光普因爱这件袄子趁身,已是情愿,故意说道:"须贴我些东西才与你兑换。"王好勇道:"一般的衣服,怎要我吃亏?"李光普道:"你的因穿得不稳,已是弃下了,如今换我这件不刺搠的,就贴了我,也还是你便宜。"众人道:"果然王家哥贴东西换了,还有便宜。"王好勇只是不肯。李光普又戏言道:"也罢,我也不要入己,就沽一壶,请众位哥吃个和事酒如何?"众人道:"作成我众弟兄吃三杯,一发妙,王家哥快取出钞来。"王好勇被众人打诨,料脱白不得,摸出钱把银子道:"我只出得这些,但凭入己也得,买酒吃也得。"众人嫌少,还要他增些。李光普道:"我不过取笑,难道真个独教王家哥坏钞,待我出些,打个平壶罢。"也遂取出钱把银子,众人都来吃他公道,随把袄子换了,沽了两角酒,并些案酒之物,大家吃了一回,各归本营。

原来李光普,酒量不济,吃了几杯,觉得面红耳热,回到营中存坐不住,倒头去睡。不想势头猛了些,那脖项上着实的锥了一下,惊着光普直跳起来,心里奇怪,静坐思想。一则是他性灵机巧,二则是缘分到来,料道领中必然有物,即卸下来,细细简看。只见衣领上丝缕中露出针头大一点金脚,光普取过一把小刀,拆开看时,原来绵中裹着一个蜀锦包儿,里面包着一股凤穿牡丹的金钗,一个方胜。看那钗子,造得好生精巧,暗暗喝彩道:"我李光普生长贫戋,何曾看见这样好东西?"想了一会,才把方胜展开,乃是一幅彩鸾笺,上面有一首诗句。光普原粗通文理,看了诗中之意,笑道:"这女人好痴心也,你虽有心题这诗句,如何便能结得后世姻缘?"仍将袄子穿好,又把笺钗来细细展玩。看那字迹端楷可爱,却又叹口气道:"可惜这女子有此妙才,却幽闭深宫。我李光普有一身武艺,埋没风尘。若朝廷肯布旷荡之恩,将这女子赐予我为妻,成就了怨女旷夫,也是圣朝一桩仁政。我光普在边塞,也情愿赤心报效。"又想道:"这事关宫闱,后日倘或露出来,须连累我,不如先去禀知主帅。"又想道:"这女子自家心事,量无他人知得,我若把来发觉,不但负她这点美情,却又豁了她性命,不如藏好了,倒也泯然无迹。"

方欲藏过,忽地背后有人将肢膊一攀,叫道:"李大哥看什么?"李光普急切收藏不迭,回头看时,却是同伍的军人。那人道:"不要着忙,我已见之久矣,可借我看个仔细。"光普被他说破,只得递与。那人把钗子看了又看,不忍释手,只叫:"好东西,好造化!"光普恐怕被人撞见,讨过来仍旧包好,藏在身边,叮嘱那人道:"此事关系不小,只可你知我知,莫要泄漏。"那人满口应承,说:"不消嘱咐,我自理会得。"谁知是个乌鸦嘴,忍不住口,随地去报新闻,顷刻嚷遍了满营。有那痴心的,悄地也拆开衣领来看,可不是癞蛤蟆想天鹅肉吃。王好勇听见有一股金钗,动了火,懊悔道:"好晦气,口内食倒让与别人受用。如今与他歪厮缠,仍要换回,就凭众人酌中处,好道也各分一半。"算计停当,走过对李光普道:"李家哥,我想这袄子,是军政司分给的,必定摘着字号,倘后日查点,号数不对,只道有甚情弊,你我都不干净,不如依旧换转罢。"光普知其来意,笑一笑,答道:"这也使得。"王好勇道:"不要笑,那衣领内东西,也要还我的。"李光普道:"可是你藏在里边的吗?"王好勇道:"虽非我所藏,原是这袄子内之物,如今转换,自然一并归还。"李光普指着道:"你这歪人,好不欺心。你既晓得有东西在内,就不该与我换了。"两下你一言,我一句,争论不止。众人齐说王好勇不是道:"王家哥一言既出,驷马难追。起初是你要与他换,纵有东西,也是李家哥造化,怎好要得他的?"把李光普推过一边道:"你莫与他一般见识。"王好勇钗子又要不得到,受了一场没趣,发起喉急道:"砖儿能厚,瓦儿能薄。一般都是弟兄,怎的先前兑换时,帮着他强要我吃亏,如今又假公道抢白我。我拼做个大家羞,只去报知主帅,追来入宫,看道可帮得他不将出来。"一头说,一头走,竟奔辕门。李光普同众人随后跟上。此时天色将晓,哥舒翰与天使筵宴未完,不敢惊动,仍各回营。

至次日,哥舒翰升帐。将士参谒已毕,李光普不等王好勇出首,先向前禀明就里,双手将战袄笺献上。王好勇见他已先自首,便不敢搀越多事。哥舒翰见了笺上这诗,暗暗称奇,又道:"事干宫禁,摇惑军心,非同小可。必须奏闻,请旨定夺。"遂吩咐光普在营听候发落,一面来与天使陈玄礼说知,欲待连光蕃解进。陈玄礼道:"事出内宫,与本军无与,且又先行出首,自可无责。令公可将纩衣给还本人,修一首表文,连这笺钗,待下官带回进上,听凭朝廷主张便了。"哥舒翰依其所议,即便修起表文。次日长亭送别,玄礼登程。不到一日,来到长安。入朝复命,后将纩衣诗句之事奏知,把哥舒翰表文,并笺钗一起献上。玄宗看了大怒道:"朕宫中焉有此事?"遂问这征衣是谁人所制,陈玄礼回奏,上有第三十六阁象管桃夫人姓名。玄宗将笺钗付与高力士,教唤桃氏来,亲自审问。力士领旨自去了。朝事已毕,圣驾回宫,与杨妃同临翠微阁游玩不提。

且说桃夫人在宫,正害着不尴不尬,或痒或疼的病症。方倚阑长叹,忽见高力士步入宫门,说道:"夫人,你做得好事也!"桃夫人道:"奴家不曾做甚事来。"高力士笑道:"你把心上事来想一想,便有了。"桃夫人道:"奴家也没有心上事,也不消想得。"高力士道:"夫人虽没有心上事,只不知结后世缘的诗句,可是夫人题的?"遂向袖中取出鸾笺钗子,把与她看。桃夫人一见,惊得哑口无言,脸上一回红,一回白,没做理会。暗想道:"这战袄闻已解向边塞去矣,如何这笺钗却落在他手?"高力士见她沉吟不语,乃道:"夫人不消思索,此事边帅已奏知官家,特命我来唤你去亲问,请即便走动。"桃夫人听了此言,方明就里,又想道:"受衣那人,好无情也!奴家赠你一股钗子,有甚不美,却教边帅奏闻天子,害我受苦。红颜薄命,一至于此!"心中苦楚,眼中泪珠乱下。正是:

> 自是桃花贪结子,错教人恨五更风。

桃夫人无可奈何,只得随着高力士前去。出了阁门,行过几重宫巷,遇见穿宫内使。力士问:"天子驾在何处?"答言:"万岁爷同贵妃娘娘,已临翠微阁游玩宴饮。"桃夫人听了这话,一发惊得魂魄俱飞,想道:"今日性命,定然休矣。"你道为何?她想起昨日梦中,高力士召往翠微阁见驾,杨妃赐死,今番力士来唤,驾已在翠微,正与梦兆相符,必然凶多吉少。须臾已到阁中,玄宗方共杨妃宴乐,桃夫人俯伏阶前,不敢仰视。高力士近前奏道:"桃氏唤到。"玄宗闻言,勃然色变。杨妃问道:"陛下适来正当喜悦,因何闻到唤至桃氏,圣情顿尔不悦?"玄宗遂将纩衣诗句之事说出。杨妃道:"原来如此缘故,如今这诗句何在?"高力士即忙献上。杨妃看了这诗句,忽生个可怜之念,又见这字体写得妩媚,便有心周全她。乃问道:"陛下今将如何?"玄宗道:"这贱人无心向主,有意寻私,朕欲审问明白,赐之自尽。"杨妃道："陛下息怒！待梓童问其详细，然后明正其罪。"遂唤桃夫人上前问道："你这婢子，身居宫禁，承受天家衣禄，如何不遵法度，做出恁般勾当？"桃夫人泣诉道："贱妾一念痴迷，有犯王章，乞赐纸笔，少申一言，万死无辞。"杨妃令宫娥将文房四宝与之，桃夫人在阶前举笔，写下一张供状，呈上贵妃，贵妃看那供状写道：

> 孤念臣妾，幼处深宫，身居密禁。长门夜月，独照愁人；幽阁春花，每萦离梦。怨怀无托，闺思难禁。敕令裁制征衣，致妾顿生狂念。岂期上渎天主，实乃自干朝典。哀哉旷女，甘膺斧钺之诛；敢冀明君，少息雷霆之怒。事今已矣，死亦何辞。

贵妃看了，愈觉可怜，令高力士送上玄宗。玄宗本是风流天子，看见情辞凄婉，不觉亦有矜怜之意，向贵妃问道："此事卿家还是如何处之？"杨妃道："妾闻先朝曾有宫人韩氏，题诗红叶，流出御沟，为文人于祐为妻。后来事闻朝廷，即以韩氏赐祐为妻，陛下何不仿此故事，成就怨女旷夫，以作千秋佳话。使边庭将士，知陛下轻色好贤，必为效力。"玄宗闻言大喜道："爱卿既肯曲成其美，朕自当广大其恩。"即传旨将鸾笺钗子，还了桃氏，乃赐香车一辆，遣内官赍诏，领羽林军五十名，护送潼关，赐军士李光普，配为夫妇。宫中所有，赐作妆奁之资，后人不得援例。杨妃又赐花粉钱三千贯。桃夫人再拜谢恩，回宫收拾，择日就道。这事传遍了长安，无不称颂天子仁德。诗云：

> 痴情欲结未来缘，几度临风泪不干。
> 幸赖圣明怜鉴凤，天风遥送配表鸾。

桃夫人登程去后，不想哥舒翰飞章奏捷，言："吐蕃侵犯潼关，得健卒李光普，冲锋破敌，馘[1]斩猷首，番兵大败远遁，夺获牛畜器械无算。"玄宗大喜，即加哥舒翰司空职衔，超擢[2]李光普为兵马司使，遣使臣赍官诰驰驿赐之成婚。那时潼关已传闻，天子送题诗纩衣的宫女，与军士为妻。哥舒翰初时不信，以为讹传。那李光普认做军中戏谑，他一发道是乱话。看看诏使已至，哥舒翰出郭迎接，果然见簇拥着一辆车轮，连称奇异，迎入城中，请问内使，始知就里。李光普做梦也不想有这段奇缘，恰好赍官诰的

---

① 馘（guó）斩——古代战时割取所杀敌人的左耳，用以献功。馘斩即斩杀。
② 超擢——擢，选拔，提升。超擢即破格提拔。

使臣也至，一起开读。李光普一时冠带加身，桃夫人凤冠霞帔，双双望阙谢恩，三军尽呼万岁。只有王好勇馋眼空热，气得个头昏眼暗，自恨到手姻缘，白白送与他人。这才是：

有缘千里来相会，无缘对面不相逢。

当下哥舒翰将一公署，与他光普做个私宅，旌旗鼓乐送入，夫妻交拜成亲。

一个是天上神仙，远离宫阙降瑶阶；一个是下界凡夫，平步青云登碧汉。鸳鸯牒注就意外姻缘，氤氲使撮合无心夫妇。蓝桥驿不用乞浆，天台路何须采药。只疑误入武陵溪，不道亲临巫峡梦。

花烛之后，桃夫人向李光普说道："妾幼处深宫，自分永老长门，无望于飞，故因制征衣，感怀题句，欲冀后缘。何君独无情，致闻天子，使妾几有性命之忧，若非贵妃娘娘曲为斡旋，安得与君为配？"光普遂将王好勇先领战袄，后来交换始末，细细陈说一遍，又道："卑人少历戎行，荷戈边塞，本欲少立功名，然后徐图家室。不道朝廷恩赉纩衣，得获贵人佳佳，情虽怀感，忱悃①奚通。初意后缘尚属虚渺，不图今世即谐连理。虽或姻缘有在，亦由天子仁德。光普何能，值此异数，虽竭尽犬马，未足以报圣恩。"桃夫人听了这些言语，方释了一段疑惑，乃取出鸾笺钗子，递与光普道："赖此为媒，得有今日，君善藏之。"光普用手接过看时，钗子已成一寸，愈加欢喜，将来供在案上，与夫人同拜了四拜，珍藏箧中。次日拜谢主帅。哥舒翰又安排筵席，款待天使，与哥舒翰各修表文谢恩。桃夫人也修笺申谢杨妃，自此光普感激朝廷，每有边警，奋身杀贼，屡立功勋。后来安禄山作乱，玄宗幸蜀，杨妃缢死马嵬，桃夫人念其恩义，招魂遥祭，又延高僧，建水陆道场荐度。光普夫妻谐好，偕老百年，生有二子，俱建节封侯。后人有诗云：

九重轸念②征夫苦，敕造征衣送军伍。
长门怨女摛情悰③，绝塞愁人怀莫吐。
君心怜悯赐成婚，凤阙遥辞下西土。
恰同连理共称奇，史册垂传耀千古。

---

① 忱悃（chén kǔn）——表示真诚的情谊。

② 轸念——深切怀念，辗转思念。

③ 摛情悰（chī qíng cóng）——摛指舒发，悰泛指心情，表达自己的心情。

第十四回

潘文子契合鸳鸯冢

红叶红丝说有缘，朱颜绿鬓好相怜。

情痴似亦三生债，色种从教两地牵。

入内不疑真冶葛，联交先为小潘安。

留将浪荡风流话，输与旁人作笑端。

话说自有天地，便有阴阳配合，夫妇五伦之始，此乃正经道理，自不必说。就是纳妾置婢，也还古礼所有，亦是常事。至若爱风月的，秦楼楚馆，买笑追欢；坏行止的，桑间濮上，暗约私期。虽然是个邪淫，毕竟还是男女情欲，也未足为怪。独好笑有一等人，偏好后廷花的滋味，将男作女，一般样交欢淫乐，意乱心迷，岂非一件异事。说便是这般说，那男色一道，从来原有这事。读书人的总题，叫做翰林风月；若各处乡语，又是不同，北方人叫炒茹茹，南方人叫打篷篷，徽州人叫塌豆腐，江西人叫铸火盆，宁波人叫善善，龙游人叫弄苦葱，慈溪人叫戏吓蟆，苏州人叫竭先生。话虽不同，光景则一。至若福建有几处民家孩子，若生得清秀，十二三岁，便有人下聘。漳州词讼，十件事倒有九件是为鸡奸一事，可不是个大笑话。

如今且说两个好男色的头儿，做个入话。当年有个楚共王，酷好男色，有安陵君第一专宠。安陵君颜色虽美，年纪却已大了，恐怕共王爱衰，请教于江乙。江乙对安陵道："你可晓得嬖①色不敝席，宠臣不敝轩么？"这两句文话，安陵怎么晓得？江乙解说道："嬖色就是宫女一般，睡卧的席也未破，皇帝就不喜欢了。宠臣就是你一般人，皇帝赐你的车子不曾坏，也就疏失了。甚言光景不多时也。"安陵君从此愈做出百般丑媚之态。楚共王越加宠爱，至老不衰。还有一个龙阳君，也有美色。魏王也专好男色，三宫六院，不比得龙阳君的下乘。一日，魏王与龙阳共坐了一只小舟，名曰青翼，在宫中海子里游戏，见水中金鱼，红的红似火，白的白如

---

① 嬖——宠幸，宠爱。

玉。龙阳讨过一根钓竿，粘上香喷喷的鱼饵，漾下水去。一钓一个，一连钓了十来个，最后来得了一个大鱼，龙阳汪汪的哭将起来。魏王大骇，问其缘故。龙阳道："小臣得了大鱼，便要弃却前边小鱼。大王明日得一个胜似小臣的，自然把小臣遗落。触物比类，不繇人不哭。"魏王笑道："只要你颜色常存，不愁后来人夺你门户。"这正是：

> 重远岂能渐冶鹊，弃前方见泣船鱼。

如此说来，方见安陵、龙阳，是男色行中魁首；楚王、魏王，乃男风队里都头。虽然如此，毕竟楚、魏二臣，把安陵、龙阳做个弄臣，并不是有老婆的不要老婆，反去讨一房不剃眉、不扎脚、不穿耳的家小。在当时叫做风流，到后来总戒笑话。这人毕竟是谁？原来姓潘名章，字文子，晋陵人氏。其父潘度，结发身丧。娶妾蕙娘。蕙娘生得容貌端秀，嫁潘度时，年方十九岁。潘度晚年娶她，本为生男育女，不一年间，有了身孕，生了潘章，九分像母，一分像父，所以他的美貌，是在娘胎上带得来的。邻里乡党见潘章这样标致，都说道："潘老儿若生得这样一个女儿，不要说选妃子点宫女，他日便是正宫皇后，一定司天台上也照着他。"潘章到五六岁，就上学读书。到了十二三岁，通晓书义，便会作文。十七岁上，在晋陵也算做是有名的童生。更兼庞儿越发长得白里放出红来，真正吹弹得破。蕙娘且喜儿子读书，又把他打扮得妖模娇样，梳的头如光似漆，便是苍蝇停上去，也打脚错。身上常穿青莲色直身，里边银红袄子，白绫背心，大红裤子，脚上大红绉纱时样履鞋，白绫袜子，走到街上，风风流流。分明是善财转世，金童降生。那些读书人，都是老渴子，看见潘文子这个标致人物，个个眼出火，闻香嗅气，年纪大些的要招他拜从门下，中年的拉去入社会考，富贵的又要请来相资。还有一等中年妇人，有女儿的，巴不得招他做个女婿。有一等少年女子未嫁人的，巴不得招他做个老公。还有和尚道士，巴不得他做个徒弟。还有一等老白赏要勾搭去奉承好男风的大老官。所以人人都道他生得好，便是潘安出世一般，就起一绰号，叫他是小潘安。当时有人做一只挂枝儿，夸奖他道：

> 少年郎，真个千金难换。这等样生得好，不枉他姓了潘，小潘安委实的堪钦美。褪下了红裤子，露出他白漫漫。虽不是当面的丢番，也好叫他背心儿上去照管。

哪知潘文子虽则生得标致风流，却是不走邪路，也不轻易与人交往。

因此朋友们纵然爱慕,急切不能纳交。及至听见这只曲儿,心中大恨,立志上进,以雪其此耻。为这上父母要与他完亲,执意不肯。原来潘度从幼聘定甥女,与他为配。这时因妹子身故,不曾生得儿子,单单只有此女,妹子又没人照管,要倚傍到哥子身边,反来催促择日成亲,两得其便。怎奈潘文子只是不要。其母惠娘,又再三劝道:"男大当婚,女大须嫁,古之常礼。看你父亲,当年无子,不知求了多少神,拜了许多佛,许了多少香愿,积了多少阴德,方才生得你这冤家。如今十六七岁,正好及早婚配,生育男女,接绍香烟。你若执性不聚,且莫说绝了潘门后代,万一你父亲三长两短,枉积下数万家私,不曾讨下一房媳妇,要不被人谈笑。"潘文子听母亲说了这话,便对道:"古人三十而娶。我今年方十七,一娶了妻子,便分乱读书功夫。况今学问未成,不是成房立户的日子。近日闻得龙丘先生设教杭州湖南净寺,教下生待有二三百人,儿子也欲去拜从。母亲可对父亲说知,发些盘费,往杭州读书一二年,等才学充足,遇着大比之年,侥幸得中,那时归来娶妻未迟。今日断不要提这话。"

惠娘见潘老是晚年爱子,自小娇养,诸事随其心性,并不曾违拗,只得把婚事搁起,反将儿子要游学的话说与老儿。那潘度本不舍得儿子出门,怎当他啼啼哭哭,要死要活。老儿没奈何,将出五十两银子,与他做盘费。文子嫌少,争了一百二十两,又有许多礼物。惠娘又打叠四季衣服铺程,并着书箱,教家僮勤学跟随。买舟往杭州游学,下了船。哪消五日,已到杭州,泊船松毛场下。打发船家,唤乘小轿,着两个脚夫挑了行李,一径到西湖上寻访湖南净寺。那龙丘先生设帐在大雄殿西首一个净室里,屋宇宽绰,竹木交映,墙门上有个匾额,翠书粉地,写着"巢云馆"三字。潘文子已备下门生拜帖,传将进去。龙丘先生令人请进,文子请先生居中坐下,拜了四拜,送上贽见礼物。龙丘先生就留小饭。当晚权宿一宵,明日另觅僧房寓下。写起帖子,去拜同门朋友,年长的写个晚弟,年齿相同称个小弟,长不多年的称侍教弟。那丘龙先生学徒众多,四散各僧房作寓,约有几十处。文子教勤学捧了帖子,处处拜到。次日众朋友都来答拜,先后俱到,把文子书房中挤得气不通风,好像送王粮的,一进一出。这些朋友都是少年,又在外游学,久旷女色。其中还有挂名读书,专意拐小伙子不三不四的,一见了小潘安这般美貌,个个摇唇吐舌,你张我看,暗暗里道:"莫非善财童子出现么?"又有说:"莫非梓童帝君降临凡世。"又有说:

"多分是观世音菩萨化身。"又有说:"当年祝英台女扮男妆,也曾到杭州讲学。莫非就是此人?"也有说:"我们在此,若得这样朋友同床合被,就是一世不讨老婆,也自甘心。"这班朋友答拜,虽则正经道理,其实个个都怀了一个契兄契弟念头,也有问:"潘兄所治何经?"也有问:"潘兄仙乡何处?"也有问:"曾娶令正夫人?"也有问:"尊翁尊堂俱在否?"也有问:"贤昆仲几人?"也有问:"排行是第一第二?"也有问:"见教尊表尊号,下次却好称呼。"也有没得开口的,把手来一拱,说道:"久仰,久仰!"也有张鬼熟桠相知的道:"我辈幸与老兄同学,有缘,有缘!"你一声,我一句,把潘文子接待得一个不耐烦,就是勤学在旁边送茶,却似酒店上卖货,担送不来。还好笑这班朋友两只眼谷碌碌的看着他面庞,并不转睛。谈了半日,方才别去。文子依了先生学规,三六九作文,二五八讲书,每夜读到三更方睡。果然是:

> 朝耕二典,夜檗三谟。尧舜禹汤文共武,总不出一卷尚书。冠婚丧祭与威仪,尽载在百篇礼记。乱臣贼子,从天王记月以下,只定春秋。才子佳人,自关雎好逑以来,莫非郑卫。先天开一画,分了元亨利贞。随乐定音声,不乱宫商角徵。方知有益须开卷,不信消闲是读书。

按下潘文子从龙丘先生门下读书不题。却说长沙府湘潭县有一秀士,姓王名仲先,其父王善闻,原是乡里人家,有田有地。生有二子,长子名唤伯远,完婚之后,即替父亲掌管田事。仲先却生得清秀聪明,自小会读书。王善闻对妈妈宋氏道:"两个儿子,大的教他管家,第二个体貌生得好,抑且又资质聪明,可以读书。我家世代虽是种田,却世代是个善门积阴德的。若仲先儿子读书得成,改换门庭,荣亲耀祖,不枉了我祖宗的行善,教湘潭人晓得田户庄家也出个儿子做官,可不是教学好人的做个榜样?"宋氏道:"大的种田,小的读书。这方是耕读之家。"从此王善闻决意教仲先读书,虽聘下前村张三老的女儿为配,却不肯与他做亲,要儿子登了科甲,纱帽圆领亲迎。为此仲先年已一十九,尚未曾洞房花烛。这老儿又道:"家中冗杂,向口中寻幽静处,做个书室。"仲先果然闭户苦读,手不释卷。从来读书人干了正经功课,余下工夫,或是摹临法帖,或学画些枯木竹石,或学做些诗词,极不聪明的,也要看闲书杂剧。一日,仲先看到丽情集上,有四句说话云:

淇水上宫,不知有几;分桃断袖,亦复云多。

那淇水上宫,乃男女野合故事,与桑间濮上,文义相同。这分桃断袖,却是好男色的故事。当初有个国君偏好男风。一日,幸臣正吃桃子,国君却向他手内夺过这个咬残桃子来吃,觉得王母瑶池会上蟠桃,也没这样的滋味,故叫作分桃。又有一日,白昼里淫乐了一番,双双同睡。国君先醒欲起,衣袖被幸臣压住,恐怕惊醒了,低低唤内侍取过剪刀,剪断衣袖而起。少顷幸臣醒来知得,感国君宠爱,就留这个袖做个表记,故叫做断袖。仲先看到此处,不觉春兴勃然,心里想道:"淇水上宫,乃是男女会合之诗。这偷妇人极损阴德。分桃断袖,却不伤天理。况我今年方十九,未知人道,父亲要我成名之后,方许做亲。从来前程暗漆,巴到几时,成名上进,方有做亲的日子。偷妇人既怕损了阴骘,阚小娘又乡城远隔,就阚一两夜,也未得其趣。不若寻他一个亲亲热热的小朋友,做个契兄契弟,可以常久相处,也免得今日的寂寞。说便是这等说,却怎得这般凑巧,就有个知音标致小官到手?"心上想了又想,这书也不用心读了。

其年湘潭县考试,仲先空受一日辛苦,不曾考得个名字,叹口气道:

不愿文章高天下,只愿文章中试官。

方在家中纳闷,不想张三老却来拜望他父亲。仲先劈面撞见,躲避不及,只得迎住施礼,一来是新丈人,二来因考试无名,心上惶恐。三老再三寒温。仲先涨得一个面皮通红,口里或吞或吐,不曾答应一句。话犹未了,王善闻出来相见,赔着笑说道:"张亲家,今日来还是看我,还是问小儿考试的事?"张三老道:"学生正有一句话,要对亲家说。我湘潭县虽则是上映星宿,却古来熊绎之国,文教不通。亲家苦苦要令郎读书,又限他功名成就,方许成婚。功名固是大事,婚姻却也不小。今小女年方二九,既已长成,若为了功名,迟误了婚姻,为了婚姻,又怕延误了功名。亲家高见,有何指教?"王善闻想了一想,对张三老道:"我本庄户人家,并无读书传授。今看起来,儿子的文学,一定是不济,不如废了书卷,完了婚姻,省得亲家把儿女事牵挂在心。"张三老道:"读书是上等道路,怎好废得,也不可辜负了亲家盛心。我学生倒有两便之策:闻得龙丘先生设教在杭州湖南净寺,四方学者,多去相从,他的门人,遇了试期,必有高中的,想真是有些来历启发。为今之计,莫若备办盘川,着令郎到杭州去,相从读书,待他学问成就,好歹去考试一番。成得名不消说起,连小女也有光辉。若依旧没效验,亲家也有了这念头,完就儿女之事,却不致两下耽误。"王善闻听了此言,不胜之喜。当日送别了张三老,即打点盘费,收拾行装,令家童牛儿,跟随仲先到杭州从学。只因张三老这一着算计,有分教:

少年郎在巢馆结了一对雄鸳,青春女到罗浮山配着一双雌凤。

王仲先带了牛儿,从长沙搭了下水船只,直到润州换船,来到杭州湖南净云寺。一般修贽礼,写名帖,参拜了龙丘先生。遍拜同窗诸友,寻觅书房作寓。原来龙丘先生名望高远,四方来的生徒众多,僧房甚少,房价增贵。因此一间房,都有三四个朋友合住,唯有潘文子独住一房,不肯与人作伴。王仲先到此,再没有别个空处。众朋友俱以潘文子一人一室,且平日清奇古怪,遂故意送仲先到他房里来,说道:"王兄到此,诸友房中都满,没有空处,唯潘兄独自一房,尽可相容,这却推托不得。"说便如此说,只道他不肯。哪知一缘一会,文子见了王仲先,一见如故,欢然相接,便道:"四海之内,皆兄弟也,同住何妨? 日用器皿,一应俱全,吾兄不消买得,但只置一榻便了。"仲先初见文子这个人物,已经魂飞,怀下欺心念头,唯恐不肯应承。及见慨然允诺,喜之不胜,拱手道:"承兄高雅,只是吵扰不当。"即教牛儿去发行李来此。众友不道文子一诺无辞,一发不忿。毕竟按牛头吃不得草,无可奈何。这才是:

有缘千里来相会,无缘对面不相逢。

且说王、潘两人,日则各坐,夜则各寝,情孚意契,如同兄弟。然毕竟读书君子,还有些体面,虽则王仲先有心要勾搭潘文子,见他文质彬彬,言笑不苟,无门可入。这段私情,口里说不出,只好心上空思空想,外边依旧假道学,谈些古今。相处了半年,彼此恭恭敬敬,无处起个话头。一日,同在馆中会讲,讲到哀公问政一章。讲完了,龙丘先生对众学徒道:"中庸一部,唯这章书中,有三达德,五达道,乃是教化根本,须要细心体会。"当下众人散去,仲先、文子独后,又向先生问了些疑义。返寓时,天色已暮,点起灯,又观了一回书,方才就寝。睡不多时,仲先叫道:"潘兄睡着了么?"文子道:"还在此寻想中庸道理。"仲先道:"小弟也在这里寻想。"其实王仲先并不想什么书义,只因文子应了这句,便接口问他道:"夫妇也,朋友之交也,这两句是一个意思,是两个意思?"文子道:"夫妇是夫唱妇随,朋友是切磋琢磨,还是两个意思。"仲先笑道:"这书旨兄长还未看得透,毕竟是一个意思。"文子道:"夫妇朋友,迥然两截,如何合得一个意思?"仲先道:"若夫妇箴规相劝,就是好朋好友;朋友如胶如漆,就是好夫好妻,岂非一个意思么?"文子听了,明知王仲先有意试探,因回言道:"读书当体会圣贤旨趣,如何发此邪说?"仲先道:"小弟一时狂言,兄勿见罪。"口里便说,心里却热痒不过,准准痴想了两个更次,方才睡去。

一日,正遇深秋天气,夜间衾枕生凉,王仲先睡不着,叹了一口气。潘文子道:"兄有何心事?"王仲先道:"实不相瞒,小弟聘室多年了,因家父决要成名之后,方得完娶。又道湘潭地方,从来没有文学的师父,所以令小弟到杭州游学。到了此处,虽得先生这般教训,又蒙老兄这样抬举,哪知心里散乱,学问反觉荒疏,料难有出头日子,成不得功名,可不枉耽误了妻子,所以愁叹。"文子道:"一向未曾问得,却不知老兄也还未娶,正与小弟一般。"仲先道:"原来兄长也未曾毕婚,还是未有佳偶,还是聘过未婚?"文子道:"已有所聘,倒是小弟自家不肯婚配。恐怕有了妻子,不能专心读书。若老兄令尊主意,怪不得有此愁叹。"仲先道:"老兄有此志向,非小弟所能及也。然据小弟看起来,人生贵适意耳,何必功名方以为快!古人云:情之所钟。正是吾辈。当此少年行乐之秋,反为黑暗功名所扼。倘终身蹭蹬,岂不两相耽误?纵使成名,或当迟暮之年,然已错过前半世这段乐境,也是可惜。假如当此深秋永夜,幸得与兄作伴闲谈,还可消遣。若使孤馆独眠,寒衾寂寞,这样凄凉情况,好不难过!"文子笑道:"我只道兄是悲秋,却原来倒是伤春。既恁地,何不星夜回府成亲,今冬尽好受用。"仲先道:"远水救不得近火。须是目前得这样一个可意种,来慰我饥渴方好。"文子道:"若论目前,除非到妓家去暂时释兴。"仲先道:"小弟平生极重情之一字,那花柳中最是薄情,又小弟所不喜。"文子道:"青楼薄幸,自不必说,即夫妇但有恩义,而不可言情。若论情之一字,一发是难题目了。"仲先又叹口气道:"兄之此言,真可谓深于情也者。"遂嘿然而睡。

到了次日,仲先心生一计,向文子道:"夜来被兄一言,拨动归思,只得要还家矣。但与兄相处数月,情如骨肉,不忍恝然相别。且兄锐志功名,必当大发,恐异日云泥相隔,便不能像今日情谊,意欲仰攀,盟结兄弟,患难相扶,贵贱不忘,未知吾兄肯俯从否?"文子欣然道:"此弟之至愿,敢不如命!但弟至此处,同门虽众,唯与兄情投意合,正欲相资教益。不道一旦言别,情何以堪!"仲先道:"弟暂归两三月,便当复来。"当下两人八拜为交，仲先年长为兄，文子年小为弟。仲先将出银两，买办酒肴，两人对酌，直至夜深方止，彼此各已半酣。仲先原多买下酒，赏这两个家僮，都吃个烂醉，先自去睡了。仲先对文子道："向来止与贤弟联床，从未抵足。今晚同榻如何？"文子酒醉忘怀，便道："这也使得。"解衣就寝。文子欲要各被。仲先道："既同榻，何又要各被耶？"文子也就听了，遂合被而卧。文子靠着床里，侧身向外，放下头就合眼打鼾。仲先留心，未便睡去，伸手到他腿上扶摩。文子惊醒，说道："二哥如何不睡，反来搅人。"仲先道："与贤弟说句要紧话。"文子道："有话明日讲。"仲先道："此话不是明日讲的。"文子问："甚话如此要紧？"仲先道："实不相瞒，自会贤弟以来，日夕爱慕丰标，欲求缔结肺腑之谊，诚恐唐突，未敢启齿。前日胶漆朋友，即是夫妻之语，实是有为而发。望贤弟矜怜愚兄一点爱慕至情，曲赐容纳。"一头说，一头便坐起来搂抱文子。文子推住，也坐起道："二哥，我与你道义之交，如何怀此邪念？莫说众朋友知得，在背后谈议，就是两家家僮，并和尚们知觉，也做了话靶。这个决使不得。"仲先此时神魂狂荡，哪里肯听，说道："你我日常亲密，人都知道，哪里便凝惑在此？纵或谈议，也做不听见便了。"双手乱来扯拽。文子将一闪，跳下地来，将衣服穿起来，说道："我虽不才，尚要匡个出身。若今日与你做此无耻之事，后日倘有寸进，回想到此，可不羞死！"仲先也下床来，笑道："读书人果然一团腐气。昔日弥子瑕见爱于卫灵公，董贤专宠于汉哀帝，这两个通是戴纱帽的，全然不以为耻，何况你我未成名，年纪才得十五六七，只算做儿戏，有什么羞？你若再不从时，只得磕头哀求了。"说罢，扑的双膝跪下，如捣蒜一般，磕一个不止。文子又好笑，又好恼，说道："二哥怎地恁般没正经，想是真个醉了，还不起来！"仲先道："若不许我，就磕到来年，也不起身。"文子道："二哥你即日回去娶妻，自有于飞之乐，何苦要丧我的廉耻？"仲先道："贤弟如肯俯就，终身不娶，亦所甘心。"文子道："这样话只好哄三岁孩子，如何哄得我过？"仲先道："你若不信，我就设个誓吧！"推开窗子，对天跪下，磕了两个头，祝道："皇天在上，如王仲先与潘文子定交之后，若又婚配妻子，山行当为虎食，舟行定喂鱼鳖。或遭天殛，身不能归土；或遇兵戈，碎尸万段。如王仲先立誓之后，潘文子仍复推阻，亦遭此恶报。"文子道："吥！你自发誓，与我何干，也牵扯在内。"仲先跳起来，便去勾住文子道："我设了这个誓愿，难道你还要推托不成？"大凡事最当不过歪厮缠。一个极正气的潘文子，却被王仲先苦苦哀求，又做出许多丑态，把铁一般硬的心肠，化作绵一般软，说道："人非铁石，兄既为我情愿不娶，我若坚持不从，亦非人情也。慎厥终，惟其始①，须择个好日子，治些酒席，权当合欢筵宴，那时方谐缱绻。"仲先笑道："不消贤弟费心，阿兄预先选定今日，是会亲友结婚姻的天喜上吉期。日间与贤弟八拜为交，如今成就良缘，会亲结婚，都已应验，更没有好是今日。适来小酌，原是合卺②杯的筵席，但到后日做三朝便了。"文子笑道："原来你使这般欺心远计，我却愚昧，落在套中。"仲先道："我居楚，你居吴，会合于越，此皆天意，岂出人谋？"说罢，二人就同床而卧。自此之后，把读书上进之念尽灰，日则同坐，夜则同眠，比向日光景，大不相同。他两个全不觉得，被人看出了破绽，这班同窗朋友，俱怀妒意，编出一只挂枝儿来，唱道：

王仲先，你真是天生的造化。这一个小朋友似玉如花，没来由被你牵缠下。他夜里陪伴着你，你日里还饶不过他，好一对不生产的夫妻也，辨什么真和假。

王仲先、潘文子初时听见，虽觉没趣，还老着脸只做不知。到后来众友当面讥诮，做鬼脸，连两个家僮也看不过许多肉麻，在背后议论没体面。只落得本房和尚，眼红心热，干咽涎唾。两人看看存身不住。哪知这只挂枝儿，吹入了龙丘先生耳中，访问众学徒，此事是真是假，众学生把这些影响光景，一五一十说知。先生大怒，唤过二人，大骂了一顿没廉耻，逐他回去，不许潜住于此，玷辱门墙。王仲先还有是可，独羞得潘文子没处藏身，面上分明削脱了几层皮肉，此时地上若有一个孔儿，便钻了下去。正是：

饶君掬尽钱塘水，难洗今朝满面羞。

王仲先、潘文子既为先生所逐，只得同回寓中。这些朋友，晓得先生逐退，故意来探问。文子叮咛了和尚，只回说不在。文子跌足恨道："通是这班嚼舌根的，弄嘴弄舌，挑斗先生，将我们羞辱这场。如今还是怎地处？"仲先道："此处断然住不得了。我想贤家中，离此不远，不若同到府上，寻个幽僻所在，相资读书，倒也是一策。"文子道："使不得，两个家僮尽晓得这些光景，回去定然报与父母知道。或者再传说于外，教小弟何颜

---

① 慎厥终，惟其始——厥即其，意为开始和结尾都很重要，应当特别慎重。
② 合卺——古代结婚仪式之一。

见人！我想那功名富贵，总是浮云，况且渺茫难求。今兄既为我不娶，我又羞归故乡，不若寻个深山穷谷，隐避尘嚣，逍遥物外，以毕此生。设或饮食不继，一同寻个自尽，做个生死之交，何如？"仲先大喜道："若是如此，生平志愿足矣。只是往何处去好？"文子道："向日有个罗浮山老僧至此，说永嘉山水绝妙，罗浮山隔绝东瓯江外，是个神仙世界，海外丹台。我曾与老僧说，异日我至永嘉，当来相访。老僧欣然领诺，说来时但问般若庵无碍和尚，人都晓得。当时原是戏言，如今想起，这所在尽好避世，且有此熟人，可以倚傍。"计议已定，将平日所穿华丽衣服、铺程之类，尽都变卖，制办了两套布衣，并着粗布铺盖，整备停当。仲先、文子先打发勤学、牛儿，各赍书回家，辞绝父母，教妻子自去转嫁。然后打叠行装，别了主僧，渡过钱塘江，从富阳永康一路，先到处州，后至永嘉，出了双门，繇江心寺口渡船，径往罗浮山，方问般若庵无碍和尚。

原来这老和尚，两月前已回首去了。师弟无障，见说是老和尚相知，便留在庵中。文子就央他寻觅个住处，凑巧山下有三间房屋，连着十数亩田，许多山地，一起要卖。文子与仲先商议，田为可以膳生，山地可以做坟墓，余下砍柴供用，一举两得。遂将五十金买了这三间房屋，正中是个客座，左一间为卧室，右一间是厨灶，不用仆人，两个自家炊爨，终日吟风弄月，遣兴调情。随又造起坟墓，打下两个生圹，就教佃户兼做坟丁。不过月间，事事完备。可惜一对少年子弟，为着后庭花的恩爱，弃了父母，退了妻子，却到空山中，做这收成结果的勾当。岂非天地间大罪人，人类中大异事，古今来大笑话！诗云：

　　从来儿女说深情，几见双雄订死盟。

　　忍绝天伦同草腐，倚闾①人尚望归旌。

话分两头。且说勤学、牛儿两个仆人，奉了主人之命，各赍书回家。牛儿本是村庄蠢人，连夜搭船去了。勤学却是乖巧精细，晓得被龙丘先生斥逐这段情由，却又不想回家，倾倒将衣服变卖。制办布衣，像要远去的模样。正不知要往何处，心里踌躇道："须暗随他去，看个着落，方好归家。"因此悄地叮咛了和尚，别了牛儿，潜住在寺里。又想起身上虽平日刻剥了些银钱，往来盘川不够，就把几件衣服，卖与香公凑用。等到文子、

────────

①　闾(lǘ)——泛指门。

仲先起身过江,勤学远远随在后面,下在别只渡船,一路不问水陆,紧紧跟定,直至罗浮山下,打听两个买下住处,方才转身,连夜赶到家中。不想半月前,潘度与文子丈母,都是疫病身亡。其母蕙娘,因媳妇年纪已长,又无弟兄亲族,孤身独自,急急收拾来家,使人到杭州唤儿子回来支持丧事,要乘凶做亲。仆人往回十来日,回报:"一月以前,和着同读书襄阳姓王的,不知去向。"急得个蕙娘分外悲伤,终日在啼啼哭哭。正没做理会,恰好勤学到家,只道喜从天降,及至拆书一看,却是辞绝父母,弃家学道,教妻子转嫁的话语。蕙娘又气又苦,叫地呼天的号哭了一回,方才细问勤学的缘故。勤学在主母面上,不好说得小官人许多丑态,只说起初几个月着实用功读书,后来都被襄阳姓王这个天杀的引诱坏了,被先生一场发作,然后起了这个念头,径到罗浮山居住。并说自己暗地随去,看了下落,方才回转许多话,一一尽言。蕙娘听罢,咬牙切齿,把王仲先千刀万剐的咒骂一场。心里没个主意,请过几位亲戚商议,要去寻他归家。又说:"这样不成器的东西,便依他教媳妇转嫁人去,我也削发为尼,倒也干净。"内中有老成的说道:"不消性急,学生子家,吃饭还不知饥饱,修什么道,再过几时,手内东西用完了,口内没有饭吃,少不得望着家里一溜烟跑来。如今在正高兴之时,便去接他,也未必肯来,白白折了盘川。"蕙娘见说得有理,安心等他自归不题。

且说牛儿一路水宿风餐,不辞苦辛,非止一日,到了湘潭家里,取出书来,递与家主。王善闻未及开看,先问牛儿:"二哥这一向好吗?"牛儿道:"不但二哥好,连别人也着实快活。"善闻道:"这怎地说?"牛儿将勾搭文子的事,絮絮叨叨,学一个不止。善闻叹口气道:"都是张三老断送了这个儿子也。"拆开书来看时,上写道:

> 男仲先百拜:自别父母大人,来至杭州,无奈天性庸愚,学业终无
> 成就。今已结拜窗友潘文子,遍访中山胜景,学道修仙。父母年老,
> 自有长兄奉侍,男不肖是可放心,父母亦不必以男为念。所聘张氏,
> 听凭早早改嫁,勿得错过青春。外书一封,奉达张三老来,乞即致之。
>
> 学道男仲先顿首百拜

善闻看罢,顿足叫苦。惊动妈妈,问了这个消息,哭倒在地,说道:"好端端住在家里,通是张三老说什么龙丘先生,弄出这个话靶。如今不知在那个天涯海角,好歹这几根嫩骨头,断送他州外府了。"善闻即叫牛儿,去

请张三老,把书与他看了。你怨我,我怨你,哭哭啼啼,没个主意。长子伯达走过来劝道:"自是兄弟不长进,勿得归怨张三老。倘张亲家令爱肯转嫁,不消说道,若还立志不从,父亲只得同着张亲家,载了媳妇,寻到潘家,要在他们身上寻还这不肖子,那时把媳妇交会与他,看走到哪里去。"张三老连声称是。作别归家,与女儿说知,讨个肯嫁不肯嫁的口语。女儿害羞,背转身来,不答应。张三老道:"这事关系你终身,肯与不肯,明白说出,莫要爱口识羞,两下耽误。"女儿被逼不过,方才开口,低低说道:"我女子家也不晓得什么大道理,尝闻说忠臣不事二君,烈女不嫁二夫,女儿只守着这个话,此外都不愿闻。"张三老道:"恁样不消说起,明日即去与王亲家商量,同往寻王二哥便了。"女儿道:"王郎不归,孩儿情愿苦守。若说远去跟寻,万无此理,恐传说出去了,被人耻笑。"张三老道:"守不守由得你,去不去却要由我。倘若王郎不归,你的终身,父母养不了,公姑养不了,将如之何!纵然有人耻笑,也说不得了。"女儿便不敢言,垂泪而已。

　　到次日,张三老来与王善闻说知,即日准备盘缠行李,央埠头择便船写了一个稳便舱口,张三老叫女儿收拾下船。这女子无可奈何,只得从着你父命。王善闻原带着牛儿同去,翁媳反在舟中见礼,倒是一件新闻。从襄阳开船,一路下水,邪消二十日,已至京口换船,一日便到晋陵。王善闻同牛儿先上岸访问了潘文子家里,然后同张三老引着媳妇,并行李一起到他家里。蕙娘蓦地见三个别处人领个女子进来,正不知什么缘故,吃这一惊大小。及至问时,襄阳乡里人声口,一句也听不出。恰好勤学从外边入来,认得牛儿,方才明白是王仲先父亲、丈人、妻子,与他爱要儿子,闹嚷嚷乱做一屋。文子媳妇在里边听得,奔出来观看,见了张三老女儿,两个各道个万福。问道:"你们是哪里,为甚事到此喧闹?"张三老上前作个揖,打起官话,说出许多缘故。蕙娘问王善闻道:"你我总是陌路相逢,水米无交。你儿子与我不肖子流落在外,说起来,你儿子年长,明明是引诱我不肖子为非,我不埋怨你就罢了,你反来问我要人,可有这理么?如今现住在什么永嘉罗浮山,你们何不到彼处去寻觅?若并我这不肖子领得归来,情愿拜你两拜。"张三老只管点头道:"说得是。既有着落所在,便易处了。"又问道:"潘大嫂,此位小娘子是甚人?"蕙娘道:"这便是不肖子的妻子,尚未成婚。"张三老道:"原来令郎也还不曾完姻。据老夫愚见,令郎既同小婿皆在罗浮山中,潘大嫂又无第二位令邻,何不领着令媳妇,同我们一起到那里,好歹交还他两个媳妇,完了我们父母之情。他两个存住不得,自然只得回家了。此计可好么?"蕙娘听了,说道:"这也有理。"遂留住在家,王善闻、张三老于外厢管待,三老女儿,款留于内室。一是可待婚的媳妇,一个是未嫁的女儿,年纪仿佛,情境又同,因此两下甚是相得。当晚同房各榻,说了一夜的话。只是乡音各别,彼此不能尽懂。

次日,蕙娘收拾上路,自己有个嫡亲哥嫂,央来看管家里,姑媳两人,又带一个服侍的婆娘,连勤学也是四人。唤了两个船只,男女分开,各坐一船,直至杭州过江。水陆劳苦,自不消说起。非止一日,来到罗浮山。不道王仲先与潘文子,乐极悲生,自从打了生圹之后,一起随得异症,或歌或唱,或笑或啼,有时登山狂啸,有时入般若庵与无碍和尚讲说佛法,论摩登迦的因果,似痴非痴,似颠非颠,给了十数日饮食。一日,忽地请过无碍和尚,将田房都送与庵中,所有衣资,亦尽交与,央他照管身后墓坟之事。老和尚只道他痴癫乱话,暂时应允。哪知是晚双双同逝。正是:

　　不愿同年同月同日同时生,但愿同年同月同日同时死。

明日无碍和尚来看时,果然并故,故是面目如生,即叫道人买办香烛纸马蔬菜之类,各静室请了几众僧人,择于次日诵经盛殓。这里正做送终功果,恰好勤学引着蕙娘、王善闻一干人来到,见满室僧众,灯烛辉煌。问说是二子前夜已死。那时哭倒了王善闻,号杀了蕙娘。张三老从旁也哭着女婿,只有两个未婚的媳妇,背着脸暗暗流泪。盛殓已毕,即便埋葬。

且说张氏女子,暗自思想:"迫于父命,来此寻夫,已非正理。若是同归,也还罢了,但如今一场虚话,岂不笑破人口。况且去后日长,父亲所言,父亲养不了,公姑养不了,到后没有终局。不如今日一死,倒得干净,也省得人谈议。"定了主意,等至夜深,人尽熟睡,悄地起来,悬梁高挂。直至天明,方才晓得,把个张三老哭得个昏天暗地,道是自己起这议头,害了女儿,懊悔不尽。王善闻、蕙娘俱觉惨然,勉强劝住了,收拾买棺殡殓。谁知文子的媳妇,也动了个念头,想道:"一样至此寻夫,她却有志气,情愿相从于地下。我若腼颜苟活,一生一死,岂不被人议论!红颜薄命,自古皆然。与其碌碌偷生,何若烈烈一死。"到夜半时候,寻条绳子,也自缢而死。蕙娘知觉了,急起救时,已是气绝。这番哭泣,更自惨切,引动张三老、王善闻,一起悲恸。哭儿哭媳哭婿,振天地动,也辨别不清。惊动罗浮山下几处村落人家,并着山中各静室的和尚,都来探问,无不称叹是件异事。又买具棺材,一起盛殓。又请无碍和尚为主,做个水陆道场超度,附葬于王仲先、潘文子墓下。又送数十金与无碍,托他挑土增泥,载松种树。诸事停当,收拾起身,又向墓前大哭一场,辞别还乡。

后人见二女墓上,各挺孤松,亭亭峙立,那仲先、文子墓中,生出连理大木,势若合抱,常有比翼鸟栖在树上。那比翼鸟同声相应而歌,歌道:

比翼鸟,各有妻,有妻不相识,墓旁青草徒离离。比翼鸟,有父母,父母不能顾,墓旁青草如行路。比翼鸟,各有家,有家不复返,墓旁青草空年华。

至此罗浮山中,相传有个鸳鸯冢、比翼鸟,乃王仲先、潘文子故事也。诗云:

比翼何堪一对雄,朝朝暮暮泣西风。

可知烈女无他伎,输却双雄合墓中。